钱中文文集

第一卷

审美反映论

钱中文 著

中国社会科学出版社

图书在版编目(CIP)数据

钱中文文集:1—5卷/钱中文著. —北京:中国社会科学出版社,2021.11
(马克思主义文艺理论与评论建设工程名家学术文丛)
ISBN 978-7-5203-8008-9

Ⅰ.①钱… Ⅱ.①钱… Ⅲ.①文艺理论—文集 Ⅳ.①I0-53

中国版本图书馆CIP数据核字(2021)第038289号

出 版 人	赵剑英
责任编辑	张 潜
责任校对	王丽媛
责任印制	王 超

出 版	中国社会科学出版社
社 址	北京鼓楼西大街甲158号
邮 编	100720
网 址	http://www.csspw.cn
发行部	010-84083685
门市部	010-84029450
经 销	新华书店及其他书店
印刷装订	北京君升印刷有限公司
版 次	2021年11月第1版
印 次	2021年11月第1次印刷
开 本	710×1000 1/16
印 张	148.75
字 数	2218千字
定 价	798.00元(全五卷)

凡购买中国社会科学出版社图书,如有质量问题请与本社营销中心联系调换
电话:010-84083683
版权所有 侵权必究

2000年，在家中

1990年秋在上海，前排左起黄世瑜、杜书瀛、徐中玉、蒋孔阳、钱中文，后排左起宋耀良、张德林、叶易、朱立元、吴中杰、陆行良

1993年国务院学位委员会中国语言文学组第三届文学学科评议组成员，前排左起方汉奇、李荣、张永言、陆梅林、戴庆厦、郭豫适、钱中文、李准

目　录

第一编　审美反映论

一　最具体的和最主观的是最丰富的
　　——论审美反映的创造性本质 …………………………（3）
二　艺术真实和艺术理想 ………………………………………（37）
三　无意识自然本能创作动因说 ………………………………（53）
四　直觉和直觉描写 ……………………………………………（77）
五　文艺创作中的感情形态 ……………………………………（97）
六　人性的共同形态描写及其评价 ……………………………（118）
七　艺术假定性的类型和文学的真实性形态 …………………（138）

第二编　现实主义与现代主义

一　生命在于运动
　　——现实主义是不断的综合和创新 …………………（173）
二　现实、激情、审美反映和民族化
　　——别林斯基的文学思想 ……………………………（216）
三　通向现实主义高峰之路
　　——托尔斯泰论真实性、客观性、主观性、真诚和
　　　　分寸感的关系 ………………………………………（261）
四　现实主义和现代主义的几个问题 …………………………（297）

五　引进与同化 …………………………………………………（325）
六　文学的诗情
　　——现代主义文学的现实性 …………………………………（329）
七　民族文化精神与文学发展
　　——当代文学与现代主义 ………………………………………（334）

第三编　复调小说与小说艺术

一　"复调小说"：理论与问题
　　——在1983年第一次中美双边比较文学研讨会上的
　　　报告 …………………………………………………………（351）
二　"复调小说"：主人公与作者 …………………………………（370）
三　"复调小说"：误解与"误差" ………………………………（389）
四　小说：自由的形式 ……………………………………………（403）
五　长篇小说的命运 ………………………………………………（409）
六　神话、反讽与民族文化精神
　　——文学中的高晓声文体 ……………………………………（414）
七　"怪诞现实主义"
　　——《果戈理全集》中译本9卷集序 …………………………（434）
八　瞬间、共时艺术中的现实、梦幻与荒诞
　　——陀思妥耶夫斯基其人其书 ………………………………（471）

马克思主义文艺理论与评论
建设工程名家学术文丛
编委会

主　　任	张　江
副 主 任	张政文　赵剑英
编委会成员	党圣元　丁国旗　段吉方　高建平
	李春青　祁海文　苏宏斌　孙士聪
	谭好哲　王　宁　吴子林　曾　军
	张　跣　周　宪　朱立元

第一编
审美反映论

一 最具体的和最主观的是最丰富的
——论审美反映的创造性本质

（一）小引

应把一般文艺批评中的简单反映论和能动的反映论区别开来，不作区别，混而统之，很可能导致新的庸俗社会学。

从反映论观察文学，文学的某些现象可以得到阐明，固然也可以使用其他层次的方法研究文学，但不能用反映论直接阐释文学现象，对于文学现象，要以审美反映论代替反映论，这主要是反映论只是一个一般认识事物的哲学概念，难以说明文学特有的特征。

审美反映有其自身结构，它是由心理层面、感性认识层面、语言结构层面、实践功能层面组成的统一体。在审美反映中，主观性的创造力表现为对现实的改造，现实表现为三种形态：现实生活、心理现实与审美心理现实。心理现实中主客观时时产生双向转化，客观因素的主观化，以至现实被消灭，主观因素的对象化，形成新的客体。倾向主观的审美倾斜，可以形成创新，但极端化的主观追求，也可能在阅读、接受中失去沟通。

审美反映的动力源，来自主体本身的审美心理定势，审美心理定势的动态结构（格局）形成一触即发的内驱力，不断要求主体去获得实践的满足。因此审美反映就是审美实践。审美心理定势的不断更新，促使主体不断走向审美反映的新岸。

不存在没有表现的审美反映，自我在表现中找到归宿。审美反映的无限多样，一是现实的无限性，二是主观性是一种不断更新的动力。凡是主观性不强的审美反映，可能是失败的审美反映。创作个性是主观性的最高要求，是创造的极致。最丰富的是最具体的和最主观的。

（二）文艺评论中的简单反映论和反映论

反映论是一个哲学原理，它适用于文学创作吗？据闻有的诗人按照反映论原理进行写作，结果路子越走越窄，写出的尽是大白话。激情的贫乏，想象的迟钝，语言的口号化，诗变为非诗。在小说创作中，不少人提出要反映现实生活。可是小说描写的生活那么单调，故事那么乏味，手段那么平庸。真的，生活本来就是那个样子，还用得着你去如此这般地再现么！

这几年来，不少文章批评了简单的反映论，机械的反映论，指出了它的危害，这是完全正确的。但是真正的反映论，也即辩证的反映论，又是怎样的呢？

反映论是一个哲学原理，所以不适用于文学创作，这似乎有点道理。但是正因为它是一个哲学原则，而不是一个具体方法，因此文学创作现象又和它不可分离。人以意识的产生而区别于动物，他意识到自身的存在而从动物界分化出来。他通过实践活动与周围世界发生联系。他在反复的实践过程中，感受、感知外在世界，不断认识自然界和社会，改造它们，也不断改造自己。这种感知、认识、改造活动就是反映，就是实践。人的感觉、意识有低级、高级之分，不过，即使是近于本能的低级感觉，它也不可能从某种纯粹的自我意识中引出，而只能在主体对客体的反应中，在思维的加工改造中获得。所以反映是人的思维的根本特征和功能。文学艺术的创作是意识的一种形态，从根本上说是一种反映。即使是研究人的心理的学问，固然有其自身的对象，但仍然摆脱不了反映论的原理。反映论作为一种哲学观念，首先在于说明思维和存在的同一，物质的第一性，思维的第二性，但反映并不等于这些内容。这里涉及反映论的第二个问题，反映论是否等于机械的反映论，僵死的反映论，即排斥主体、剥夺主体创造性的

一 最具体的和最主观的是最丰富的

反映论。一些外国的现代主义作家,从唯心主义哲学出发,一说反映,就指责反映扼杀了他们的创造性,这自然是一种深刻的偏见。但是我们有些文章也这么说,一说反映论好像只存在机械的、模仿的反映论,这恐怕并不符合事实,同时,我也以为这不是科学的论证方法。

当然应该看到,在过去不少论著中,对反映论的论述,的确是存在简单化的倾向,而且历时很长。比如,为了提倡文学要紧跟现实,往往把反映论直接搬过来宣传,只说文学是生活的反映,这是对文学创作哲学化的理解。那些对于生活有真知灼见的、有艺术修养的作家,固然从来未对这个式子作简单化的认识,但对那些并未进入文学大门的人,却成了他们文学创作尝试的障碍,以为文学创作就是生活的直接反映,这也是事实。在恢复现实主义传统的时候,不少文章要求揭露现实生活中的阴暗面,有的说,生活是什么样子作家就写成什么样子;在强调文学真实性的时候,提出要如实地反映生活,否则与生活真实不符。这些说法,在一个时期的作品评论中相当多。文学反映现实生活是对的,但是这一过程相当复杂。这种说法忽略了这一过程中的不少中间环节,对其中的主客观关系,主体在融化客体中的创造性转化与新的构建作用,往往视而不见,或以为是次要的东西。有时也谈论主观方面的因素,但往往只涉及主体的世界观、思想问题,对于主体的其他因素,研究甚少。至于现实生活是什么样就写成什么样子,这一观点针对凭空臆造、向壁虚构、不重视生活积累、强调反映生活真实是对的,但是认为一定要如实地反映生活真实,否则就不真实,这就绝对化了。因为在文学创作中,不如实的反映同样可以创造艺术真实,例如可以有变形的艺术真实,非生活形态的艺术真实,感受的真实,等等。当然,在涉及这些观点时,应当考虑到它们当时的针对性。此外还应看到,把反映论力图应用于文学创作领域,并不是所有的人都犯有简单化的毛病,所以不能不作区别,一概而论。

把反映论匆忙地说成简单的反映论,机械的反映论,其实这方法也是一种简单化的表现。首先,反映论并不是被宣布的那种简单的反映论。简单的反映论、机械的反映论是一种旧的唯物主义反映论，它和17—18世纪的科学思维方式密切相关。19世纪中叶出现了辩证唯物主义的反映论，这种思维方法的科学性，至今为世人所公认。不过，辩证唯物主义的反映论应用得不好，也会成为机械的反映论，也会走向庸俗化。这种现象的确是存在的，也是十分清楚的。不过同样清楚的是，简单的反映论不是科学的反映论本身，而一些文章，却并未作出区别。但是，如果要把两种反映论相提并论，那么至少得扫除实践和理论上的障碍，要驳倒对反映论的本义的阐述，这样才会使自己的立论具备科学性。

例如，第一，人对外界事物、对人与人的关系的反应从来不是消极的。就以人观察事物的心理活动来说，他的视线从这一物转到另一物，从这一人转到另一人，这时哪怕是一种最简单的直观，实际上也是一种视觉接受的比较，而比较正是思维积极活动的表现。就主体的感觉活动来说，一是感觉主体根据外在的各种条件，能够很快采取顺应措施，及时调节主体感觉器官的活动，进行最佳效应的选择。二是这时主体能够很快地进行分析综合，抽象与概括，比较与分类，辨别出事物的各自特征、形体大小、色泽浓淡，作用有别，等等。又如，人对现象、事物所形成的概念，也是思维的一种积极活动的过程。概括再现现实，但是它并不是纯粹的原来的现实组成的。可见，即使是作为反映手段的概念，既与客体又与主体联系着，既不离开现实，也不离开幻想。由于概念联系着活生生的生活，为此反映中所使用的概念，也是常常运动、流动的。所以列宁指出："要研究概念的运动、它们的联系、它们的相互转化。"① 认识活动中思维的运动与转化，构成了反映的积极性，而幻想、理想、评价，既是反映的积极性表现，也是反应的创造性特征。

第二，只讲反映论是机械反映论、简单反映论，好像不存在别的反映论，那么应超越或跳过前人对反映论本义的阐明。例如马克思在《关于费尔巴哈的提纲》中的第一条就说："从前的一切唯物主

---

① 《列宁全集》第38卷，人民出版社1963年版，第277页。

义——包括费尔巴哈的唯物主义——主要缺点是：对事物、现实、感性，只是从客体的或者直观的形式去理解，而不是把它们当作人的感性活动，当作实践去理解，不是从主观方面去理解。所以，结果竟是这样，和唯物主义相反，唯心主义却发展了能动的方面，但只是抽象地发展了，因为唯心主义当然是不知道真正现实的、感性的活动本身的。"① 在这个提纲的最后，马克思分明说到，过去的一切哲学在于解释世界，而新的哲学在于改造世界。又如列宁也说道："智慧（人们）对待个别事物，对个别事物的摹写（＝经验），不是简单的、直接的、照镜子那样死板的动作，而是复杂的、二重化的、曲折的、有可能使幻想脱离生活的活动；不仅如此，它还有可能使抽象的概念，观念向幻想……转变（而且是不知不觉的、人们意识不到的转变）。"又说："世界不会满足人，人决心以自己的行动来改造世界。"② 我之所以引用这些论述，着眼点是对于被批判的东西，必须把其原意摘引出来，不能任意曲解它们，不能把批判者的思想任意强加给它们，用批判者的庸俗化的东西把被批判的东西庸俗化一番。上面几段话大致说明了，一，辩证唯物反映论承认事物是一种客观存在，但是一旦进入实践，它们也就进入了主体的把握之中，就不再成为纯客观的东西，纯客观的现实。二，在把握现象、事物的过程中，人绝不是一面僵死的镜子，他对事物的描述与认识，并不是僵死的反映，而是加入了主观因素的，会成为曲折的、二重化的反映。三，当主观因素进入反映过程时，主观因素中的十分突出的幻想，发生着积极的作用。这时主体使用的概念，会向幻想转变。四，反映是一种创造活动，创造新的现实的活动。

从反映论的本义来看，那么这种反映论是简单的、僵死的、机械的反映论呢，还是能动的反映论呢？我们能否对前人积累的科学的思想资料当作空白，视而不见，还以为自己已实现超越了呢？当然，反映论与人们对它的认识与运用，可能会出现脱节现象，在阐述和应用

---

① 见《马克思恩格斯选集》第 1 卷，人民出版社 1972 年版，第 16 页。
② 可见《列宁全集》第 38 卷，人民出版社 1963 年版，第 421、228 页。

中发生简单化倾向；在创作中，也有人会受到这种阐述的错误影响，或是在自己的创作中照搬哲学原理而出现偏差。但是如果据此把简单化了的反映理论与能动的反映论捆在一起加以嘲弄，这本身很可能是又一次对反映论的曲解，一种新的庸俗社会学的表现。

20世纪初以来，各种学科之间加强了相互协作的过程。反映论的理论不断得到丰富，从而加深了人们的认识。例如皮亚杰的发生认识论，从生物学，从儿童智力的各个年龄阶段的个体发展，从认识的起源一直追溯到科学思维的发展。我以为它从一个方面，深入了对反映论的探讨。皮亚杰在《发生认识论原理》的《引言》中说："这种认识论是自然主义的但又不是实证主义的；这种认识论引起我们对主体活动的注意，但不流于唯心论；这种认识论同样地以客体作为自己的依据，把客体看作一个极限……这种认识论首先是把认识看作是一种继续不断的建构：正是发生认识论的后一个方面引起了最多的问题……"① 由此看到，发生认识论首先承认客体，并以它为依据，但对认识活动中的主体活动给予了充分的注意。

皮亚杰认为："认识既不是起因于一个自我意识的主体，也不是起因于业已形成的（从主体的角度来看）、会把自己烙印在主体之上的客体；认识起因于主客体之间的相互作用，这种作用发生在主体和客体之间的中途。因而同时既包含着主体又包含着客体"；"认识既不能看作是在主体内部结构中预先决定了的——它们起因于有效的和不断的建构；也不能看作是在客体的预先存在着的特性中预先决定了的，因为客体只是通过这些内部结构的中介作用才被认识的。"② 对于皮亚杰关于主体作用的评价，有必要简要地介绍一下他的关于认识结构的基本概念。

皮亚杰提出，认识不是天生的，它来源于主体与客体之间的相互作用，来源于人们的活动。而人最初活动的形态是本能的。这种本能活动逐渐协调而构成格局或称图式，即习惯性动作。这种格局或图式

---

① ［瑞士］皮亚杰：《发生认识论原理》，王宪钿等译，商务印书馆1981年版，第19—20页。
② ［瑞士］皮亚杰：《发生认识论原理》，王宪钿等译，商务印书馆1981年版，第21、16页。

一旦形成，就会去改造周围环境。先是接受外来刺激，吸收外来影响，并加以同化，对刺激作出相应的反应。同化尚不能使格局改变或创新，只有通过自我调节才能起到这种作用。调节即顺应："是指个体受到刺激或环境的作用和原有格局（即图式的）变化和创新以适应外界环境的过程。"适应包括同化与顺应两种作用和机能，通过这种作用，认识结构不断发展，以适应新的环境。皮亚杰认为适应是智力的本质，通过同化与顺应，而达到相对平衡，平衡不是静止不动，而是一种状态，一种过程，通过机体与环境的相互作用，而达到新的平衡。平衡的不断发展，就是整个心理智能力的发展过程。

但是皮亚杰并不使用反映概念，并把辩证唯物主义反映论与机械唯物主义反映论等量齐观，从而使得他的认识论不能很好地解决知识与客体何以能相一致的问题。皮亚杰的发生认识论有一定的缺陷，但从认识的根本方面，即认识论中的主客体关系方面，主体的能动性以及它的具体功能方面，作了深入、有益的探索。我们完全可以利用它的合理成分来丰富反映论。对于其他学派的理论，也应如此。

（三）哲学反映论和文学的审美反映，审美反映结构

我们在上面同时使用了反映论和认识论的概念，一般认为，两者是一回事。但是我以为反映论要广泛得多，比如，文学的本质不能完全归结为认识，因此恐怕也不能完全从认识的角度加以阐明，但是反映论由于其广泛的内涵而适用于任何思维科学。当然，这并不是说由此可将反映论直接移植于文学创作。

从反映论观察文学，文学是一种意识形态，它的某些本质方面可以得到阐明。但是反映论到底是一种哲学原理，作为意识形本身在反映现实生活时，只是在总体上符合这种原理，而其本身不是一种原理式的运动，哲学式的反映。文学的反映是一种特殊的反映——审美反映，由于其自身的特殊性，较之反映论原理的内涵，丰富得不可比拟。反映论所说的反映，是一种二重的、曲折的反映，是一种可以使幻想脱离现实的反映，是一种有关主体能动性原则的说明。审美反映

则涉及具体的人的精神心理的各个方面，他的潜在的动力，隐伏意识的种种形态，能动的主体在这里复杂多样，而且充满着种种创造活力，这是一个无所不能的精灵。歌德说："精灵只显现于完全积极的行动中。"① 作为审美反映的理论基础，反映论是必须深入研究的、不断充实的。但是作为文学艺术的本质特征只限于对反映论的研究，就容易出现使文学艺术的反映哲学原理化，产生简单化的误解，以为文学就是生活的直接反映。与此相应，我们平常说的文学是生活的反映，就显得过于笼统，缺乏对象特征。照这种说法推论，可以说道德是生活的反映，哲学是生活的反映，它们之间就没有区别。因此，我以为在文学理论中，要以审美反映代替反映论，反映论原理在这里不是被贬低了，不是消失了，而是具体化了，审美化了，从而也就对象化了。审美反映是一种灌满生气、千殊万类的生命体的艺术反映，它具有实在的容量、巨大的自由，它不仅曲折多变，而且可以使脱离现实的幻想反映，具有多样的具象形态，可使主客观发生双向变化。因此，我以为如果把文学是生活的反映，改称为文学是现实生活的审美反映，文学和现实生活的关系由此被纳入了审美的轨道，比较更符合创作实践。自然，文学研究还可以使用其他层次的多种方法，相互联系，相互渗透，但不能替代，因为对象各不相同。

文学作为一种审美的意识形态，其重要的特性就在于它的审美性和意识形态性。在审美反映过程中，生活现象、事物特征引起了作家的注意，在对它们感受、感知的基础上，引起创作主体对于对象的感情的体验，思想的评价，并通过感性的、具象的审美形式，予以物化。在这个过程中，既有感知和认识，也有感情和思想，既有想象和意志，也有愉悦和评价。这种种精神现象，一旦以综合的形式出现，便全都渗透着感情的因素，连思想、认识也不例外，从而构成审美的反映。审美反映具有强烈的感情色彩。思想是抽象的观念，而在审美反映中，它却成了一种具象的、充满生活血肉的"艺术的思想"，即对现实生活的、事物特征感性总体把握、认识而出现。与此同时，这

---

① 《歌德谈话录》，[德]爱克曼辑录，朱光潜译，人民文学出版社1978年版，第230页。

些因素又都被赋予了理性的品格,即使在具体过程中出现某种无意识、非理性现象,它们也总与意识和理性处于既矛盾又协调的形态之中。审美反映中,这些因素相互联系、交织、融合一起,连结成几个主要层面:心理层面,感性的认识层面,语言、符号、形式层面,和实践功能层面,它们形成了主体的审美反映结构。

首先,审美反映是一种心理层面的反映。从某种意义上说,文艺心理学就是文学创作、文学接受的反映论,即把反映置于心理形态范畴来加以研究,其中创作的心理层面的分析研究,对于阐明艺术反映的审美特征,具有重要意义。我们大体上可以把感受、感知、感情、想象,看作是心理层面的主要成分。感知是一种初级的生理现象,审美的感知不同于一般的感知,我们与其说它是一种肌体的触觉、味觉、嗅觉,毋宁说它是一种带有某种情绪、感情、联想特征的视觉、听觉的心理反应;一种受到审美观念影响的视觉对象的变形的心理形态;一种听觉对象的弱化或是强化;一种引起情绪低落、高涨以至激奋的心态;一种由于上述各种原因引起的心灵状态的变化。审美感情则是对事物、现象特征所持有的复杂态度的体验,或是同情,或是反感,或是高兴、愉悦、狂喜,或是烦愁、悲伤,或是为审美观念所激发的多种感情的复合的体验。审美感情具有一定的定向性、爆发性、持久性,同时它又为理性的光芒所照耀。审美想象可以是一种带有强烈感情色彩的随意性想象,随物象而产生的类似的联想,一种再现现实的,或是再现记忆中的现实的再现性想象,一种创造性的想象,能够在事物的变形中走向幻想。感知、感受、感情、想象构成了反映的审美过滤层,创作中的任何因素,只有通过这一过滤层,才能成为审美反映的范畴。心理层面是审美反映的最基本的层面。

其次,审美反映通过感性的认识层面而获得深层意义。一个时期以来,一些人对文学的认识意义的研究颇不以为然。想把它从文学创作、评论中排挤出去,或贬低它的意义。但是从审美角度来说,认识层面恰恰是审美反映构成的基本成分之一,所以你把它从窗口赶了出去,它从大门里又回了进来。你讨厌它,可对它又无可奈何。在这一层面中,既有社会的、政治的因素,又包括伦理、哲学成分。问题在于这些成分并不是纯粹的认识，而是与感情结合在一起的、感情化了的认识因素。在一些文学形式中认识因素可能不那么清晰，例如一些篇什短小的诗作就是如此。但也不尽然，短小的哲理诗作同样可以包容丰富的内容，而推动读者走向认识的升华。在鸿篇巨制中，由于认识层面与心理层面总是交织一起的，因此在心理层面弱化以至遭到破坏的情况下，认识层面将成为赤裸裸的社会学、政治学、哲学、伦理学的自我展现，并转为一种蹩脚的说教。但是如果弱化以至去掉认识层面，心理层面会变得玲珑、空灵；同时，也不排除另一种可能即心理层面徒具架子，以致过分空虚而走向虚无。其时审美活动及其意义，都将被大大缩小，很可能转化为对纯形式的追求。人们过去把文学对象与科学对象一视同仁，以为文学与科学只在反映的手段、方式上有所不同，这自然是错误的，因为文学的本质不单是认识，但是文学确实有与科学类似的、又为科学所未曾提供过的认识作用。

再次，审美反映是通过语言、符号、形式的体现而得以实现的。一般谈论审美，很少涉及这一方面。但是没有这些因素，就很难使上述几个层面相互交织，往返渗透而形成动态的审美结构。审美反映是一种心灵化的实践、功能反映，这种反映贯穿着理想、意志和评价因素。这些因素作为主观成分，在其他的种类的反映中也是存在的。但是在审美反映中，它们总是为感情因素所渗透，为认识因素所充实，穿越理想、意志，而融化为一种感情思想的评价，一种贯穿着意志的审美实践力量。当上述几个层面有机地结合在一起时，审美反映的基本特征大体得到了体现。

审美反映是一种感性活动，又是一种理性活动，是一种感性的具象活动，同时也渗透着理性的思考；是一种感情活动，感情的愉悦活动，也是显示着哲学、政治、道德观念生动形态的认识活动、意志活动、实践的功能性活动。这是一种上述各种活动的综合。当然，在以具象的、显形的感情形态为存在语言形式的构架中，隐形的艺术思想，始终是它的血肉。可不可以这样说，审美反映既类似于对世界的一种精神把握，又是一种接近于对世界的实践把握，即马克思说的是对世界的实践—精神的把握。它之所以不是一种纯粹的精神把握，即

一 最具体的和最主观的是最丰富的

不同于理论对世界的把握，在于它贯穿着感情与意志的评价，具有了一定的实践性；它之所以不是一种纯粹的实践把握，在于它并不要求把艺术当作现实，使自己产品完全变为实用性的东西，所以带有无目的性的色彩。总之，这种实践—精神把握世界的方式，决定了艺术反映中感情和思想的融合，感性和理性的相互渗透，认识和评价的感受形式与语言、形式统一的审美本质特征。

（四）审美反映中的主体创造力，现实的三种形态，客观性和主观性，侧向主观的审美倾斜及其特征

审美反映的本质特征，决定于实践—精神把握世界的方式，而这些特殊的方式，自然取决于这种方式中的主客体的独特关系。在其他的对世界把握的方式中，同样存在着主体与客体的相互关系，但在审美反映中两者之间的关系有其自己的特殊性。不同把握世界的方式中的主客观关系差异，在于理论把握中的主体，一方面它是分析、归纳、概括事物真相的主体，另一方面它不是参与被创造的组成部分，它的目的在于从事物本身和相互联系中抽取出客体最具本质的方面，以显示其客观性特征。在审美反映中，主体在其自身的感受与感情的激荡之中，整体地观照现实生活，描绘生活的各个方面。这一过程的特点是，它在把握现实生活的过程中，把始终激荡中的主体的感受、感情，它的认识，融合在一起，从而赋予了这一反映及其对象以浓烈的主观色彩；同时通过这一方式来显示出事物的客观性特征。

主体进入实践活动，必然以事物、现象提供的客观条件为前提，进而了解客体，把握客体，充分探知客体的特征及其规律。从这点来说，主体是受制于客体的。但是一旦主体置于这一前提之下进行活动，它也就获得了自由，就成为一种活生生的创造力量，能够调动自己的积极性和创造性，能动地消灭客体存在和主体观念之间的区别，从而使两者趋于一致，进而形成一种新的观念。"主观性是消灭这种区别（观念和客体的区别）的趋向。"这里讲的当然是一种哲学观点，但完全适用于审美反映。

第一编 审美反映论

我们先来观察一下审美反映中的客体变化。现实生活一旦进入审美反映，很快会发生形态的变异。它的变化序列是现实生活—心理现实—审美心理现实。首先，审美反映从现实生活出发，现实生活是提供审美反映的材料，是反映的源泉。无论是浩渺无垠的宏观世界，广阔的社会生活，还是微观世界，人的内心生活，以至心灵的颤动等精神现象，都是客观存在。其次，主体一旦深入客观现实的关系，便会接受纷至沓来的种种信息，广泛地吸收现实的具象性和丰富性，并使现实变成被感受了的现实，被感情所渗入的现实，这时的现实，是被诸种主观因素所分解、融合了的现实。在文学理论中，我们常把文学创作的源泉与对象混同，其实两者的内涵并不一致。文学创作的源泉，应当是指客观的现实生活，它的对象，则是被主体所把握，并被融入了主观性的心理现实。我们常常说现实生活是创作的源泉，主要是强调创作主体不要脱离生活，不要与世隔绝开来，作家要从现实生活中汲取诗情，要关心社会发展中的前进与倒退，而不是只搜集古老的奇趣异闻，人身上的种种无意识现象。但是源泉却并不就是对象，如果把两者合二而一以为这就是运用了反映论，那么这种反映论就被曲解了，这必然导致简单化，使艺术反映变为非审美反映。对于理论思维来说，其源泉和对象是同一的。科学家、哲学家自然不可能是冷漠寡情的人，但是要使自己获得科学成果，他只能使他的热情化为探索的动力，使他的感情化为理论的自信，而不能参与对象本身。创作的心理现实，与科学对象的探索不同，就在于它已包含了丰富的主观因素在内，是一种获得了主观形式的、主客体因素初步融合的统一体。再次，当审美反映进入艺术，具体体现为艺术构思的实现时，由作为审美反映对象的心理现实便转化而为文学的内容与形式的结合体，这已是一种审美的心理现实，它被赋予了作家个人所选择了的感情、思想与评价，成为主体审美把握了的新现实。

可见，审美反映中的几种现实形态，内容形式各不相同。因此，通常把文学说成是现实生活的反映，这实际上是一种十分笼统的说法，它未能触用到这种反映的真正特点；它只说明了审美反映的起点，强调了与其他意识形态的共同之处，而忽视艺术反映的审美性，

一 最具体的和最主观的是最丰富的

从而以一般的反映论代替了审美反映。

托尔斯泰主张按照生活的本来面目进行写作。但是当他进入创作的时候,他却说要"再现人的心灵的真实",这当然是指作为对象的人的心灵而言。但也可以扩大、引申,把他所说的对象看作是一种心灵化的现实。最后根据这一现实,创造了审美的心理现实,进一步把客观因素主观化了,把主观因素对象化了。屠格涅夫写作《父与子》的例子是十分有趣的。先是在火车上一位俄国青年医生的言行举止引起了他的注意;之后,在小说创作前,屠格涅夫为未来小说的主人公巴扎罗夫记日记。这种日记可以说是作家对现实人物的心理研究、分析和把握,在这个日记中的人物身上,已注入作家的种种主观因素,具有了一定的审美特征。最后,作家在对人物的心理分析的基础上,也即在对现实的心灵化的基础上,创作了小说。鲁迅说他创作阿Q,目的在于画出国民的灵魂,虽然这十分困难,甚至有点隔膜,但"也只得依了自己的观察,孤寂地姑且将这些东西写出,作为在我的眼里所经历的中国人生"①。这里最后一句话是很有意思的。创作阿Q形象是为了表现中国的人生,但作为创作的对象,则是鲁迅"眼里所经历的中国人生",是鲁迅把握了的心理现实。清人郑板桥关于画竹的一段话,不少人用来说明形象思维的特征。我以为用它来说明审美反映中的三种现实形态是最为形象的了。他说:"江馆清秋,晨起看竹,烟光、日影、露气,皆浮动于疏枝密叶之间。胸中勃勃遂有画意。其实胸中之竹,并不是眼中之竹也。因而磨墨展纸,落笔倏作变相,手中之竹又不是胸中之竹也。总之意在笔先者,定则也;趣在法外者,化机也。独画云乎哉。"② 郑板桥所说的眼中之竹,就是现实之竹。当他静观默察,出现画意,意先于笔的时候,这现实之竹,就变成胸中之竹了。胸中之竹即穿越了心理结构之竹,已转化成了心理现实,是融入了主观成分的主客观合一的艺术对象。当落笔成画的时候,画家的情绪、思想继续升华,其时趣多于法。客观为主观全面渗透,而主

---

① 参见〔俄〕屠格涅夫《文学回忆录》,巴金译,文化生活出版社1949年版。
② 俞剑华编著:《中国画论类编》下卷,人民美术出版社1986年版,第1173页。

观则走向全面对象化。这时胸中之竹，就转化而为审美心理现实，蜕化而为手中之竹而跃然纸上。也许正是在这意义上，或是只是在这意义上，可以把文学作品看作现实的影子的影子的吧。

那么，在审美反映中，客体就此消失了吗？是消失了，可以说审美反映消灭了原来的客体，因为艺术并不要求把它的作品当做现实。但是又可以说它仍然存在着，即客体的客观性特征被保留下来了。它大致采取下列几种方式。

1. 在感情的把握中被赋予了事物、现象的原有形式，显示了人们熟悉的事物的特征。这是一种最通常的方式。不少作家特别是现实主义作家都喜好这种方式，并且提倡这种方式。但是不少现代主义作家指责这种方式，而依据的理由又往往是自相矛盾的。比如他们认为现实主义文学强调按照生活的本来面目描写生活，以为这就是摹写生活，机械地反映生活，缺乏主观创造性。但是又是这些人指责现实主义文学主观性太强，他们说现实从来不像现实主义文学描写的那样有头有尾，作品的结构、人物故事有序性完全是作家主观所为。照他们的主张，应当强调生活的无序性、混乱性、与不联系性。但是十分明显的是，现实主义创作原则从来不是他们那种庸俗化了的见解，我们从审美对象的特征已可见到。审美反映从来不限于再现现实的形貌，在这一过程中，客观性比之对事物、现象的形式特征的真实描写的理解，要丰富得多，更何况在对待事物的形态方面，还可以有夸张、变形等写法，后者照样可以显示出事物的客观性特征来，而且这也是现实主义文学经常使用的手段。

2. 更为重要的是，审美反映中的客观性特征，表现为主体通过多种艺术手段，提示事物本身的精神和特征，它的内在的本质和灵魂。没有这种揭示，形似的反映将是一种真正的摹写式的反映，简单的、肤浅的反映。审美反映描绘事物、现象的外显形式，同时也提示事物的内隐特征，它所显示的客观性特征，具有真理性的品格。在这种情况下，即使是夸张、荒诞、象征的反映与表现，也能曲折地展现主观因素经过各种折射后所显示的客观性特征来。

如果谈到现实主义作品中的客观性，我们可以看一下不少作家对

一　最具体的和最主观的是最丰富的

托尔斯泰的评述。在世界范围里，大概除了少数作家如罗布－格里耶、克洛德·莫里亚克等人认为阅读托尔斯泰的作品于己无补之外，几乎所有有点成就的作家，都异口同声地赞赏这位俄国作家。法朗士说："在观察人方面，托尔斯泰教人们既要从决定人的本性的外部表现去观察人，也要从他的内心的隐秘活动去了解他，让读者体验到生活的无限复杂性。"① 托尔斯泰的同时代人，批评家斯特拉霍夫谈到《战争与和平》时，十分精彩地揭示小说使后人叹为观止的原因之一即"客观性"。他说在小说里，你简直就像亲眼看到了所描写的一切，听到了所发出的一切声响似的。作者不以自己的口气讲述什么：他直接引进人物，并促使他们去说话，去感受，去行动，而且每句话，每个行动都正确到惊人的地步，也就是说完全符合人物所固有的性格，仿佛你是在和说话的人打交道，而且你把他们看得比现实生活中所看到的更清楚。不仅可以区别出每个人物的感情和表达方式，同时还可以区别出每个人物的风度，他喜爱的手势、步态。然而伟大作家作品中的客观绝不限于场面、人物言行、感情表达的真实，而且还有人民的不朽的伟力和精神的真实。托尔斯泰自己说："要使作品好，就必须热爱作品中主要的、基本的主旨。因此我在《安娜·卡列尼娜》中热爱家庭主旨，在《战争与和平》中热爱由于1812年战争而联想到的人民的主旨。"②

3. 审美反映中的客观性特征，通过事物、现象的描写与内在精神的表现而得以体现。但是还有这一种情况，即主体可以把全部客观特征，加以全面主观化，把主观特征全面对象化，形成审美反映中主体侧向主观的全面倾斜。这是由于心理现实在长期积累中可以转化为心理积淀，渐渐转向主观。同时也要看到，心理现实中的主客观因素，不是按照固定的比例排列的，不是凝固不动的，而是不断流动、转化的。心理现实是一种不断改变自己特征的动态统一体。主观性既然可

---

① ［法］法朗士：《列夫托尔斯泰》，见陈燊编选《欧美作家论列夫·托尔斯泰》，中国社会科学出版社1983年版，第33页。

② 见［苏］贝奇柯夫《托尔斯泰评传》，吴钧燮译，人民文学出版社1962年版，第190页。

以消灭存在和观念之间的绝对界限，赋予客观性因素以主观形式，并不断使之获得主观的特征，那么在充满变幻的审美心理现实的实现过程中，原来的主观因素可以不断对象化，获得的客观性特征，而原来已经获得了主观形式、渗入了主观因素的客观因素，可以进一步被主观化，从而形成不断进行着的双向转化过程，展现出审美主体的能动的积极性来。

这里有两种情况，一种是主体在拥抱世界中，具有较大的历史感。主体的着眼点是历史、时代、人的命运；他吞吐世界，把握着时代精神，他的审美创造物显示了巨大的主观性，而且处处为这种强大的主观性所照亮，透过这种无处不在的主观性，读者不仅可以见到主体的魂魄，而且从它身上仍然可以体验到客观性特征，看到审美反映中的创新。另一种情况是，由于主体在复杂的世界面前感到不安、陌生、迷惘，甚至悲观失望，由此缺乏历史感，因此常常潜入自我意识的角落，沉入自己的微观世界的边缘，从中寻找慰藉。如果说，一些人把审美反映当作照镜子般的反映，把诗人看成是一个僵死的反映物，排斥创作的主观因素，把源泉当成对象；那么一些现代主义流派的作家，则竭力摒弃对象中的客观性因素，把主观因素而且仅仅是人身上的部分主观因素，当成了文学创作的唯一源泉，并且予以绝对化，同时也把这些因素如无意识、直觉当成文学的唯一对象和内容，在理论上走向另一个极端。他们潜入了这些因素，却以为拥抱了整个宇宙，形成十分复杂的审美倾斜，或是有所创新，或是出现了审美反映中难以沟通的现象。

超现实主义者勃勒东等人，作为早期的先锋派，同情革命，并且说要使他们的创作与斗争结合起来，但是这些人的理论却明显地表现了文化上的虚无主义倾向。他们确实不满现实，然而他们理论上提倡创作诗情不是来自现实生活，而汲取自无意识心理。勃勒东说，超现实主义就是"纯粹的心理无意识化：人们凭借它，用口头、书面或其他方式来表达思想的真实过程。在不受理性的任何控制，又没有任何

一 最具体的和最主观的是最丰富的

美学或道德的成见时，思想的自由活动"①。他们把过去文学中较少注意描写的幻觉、梦幻、无意识、直觉等现象，看成是文学的唯一内容。有些梦幻、幻觉是现实意识的折射，反映了意识的部分真实，而其中大部分这类现象，则是无实际内容的低级心理现象。描述前一类现象，有时可以成为变幻莫测的、绚丽多彩的篇章，但是专门去捕捉这类现象，挖空心思地寻找梦幻，这就把文学的源泉、对象绝对地主观化了。这必然会使创作变成杂乱的幻觉的堆积，缺少沟通而使人莫名其妙。弗吉尼亚·伍尔芙在《现代小说》等论文中，把现实分解为一堆飞速流动、难以捉摸、随时变动位置的零星小点，也即细微的意识闪动，一圈可望而不可即的光晕。如果这里指的是一种描写手法，是认识现实生活的一个微观的补充，我以为是可取的，这可能使原来的写作方法得到充实，出现更新。但是作为文学全面把握现实生活的主张，就显得苍白无力了，因为它同样使文学的对象绝对地主观化了。后来的法国女作家、"新小说"派理论家之一的娜塔丽·萨洛特，提出有两种现实的观点。一种是日常生活的现实，一种是人身上潜在的现实她认为文学的任务在于描写"潜现实"。而所谓"潜现实"，就是"无意识""心理要素"；至于作品所写的主人公，那不过是一个无姓名的"我"，一个失去了所有特性、全部"特权"的作者本人的"反照"。至于主人公周围的人物，不过是"一些幻象，梦境，恶梦，幻想，反照，模态"，提出现代作家"不是继续不断地增加文学作品的典型人物"，而是"彻底忠实地写自己"②。在创作的主、客观性问题上，我们不能不提一下罗布－格里耶的论点，他主张今天的文学不是写人，而是包围人的物。"让对象和姿态首先以它们的存在去发挥作用，让它们的存在继续为人们感觉到……"③ 罗布－格里耶的这种小说，在法国被称为"客体小说""实物主义"。但是这位作家

---

① ［法］勃勒东：《超现实主义宣言》，《法国作家论文学》，王忠祺等译，生活·读书·新知三联书店1984年版，第67页。
② ［法］罗布－格里耶：《未来小说的道路》，见《现代文艺理论译丛》1963年第3期。
③ ［法］娜塔丽·萨洛特：《怀疑时代》，见《法国作家论文学》，王忠祺等译，生活·读书·新知三联书店1984年版，第389页。

说，他的小说实际上"比巴尔扎克的小说更具主观性"。他说在巴尔扎克的小说里，作家无所不能，无所不晓，掌握着的所有人物一切变化，"这只能是上帝"。这似乎是说现实主义文学中具有主观性的一面。但真当涉及文学的主观性时，罗布-格里耶马上又认为"上帝"不是主观的，因为"只有上帝可以自认为是客观的"。至于涉及他的小说，那"新小说只追求完全的主观性"①。这是一种相矛盾的理论，对于"新小说"派取消人物的理论，在法国持异议的也大有人在，如埃尔韦·巴赞、彼埃尔·加斯卡。法国文学史家皮·布瓦代弗在《当代法国文学史》（1969年）普及版《序言》中说到"新小说"时指出："'人物'可以取消，但并没有被别的东西所取代。"②

这样，我们看到在一些现代主义作家的审美倾斜中，把自我的心理要素，如无意识、幻想、反照、模态，当成了文学对象。英国艺术理论家赫伯特·里德说："我们现在已达到哲学相对论阶段，在这一阶段，除了创造自己的不能被看做是随意作出的、或者甚至是荒谬的现实之外，无疑，现实表现为个人无可选择的主观事实。"③ 西班牙哲学家奥特加·伊·加塞特说："艺术家在外部世界面前闭上眼睛，把视线转向自己的内心的主观全景。"④ 文学的任务在于描写主观心理要素，同时又不予考虑作家的主观心理要素与现实的关系，这可以说是现代主义创作的一个典型模式。由于文学的源泉、对象被绝对主观化，于是必然会把文学创作的本质完全倾斜于"自我表现"，即使像罗布-格里耶在小说中写的是物，那物也不过是作家主观的道具，"自我"的外化、外射、反照和模态。

可是，第一，那些由潜意识、无意识、幻觉、梦幻组成的"自我"既然被当成创作的源泉，那无异宣布，文艺创造可以脱离现实生

---

① ［法］罗布-格里耶：《新小说》，见《法国作家论文学》，王忠祺等译，生活·读书·新知三联书店1984年版，第398页。
② ［法］皮·布瓦代弗：《20世纪法国文学发展趋势》，见《外国文学报导》1982年第6期。
③ ［英］赫伯特·里德：《现代艺术哲学》（英文版），法伯与法伯出版社1952年版，第21页。
④ 转引自《国外现代艺术研究》，莫斯科科学出版社1964年版，第32页。

活，作家可以不必顾及社会生活，不参与生活的进程。因此有的人认为对于作家来说，根本不存在什么了解生活问题，而且认为即使经验多了，也未必能写出作品，此话不无一定道理，但又很片面，关于这点，我们在后面还要谈及。

第二，脱离客观的"自我"既然被视为创作源泉，创作的对象不过是幻梦的投影，那极有可能导致文学形象的消失。一部分文学作品，特别是短小的文学体裁，可以抒写个人的感受；一些类型的小说，情节可以淡化，人物不用精雕细刻，以表现情绪为主。但是整个文学不能限于这些方面，像叙事文学、史诗式的创作，就不能没有人物形象，而且它们主要是通过形象画面来描绘时代风貌的。这类宏大的艺术形式，不会像神话那样消亡。如果不少作家只对梦幻、直觉发生兴趣，并以它们去代替生活之流，那么真正的生活本身就很可能被肢解，这大概就是现代主义作家难以提供史诗性作品的原因。当然也有一些例外，例如普鲁斯特，他写作《追忆逝水年华》时，似乎是与隔绝的。但是要看到，他实际上通过亲身经历的回忆和读书在写作。弗·莫里亚克说得好："当普鲁斯特第一个到书本中去找出路的时候，在他的软木贴墙的房间里，跟他一起禁闭着一个整整的世界，他知道，在这四堵墙内，在他那……可怜的身躯里所能作出的回忆，比他即使活上一千年在内心所能保存下来的回忆还要多，他可以从自身汲取各个时代，各个社会阶级，一年四季、田野、道路，总之一句话，所有他知道的、热爱的、吸取的和经历的一切，都是他在这个几乎从不离开的、充满着药味的房子里得到的。"[1] 从已看到的小说中的某些部分来说，普鲁斯特只是采用了意识流的手法，而并未以梦幻、幻觉来代替他所描绘的生活之流。而另一些现代主义作家抓住了人的某些心理特征，却抛开了人的复杂的现实关系，钻入了人的心理结构的某些方面，摒弃了人的整体，这是丰富了人，还是使人单一化了呢？如果使人失去了整体，又怎能去写出他的完整形象呢？如果只能封闭于

---

[1] [法]弗·莫里亚克：《小说家及其笔下的人物》，见《法国作家论文学》，王忠祺等译，生活·读书·新知三联书店1984年版，第199页。

"自我"，那也只能如弗洛伊德说的，作家实际情况的人物就是他自己的心理意识的面面观。在这种情况下，他似乎无须给自己的纯粹心理的外射、反照、模态起什么人名，而只需代之以符号。这大概是提出文学全面非人物、非情节、非典型主张的认识根源之一。

第三，把脱离现实生活的主观看成是万能的，它本身就是文学创作的内容和对象，可以任意发挥"创造性"而不受约束，其恶性发展必然会导致主观的极端性和非理性主义。科学的进步，人的意识深层的探索，加深了人对微观世界的认识。人的意识与无意识相互对立而又统一共同组成人的心理结构、心理机制的整体。在人的无意识活动中，有的属于社会性的心理活动的经验积淀，有的则属于人的本能性质的活动的心理积淀。文学审美地反映社会生活，人的意识活动，同时自然也可描写心理活动中的无意识现象、直觉、梦幻等。但是描写这些现象，在绝大多数场合，并非目的，而是为了深入提示人与人之间的相互联系及其思想感情的复杂变化。因此在创作中，只有那些具有社会性特征的无意识现象的描写才是有意义的。不分清这一界限，便会以大量低层次的无意识代替人的意识的描写，以生理本能代替人的理性活动，以生理本能代替自觉，从而使文学创作沉湎于梦幻的、专门收集人的本能反应的文学。勃勒东宣布凭借"无意识写作"，"凭冲动来写作"，"模仿精神病"，"制造出具有象征作用的客体"，"分析睡和醒的状态的互相贯穿"，探讨爱情、梦幻、疯癫和宗教，等等。这种把某些主观因素绝对主观化，并把它们视为创作的源泉、对象、内容的文学主张，虽自成一派，但理论上疏漏极多，故此充满争议。这种主体的审美倾斜的主张的实践，使其滑落、减损了大量的审美意义。

当然，也要看到，有相当部分的现代主义流派的作品，还是极为曲折、深刻、审美地反映现实的。凡是这类作品，如《城堡》《鼠疫》《女仆》《秃头歌女》《蝇王》《第二十二条军规》等，就像《追忆逝水年华》一样，并不是完全按照现代主义文艺理论创作出来的。即使是伍尔芙的《海浪》《到灯塔去》，娜塔丽·萨洛特的《行星仪》等，也都是如此。这类作品固然有对事物的一定的客观性描写，但主要表现主体使用多种十分主观的艺术手段，如象征、荒诞、变形来抒写主观化了的生活流变。它们往往能够出人意外地抓住现实的某些十分重要的特征，给以主观变形，使原来的特征分外突出，而显出巨大的创新意义和审美价值。它们并不像它们的作者在理论上所宣传的那样，人物应完全被融化为某些纯粹的心理要素、反射、模态、反照等。获得读者喜爱的也正是这些作品。

（五）审美反映的动力源，审美心理定势，审美反映与表现

19世纪末20世纪初，绘画中流派纷起，它们的主导倾向是力图摆脱传统手法，主张深入人的内心。一方面，这种要求表现了一部分画家对平庸、乏味、虚假的现实生活的不满与压抑感，另一方面，又表现了他们对现实的悲观和鄙弃。后期象征派画家高更认为，"艺术家应该从他的内心去观察"，以表现他的主观感受，内心的骚动与不安。德国表现主义者"讨厌现实中的人物"，情愿以同真人大小的布人为模特儿。有的宣称："世界存在着，再去复制它有什么意义！"年轻的毕加索说，创作"仅仅是它能喷射出热情"，"艺术不是美的法则的实际运用，而是在一切法则之外的为我们的天生本能和大脑接受的东西"。立体派画家、理论家格莱茨·梅津格在《论立体派》中说，"艺术唯一可能的迷误就是模仿"。这些观点虽针对绘画而发，但对文学理论中的表现论影响很大。俄国象征主义诗人勃柳索夫说："艺术从来不是再现。"后来的新托马斯主义者马利坦的艺术理论在西方现代主义文艺思想中是颇有影响的，这种理论宣称："艺术不在于模仿，而在于创造。"① 提倡无边现实主义的加罗迪认为：艺术创作的任务，与其说是再现世界，毋宁说是表现人的愿望；艺术的目的"是创造神话，表现纯粹的人类行为，以超越自然"；"做一个现实主义

---

① ［法］马利坦：《艺术和经院哲学》，《现代美学文选》俄译本，莫斯科外国文学出版社1957年版，第90页。

者，不是模仿现实的形象，而是模仿它的能动性"①，等等。上述各家的观点都把反映、再现与表现截然对立起来，似乎存在没有表现的反映，再现必然就是模仿，模仿就是僵死的反映。所以文学创作的特征不能是再现和反映，而是表现和创造。这实在是一种脱离创作实际的偏见和烦琐哲学。

从审美反映中现实形态的变异来看，主体具有改造客体的创造能力。但是这种主体的创造精神来自何处？它来源于主体对世界的具体感受、感知与感动，这是进入审美反映、艺术实践的真正出发点。审美反映必须以主体的表现为主导，才能构成自身。

有的诗人和作家说，他们根据反映论，投入了生活，了解了不少新鲜的事物，但是没有能够写出成功的作品，于是便迁怒于这一理论。而一些搞批评的人出来证明：由于过去文艺理论只讲反映论，所以使得现实主义道路越走越窄。一个作家想采用多样的写作原则、方法，完全是自由的，但说反映论阻塞了现实主义道路，这恐怕就缺乏科学态度了。

其实，这问题不在于理论本身，而在于人如果是一位作家，那么你是如何理解反映论进行文学创作的？你是像一般人在生活里来往穿梭，硬套反映论于文艺创作，还是接受外界不住袭来的生活印象，以一种特殊的眼光去观察、体验、捕捉种种动态的感受？如果是前者，那么写不出、写不好作品没有什么可以值得大惊小怪的。满身生活经验，而又写不出东西，这说明生活印象未被主体感受，否则人人都可成为作家了。如果是后者，对生活有所感受而进行写作，那么总能写出一些作品，其成败得失自然要看你个人的眼光独特到什么程度，你个人的观察有无新的发现，你的体验有无个性化的特色，以及在艺术概括力方面有多大才能，有多大的文化传统的积淀和创新的魄力。

杜勃罗留波夫说道，哲学家的睿智与诗人的伟大诗才，有共同之处，他们都能在事物的一瞬间，就能够从它们的偶然性的表现形式

---

① [法]加洛蒂：《论无边的现实主义》，吴岳添译，上海文艺出版社1986年版，第29、168页。

中，区别它们各自的特征，然后通过他们的意识，把它们组织起来，把握它们，以至可以随心所欲地召唤它们，把它们组成各种联合。这种能力，哲学家和诗人都有。但是有一种品格，却把两种人分了开来，这就是感动力。对于作家来说，他的非凡特征就在于对现实的这种特殊的反映能力，而对于科学家来说，不能说他没有感动力，但是相对而言，他的这种力量要弱得多。"……一个感动力比较敏锐的人，一个有艺术家'气质'的人，当他在周围的现实世界中，看到了某一事物的最初事实时，他就会产生强烈的感动。他虽然还没能够在理论上解释这种事实的思考能力；可是他却看见了，这里有一种值得注意的特别的东西，他就热心而好奇地注视着这个事实，把它摄取到自己的心灵中来，开头把它作为一个单独的形象加以孕育，后来就使它和其他同类的事实与现象结合起来，而最后终于创造了典型，这个典型就表现着艺术家以前观察到的、关于这一类事物所有个别现象的一切根本特征。"[①]

可以设想，在屠格涅夫乘坐的车厢里，肯定还有其他旅伴，但青年医生这个人物，只引起了屠格涅夫一人的注意，这说明屠格涅夫的观察力的确与众不同，即使是那种尚处于萌芽、朦胧状态的事物、现象的特征，也能够为他所瞥见，拨动他的心灵，引起他的感动，为未来的主人公记起日记来。我以为这里既有敏锐的观察力，也有一种感情趋向，以及由此而形成的审美感受力和转化而成的艺术创造的发动。作家的感受力，有如有音乐感的耳朵和能够接受形式美的眼睛，是他的一种天赋本质与后天习得的结合，也是他作为作家本质力量的确证。

对于作家所具有的特殊的眼光、独特的观察力和体验，以及他的审美感受力是值得进一步分析的。客观事物、现象的特征引起他的注意，固然是一个条件；而且是必不可少的条件，那些事物、人物的特征，何以能触动主体，它们本身自应具有一定的品格。然而对于主体

---

① [俄] 杜勃罗留波夫：《黑暗的王国》，见《杜勃罗留波夫选集》第 1 卷，辛未艾译，上海译文出版社 1962 年版，第 272 页。

来说，情况是千差万别的，因为明显可以看到，一些现象引起不同作家的注意和兴趣，其内涵是各不相同的。因此，这里重要的是说明创作主体的品格，他的审美感动力的发动的内因，这就是促成审美反映结构的作家的审美心理定势；它的强度和趋向，那种日积月累一触即发的内驱力。

所谓审美心理定势，说的是主体的心理从来不是一块白板，在他创作之前，早就形成了他特有的动力源。创作主体心理实际上很像一块储放着种种感情颜料，已经调配过的调色板，那绚丽多彩的感情颜料，就是创作主体所拥有的审美趣味、个人气质、观察才能、创作经验、艺术修养以及广泛的文化素养的混合物。它们不断地流动着、发酵着，其中最为活跃的因素是主体的感情、想象和认识。这种种因素，组成了主体的一种动态的审美心理结构，或称做格局；它分散凌乱，又不断得到调整和充实；有时潜伏着，有时处于一触即发状态。格局既经形成，就会不断要求创作主体按照它的预想的模式，通过创作实践而获得满足。屠格涅夫遇到青年医生事出偶然。但是青年医生的外貌特征、举止言行，由于同作家积蓄已久的审美心理定势息息相通，于是立刻为它所观照，形成一种发动，产生了实践的愿望。但是青年医生式的新的人物的面貌究竟如何，他会向何处发展而去，一时难以逆料。为了从总体上把握人物，于是作家潜入了未来主人公的内心，进行心理实验，替主人公记日记。这实际上就是主体进一步调动自己的感情、想象，对人物进行审美体验与认识的特殊方式。创作主体通过对人物的感情把握，加深了对人物的认识。这种感受和认识一经明确，由顺应走向新的平衡，于是新的审美心理定势大体完成，便表现为创造力的外化。

创作主体的审美心理定势不是一成不变的，各种因素的积累、文化素养的提高，各种哲学、道德、政治观念的有效汲取，都会推动它发生变异，其中社会和人这两个基本因素，起着举足轻重的作用，它们直接影响着审美心理定势的强度和趋向；我们回忆一下鲁迅弃医从文的变化，不难明白，社会和人的命运的思考，观念的变化，是他的审美心理定势中的主导力量；探索人的不幸悲剧，必然导致对人的处境的思考；至于其他种种因素，广泛、深厚的文化素养和知识经验，奠定了他审美心理定势的厚实基础，在这块充满活力的心理层面上；凝聚起一股积极的创造力，主动地寻找着对象和走向实践的可能。心理进入了这种使命感的境界，一旦接受到了客体的撞击，立刻融成喷薄而出的激情，主体这时就获得了自由。于是狂人、孔乙己、祥林嫂、闰土、阿Q，一个个被召唤到了他的笔下。

1949年后，一个时期内一些有识见的作家创作出了不少优秀作品。同时也要看到，由于庸俗社会学的猖獗，创作主体的审美心理定势受到压抑，不少作家的创造力受到遏制。主体审美趣味划一化，艺术修养、文化素养被称作是"资产阶级化"的东西，使得主体的审美心理定势变为一块白板、一块灰板；同时对社会和人的主导认识的教条化，使主体失去了思索的余地，探索的可能。主体成了失去创造活力的惰性十足的"客体"，被一股外在力量可以随意驱使的"客体"。"文化大革命"宣告了创作主体的死亡。社会和人在新时期复苏了过来，人成了反思的主体，人发现现实社会并不像过去宣传的那样是一个粉红色的气球，一曲十三陵水库式的狂想曲，也不是一片战场，而是混杂着理想和痛苦、诗情和冷酷的实体。人有他奋斗、自强、忍受灾难、舔治创伤、战胜邪恶的伟力，但也是一个充满七情六欲的人，而有的人还是崇高和庸俗、伟大和卑鄙与渺小的结合。这种接近社会和人的真实的认识，给主体提供了思索、发挥主观积极性的可能。我们看到，不少作家的审美心理定势，由于社会和人的基本观念的不断改变，由于其他因素如哲学、外来思想的积极方面的影响，文化素养的广泛性，而得到不断丰富。而每次变化，又给主体带来了新的积极性、新的眼光、新的观察力、新的体验、新的发现，促使他走向审美反映的新岸。

在走向创造的过程中，这种时时处在动态过程中的审美心理定势中的种种因素，其中特别是主体的体验、感情、思想、认识、评价，都会渗入到作品的肌体中去。有的作家说，"每一个艺术作品只要是真正的艺术作品，就都是艺术家的真挚的感情的表达……"[①] 有的认

[①] ［俄］托尔斯泰：《艺术论》，丰陈宝译，人民文学出版社1958年版，第127页。

为，作家"……正确展现人物的所有品质是不够的，要坚决用他个人的眼光来照亮人物"①。有的作家说，一部小说"能够把它的作者和他的整个内心世界暴露出来"，从一部小说、一篇政论中，我们可以"不仅毫不困难地确定作家的世界观，而且还能够确定他成熟到什么程度，浅薄到什么程度"②。这里所说的"个人眼光""整个内心世界""世界观"，不仅都是主体因素，而且全都进入了作家的创作，不仅不要求它们避开，而且要求它们必须介入。那些大作家的伟大作品，就是一面全面反映作家主观因素的镜子。歌德的《浮士德》写了六十余年。浮士德原是民间传说中的人物，是一位神秘、勇敢的奇特的智者。后来流传到英国，克里斯托弗·马洛利用这一素材于16世纪末写成了《浮士德博士的悲剧》。歌德采用了这一故事人物，加以改造、丰富，使之成为一位不倦探索人生真义的人。在这部诗剧里，可以说融入了歌德本人几十年的人生体验，对社会、历史、时代的不断变化的认识和评价，以致他认为："谁要是没有四面探讨过，没有一些人生经验，他对下卷就无法了解。"③诗剧描述了时代，也表现了歌德的自我。现实主义作家各自以特有的方式发掘生活之真，颂扬生活之善，揭示生活之美。他们也写假恶丑，即使是揭露它们并鞭笞它们，那也是为了理想的缘故。文学的审美理想和评价，反映了主体改造现实的积极性和他的审美的追求。难道这样的审美反映，就是对主体创造力的扼杀？

作家的主观因素，他的创造力在作品中是怎样显示出来的呢？如果说人物的感情、思想可以通过他们各自的行为、动作而得以体现，并被赋予了外形，那么体现了作家的理想和评价的感情、思想的表现方式就不同了，它们只能渗透于对事物的客观描写之中，附丽于人物身上，通过艺术整体画面的评价而得以表现，而且往往要求它们不露

---

① [俄]陀思妥耶夫斯基：《1883年，作家日记》，见《俄国作家论文学创作》第3卷，苏联作家出版社1955年版，第148页。

② [俄]谢德林：《街头哲学》，见《古典文艺理论译丛》第4册，人民文学出版社1962年版，第134页。

③ 《歌德谈话录》，[德]爱克曼辑录，朱光潜译，人民文学出版社1978年版，第232页。

痕迹。在这种场合，文学创作既是反映，审美地反映现实生活，又是表现，表现作家的自我于审美反映之中，自我在表现中得到归宿，两者相互依存，互为表里。由此，审美反映非但不排斥表现，即作者的自我表现，而且必须与自我表现结合起来，否则审美反映将是非审美的僵死的反映，没有主体的反映。我们平常把创作的基本特征称作反映，这是一种相当笼统、模糊的说法。事实上，这时所说的艺术的反映，是包括了表现的成分在内的，所以艺术的反映是一个相对的概念，而审美反映则明显地显示着主体的一方。

不过，反映与表现虽然相互一致，但在不同的艺术形式的运动中，它们的表现方式又各自有所侧重。在叙事作品中，一般着重客观画面的描写，客观性特征占有优势，作者本人隐而不露；甚至在叙事长诗中，作者的主观性虽已大大加强，但是由于客观性特征形成的艺术画面，不会使整个艺术情势发生根本性的变化。至于在抒情诗、感事诗、哲理诗、散文诗中，虽然也会出现客观景物的形象，甚至图情并茂，但是其主导情势则是人物、作家的感受、感情、思想的抒发的表现，主观性特征占有优势。这种创作的特征，就是我们一般所说的表现。

一些门类的艺术，如音乐、舞蹈，它们的目的不在于如实地描绘现实，不在于反映事物的现实性，它们主要使用象征、联想的手段，来表现人物、作者的感情的流动与变幻，抒发他们的主观情绪，即重表现而不重再现，所以属于表现艺术。有时在这类艺术中，也会有艺术形象出现，但它们描绘出来的场景，不是生活原有的形式，而是感情水滴中的折射，是为感情改造了的生活形式的变形，一种象征，表现也是现实主义创作的重要特征。因此，反映与表现是现实主义创作原则的两个方面，当作家以描写事物的客观性特征为主，即重在表现事物的现实性及其本质特征，这时的反映是离不开表现的，反映包含了表现，否则反映将是没有反映者的反映，反映本身也就不可思议。当作家通过作品以表现人物、作家本人的主观情绪、感情为主，此时表现必然受制于作家对生活的激发，否则表现将是失去客体引发的表现，虽然有时这种生活激发可能不那么直接。以描写事物客观特征为主的审美反映，意在通过艺术形象的塑造，生活现象的描绘，揭示出事物的本质方面；以突出人物、作者感情的主观性特征为主的表现，意在通过主体的审美抒发，直接在主体的震动、折射中，显示着事物的精神和特征。这样看来，审美反映与表现，都提供"新的现实"，或是重建了客观性特征强的社会生活的"新现实"，或是重建了充满浓郁的主观性特色的感情、心理的"新现实"，两者都是创造，不存在孰高孰低的问题。只要具备一些艺术感受的能力，谁不为林黛玉的失落的青春而感叹呢？又有谁不为那声调明朗的普希金的爱情诗作而感到青春的无限温馨呢！但前者主要以曲折、动人的画面展现在我们面前，而后者却以青春的哨音和回响叩击着我们的心灵。

  与审美反映相互联系着的是模仿说和镜子说，这里需要做些说明。现代主义作家贬低、否定现实主义原则的时候，总要把这一原则与模仿说、镜子说相提并论，认为模仿、镜子就是复制。于是我们有的文章也不用脑子、不查材料，跟着说模仿、镜子就是僵死的反映等等。其实，要像无产阶级文化派那样否定一切传统，那是最容易不过的，但现实生活往往并非如此。

  模仿是早期现实主义使用的一个概念，把它作为今天的现实主义的特征显然是不妥当的。但模仿并不是指一般意义上的仿作，它的内容完全不像现代主义者所丑化的那样可笑。亚理斯多德在论及模仿时，提出了"可然律"与"必然律"的问题。它大致从两个方面触及了创作的特点：一是要求文学从现实生活出发；二是在创作中，诗人还应顾及可能发生的事，带有理想因素的事。这是模仿说的合理内容。文艺复兴时期模仿说得到了进一步的丰富。这时期的巨人们从各个领域探究世俗生活，要求文学从天国返回人间。这时期的作家、艺术家都歌颂人的本身。文学从神到人，这使人本身成了艺术模仿的对象，使人本身成了理想。这种理想符合现实要求，所以"文艺复兴的美学首先是理想的美学"[①]。后来别林斯基谈及主张模仿说的塞万提斯和莎士比亚时说，前者"用无与伦比的《堂吉诃德》击败了诗歌中

---

① 参见米·奥夫相尼柯夫《美学思想史》第1卷，莫斯科艺术出版社1985年版，第67页。

的虚伪倾向",后者"则使诗歌和现实永远调和、结合了起来。他那广无涯际的、包含万有的眼光,透入人类天性和真实生活的不可探究的圣殿,捉住了它们隐藏的脉息和神秘跳动"①。18世纪的启蒙主义者给模仿说注入了新的因素,例如莱辛认为,模仿不等于如实记录,而包含"鉴别"在内。"艺术的使命,就是使我们在这种鉴别美的领域里得到提高。"② 19世纪的现实主义作家常常强调要按照生活的本来面目写作。契诃夫是这种主张的拥护者。他在给苏沃林的一封信中写道:"……最优秀的作家都是现实主义的,按照生活的本来面目描写生活,不过由于每一行都像浸透汁水似的浸透了目标感,您除了看见目前生活的本来面目以外就还感觉到生活应当是什么样子……"③可见要求按照生活的本来面目写作,并非照葫芦画瓢,并非临摹,而是贯穿着作家的目标感,要让人看到生活应当是什么样子。镜子说也是这样,这不过是要求文学真实反映现实生活的比喻。雨果说过:"戏剧是一面反映自然的镜子。不过,如果这面镜子是一面普通的镜子,一块刻板的平面镜,那么它只能映照出事物暗淡、平板、忠实、但却毫无光彩的形象;大家知道,经过这样简单的映照,事物的色彩就失去了。戏剧应该是一面集聚物象的镜子,非但不减弱原来的颜色和光彩,而且把它们集中起来,把微光变成光彩,把光彩变成光明。"④ 这样看来,镜子说难道就是僵死的吗?

　　涉及主体在创作中的主导作用时,一些现代主义作家指责现实主义作家扮演了一个全知全能的上帝的角色,说他们任意地摆布人物和读者,所以主观武断。毫无疑问,一个作家不可能穷尽生活的全部底蕴,他的认识也极为有限,他在历史上渺小无比,以至湮没无闻。但在自己的作品中就不是这样了。英国作家萨克雷说,作家知道一切。福楼拜也说过,作家不要进入作品,但又要让人们感到他无处不在。

---

① 《别林斯基选集》第1卷,满涛译,上海译文出版社1979年版,第359页。
② [德]莱辛:《汉堡剧评》,张黎译,上海译文出版社1981年版,第359页。
③ 《契诃夫论文学》,汝龙译,人民文学出版社1959年版,第217页。
④ [法]雨果:《〈克伦威尔〉序》,见柳鸣九译,《雨果论文学》,上海译文出版社1980年版,第62页。

甚至雨果也认为,真正的诗人像上帝一样在他自己的作品中无时不在,无处不在。这些话无非是说,作品中所描写的一切,大体上是被作者所把握了的。人的命运,故事进展,全出诸作者的妙手安排,而非超现实主义的无意识写作。即使在创作过程中出现最初构思时未能料及的东西,作为结果,仍然是作家的审美把握。伟大作家的力量。正在于他能把握住自己的人物;当人物背叛他时;他始而困惑,继而能够凭借自己的艺术直觉,转向人物发展的被进一步把握的艺术逻辑,从山重水复疑无路的险地,转入柳暗花明又一村的境界。而可怜的小作家,恰恰不能做到这点,他始终把握不住人物,不了解他的人物,在人物身上,他无所发现,因为他对生活无所发现。创作主体的感知、认识,是流动、发展的,不是一劳永逸,固定不变的。在这种意义上,上帝就是一个会思索的血肉之躯,就是一个有无限智力的人自身。即便是现在某些多线索、多结构的故事,也是作家不断探索、有意为之的一种手法。他的作品中的人物结局,或是没有结局的结局,都是他得自生活的暗示;即使现在在作家中颇为流行的一种还原生活本色的写法,也都是他们对生活逻辑的一种意念。作家在描写中可以自由选择对象,但他所描写的,必然是被他所把握了的,就是他虽写到纸上而仍感朦胧的东西,也是如此。在这一范围内,他必然是全知全能的,具有主观创造力的,否则他就会在作品中扶乩般地不知所云了。

其实,一些现代主义作家同样在自己作品中扮演了一个上帝的角色,不过这是一个对人生充满了悲观,把社会视为一团混乱,对人的前途表示绝望的上帝。罗布-格里耶的小说艺术探索是可以研究的。他在《橡皮》中自以为是在对抗现实主义的写作方法。他在小说中通过物的变化来表现人的关系,他这样写而不那样写,这本身不就表明他是个会翻花样的上帝么!尤奈斯库的荒诞剧作是很有特色的,也是应该加以研究的。本文作者曾观赏到几个荒诞派剧作的演出,震惊于让·日奈的《女仆》对心灵的强烈的打击力。剧中人物并未变形,而其心理的扭曲和由此形成的荒诞,竟使观者的心为之隐隐作痛。《秃头歌女》使人感到生活的荒诞处处都有,让人去思索它们。但是尤奈斯库也有一个上帝。他说不是任何社会使他感到荒诞，而是人的本身就是荒诞；又说，任何社会的制度都不能把人从生之恐惧、死的绝望中解救出来。这不就是一个全知全能的荒诞派伪上帝么！只不过现实主义的"上帝"，采取比较现实的观点，分析、研究社会，探索生活真理，总是怀有深厚的人道主义，想把人引向积极，使他向往生活，期望现实有所改变。而现代主义的"上帝"，喜爱传播宿命的恐惧，预言人的前途除了黑暗便是毁灭，挣扎、斗争全都无补于事，世界一片虚无、悲观，并把这种教义灌输给世人，这难道不是事实么！自然，这个上帝确也能引起人们痛苦的思考，但毕竟是太消沉了。

（六）审美反映的多样化和无限的可能性

黑格尔在《逻辑学》中谈到他的"绝对理念"时说："最丰富的东西是最具体的和最主观的，而那把自己收回到单纯的深处的东西，是最强有力的和最囊括一切的。最高、最锋锐的顶峰是纯粹的人格，它唯一地通过那成为自己的本性的绝对辩证法，既把一切都包摄在自身之内，又因为它使自身成为最自由的，——仍保持着单纯性，这个单纯性是最初的直接性和普遍性。"[①] 黑格尔在这里表述的思想是十分出色的，我想可以借用过来探讨审美反映的多样化问题。

审美反映是一个不断发展的范畴，它的方式的无限多样与主客观双方密切相关。现实生活是不断发展的，不断被改造的，因此它的内容无限宽广，形式无限繁杂。这一方面好像不言自明，但往往不时出现分歧，例如绝大部分现代主义者对此都是持否定态度的。

另一方面，审美反映的多样性主要取决于主体的主观性、能动性，它的创造性本质的发挥。主体就其本质来说是自由的，不过自由不是一个抽象的观念，不是随意性。只有当主体不断接近客体的真理的时候，它才是自由的。主体不同客体接触，不是为了把握客体，自由就会变成盲目，就会无所依附。但是在艺术的发展中，主体的主观

---

① ［德］黑格尔：《逻辑学》下卷，杨一之译，商务印书馆1976年版，第549页。

性的不断变化，则是它的主导方面，是发展的动力。

我们在前面谈到，在反映活动中，有可能使幻想脱离生活，观念向幻想转化。在审美反映范围，这种可能和自由就更广泛。因为审美创造活动，一方面固然要以现实生活为基础；另一方面，又必须使主体意识脱离具体的现实生活的束缚，进入想象与幻想。审美反映中心理现实的形成，为主体的想象与幻想提供了自由驰骋的可能，自由创造的可能。由于心理现实具有心理的流动性，思维的联想性、跳跃性，切割整体的灵活性，所以主体可以通过心理现实的种种特征，打破现实的时序、空间，进行新的组合，呈现出主体的无限创造力。比如可以借用现实生活的形式，使用生活型的假定性手段，对现实进行如实的描写，或是借用现实生活形式，描写纯幻想的生活形态。可以通过特定的艺术假定性手段，进行变形的审美反映，这种审美反映，我把它称作非生活型的反映，如用夸张、荒诞、象征等手段创作的作品。还有那些表现主体情绪、意绪、某种感受的作品，它们既可使用形象，也可以不使用它们。空灵、情趣是其主要特征，等等。作家会对自己的想象、幻想不胜诧异，常常因此会不由自主地产生一种感同身受的境界感。

想象和幻想对于科学研究来说，同样是需要的，即使是激情和个性特征也是如此。但当结论一旦出现，它们都将被置于理论之外。至于审美反映，不仅离不开这些因素，而且要把它们融入对象中去，成为创作动力的组成部分。更为重要的是，还要在创作成果中保持主体的主观性。可以这样说，凡是主观性不强的审美反映，很可能是一种失败的审美反映。因为审美反映光有主观性特色还是不够的，还要具有最富主观性特征的东西。而所谓最主观性的东西，实际上就是真正属于作家，渗入他全部创造的巨大的主观穿透力，他的特殊的心理气质、审美感受方式、想象特征、感情强度、思想深度、激情倾向，以及对无意识、直觉的把握方式。这是保证审美反映方式多样化的最根本方面。

上述各种主观因素表现在不同主体身上各不相同。审美感受无疑受到审美心理定势所左右，特别是其中的心理气质和个性特征。在某种意义上说，作家的心理气质决定了他感受的特征。一些作家对某类事物容易产生感受，感受也较深，而对于另一些生活现象，有一定感受而不易动心，在感情上较淡漠。由于这一原因，所以对于同一事物、现象的感受程度也就因人而异，有的强烈，有的冷峻，即使都有较深的感受，但内容各异，倾向不一。所以作家心理气质的差别，往往形成了他们各自的心理感受范围。有的作家因其审美心理定势比较活跃，甚至不断改变，感受的范围较宽，可感受的地带较广。有的作家的审美心理定势比较稳定，感受的范围较窄。心理气质往往也影响感受的方式，形成主体的不同选择，给予作家的艺术创作以不同的个性特色。例如一些作家很注意深入人物内心，善于探及人物心理隐秘，但气质的差别，造成了各自的个性特色，如陀思妥耶夫斯基之于托尔斯泰，罗曼·罗兰之于弗·莫里亚克，鲁迅之于巴金。一些作家即使在同一的历史过程中具有一致的世界观、政治立场，但由于气质不同，即使是对同一历史事件过程的感受也是同又不同。例如表现于创作中，有的作家长于幽默叙述来揭示旧秩序的瓦解和新生活的形成过程，如赵树理；有的作家习惯于倾向抒情来描写日常生活，如孙犁；有的作家则喜好以史诗幅度的形式去进行艺术概括，如梁斌。

审美反映中的感受的开始，正是审美感情的发动。审美主体感受中的爱和恨、伤痛和喜悦，当进入激荡的状态，常常会使与它们互为表里的思想直露于外，形成一种两者清晰可见又浑然一体的激情。主体创作激情的多种倾向往往构成作品思想倾向的底色，而各呈异彩。

审美反映中的上述主观因素的研究是不够的，至于对这一过程中出现的无意识、直觉、幻觉、梦幻等现象，更是如此。对于这些现象，心理学仍在研究之中，但是作为审美心理因素，同样也可以从审美反映的角度来加以阐明，进而反过来丰富心理学对于无意识、直觉、幻觉的理论上的自觉认识，极有可能扩大与丰富审美反映的领域和多种艺术手段的运用。

上述一切，都导向审美反映多样化的最高要求，即作家的艺术自我的创造，创作个性的创造。创作个性是主体主观性的不断求索和创造的结果，是主观性的集中表现，是主观性的最高要求，是主观性创造的极致。罗曼·罗兰说：艺术的力量在于提供"只属于他（指作家——引者）个人的自己的方面，自己的印痕，自己生活的芳香"①。高尔基则说："摆在人面前的任务是：找到自己，找到自己对生活、对人们、对既定事实的主观态度，把这种态度体现在自己的形式中，自己的字句中。"② 在某种意义上，文学的发展是靠无数的创作个性来推动的。富有创作个性的作品复杂多样，层出不穷。但是，不是那种束之高阁、藏之名山式的流传下去的作品，而是那些描述了最具体、最具现实、历史意义的人、事物、现象的特征，和灌注了创作主体最主观的、极端个性化因素的作品，它们最具有艺术的生命。

（附记：本文采用了旧作《现代主义创作方法中的几个问题》中的某些资料，改写了几小段文字，特此说明。原文作于1986年）

---

① 《罗曼·罗兰文集》14卷集第2卷，苏联文艺出版社1959年版，第220页。
② ［苏］高尔基：《文学书简》上卷，曹葆华、渠建明译，人民文学出版社1962年版，第426页。

二　艺术真实和艺术理想

我们的文学从谎言中解放了出来，它摆脱了神经的束缚，从天上回到了人间，和广大人民同呼吸，变得有人情味起来；它恢复了现实主义的优秀传统，积极突入现实生活，展现了人民的命运，他们的悲欢离合和喜怒哀乐；它谴责了扼杀人性的"四人帮"的封建法西斯主义的残暴，批判官僚主义，提出了要改善人与人之间的关系等问题；它揭示了生活前进运动的趋向，表达了广大人民奔向四化的雄心壮志。在理论方面，评论界纷纷提出文学要按生活的本来面目反映生活，文学需要真实，文学是真实的领域，等等。这是我们的文学在恢复和建设中的主流。

在这急剧的转变时期，在文学运动前进的激流中，也难免会出现静静的回流，产生一些疑虑，提出一些新的问题。例如有的同志说："我是一个艺术家，我要真实，我的责任是把看到的如实地记下来，至于它会产生什么社会效果，那与我无关。托尔斯泰、曹雪芹创作时并未考虑效果，是写真实"。据说这类观点，在一些青年作家中间颇为流行。因此，在创作中，出现了某些暴露、展览社会生活中的丑行、秽闻的作品，并且以为作品愈有刺激性就愈强。在理论上，有时我们看到，艺术的真实性被当作生活真实，真实就是现实主义；甚至还有这样的主张，社会主义文学既不需要革命现实主义，也不需要现实主义，只要"写真实"就可以了。至于作家创作是否要有明确的指导思想，先进的审美理想，一般很少提及。因为这类问题，在"文化大革命"中曾被弄得面目全非，变成了整人的棍子，因此信誉扫地，现在有的同志一听说它们就反感，这也是事出有因。不过，建立社会主义文学，这些问题又不是不能避开的，关键在于正确地阐述它们。

（一）艺术真实并非生活真实的摹写，因为有时甚至"现实也是不大真实的"

一个作家所需要的不过就是真实，他的责任只是记述他所看到的，这在多大程度上是符合文学创作的实践呢？

文学审美地反映生活真实，必须以现实生活真实为基础，进而创造出艺术真实，即歌德所说的"第二自然"，"拿一种第二自然奉还给自然"①。艺术真实和生活真实可以相似到这种地步，它们都是"自然"，艺术真实不过是第一自然的再现。歌德还说到自己的"全部"作品，都是"来自现实生活，从现实生活中获得坚实的基础。我一向瞧不起空中楼阁的诗"②。托尔斯泰认为文学作品由于要对社会生活持有绝对忠实的态度，而来不得半句谎言："在生活中，谎言是卑鄙龌龊的，但它不能消灭生活，它只能以这种卑鄙行为玷污生活……但在艺术中，谎言会消灭现象之间的任何联系，使一切都蒙上粉灰。"③

文学审美地反映生活真实。唯物主义反映论认为："智慧（人的）对待个别事物的摹写（＝概念）不是简单的、直接的、照镜子那样死板的动作，而是复杂的、二重化的、曲折的、有可能使幻想脱离生活的活动。"④ 这里说明人对事物的反映，不是僵死的反映，而是一种复杂的、能动的反映。这种反映既是从生活出发，又能够离开生活，进行再创造。这是一种主观的创造，一种融化了形形色色主观特性的创造，审美反映就是艺术创造，现实主义文学正是以这种唯物主

---

① ［德］歌德：《〈希腊神庙的门楼〉的发刊词》，转引自朱光潜《西方美学史》下卷，人民文学出版社1979年版，第77页。
② 《歌德谈话录》，朱光潜译，人民文学出版社1978年版，第6页。
③ ［俄］列·托尔斯泰：《论艺术和文学》第1卷，苏联作家出版社1958年版，第233页。
④ 《列宁全集》第38卷，人民出版社1963年版，第421页。

二 艺术真实和艺术理想

义的反映论为基础的。在艺术地反映、认识生活的同时,它总是力图通过对个别现象的描绘,揭示它们之间的相互的必然的联系,洞察事物背后所蕴含的意义,从而深入到现象的本质面,显示出生活发展的主导趋向,使人们通过艺术而把握世界。

也有另一种反映生活的方式,它只停留在事物现象的表面,把认识当成一种僵死的镜子的反映,以为认识和反映就是如实地描绘事物的外形。文学中的自然主义就是以这种认识理论为基础的。但是这种创作方法,给文学创作造成了极大的损害。有的作者宣称,"我写了真实"!可是这只是"事实的真实",而追求"事实的真实",则不过是自然主义。"自然主义从技巧上指出事实——给事实'定影';自然主义是照相师的手艺,而照相师只能够复制,例如,一个只带凄惨微笑的人的脸庞,为了照出这个脸庞带有嘲讽微笑或欢乐微笑的像片,他就像一次又一次地拍摄。所有这些像片或多或少都是'真实',然而是一个人凄惨地、或者愤怒地、或者欢乐地生活着的那一分钟的'真实'。但是对于一个人的全部复杂的真实,照相师和自然主义者是没有能力去描绘的"[①]。这种"复杂的真实"是什么呢?就是引起欢乐或愤怒的内在和外在的原因,就是发生强颜欢笑的复杂过程,就是事物之间、现象之间的相互的、必然的联系。

在高尔基的《俄罗斯浪游散记》一书中有一个短篇,叫《人的诞生》,讲的是在旧俄罗斯的一个大饥荒的年头,作者走出大学,在海边、草原四处浪游,眼前是赤地千里,饿殍遍野。一次在靠近海边的林子里,听到一个女人的痛苦的呻吟。作者本能地冲了过去,见到一个怀孕的妇女,躺在树丛里,正当临产。产妇一见陌生男人奔了过来,破口大骂不要脸。作者见此情景就自告奋勇当其接生婆来,他不顾产妇谩骂,自称学过此道终于使"人"安全诞生。产妇由于他一片真心,转怒为喜,并且安慰地笑了。接着小说描写了作者用海水给"人"举行了洗礼,祝贺人的诞生。高尔基的《人的诞生》,是对人的颂歌,是对降生于苦难中的人的衷心的爱,读后令人振奋、激动。

[①] [苏]高尔基:《文学书简》下卷,曹葆华等译,人民文学出版社1965年版,第273页。

十分有趣的是法国作家左拉在《人生乐趣》这部小说中,也描写了人的诞生。左拉是怎样描写的呢?他足足用了十多页的篇幅,把产妇临产前后的种种生理上的痛苦、血污,淋漓尽致地记述了下来。俄国作家维列萨耶夫的《医生随笔》,也有类似的描写。列宁在《预言》一文中谈到这两本作品时说,它们详尽地描述了妇女分娩时的种种痛苦,给人的印象是:"人的诞生是会使妇女遭到极大的损失,痛苦昏迷,血流如注,半死不活。但是,如果某个'生物'是人呢?谁会由于这一点而拒绝爱情和生育呢?"①上面两个例子形成了极为鲜明的对照,前者是现实主义的描写,怀着浪漫主义的激情,歌颂人来到人世;它像一首散文诗,激起了人们的喜悦和人的骄傲感;它反映了"复杂的真实",人物的精神面貌,像我们在前面所说,这种审美的反映不是僵死的反映而是复杂的、二重化的、曲折的反映,是反映客观世界又创造新的世界的反映。后者则是自然主义的描写,《人生乐趣》的这一部分着重的是血淋淋的人的生理场景的解剖,它给人以一种压抑、恐怖、血腥污秽之感。它写的固然也是生活真实,但只是事物表面的真实,是"事实的真实",而没有揭示事物的"复杂的真实"。没有创造新的客观世界的反映,是一种僵死的反映。

艺术真实所以并非生活真实的简单摹写,据巴尔扎克解释,还在于有时甚至"现实也是不大真实的"。是现实而不大真实,这岂非咄咄怪事?他举例说,如果某个小说家想把那些被处以死刑、虽然在三个省里都被公认为是无辜的贵族案件的审理情形正确无误地描绘出来,结果这样的作品就会成为天下最荒诞不经的东西。没有一个读者愿意相信在像法国这样的国家里,可以找到把类似谎言的东西信以为真的法官。请看,案件无疑是生活真实,但是如果原原本本地写入作品,那是谁也不承认它是真实的,连法官也如此。什么原因呢?原因在于它只是事实的堆积,现象的罗列,它还不是艺术真实;法官其实不是在读案卷,而是在读小说,而作为小说,那是不能以各种案卷来代替的。可见,法官也懂得真实的刑事案件与艺术真实是不一样的。

---

① 《列宁全集》第27卷,人民出版社1963年版,第466页。

为此，必须另作处理，"即去寻觅一些与这相似的，但却与原来的真实环境不同的环境，因为现实也是不大真实的"①。也就是说，艺术中的刑事案件的描写，不是凶杀的详尽揭露，不是血污的陈列，而是展现那驱使人物行动的社会、心理动因，他们的愿望和目的。因此必须重新筑构一个新的舞台、新的环境，这类舞台、这类环境即使出于虚构，却充满了生活的真实。

自然，生活中的具体的事物，现象的真实性，是不容怀疑的，甚至在一些矫揉造作、弄虚作假的作品里，作者写的也不可能全是虚假的东西。不过这种局部的、个别事物的真实，掩盖不了整体的虚伪。比如关于色情的描写。杜勃罗留波夫曾经说到，"例如有一些作者，他们把自己的才能用来歌颂色欲的场面和放荡的行为，他们把色欲描写成这种样子，如果读者要相信他们，则就会觉得人类的幸福尽在其中了"②。无疑，在生活中，色情的放荡行为是真实的存在，但是逼真的描写可能制造出一种假象，并且导致错误的结论，促使那些智力与道德观念底下的人认为，除此之外，天下再也没有其他幸福了，即使在我们社会，持这类"幸福"观的恐怕也是不乏其人的吧！可见，某些即使真实的事物，有时也会因进入了文学而引起不真实的观念。所以现实生活的真实和艺术真实不是同一个东西，把生活中所有的现象搬入文学作品，就会丧失现象的真实性，而不能成为艺术真实。"把生活中的两三种事实照原来的样子摆在一起，结果会是不真实的，甚至是不逼真的。"③ 原因在于作家不是按照自然的生活进行摹写，而是以生活真实为基础，创造出第二自然。

（二）艺术真实具有"事物和生命的精神、灵魂和特征"，是对生活的发现和开拓

从生活真实达到艺术真实，是一种相当复杂的事情。文学的艺术

---

① 参见《古典文艺理论译丛》第10册，人民文学出版社1965年版，第137页。
② 《杜勃罗留波夫选集》第1卷，辛未艾译，上海文艺出版社1959年版，第274页。
③ 参见《古典文艺理论译丛》第1册，人民文学出版社1961年版，第182页。

真实不同于生活真实，在于前者被灌注了"生气"或"生命"。巴尔扎克说道，"艺术家的使命就是把生命灌注到他所塑造的人体里去，把描绘变成真实。如果他只是想去临摹一个现实的女人，那么他的作品就根本不能引起人们的兴趣"①。他有一篇被马克思誉为"小小的杰作"的小说《玄妙的杰作》，在其中，作家借以为艺术家之口，道出了如何使艺术形象获得生命的某些奥秘，那位画家说，艺术的使命不是临摹大自然，而是表达大自然，否则一个雕塑家给人造型，依样画葫芦地捏成一个复制品就行了。但实际上这如同一具尸体，与活人毫无共同之处，因为他还没有深入到形象的内在，还没有洞察它的种种变幻，并把它的精神形之于外。真正的艺术家不在于复制原物和画出生命的外表，而要让人看到人物形象的内在，它的"血液"，他的"洋溢出来的丰满的生命力""灵魂""生命之花"。所以，"我们必须抓住事物和生命的精神、灵魂和特征"②。这个说法十分精彩，它道出了艺术真实的精粹处。画家接着谈到要通过色彩和线条的有机结合来抓住运动和生命。我们认为这是一种极为主要的方面，但要创造出高度的艺术真实，光有线条和色彩还是不够的。果然，当画家合理地、有创造性地运用他们时，他笔下的女性形象之美，是无与伦比的；但当他对色彩、线条陷入盲目的崇拜之中，他就把杰作毁了，不仅人物的外貌被歪曲了，而且她的生命和运动，也随着她的形象一起消逝了。

要创造出具有"事物和生命的精神、灵魂和特征"的艺术真实，就必须通过艺术的典型化手段，创造出艺术真实的"完整体"。因为唯有这种"完整体"，才能透入事物的内在，表现出事物的最本质的特征，它的灵魂和精神，反映出事物的本来面目，成为艺术认识和把握生活的根本手段。别林斯基认为，作家对于他所描写的对象，必须有完整的了解，在其现象的完整性上把握它，最后使之成为一个"严整的整体"。以风景为例，比如人们来到田野，如果选择一定的角度

---

① 参见《古典文艺理论译丛》第10册，人民文学出版社1965年版，第120页。
② 《巴尔扎克中短篇小说选》，郑永慧译，人民文学出版社1979年版，第174页。

二　艺术真实和艺术理想

和适当的距离，在眼前就会出现一幅绝妙的风景来，其实村舍树木，绿水青山，参差错落，互为依傍，构成一个和谐的整体。但是如果不加选择，没有集中，则会看到泥荡水沟，坑坑洼洼，腐叶朽木，满地狼藉的极不协调的景色。前者所以是一个完整体，在于对象已经通过选择、综合、概括、集中，排除了纯粹偶然的因素，剔除了整体所不需要的部分，找到各个部分之间的相互的、必然的联系，揭示了其灵魂和精神。后者恰恰相反，因为它一如生活真实，缺乏内在的联系，因为它"没有起讫，没有过程，没有任何统一性，没有任何面貌"①；也即没有生命，没有运动，不成整体，不具特征。

描写社会生活现象，使之成为完整的艺术整体，以揭示对象的灵魂和特征，同创作风景画一个道理，这里的困难在于对象是极其复杂的社会生活和有生命的人。我们在前面说到，如果把一桩桩的刑事案件如实描绘下来，它们所以不能构成艺术真实，其道理在于文学不能满足于个别事实、个别现象，特别是局限于事物和现象自身，文学的真实比个别事实、现象更为丰富。高尔基说，在文学中，单个的某种真实事实的描绘，"不能把一个具有典型性和艺术真实性、并能令读者信服的现象的特征表现出来"②。这犹如一块砖头不过是房子的组成部分，不能用它来建成墙和楼房。同时，文学又要写单个的事，但它不同于上述某个事实，而是经过选择、取舍、概括、集中的事物。"文学的事实是从许多同样的事实中提炼出来的，它是典型化了的，而且只有当它通过一个现象真实地反映出现实生活中许多反复出现的现象的时候，才是真正的艺术作品"③。选择、集中后的单个事物，或某种非常现象，概括了同类事物的特征，它的本质面，它与其他事物的相互联系，这是典型化了艺术真实的完整体，是高度的艺术真实。由于它具备了事物的"精神、灵魂和特征"，所以具有重大的审美认识意义。

---

① 《别林斯基选集》第2卷，满涛译，上海译文出版社1979年版，第458页。
② [苏]高尔基：《论文学》，孟昌等译，人民文学出版社1978年版，第259页。
③ [苏]高尔基：《论文学》，孟昌等译，人民文学出版社1978年版，第245页。

把纷繁复杂的生活现象、它们的矛盾和冲突改造为艺术真实的完整体，塑造典型人物，照托尔斯泰的说法，这是作家对生活混乱状态的一个克服过程。有的同志说他写他所见到的，实际上它只是记录了生活的混乱状态，而没有"克服"。情节的选择对于展现人物性格的完整性十分重要，情节是"人物之间的联系、矛盾、同情、反感和一般的相互关系，某种性格、典型的成长和构成的历史"①。人们可以通过情节的安排，把人物的冲突写得非常尖锐，甚至动刀动枪，做到这点还是容易的。但要使这些尖锐的对立和冲突变为人物性格的完整体的组成部分就不容易了；而要"在特定的任务身上找出最稳定的性格特征，必须理解他的行动的最深刻的意义"，"选取最有普遍意义的、最有人性的东西从而构造某种令人信服的、不可摇撼的东西"②，就更加困难。但是也只有如此才能创造出完整的人物性格。文学史上最著名的典型人物，总是一定时代的产物。他们既体现某个阶级、集团、人群的倾向，同时也表现了人类共有的、但又富有个人特征的人性，成为最具稳定性格特征的人物形象。正是由于这一原因，我们可以称"典型是一种时代现象"③，人们通过他们可以认识历史的变迁。例如林黛玉、贾宝玉就是这种艺术真实的完整体。他们总是身处冲突的中心，编织着经纬，向四面八方辐射开去。更为重要的是，他们总是按着自己特有的本性、愿望、气质行动，与各个方面、各种人物保持着灵敏的联系。这里的种种情节，交织着人物的同情和反感，反映了他们的遭际和归宿，突出了人物最稳定的性格特征，从中反映了整个社会生活。还有一类艺术的完整体——典型人物，在更高的程度上具有最普遍的、最稳定的性格特征，它们概括了整个时代。正由于这点，我们不仅可以从他们的灵魂、精神中探知历史，而且从中也可感知现实。例如堂吉诃德，由于他以最普遍、最具人性的特征构成了他的不可遥感的性格，不仅可以让读者窥知西班牙的历史过去，而且也让读

---

① 〔苏〕高尔基：《论文学》，孟昌等译，人民文学出版社1978年版，第235页。
② 〔苏〕高尔基：《文学书简》上卷，曹葆华等译，人民文学出版社1962年版，第338页。
③ 〔苏〕高尔基：《论文学》，孟昌等译，人民文学出版社1978年版，第376页。

二 艺术真实和艺术理想

者通过他而更了解我们今天的现实。在我们生活里，不是也有堂吉诃德先生吗？我们不是亲自感受到堂吉诃德精神的再现及其瓦解的悲剧过程吗！

在塑造人物、创造艺术真实完整体的过程中，关于对人的整体性的理解，是长期以来文学创作中最薄弱的环节之一。马克思说过，人的本质"是一种社会关系的总和"。但是我们正是从这一原理出发，又达到了否定人的本质"是一切社会关系的总和"的荒谬结论。一切社会关系包括政治、道德、家庭、伦理关系。可是在实际生活中，在人与人之间，在同志、朋友、父子、兄弟、夫妇之间，只剩下了政治的联系，最后导致人性、感情、精神的贫困化，使文学中的人物变为政治说教的化身。现在，在某些作品中恰恰翻了过来，人物的任何要求都被看作是合理的要求，从而给创作带来了损害，这恐怕也是出于对人的片面理解所致吧！

伟大的艺术作品所揭示的完整的艺术真实，还具有生动性和丰富性的特征。任何优秀作品，如《三国演义》《红楼梦》《水浒》，随你翻读哪一页故事，立刻能够在那里找到起讫，使人趣味盎然地阅读下去，其艺术魅力就在于情节的生动性和丰富性。这些情节，既是艺术整体结构的组成部分，同时它们又自成格局，充溢着生活情趣，可以立刻引人入胜。在《红楼梦》里，从奴隶直写到帝王将相，从官僚府第直写到市井乡里，从贵胄的糜烂生活直写到少数贵族男女、奴隶们的真挚的爱和恨，从民间的风尚习俗、三教九流直写到琴棋书画的理论、实践和亭台楼阁的建筑艺术，等等。在这里，艺术真实是作为艺术世界出现的，一个阶段的人类社会和精神生活的演变，尽在其中，因此小说堪称是生活的百科全书，这是一般艺术作品所难以企及的。

艺术真实的完整性、丰富性、生动性，是典型化了的艺术真实的特征。典型化了的艺术真实是不同于一般的艺术真实的，是不同于只写了真实感受、绘出了一幅风景的艺术真实的。这种艺术真实，概括的不是个别的生活现象，而是时代的生活现象，它不光给予某个女人的造型以生气，而是赋予了整个时代以艺术生命；它是一种对生活的开拓，一种艺术的发现。

（三）艺术真实的理想品格

《玄妙的杰作》中的画家，说出了高明的见解，但在坚持不懈的劳动中却把作品毁了，原因之一，固然是由于对色彩和线条陷入了盲目的境地而引起的。但是还应看到，要抓住"事物和生命的精神、灵魂和特征"，色彩和线条不过是一种手段。手段可以使艺术的生命的血液流动起来，抓住灵魂和特征，但它到底不是灵魂本身，它不能代替"灵魂"和"生命之花"。所以这里，我们就要说到作家的社会理想在艺术真实中的作用问题。

在创造艺术真实的过程中，作家的主观因素，他的社会理想集中地表现为艺术理想或审美理想。艺术理想是艺术真实的真正的灵魂和精神，是艺术整体的不可分割的组成部分，它通过作家对现实生活的选择与评价，即审美选择与审美评价而得以体现。在审美选择与审美评价的过程中，作家运用一切艺术手段，调动自己的心智与才能，抓住和肯定向上的、发展的、有生命的新生事物，否定和谴责一切停滞不前的、腐朽的、死亡的旧事物，对生活进行评判。有的同志说，他写作只是为了真实，他的责任只是记述他的所见所闻，似乎他的作品的主题、题材、情节、人物都是随手拈来，不加任何选择。其实不然，他平常见到的何止只是他在作品中所描写的呢？他写的总是为他感兴趣、经过了选择的、被他所评价了的事物和现象。世事纷纭，他写这部分生活，不反映那部分现象，固然与他的生活知识、经历有关，但他所写的总是他对生活的思考的结果，选择、评价的结果。即使是那种自然景象的描写，也总是有感而发。生活中既有光明面，也有黑暗面，如果他专为粪堆录像，这本身就是对生活的一种评价，一种否定的态度，因为生活中还有希望与珍珠。

文学创作的审美选择与审美评价，应该表现客观生活所具有，为作家主观认识所把握并使之得到集中和突出的生活之真。文学要揭示生活真理，并告诉人们真理，以开拓人们的视野，使人认识生活。创作的目的不是通过丑恶的画面，传播关于色情、脱衣服、强奸、通奸

二 艺术真实和艺术理想

的知识,宣扬生活之丑。文学创作的审美选择与评价,要表现生活之善和它的发展所固有的理想,反映人民关心的重大问题,他们的呼声和要求,揭示事物本身的发展趋向。暴露也是审美理想的组成部分,对于那些人性沦丧、道德败坏的现象,要通过艺术的处理,暴露它们的本质面,但不要只留在表面,暴露要达到批判的目的,一种道德的目的。普希金在一首短诗中说:"我所以和人民亲近,是因为我曾用我的诗歌,唤起人们的善心。"高尔基认为,文艺作品应当考虑道德的问题,因为审美的选择与评价包含着强大的道德因素,而读者也常常通过文艺作品寻求道德问题的解答。他在一篇小说中说到作家审美选择中的责任感问题:"把摄自人们生活和种种不幸事件的一大堆乱七八糟的照片,塞到人们的头脑处,让他们注意这些事物,你考虑一下,这是不是在毒害人?你必须承认,你还不善于把你看到的生活图景描绘得使人引起着恶之心,激起人们去创造别种生活方式的强烈愿望……你能不能像别人那样去加速生活脉搏的跳动?能不能像别人那样激发生活的动力呢?"① 可见,作家的审美选择与评价具有一种道德责任。他所创造出来的艺术真实,应当促进生活,推动生活,给人以力量;他通过创作揭露黑暗,捣翻粪堆,也只是为了扫除它们,给新生活廓清道路。

艺术理想和艺术的目的总是联系在一起的。有的同志说,他写下来的东西会有什么影响,与他一概无关,据说托尔斯泰写作并未考虑社会效果,是写真实。我们以为,这种说法颇有一点纯艺术的味道。我只是为文学而文学,为艺术而艺术,世俗的生活目的,社会的欲望与要求,统统和我无关,艺术只讲真实,不讲目的。其实,在文艺思想史上,这类非功利主义的文学主张,是陈旧而又陈旧的了。黑格尔认为:"真正的艺术家不知道自己在做什么,这是一个错误的想法。"② 别林斯基认为,夺去艺术为社会服务的权利,这不是提高它,而是贬低它,从而使之成为游手好闲之徒手中的消闲享乐之物。纯艺

---

① 《高尔基文集》俄文版30卷集,第2卷,第199页。
② [德]黑格尔:《美学》第1卷,朱光潜译,商务印书馆1979年版,第359页。

术、非功利主义的文学主张，也曾遭到普列汉诺夫的批判。上面那种不讲艺术目的、不管文学创作效果的主张，实际上只是向人们隐瞒了作家的主观意识、主观企图，把创作非社会化起来。文学反映生活是为了审美和认识生活，创造艺术真实的活动，不是纯无目的、非功利的活动。认识活动与实践活动是统一的，不可分的。文学创作实践作为一种审美反映和认识生活的社会活动，是具有强烈的功利性的。

有的人说，托尔斯泰等人只是为了真实而创作，不讲写作目的，这是缺乏文学知识的结果。伟大的作家都是思想家，作为思想家的托尔斯泰曾经说过："艺术家的目的不在于无懈可击地出去解决问题，而在于促进人们去热爱在无限丰富、永不枯竭的形态中显现出来的生活。如果有人对我说，因我对社会问题持有无可置辩的正确观点而能写出小说，那为它即使只要花上两个小时我也是不干的；如果对我说，现在的孩子们在二十年之后，会因我写的小说而哭、而笑和热爱生活，那我愿以毕生精力来写它。"他又说艺术有两种："一种是服务于文明的，一种是娱乐的（好而为人需要的，但不及第一种重要），必须阐明这两种艺术的特征。"① 我们在前面说过，托尔斯泰主张艺术必须真实，不能掺假、撒谎。但是在他看来，真实还只是艺术的条件，而不是艺术的目的，他倒是认为，艺术是服务于某种社会目的和服务于文明的，这比我们有的人更少清高的气味而讲究功利主义得多！托尔斯泰在自己的小说中固然没有大叫大喊：我的创作的目的是如此如此，我的作品的社会效果是这般这般。但正是在作家所创造的艺术画面中，不是那样清晰地显示着他的批判的倾向和目的，他所企图达到的宗法农民的社会理想吗？批判现实主义作家暴露、批判现实，正是对光明、理想生活的向往。他们的不幸在于生活本身不能提供他们明确的未来社会的图景，因此虽然对美好的生活爱之若渴，可是终究不免虚幻。但是那些目光犀利、能够深深感知历史脉搏的有识之士，是预见到了变化的前景的。19世纪40年代的俄国文坛，当反

---

① ［俄］列·托尔斯泰：《论艺术和文学》第1卷，苏联作家出版社1958年版，第76、111页。

动文人攻击自然派即现实主义文学专写穷人陋巷,翻捣后院角落时,别林斯基说,这一流派的追随者,"当时间到来的时候,也能够忠实地描写正面的生活现象,不会有矫饰夸张之弊"。①

有的人说,我创作的作品的社会效果,我是无法预计的,谁知道它几年、几十年后会产生什么影响呢!我们还可以做些补充,作品的客观效果与作家的主观意图,往往会发生矛盾和脱节现象,甚至随着时代的改变,人们观点的不同,还会不断出现作家始所未能料及的效果。但是我们可以说,在绝大多数场合,作家对自己作品的社会效果不会茫无所知,比如托尔斯泰明明强烈憎恨封建农奴制度、教会,因而他不会在作品中对它们歌功颂德。后来的读者尽管可以从托尔斯泰的作品中得出与作家不同的结论来,但在反对农奴制、揭露地主贵族社会和资本主义方面,都与作家预期的社会效果有着一致的地方。鲁迅弃医从文、"为人生"而写作,为唤醒和改造由于压迫而变得麻木了的国民精神而挥毫,是大家所熟悉的。当阿Q的形象进入生活之后,曾经出现过一种人人自危、怀疑这是影射自己的社会心理,这种效果也许出乎鲁迅之意料,但阿Q的典型意义,作者是有自知之明的。阿Q固然是一个被迫害的贫苦农民的形象,但阿Q主义却是一个击中时弊的时代现象。巴金创作的《家》等小说,在20世纪30年代曾经风靡一时,影响过不少青年读者,特别是促进封建家庭的少男少女起而反抗,越过礼教屠场的藩篱,而走上了革命之路,这可能是作家未料及的。但在他的作品中,不是激荡着"我控诉"的正义的时代之声么?对恶势力下的牺牲者和幸存者寄予深沉的爱,对摧残人的万恶制度怀有强烈的恨,这就是作家的主观意图。而一些人之走上革命,不过是像书中主人公那样走出家庭后的一个选择,是反抗的发展与自然延伸。可见在作品的主观意图与引起的客观效果之间并不存在不可逾越的鸿沟。

在今天,社会已确认作家是人类灵魂的工程师,如果作家以先进的思想武装了起来,他就更能清楚地理解到他自己的活动的目的及其

---

① 《别林斯基选集》第2卷,满涛译,时代出版社1953年版,第259页。

社会效果，因为工程师是完全了解他的创造发明的后果的；如果有人声称他对自己作品的社会效果不可预知，也不负什么责任，那么只能说明，他对他活动的目的还不甚理解，他要作人类灵魂的工程师还欠缺条件。其实，只要进行创作，并触及社会问题，作家本人的思想观点必然会反映到作品中去。鲁迅小说的批判力，巴金小说中的青春激情，都是他们本人"为人生""我控诉"的思想的反映，他们的作品渗透着强烈的艺术理想，体现了作家所要达到的社会目的。

生活的发展与变化，必然导致艺术内容、艺术真实的变化，这是生活影响文学的基本方面。同时我们也还要承认，评判作品的艺术真实孰高孰低，确定它的价值，这与它们所显示的艺术理想密不可分。我们可以就一些文学现象加以分类说明。一类作家就其艺术理想来说，大致相同，但他们的作品所提供的艺术真实，有高低上下之分，出现这种情况主要是由于作品的艺术概括力的差别所致。这种现象十分普遍，它不属我们论述的范围。另一些作家的艺术理想虽然各不相同，但都创造了人们喜爱的艺术。如何评价它们呢？这里有两种情况，一是它们创造的艺术真实的画面，可说不分轩轾，难分高低，例如《阿Q正传》之于《红楼梦》，等等。二是虽然都创造了艺术真实，却可以一比短长。例如俄国诗人费特，专写自然风景，自成一格，他所创造的艺术真实，就其本身范围来说，十分出色，但与同时代剧作家奥斯特洛夫斯基所创造的艺术真实相比，则就要逊色些。什么原因呢？照杜勃罗留波夫的说法，两人虽然都描写了现实，但还应指出作家"观察范围究竟广阔到何种程度，使他感到兴趣的那些事实的某些方面，究竟重要到何种程度，他究竟怎样深入到它们的里面去的"[①]。也就是说，评定艺术真实的价值，除去概括的广度外，还要看它的倾向或艺术理想的重要程度如何，以及提出了什么问题。从这一观点出发，奥斯特洛夫斯基作品的艺术真实的价值无疑要胜于费特诗作的艺术真实的价值，而就文学史上的地位而论，前者自然也要比后者为高。但是我们也不能把杜勃罗留波夫的观点绝对化（费特的诗

---

① 《杜勃罗留波夫选集》第1卷，辛未艾译，上海文艺出版社1959年版，第282页。

作,从审美角度看是极有价值的。又如杜甫的诗作被尊为诗史,但王维的诗作创造了"诗中有画"的境界)。所以真实是作品的必要条件,但不是它的全部价值。例如鲁迅和胡适都写过关于人力车工人的作品。《一件小事》歌颂了劳动人民的高尚品质,它催促作者的精神的自新。胡适在一首关于人力车夫的短诗中,则是呈现另一种情调。这两个小品内容不一,品格各别,但其不同价值,我们只能用作者不同的艺术理想来说明。再一类作家政治上、艺术理想方面与革命对立,然而其作品却包含了不少真实。列宁在《一本有才气的书》一文中评述了《插在革命背上的十二把刀子》,此书出自一个对旧生活无限留恋、对革命怀有仇恨的白卫分子之手。列宁指出作者在描写革命前的俄国社会时极为真实,因为这都是作者所亲身经历过的、感受过的事情,"他以惊人的才华刻画了旧俄罗斯的代表人物—生活优裕、饱焦终日的地主和工厂主的感受和情绪"。[①] 作者把灯红酒绿、金迷纸醉的生活视为旧日的美好象征,因此写得生动逼真。但是这种艺术真实恰好给革命群众提供了一份极好的教材,它使人们明白,工人阶级为什么必须起来推翻地主和资本家的统治。还有一类作品,就其个别、具体的情节来说,可能是真实的,但就其整个倾向来说,却是低级的。例如高尔基的《母亲》问世后不久,俄国文艺界出现了阿尔志跋绥夫的《沙宁》的单行本。作者自称:"神给了我应泫落到作家的命运上来的最大不幸,那便是真实这事。……我所写的东西是好是坏,那无关宏旨。我只诉说着自己。"[②] 作者宣称把诉说"真实"作为自己的天职,但他"诉说"了什么"真实"呢?原来不过是把"革命者"写成虚无主义者、极端的个人主义者、肉欲的追求者,并加以大力歌颂。沙宁说:"我只知道一件事,我要生活……因此我非使自然欲望满足不可。"至于女主人公,作者说"她有着可以把自己生来就有的美的、强壮的、旺盛的肉体来恣意做放荡的事情的权利"。正如当时竭力谴责颓废、变节的布尔什维克评论家沃罗夫斯基说的,

---

① 《列宁全集》第33卷,人民出版社1957年版,第102页。
② 转引自昇曙梦《现代俄国思潮和文学》,许亦非译,现代书局1933年版,第303页。

这类小说不过是流行一时的"感情解放""性感情……解放"的说教。这里不能用作家的生活视野、经历不同来说明，而只能归之于作者落后的艺术理想。类似这种小说的还有稍后的乌克兰作家文尼钦柯的《父辈的遗训》。这本小说"过多地把各种各样'骇人听闻的事'凑在一起，把'恶习'、'梅毒'、揭人隐私以敲诈钱财（以及把被劫者的姐妹当情妇）这种桃色秽行和控告医生凑在一起，如此而已"！秽行丑闻在生活中比比皆是，问题是在作品中如何加以"艺术处理"，如果把它们汇集一起，有声有色地描绘一通，津津乐道一番，而不去揭露制造丑恶的根源，则便成了丑恶的展览与对它们的颂扬。这类东西"既吓唬自己又吓唬读者，把自己和读者弄得神经错乱"①。由此我们可以看到，那些不符合生活规律，不反映生活真实的艺术理想，把作品毁了。

一百多年前，恩格斯曾经预言，那种具有"巨大思想深度和意识到的历史内容，同莎士比亚剧作的情节的生动性和丰富性的完美融合，大概只有在将来才能达到……"②当我们遭到挫折，排除种种干扰，再次站到新的社会理想的高度，在现实的泥土中或美好的理想境界内冶制材料，以无限丰富的艺术真实审美地再现历史和现实生活，在继承进步文学传统的基础上作出创新时，这种新时代的真、善、美的文学，是会得到蓬勃发展的。《乔厂长上任记》《小镇上的将军》《李顺大造屋》《人到中年》《天云山传奇》《布礼》《报春花》等作品，正是它的第一批报春花！

（原文刊于《文学评论》1980年第3期，有删节）

---

① 《列宁全集》第35卷，人民出版社1959年版，第127页。
② 《马克思恩格斯全集》第29卷，人民出版社1972年版，第583页。

三 无意识自然本能创作动因说

（一）无意识、性本能、梦和文学创作

在文艺理论中，创作动因常常是引起争论的问题。自弗洛伊德等人的精神分析、分析心理学说引入文学创作、艺术理论研究后，那种把文学创作视为无意识本能冲动的结果的说法，颇为流行。文学创作中的理性因素、认识因素、自觉意识，不仅遭到贬抑，而且受到一些人的嘲弄，创作中的非自觉因素、无意识现象，由于过去极少涉及，现在被无限地夸大，个人的行为、心理形态中的社会因素和作用被否定了，艺术家的主要任务被说成是表现他的"心理无意识"和"内在世界的深处的冲突"，等等。于是在一些人的主张中，一面说人对文艺特征的认识加深了，一面却又在创作的动因上，贬低和否定意识与理性，而提出创作的自然本能冲动说，使创作动因蒙上一层过于浓重的非理性的色彩。

弗洛伊德的理论对于现代主义文学、艺术的影响是公认的，也是值得重视的。例如，诗人勃勒东在其给超现实主义下的定义中，把超现实主义界定为"纯粹的心理无意识化"；创作不受现实、理智的利害关系的任何制约等说法，就是采用了弗洛伊德的理论以及另一些哲学流派观点的结果。另一位著名的超现实主义者达里，也曾经说道："我不加选择和尽可能正确地对我的潜意识、梦幻的驱使，加以调节，以表现弗洛伊德所揭示的这一黑暗世界。"[①] 英国艺术理论家赫伯特·

[①] 转引自叶尔绍夫《艺术的创造性本质》，莫斯科艺术出版社1997年版，第104页。

里德认为，超现实主义者提倡的无意识，"是一切形象的源泉，一切创造活动的基础"①；艺术家的根本职能，就是"把最深处的心理层的本能生命，予以物化的能力"②。不难看出，一些作家把无意识看成了艺术创作的绝对动因、对象以至方式。

弗洛伊德的文学思想也曾在我国传播过，但后来未曾在文艺界起过重大作用。近几年来，西方文学中的一些主张陆续介绍到了我国，开阔了人们的眼界，但是有的介绍文章的观点是值得商榷的。例如有的文章介绍意识流手法时，对在这种手法形成中起着重要作用的弗洛伊德主义十分推崇，说弗洛伊德"进一步发展了无意识，使洛克的理论显得更加幼稚和简单，从根本上改革了西方文化关于人的本质和人的意识的传统观点"，说它发现了"人的真正本质"，"这是向一种新方向迈了决定性的一步"；"弗洛伊德对西方文学最大的影响是改变了现代文学关于人的观念，这是一个非同小可的变化"，等等。美国文学评论家特里林的《弗洛伊德与文学》一文，是十分有名的，其中一个基本思想，就是力图证明弗洛伊德主义是一种最具理性的学说。有的文章据此认为，如果有人把弗洛伊德的文艺主张看作是反理性主义的理论，那未免有失公允。还有的文章认为文艺创作源于无意识，同时介绍了《美国哲学百科全书》中说的艺术不是有意识的象征，而是无意识的象征；考林伍德也认为，艺术作品并非按照预先构思的计划生产出来的……相反，它们是被某些人随意造出来的。这里的无意识包括些什么内容呢？它包括心理状态的原始根源，包括性欲等生物学的自然本能，而且认为，作家灵感的深度取决于这种先天源泉的深度，也即创作者的这种先天的原始根源、自然本能愈强烈，他的灵感就愈有深度。因此认为，不能把作家的生活经验夸大到某种不适当的地步，有生活不一定就能创造。我以为上述理论都是值得商榷讨论的。当然，我们的侧重面主要是探讨弗洛伊德的文艺观。

---

① ［英］赫伯特·里德：《艺术教育》，见密尔温·雷德编《现代美学文选》，俄译本，1957年版，第116页。
② ［英］赫伯特·里德：《艺术和社会》，见密尔温·雷德编《现代美学文选》，俄译本，1957年版，第208页。

三　无意识自然本能创作动因说

对于弗洛伊德，我以为需要从两个方面进行说明。

第一，他主要是一位精神病理方面的医生。他在医务实践中，接触到奥匈帝国时期维也纳的大量中小资产阶级人士的病因，家庭关系中的隐秘，从中积累了丰富的医务经验。他摸索治疗精神病的实际方法，用以医疗精神、生理方面的患者，具有一定疗效。就这方面来说，他所总结的经验是应受到重视的。在他的《梦的解析》《精神分析引论》和《续篇》《性学三论》等著作中，我们可以看到这点。自然，这是另外一种性质的研究，不属我们探讨的范围。

第二，当他把他的精神分析学说应用于文学、艺术，企图来阐明创作的动因、本质，这时就产生了许多问题，需要进行具体分析。可以从两个方面来说。首先，由于精神分析的倡导，使西欧作家更为重视创作中的主体、人物心理因素的研究，这是应当承认的。另一方面，这种文艺主张中有许多错误的东西，对文艺理论、创作产生了消极影响，也是不能不加注意的。对待弗洛伊德主义，有个观点、方法的问题，如果照搬他的主张，往往会造成创作、理论的失误，如果侧重其理论的部分精神，则会对创作中的心理因素加深认识。

弗洛伊德的精神分析的理论支柱之一，是无意识的。在庆祝弗洛伊德的七十寿辰的大会上，有人在颂词中说他发现了无意识。弗洛伊德谢绝了这一恭维，说："在我之前的诗人和哲学家们已经发现了无意识，我发现的是研究无意识的方法。"① 这前半句话看来是对的，至于他说发现了研究无意识的方法，那么我们认为，这种方法实际上是一种假设，有启发作用，但其科学性尚属疑问，并且它涉及了对整个心理层次的认识。

绝大多数的动物行为，是一种本能活动，是无意识的，人的心理因有意识而有别于动物。人与动物的区别，在于人的"意识代替了他的本能，或者说他的本能是被意识到了的本能"②。人离动物愈远，对

---

① 转引自〔美〕特里林《弗洛伊德与文学》，《文艺理论研究》1981年第3期。
② 《马克思恩格斯全集》第3卷，人民出版社1960年版，第35页。

自然界就愈有向着一定目标前进的特征。例如，人消灭某一地方的植物，是为腾出土地以播种五谷；而动物消灭某一地方的植物，则是为了求得温饱，它们不明白是在干什么，是纯自然本能使然。但是，人的心理、精神生活过程，不仅仅包括意识过程，同时也包括无意识过程，在这一点上弗洛伊德是对的。无意识是一种尚未被主体意识到的心理状态，一种在主体不知不觉的状态下完成自己的行为、目的的心理反应，是一种极其广泛的心理现象，是反映生活的一种特殊的形式和层面。人消灭某地植物以播种五谷，这固然是有意识的行为，也是对自然的胜利，但有时并非真正的胜利。恩格斯指出，例如美索不达米亚的居民，为了想得到耕地而滥砍森林，结果使这块地方成了不毛之地。可见人的心理活动是有意识的，但往往又存在无意识的一面，这是人的生理结构发展使然。人是自然界的产物，是从自然界发展而来的。恩格斯说："我们统治自然界……决不像站在自然界以外的人一样，——相反地，我们连同我们的肉、血和头脑都是属于自然界，存在于自然界的。"① 意识与无意识，构成了人的心理机制的整体，两者不相矛盾、作用各不相同，而且时时发生转化，意识不断从无意识蜕化而来，而意识的不断重复，又可以变为另一种无意识形态而隐蔽于心理深层。恩格斯在给梅林的一封信中谈道："意识形态是由所谓的思想家有意识地、但是以虚假的意识完成的过程。推动他行动的真正动力始终是他所不知道的，否则这就不是意识形态的过程了"；"他和纯粹的思维材料打交道，他直率地认为这种材料是由思维产生的，而不去研究任何其它的、比较疏远的、不从属于思维的根源。"② 这里所说的意识形态一词，恩格斯是在否定的意义上使用的，不过，它表明了以往的意识形态的产生，一方面是自觉的，是为一定的社会集团、阶级利用的，但是生产者的行动的动力，常常不为他本人所知。某一理论的出现，对于提出的人来说，无疑是自觉的，但对于提出这一理论的推动力，往往不完全为理论家本人所理解。当然，科学的世

---

① 《马克思恩格斯全集》第3卷，人民出版社1960年版，第35页。
② 《马克思恩格斯全集》第39卷，人民出版社1974年版，第94页。

三 无意识自然本能创作动因说

界观,可以不断加强理论家的自觉性,但也不能避免非自觉性。这种无意识现象在科学研究中,同样广泛存在。有时人们探索某个问题的答案,苦苦思索而不可得,但是凭着原有的知识、经验,以及思维的紧张工作,在一个偶然的机遇中,获得了结果,并有所发现。在文艺创作中也广泛地存在这种现象。意识是人的心理高级形态,但它并不排斥无意识的存在和作用。因此,问题不在于承认不承认无意识,而在于在评价人的整个心理活动时,我们把无意识放在什么地位,是意识起主导作用,还是无意识统帅一切。

弗洛伊德把意识与无意识视为心理分析的前提,他说唯其如此,才能使我们了解精神生活中常常出现的和非常重要的生活过程。不过在他的理论中,真正受他重视的是无意识,无意识被他当成整个精神现象的基础。他说,精神分析的第一个命题是,"心理过程主要是潜意识的,至于意识的心理过程则仅仅是整个心灵的分离的部分和动作"①。在弗洛伊德看来,人的整个心理过程,实际上处于无意识状态,意识只是局部的、暂时现象,有如黑色底片上的感光点。因此,"任何一个特殊过程,首先都是属于无意识的心理系统,从这一系统出发,在一定条件下,它才会过渡到有意识的系统"②。弗洛伊德要人们认可这种理论:"我要告诉你们,对于潜意识的心理过程的认识,乃是对人类和科学别开生面的新观点的一个决定性的步骤。"③ 但是这一建议的科学性是令人怀疑的。因为在社会生活、科学发展的道路上,无意识因素虽然不断发生,并且具有创造性的特征,突发性的顿悟,而对发明创造产生巨大影响,但主要是意识在起作用,否则人的意识的能动性就完全被忽视了,人的一切活动与创作都是盲目的了,人就被降到了人与动物的边缘状态去了。这样的话,就谈不上人对历史发展的科学认识了。弗洛伊德后来把意识与无意识这种二部人格改为"三部人格"的结构,提出了伊德(本我)、自我和超我的说法。

---

① [奥]弗洛伊德:《精神分析引论》,高觉敷译,商务印书馆1984年版,第8页。
② 转引自杨清《现代西方心理学主要派别》,辽宁人民出版社1980年版,第356页。
③ [奥]弗洛伊德:《精神分析引论》,高觉敷译,商务印书馆1984年版,第9页。

无意识，这是人心理活动的主要成分，人的有意识行为来自无意识基质，后者主要在遗传的影响下形成。在这种基质中，包含了种族独特性的无数遗传的积淀。与无意识相应的伊德，主要是指生物的遗传本能冲动、人的天生的本能对人的远祖的回忆和被遗忘了童年印象而说的。这是"一团混乱，一口充满沸腾的激动的大锅"①。从弗洛伊德的解释来看，这里所说的沸腾着的无意识本能欲望即伊德。包括一，生的本能，即性的本能、一种追求享受、快乐的生的本能；二，一种极富侵犯性的、追求死亡的本能。两者结合在一起，对人的精神世界起着支配作用。同时，无意识又被划分为两个层次，"有能够成为意识的隐蔽的无意识，和难以获得进一步发展、不能转化为意识的、被排挤的无意识"。重要的正是后一种不能转化为意识、又不得不返回一团混沌、黑暗中的无意识。按照弗洛伊德的观点，正是这种充满野性、黑暗的生物本能的无意识，组成了人的心理核心力量，控制了人的行为和行动；它主宰着人的心理，左右着人的社会活动的动因；人的活动的动机，其能量全源于此。这是一种人本身无法加以控制、只能任其自然的神秘莫测的本能力量，它按照所谓"满足"和"快乐"的原则行事。至于无意识中的某些部分转化为意识后，就成了一种"懂道理"的本能——"自我"和更高一级的"超我"，即"现实化了的本能"，它们对无意识起到一定的监督、限制作用，按所谓"现实原则"行事，但其作用也仅限于此。由于在整个心理机制中无意识是起主导作用的心理常态，所以实际上是无意识制约意识，即各种原始本能制约意识，是伊德推动自我。这样，由于弗洛伊德把无意识绝对化了，结果意识与理性的作用和影响，被置于完全次要的地位上。如果说，无法控制的、因而带有神秘色彩的无意识——自然本能、性本能、生的本能、死的本能、侵犯性本能，其中特别是性本能，决定着人的心理、精神过程和社会实践，并把意识挤兑到从属地位，甚至扩大开来，还拿人的侵犯性本能来解释人的行为冲动，人与人之间的

---

① 转引自［美］舒尔茨《现代心理学史》，杨立能、沈德灿译，人民教育出版社1981年版，第342页。

三 无意识自然本能创作动因说

社会冲突，那么能否把这种贬抑意识，摒弃理性的理论，称作合乎理性的理论呢？人既然被压制了他的心理构成的最高形式部分——意识，那么，弗洛伊德发现的是什么"新人"的本质呢？弗洛伊德说，"对将来，我们最好的希望是智慧和见识——科学精神、理性——会在人的头脑中及时地建立起一种专政"，"理性的控制所发出的共同压力，将是一种使人能够联合起来的最强大的力量，而且将为人的进一步联合作好准备"[①]，等等。这自然是很有理智的观点，因而读者、论者也并不怀疑弗洛伊德这方面的品格。但是理性如何在头脑中建立起一种"专政"来呢？使人联合起来的力量在哪里呢？它的必由之路在哪里呢？能不能说人的自然本能的无政府状态的肆虐，那口黑暗的沸腾的大锅，是为理性的胜利做准备的呢？如果人的理性是会胜利的，那么他的自然本能、性本能和享乐、痛苦、侵犯、死亡的本能，岂不都要萎缩、衰退，使人不成其为弗洛伊德的人了？第二，这种人性结构、自然本能冲动说，实际上还只是一种假设，用于治疗精神病患者，有一定的指导实践的作用；但如果用这种生理心理现象的探测，来说明社会现象，这恐怕就会遇到困难，因为社会结构、甚至社会心理结构很难拿人的自然本能结构来说明的。而阐明社会现象及其过程，只能到人与人之间的现实关系之中去寻找根据，这与病理学是两回事。

我们在上面简要地评述了一下弗洛伊德的无意识理论，这是为了探讨和了解他提出的无意识理论，到底有些什么内容，用来指导文学创作和研究，是否真的会像有的人说的那样奇妙。

有的文章肯定了无意识原始本能对艺术创造的决定性作用，至于这些原始本能的力量的内容，则就是前面所说的性本能力量，种种追求享乐、满足、痛苦、死亡的黑暗因素。在这种无意识自然本能冲动的基础上，弗洛伊德建立起了一种泛性欲主义，这是无意识理论的进一步具体化。可以认为，泛性欲理论是他精神分析学说的又一理论基础。

---

① 参见［奥］弗洛伊德《精神分析引论》，高觉敷译，商务印书馆1984年版。

弗洛伊德在《梦的解析》一书中，曾抱怨人们不能正确地理解他提出的"性的"理论，他说："最主要问题是我们精神分析学者所用的'性的'（sexual）一词，并非与一般人意会的完全雷同。"① 这很可能，但他的著作并未说明它们传播的观念就不是泛性欲主义。其实，人们从他那里了解到的"性的"概念，并未超出他的理论范围，倒是他自己把"性的"概念和内容说得如此广泛。例如，他把各种触摸所获得的感觉，都赋予了"性的"色彩。婴儿吸吮母乳，甚至纯粹的吸吮的习惯动作，都被视为"整个性生活所由起的出发点，是后来各种性的满足的雏形"②。他甚至把人的自然本能、性本能，说成是一切文化创造的源泉，而且还包括整个社会文明："人的本能的升华，是文化发展的显著特征。正是它使得最多见的心理现象——科学、艺术、意识形态方面的活动，在文明社会里起着重大的作用。"③ 在《精神分析引论》中，他说："我们认为这些性的冲动，对人类心灵高尚文化的、艺术的和社会的成就作出了最大的贡献。"④ "美的观念植根于性刺激的土壤之中"⑤。性的欲望在人的精神活动中的地位被描写得如此崇高，而且它与生俱来，无处不在，所以在人的各个发展阶段表现出来。尚没有意识的婴儿难道有性的欲望吗？有，如前所说，他在吃奶的时候，就得了一种"性的"快感。"吸乳的欲望实含有追求母亲胸乳的欲望。"⑥ 如果说男婴是这样，那么女婴又如何呢？随着年龄的增长，婴儿成了孩子，这时性本能就发展成为"俄狄浦斯情结"。男孩身上出现了弑父娶母的意愿，女孩身上就出现了爱父嫌母的思想。弗洛伊德说："很可能我们早就注定第一个性冲动的对象就

---

① ［奥］弗洛伊德：《梦的解析》，赖其万、符传寿译，中国民间文艺出版社1986年版，第97页。
② ［奥］弗洛伊德：《精神分析引论》，高觉敷译，商务印书馆1984年版，第248页。
③ ［奥］弗洛伊德：《文化与对文化的不满》，转引自《现代资产阶级美学》，1965年，俄文版，第205页。
④ ［奥］弗洛伊德：《精神分析引论》，高觉敷译，商务印书馆1984年版，第9页。
⑤ ［奥］弗洛伊德：《性学三论·爱情心理学》，译文参见朱狄《当代西方美学》，人民出版社1984年版。
⑥ ［奥］弗洛伊德：《精神分析引论》，高觉敷译，商务印书馆1984年版，第248页。

三 无意识自然本能创作动因说

是自己的母亲,而第一个仇恨暴力的对象却是自己的父亲。……俄狄浦斯王弑父娶母就是一种愿望的实现——我们童年时期愿望的实现。"① 本文作者曾按照这一理论,询问、调查过一些儿童的爱憎,甚至给以暗示,竟无有一人做出过"俄狄浦斯情结"式的奇特的回答,因此很难证实这个结论。可能由于东方的儿童身上主要存在着礼教统治的心理积淀,因而不同于西方儿童。据说这个论点,是弗洛伊德进行艰苦的自我分析得出的。说实在,要是俄狄浦斯王弑父娶母,不过是其童年时期愿望的实现,那么这个震撼人心的古希腊命运悲剧即母系社会的风习与后代伦理观的冲突,对我们来说就索然无味了。看来,弗洛伊德把人需要求得温饱的本能,化成了性本能,并把亲子之爱的关系彻底生物化了。把爱情也彻底变为性关系了。而实际上爱情的内容并非纯粹的两性关系。弗洛伊德的这种泛性欲理论,使得原来的支持者容格也不敢苟同,最后不得不与之分道扬镳。

"俄狄浦斯情结"的理论,使得弗洛伊德自己和一些西方的文艺评论家,把文学、艺术的研究客观上变成了一种性行为的种种形式的探讨。弗洛伊德在谈及达·芬奇时说:"我们不应当希望,在列奥纳多的画面,除了不变的性欲冲动的痕迹之外,能再找到任何别的东西。"② 达·芬奇少孤,缺母抚爱。但是能否把伟大的意大利画家所画的妇女形象,都说成是画家的性欲的满足?人们在谈到哈姆雷特时,往往要对其为父报仇时的延宕行为作出种种解释。弗洛伊德在这问题上自有见解。他写道:"哈姆雷特能够作所有事,但却对一位杀掉他父亲、并且篡其王位、夺其母后的人无能为力——那是因为这人所做出的正是他自己已潜抑良久的童年欲望之实现。"③ 就是说,哈姆雷特早就存有弑父娶母之心,从童年时就开始了。他刺死叔父所以延宕时间,不是不敢,乃是不忍立刻就办,因为在这点上,他觉得自己比叔

---

① [奥]弗洛伊德:《梦的解析》,赖其万、符传寿译,中国民间文艺出版社1986年版,第189页。
② [奥]弗洛伊德:《列奥纳多·达·芬奇》,转引自《现代文艺理论译丛》第4期。
③ [奥]弗洛伊德:《梦的解析》,赖其万、符传寿译,中国民间文艺出版社1986年版,第191页。

父好不了多少，问心有愧。真是可怜的哈姆雷特！你在对待叔父的问题上犹豫不决，原来不是因为势孤力单，自觉难于战胜邪恶，而是为弑父娶母的情结缠身，不得解脱。后来有的研究家认为，哈姆雷特所以迟迟下手，乃是出于感恩，因为叔父为他清除了宿敌，即他的父亲。这类评论也大受一些人的赏识！这就是弗洛伊德所作的"把故事中的主人公的无意识所含的意念提升为意识"的心理分析。而且据弗洛伊德之说，莎士比亚还患有性变态，所以"哈姆雷特的遭遇其实是影射莎士比亚自己的心理"。更为奇妙的是，当王子的老父睡在花园里，他的叔父把毒药滴入老王耳朵，谋杀老王时，弗洛伊德把这一行为称作"同性恋"！所有种种，使得莎翁的作品的伟大人文主义思想，都浸泡到性欲的圣水中去了。

俄国作家陀思妥耶夫斯基也享受了这种莫大"荣誉"。在小说《卡拉马佐夫兄弟》中，的确有弑父行为：小地主费道尔·卡拉马佐夫被他的私生子、长大后成为他家佣人的斯米尔加科夫杀死了。看来这可以提供一个演绎"俄狄浦斯情结"的实例了。但可惜的是，弑父者并不清楚其母是谁，因为后者——那个流浪街头的白痴女人产后就死了，弑父并不是为了娶母。同时，弗洛伊德还使陀思妥耶夫斯基本人扮演了一个"弑父娶母"的角色，具体表现就是作家的无穷的自我折磨和忏悔。

弗洛伊德的"俄狄浦斯情结"被用来解释文艺现象，在一个时期里十分流行，甚至至今仍有人认为这个"情结"对于解释上述几部作品的主题思想，部分地还是适用的！一位美国的女批评家马利雅·波拿巴在分析爱伦·坡的作品时，干脆把作家在作品中写到的种种景物，按照弗洛伊德的分类[①]，都与男女性器官联系起来，或是暗示作家性器官的萎缩，等等，这使极好使用象征手段的爱伦·坡，颇有被出了一番洋相的味道。

弗洛伊德在无意识、泛性理论的基础上，又引出梦与艺术创造的理论。梦的学说，是弗洛伊德精神分析理论又一个支撑点。梦是什么

[①] 可参阅《精神分析引论》，高觉敷译，商务印书馆1984年版，第116—120页。

三 无意识自然本能创作动因说

呢？在弗洛伊德看来，无意识中那部分富有侵犯性的、破坏性的而又不能转化为意识的伊德，即被排挤的无意识，是一股充满极强的野性的自发势力，这种原始的性本能力量，总想找到自己的表现的机会。为了达到这一目的，于是就在意识放松监督的情况下，经过一番乔装打扮，混过了"检查站"而得以体现，这就是梦。"梦是一种（受压抑的）愿望（经过改装）的满足。"①"被某一抑制的愿望的实现……是昨日以前的前意识活动的延续"。②对于梦所做的定义，看来是有相当道理的，但是弗洛伊德又把梦看成是性的欲望的种种表现，转入了另一个方向。要是我们在对梦的转叙中见不到某种明显的性的愿望，那么弗洛伊德说，就应通过释梦过程去发现其背后的即"内隐的梦的思想"，据说只要努力寻找，仍可以发现与性有关系的某种愿望来的。

弗洛伊德的《梦的解析》《创造性作家和昼梦》等著作，就文艺创作的动因、本质等问题作了具体的论述。他认为文艺作品的产生和做梦相同，它们都是人的原始本能、性本能被排挤后的改头换面的实现，都是人的无意识的"升华"。所以文学艺术和梦一样，是弗洛伊德的无意识、性本能学说表现得最为充分的地方。前面说到，原始自然本能、性本能推动人们行动，它们的形式，表现为追求享乐、满足等等。但再一步，追求享乐、满足的具体内容又是什么？弗洛伊德说，艺术家"也为太强烈的本能需要所迫促：他渴望荣誉，权势，财富，名誉，和妇人的爱；但他缺乏求得这些满足的手段。因此，他和有欲望而不能满足的任何人一样，脱离现实，转移他所有的一切兴趣和里比多（本能的能量），构成幻念生活中的欲望"③。艺术家欲望的追求可以贯穿到艺术创作的方式中去，使人不易发觉他们的动机。于是创作与追求名誉、地位、金钱、女色联系在一起，并且说这是一种自然本能的要求。有的人对这一主张大为欣赏，认为它一语道破天机。毫无疑问，为追求金钱、美女而创作是大有人在的，但是怀有这

---

① ［奥］弗洛伊德：《梦的解析》，赖其万、符传寿译，中国民间文艺出版社1986年版，第90页。
② 《弗洛伊德自传》，顾闻译，上海人民出版社1987年版，第51页。
③ ［奥］弗洛伊德：《精神分析引论》，高觉敷译，商务印书馆1984年版，第301页。

种动机的人，他从来未曾提供过真正的艺术作品。固然，像司汤达曾经说过，他是"为最高级的社会和最漂亮的社会而生的"，"权力毕竟是人生的头等快乐，只有爱情才能超过它"。但是，如果真把这位作家和他在日记、随笔中所说的具有上述思想的人一视同仁，那无异把这位伟大的法国作家与他小说中的于连等量齐观了。因此，弗洛伊德的理论只道出了一些人的"天机"，而并未说明伟大作家的全部作为。

弗洛伊德认为，文学、艺术作为无意识的"升华"，就其本性来说是一种幻想，也是一种"白日梦""昼梦"，即醒着做梦。人有所不满，本能的冲动，诱使人从事创作。他渴望致富和荣誉，希望获取女人青睐，但他得不到它们，于是这种渴求使他燃烧起熊熊的幻想。"只有不如意才有幻想。幻想的原动力是不能满足的愿望，每一次幻想就是一次愿望的满足，就是对不满的现实作一次修正。"① 这里所说的不如意，就是自然的本能的不满足，就是无意识中的被压抑而又蠢蠢欲动的因素的不满足。在它的冲击下面被创作出来的文学艺术，就被看作是一种脱离了现实可能的幻想的象征，一种逃避现实的手段，只是被作家经过了一番乔装打扮而已。弗洛伊德说："创造性的作家的所作所为，与孩子在玩耍中的行为相同。他一面创造了一个幻想的世界，并且非常郑重其事地对待它——倾注大量的感情，一面把它与现实彻底分开。……他这时以幻想代替现实，建起了空中楼阁，产生了人们所说的'昼梦'。""一部创造性的作品，像昼梦一样，是童年时代的一次玩耍和代替。"② 作家、艺术家对待创作的认真态度，有如在孩提时代玩耍一般专心致志，但这样做，目的却是为了逃避心灵的痛苦，在瞬间脱离现实。由此，文学、艺术又在于创造昼梦，空中楼阁，一个精致的世界，使得创造者暂时忘却痛苦，而起到"麻醉剂"的作用，从中得到"补偿"。这也就是弗洛伊德所说的文艺创作是一种替代性的满足，即文学"补偿"论。此时"享乐"原则与"现实"原则和谐一致了。

---

① ［奥］弗洛伊德：《创造性作家与昼梦》，见《文艺理论研究》1981 年第 3 期。
② ［奥］弗洛伊德：《创造性作家与昼梦》，见《文艺理论研究》1981 年第 3 期。

三 无意识自然本能创作动因说

但是，如果说文学、艺术是昼梦一般的现象，那作家、艺术家岂不就是白日的寻梦人了？在弗洛伊德的理论中正是如此，他同时还认为，作家不仅是做白日梦的人，而且在做梦这点上，他与精神病患者无异。他们行为古怪，沉湎于幻想之中，所不同者，在于作家、艺术家能够控制自己，并能找到返回现实的途径。在这里，弗洛伊德提出的一个式子是值得注意的，这就是：文艺创作是一种从幻想到现实的逆向运动。弗洛伊德说："艺术家从来就是摒弃现实的人，因为他不能接受现实的条件，即放弃其原始本能欲望的满足，所以他便到自己的幻想世界里去获取补偿，以尽情满足自己的性欲与充满野心的愿望。但是他终究发觉有条可以从幻想世界返回现实世界的途径，这就是用与其禀赋适应的方式，使幻想形成一种新的现实的类似物，而人们也就认可这是一种对现实的有价值的反映。他的宿愿实现了。现在他是英雄，国王，创造者，宠儿，除此而外，从其个人的目光来看，他在改变外部世界的同时，就不必再走迂回曲折的小路了。"[①] 赫伯特·里德评述弗洛伊德把艺术视为"从幻想到现实的逆转之路"，指的正是这点。这样，弗洛伊德实际上颠倒了创造过程，以自然本能反应代替了作家的生活感受。因此，对于弗洛伊德式的"创造者"来说，根本不存在现实不现实的问题。有人以为弗洛伊德的这一论述，对现当代文学的写作技巧有卓越的贡献。这无异于说，摒弃现实的作家，任凭自己的幻想就能与现实沟通，而且可在技巧上有所创新。这种缺乏分析、论证的说法，似乎太武断了些。

创作的动因在于无意识本能即性本能的冲动，而这种无意识本能就是追求享受、满足、生和死，也即种种本能欲望；艺术的创造就是为了满足这些本能的欲望，也即满足人对名誉、地位、金钱、女人的本能追求。由于艺术家在生活中不能如愿以偿，于是他就通过幻想来构造他的美妙的空中楼阁，从与白日梦一般无二的艺术创造中，得到"补偿"，受到了人们赏识，由幻想而返回现实，终于获得金钱、权力

---

① ［奥］弗洛伊德：《精神分析中的基本心理理论》，译文可参考［美］韦勒克、沃伦《文学理论》，第76—77页，同时还可参见《精神分析引论》第301—302页。

和女人的爱了。所以文艺创造与现实起因无关，如有关系，则这一切只发生于创作完成之时，这时他们心造幻影，和白日梦的创造，使创作者得到满足，感到慰藉。用这种理论来指导创作，创作者自然也只需求诸对自己原始本能的挖掘和主观内心的体验，而欢迎这种理论了。

容格接受了弗洛伊德的无意识理论，但他不同意对性本能的强调，而提出了"集体无意识"的主张，并把"集体无意识"看作是一切动力的基础。容格把人的精神分成三个层次，首先是意识，它只具次要意义。意识之下是含有"个人特征"的无意识，这种无意识即所谓后天无意识，是"具有个体性质的幻想（包括梦），它无疑来源于个人的各种经历、被遗忘了的事物，因而它完全可以用个人的回忆来说明"①。在这种无意识之下，即所谓"集体无意识"，这是精神的深层，是个体所不知道的。"集体无意识是从人的祖先的往事遗传下来的潜在记忆痕迹的仓库，所谓往事，它不仅包括作为单独物种的种族历史，而且也包括前人类或动物的祖先在内。集体无意识是人的演化发展的精神积淀，它是经过许多世代的反复经验的结果所积累起来的积淀。"② 容格以为这种沉淀，是意识的原始状态，一切行为的发动力量。他把这种集体无意识的先天倾向，称作"原型"，"看作是心理经验的先天的决定因素，这种先天的决定因素促使个体按照他的本族祖先当时面临的类似情况所表现的方式去行动"③；看作是广泛体现于神话中的"单位结构"等。种族的历史文化，前人类的历史文化，都能化为先天性的"原型"，成为潜在的记忆痕迹而被遗传下去，这是一种很有意思的探讨。但还未被科学完全证明，而带有某些神秘的味道。按照这种理论，新生婴儿应当具有这种先天的关于自己远祖忘记痕迹的"原型"的吧，应当"按照他本族祖先当时面临的类似的情况所表现的方式去行动"的吧，但是当一只母狼收容了他，他就被

---

① ［瑞士］容格：《集体无意识和原型》，《文艺理论译丛》1983年第1辑。
② 转引自［美］舒尔茨《现代心理学史》，杨立能、沈德灿译，人民教育出版社1981年版，第359—360页。
③ ［美］舒尔茨：《现代心理学史》，杨立能、沈德灿译，人民教育出版社1981年版，第360页。

三 无意识自然本能创作动因说

纯粹的兽性所灌注，连人也当不成了，哪里还谈得上先天的人的远祖的回忆呢？当然，我提出的例子和诘问可能带有极端的性质，情况可能要复杂一些。集体无意识是一种隐性的积淀，当得到顺利发展的条件时，它就会显露出来，当他处于破坏性的环境时，它就可能隐没以至被改造。容格提出，艺术家的真正任务，不是去表现后天无意识，即具有个人特性的后天无意识，而是去表现集体无意识。"艺术家不是享有自由意志、追求个人目的的人，而是让艺术通过他实现其目的的人。他作为一个人，可能有喜怒哀乐、意志和个人的目标；但是作为艺术家，他是更高意义上的'人'——'集体的人'……一个怀着并造就人类无意识的精神生活上的人。"① 就是说，一个真正的艺术家只有去挖掘集体无意识，才能表现出人类精神，因此，艺术家的个人生活自然不值一提。"这也就是为什么诗人的个人生活对他的艺术是非本质的，它至多只是帮助或阻碍他的艺术使命而已。"② 这里有两层意思，在艺术表现"集体无意识"的前提下，一是艺术不必去表现艺术家的个性，就是说，这种表现集体无意识的理论，实际上是排斥艺术家的个性的，是妨害创作主体作用的发挥的。二是认为生活对于创作无关紧要。如果作家不依凭无意识本能，不去开掘集体无意识，那么作家生活知识再多，生活经验再丰富，也是徒然。毫无疑问，生活知识丰富的人，并不一定都能当上作家，但是一个作家不了解生活、时代，不积累感性知识、经验，只凭无意识本能去进行创作，以表现"集体无意识"就能体现全人类精神，成为不朽之作，以我们的孤陋寡闻，似还闻所未闻。

（二）精神分析理论的复杂影响及其评价

弗洛伊德的精神分析和容格的分析心理学说，对西方的文学创作和理论影响很大，我以为我们应该看到这种影响的复杂性。在创作的

---

① ［瑞士］容格：《诗人》，《文艺理论研究》1983 年第 1 期。
② ［瑞士］容格：《诗人》，《文艺理论研究》1983 年第 1 期。

动因问题上，弗洛伊德的自然本能的理论从根本上说是错误的，他的因性的本能欲望未获满足而变为创作活动的"补偿论"，正是如此，正是由于它是建立在泛性论的基础上的，所以我们给予否定性评价。但是，如果排除泛性论的动因，那么对于"补偿论"也好，对于后来被厨川白村发展为"苦闷的象征"也好，我们还应做些具体分析。

　　文学创作的动因，在某一局部意义上，的确具有补偿的特征。例如，有的诗人抒写的关于自己的某些爱情诗作，就是由于在生活中难以获得理想的爱情而写出来的，它们情致真挚，意象动人。它们是浓郁的爱的感情的抒发，是青春的心迹的吐露。这种抒发和吐露，在某种程度上可能会减弱作者的身心的苦恼，避开无情的现实，而潜入美化了的感性的升华，而从中得到某些慰藉，在这一意义上，诗的创作的动因，可以说是为了求得一种"补偿"，写作使感情的激扬状态得到弱化，或渐次平息。也正是在这一意义上，诗作不妨可称之为"苦闷的象征"。又如过去有的作家不满当时社会现状，积郁既多，感慨亦深，他有话要说，而且不吐不快。于是或为讽刺，或作寓言，以抒发自己的愤懑，作品一旦写成，他的愤懑之情在一定程度上有所缓和，从中得到了某种"补偿"。司马迁"发愤"而著述。刘勰说"蚌病成珠"；钟嵘"'诗可以群，可以怨。'使穷贱易安，幽居靡闷，莫尚于诗矣！"说的正是这个道理。"补偿""苦闷的象征"这类提法，触及了创作主体的心理，剔除其泛性的色彩，是可以使用的，它们反映了创作主体的某些心理特征，有助于我们对创作心理的了解。

　　第二，创作中的无意识现象过去不少作家已经注意到了，实际上这是艺术思维的特征之一。目前这一现象在文艺理论中受到重视，是和心理分析的理论的宣传分不开的。弗洛伊德的无意识理论的致命之处，就在于把它看成是一种最具力量、制约一切的自然本能所构成的心理层，并把它绝对化、神秘化。如果我们设法深入地了解一下人的心理活动和创作的思维过程，则就会看到一些和无意识相关的现象，如创作思维中的直觉现象、灵感现象等。如果我们正确把握它们，作出实事求是的探索，定会有助于我们对创作理论问题的深入研究。在苏联20世纪20年代的文艺理论中，维戈茨基在其《艺术心理学》一

三 无意识自然本能创作动因说

书中，曾谈及无意识现象；而沃隆斯基等人则由于盲目引进，夸大无意识现象的作用而曾受到批评。但是，其后很长一个时期极少涉及这一领域。20世纪60年代哲学家阿斯穆斯的《数学中的无意识》一书的出现，引起了理论界的极大兴趣，20世纪70年代末，苏联出版了一部三卷集的《无意识》。此书广泛地收入苏联和外国学者有关无意识的论著，它们对心理、医学、艺术等各个方面的无意识现象所作的科学实验进行了阐述，推动了这一问题的研究。① 可是，关于无意识问题的专著，在20世纪初的西欧就已出现了。

第三，从20世纪20年代开始，不少西欧作家都强调写作要深入人的内心，以至只要求描写无意识领域，只有像罗曼·罗兰等少数作家，强调文学既要深入人心，揭示人物的各种情欲，又要描绘社会生活的广阔图景。一些西欧作家在深入人物的心理方面颇具特色。卡夫卡说过，他自己写作小说《审判》时，是感受了弗洛伊德的影响的。使我们感兴趣的是，卡夫卡在他创作时，对弗洛伊德的理论把握到什么程度。从他的创作的实践来看，他的小说如《审判》《城堡》《变形记》中的人物心理活动，倒不是一种无意识的演绎，而是与他们的处境、命运结合在一起的。弗洛伊德强调作家的"自我观察"，以体验人物的心理变幻，实际上说的是作家要去把握人的心理本能的特征。这种说法对现实主义作家也有影响。法国著名作家弗朗索瓦·莫里亚克在谈及自己小说创作的经验时，把握人物心理本能特征，可以丰富人物。他有一段话说得很有趣："不幸的是，一些小说家发现，他们创造的人物看起来正是在这个黑暗的深渊里（指人的各种欲望——引者）诞生和获得躯体的。当一个被冒犯的女读者问：'您是从哪里搜罗到这些可怕的东西的？'可怜的作家无可奈何地说：'在自己身上，夫人。'"② 这里强调的正是"自我观察"，作家从自己身上揭示了那种本能的心理表现。莫里亚克借用一位19世纪法国哲学家

---

① 见〔苏〕普朗基什维里、什洛兹亚、巴辛主编的《无意识》3卷集，梯别里斯，1978年版。

② 〔法〕弗·莫里亚克：《小说家和他的人物》，《法国作家论文学》，王忠祺等译，生活·读书·新知三联书店1984年版，第193页。

的话:"我不知道卑鄙小人的良心是什么,但是我知道,正派的好人的良心是什么:它太可怕了。"① 就是说,人的本能欲望是极端复杂的,卑鄙小人是如此,正派人也不例外,它们的不同仅表现于满足欲望的方式上。凡此种种,都可通过"自我观察"而获得。"自我观察"的理论使弗洛伊德分解了陀思妥耶夫斯基。弗洛伊德认为,陀思妥耶夫斯基在创作《卡拉马佐夫兄弟》时,把自己身上的各个特征,赋予了卡拉马佐夫父子五人,五个卡拉马佐夫的综合,就是陀思妥耶夫斯基其人。毫无疑问,作品中的主人公身上,有时往往有作者本人的影子,但说一部小说的众多的主人公就是作者不同特征的投影,却是一种武断了,弗洛伊德要求摒弃长篇小说中那种千篇一律的描写:好人就是好人,坏人就是坏人,一坏到底。他要求写出人的复杂心理,在"现实生活中可以看到人的性格的千差万别"②。这种说法是很有见地的,它的积极意义在于要求作家不要把人物简单化,要写出人的多样的心理状态。但是如果把复杂、多样的心理描写,转化为变幻无常的自然本能描写,即写好人定写他的卑鄙欲望,写作家反感的人一定写他的崇高品德,或把各种人物都写成了崇高、卑鄙的混合体,又往往会倾向生理自然主义。

第四,弗洛伊德提出的"自由联想"说,在文学创作中有不小的影响。自由联想是人的思维、心理的一种隐蔽而又极其活跃的运动方式,是心理反映中的一种普遍存在而又很特殊的形式,自觉运用于文学创作,使用得当,的确可以大大地丰富人物复杂的内心表现。不少作家使用意识流手法写作,与"自由联想"的理论有着密切的联系。当然,有的作家使用这种手法,也不一定都和弗洛伊德有关。例如福克纳,虽是运用意识流手法写作的老手,但据他自己说,他根本就没有读过弗洛伊德的著作。在西欧文学中,时序描写的复杂变化,也与弗洛伊德的理论有一定关系。弗洛伊德认为,人由于不满足而产生的幻想可以超越时序,因为想象活动随日常生活的印象、环境的变化而

---

① 见《法国作家论文学》,王忠祺等译,生活·读书·新知三联书店1984年版,第193页。
② [奥]弗洛伊德:《创造性作家与昼梦》,《文艺理论研究》1981年第3期。

三 无意识自然本能创作动因说

改变。它"从每一个新鲜活泼的印象中获得可以叫作'日戳'的东西"。其次，幻想可以"游移于三种时间——我们的观念所涉及的三种时间之间。精神活动是与某种即刻的现象，某种目前恼人的曾经能够唤起幻想者某种主要愿望的际遇相联系的。他从那里返回到早期经历的回忆（通常是幼儿时期的回忆），这一愿望在这里得到过满足；这时精神活动创造出一种与未来有关的情境，它表现了这个愿望的满足"①。幻想可以一下就进入不同时态，这是十分深刻的见解。这一理论对后来文学作品结构中的所谓时序颠倒的描写手法的形成，起了一定作用。时序颠倒的手法，在现实主义文学创作中也是经常使用的，不过没有像现代主义文学使用得那么广泛，并形成理论。但是弗洛伊德把幻想与关于幼儿时期的回忆结合起来，纳入童年的无意识状态，这又与生活实践不符。此外在戏剧中，一些剧作家运用弗洛伊德的意识与无意识的理论，把它演化为人格分裂手法，把无意识、回忆、幻觉等心理现象在舞台上加以形象化，颇为别致。如美国剧作家阿瑟·密勒的《推销员之死》中就有这种场景出现，给人以艺术的新鲜感。当然，人物潜在的心理表现方法，也是多种多样的。

弗洛伊德主义的文艺思想，作为一个流派，对于西欧文艺所产生的消极影响，也是不容忽视的。一些反对弗洛伊德主义的文章语焉不详，一些赞成弗洛伊德主义的文章又不愿涉及，或认为那些被人反对的正是他的贡献。在我看来，弗洛伊德主义文艺思想的消极面，有几点是应提出来的。

1. 关于对人的了解的问题。特里林在其论文中竭力肯定了弗洛伊德关于人的新发现，对人的本质的"新的"理解，并说"现实的原则和死的本能的观点构成了弗洛伊德关于人生总的看法的最高成就"；"我敢说弗洛伊德体系中的人，远比其它任何体系所构想的人都更具有尊严和更有趣味"；"他的人是文化和生物学的错综复杂的结合。正因为这样的人不是单纯的，他也就不仅仅是善的；正如弗洛伊德在某处说过的那样，这样的人心中有一个地狱，各种冲动无休止地从中涌

---

① ［奥］弗洛伊德：《创造性作家与昼梦》，《文艺理论研究》1981年第3期。

出，威胁着人类和文明。他有想象力，老是设想自己如何纵欲作乐，可实际上又断乎得不到那么多的快乐，他永远是得不偿失；甘心认输是他立身处世的第一个良方；他最优良的品质是一场结局悲惨的斗争的结果"。① 当特里林说弗洛伊德的人是文化与生物学的错综结合时，这一结论恐怕值得推敲了。说实在的，弗洛伊德的人，缺乏的正是文化的因素，他并未被置于现实的各种关系之中去分析和描述，体现出具有当代文化特点的人来；相反，他倒是在生物学上被作了充分的揣测与详尽的解析。说人的内心有如沸腾着的各种欲望的地狱，但这类欲望统统为人的本能构成；它们破坏文明，威胁人自己的生存，这种种行为，也纯系本能使然。这种说法，并不符合西欧社会斗争中的人的真实情况。一些人危害另一些人，或一些人由于无力自卫而身受其害，其实并非他们生理本能使然，而为社会的现实关系所决定的。又如说人的本能要求永远不能如愿，必然以悲剧结束，也不符事实，因为人与人是不一样的。而这种不同，正是以生物学或生理学说来解释的人本质的人所看不到的。因为他能够见到的都是只具生理本能的人，而人的种种现实的复杂的社会关系被取消掉了。那么，这样来规范人，人是狭小、单调了呢，还是复杂、丰富了呢？既然每个人身上都存在一个黑暗的地狱，那么无休止的弱肉强食、巧取豪夺，也都是人的生理本能使然，互相不分彼此了。社会灾祸不在社会的制度和结构，而在于人的自然本能，于是悲观、只有处于死亡边缘才感到自己存在的存在主义的人出现，也是必然的了。据说外国生物遗传的研究中，已从人的最基本的遗传因子中，找到自私的因子，破坏性的因子。于是大至一切社会的表现，都可以从遗传因子中找到对应的基因，如果真是如此，那么社会科学可能要大大地简化了。在此学说面前，我姑且存疑。

2. 弗洛伊德的无意识和梦的理论，加强了西欧文学漠视现实的倾向，不仅使不少作家去寻找弗洛伊德的人，而且使他们专注于人的纯粹的本能心理活动的发掘。这种影响，如前所说，在超现实主义文学

---

① ［美］特里林：《弗洛伊德与文学》，《文艺理论研究》1981年第3期。

三 无意识自然本能创作动因说

主张中表现得极为突出。勃勒东等人不仅把创作视为纯粹的心理无意识化，而且要人们"相信梦幻无所不能"，创作要追求一种梦和现实结合的"绝对现实"，"做梦和无意识写作是心灵活动的产物"。他说，作家借梦之助，可以深入无意识的广阔无垠的领域，那里生活矛盾不复存在。勃勒东也在探索一种真实，但是他的真实并非源于现实，而只存在于梦幻之中，也就是说唯有梦才是艺术真实的源泉，外在的世界的地位为纯粹的心理变幻所代替了。文艺既然是创造梦的境界，那么作家就要不断写梦，要写梦就要不断做梦，从梦和幻觉中去汲取灵感。这是一种梦幻的文学。自然，本文作者并不主张文学创作不能写梦，他自己也记述了许多有趣的梦，它们作为不可实现的现实的"补偿"，是极为奇妙的，他只是不同意把梦幻世界看成创作的源泉。

"新小说"派的领袖同样积极地把弗洛伊德的理论融合到自己的小说主张之中，而特别强调潜意识、潜现实。纳塔丽·萨罗特要求作品描写人的"心理要素"，要"尽可能摆脱人物的支撑"，以表现"今天的心理现实"。但是这种心理现实实际上是被清除了社会内容的纯"心理要素"。在罗布－格里耶的电影《去年在马里昂巴温泉》中，可说是充满了这种"心理要素"的动作，但大部分观众对这梦幻一般的回忆的虚幻情景，感到不好理解，莫名其妙，据说连欧洲的观众也是如此。也有人说好，但好在哪里？难以说出个究竟，真是只能意会而不能言传。如果无意识、梦幻的描写自成目的，走向唯美主义、形式主义，反而会失去它们的目的，而完全没有目的的创作是不可能的。自然也要看到，"新小说"派的创作实践与其理论并不完全一致。例如纳塔丽·萨罗特的小说创作理论相当系统，但其创作实践又并未完全实现其理论主张。她自己也一再说，她的理论与她的小说并不合拍，即小说归小说，理论归理论，而且在她看来，"新小说"只是一个理论流派，对此，别的"新小说"派作家又是一种看法。

3. 西欧文学中的色情描写是相当严重的，特别是所谓通俗文艺、消遣文艺，尤其如此。这一方面与社会风习、社会心理有关，一方面也与文艺商品化有关。例如电影，制片商为了获得利润，就要为影片打开销路，满足顾客的愿望，迎合他们的趣味。西方现代观众中形成了一种"观淫癖"①，制片商就必须满足他们的这种癖好。一次，海明威在回答记者的问题时谈到文学关于性知识的描写时说："一个较好的作家是不会去描述的。"② 但是在这个问题上，就连不少著名的作家都未能免俗。弗洛伊德自然没有号召作家去写色情场面，而且他本人的为人也是极为严肃的。但是他的泛性欲主义理论，把性的发泄看成是一种无处不在的动力，把人欲横流视为人的自然本能的自然流露，极有影响，恐怕没有一个人像弗洛伊德那样，在理论上发挥得那么透彻的了。它实际上迎合了西方社会的泛性欲趋向与趣味，成了文艺色情描写的依据。虽然，我们不能说西欧文艺中色情主义是弗洛伊德一手造成的。但是理论一旦发生影响，就绝不是他个人的主观意图所能左右的了。

特里林关于弗洛伊德的论文有一个优点，即它不讳避弗洛伊德学说中的谬误之处，而且还让弗洛伊德自己站出来讲话。特里林引用弗洛伊德的话，对应用于文学研究的精神分析方法进行评述："外行人可能对于分析寄予了过高的期望……必须承认，分析根本没有说清外行人或许最感兴趣的两个问题。它既不能阐明艺术天赋的性质，又不能解释艺术家的工作方法——艺术技巧。"③ 弗洛伊德自己承认，他并不考虑艺术的色调、感情、风格以及各部分的映衬，他自称对形式也不感兴趣。在谈及达·芬奇时他还说："如果在这里不拒绝使用我们的手段的话，我们一定会乐于指出，艺术活动以何种方式起源于原始的精神欲望，那我们将有限制地指出受到怀疑的事实：艺术家的创造，同样是为了性的欲望找到出路。"④ 然而有的文章，恰恰想用弗洛伊德自己都认为不能估价过高的理论，来解决艺术创作的动因、本质，以及作家的天赋，工作方式等，这不能不使人感到惊讶！特里林

---

① ［美］斯·梭罗门：《电影的观念》，齐宇、齐宙译，中国电影出版社1983年版，第259页。
② 见童衡巽编《海明威研究》，中国社会科学出版社1980年版，第74页。
③ ［美］特里林：《弗洛伊德与文学》，《文艺理论研究》1981年第3期。
④ 转引自《现代资产阶级美学》俄译本，1965年，第207页。

三 无意识自然本能创作动因说

还说到，对艺术家的头脑进行探索，是极为困难的，几乎是无法实现的，这自然把问题绝对化了。不过这位批评家又说："这种探索就是要离开本身来探讨艺术家的无意识倾向。评论家认识到艺术家关于自己的有意识的意向的说明，尽管是有用的，但不能最终确定作品的意义。那么离开了整个作品，仅以无意识的意向为依据就更只能得到支离破碎的知识，其中决没有多少可靠的科学的东西。"[1] 这段话出自一位美国学者之口，是难能可贵的经验之谈，它比起我们有的故作惊人之笔的推崇文章，要说得实在得多。

无意识、性本能是一种客观存在，需要研究，它们扩大了人们对自身的认识，意义重大，但我们很难同意弗洛伊德对它们所作的解释，这不仅仅是夸大了性的作用问题。用无意识、性本能的理论来解释艺术创作的动因，甚至用来窥视社会的发展，这不是夸大不夸大的问题，而是在出发点上就错了，更何况这种理论本身只是一种假设。我们很难证实，文学创作就是昼梦；创作中无意识起着不可忽视的作用，但不能说艺术就是无意识的升华；我们不能将爱情诗的创作与人的自然本能要求等同起来，在爱情与性欲之间画上等号。文学艺术是社会的人的意识和愿望的表现，是形象的审美反映，而不是人的生理属性的外射。如果否定意识，贬低理性，那么人的创造活动，就与蜜蜂的构筑蜂房，蜘蛛的结网营生无异。因此，对于艺术创作中的无意识、非自觉因素，要恰如其分地进行评价。

同时我也以为，在引用作家谈论创作问题的文字时，还应全面地理解他们的意思，要看到他们观点的前后变化，或是应当顾及他们观点的另一方面，而不能以偏概全，使读者产生错觉。例如鲁迅谈到过弗洛伊德，他在20世纪20年代和30年代的看法显然是不同的。20年代，他通过"苦闷的象征"而受到弗洛伊德的影响，如小说《补天》就是。到30年代就不同了，他对弗洛伊德主义的态度极为严峻。这样就不能用鲁迅前期的观点作为他对弗洛伊德主义的定论。歌德十分重视无意识在文学创作中的作用。他称赞过拜伦的诗写得自然、迅

---

[1] ［美］特里林：《弗洛伊德与文学》，《文艺理论研究》1981年第3期。

速,但我们不能说拜伦的创作是其无意识的表现。歌德在谈到拜伦写作迅速之后接着就说,拜伦"在掌握外在事物和洞察过去情况方面,他可以比得上莎士比亚"。至于歌德自己,他不仅重视无意识,而且也说:"世界是那样广阔丰富,生活是那样丰富多彩,你不会缺乏作诗的动因";"现实生活必须既提供诗的机缘,又提供诗的材料";"必须由现实生活提供作诗的动机,这就是要表现的要点,也就是诗的真正核心"。[①] 对于这类富于卓识的论述,在讨论歌德论及创作动因时,恐怕就不能置之不顾。

至于对考林伍德所说的文学作品并非按预先制订的计划生产,而是某些人随便(恐怕是带有偶然性、随意的意思)创作出来的话,也要具体分析。它的前半句话是对的,艺术生产有别于物质生产,也非按图索骥,艺术创作有其自身规律可循。有时诗人作诗,挥毫立就,这种"偶然得之",实为"长久积累"的结果,即所谓厚积而薄发,不见或不管这个被压缩了的过程,其真相就被掩盖了。因此,把文学创作的动因归结为自发的本能冲动,一种"随便"行为,这似乎随便了些,它实际上很难真正深入到创作的心理奥秘中去。因为,那些真正不朽的作品,虽然往往触发于偶然,但无一不是反复构思、长期酝酿、耗尽移山心力、伴随着阵痛与和着血泪产生出来的。

(附记:本文初稿写于1982年,1986年发表时,一些引文参阅了这期间出版的新译文)

[①]《歌德谈话录》,[德]爱克曼辑录,朱光潜译,人民文学出版社1978年版,第6页。

四 直觉和直觉描写

有的作家提及,直观印象对于文学创作具有特殊的意义。王蒙在《漫话小说创作》中也说起作家要注意直观的印象。他说,"哪怕是最直观的描写,也无不多多少少地浸染了作者的主观色彩","我又坚信艺术的直觉、艺术的感觉在文学创作中的重要作用";"我推崇艺术直觉。同时我反对神秘主义、无思想性和非理性主义"[①]。这是创作的经验谈,艺术直觉是艺术思维的重要特征,它在创作中的作用不容忽视。上述作家凭自己的经验,谈及了艺术创作中的直观印象,对生活的直接的感受;如果这些现象可以称为艺术直觉,那么这仅是艺术直觉的一种形态,事实上,艺术直觉是一种相当复杂的现象。正因为如此;我觉得对艺术直觉下一个定义,并拿它来统括不同形态的艺术直觉,就相当困难。考虑到这种情况,我在前几年发表的《论艺术直觉》[②]一文中,尝试对艺术直觉作分类分析。过了好久,有人告诉我,我的文章受到了"商榷"。

我把商榷文章找来,刚看了个头,我就觉得:我被推进了极为熟悉的十七年式的文艺批评的框框中去了。这篇文章一开头就把我文章对艺术直觉不同形态、不同特征的分析,用几个字作了概括,说我认为艺术直觉的特征是自觉性,而它是主张非自觉性的。于是把我有的和没有的东西捆在一起,都算作我的,然后把它当作学术界的流行观点代表,作为靶子对待。文章为了急于驳倒对方,有时也达到不顾文

[①] 见王蒙《漫话小说创作》,上海文艺出版社1983年版。
[②] 即本文的第1、2、3部分。

艺常识的地步。这种方式的文艺批评，可以使不甚了解我观点的人信以为真，但由此它也留下了后遗症。当然，回过头来检点一下我自己的文章，由于提出的问题过去还未有认真研究，相对这个问题做些较为深入一些的探索，但又写得匆忙，有些提法不尽妥善，有些地方论述也不够明快，是存在一些缺点的。因此这次收入本书时作了一些更动。但我对艺术直觉不同形态的构思和分类，对它们各自的特征的分析，我以为可备一说，虽然不必人人都会同意。

（一）第一个印象及其追求

作家强调要凭直观印象、直接的感受进行创作，这对于克服创作中的概念化倾向自然是十分有益的。

我们常常可以从作家的自述中得知，生活中的某一事物给他留下的第一个印象最为深刻，使他最感宝贵，永志难忘，因此激起他的感受也最为强烈。而且常常有这样的情况发生，如果他想对某个使他强烈感受过的事物，再去体验一番，那时这一行动固然会有助于他去进一步了解事物的始末，细节的正确性，不过就引起的感受来讲，就往往不如第一次印象来得深刻。什么原因呢？就在于事物形象的新鲜感和事物的独特性。由事物、现象的新鲜感、独特性形成的直觉印象，形象最为鲜明，最能触动作者的心理，使他能够产生艺术创造的欲望。在这种情况下，直觉印象或直接的感受便转化为艺术意识而成为艺术直觉。因此可以说这种艺术直觉实际上是直觉印象的艺术意识，具有极强的感性的、感情的特征。

由第一个印象所形成的艺术直觉，大体上有两种情况。在第一种情况下，生活中的某个独特的印象或某些印象，引起了作家的特别注意，使他产生了强烈的感受。他意识到了它们对于他的创作的重要性，但是它们的轮廓还不甚分明，意义还未被充分认识，于是这时他就开始了对第一个印象的追求，进入了创作的探索。茅盾开始写《幻灭》的时候，最初的动机是为了描写自己的所见所闻，是从一个直观印象开始的："这是因为有几个女性的思想意识引起了我的注意。"①他谈到一天晚上会后，同路的一位女性的兴奋神情，推动他构思起小说来。屠格涅夫在回忆《父与子》的写作时说："那个典型（指巴扎罗夫）很早就引起我的注意了，那是在1860年，有一次我在德国旅行，在客车上遇到一个年青的俄国医生，他有肺病……我跟他谈话，他那锋利而独特的见解使我吃惊。两小时以后我们就分别了。"②"照我看来，这位杰出人物正体现了那种刚刚产生、还在酝酿之中、后来被称为'虚无主义'的因素。这个性格给我的印象很强烈，同时却不大清楚：起初连我自己也不能透彻地了解它，于是我就聚精会神地倾听和观察我周围的一切，仿佛要检查自己的感觉是否真实似的。"③ 这个人物给人的第一个印象，以及他的某种独特的气质，使屠格涅夫立即投入了探求。

另一种情况是，由第一个印象或最初的印象转化而成的艺术直觉，能够迅速推动作家直接进入创作状态。由于这种艺术直觉很快就抓住了对象的鲜明、独特的完整形象，它的发展的趋向，因此可以促使作家在强烈的感受中立时挥笔成文。在这种艺术直觉推动下创作出来的作品，有如神品妙构，所谓即席赋诗，其中部分正是这种艺术直觉的产品。王勃《秋日登洪府滕王阁饯别序》，抒写了不少直觉印象，而所发议论，也全凭艺术直觉引出。在绝大多数场合，游记文学往往是凭直观印象写成的，就是小说创作，也常常为艺术直觉所引导。像《一件小事》这类作品，作者的直接的印象与自身的感受交织一起，不事修饰而亲切动人。从上面两种情况来看，不同作家对第一个印象的追求是不一样的，有的旷日持久，在确定人物性格特征方面费尽思量；有的时间很短，挥笔立就也是常有的事。但不论何种情况，第一个印象由于引起了作家强烈的心理震动而转化为艺术直觉，对创作的开展起到促进作用。当然也不能一概而论，也有大量不能立时引起人

---

① [俄] 屠格涅夫：《文学回忆录》，巴金译，文化生活出版社1949年版。
② [俄] 巴甫罗夫斯基：《回忆屠格涅夫》，转引自巴金《〈父与子〉新版后记》，上海译文出版社1983年版，第666页。
③ [俄] 屠格涅夫：《回忆录》，蒋路译，人民文学出版社1983年版，第87页。

们感受的第一个印象。

上面所说的由第一个印象很快形成艺术追求所构成的两种艺术直觉，有一个共同的特点，即具有明显的目的性。作家为直觉印象所感动，顿时引起种种感受，并企图形之于文，其时直觉印象就发生转化。作家这时被那些具有鲜明特征的事物所吸引，在创作愿望的推动下，他把它们紧紧地捕捉在手，不再放松，直到它们完全被艺术地体现出来为止。这种情况下的作家的思维活动，自然是一种有方向的自觉行动。这种由直观、直觉印象引起作家感受，进而力图使之得到艺术的体现，并推动艺术追求的艺术直觉，并没有什么非自觉性的特征。据说李贺外出，有携带锦囊的习惯，他这样做是为了把沿途的所见所闻，随时写成诗句，投入袋中。这种做法，实际上就是以诗的形式，储藏直觉印象；或者说，随时把直觉的印象转化为诗的形式。当然，我们可以设想，某些诗句的形成，可能来得极其突然，甚至带有偶然性，那么能不能排斥凭着直觉印象进行反复吟味而获得妙句的具有自觉性特征的艺术直觉呢？这里所说的储藏与转化，也是一种艺术直觉的表现，并且是一种自觉行动。此外，如上所说，被抓住的第一个直觉印象，有时往往也需要经过漫长的提炼过程，那种被摄取到了的人物特征，往往还有待在探索中深化，使它的含义得到充实，自觉地发展为有如血肉之躯的艺术形象。

艺术直觉具有丰富的参与创造的力量，表现为那些一连串被直观到的、直接感受到的个别印象，能够为艺术形象提供最基本的核心部分，并借艺术想象之助，迅速转化为艺术形象，参与形象的创造；或转化为形象系统，构成一幅完整的图画，这类现象在诗词中极为普遍。"枯藤老树昏鸦，小桥流水人家，古道西风瘦马。夕阳西下，断肠人在天涯。"（马致远）这里的十个直观形象，经过艺术感受的组合而转化为艺术直觉，形成了一幅极其优美的整体画面，极富生活实感。"千山鸟飞绝，万径人踪灭。孤舟蓑笠翁，独钓寒江雪。"（柳宗元）这是自然景色的直觉的抒写，它捕捉住了雪中江山一切归于冷寂的特色，极状声形的依托与变幻。"百丈牵江色，孤舟泛日斜。"明明是孤舟沿江而行，却说是百丈牵动两岸景色，不断延伸。这是因为船上的观赏者，运用视角的颠倒，变自己的动态为静态，并使两岸的景色的静态变为动态，于是在他的视野中，便出现了"百丈牵江色"这种艺术直觉，表现出了极富诗情画意的艺术画面。"星垂平野阔，月涌大江流"；"鹊惊随叶散，萤远入烟流"。这类艺术直觉的抒写，达到了诗中有画的艺术境界。

（二）顿悟及其特征

在文学创作中存在不存在非自觉的现象呢？在西方文艺理论中有把文学创作视为无意识活动的说法，创作是非自觉现象，如直觉主义。但是如果对作家的创作过程做些具体考察，那么可以发现，某些作家在创作的开始固然就发表自己的文学主张，显得很自觉。但是另一些作家开始创作活动，从主观方面来说，的确存在非自觉的因素。他们写出了文学作品，却是出乎自己的意料之外，到后来才明白过来，这也是事实，可见审美意识具有非自觉性的一面。如冰心谈《繁星》时写道："我在写这些三言两语的时候，并不是有意识地在写诗。"郁达夫也说，"我在过去的创作生活，本来是不自觉的"。另外，在作家的创作过程中，经常会出现非自觉的现象，使得写作难以为继。但是通过某种偶然因素的触发，不甚分明的"提示"，即艺术直觉，排除了"险情"，使创作思维得以继续自由流动。或是写着、写着，却为人物或故事写下了一个始所未料的结局，可以说这是艺术直觉在起作用。毫无疑问，这里所说的艺术直觉和上面所说的艺术直觉是不一样的，否则我就没有必要对它们进行分类了。它们都可称为艺术直觉，但在形态、特性、作用上互不相同。前一节所说的艺术直觉，主要表现为直观的印象、直接的感受、自觉的艺术追求，提供富有感情色彩的艺术形象画面；这里所说的艺术直觉，主要表现为艺术的顿悟，强调的是"偶然的触发""不甚分明的提示"，也可以说是非自觉性，以及迅速透入事物的联系，把握艺术逻辑的发展和解决艺术任务的能力。这种艺术直觉具有突发性和偶然性。

在《〈阿Q正传〉的成因》一文中，鲁迅谈到了阿Q"大团圆"的结局问题。他说："其实'大团圆'倒不是随意给他的；至于初写时可曾料到，那倒确乎也是一个疑问。我仿佛记得：没有料到。不过这也无法，谁能开始就料到人们的'大团圆'？"① 这是一种情况。另一种情况则如屠格涅夫所说的："任何艺术创作需要一定的推动，所有人都承认，纯粹的非自觉的创作都是每个写作的人所固有的。有时会出现迟钝的精神状态，那时您写着、写着，但不知如何描写，如何应付下一句句子。突然，好像有人对您说如此这般，您对此感到惊奇……"②

创作作品，特别是小说，像美国作家福克纳写《我弥留之际》一挥而就、一气呵成的情况也还是有的。那时作家完全控制了艺术构思，整部作品的布局，甚至每字每句，似乎早已成竹在胸，作了充分的准备，届时自动流泻出来。但在大多数的情况下，艺术构思不过是一个大概，甚至写下了详细提纲，到时或还需要补充，或推翻重来。鲁迅开始写阿Q时，并未想到阿Q会被杀头，后来小说连续写了几个月，"阿Q却已经向死路上走"，这是一个重要的变化。那么开头的"没有料到"和后来的结局，都可以说是非自觉的。所谓创作中的非自觉性，主要指此而言，而不能由此认为，文学创作是非自觉的。阿Q形象的创造是作家对生活理解的自觉表现，而阿Q的结局，则是艺术直觉在发生作用，它排除了原来构思中某种非自觉的因素，而使作品的结尾走向悲剧的结局。屠格涅夫说到创作中会出现写不下去的迟钝状态，这恐怕也是写作中的常态，说明原来的构思中往往带有某种盲目的因素。而后豁然开朗，左右逢源，可说得力于那个不甚分明的"提示"，从而使得写作克服中断状态而走上了正路。

如何理解文艺创作中这种迅速透入现象、事物相互的联系，解决问题的能力，即艺术直觉？作家、艺术家凭这种艺术直觉得知自己创

---

① 《鲁迅全集》第3卷，人民文学出版社1956年版，第283页。
② 转引自梅特维捷夫《作家创作的心理活动》，莫斯科，俄文版1960年版，第60—61页。

四 直觉和直觉描写

作中的险情所在，又通过它克服困难等等，这不是很神秘吗？我们在前面说到、作家在感知事物的过程中因事物鲜明的独特性引起强烈感受的直觉，产生强烈印象的直觉，促使作家进行自觉追求的直觉，具有明确的自觉性的特征但是除此而外，我们不应忽视，感受、认识是一个过程，作家在这一过程中所接触到的，除了上述引起他特别注意的事物外，同时还有其他大量现象。这些现象当时虽然未曾产生强烈印象，但是其中大部分成为印象积累，化为经验，形成知识，而储入了记忆。正如茅盾所说，他写小说前，"无意识积累颇多"。海明威说，那些在平常无意识观察到的东西，会不断储存起来："……他所看到的每一件事情，都进入了他知道或者曾经看到的事物的庞大储藏室了。要是知道它有任何用处的话，我总是根据冰山的原理去写它。关于显现出来的每一部分，八分之七是在水面以下的。"[①] 这里所说的冰山原理，指的是作家极为丰富的储藏，他写出来的部分，不过是其中的小部分而已，大部分事物的印象沉积在下面，即意识心理层中。这类丰富的印象，当处于储存、积淀状态时，它们无疑是非自觉状态的现象，作家一时难于发觉它们对自己的创作会发生什么直接的影响。可是当作家进入创作的激奋情绪之中，这时他的思维、心理空前活跃。他的记忆被搅动，他的知识存盘被启封。那种"好像有人对您说如此这般"、具有偶然性和非自觉性的艺术直觉；突然触动了它们，飞速地把它们提取出来，使它们起到补充情节、充实形象的作用。那些原先被储存起来的印象、知识，有如信息一般，摆脱了原有的隐蔽状态，突破了不自觉的外壳，在记忆的荧光屏上迅速闪动；并在作家既定任务和一定目标的支配下，被梳理、辨别、选择和摄取，使那些适合需要的成分和因素，立即呈现出清晰状态；并迅速向艺术形象转化，或使艺术描写发生变化。在这种情况下，艺术直觉作为顿悟，作为一种感情理解，压缩了通常认识过程的一些环节，而直接获得需要的结果。这时的艺术直觉有如一种神奇的透视力，"它帮助他们（指

[①] 见董衡巽编《海明威研究》，中国社会科学出版社1980年版，第73页。

作家）在任何可能的情况下测知真相"①。

艺术直觉不仅调动长期积存的印象、知识，而且也调动人生经验的积淀。作家的写作在某个地方卡住了，但是他的思想却突然走上了正轨，知道应该如何写。这种情况的出现，主要是作家为自己原有的生活经验所启发，从而使他的写作顺利进行下去。这正如高尔基说的："这样把作家缺少的那些环节放到经验里去，以便写出一个非常完美的形象，——这就叫直觉。"② 我们在前面谈到阿 Q 的结局是艺术直觉推动的结果。这里的艺术直觉，主要是生活逻辑和感情逻辑的启示。按照生活的逻辑，按照人物性格和环境相互关系的发展，死是阿 Q 的必然结局。生活逻辑是生活本身的趋向，它的发展的具体性；感情逻辑则是人物性格在社会关系中的具体走向。在进行小说创作时，不少作家常常说起自己作品中的人物形象会发生"背叛"的现象，说他们的人物一旦活动起来，那时作家就好像被他们领着走似的。这种情况实际上正说明了艺术直觉的观照，作家的知识、经验的心理积淀在发生作用。海明威说：小说中的人物，"必须出自作家自己消化了的经验，出自他的知识，出自他的头脑，出自他的内心，出自一切他身上的东西"③。歌德在与艾克曼谈话中，曾经提及一种神秘的"精灵"的东西，他说这种东西在诗里常可见到，特别在无意识状态中，这时一切知解力和理性都失去了作用。看来，这种说法似乎有一些神秘主义的味道。不过在不少场合，歌德十分强调知识、经验的重要性。他说，如果他有成就的话，那是由于他"只不过有一种能力和志愿，去看去听，去区分和选择，用自己的心智灌注生命于所见所闻"④。可见，神秘的"精灵"并不神秘，它是无意识状态中的知识、经验以及在此基础上形成的心智的闪光，一种压缩了常态认识过程的感情性的知解力的顿悟。

---

① ［法］巴尔扎克：《〈驴皮记〉初版序言》，《古典文艺理论译丛》第 10 册，人民文学出版社 1965 年版，第 113 页。
② ［苏］高尔基：《论文学》续集，人民文学出版社 1979 年版，第 503 页。
③ 见董衡巽编《海明威研究》，中国社会科学出版社 1980 年版，第 84 页。
④ 《歌德谈话录》，［德］爱克曼辑录，朱光潜译，人民文学出版社 1978 年版，第 250 页。

（三）把握现实的大幅度的直接性、透视力

如果上面论及的两种艺术直觉形态，在创作过程中仅是局部现象，那么还有一种艺术直觉形态，就其特征来说，好像是贯穿创作的全过程的，并且有的人往往以此为依据，说明艺术创作非一种非自觉现象。这里涉及创作的直接性问题，它往往和作家主观意图与作品的客观效果之间出现一定的差距有关。我把这种直接性看成是艺术直觉的又一种形态。它和前两种艺术直觉的特征、作用是有差别的。

先从具体的例子说起。老作家曹禺在谈及《雷雨》的创作时说："累次有人问我《雷雨》是怎样写成的，或者《雷雨》是为什么写的，这一类问题。老实说，关于第一，连我也莫名其妙；第二个呢？有些人已替我下了注释，这些注释有的我已追认，——比如'暴露大家庭的罪恶'——但是很奇怪，现在回忆起三年前提笔的光景，我以为我不应该用欺骗来炫耀自己的见地，我并没有明显地意识着我要匡正、讽刺或攻击什么……""在起首，我初次有《雷雨》一个模糊的影像的时候，逗起我的兴趣的，只是一两段情节，几个人物，一种复杂而又不可言喻的情绪。"①

作家对自己的创作怎么了解就怎么说，这是一种实事求是的可贵品质，它可以为我们研究创作心理提供宝贵材料。曹禺上面那段话的内容有几个方面的意思。1. 作家开头创作剧本时，仅有几个情节使他发生兴趣，而且他也说不清楚当时自己的情绪，剧本何以后来会成为受人欢迎的作品，很是出乎他的意料。2. 他写剧本时，并未怀有匡正时弊的社会目的，而结果剧作在暴露大家庭罪恶方面，竟与巴金《家》比肩齐名，可见作品的客观效果与作家的主观创作意图是有距离的。面对这一作家自白，我们应该承认，在《雷雨》的创作过程中，确实存在着明显的非自觉性因素，这是事实。但是，我们不能就此得出结论，《雷雨》的创作是非自觉活动的产物，并且推而广之，

---

① 见曹禺《雷雨》序。

认为这种非自觉性创作大可提倡。事实上，上面所引用的一些说法，仅是曹禺序文的一个方面，序文还分明提供了说明创作活动自觉性质的材料，理性性质的材料（这是针对创作非理性的主张而说的）。例如，在剧作的酝酿中，最初的人物只有繁漪和周冲等人，作者所说的最初几个人物，大概就是指此而言。下文接着说，"对于繁漪我仿佛是个很熟的朋友"，"我算不清我亲眼看见多少繁漪……她们都在阴沟里讨着生活，却心偏天样地高；热情原是一片浇不息的火，而上帝偏偏罚她们枯干地生长在沙上"①。可见作家对繁漪这类人物性格，有过许多观察。其次，曹禺在四十余年后谈起《雷雨》的创作时，补充了上述序文所没有涉及的重要材料，它与原来的序文合起来大致包括下面几点。一是由于作者青年时代所处的环境和条件，剧中人物的原型在生活中所见甚多，故此十分熟悉他所要反映的生活和人物。二是据作者自述，他那时对什么是阶级、半殖民地一类概念和主张并无了解，只觉得不能再让这类残害、吞噬别人生命的现象继续存在下去："时日曷丧，予及汝偕亡。"从这里可以看出，作者当时尽管不具阶级一类知识，但对荒淫无耻的统治阶级却是深恶痛绝的，甚至憎恨到同它同归于尽，也在所不惜，直觉的感情的倾向鲜明而强烈，和时代的要求一致而相通。3. 作者还告诉我们，这部作品构思了整整 5 年，在这期间，他不仅反复思考繁漪及其周围的人物，而且还阅读了不少优秀的外国戏剧作品。这些补充材料十分重要，它们更可证明创作不是一种非自觉性的、非理性的行为。

这里有一个问题值得注意，即有的作家进行创作时，对于社会问题的理论认识不算很高，对创作的要求似乎也很一般，然而作品却极为成功，它的效果往往出乎作家意料，甚至使人感到惊。而且我们看到作家对自己的作品的全部意义的理解，在很长时间内甚至带有某些非自觉因素，如曹禺对《雷雨》的前后解释；还有的作家则始终不能理解其作品的客观意义。这里的原因无疑是多方面的，其中之一，就是我在上面提出的直接性的表现。所谓直接性，就是作家的一种磅礴

---

① 见曹禺《雷雨》序。

四 直觉和直觉描写

的直观、直觉能力，一种大幅度洞察生活的才干，一种凭感受、情绪、感情对现实关系的全面渗透与把握，一种感情倾向上是自觉的，在理性倾向上往往是不自觉的艺术直觉，这是作家"具有把每件事物在其生活的全部丰满性中连同最细微的特征一起再现出来的本领"①。这种直接性，一表现为作家只从自己感受、情绪、感情出发，表现为他只面向生活，追求生活，表现生活，其执着和虔诚，就像果戈理在《死魂灵》里描写的一种作家：他面对生活的坎坷，世道的艰辛，他的画笔只描写他所见到的生活图景，不管它是多么陋俗、无望，而决不变更自己的声调，改变自己的志趣，在无情的揭露中，倾注着对人民、祖国的深沉的爱。

那些思想观念进步、理论思维发达的作家，可能具备这种能力，这时进步的思想可以推动这种直觉能力的发展。同时，一些思想观念模糊，甚至保守而又有强烈正义感的作家也可能具备这种艺术直觉的能力。对于这一类作家来说，直接性既是他们的优点，同时也是他们的局限；所谓局限，即往往不能及时、充分理解自己作品的客观意义，同时还可能使他们走入创作危机。这些作家深明艺术的真谛，要求文学真实地反映生活；他们自己也只从生活出发，而不以观念为凭，这时即使在他们思想中存在模糊观念，但往往会退居第二位，暂时隐蔽起来，让位于他们对生活全面的、磅礴的直观，使他们描绘出生活的真相，刻画出栩栩如生的艺术形象来。《死魂灵》和《雷雨》大致是这样获得成功的。《死魂灵》的问世，曾震惊了俄国，作者以其磅礴的艺术直觉，把握现实的大幅度的直接性，再现了俄国农奴制社会走向没落的生动图景。别林斯基指出，果戈理具有那种"用诗的形象，使触及的一切苏生过来的本领，他那渗透细微的、普通目力所无法透入的关系和原因深处和鹰隼一样的眼力，只有盲目的浅薄之徒才看到那是琐屑和无聊，却不知道就在这些琐屑和无聊之中，呜呼！——整个生活的圈子都在转动"②。可是小说的巨大社会影响，却

---

① ［俄］别林斯基：《对于因果戈理长诗〈死魂灵〉而引起的解释的解释》，见《别林斯基选集》第3卷，满涛译，上海译文出版社1980年版，第503页。
② ［俄］别林斯基：《关于果戈理的长诗〈乞乞科夫的经历或死魂灵〉的几句话》，见《别林斯基选集》第3卷，满涛译，上海译文出版社1980年版，第437—438页。

使果戈理深为恐惧,在他受到保守势力的压力之后,曾一度否定过自己的作品。当后来他的抽象观念和现实生活的描写发生矛盾时,他不得不几次焚稿。《雷雨》的作者的磅礴的直觉能力也是极为明显的。他对生活的大幅度的洞察力,反映生活时所表现出来的直接性,胜于他对生活的观念的理解,作者说过他写作时对当时的阶级、半殖民地一类概念和主张并无了解,因此他那种对生活直接的、形象的把握,即具体的形象的感受、感情的理解,表现为他对生活的真正理解。但是他所创造的艺术形象体系的客观的社会意义,却比作者原来的理解要丰富得多,因此才发生了他后来要对自己的作品意义的"追认"。

同时我们还可以看到,有时一个作家的抽象观念,往往会与其创作思维的逻辑不相吻合,发生矛盾。原因在于他的那种抽象观念常常是在某个集团、阶级的传统观念、理论书籍和宗教道德的影响下形成的,其中含有许多谬误以至反动说教的成分。可是他的艺术画面和人物,却直接来自生活;他的那种在心灵对世界具体感受过程中所形成的艺术直觉,比较符合生活的本来面目而较少片面性。

与直接性相类似的能力,是艺术的预感力或透视力,我也把它们视为艺术直觉的一种形态。歌德说过,世界对于拜伦是通体透明的。伟大的英国诗人在很多方面可以依凭预感去猜测世界、描绘世界而不出差误。爱克曼同歌德谈起《浮士德》,说到其中没有哪一行诗不带着仔细研究世界与生活的痕迹;读者也毫不怀疑,那整部诗是最丰富的人生经验的果实。不过正如歌德自己所说:如果他不凭预感力去拥抱世界,并把它装入自己内心,那知识、经验也将是徒劳的。上面提到巴尔扎克提出过透视力的说法,这种能力可以帮助作家在任何情况下测知真相,这是"一种难以明言、将他们送到他们应去或想去的地方的力量。他们根据类推创造真理,看见需要描绘的对象,或者是这个对象走来接近他们,或者是他们自己去接近对象"。巴尔扎克绝妙地描绘了这种艺术创造力量,作者一旦把握了它,那他将是充分自由的。他可以自由接近对象或让对象接近他,在类推中真实地再现世界。这是同直接性、预感力一样,是一种深知生活,大幅度地洞察、透视生活,把握生活的艺术直觉。

四 直觉和直觉描写

我们在上面说到，直接性在思想保守的作家身上，可能变为局限。生活中发生的事件，整个生活之流，在形式上往往是盲目的，大幅度的直观反映，如果感情倾向不明确，就有可能毫无批判地表现生活中的某些消极、落后以至宿命的因素，这是一。第二，作家的落后意识如果不克服，则就不能保证它们永远处于潜伏状态。当他们一旦受到外来因素的影响，就会产生消极作用，如果进入创作，就会导致歪曲生活，果戈理的结局就是如此。另一种情况是使作家走向自然主义，这时直接性不再是我们所说的直接性，更非创作的预感力与透视力，而是一种刻板的、鼠目寸光的满足于事物的逼真的描摹。这种"直接性"会使作家"看不到观念和沸腾着现代精神的道德问题，专门去注意事实，满足于对事实的客观描写"①。

理想的作家是，他既具有大幅度地直接把握生活的才能，磅礴的艺术直觉能力，同时又以进步的思想为指导，站在当代文明的高度水平之上。这类作家在旧时代也是有的，如斯汤达、普希金等人，不过毕竟只是少数。在大多数场合，这是种极端复杂的现象。

（四）文学作品中的直觉描写

我们在上面简单地描述了直觉在作家创作活动中的形态、特征和作用，但是直觉作为思维的一个重要特征，不仅作家具备，就是一般人也都具有，而且是一种极为普遍的心理现象。一些作家认识到了这点，他们在描写人物的心理时，也写了人物身上的直觉现象，使直觉描写成为人物塑造的一种重要手段。

在小说创作里，心理描写大致可分为两类。一类是作家所塑造的人物的思想面貌非常明确，当他们受到环境和其他人物的关系的影响时，他们的内心变化立刻会通过自己的外在活动而显露于外，他们复杂的内心世界往往被表现为一个过程，从这一过程中，读者不难看到

---

① ［俄］别林斯基：《1841年的俄国文学》，《别林斯基选集》第3卷，满涛译，上海译文出版社1980年版，第305页。

人物心理活动的起因、发展与结果。这类心理形式多样复杂，它们的描写，通常与人物内心意向活动扣得极紧。《红楼梦》《红与黑》《安娜·卡列尼娜》等作品中的心理描写，大体属于这一类。它们在开掘人物内心世界的深、广度方面，达到了高度的现实主义水平。

另一类是人物直觉的心理描写的广泛运用，以成就而论，这类心理描写与上一类人物刻画，可说各有千秋，不分轩轾。直觉描写，主要是对人物的灵魂进行无情的解剖，一点也不掩饰，一点也不隐瞒。这种艺术手法，由于能够多层次地表现人物的心理活动、感情变迁，所以往往能使作品的艺术感染力达到动人心魄，使人感到透不过气来的地步。

在19世纪的现实主义文学中，也许没有一位作家像陀思妥耶夫斯基那样，特别擅长描写人物主观意识中的各种隐秘的直觉心理活动，自然，这和他所选定的、着力描写的人物的思想面貌有关。像他的小说《罪与罚》中的主人公，既是身处下层、备受凌辱的人，又是具有高度智力的人。拉斯柯尔尼科夫在生活的逼迫下形成了错误的理论观念，由于反抗法律而犯下罪行，但他又以普遍的道德原则，不断谴责自己。这种种因素的结合，使他的内心陷入一种高度紧张的状态。陀思妥耶夫斯基运用直觉的不同形式，多侧面地、传神地表现了人物内心紊乱、走投无路的精神状态，形成了别开生面的艺术特征。

首先是随环境变化而突然插入人物一闪即逝的直觉描写。也就是说在短暂的时间里，作家不断插入刹那间的、一闪而过的意识活动。这些意识活动初看起来好像是些闲笔，其中有的意识活动本身没有什么特别的意义，但它们恰恰反衬了人物精神的紧张状态。例如拉斯柯尔尼科夫在走向犯罪的路上，表面上显得从容不迫，实际上心里极度不安。这时小说好像枝节横生，写了几件与主人公的行动毫不相干的小事，但它们作为人物的心理直觉，在显示其主体的心理状态方面都很有特色。一是拉斯柯尔尼科夫走着、走着，脑子里突然冒出一个要买顶帽子的念头："'我的天哪，前天我有几个钱，可是没有买顶制帽！'他打心底里责骂起自己来了。"刚想到这里，又立刻对他偶尔碰到的景象思索起来。当他走过一个花园的时候，他的思绪又转到那些高大的喷泉工程上去了;并且还想到仿佛这些喷泉使那些广场上的空气变得清新了。第三是想到为什么大城市里的人,并不是由于需要而特别喜欢住在那些既无花园又无喷泉,肮脏而臭气四溢和堆满各种垃圾的地方。这些闪念为沿途所见、所思引起,它们的真正内容并不表现主人公的真情实意,而是一种掩饰自己真实思想和紧张心理的手段。由于它们来得突然,所以具有不稳定的、转瞬即逝的特点,由于它们不是深思熟虑的意识,所以它们之间相互缺少联系。我们看到,人物既定目的的浮现,立刻会使自己清醒过来,以至自己也认为,这些突如其来的直觉现象,实在"荒谬至极"。但是唯其荒谬、支离破碎,恰如真正的浮光掠影,因此使得人物的零乱心理状态跃然纸上。

人物直觉的另一种形态,我把它称为无意识惯性动作。由于人物心里的内省和冲突异常激烈,有时甚至会使自己的意识处于麻木状态而失去控制,这时表现出来的动作,具有无意识的特点,成为一种直觉的惯性动作。例如,在生活中,他不想做这件事,但是这样做了;他不想去那里,但自己就是莫名其妙地去了;某件事他本已处理好了,但觉得好像没有做过似的,非要强制自己再去收拾一下。这类情况在日常生活中相当普遍,并不需要特殊的条件,但是特殊的条件往往会促进这类现象的发生。《罪与罚》的主人公因犯下罪行而失去了内心的平衡。他制造超人的理论和弱者的理论,但又不相信它,不时在自己的理论面前显得疑虑而痛苦不堪;他藐视法律,破坏法律,但又意识到自己无力避开它的追究。这种心理状态使他时时发生矛盾,陷于精神紊乱而惶惶不可终日,他行为中不少突如其来的举止、无意识动作,就是因此而发生的,例如,拉斯柯尔尼科夫走着,走着,不知怎的跑到他的朋友拉祖米兴那里去了:"又和上一次一样……这倒很有意思:我是自愿来的呢;还是这是顺便来到这儿?""我现在似乎也不能进去……"可是行动与他的念头往往相反,他机械地爬上楼,却来到了朋友宿舍门口。然而在上楼时,他并没有想到要会见朋友。"现在一见到他(指拉祖米兴),刹那间就想到,自己眼下最不愿意跟世界上任何人接触。"他直冒火。一跨进拉祖米兴的门,他就恨透了自己,因为他压根儿就没有想要到这里来,因此,在见到朋友后,立即说声"再见",返身就往门外走去,使他的朋友感到莫名其妙。这一类直觉现象在比较之前一类直觉形态无疑深入了一层。前一类直觉是由偶尔见到、想到的事物所引起,是强制意识下的旁涉,后一类直觉则已脱离了意识的监督,变成一种无意识动作了。这种动作的特征是,原来没有对象和目的,但突然出现了行动和结果,使得人物心理活动的开掘更为深入了。

此外,还有一种近似于幻觉的直觉,这是事物的直观印象在扭曲了的主观意识中的反映,它游离于自觉意识与非自觉意识之间,某种袭来的刺激和伤痛,可以使直观印象发生变形或处于凝着状态。例如拉斯柯尔尼科夫无意间听到警察局的一个人谈及案情之后,心境大变。他走到河边:"俯身看看河,无意识地望望那落日余晖的粉红色的反映……似乎看得很用心。末了,有许多红圈儿在他的眼前旋转起来,那些房子都行走起来了,行人、河岸、马车——这一切东西都在四下里旋转和跳起舞来。他突然愣了一下,这种奇异的、奇形怪状的幻象也许又会使他不致昏厥。"这种变形的直觉的描写,突出了人物意识的迷乱,心灵的破碎,给人以一种扣打心弦的感觉。值得注意的是,在《罪与罚》里,这类反映了人物内心迷乱的变形的直觉,本身写得固然真切,但往往是被作家与现实视为一体,成为评价现实的一种手段。小说中那种凝着状态的直觉描写分外令人触目惊心。在桥上"他(小说主人公)觉得有个人并排地站在他的右边",之后才算看到这是女人;而"她直瞅着他,但她显然什么也没有看见,也没有认出人来"。然后,这个被侮辱的、绝望的下层社会的女人,用于支着桥的栏杆,两脚前后跨了过去,投到河里去了。而他对这发生的一切,同样看到了,但视力的直觉却处于凝着状态,有如视而不见,直到那个女人已投入河中,这种灾祸的直观,才使他恢复现实的视像,发生震惊。这两相"瞅着"而两者都视而不见的直觉的描写,十足地表现了现实的荒谬与生活的非理性之深。

我们把人物身上的直觉分成几个层次,来观察陀思妥耶夫斯基的心理描写,并不是说这位作家对人物的心理描写仅限于直觉范围。事实上,他的作品中的心理描写方式极其丰富,但同时也采用了直觉手段。瞬间反应的意识性比较明显；而无意识动作、变形、凝着状态的直觉则具有无意识性特征，但它们和人物的心理状态、意向，都保持着紧密的联系；它们不是纯粹的心理无意识。直觉手段的自觉运用，丰富了人物的心理描写，扩大了对人物心理描写的可能性。

（五）几句辩解

本文前三个部分以《论艺术直觉》为题发表于1982年7月号的《学术月刊》上。1983年2月，《学术月刊》登载了陶伯华同志的《试论艺术直觉的非自觉性》一文，与我进行商榷。如前所说，陶伯华同志的文章一上来就说我所主张的艺术直觉的特性是自觉性，而他是主张非自觉性的；在行文中挖苦、讽刺，把我的论述全否定掉了。

查一查我发表的文章，我的确谈到艺术直觉的特点是自觉性，但这是指艺术直觉的第一种形态，对第二、第三种艺术直觉形态，我就没有这么说。比如，我对第二种艺术直觉，分明强调了它的"某种偶然的触发，不甚分明的'提示'"主要说明这种艺术直觉可以使原已中断的创作走上正路，其性质不言自明。对第三种艺术直觉形态，我用"直接性"来概括，同时我把"直接性"看作是一个过程，在这一过程中，有非自觉性因素；自然也存在自觉性因素，它们相互渗透。可惜陶文对此不加区别，胡子眉毛一把抓，把我有的说成没有的，把我没有的说成有的，认为我"千方百计'净化'艺术直觉中的非自觉"，等等。要进行商榷，就要从事实出发，如果不从事实出发，那商榷就缺乏基础和共同语言了。我希望不要把唯我独尊、互相讥讽的不好学风搬到文艺理论问题的争论中来。

陶文认为我之所以要清除艺术直觉中的"非自觉性"，"是出于论者、也是学术界流行的一个基本观点：自觉性＝理性、非直觉＝非理性"，认为这在《论艺术直觉》一文中，是条"不证自明的公理"，"一个不言而喻的常识"。不过他认为证据还是有的，例如我在文章里提到："序文还分明提供了说明创作活动自觉性的、理性性质的材料"，"它们更可证明创作不是一种非自觉性、非理性的行为"，"这类提法就是证明"。第一，我在文章里分明提出了艺术直觉的不同形态和不同特征，进而涉及创作中的自觉与非自觉问题，那么陶文的上述结论对于我的文章岂不成了一幢空中楼阁？并把空中楼阁当成"一条不证自明的公理"了呢？曹禺的序文所提供的材料，是不是涉及两种情况：既有他在写作时不清楚的地方，同时也有他自觉的行动？第三，我谈的是创作特征，就整体而言，创作不是非自觉的、非理性行为，即对创作本身作出判断，但是创作中是存在非自觉因素的。陶文却说我把非自觉等同于非理性，否定创作中的非自觉性。退一步说，如果我不主张过分强调非自觉性，是否就是否定非自觉性？人的意识、心理中存在着大量的无意识因素，形成人的非自觉、非理性的心理活动。我们能否因为它们受到理性的制约、渗透，把它们都说成是理性的组成部分？否则它们就是动物的"兽性"？我列举了鲁迅、郁达夫、冰心创作中的不同的非自觉的因素，按照陶文的引申，岂不要我把他们创作中的这些心理现象都说成"兽性"表现？把非自觉性完全等同于动物的非理性呢？动物谈得上理性与非理性的问题吗？第三，我在什么地方否认了非自觉性与理性的联系了呢？最后走向"神性"？

在商榷中还涉及作家对生活的理解问题。陶文引用我的文章中的一段话："他（指作家）对生活的大幅度的洞察力，反映生活时所表现出来的直接性，胜于他对生活的观念的理解……他那种对生活的直接的、形象的把握……表现为他对生活的真正理解。"这段话的意思是说，对于有的作家，要他从政治、经济理论上去说明生活现象，他不一定说得清楚，但他有一种磅礴的直观能力，通过对生活的具体感受，人物形象的把握，能够真实地反映生活。但是陶文在这段引文后紧接着写道："对客观规律的理解并把握，就是认识论上所讲的自觉性。这样，艺术直觉又被归结为一种自觉的理解活动。"我明明讲的是一种大幅度洞察生活的直觉，一种直接显示生活的能力，怎么一下子给我扣到"对客观规律的理解并把握，就是认识论上所谓的自觉性……自觉地理解活动"的纽扣里去了呢？接着陶文用嘲弄的口吻写道："且不说'他对生活的理论上的理解'与'他对生活的真正理解'这两种'理解'概念的区分有多少科学性，就是这里的

'他'——《雷雨》作者本人，也不承认'他对生活的正理解'。"那么我们就来讲讲两种理解吧。陶文一开始就引用了杜勃罗留波夫的一段话，但是这段引语的前一段话，即杜勃罗留波夫的一段十分重要的话竟未被注意："……抽象的东西，通常并不存在于艺术家自己的意识里；艺术家甚至在抽象的议论中，他所吐露的观念，也常常要和他在艺术活动中所表现的观念，处于明显相反的地位，因为这种观念或者是根据信仰接受而来，或是用虚伪的、草率架搭起来的、肤浅的三段论法这个手段所得到的。作为了解他的才能的特征的关键——他对于世界真正的看法，这还得在他所创造的生动的形象中去寻找。"[1]

　　杜勃罗留波夫这段话说的是：艺术家对世界、对现实生活是有"真正的看法的"，也就是我说的"对生活的真正理解"。这种"看法""理解"主要存在于他创作的形象之中。因此我们常说，要通过艺术家描写的画面，他的形象体系去了解艺术家的思想艺术家、作家对世界、现实有无理论的、观念的看法和理解呢？作家、艺术家身处复杂的社会关系之中，身受各种观念的影响，因此对现实生活自有他的理解，只不过有的作家观念明确，有的模糊，曹禺无疑属于后者。他自己说，他写作时对社会的性质、趋向不甚了解，对阶级、半殖民地等概念不大清楚。但是在对"世界的具体感受"方面，对现实的关系上，他有着独到的理解。这种理解不是抽象的观念，而是通过敏锐的、强烈的、生动的"感受力"，对生活的艺术把握（也即杜勃罗留波夫说的"对世界的感受"，或译作"具体感受的世界观"[2]）。曹禺说，为什么他写了《雷雨》中的问题，他自己也不知道。这里说的是，他不清楚他的剧作原来"暴露了大家庭罪恶"，就是说，这种抽象的观念、道理，他说不清楚。因此我们说创作中存在非自觉性。但是他的审美思想又是具体的，具有强烈的倾向性的，它作为作家的审美感受与审美理解，融化在《雷雨》的一幅幅动人心魄的艺术画面

---

　　[1] ［俄］杜勃罗留波夫：《黑暗的王国》，见《杜勃罗留波夫选集》第1卷，辛未艾译，上海文艺出版社1962年版，第271—272页。

　　[2] 在《杜勃罗留波夫选集》中译本里译成了"世界观"。

里，这就是作家对现实的真正理解。这就是为什么我要在前面说，作家对生活的大幅的洞察力，审美反映生活时所表现出来的直接性，胜于他对生活的理论上的或观念上的理解。陶文嘲弄这种区别的科学性，其实我在这里不过发挥了一下杜勃罗留波夫的这一观点。而且这种区分，恩格斯在分析巴尔扎克时也采用过，虽然具体情况不完全一样，但道理上却是相通的。因为巴尔扎克也并未宣称过：我描写的共和党人和我理解的共和党人是不同的，在现实生活里我反对他们，在小说里我同情他们。创作中的艺术思想或观念，是在对世界的感受、感情的生动、具体的描写中体现出来的，它有别于作家的抽象的思想、理论观念，不管它们是模糊的还是明确的。巴尔扎克的那种渗透于作品整体画面中的艺术思想，作为对生活的"真正的理解"，胜于他作为保皇党人对现实生活的政治理解，而曾被恩格斯誉为现实主义的伟大胜利，看来这是符合作家的艺术创作的实际的，也是可以成立的。因此陶文的嘲弄是缺乏根据的。

平心而论，陶文也是有它的优点的。它的一些观点，给我以启发，它的第三部分是写得不错的，虽然论点未必都要同意，但具有一定的探索精神，有助于问题的深入，这是值得我学习的。

(原文作于1981年10月，1982年7月刊出

1984年初再改)

五 文艺创作中的感情形态

文艺作品的力量，在于它通过艺术描写，动之以情，引起读者与艺术形象乃至作者的交流，进而唤起读者在思想感情上的共鸣，激起读者的喜怒哀乐，这就是我们常说的艺术的感染力。这种感染力的发生及其作用，和作品的感情、思想表现直接有关，因为感情的激奋，一般为感情的运动所引起，而思想的共鸣，必为思想的和弦所拨动。

今天，随着人们的精神生活从感情的荒芜、人情的冷漠状态下逐渐转苏，文艺创作也日渐繁荣，创作中原有的层层藩篱，不断被冲毁和遗弃。一些作品径直写了人的命运，写了人的喜怒哀乐和内心的隐秘。不少理论文章正在探索艺术规律；一些评论为了匡正过去文艺批评只谈思想的弊端，开始强调文艺创作的感情因素、人性等，这是必要的、有益的。同时我们看到，有的评论又往往把感情、人性当成艺术的唯一因素，提倡过去的"艺术就是感情"的说法，艺术就是"使情成体"；有的文章认为，创作离思想愈远愈好，等等。因此艺术创作这方面的特征，需要进一步加以探讨，进行更为符合实际的阐述。本文拟从文艺作品中感情和思想的相互关系这一角度，作一些初步的探索。

（一）文艺作品描写感情，也表现思想

在日常生活中，我们常常可以看到人们身上的各种感情表现，或是他们的各种感受，如爱国主义感情，对敌人憎恨的感情，对同志友

爱的感情等。就各种感情的实质来说，这种现象实际上就是现实生活中各种事物、关系在人们身上引起的具有不同好恶倾向的、主观的心理活动与体验，这是一种社会化的精神活动。文艺作品引起读者的感情活动。比如，我们对那些在平凡的劳动中造福于人民的陆文婷式的人物，是怀有同情、崇敬的情意的，我们对《报春花》中的白洁，抱有爱怜、同情之心；又如，我们对《乔厂长上任记》中的那种极端自私、不顾人民生活、专事钻营拆台的冀申式的人物，深感厌恶，而对"马列主义老太太"这种人物极端鄙视。这崇敬、同情、厌恶、鄙视的不同的主观心理反应和体验，就是我们不同的感情表现。而且在不同的感情中，甚至在同一类感情的不同表现里，我们往往不难发现人们对各种社会现象、事物的不同态度和程度各异的反应。如果把这些具有不同的社会倾向的心理现象从理论上加以概括，那么感情就是受到人们一定的信念、观点、意志和利益制约的一种具体的主观的心理体验，它和思想是相互沟通的。

　　文艺必须描写感情，既包括被描写的人物的感情，也包括作者本人的感情。对于这一特征人们早有认识，在我国古代的《乐记》中就有记载："乐也者，情之不可变者也……""故乐也者，动于内者也。"这里是把乐作为感情的表现而提出来的。魏晋期间，情志说极为流行。情志实际上指的是情和理，或者说是感情和思想。陆机在《文赋》中说"颐情志于典坟"；刘勰说创作"必以情志为神明"。其后，有的人偏重于情，排斥理；有的人则推崇理，忽视情，如此反复不断。

　　在外国文艺理论中，关于创作中的感情问题的论述极多。近代西方不少美学流派强调艺术只同感情有关，而感情又被认为是"某种无人能够准确地说明的东西"，并把艺术研究局限于感情的心理、生理因素方面。黑格尔曾对同时代的某些人把艺术研究变为感情研究的现象作过评述，认为"这种研究是走不到多远的：因为情感是心灵中的不确定的模糊隐约的部门"，"因为关于情感的思索只满足于观察主观感动及其特点，不能深入研究所应研究的对象，即艺术作品，而在研究所应研究的对象时,也就必得抛开单纯的主观状态及其情境"①。黑格尔关于感情的解释不无偏颇之处,但关于感情的某种模糊、不确定的特征的说法,又有一定的参考价值,他对于一些人把艺术仅仅当作感情这种心理现象的研究的评价,甚至是相当中肯的。在论述艺术和感情的关系时,人们经常引用托尔斯泰的论述:艺术是表现和传达感情的。但是实际上托尔斯泰并未否定艺术也表现思想,他在不少论文、书信中涉及艺术的主观因素时,感情和思想往往是并提的。他指出作品所"说"的一切,就是"思想的各种艺术表现",又说"完美新思想或新感情应当成为真正的艺术作品的基础"②。

事实上,文艺作品既表现感情,也表现思想。那么,一些人所提倡的罗丹所说的"艺术就是感情"③。这一论点对不对呢?我们以为这在一定场合是有道理的。例如,一座表现笑的塑像,我们只能从它的外形的线条的表现中,体会到一种欢快的感情;一幅画,有时我们只能看到画家或画中人物某种感情或是情绪的表现,说不上什么思想。例如齐白石的虾,它的玲珑剔透的体态,表现了一种活泼的生机;在加里哀的《母与子》的画面上,我们看到的是亲子之爱的表现。又如王维的《相思》,孟浩然的《春晓》,李白的《静夜思》大量这类诗作,表现的只是某种感情或情绪,有时甚至表现得很含蓄、朦胧。在这种意义上,过去不少文艺家因此概括出艺术就是感情的理论,有其合理的因素在内,因为他们确实看到了艺术所绝对不能缺少的因素及其基本特征。但是"艺术就是感情"这一结论,如果用来观察所有艺术,那又是片面的,因为它不符合实际情况。例如,天安门诗抄中不少作品既饱和着哀悼的感情和对"四人帮"的火山爆发般的愤怒,同时又充满了忧国忧民的沉思。《人到中年》问世后,我在不同场合遇到一些医务工作者,他们不约而同地诉述了自己与书中人物类似的生活感受和激动的心情,小说无疑在读者身上产生了一股逼人

---

① [德] 黑格尔:《美学》第 1 卷,朱光潜译,商务印书馆 1979 年版,第 41—42 页。
② [俄] 托尔斯泰:《论艺术和文学》第 1 卷,苏联作家出版社 1958 年版,第 273、242 页。
③ [法]《罗丹论艺术》,人民美术出版社 1978 年版,第 3 页。

的深思的力量。一位朋友谈起,他在阅读《布礼》时,竟是簌簌泪下,不能自已。这是因为,他不仅与钟亦成经历了同样坎坷的人生道路,有着一颗与钟亦成同样的心,而且主人公的"布礼"的理想的召唤,更深深地激励着他。这些小说通过人物命运的描写及其感情的抒发,表现了必须改善人与人之间的关系,尊重人的价值的令人深思的思想。再以雕塑艺术来说,我们观看天安门前人民英雄纪念碑上的塑像,不仅可以感到人物感情的表现,而且还可以体察到塑像所显示的思想。弥罗岛的维纳斯塑像又何尝不是如此!它不仅以其线条显示出女性美的典雅的感情,而且还包孕着某种社会理想。俄国作家乌斯宾斯基在一个短篇《她使我们伸直了腰》中,叙述了一个潦倒于穷乡僻壤的教师佳普希金从维纳斯像中得到力量的故事。一次这位教师回忆起了弥罗岛的维纳斯塑像,他突然发现它是如此之美,以致使他对人的看法起了一个变化。他从维纳斯的形象的感情表现中,意识到人是美的,有力量的,能够得到幸福的,但是为了这种美和幸福,就必须进行不屈的斗争。于是他就挺起腰来,重又投入斗争生活中去了。乌斯宾斯基是著名的民粹派作家,他的这篇作品极为生动地表现了民粹派为民造福的那种抽象的思想信念。有趣的是,如果上述小说属于虚构,那么生活中还真有类似的故事发生。俄国画家克拉姆斯科依见到了弥罗岛的维纳斯塑像后,竟和乌斯宾斯基小说中的主人公在感情和思想上产生了类似的感受和变化。他写信给列宾道:"……这座塑像留给我的印象是如此深刻、宁静,它是如此平静地照亮了我生命中令人疲惫不堪、郁郁寡欢的章页。每当她的形象在我面前升起时,我就怀着一颗年轻的心,重又相信人类命运幸福的起点。"[①] 还可一提的是屠格涅夫在自己的一个短篇《够了》中,同样谈到过这座塑像。作家在小说中写道:"弥罗岛的维纳斯,也许要比罗马法典或1789年的原则更不容怀疑。"[②] 1789年的原则是法国资产阶级革命的政治宣言,

---

① [俄]克拉姆斯科依:《论艺术》,莫斯科艺术出版社1961年版,第100—101页。
② 转引自[苏]普列汉诺夫《没有地址的信·艺术与社会生活》,人民文学出版社1962年版,第226页。

五 文艺创作中的感情形态

屠格涅夫作出这种结论，当然值得商榷，但他确也看到了这座塑像的艺术力量与美的理想。弥罗岛的维纳斯，以其线条的和谐、健美，以其感情的平静、深沉著称，这些感情的特点，给人美感，强烈感染着人们，并常常被视为人类精神创造、形体美的理想。可见，描写感情，表现思想，是艺术创作的规律性现象。提出"艺术就是感情"的罗丹，实际上像托尔斯泰一样，同样指出了艺术也表现人们的思想。同时，如果涉及作品优劣，那么并不是写了任何感情就都是好作品，因为感情的品格有高低上下之分，卑琐、低下、无病呻吟的感情，即使被赋予了优美的艺术形式，也是不能成为好作品的。

我们就作品的效果看，作家通过对生活的描绘，似乎总是在探讨、说明生活中的种种问题，肯定一定社会成员的理想和信念。但是这一切，都必须建立在感情抒写的基础之上。在文艺中，生活大都以它的本身的形式或变形的形式表现出来，而生活又总是感性的、具体的、形象的、流动的，无论是人和人的关系，还是人和自然的关系，都只能通过感情的链条相互联系，通过人们感情的表现而显露出来，通过感情的具体性而呈现出丰富性。鲁迅的《阿Q正传》，通过阿Q及其周围人物的生动形象的描绘，他们的相互关系，反映了辛亥革命前后中国社会的某些本质方面。而作家的伟大爱国主义思想，只能在作家对那些被侮辱与被损害的、一时又不觉悟的人们所产生的"哀其不幸""怒其不争"的无比深沉的感情中得到体现。因此无论思想、信念，都只能通过感情棱镜的折射而映照出来。诗人郭小川在关于诗歌创作的一封信中说道："诗要靠感情（抒情）。感情，在文学作品中，尤其在诗中，占有特殊的位置，思想和感情是不能分开的。有人说，感情是思想的翅膀，很有道理。"[①] 在作品故事、人物的描写中，感情和思想是互为表里的。

在优秀的作品中，有时我们还可看到感情和思想同时爆发的情况。你说作品表现了人物的优美感情，可它分明是一种思想的表现；你说它艺术地表现了某种思想，可它又分明是激动人心的艺术感情的

---

① 郭小川：《关于诗歌创作的一封信》，见《光明日报》1977年9月3日。

流露。在这种场合,我们可以把这种现象称为激情。激情是充溢感情的思想,或是凝结着思想的感情,是感情和思想的融合。别林斯基说:"激情永远是观念在人的心灵中激发出来的一种热情,并且永远向往观念。因此,它是一种纯粹精神的、道德的、极其完美的热情。"① 情这种现象,在诗中较为多见,充满激情的诗,往往是诗中珍品,千古绝唱。丙辰清明天安门广场的不少诗作,如"红心已结胜利果,碧血再开革命花","一夜春风来,万朵白花开。欲知人民心,且看英雄碑",以及《扬眉剑出鞘》等,都是动人的佳句。诗作《小草在歌唱》不是在腥风血雨中的革命人民的自叙吗!在小说、散文中,也常常有激情的抒发,例如《钢铁是怎样炼成的》中,保尔在离开同志的墓地时的那段关于生命意义的抒情:一个人应在临终时毫无愧色地说,他已将自己的全部生命献给了人类最壮丽的事业——共产主义。这无疑是高尚感情的流露,同时又是明白不过的革命人生观的显现,这时感情和思想是浑然一体、不可分割的,同时由于它们的高尚的品格而震撼人们的心灵。上面我们只是谈了激情的狭义的内容,激情还有广义的一面,即它往往是一种推动作家写作的力量,整部作品乃是激情的果实。关于这点,是需要文艺理论作专门研究的。

(二)感情形态的复杂性和多种社会关系、思想观念对感情的制约性

感情是一种社会性的精神现象,但是如何阐明这种现象的复杂性,这在心理学、文艺学里都是一个薄弱环节。感情具有强烈的社会倾向性,因为它总是寓于一定社会成员身上的一种心理活动。人们的社会关系制约着人们的意识,那些反映了人们关系的活动、行为,各种感情形态,不能不具社会的、阶级的特性。在《路易·波拿巴的雾月18日》一书中,马克思曾把感情和思想并列,而把它归入"上层

---

① [俄]别林斯基:《亚历山大·普希金的作品》第5篇,见《别林斯基全集》第7卷,苏联科学院出版社1955年版,第312页。

五 文艺创作中的感情形态

建筑"。因此,对于人们的感情现象,我们都应把它们放到人们所处的社会关系中去判断,否则就不易认识它们的本来面目。例如,人们对官僚主义和特权是普遍抱有深恶痛绝的感情的,而官僚主义者、特权的受惠者,则完全是另一种感情。《人妖之间》引起了不同读者的不同反应绝非偶然。广大读者,对揭露我们生活中这类令人愤慨的事件会感到沉痛,引起深思,同时也因为清除了社会肌体上的脓疮而拍手称快。但另一些人,特别是那种亦人亦妖的人,和这类事件有瓜葛的人,则对《人妖之间》表现了恐惧和愤恨之情。可见,各种感情无不受到人们的社会关系、利益和地位的左右。这类不同倾向的感情,在生活中十分普遍,其实感情往往是某种相应的思想的直接反映,甚至表现为某种思想的外形,两者相互一致。

当然,除了上述情况,我们还要看到感情形态的复杂性。事实上,社会关系不仅包括政治、阶级关系,而且也包括伦理道德以至血缘关系;人们的感情生活,一面受到政治、阶级关系的制约,同时又受到伦理道德、血缘关系的影响。这一类感情较之前一类感情就复杂多了。这类感情往往表现为一种相对的独立的形态。例如兄弟手足的感情、夫妇相爱的感情、亲子之爱的感情,它们主要是一种伦理、血缘关系。兄弟手足的感情,我们不能直接说成兄弟手足的思想;夫妇相爱的感情,我们不能说成夫妇相爱的思想。因为兄弟、夫妇、亲子之间的关系,主要是靠感情关系来维系的。这类感情比较宽泛,是人所共有的人性,是人所共通的人情。但是也要看到,这类感情关系既然是一定的伦理关系,那么除了要注意到它们形态的普遍性之外,还要看到它们的内容总是受到一定的社会关系的影响的,当社会斗争趋向激化的时期,感情生活不能不发生变化,这时这类人们共同的感情,就会呈现出强烈的阶级倾向来。又如性爱这类感情,它可以因"体态的美丽""亲密的交往"而引起,这些因素就不一定具有鲜明的社会倾向而为人们所共有。我们应该看到这一点,承认这一点。但是性爱这种感情,随着各个历史时期的社会关系的变化而改变。首先,现代资本主义社会的性爱与古代的爱是不同的,它是以所爱者的互爱为前提的,而古代的爱情并不总是要征求妇女的同意的。其次,现代的性爱，如果双方不能达到结合的目的，或者彼此必须分离，就会成为一种莫大的痛苦。再次，对于男女间产生的性行为，人们还要用一定的道德标准加以衡量，它是结婚的，还是私通的，是不是由于相互的爱情而发生的？① 此外，在各个历史时代，性爱这种感情，还掺杂着当事人的经济条件、门阀观念、文化素养等因素在内。

　　这样不同的感情，反映到文艺作品中关系十分复杂。一种情况是，一些作品偏重于感情的共同人性因素的描写，例如关于爱情的歌颂、亲子之爱以及对自然美的优美描写，具有普遍意义，能给人以巨大的美感享受而传之不朽，这在短小的诗歌中比较多见。另一种情况是，感情的两种特征，往往交织一起；同时出现，并且如果不写出后一类特征，就不足以显示出作品的社会倾向，以及它的动人之处，这在文艺作品中是大量存在的现象。以母爱这种感情来说，这是最具共同人性的感情了。我们看到，在优秀的作品里，这种人性的感情其所以优美动人，还往往是与社会性的因素结合在一起的。《安娜·卡列》曾描写了安娜回家探望自己儿子的场景，读来十分动人。其所以动人，并不在于单纯的母爱的描写，而在于这种亲子之爱，为女主人公所强烈企求、遇到阻碍而不可得的缘故。如果没有这一前提，那么这一场景的感染力要小得多。同样，在《人到中年》里，写到处于昏迷状态的陆文婷，断断续续地向丈夫交代：她平日无暇为孩子买双球鞋，现在怀着一种内疚的心情，恳求丈夫代她满足孩子的愿望。读着这种令人心碎的人性的感情的描述，我们不禁会悄然动容，潸然泪下。这一感情描绘的动人之处，在于它是在病者生命垂危、意识有如游丝一般飘忽无定的状态下出现的一种充溢着母性感情的回忆，它是一种人性感情的突发。但它为平时困顿的生活所引起，所以具有强烈的社会内容。这类带有社会性的因素的母性感情的表现，会勾引起读者类似的生活的体验，所以具有极大的感染力。《母亲》中的居洛夫娜自丈夫去世后，贤妻的感情转而为良母的感情，把剩下的一切希望

---

① ［德］恩格斯：《家庭、私有制和国家的起源》，《马克思恩格斯全集》第21卷，人民出版社1971年版，第80—90页。

都寄托在巴维尔身上了。她关心独生子的寒暖，张罗他的饭食，忍受他的无理呵斥，但也如此而已。然而当这母子俩先后参加了革命的行列，经历了斗争的熔炉的初步冶炼，我们再把她这时对巴维尔的感情与以前他们的母子感情作一比较，就会发现，在后来的母性的感情中，分明还渗透着一种志同道合的亲近的感情。再就爱情而论，在优秀作品里，一般说来，作品较少单纯地去描写这类感情形态的，而总是使人性的因素与倾向性的因素结合在一起，而且往往以后者为主。如前所说，在异性的相互吸引中，"体态的美丽""亲密的交往"无疑起着很大的作用，这些因素可以导致产生相爱的感情。例如贾宝玉和林黛玉相爱的描写，就有这种成分。但是要看到林黛玉的上述两个因素，薛宝钗同样具备，而贾宝玉竟是舍宝钗而取黛玉，何也？这里就只能用"融洽的旨趣"作为说明，这也是宝、黛悲剧的核心。从上述例子我们可以看到，具有血缘色彩的感情，当它以共同人性形态出现时，其阶级倾向是不甚明显的，但当情况有所变动，和周围其他人的关系联系起来时，立刻就会显现出社会倾向来。所以同一种共同人性，在不同的人的身上显现时，其社会特征也是不一样的。

人们共有的、常以人性形态出现的感情，如怀旧之情、宽恕之情、爱和恨的感情，在家庭关系中特别容易出现，并且在不同阶级的成员身上都能发生。由于它们表现为人所共有的形态，所以具有普遍性，甚至可以在不同阶级的成员身上表现得十分相似。但是它们既然出现于不同社会成员身上，所以又总会显示出不同的倾向，有时明显，有时隐蔽得为人不易觉察。如果我们只承认感情关系中的政治因素，则会把这类感情全部排斥掉，并把各种感情形态简单化。《雷雨》中的周朴园，在引诱了鲁侍萍之后抛弃了她，但又对她怀有一种思念之情，客厅陈设一如过去。这种怀念之情是否真实呢？能不能写呢？写了是否就是美化这个买办资本家呢？应该说，这种怀念之情，有的买办资本家有，有的不一定有；剧作家写的正好是前者。如果作家不写这种感情，当然可以，但此人就不是周朴园了。写了周朴园的这种感情，它达到了两个艺术效果，一是它反映了生活的真实和人物性格的复杂性；二是通过艺术真实暴露了人物道德面貌的伪善，这里哪有什么美化资本家的痕迹呢！这种感情的复杂性还在于，如果我们从政治的角度看问题，那么可以说，周朴园的这种行径是资产阶级的道德感情，和无产阶级的道德原则是格格不入的；但是从生活现实的角度来说，它确实又可以发生在其他阶级的成员身上，甚至某个无产阶级人物身上。就是说，尽管人们在政治上分成不同的集团，但在道德感情的某个角落都可能有着某些共同的东西。否定这点，实际上就是对现实生活的复杂性、丰富性视而不见。《家》中的高老太爷，临死前对觉慧等人怀有后悔、宽恕之意，这种感情在家庭伦理关系中甚为普遍。古语曰："人之将死，其言也善。"当然，并非个个临死的人都是如此，但不能否认，在日常生活中这种现象极多。巴金写了这种人性的感情，其实这并没有减少这个封建家长的罪孽，倒是真实地刻画出了人物的复杂性，而与美化高老太爷根本风马牛不相及。又如不久前有的同志认为，巴尔扎克在《高老头》中描写了主人公临终前渴望见到自己女儿的这种父爱，由于作家的"竭力渲染"，于是便把这个专靠投机倒把而大发横财的暴发户写成了一个受人同情的人物了，可见"这不是现实生活的艺术反映，而是作者的臆造和虚构"，因此断定"高老头的形象却是不真实的，更不是典型的"。这样来理解人的感情，是比较简单的。我们不能按某种既定的理论框框来套生活，而要让理论来解释生活的复杂性。如果理论和生活之间发生了矛盾，那就不忙去责备生活，而要检验一下理论它是否能够反映并说明生活的实际情况。因此在这里，我们似乎首先要把生活中的形形色色的资产阶级暴发户，同《资本论》中的货币概念区别开来，两者浑身上下的确染有血污，但一个是物的概括，一个是有生命的人；而作为活人，他可以丧失了共同人性的感情，但也可能在某些关系方面仍然残留着共同人性的痕迹。其次，作者写了高老头"父爱"，写他诉说自己对女儿们的思念，一般说来，读者只会觉得高老头的灵魂中尚有一点残余的人性感情，却很少会去同情他。如果有谁真的会去同情这类人物，那他未免有点神经衰弱了，那小说结尾前的有关高老头的描写岂非多余？看到高老头临死前的景况，我们只会慨叹金钱世界的人性感情的泯灭，何等惊心动魄！再次，如果把高老头写成和他女儿一样丧失人性感情的人，如果资本家都是不懂感情的，都是一个样子的，那还有什么现实主义人物性格的多样化呢？人的感情关系在家庭关系中极为复杂，有时感情中的伦理关系，会盖过阶级关系，虽然伦理是受阶级关系制约的；有时感情中的阶级关系可以克服感情中的化伦理关系，或是两者发生矛盾而相互交织一起。文艺创作不在于简单地否定这些矛盾的感情，而是要真实地记录复杂的心灵的历程及其转化。

感情的转化，常常与思想的变动结合在一起，并互为作用。在历史动荡的年代，思想斗争极为激烈，社会信念的选择也最为紧张。这种阶级观念、信仰的公开的冲突，不能不反映到感情生活中去，从而促成感情发生辗转的回旋的变化，并在文学中表现出来。这时一些人可以因为原来的社会地位、经济利益使自己的感情显得激扬与崇高；而另一些人，却可以因同样的原因，使自己的感情复杂化起来，有时表现了前进的欢乐，有时又因后退而颓丧。这种种错综复杂的感情现象的出现，是和思想变动的规律相适应的。其次，由于个人处于家庭伦理关系之中，感情的变化就更加复杂化。如前所说，政治思想的观念，可以排挤家庭关系中的血缘的人性感情，如《青春之歌》中的林道静接近了革命斗争，获得了革命思想，和余永泽在各方面格格不入而不得不分道扬镳。又如政治思想也可以帮助克服实际上是虚假的"阶级感情"，而维护正常的共同人性感情。如《布礼》中的凌雪，对反右斗争的扩大化，几乎难以理解，因此她宁愿去承担不堪承受的种种社会压力，也要排除人们所要求于她的虚假的"阶级感情"，而和钟亦成在一起。再如虚假的政治、社会思想可以破坏正常的共同人性的感情，像上述凌雪那样有智有勇，固然不乏其例，但实际上更多的是屈服于社会压力而不得不牺牲正常的人性的感情。与此相联系的是，虚假的思想观念也可以培植无数人的虚假、卑微的所谓"阶级感情"。而当人们一旦在感情的创伤中觉醒过来，意识到自己有权诉述感情被剥夺的不幸，意识到自己有权过正常的感情生活，并需要人和人的感情的温暖，其时就会对虚假的思想产生强烈而持久的批判力量，这在反映"十年动乱"的作品中极为多见。

有一种相当流行的说法，以为文学写了人性、人情，就一定有人性美、人情美。我们以为这要具体分析。人们的某些感情的抒写，的确可以表现出人性美、人情美来，如我们在前面提到的陆文婷式的亲子之爱，罗群和冯晴岚、钟亦成和凌雪式的爱。但是高老太爷的宽恕、周朴园的怀旧之情也是人情美么？可见感情和感情是不一样的，它们都有自己的倾向性，或是具有政治因素，或是一种道德感情，与生活情理一致或者相悖。它们是美是丑，离开上述准则，就难以作出正确的判断。即便是今天已经写得很多的爱情，如果是以第三者的痛苦为基础的，如果是一种不忠诚的感情，不受社会道德规范约束的感情，纯粹情欲式的感情，即使把它们写得如痴如醉、铭心刻骨，那它们也是美的么？有的小说写了未能如愿而又不能忘记的爱情，这种爱情较之今天不少论斤计两、交易式的、缺乏真正互相敬爱的"爱情"，要高尚得多；它告诉人们，对于爱情这种感情，要慎重对待，不要草率从事。不过小说所描写的这种感情，真如某些人所说的，这是不计任何条件、完全合乎道德的纯粹的爱么？恐怕未必。就小说内容来说，这个故事使人想起了小说所描写的那个时代，一些人以同一个理由纷纷更换自己妻子的事。在新的幸福生活的条件下，不少人的感情价值发生了变化，于是抛弃了原先主动与之结合的对象，把他们的"抱憾"交给历史老人去了。对于这篇小说中的主人公来说，他们虽是未能如愿的一对，但他们有最重要的条件——政治地位、物质生活的保障，应有尽有，倒是真正的门当户对的。小说表现了它所赞颂的思想从纯粹爱情的角度来看是值得肯定的，而同它所展现的历史环境却是存在矛盾的。作品着力地描写了两人缱绻之情，倾心的爱而又不可得，是令人惆怅、惋惜的，因而也是难以忘怀的。不过情况是不一样的，有的看来是近乎纯粹的爱，其实是并不那么纯粹的，它包含着不少复杂的并且有制约性的社会关系在内，这是不能不加区别的。作家和评论家都不能离开他所描写的和评论的对象的现实环境和历史条件，忽视这点，缺乏历史感，就会使对象抽象化，因为道德的批判应该具有批判的道德。也就是说，否定或肯定那些由于一定社会条件而形成的感情关系，都应当是历史的、具体的、有条件的。

（三）多样丰富的感情表现形式对作品思想深度的影响

感情和思想存在的形式互不相同，前者通过人们的视觉、感觉可以触及，而艺术所表现的思想，虽然与般所说的理论、观念不同，但与感情相比，不如感情生动具体，并且要依附于感情的表现而存在。同时由于生活是流动的、易变的、错综复杂的，因此人们的感情或情绪很快就会把这些特征反映出来。在一定阶段，感情中会出现某些含糊的、朦胧的成分，或是表现出一种感情在不同发展阶段的各种特征来，例如先是忧虑、焦急，继而惊惶、恐惧等。斯汤达在《论爱情》一文中，探求了爱情的定型过程，人们的感情包括爱情在内是极其复杂的，它们的定型是通过无数矛盾的冲突，前后的思考才实现的，而且还会不断变化发展，获得新的特色。但是，思想就其特性来说，就较为稳定，它不如感情活跃、易变，而且一般说来。它的内容具有相对的明确性。这样，我们研究感情的多样的表现形式，对于促进作品思想深度的开掘，就不无实践的意义。

在文艺作品中，一些人物的行动、行为表现得很直率，他们的感情表现得很袒露、真诚，而且由于故事情节发展的需要，作家对于人物的感情，还要做敞开的描写；使其表现得奔流如泻，以至屏奔突发。有经验的作家绝不会把人物的倾心密谈，写成思想汇报；同时也绝不会把作品中人物的必要演辞，写成索然无味的说教。例如《母亲》中的巴维尔，在沙皇法庭"受审"时发表的演说，就是这样的描写。作家抓住了故事发展的必然环节，把人物的思想信念，通过人物激情的自然表露，描绘得感人肺腑。

在有的作品中，作家则常常把人物因各种境遇而产生的或喜或悲的感情，移植到客观的对象上去，借以强化这种感情，同时凭借客观景物的千变万化，又使人物的感情波澜起伏。这时景和物，就像是投入水中的一块石子，能够激出一连串水花以及微波涟漪似的情绪，让人物处于感情波浪的千头万绪之中，使人物的情和景、情和物，达到统一融洽的地步，这就是所谓情景交融、触景生情、见物生情了。这种描绘的手法，较之直泻如流的方式就复杂了一层。在旧诗词中，情景交融的描写，通过比兴的运用，使用得极为普遍。在小说艺术中，以物来表达感情，也是人物感情曲折表现的常用的方式。贾宝玉送给林黛玉两块手帕，晴雯不解何意，但"这黛玉体贴出了绢子的意思来，不觉神痴心醉，想到'宝玉能领会我这一番苦意，又令我可喜，我这番苦意，可能将来如意不能，又令我可笑了。再想到私相传递，又觉可惧。他既如此，我却每每烦恼伤心，反觉可愧'"。喜、悲、可笑、惧怕、感愧等种种感情，霎时间一齐涌上心头，交织成了一幅异常细致、复杂的感情画面。两块帕子引起了人物如此复杂的感情的心理活动，同时也表达了人物对自由爱情如此强烈的渴望，艺术表现的手段可谓生动、丰富极了。

在有的文艺作品中，人物感情的流露有如小桥流水，曲折多弯，更为复杂多变，像在生活里一样，人物的感情变化，不是一下就暴露于外，而常常以一种外在的动作，微妙的神色，作为其表露方式，以透露个中消息，借以显示激动人心的思想。他们可以把人物的种种表面的、含蓄的感情，描写得有明有暗，有急有缓，强弱相交，粗细相合，使人物形象具有生活的立体感。托尔斯泰在《战争与和平》等著作中，匠心独具地描写了各色人物的多样的感情表现，以及一种感情在不同人物身上的多种形式。托尔斯泰掌握了人物的"心灵辩证法"，他笔下的眼色、微笑、手势，仿佛都能说话似的，总能淋漓尽致地表达出人物的种种心理状态，从而使人物栩栩如生，跃然纸上。有人统计，在《战争与和平》里，作家共描写了 97 个各有个性特色的微笑和 85 个不同的眼色，显示出了不同人物身上的感情的多种特色和细致区别。

感情表现的复杂内容，有时还应从它的相反的表现形式去理解，我以为可以把它称作感情的反向变化。一种是突变性的反向变化，这是由于人们的周围环境、人们的相互关系突然起了变化，而导致人们心理的剧烈改变。例如哭不仅可以是痛苦的感情的表现，而且也可以表现为和它相反的感情。犹如笑一样，可以是最痛苦的表现形式。

五 文艺创作中的感情形态

《红旗谱》里的严志和流落在外,回到家里,他老妈妈见了就哭了起来,朱老忠从旁边劝慰。她说:"哭哭好,哭哭好啊,哭哭心里静便些!"这里的哭表现了老人悲喜交集的感情。又如《白痴》中的菲莉波夫娜,不过是金钱的牺牲品,她不时突发出来的尖厉笑声,可以说是一种伤心透顶的嚎哭,是哭的一种畸形的形式。有时生和死的人性感情竟是互为姐妹的。《许茂和他的女儿们》中的善良的四姐从死到生、由生而死的感情的反向变化,为一个爱的希望所维系。读到这里,人们不能不对这个性格中充满懦弱和哀怨的善良妇女注以深切的同情。另一种是感情的渐变性和反向变化,此时人物的思想状态比较稳定,但由于环境的变迁,感情已有一定变化,并且难以再返回原来的起点,这种情况大概在爱情描写中较为常见。如《叶甫盖尼·奥涅金》中的妲姬雅娜曾热恋奥涅金,而后者对她紧闭心扉,拒绝了爱情。之后,女主人公嫁了人,改变了自己的初衷。当奥涅金浪迹南方,倦游归来,找不到生活的目的,却对妲姬雅娜产生了感情时,后者虽然旧情难忘,然而由于早已嫁人而奉守夫妇信念,难予理会。

谈到把人物复杂的感情表现得入微的精湛技巧,我们还要提到《红楼梦》。小说极为生动地把典型人物所特有的种种隐而不露、含蓄深沉的感情,综合上述多种艺术形式、手法,真实地传达了出来,从而赋予人物以思想的血肉。其中音乐也是一种手段。小说借妙玉与宝玉听琴,揭示了林黛玉内心紊乱和忧思之深。"'子之遭兮不自由,子之遇兮多烦忧。子之与我兮心焉相投,思古人兮俾无尤。'妙玉道:'这又是一拍。何忧思之深也!'宝玉道:'我虽不懂得,但听他音调,也觉得过悲了。'里头又调了一回弦。妙玉道:'君弦太高了,与无射律只怕不配呢。'里边又吟道:'人生斯世兮如轻尘,天上人间兮感夙因。感夙因兮不可惙,素心如何天上月!'妙玉听了,呀然失色道:'如何忽作变徵之声!音韵可裂金石矣!只是太过。'宝玉道:'太过便怎么?'妙玉道:'恐不能持久。'正议论时,听得君弦'蹦'的一声断了。妙玉站起来,连忙就走。"在这段摘录里,林黛玉内心极度孤独、失去和谐的感情,通过可裂金石、崩断丝弦的琴声和妙玉的点染,表现得何等紧张、婉转、细致、入微。林黛玉自对贾宝玉产生了感情后,一直到死表现了难以明言之隐痛。贾宝玉也是如此,"故每每或喜或怒,变尽法子暗中试探。那黛玉偏生也是个有痴病的,也每用假情试探,如此'两假相逢,终有一真',其间琐琐碎碎,难保不有口角之争"。于是读者看到,宝黛两人相爱,竟常常是通过矛盾的口角方式来表现的。口角否定性的行为、行动、语言表情,竟是为了表示肯定的感情和意愿;乃至贾宝玉听了林黛玉无意间念出了《西厢记》中的词句,也就用其中的句子来试探她,这一举动却引起了黛玉的羞泣。于是肯定性的行为又得到了相反的效果。由于周围封建礼教的阻力那么强大,自己的苦衷不能明言告人;由于寄人篱下孤独无助,感到美好的青春感情将无可挽回地失落,致使她精神充满了反抗现实、向往着自由生活而又身不由己,藐视世俗而又积聚着无限伤痛的复杂感情。当林黛玉已病入膏肓,贾宝玉仍然无法用实言相劝,而只能以浮言相慰,真正是所谓"亲极反疏"了。

这样,我们看到,人物的感情可以用比较直接的方式表现出来,同时也可以有隐晦的折射;既可以在与它相适应的形式中显现出来,也可以在与之相反或相矛盾的方式中得以体现。而人物形象的各种思想、观念,通过感情的多种表现方式也就鲜明地显露于外。这里有一个问题,人物曲折、复杂、多变、反复、矛盾交织的感情表现方式固然动人,但另一些人物讲道理的演辞也感人肺腑,这是什么原因呢?

这就是感情表现的自然性和它的逻辑。感情表现的自然性和感情逻辑,是一切优秀作品反映生活真实的必要条件。不同人物的同一类型的感情,甚至可能大相径庭,它们的内容也许迥然不同,但它们表现的自然性却是必不可少的。莱辛在谈及这点时曾以叫喊为例子。他说:"号叫是身体痛苦的自然表情,荷马所写的负伤的战士往往是在号喊中倒到地上的。女爱神维纳斯只擦破了一点皮也大声地叫起来,这不是显示这位欢乐女神的娇弱,而是让遭受痛苦的自然(本性)有发泄的权利。就连铁一般的战神在被狄俄墨得斯的矛头刺疼时,也号喊得顶可怕,仿佛有一万个狂怒的战士同时在号喊一样,惹得双方战士都胆战心惊起来。"① 这是极有见地的观点，人物的感情表现必须符合生活真实、出自他的内心的自然的要求；它的运动与发展，必须符合生活逻辑和人物性格的发展。感情表现的自然性和艺术的真实性要求是完全一致的。只有这样，才能使作品所蕴含的思想，从情节和场面中自然地流露出来，使读者产生感情上的感应，自然而又自愿地接受作品的思想。关于文艺作品中的感情表现的真实性和自然性，王国维把它们提到作品能否创造境界的说法。他写道："境非独谓境物也，喜怒哀乐亦人心中之一境界也。故能写真景物真感情者，谓之有境界，否则谓之无境界。"② 艺术作品中的境界，通过艺术描写和艺术形象的刻画，渗透着人物最真挚的感情，倾注着他们最大的恨和爱，是被反映的生活最真切、自然的表现。当然，不能说文艺作品只要有了真情实感就创造了艺术境界，但艺术境界必须建立在自然性、真实性的基础之上。

（四）作家感情、思想在作品中的表现和对它们的自觉认识

创作的源泉是客观的现实生活，创作本身是人们的主观世界对客观世界的艺术把握。作为客观存在的社会生活，通过作家的审美的感受、认识和评价才能在作品中表现出来龙去脉；而作家对现实生活、人物进行艺术描写的同时，必然会把自己的感情思想倾注到作品中去。所以在文艺作品里，既有客观因素，又具主观因素，作家的感情、思想，也是文艺作品的内容的组成部分。同时，由于作家的感情、思想的介入，因此又促成了作品倾向性的定型；而在不同的文学作品中，作家的感情和思想的内容、表现方式又互不相同，所以也就形成了倾向性的差异。

有的文学作品虽然也描写生活现象，甚至还有广阔历史背景的画

---

① ［德］莱辛：《拉奥孔》，朱光潜译，人民文学出版社1979年版，第7—8页。
② 王国维：《人间词话》，开明书店1948年版，第3页。

面，如浪漫主义作品，但它们通过现象的描写，主要是抒发作家个人的感情和思想。这类作品的倾向性，往往是作家主观的感情、思想的直接表现。一些现代主义作家虽然崇尚对感情的心理、生理因素的挖掘，但其创作到底不是人身上的某种内分泌的衍生物，而是社会的精神产品；他们的作品通过对扭曲了的现实生活的扭曲的描写，表达着作家对资本主义社会中生活的各种感受、认识和评价。在他们的作品里，既有一定真实的动人心魄的一面，又有悲观、绝望、厌世、不可知的宿命的迷误。诚然，这种倾向性，是弥漫性的社会思潮，但在作品中，这种倾向性又主要是作家思想、感情的直接表现。

至于在优秀的现实主义作品中，作者的主观因素，他们的思想、感情，常常是与事物、人物的描写结合、融化在一起的。作家通过自己的感受、认识和评价，把握纷繁的社会现象，探及事物的本质方面，按照它的本来面目，描述它的发展趋向，作品的倾向性正是在这种客观的描写中形成，并自然地流露出来的。倾向性不是人为的外加物，它是事物本质及其发展趋向的表现，同时又是为作家主观所发现、开掘和融入了自己感情、思想的结果。我们在讨论作品的倾向性时，往往要追溯到作家的主观因素、他的感情和思想，以及由此而形成的他们的审美理想。作家的感情和思想在作品中不具特殊的表现形态，但又无处不在，决定着作品倾向性的品格。作家的思想感情倾向崇高和美，他就会去发掘艰难生活中的健康因素，培养读者健康的审美感情；作家的感情、思想境界不高，志趣鄙俗，他就会以丑恶为美，把他的市侩趣味带入作品。这就是为什么我们十分重视创作中的这种主观因素的缘故。

忽视作品中的主观性现象中的思想因素而只强调感情，使得有的同志认为，文艺理论中关于思想、主题一类说法，于作家创作是无益的，何况作家本人未必能说清楚他作品的主题、思想是什么，因此作家也不必考虑这类问题，好像离思想愈远愈好。确是有一些作家，他们创作出了优秀作品，但不能几句话就说清楚自己作品中的主题是什么，所表现的思想又是什么？那么，他们是否真的不了解自己作品的主题、思想呢？我以为不是这样。这类作家一般说来抽象思维能力较

五 文艺创作中的感情形态

弱,社会科学、哲学修养较低,不善于运用概念表达自己的思想。要是说他们说不清自己作品的主题、思想,那主要是指这种情况而言。但是这些作家所见甚多,所闻甚广,对生活的直接的观察力极强,能够随意讲述动人的故事,自然地展现生活的图景,他们在对生活的艺术的、整体的把握中,对现实关系有着深刻的理解。这类作家,总是选择了时代的迫切问题,重大的社会现象,作业为自己作品描写的对象,并且一再声明,他们不写自己不熟悉的、不了解的东西。另有一些作家宣称,他们说不出自己的作品思想是什么,要他们剖析作品思想,就得把原来的作品再写一遍,就是说作品的思想是有的,它们融化在整部作品中。可是在他们和别人的谈话中,日记中,却又不断谈论自己作品的主题、思想。我们还看到,这些作家在创作中进行不懈地探索,前后反复,但是只有在他们最终明确了作品的主题、思想之后,写作才能顺利进展,很快地结束漫长的过程。这类现象较之一些不善于用概念来说明自己作品思想的情况,要普遍得多。别林斯基说:"当讲到莎士比亚的时候,如果欣赏他以无比的精确和逼真表现一切的本领,而不惊奇于创作理性所赋予他的幻想形象的价值和意义,那将是很奇怪的。"① 因此,我们可以举出前一类例子来说明创作的某些特征,但不能用它们来说明创作的根本规律。

作家自觉地了解一些文艺知识,包括作品的思想、主题这类概念,只要符合创作实际,那是有益无害的,只有把思想当成了迷信和教条,才会堵塞作家的感情。其实,主题、思想已谈论了几千年,问题是人们常常把它们变为毫无新意的老生常谈,令人生厌。但不能因此一概而论,干脆否定它们。事实上,否定它们,在文艺理论中也并无新意,也是一种老生常谈。《伊利亚特》开宗明义第一句就标明了主题:"阿喀琉斯的愤怒是我的主题。"荷马这样说了,好像丝毫未影响他的形象思维。巴尔扎克写了不少小说序文,大谈特谈自己小说的创作思想、主题,这样做似乎也未使他陷入创作的困境。有的作家写

---

① [俄]别林斯基:《对于因果戈理长诗〈死魂灵〉而引起的解释的解释》,见《别林斯基选集》第3卷,满涛译,上海译文出版社1980年版,第504页。

作小说，是先有了思想、主题，以后按这个主题、思想酝酿并创作了成功的作品，这也是屡见不鲜的。当然这不是一般初学写作者所能办到的。再就现代主义作家来说，他们之中不少人并不害怕谈论自己创作的主题和思想，而且还谈得很多。以荒诞派作家尤奈斯库为例，他在谈及自己的剧作《椅子》时说："这出戏的主题不是老人的信息，不是人生的挫折，不是两个老人的道德混乱，而是椅子本身，也就是说，缺少了人，缺少了上帝，缺少了物质，是说世界的非现实性，形而上的空洞无物。戏的主题是虚无。"[①] 弄清和理解自己作品中的思想、主题，这是创作过程中的规律性现象，荒诞派作家也不例外。他是有思想的，但对生活的感受、认识和评价充满了矛盾和谬误，因此推动着他在作品中唱出了虚无之歌。正确的思想，思想的明确性，只会帮助作家认识事物的本来面目，把握感情趋向的正确发展。

美国文艺家韦勒克和沃伦合著的《文学理论》一书中，对文学本质的论述是形式主义的，他们对文学的客观认识作用的评价，也不无争论之处，同时他们把庸俗社会学当成马克思主义文艺思想也是一种偏见。但是这本书提供了不少值得注意的文学现象的分析。在《文学和思想》一章中，作者们谈到了不少大作家的作品，还常常反映了同时代的哲学思想，现在有不少学者用所谓"思想史"的方法来研究作品，如有的通过席勒的作品研究康德，有的通过歌德研究斯宾诺莎，或是通过中世纪和文艺复兴时的文学，研究人们关于死的观念的变化，或借各个历史时期的文学作品之助研究人类感情的历史等等，虽然作者们并不赞同这种方法，但提供的材料是很有启发的。从这些方面的材料来看，作家对哲学思想、社会科学的理解与把握，和他的创作并不是矛盾的。

有的搞创作的同志说，托尔斯泰没有接受马克思主义，不是照样写出了优美绝伦的作品吗？好像创作真的单凭作家的感情，与思想无关。我以为这是一种非历史主义的观点。每个社会实际上都有自己的思维方式，它们都不可避免地要受到时代的思想潮流的影响。托尔斯

[①] 见《法国作家论文学》，王忠琪等译，生活·读书·新知三联书店1984年版。

泰不是马克思主义者,确是事实,但是企图用它来说明作家无须掌握时代的先进思想,却是一种迷误。托尔斯泰说过:"艺术家为了明白他应当说些什么,就必须了解全人类所特有的东西,同时还有人类所不明白的东西。要做到这点,艺术家就应该使自己成为一个具有当代高度教养的人,主要是不要生活得自私自利,而应成为人类共同生活的参加者。"[①] 托尔斯泰所处的时代是俄国农民资产阶级革命的准备时期,作家和广大农民同呼吸、共命运,力图为改善他们的境遇而不倦探索,站到了当代高度的思想水平之上,所以他才能在自己作品中,怀着无比强烈的感情,提出那么多的重大的社会问题,推动人类艺术向前发展,在世界文坛上独步一时。在我们社会里,如果作家脱离当代先进的科学思想,满足于自己不相信马克思主义,却企图凭原有的天性、感情来反映社会生活,创作出不朽作品,那实在是件很困难的事。每个伟大作家都是站在时代潮流前头的人,都是那个时代最有教养的人。一些人如果认为托尔斯泰并未掌握马克思主义而写出了传世之作,那么他要求作家成为"当代高度教养的人"的教导,不是也值得我们深长思之吗!

(原文作于1981年5月)

[①] [俄]托尔斯泰:《论艺术和文学》第1卷,苏联作家出版社1958年版,第272页。

六　人性的共同形态描写及其评价

　　几十年来，我们对人性问题作了片面的理解，做过简单化的宣传。在"十年动乱"中，我们只讲阶级性，而阶级性也仅表现为单纯的人与人的人为斗争，活生生的人被阉割了生动丰富的内容。这种扭曲了的生活关系，反映到文学作品中，表现为人对自身的血肉之躯的恐惧，反映在文艺理论和文艺批评中，表现为对人性的难以言喻的冷漠和厌恶，对于文艺描写到的健康的世俗感情，一律像圣徒那样讨伐原罪似的要给予诅咒。

　　在人民再度解放后，自然也带来了人性的解放。近几年来，人性问题成为文艺理论中最吸引人的问题，这也是潮流使然。在人性问题的讨论中，尽管在一些具体问题上大家至今存在着意见的分歧，但认为人除了阶级性，还具有共同人性，乃是这场人性问题讨论的重要收获。

　　讨论人性问题，有个出发点的问题。有的人说，"马克思正是从人性论出发来论证无产阶级革命的必要性和必然性"[①] 的。这是一种误解。以往的种种学说，无论是空想社会主义学说、资产阶级的博爱学派，还是"现实的人道主义"，都以人性论为其理论基础。人性论是一种脱离了人的具体的现实关系来讨论人的本性以及应用于社会发展的一种理论，就这点来说，人性论有其特定的含义。马克思主义企图把自己的出发点建立在历史唯物主义基础之上，不仅考虑了人的自然属性的历史演变，而且把人的本质看成"是一切社会关系的总和"，

[①] 朱光潜：《美学拾穗集》，百花文艺出版社1980年版，第54页。

六　人性的共同形态描写及其评价

分析了人与人之间的种种关系和社会矛盾。唯物史观、阶级分析可以帮助我们理解人的根本特性，即他的阶级性，他的人性特征。唯物史观不同于人性论，它反对人性论，但并不排斥人性。

这里所说的人性，主要指共同人性而言，它和阶级性一样，是现实的人的根本特征。这是因为人在自己的历史演化中，经历了大致相同的阶段，在物质生活的需求、心理、感情、审美意识等方面，积累了共同的因素，一直保留至今。同时，共同的人性也是社会现实关系的组成部分。人并不只生活在阶级关系之中，他还有亲子关系、亲友关系、夫妇关系、兄弟关系，或者说伦理、道德、宗教等关系。例如夫妇之间的情爱，马克思倒是说过，这是不能用对无产阶级的爱来代替的。当然，这些关系常常受到阶级关系的影响和制约，但不能把它们等量齐观。共同人性既然是现实的人的根本特征之一和现实关系的组成部分，那就不存在文学能不能描定共同人性能问题，而只是如何认识和描写的问题。

（一）文学中人性共同形态描写的抽象性和具体性

文学反映社会生活，描写各种人物和他们之间的种种关系，表现他们的感受、感情和思想。这必然要触及人性。需要说明一下，在生活中，人性是以现实的人所固有的各种具体的生活形态表现出来的，在文学中，我们可能把它称为人性的共同形态的反映，既然人性的共同形态是现实的人的特征和现实关系的组成部分，那么对它们进行合情合理的描写，则是文学审美反映生活的完整和丰富的必然要求。

在古代的文学作品中，人性共同形态的描写具有自然性和具体性的特征。《伊利昂纪》中的英雄人物，充满活力，有非凡的力量，能和神交往；另一方面，他们也有人的七情六欲，体现了人性的丰富多彩，使后人感到可亲可爱。莱辛曾经说过，"尽管荷马在其它方面把他的英雄们描写得远远超出一般人性之上，但每逢涉及痛苦和屈辱的感情时，荷马的英雄们却总是忠实于一般人性的"，"在感情上他们是

· 119 ·

真正的人"①。荷马史诗充分地表现了人性的自然，正由于如此，英雄虽不同凡人，但都有凡人的血肉和人性的魅力。阿喀琉斯作战英勇，年少任性，但敬重老人，极重友情，见到被自己击毙的敌手的父亲，又引起恻隐之心。黑格尔说阿喀琉斯，"这是一个人！高贵的人格的多方面性在这个人身上显出了它的全部丰富性"②；荷马的"每个人都是一个完整的有生气的人，而不是某种孤立的性格特征的寓言式的抽象品"。黑格尔认为，后来的日耳曼民族的史诗《尼伯龙根之歌》中的英雄人物，与荷马史诗中的英雄人物相比，都黯然失色。原因主要在于后者人性的丰富和具体，由此而形成生动、多样的性格。

后世的文艺作品在描写人性的共同形态方面，要复杂得多，因为在生活中，人性本身受到封建阶级的压抑，所以文艺复兴时期的文艺描写人性便成了一场反封建的斗争。资本主义生产关系的出现，推动市民阶级要求摆脱神性的束缚，以获得世俗生活的欢乐。因此当时的诗人、小说家的作品，大部分是对人、爱情和友谊的颂歌，表现了新兴资产阶级的生活思想。17、18世纪以后，人性的理论得到了充实与发展，人性论成为一种自觉的理论和各种学说的出发点。法国启蒙运动领袖之一卢梭提出"人生来自由，却处处被枷锁"；"这种人人共同的自由，是人的本性的结果。人的第一法则是维护自己的生存，人最先关怀的就是他自己"③。另一位启蒙运动领袖伏尔泰提出人生而平等。"当他们发挥各种动物机能的时候，以及运用他们的智能的时候，他们是平等的"；"一切种类的一切动物彼此之间都是平等的"④ 启蒙主义者所宣传的思想，毫无疑问，正是我们常说的人性论。当这种理论的矛头指向封建制度、教会制度时，往往能导出革命的结论，如天赋人权说和资产阶级革命的纲领：平等、自由和博爱，形成了反封建

---

① ［德］莱辛：《拉奥孔》，朱光潜译，人民文学出版社1979年版，第8页。
② ［德］黑格尔：《美学》第1卷，朱光潜译，商务印书馆1979年版，第303页。
③ 《十八世纪法国哲学》，北京大学哲学系外国哲学史教研室编译，商务印书馆1979年版，第162—163页。
④ 《十八世纪法国哲学》，北京大学哲学系外国哲学史教研室编译，商务印书馆1979年版，第88页。

六 人性的共同形态描写及其评价

的锐利武器。但是理论却是抽象的。当伏尔泰宣称，人人都有同样的本性，无论是中国皇帝，还是印度大莫卧儿，都不能对最下等的人说：我禁止你消化，禁止你思想，就是说人性无处不在，永恒不变。但是伏尔泰实际上说的是生物学上的人，而忽视了人的现实关系的一面。自然，食物进了人的肚子，谁也无法禁止他的胃的蠕动，不过问题在于一些人可以让另一些人得不到温饱，减弱或剥夺他们的胃的蠕动的机能。费尔巴哈的人性论也是如此，它把人和人的关系视为单纯的友谊和两性爱的关系，抛弃了人们所处的具体的社会关系和条件，宣称只要人人相亲相爱，世界就可进入理想境界了。在上述的几种情况下，人成了人性的抽象物。

18世纪的启蒙思想对18、19世纪的文学影响极大。不少作家提出人的本性追求幸福，人的情欲、善的愿望，都是人性的表现。歌德认为人性可以赎偿人类所有的缺陷，人应有全面和谐发展。浪漫主义作家乔治·桑认为："在人们互相隔膜、互相憎恨因而此起祸患的时代，艺术家的任务便是主张温和，主张互相信任和培养友谊。"[①] 19世纪现实主义作家斯汤达、巴尔扎克、陀思妥耶夫斯基以及托尔泰都从不同特色的人性论出发，各自在作品里生动地反映社会生活的同时广泛地描写了人性的各种形态。他们克服了18世纪对人的唯理性主义偏重理性方面的理解，强调了人的现实性和复杂性：他既不好得像天使，也不坏得像魔鬼。有的作家认为，人向往权力、爱情、荣誉和幸福；有的作家认为，人的天性富有博爱精神等等，表现了对人与人之间不同的人性关系的追求。由于被不同社会、阶级关系制约的人性论对作家的创作思想发生了不同的影响，于是在人性共同形态的描写中也就出现了具体性和抽象性，正确的和错误的，成功的和失败的各种现象。当作家严格遵循生活的真实，反映生活真实，则在大部分场合，人性共同形态的描写便表现为与生活逻辑的一致，和对现实关系的充实与丰富。当作家迷恋于宣传某种人性的观念，他必然会把共同人性的生活形态抽象化，使其失去生活机体的血肉，表现为作品严重

[①] [法] 乔治·桑：《小法岱特》，罗玉君译，平明出版社1955年版，第206页。

脱离生活逻辑，违反现实关系，以说教来代替生活画面的艺术构思。我们可以把上述情况分作几个层次加以分析。

第一，过去的作家虽然从人性论的观点出发，或是整篇作品充溢着人性的思想，但是由于作家执着地注视着生活真实，反映生活真实，并且作品的人性共同形态的描写，实际上就是生活本身的生动描写。这类作品可以说的确反映了人性论的观点，但却不是抽象人性论的宣传。《十日谈》中有许多揭露教会虚伪、谴责禁欲主义的篇什，就是为正常的、健康的人性要求做辩护的，说明中世纪的禁欲主义虽然盛行一时，但正常的人性需求无法禁止。这类描写分明是在宣传人性，但却是正常的、具体的人性，是生活本身的反映。歌德有不少诗作充满了人性感情。在《神性》一诗中，他说只有人能区别、选择、裁判，让瞬间变成永续。人可以做神的典范，"人并不要求像上帝，但是却要做一个完全的人"。歌德以现实的人的人性对抗神性，歌颂有血有肉的人，这种人性不是费尔巴哈所说的那种抽象的人性，而是具体的人的人性。恩格斯说，歌德"只喜欢人的事物，而这种人性，使艺术摆脱宗教桎梏的这种解放，正是他的伟大之处"[①]。宝黛爱情的描写，展现了人性感情的丰富，表现了对这种人性感情能够获得正常发展的渴望与向往。它与前面提及的作品在表现方法上有较大区别，但在本质上是一致的。

第二，对于抒发某种情绪，直接描写各类人性感情的作品，我们同样不能说它们在宣扬抽象的人性论，而且应该看到，这类作品在各国文学中极多。那些描写纯洁的友谊、亲子之爱、青春爱情的诗歌和散文，由于它们并不直接反映尖锐的社会关系，主要表现的是人与人之间的常情，加之它们的艺术性高，所以流传很广。杜甫的《赠卫八处士》中旧友久别重逢的喜悦和即将离别的惆怅情绪，李白《送友人》中的"浮云游子意，落日故人情"的情境，是一般人都能深刻感受的。归有光的《项脊轩志》通过种种家庭琐事所表现的亲人间的

---

① ［德］恩格斯：《英国状况——评托马斯·卡莱尔的"过去和现在"》，见《马克思恩格斯全集》第1卷，人民出版社1956年版，第652页。

六　人性的共同形态描写及其评价

感情,真切动人,热人衷肠。在这里,当然需要略去它的封建伦理思想的一面。林觉民烈士起义前写的《与妻书》,不仅有为争取人民幸福不惜牺牲自己的崇高情操的一面,同时还有对妻子的无限深情,两者都感人至深。通过描写爱情而颂扬优美的人性感情的作品在各国文学中是大量存在的。歌德、白朗宁夫人、普希金的不少描写爱情的诗,感情真挚,格调清新,语言优雅,我们读着它们,并不会去追问诗人为谁而作。这些诗作中的两性间的人性的共同形态,被诗人升华为一种能够陶冶人的性情、鼓励向上的优美的人性感情。别林斯基在谈及普希金的诗作时说:"普希金的诗,特别是他的抒情诗,总的色调是内在的美和抚慰心灵的人情味";"在普希金的任何感情中永远有一些特别高贵的、温和的、柔情的、馥郁的、优雅的东西,就这一点说,阅读他的作品是培养人性的最好方法,特别有益于青年男女"①。无疑,这是一种人性思想,不过这是一种健康的、进步的人性观、而非抽象的人性论。

第三,在一个作家身上或是他的作品里,人性的共同形态的表现往往是两重性的。比如,他的伦理道德观念表现为一种抽象的爱与善的观念,从而使他的作品中的人物走向抽象化。但是在其他方面,如爱情问题、亲子关系、维护做人的权利等,却往往从生活出发,从个人特有的感受出发,描写出具体的、正常的、优美的人性感情来。这种现象在小说里较为普遍。《巴黎的秘密》对玛丽的描写,开头是充满了人性的品格的,她虽纤弱,但朝气蓬勃,活泼愉快,敢于拿起剪刀来抵抗暴力。马克思说,她在屈辱的境遇中仍然"保持着人类高尚的心灵、人性的落拓不羁和人性的优美"。"玛丽所理解的善与恶,不是善与恶的抽象道德概念,她之所以善良,是因为她不曾害过任何人,她总是合乎人性地对待非人的环境。"就是说,当欧仁·苏描写玛丽在下层社会的遭遇时,他面对的是生活的真实,从而生动地反映了她所处的现实关系,使她的举止行为充满了人性和生气。可是当他

---

① [俄]别林斯基:《别林斯基论文学》,[苏]别列金娜选辑,梁真译,上海新文艺出版社1954年版,第59页。

要通过玛丽宣扬自己的宗教、道德观念时他就剥夺了她身上的一切人性品质，挖去了她身上的血肉，强使她领悟到"她的本质的一切人性表现都是'罪孽深重'的"，是"亵渎神灵的"①。在作者的宗教、道德观念的支配下，玛丽把自己身上的一切合乎人性的情操，都看作与人不相容的东西，最后竟使自己成了有罪意识的奴隶。雨果《九三年》的结尾部分，把一场原来写得有声有色的斗争，突然化为"人性"的斗争，仿佛革命与人性是不相容的。罪恶累累的朗德纳克冲入大火四起的楼里救出三个孩子，因时间延宕而被捕，而一直与这个凶犯对垒的郭文，此时突然发生了难以置信的转变。郭文"突然看见全能的纯洁在这一大队罪恶上面站了起来。纯洁战胜了。我们可以说：不，内战不存在，野蛮行为不存在；仇恨不存在，罪恶不存在，黑暗不存在；因为要消灭这些妖魔鬼怪，只要有童年这种曙光就够了"。"革命的目的难道是要破坏人的天性吗？革命难道是为了破坏家庭，为了使人道窒息吗？绝对不是。""证明在王权之上，革命之上，人世的一切问题之上，还有人心的无限仁慈，还有强者应尽的保护责任"②这些思想突出地表现了雨果的抽象的人性论观念。它宣扬"人心的无限仁慈"以及以这种人性思想为基础的人道主义高于革命，革命的最高目的是唤起良心，人性是生活的最高法则；一场革命和反革命的斗争，可以变为良心的斗争，血染的沙场可以变为"良心的战场"；反革命分子的良心一经发现，可以立即变为"纯洁"的化身，使得革命黯然无光。郭文在"良心"面前自惭形秽，于是放走刽子手，自愿承担责任，走上断头台；他的老师西穆而登，由于感到自己教育无方而自杀身亡。这些描写，曲解了现实关系，和小说原来所展现的生活逻辑不相吻合，甚至是南辕北辙。人性使内战、仇恨、罪恶、黑暗全部化为乌有，把现实生活内容全部抽象掉了。革命救人于水深火热之中倒不是仁慈，倒违背良心，那么这种革命本身岂不就是虚构的，全属

---

① ［德］马克思、恩格斯：《神圣家族》，《马克思恩格斯全集》第2卷，人民出版社1965年版，第216、220页。
② 见雨果小说《九三年》。

六 人性的共同形态描写及其评价

子虚？小说结尾的这种转变，完全是作家的观念使然，是作家的抽象人性论的演绎，它缺少生活的内在逻辑的有机衔接，所以也就减弱了艺术的真实性。由于作者的人性观念本身是抽象的，所以必然要给艺术带来损害。这种失误在托尔斯泰那里也未能幸免。他的小说一面有优美的亲子之爱、夫妇间的柔情的喜悦、青年男女的爱的萌发的描写，它们充溢着人性的温存，使读者感到亲切。另一方面也有恼人的抽象人性的说教，如"用普遍的富有和满足来代替贫穷；用和睦和利益一致来代替仇恨"。这是典型的抽象的人类爱思想。这种思想后来在小说里发展到"是人不但不可以恨仇敌，或者跟仇敌打架，而且要爱仇敌，帮助仇敌，为仇敌效劳"的地步，这已是宗教式的愚昧了。凡是在艺术中夹杂着这种抽象人性说教的地方，无一例外是失败的。古典文学中人性描写的这种两重性表现，是一个十分普遍的现象。

第四，那么，是否只要把人性的共同形态具体描绘出来，作品就一定成功了呢？也不尽然。不少作品对人性的某些形态写得淋漓尽致，这自然不能算是宣传抽象的人性论，但作品并不成功。原因是复杂的，作家本人低下的审美趣味，或是认识上的局限等等，往往是其主要原因。碰到这种情况，即使是爱情那样温存的人性感情，也会失去人性的魅力，而被写成一种粗俗的肉欲的满足。有的作品由于反映了特定的社会生活情状，在文学史上占有一定地位，如《金瓶梅》，但是由于其中两性关系写得太多太露，所以至今只能被当作"秘本"，不好让它与更多读者见面。有的作品描写爱情，为作者的颓废思想所支配，结果成了恣意鼓吹放荡的下流之作。有的作品格调不高，情趣鄙俗，多半是些香艳故事，只能在一定的时代、一定的阶层获得读者，不久也就被弃置不顾了。也有一些作品倾向于自然主义地描写人性的共同形态，一时可能发生耸人听闻的影响，当读者的趣味提高后，也就很少有人去问津了。人性的共同形态，是生活机体血肉的组成部分，我们不能把文艺作品对它们的描写统统叫作人性论宣传。由于艺术的意识形态性的加强和阶级性的影响，人性共同形态的描写常常以说教的形式表现出来，从而出现了抽象化现象，这固然不足为训。而某些关于人性共同形态的描写，由于作家创作思想上的种种限制，也会招致艺术上的失败。只有那些具体、生动地描写了健康的、符合生活逻辑的人性共同形态的作品，才能给人以审美享受。

（二）人性共同形态是人物性格、典型的构成因素

不同的人性的共同形态既然是现实的人的基本特征，那么它自然会反映到人物性格的描写中去。

据说现在有的作家不主张使用"性格"一词，以为性格似乎总是意味着奇异独特的人，现代小说只写平常的人。其实人物性格并不是奇异独特的人的代词。我们自然不能要求一个作家在每部作品中创造出人物性格来，但是一部作品能够创造出令人难忘的性格，哪怕只要一个，如小二黑、李有才、喜儿、朱老忠、梁生宝、许云峰、林道静、李顺大、陆文婷、乔光朴这类人物，也是一件相当繁难的事。上面提及的艺术形象，性格并不奇异独特，有的实在平凡而又平凡，他们身上的阶级特征固然十分突出，而那种人性因素也使人感到可亲可近。朱老忠这一人物性格所以有血有肉，大概在于小说不只写他的剑拔弩张、语言铮铮的一面，同时也细腻地描绘了他对同伴的深情厚谊，对邻人友朋的侠义心肠，处理事物的通情达理。像许云峰这样的人物性格为什么能引起人们的激动呢？他确是一位英雄人物，但不故作神秘，需要人给他围上灵光，高大得要让人仰视才见，他是活生生的血肉之躯。小说写到他得知女牢里新生了婴儿，就从风洞口扔下了自己的带血的布毯，要看守员送到女牢，给孩子撕几块尿布。读者读到这里，心血要为之喷涌。人物的这一行动，对产妇固然是同志之爱，对婴儿呢？似乎也是阶级情谊吧，但我觉得它与其是阶级友爱，倒不如说是一种优美的人性表现。在优秀的古典小说里，人物性格都是以人性的共同形态作为组成因素，以使其显得丰富饱满，不致流于单一。例如李逵，鲁莽爽直，嫉恶如仇，蛮勇有余，计谋不足。他见别人都搬取老人前往山寨居住，于是触动了自己的心思，放声大哭起来，也想让老母上山安享晚年。在路上抓住冒他之名、谋害他性命的小盗，不由得怒从心头起，后听小盗谎说上有老母，又动了恻隐之心

六 人性的共同形态描写及其评价

放走了小盗。当老母被虎吃掉，他奋力杀死了四只老虎之后，号啕大哭了一场。好一个可爱的血性莽汉！清人金人瑞说："李逵是个上上人物，写得真是一片天真烂熳。"① 无疑，在李逵对母亲的感情中，存在着他那个时代的伦理观念的印痕，但是其中也分明包含有人性的共同形态，一种带有他性格特征的人性常态。在老舍的《骆驼祥子》中，有一处关于刘四爷的描写很有意思。虎妞死后，一天晚上，祥子外出拉车，刘四爷上了他的车，问起虎妞来。祥子回答说死了，刘四爷出言不逊，祥子命他下车。"刘四爷的手颤着走下来。'埋在了哪儿，我问你！''管不着！'祥子拉起车就走。他走出老远，回头看了看，老头子——一个大黑影似的——还在那儿站着呢。"我们对刘四爷并不同情。但当他得知女儿的死讯，打听女儿埋葬的地方，以及在得不到回答后的茫然若失的神情，却是合情合理的，这是小说中的传神的一笔。

有时人物性格的刻画是直接通过人性的共同形态来表现的。作者这时的着眼点是人物与自然力量搏斗中所显示的人性的某种品格。《老人与海》中的桑提亚哥，独自在海上捕鱼，与被他捉住的一条大鱼搏斗多天，受伤多处，食物断顿，体衰无力；但他有一个坚强的信念，一定要支撑下去："可是一个人并不是生来要给打败的，你尽可把他消灭掉，可就是打不败他。"杰克·伦敦的《热爱生命》描写人和饥饿搏斗，和饿狼周旋，最后连掐带压弄死了长途跟踪他的饿狼。人的胜利，是人的意志、力量的胜利，也是人性的胜利。

托尔斯泰在《复活》里有一段关于人物性格内容的议论。他反对把人的品性凝固化，一下就分成善良、凶恶、聪明、愚蠢；他认为人都具有这些品质，只不过是善良的时候多于凶恶的时候，聪明的时候多于愚蠢的时候，或是相反。他说："人好比河：所有的河里的水都一样，到处都是同一个样子，可是每一条河都是有的地方河身狭窄，有的地方水流湍急，有的地方河身宽阔，有的地方水流缓慢，有的地

---

① 金人瑞：《读第五才子书法》，见《中国历代文论选》第3册，上海古籍出版社1980年版，第245页。

方河水澄清，有的地方河水冰凉，有的地方河水混浊，有的地方河水暖和。人也是这样。每一个人身上都有一切人性的胚胎，有的时候表现这一些人性；有的时候又表现那一些人性。他常常变得完全不像他自己，同时却又始终是他自己。"① 这段话自然具有抽象的人性论味道，作家认为人之不同，仅在于他们身上的人性表现的差异，这当然失之偏颇，与现实生活不符。另一方面，托尔斯泰的上述观点也有合理的地方，即他把人的性格特征看成是变化的发展的，人物性格是流动的现象，而不是一成不变、凝固不动的东西。这是因为生活条件、现实关系时时发生变化，所以人的感情、思想、心理特征也会随之改变，从而影响性格的发展与变动。正是基于这种对人的性格的辩证发展的深刻认识，所以托尔斯泰十分强调描写那种为常人习焉不察的人物心理动态。他的小说中的人物性格，通过这种艺术手段，往往显示了人性感情的丰富、真实和优美。他笔下不同的人物性格，并非人性的简单的变化与增减，他同情的人物和憎恨的人物，也不是人性概念变化的符号，而是对立的现实关系的生动体现。

文学典型较之人物性格的含义更为丰富。我们在这里无意全面阐述典型问题，只是就它的构成因素谈些看法。对典型人物的认识，有两种极端的观点。一种是抽象的人性论，比如有人认为，哈姆雷特是优柔寡断的气质的体现；答尔丢夫是伪善的化身，高老头是吝啬的象征等等。这种观点只是见到典型的表面的现象，把人物身上的具体内容全都抽象掉了。这样来看待人物典型，无异把人物典型当成了某种永恒人性的表现。另一种是庸俗社会学；只讲阶级性，以为人没有人性，个人及其精神生活一律都是阶级化的。

人性论的典型论和庸俗社会学的典型论都是错误的，它们都离开了现实的人，都企图使人的特征单一化，抽象化，概念化。对于典型人物，如果按其内容本身的构成来看，大致包含了阶级的、社会的因素，后者包括了共同人性、民族性等因素。像祥林嫂直着眼睛对众人不断讲述的阿毛的故事，把一个孤苦的女人的多少痛苦与哀伤带给了

---

① ［俄］托尔斯泰：《复活》，汝龙译，人民文学出版社1979年，263页。

六 人性的共同形态描写及其评价

读者!当然,在典型形象里,有时作家只想突出一个方面而不一定强调人性因素。像契诃夫的普里希别夫中士,作者只是用了几个细节,把一个不许百姓点灯、聚谈、唱歌的反动政权的卫道士的嘴脸勾勒出来了。但是,对于那些高度典型化的人物,人性共同形态的描写则是构成典型内容的必要条件,就是说,生活的丰富性必须成为这类人物的血肉。这类典型人物的个性特征,特别是他们的主要特征,一般说来是一定阶级成员的品性,具有强烈的阶级特性。又由于这类典型的个性特征的概括力极高,往往可以使人看到它原有的某种共同人性的品格,从而可能呈现出两重性的特征来。讨论这类典型人物,如果排除其共同人性的品格,就会使人觉得在理论上隔靴抓痒,说不透彻。耽于幻想,怠惰成性,害怕行动,安于现状,这些品质对于奥勃洛摩夫来说,是极端个性化的,它们是地主奥勃洛摩夫的血肉。但是,奥勃洛摩夫的这些最主要的特征,在现实生活中不仅为地主所有,其实它们在农民、工人、各类共产党员身上都有;所以是具有普遍意义而带有共性的品格。也可以说这种奥勃洛摩夫的气质,原来就含有人性的共同因素,是一种带有人性共同形态特征的精神现象。我们说奥勃洛摩夫可以是农民、工人,这只是说某个工人、农民身上具有奥勃洛摩夫的气质,即他的某些主要特征,而不是说他们就是地主奥勃洛摩夫。一个具有高度概括力的典型形象,由于其性格的丰富性而可以使后人感到他就像生活在他们中间一样;这是由于他的个性特征含有丰富的人性因素的缘故。这种人性因素,可以使新的生活为他不断提供土壤,推动人们对他作出新的解释,获得后世的普遍的广泛的理解。

对于阿Q,也可以作如是观。"十年动乱"之前,何其芳同志在探讨阿Q这一典型形象时,反对把典型共性等于阶级性,指出分析高度典型化的人物,要把整个人物和他性格上的某些主要特征加以区别;把阿Q性格和其性格中的最突出之点加以区别;把他的最突出之点如阿Q精神的个性内容和它的共性意义加以区别;指出阿Q的精神胜利法,就其个性内容来说是辛亥革命时期中国农村中"这一个"雇农的精神胜利法,但就其共性来说,它又不是一个阶级的现象。当时有的同志把何其芳同志的这些论点指责为人性论的典型论。现在看来，这种指责当然是错误的，何其芳同志对高度典型化的人物的分析是精辟的，确是真知灼见。在这里，我们不准备对阿Q作全面的分析，只是简要地谈一下阿Q主义的特征。阿Q主义只是阿Q这一典型性格身上的主要特征，而不是阿Q性格的全部，精神胜利法在阿Q身上有其独特的个性化内容，是特定的社会、时代的产物，这是不言而喻的。但从精神胜利法的内容来看，这种现象不仅出现在阿Q所属的阶层成员身上，而且也广泛地出现在没落的统治阶级的人物身上。可见它不仅是一个阶级的现象，而是一个时代、社会的现象；同时不仅是一个时代的现象，在另一个时代我们仍旧可以看到阿Q。就这点来说，阿Q主义作为阿Q的极端个性化的特征，也是一种具有人性的共同形态的精神现象。如果我们承认典型的构成中的共同人性因素的复杂性，则可以对那些概括力极高的典型人物，作出比较符合实际的解释。当然，这和人性论的典型论完全是两回事，因为后者把文学典型的现实内容全部抽象化了。像阿Q这样具有特定的社会内容，和复杂的人性因素的典型人物，在世界文学中是不多见的，也是很难创造出来的。这种典型，大概只有像林黛玉、诸葛亮、奥勃洛摩夫、赫列斯达柯夫、堂吉诃德、哈姆雷特等人物形象可以与之媲美。这种典型人物，在别林斯基那里称之为普遍流行的"普通名词"[①]，在何其芳同志那里称之为典型的"共名"[②]。

（三）真实的、历史的、道德的要求和人性美问题

近几年来，文学创作中的人性问题表现得甚为突出。有的表现了人性的善良；劳动人民身上自然质朴的人性美；有的抒写了邻人间的爱。此外，有的作品表现了人类爱的思想，至善至美存在于宗教哲理之中；宣扬人性的自然要求与社会性的冲突；单纯地追求人性的复杂

[①] ［俄］别林斯基：《莱蒙托夫诗集》，见《别林斯基选集》第2卷，上海译文出版社1979年版，第460页。

[②] 何其芳：《文学艺术的春天·序》，人民文学出版社1964年版，第3页。

六 人性的共同形态描写及其评价

性，等等。由此可见，当人性的潮流像洪水一般冲决了禁锢人性的藩篱时，未免泥沙俱下；而当风和日丽的日子，人们在文学的海滩上就可拣到各种各样美丽的贝壳，也可看到一些腐败了的东西。我们可以根据最近的创作实践所提供的材料，来思考下人性共同形态描写中的成败得失及其原因。

如何对待文学中的人性描写？孰优孰劣有无一定尺度？在我看来，大致可以提出真实的、历史的、道德的要求。通过这三个方面，基本上可以区别进步的、优秀的文学和层次较低的文学在人性共同形态描写上的界限。

真实性应该是人性共同形态描写的第一个要求。近几年来的不少作品，为我们展现了日常生活中普通人的精神的丰富，表现了恶劣环境下人性的优美和顽强的生命力，这是生活发展的自然逻辑。像《三生石》里那些原本不受人注意的普通人都是有丰富的内心生活的人，他们懂得美与丑，虽然身处非人性的环境，肉体受到摧残，但仍然保持了人的最重要的人性品质：同情和友爱，相互信任和自我牺牲。大学教员梅菩提体弱多病，又备受非人的折磨，然而在她羸弱的躯体内，人性的火花是多么绚丽！她在肉体上是弱者，但在精神上是强者。她和慧韵的友谊，是由什么样的感情构成的呢？是阶级感情吗？又不完全如此。我们与其称它是阶级感情，倒不如把它称作邻居的同情、无私的友谊和人性的爱更为贴切。《蒲柳人家》和《在没有航标的河流上》是两部有浓厚地方人情色彩的小说，充溢着质朴的人性美，一种在粗犷中有似水的柔情，一种在粗犷中略带几分野性，都具有清新的境界感。《如意》的写作意图无疑是为了歌颂普通人身上的人性和美。在人性普遍沦丧的疯狂年月，石大爷身上仍然保持着做人的最起码的品质，这是弥足珍贵的。他的行动是对非人性的抗议。但是大概由于作者急于要表现自己的思想，因此有些地方显得太露。

从真实性来看，有的作品是存在明显的缺陷的。有的小说一面努力在生活中挖掘一种真实而复杂的人，写得很有特色，但同时又表现了一种具有宗教色彩的哲理思想，把宗教哲理写得至善至美，称它们"充满了理智"，是能够把握生活的人生哲学，深通这一哲理的老和尚的心灵竟是"一个清醒的世界",排却了人间的一切烦恼。其实。这些哲理不过是似是而非、真假不分的玄理。对于所谓科学是真、艺术是美、宗教是善这类为一些尚未入世的中学生视为佳句"箴言"的浅薄思想,小说实际上把它们当作睿智哲理而自我欣赏。"十年动乱",人们失去了把握自己命运的能力,有的人转而从宗教哲理中去寻找自己安身立命的理论根据,这自然是令人悲哀的历史现象,可以描写它们。问题是小说只作充满感情的抒发,而无力表现生活应有的逻辑,它为长老的理折服了;作者还通过女主人公提出了一种盲目的历史认识,给人留下世事纷扰,是非莫辨的印象。不过,我们不应再让那些过早地经历了人世沉浮的青年人,从个人崇拜的迷信破灭,转向新的但却是历史的虚无主义和宗教玄理的慰藉,从造神走向寻神,再去加深他们的精神上的迷误。

对于涉及人性共同形态的作品的评价,真实性只是首要条件,而不是唯一标准,还应从历史观加以分析和评价。在一些作品中,非历史主义观点是存在的。那种即使注意生活现象本身,而不从历史发展观点去理解生活的思想,事实上早已证明会给作品带来消极的影响。在阶级对立大大缓和,但阶级仍然存在的社会里,能否用纯粹的人性、人道主义观作为我们理解生活的出发点呢?我们的社会由于种种历史原因,形成造神运动,最后残酷地斗争自己,造成群众互相残杀的惨祸,能不能说这是由于某些人未去研究人性问题,未把马克思主义视为彻底的人道主义的缘故呢?我以为问题要复杂得多。不能否认有这种因素,如对人的权利的冷漠,对人的价值的蔑视,但这不是问题的全部。有的小说如《人啊,人!》在反映"十年动乱"前后的人的命运的不幸与变化方面,是相当真实的,可是作者把自己的理想局限于人性、人道主义水平,则使人感到惋惜。有的小说作者有感于历史的变动和亲身的遭遇,伤心透顶地说,"一支已被唾弃、被遗忘的歌曲冲出了我的喉咙:人性,人情,人道主义",这当然极为需要,但又让人觉得消极了些。批评封建法西斯主义,人性、人道主义不失为一面旗帜,但是对于今天来说,停留在这一水平上是不够的,而要去发掘事变的真正的历史原因。如果以爱来对待那些今天只知谋一己

六 人性的共同形态描写及其评价

之私利、保官保禄、投机钻营、织成了厚厚的蛛网的一群人,那实在是太宽厚了。幸好小说也并未这样做,从而说明人性、人道主义并不像作者在理论上设想的那样万能。其实人道主义确有它的局限之处,是不能无保留地肯定的,否则就会走向非历史主义。小说反映"四人帮",倒台后的一群知识分子的迷惘和喜悦,纷纷寻找失落的友谊的情景,是相当真切动人的,只是小说对这种情调显得有些过分偏爱;热情多于理智,但也不失是一种描写角度。

在关于爱情的描写中也有这个问题。有的作品着意强调爱情作为人的本性的自然属性,是不可遏止的,即使是地主小老婆和地主儿子之间的情欲也是如此。但是新的社会关系阻碍了他们的结合,上等就是二三十年。小说有感于他们命运的不幸,于是喊出了令人心碎的一声"啊!人……"对于这篇作品,与其说它不真实,倒不如认为它缺乏历史观点。如果像小说那样只从"人"出发,那么人的历史就应当改写,例如为什么要土改呢?为什么要给一些人戴上地主帽子呢?他们不能结合不是违反人性的吗?虽然,这之间有政策上的失误,舆论上的偏颇。但当我们回到历史现实,就会发现,更需要同情、肯定的是从地主压榨下解放出来的劳动人民的爱情,是喜儿与大春、黑妮和程仁的爱情。孤立地看问题,用人性论的观点来对待历史现象,好像自己说的是绝对真理,可是从现实的历史出发,把不同的人的命运做些比较,原来的不平之鸣,就会显得谬误了。

追求理想的爱情,婚外爱情的情趣,自由的离异,是当今小说中的一股热潮,这自然也是现实生活中的问题的反映。有的人提出理论根据:爱情,本来是人性固有的基本属性之一,应把它提高到人性论的高度上来认识;爱情应是自由的,没有爱情的婚姻最是不道德的。一些小说的基本的式子是:已婚多年的男女,一朝醒来,发现自己的爱情不在自己的丈夫或妻子的怀里,却在与之邂逅的人的身上,在和自己非婚关系的人的身上。于是引起了他或她的感情的波澜,要求离异,以便与理想中的对象结合。那么,爱情是一种绝对自由的人性感情吗?恩格斯在《家庭、私有制和国家的起源》中说的未来的婚姻,除了双方的爱慕之外,不再受到其他条件的限制。这种男女之间的倾心相爱，确实是令人羡慕的。但是，这绝不是意味着杯水主义，见异思迁，一种单纯的随时更换所爱的异性的自然属性的满足。说爱情不再受到其他条件的限制、影响，实际上这是以各种条件的解决为其前提的，即以物质需求的无限丰富、精神文明的高度发展为基础。马克思恩格斯说："代替那存在着各种阶级以及阶级对立的资产阶级旧社会的，将是一个以各个人自由发展为一切人自由发展的条件的联合体。"① 这是说在未来社会，个人的自由发展将是其他人自由发展的条件，他们相互依存，互不妨害。自然，这是一种理想的社会。现在一些小说宣扬一种"纯粹"之爱，要求人性感情达到绝对的满足。如果双方能够妥然地解决问题，自己的满足也为别人的自由的发展创造了必要的条件，那当然万事如意。但在绝大多数场合，实际上总是一方损害了另一方。在目前的社会物质、精神文明的条件下，那种不计任何条件的纯粹的爱，暂时是很难做到的。因此，文艺恐怕不能忽视现有的历史条件，宣扬要从什么人性论出发，来描写爱情。在当前的婚姻关系中，抨击封建意识、门阀观念、金钱地位的传统影响，似乎要比一窝蜂地呼吁爱情的彻底解放更为迫切些。

和上述问题紧相联系的是道德的尺度。要求爱情这种人性感情的自由发展，不仅要顾及历史条件，还要看是否合乎现阶段的最起码的社会道德。爱情的结合除了权利还有义务，即男女一旦成婚，双方都要不断维护、发展和巩固原来的爱情，还要为新的生命的成长、自由发展和智力开发提供条件。因此，当已婚男女再度要求爱情，说有了新的爱情他们的婚姻才符合道德，那么应当看看，他们讲的是什么爱情，他们奉行的是什么道德？确实，在这方面生活里也存在大量合理的要求，应予解决。但是也有因地位、知识的变化而提出另找新欢、随爱随弃的所谓爱情；有杯水主义、见异思迁、追求容貌和肉欲的片刻欢乐、主张性解放的所谓爱情；有非婚姻关系的男女逢场作戏、满足感情上的一时安慰的所谓暧昧关系的爱情；有一方贪图对方姿色，另一方爱慕对方的社会地位、特殊享受、阔绰生活、丰富遗产而与原

---

① 参见《马克思恩格斯全集》第4卷，人民出版社1958年版。

六 人性的共同形态描写及其评价

来的患难伴侣不惜离异,却还整天唱着"爱情、爱情"的爱情等等。这些爱情的品格应该根据爱情的内容来评定。过去在爱情、婚姻关系上有过一种所谓"幸福主义"的现象,即一些人"抱着幸福主义的观点,他们仅仅想到两个人,而忘记了家庭";"他们注意的仅仅是夫妻的个人意志,或者更正确些说,仅仅是夫妻的任性,却没有注意到婚姻意志即这种关系的伦理实体"[①]。一些人只追求自己人性感情的自由发展,而置他人的发展于不顾,他们不惜损害别人的感情。这种幸福主义岂非极端的利己主义!前一个时候有的人引用恩格斯关于只有爱情的婚姻才是道德的话来为这种爱情、婚姻辩护,而对恩格斯也说过的对那种几年就要更新"爱情"一次的行为需要进行"限制"的说法却保持沉默,这恐怕是不尽合理,不尽妥当的。

赤裸裸地描写性生活,宣扬性解放,这也是不道德的。性生活是一种客观存在,是自然的也是社会性的现象。性生活有合法和不合法之分,对于不合法的性生活有社会道德、法律的限制,就是合法的性生活也只限于私人场合才是道德的,因为这是一种极端私人的现象。为什么这类不能在公开场合出现的现象,要在文艺中公开展现呢?都说窥视别人的私生活是不道德的,为什么通过艺术就可以欣赏呢?遗憾的是对于反映生活真实的作品横加干涉很多,而对于这类作品却很少给予有力的干预。在19世纪中叶的资产阶级文艺中,性解放叫作"心灵的解放",它实际上就是肉欲的解放。性问题上的普遍亢进,是非常有害的。人的渴是要满足的,但难道正常环境下的正常人会爬到街上去喝那里的脏水吗?

有的作品描写了和社会、民族利益对立的爱情。假定这种爱情是存在的,但这是一种不道德的爱情,是应予谴责的。小说严重地失去了是非感,为了追求汉奸感情的复杂性,竟以牺牲民族自尊心为代价。

文艺是精致的精神生产,用历史的道德的要求来评价它,不是脱离文艺特征的社会分析吗?不!文艺是一种具有审美特征的意识形

[①] [德]马克思:《论离婚法草案》,见《马克思恩格斯全集》第1卷,人民出版社1956年版,第183页。

态，评价文艺自然应该进行美学分析，这是过去做得很不够的。但是加强美学分析，并不是要否定与美学分析密切相关的历史、社会分析。一些作品通过审美分析，大体可以说明它的主要价值。但另一些作品通过艺术形式分明还提出或反映了重大的社会现象，这时审美分析只能说明它们的部分价值，还应通过历史的、社会的分析来阐明它们的其余部分的价值所在。自然，这种分析不是一般的社会学，而是艺术社会学。恩格斯评价歌德的方法论正是以审美的、历史的观点为其基础的。对于文学中的人性共同形态的描写，从审美的、历史的观点出发，才能比较充分揭示它的意义。

我们对人性共同形态的描写，提出从真实的、历史的、道德的要求进行评价，这三个方面大致可以用来区别文学创作中的抽象的人性论和优秀的古典文学中人性共同形态描写的同异。我们看到，有的作品中的人性共同形态的描写可能是十分真实的，但作品的思想性、道德意识似乎都很强，但却是不真实的，应当承认这些差异和矛盾的存在。不同的人性共同形态，只有通过对生活的真实描绘，才能充分显示出来；凡是有意追求所谓人性的复杂性，从观念而不从生活出发，必然会使创作走向概念化；凡是只对人性感情进行真实描写，而不与道德、历史要求结合起来，在大多数场合，也不可避免地会使作品归于失败。审美和道德不是决然对立的。

近年来，文艺评论中关于人性美的问题谈得不少。人的感情、人性的共同形态有美有丑，这是不言而喻的。但是反映到作品里到底什么是人性美，评价人性美有无一定准则，是个应予讨论的问题。在我看来，除了艺术性表现上的因素之外，凡是真实地抒发了健康的、向上的、合乎人情的人性感情可能产生人性美，例如一些优美、健康的爱情诗作；凡是合乎进步的道德伦理观念，表现了人物高尚人性的，能够形成人性美。车尔尼雪夫斯基说过：艺术具有判断作用，凭着这点，它"成了人的一处道德的活动"[1]。人性、人情和伦理道德关系

---

[1] ［俄］车尔尼雪夫斯基：《艺术对现实的审美关系》（旧译《生活与美学》），周扬译，人民文学出版社1962年版，第102页。

密切，它们受到道德因素的强大影响。在生活中，我们往往把道德与人性视为同一种现象。有时我们说这人没有道德实际上说的是他没有人性，丧失了人类共同的道德感情。有时我们说，这人没有人性，实际上说的是他没有道德，缺乏人的最起码的准则。美表现在对人性感情的肯定趋向的评价中，表现在人性向道德的转化与提升中。升华了的道德化了的人性，必然是美的。这里的道德原则的体现，主要是从社会共同性的观点看，凡是促进社会各阶级的福利的，显示优美的民族情操的，表现人民群众之间互爱、互助、互谅、友谊、同情的，维护国家利益，顺乎历史发展，为进步事业献身的行动，都是道德的。李铜钟舍身救人于饥馑，既是阶级感情，也是人性感情，两者都是道德的，所以在他身上体现了人性之美。盘老五两次获得爱情又放弃爱情；遇到危难，令有家小、恋人的同伴逃生，由他一人来对付一场灾难，这种道德美也就是人性美。反之，那种不符合公共道德准则要求的关于两性关系的绘声绘色的渲染的描写，性的挑逗，爱情、婚姻关系上的损人利己，极端的个人主义行为，只能表现出人性丑来。所以我们不能一见人性感情的描写，就把它们都称之为人性美。提出这点并非多余，例如有的评论对合法的、红颜白发式的爱情大加颂扬，那么这种爱情是符合人性的呢，还是违反人性的呢？为什么把这种畸形的现象誉为冲破了世俗观念的表现呢？合法的爱情是否就一定有人性美呢？由此，在人们对人性美的歌颂中，要善于分辨并无人性美可言的描写与真正的人性美之间的不同，也要善于识别把庸俗情趣吹嘘为美的现象。

（原文作于 1982 年 9 月）

七　艺术假定性的类型和文学的真实性形态

现代主义指责、贬低现实主义文学，说它只是模仿了生活，"复制"了生活的本来面目，所以只具"表面真实"，而他们自己创作的文学作品，才是表现了"最高真实"。他们强调现代主义文学在混乱的外衣下，隐藏着非常严密的精心安排的结构，"表现了更高水平的真实"；并由于现代主义者"强调了意识流"，所以他们的作品，按照一些西方评论家的说法，"表现了真实性的新境界新水平"。我们有的同志的文章，也认为现代主义作家不满于传统的写实方法所表现的真实，而探索了"更高类型"的真实；认为现代主义作家使用的那些富于变幻的手段，使他们创造的作品，达到了"更高的真实"，"再现了更高一层的真实"，等等。

文艺作品的描写究竟如何才算真实？是否使用了现代主义艺术手法就能达到"更高水平的真实"？或者说只有现代主义艺术才能具有"更高一层的真实"？很明显，这里不仅涉及我们曾经讨论过的现代主义作家对现实的审美关系，而且也涉及艺术的假定性和真实性这一理论问题。前一个时期里在讨论艺术的真实性时，我们还很少涉及艺术的假定性问题。为了恢复现实主义文学的传统，那时着重探讨文学的真实性和倾向性的关系，自在情理之中。但是随着新时期文学艺术的迅速发展，文学创作多样化的问题日见迫切。因此，以一些作品的真实性的标准来衡量现实主义文学，不仅在理论上捉襟见肘，而且这也有碍于我们对文学，特别是现实主义文学的假定性和真实性的丰富内容的理解，以及它的多种形态的阐述和提倡。

七 艺术假定性的类型和文学的真实性形态

（一）艺术假定性是艺术存在的必要条件，艺术真实性和艺术假定性

当戏剧、电影把人物的命运，他们的感情思想，有如生活一般地、生动地展现在我们面前时，我们说它们是美的、真实的。如果戏剧、电影中的人物的语言、举止，表现得矫揉造作，缺乏艺术本身的逻辑和历史感，这种作品就引不起我们的美感，我们就会说它们是假的，不真实的。如果我们把生活的原来样子，不分巨细，不加改造，不作选择，照搬到舞台上，那时观众又会觉得它们烦琐得令人难以忍受，在感情上同样接受不了。这倒有点像现代主义作家声讨现实主义时所说的，生活本来就是那个样子，还用着你去"再现"吗！阅读小说、故事同样如此。往往会有这样的情况，读着读着，竟情不自禁地站到某个人物的一边去了，读者不仅觉得描写的人物的思想感情是那么回事，而且深为他们所感动。或者说，作品并不意在反映生活的原貌，只在着意表现或抒发人们的某种感受，几缕情丝。人们通过艺术欣赏的经验，同样感觉到是那么回事，并且获得了审美的愉悦。有的作品充满了奇特的情趣，人物的思绪显得飘忽无定，景物描写变幻诡谲，如梦似烟，但于其中寄托着作者的某种理想和向往，读来令人回肠荡气，浮想联翩，我们同样会感到真实的美。更有一些作品，写的虽是妖狐变人，人鬼共语，或人死而复生，幻梦和现实相互交织，人物上天入地，故事荒诞不经，它们驰骋于无限的想象和幻想的疆域，却坚实地寄意社会人生，独具风格，同样可以使人类得巨大的艺术享受。

如果我们把上述所说的看戏、阅读中所感觉到的"真实""好像是那么回事""虚假""做作"这一类艺术感受做些比较，则可以看到，所谓真实与不真实，这是有着不同审美经验的主体，对现实及其精神、特征与审美反映物进行比较之后获得的一种审美愉悦感的组成部分。审美经验与现实的精神、特征都有一定的度或规定性。艺术描写要不断接近这个度或规定性，才能获得真实的品格，而任何形式的

超越，都将导致艺术的失真。这个度或规定性毫无疑是一种假定，而这种假定的任务，就在于要求作家艺术家能够创造出一种凭我们的审美经验能够体会出来的真实感来。既是假定，又要真实，那么文学作品通过什么方式才能提供上述两种要求的等价物呢？这就是具有感染力的艺术真实的创造。艺术真实在其内在结构中具有矛盾的两重性。一方面，它是假定的，它不是原物，它在现实生活中是不存在的，或是纯属子虚乌有，或是甚至还同现实生活的逻辑相悖。另一方面，它又源于生活，它包含着生活真实在内，具有现实生活的特征。这两个方面的结合，便形成了一种获得审美特征的新现实。艺术创作要求作品描写与表现，具有事物、现象的形与神的类似和一致，以显示出被描写的现实、精神现象的特征来。即使是描写幻想故事，同样必须达到这一要求。由此可以说，任何艺术都要求诸假定，艺术描写的真实性，都必须藉假定性而存在。

苏联著名作家费定说过："如果剥夺艺术的假定性，它（指艺术——引者）将失去其本质……把生活转移到书本上的观念本身，就已存在……虚幻性。"[①] 著名画家毕加索说："艺术是一种使我们达到真实的假想。但是真实永远不会在画布上实现，因为它所实现的是作品和现实之间发生的联系而已。"[②] 这样看来，广义的艺术假定性是艺术创作的一个本质特征，是形成艺术真实性的必要条件。广义的艺术真实性，可以看作是作家通过各种艺术假定性手段所建立的艺术真实，在不同程度上反映了事物和精神现象的特征的一种属性。

文学、艺术的真实性，虽是一种抽象概念，但其形态却是多样复杂的。这自然是现实生活多样性的反映，个中道理，自不待言。同时十分明显，真实性的多种形态，又是和艺术假定性的多样性是分不一的。不同的艺术假定性，目的都是造成艺术的真实性，在这点上，它

---

① ［苏］费定：《作家·艺术·时代》，苏联作家出版社1961年版，第411—412页。关于假定性问题，20世纪60—70年代，曾在苏联文艺界引起热烈的讨论，阿·米哈伊洛娃的《论艺术假定性》（1966年）、维·特米德里耶夫《现实主义和艺术假定性》（1974年）等著作，理论地、历史地探讨了这一问题。近几年来，我国戏剧界、电影界也就这一问题进行了讨论。

② ［西］毕加索：《毕加索论艺术》，见《艺术译丛》1981年第2期。

七 艺术假定性的类型和文学的真实性形态

们的要求是一致的。但是艺术假定性的多种类型，又是和文学、艺术的种类密切相关。例如戏剧、文学、电影，都要求创造审美的真实，由于它们显示出来的具体的艺术真实性就各具特色，互不相同。戏剧的假定性，局限在一方舞台上，变化着场景，要求在两三小时内把故事演完。电影艺术要求的时间则更短。而文学作品要求的行动时间、地点的假定性的局限性，较之前两种艺术来说，相对地要小一些。一些史诗式的作品，可以描写整个历史时期，读者也可以不必在两三小时内把它读完，可以间断地读，但由此又带来了这种假定性本身的局限性。巴金的小说《家》，经改编而为话剧的《家》，之后小说又被改编为电影的《家》，它们的真实性，在于它按照现实生活的本来面目，对其进行了典型化描写，反映了较为广阔的历史背景，充满了生动的细节真实，画面较为广阔，具有生活的完整性。改编为话剧的《家》的真实性，是一种具有场景假定特征的真实性，原小说《家》中的种种描写，只是在几个被集中了的主导场面中获得体现。小说的真实性，主要通过读者对被描写的复杂的心理经验的体验和感受去获得；戏剧的真实性，则具有生动的动作、丰富的表情的具体性，它可为观众直接感受得到，但由此也缺少了不少可以言传的真实。电影是多种艺术的综合，它在再现生活方面有许多优点，它所使用的蒙太奇这种假定性艺术手段，可以较为自由地切割和再行组织生活现实，如实地、生活化地、审美地反映现实的特征，但由此人物的生活、精神特征的真实性，具有许多不确定性，因为它把人物内心复杂的变化过程，完全变为顷刻的形象再现，从而压缩了不少细微的心理内容的描写。

同时在真实性问题上，戏剧和戏剧、小说和小说、诗歌和诗歌，由于流派、思潮等因素的影响，也是不一样的。例如戏剧，无疑都在追求真实。古典主义戏剧提出了三一律，认为这样才能体现出生活的真实来。伏尔泰正是从戏剧的真实性要求来为三一律辩护的，他认为一个剧作家，如果不能把复杂的事件、人物、行动、时间组织到三一律的规定性中去，那将是才具平庸的作家。自然，古典主义戏剧较之中世纪、文艺复兴时期的广场戏剧，无疑是一个进步，它表现那个时代所要求于艺术的真实。但是三一律这种假定性类型以及这种戏剧所主张的人物选择，又显示了这种美学原则相当大的局限性。同时，古典主义思潮内部也是不一样的，有为专制政体歌功颂德的戏剧，也有表彰第三等级的古典主义戏剧，它们真实性、倾向性显然是不一样的。现实主义戏剧冲击了古典主义的戏剧观，自然也冲破了它的艺术假定性。它竭力借用生活本身的形式来表现现实生活的悲、喜剧，从而建立了新的戏剧艺术假定性，使戏剧艺术与生活更为接近。当然现实主义戏剧并不绝对地排斥三一律这种假定性，例如曹禺的《雷雨》，由于其表现生活的丰富性，三一律使得复杂的故事线索十分集中，人物性格极为突出，它促使剧作产生了震撼人心的力量。

我国戏曲艺术是一种以高度假定性为特征的传统艺术。例如京剧，剧中人物、言行、布景、道具，几乎都使用了假定的象征手段，这使极好使用比喻、夸张等艺术手段的布莱希特大为赞赏。20世纪30年代，法捷耶夫曾就文学的几条发展路线说过，一条路线的艺术是通过丰富的细节进行概括，在典型环境中写出典型性格，从而把读者引入真实的日常生活的描写中去，这是一般所说的现实主义文学的道路。另一条是以马雅可夫斯基为代表的"宏伟的、综合的现实主义"道路。第三条是充满"假定性"的道路，他以为中国戏曲就属于这种艺术。看来法捷耶夫似乎并不欣赏这种艺术，认为这种艺术不很完善，但他不得不承认这也是一种表现了生活真实的艺术。他说："如果千百万人民在几百年间运用这种形式，而借它之助不能表现出生活真实和人物性格，那就奇怪了。应该说所有的民族艺术，在其发展中形成了各种各样的假定性，如果说社会主义现实主义无权利用它们，那就大错特错了。"① 在这方面，法捷耶夫的观点又大体是正确的。我国的戏曲艺术是一种具有极强的假定性特色的写意式的艺术。舞台上行船，通过几种带有象征性的简单道具和人物特有的假定性动作，把这一过程以及人物的心理状态和特征，表现得惟妙惟肖。几个特定的假定的步式，滚翻，算是越过了千山万水，双手往前一按、一

---

① ［苏］法捷耶夫：《30年间》，苏联作家出版社1959年第2版，第147页。

拉、一划、一脚提步跨举，算是开门出屋。不同人物的扮相衣着，唱腔道白，都有严格的规定，以致使得不甚习惯这种艺术原则的人觉得，我国戏曲艺术的假定性的色彩太鲜明了。但是这种写意式的艺术的假定性所形成的艺术真实性和由此而引起的感染力，也往往是如此突出，强烈，有时几句唱词和几个特定的动作，竟能使人物的神情毕露，把人物内心表现得极其细致而深刻，让观众感动得声泪俱下。

表演艺术家盖叫天谈到他小时候在梆子班里，见到一位老先生演《吕蒙正赶斋》。"吕蒙正出得窑门，喊一声'好冷哪'，叫人听了通体透寒，唱一声'老天爷杀穷人不用钢刀'，就把台下的人都唱哭了。"① 应该说，这种极具特色的艺术表演中的假定性，遵循着生活感情的逻辑，创造了一种别具一格的真实性的形态，所以效果也极为强烈。要是破坏了这种艺术假定性呢？盖老说，新中国成立后他又看到了这出戏的演出。演吕蒙正的演员满脸脂粉，锦衣鲜着，根本不像个穷人，喊一声"好冷哪"，他本人丝毫没有冷的感觉，观众自然也无法体验他喊的"冷"。结果这样的表演就把懂戏的人逗乐了。在这里，假定性动作、声腔、表情，都是与人物的心理紧密结合着的，或者可以说，它们是一定的心理状态的特定表现形式，观众注意的重点，是假定动作背后的人物心理变化。戏曲艺术中还有一类剧作，它们往往以假定性动作取胜，而假定性动作本身往往可以显示出一种独特的意境来。它不仅为我国人民所喜爱，而且也为外国观众理解和欣赏。如京剧《三岔口》，三个义士在黑暗里厮杀，但在舞台的灯光下进行，这是一种假定。观众所以觉得真实，在于演员的动作符合人们在黑暗中打斗的特有方式，又是一种假定。它们生动而逼真，惊险而幽默，动作与心理融为一体。要是剥夺这些假定性，一，在黑暗里进行厮杀，观众就根本见不到幽默动人的艺术了，二，那时演员真的要相互进行真格的刺杀了，从而也就失去了这种艺术的本质特性。使外国观众为之倾倒的《秋江》，也属这类艺术。在今天的表演艺术里，如电

---

① 盖叫天：《粉墨春秋·盖叫天舞台艺术经验》，何慢、龚义江记录整理，中国戏剧出版社1980年版，第110页。

影、电视剧中,破坏艺术假定性从而也损害了艺术真实性的镜头极多。要是不了解不同艺术的假定性特征,那如何能创造出真实的艺术来呢!

(二)现实主义文学艺术假定性的类型与真实性的多种形态

我们在前面阐述了艺术假定性是文学艺术的真实性所赖以存在的必要条件,从文学艺术的种类、形式的角度论述了艺术假定性类型的多样性。下面,我们从现实主义文学的艺术概括形式的角度,进一步来探索这种文学中的假定性的类型和真实性的形态。

现实主义文学惯常借用生活本身的那种样子的假定性手段,对现实进行艺术概括,同时也使用如象征、比喻、夸张、幻想、荒诞、传说等假定性手段审美地再现生活。后一种艺术假定性手段的运用,常常形成艺术真实的变形,在文学中增添了特殊的艺术画面,进一步显示了艺术真实性的形态的多样性。

人类早期文学艺术的创作,是在混合思维的统治下进行的,一开始就采用了传说、神话等艺术手段,并且创造了传说和神话,但这种采用是不自觉的。那时的神话传播者把神话当成是生活的主要方式,而并不明白这就是艺术。神话把现实生活现象与幻想混成一体,把它们都视为生活实体。神话中的人物,都具有浓重的象征色彩,从今天的目光来看,这种原始艺术广泛地使用了变形的艺术假定性手段。经过了漫长的历史发展,西欧文艺理论中提出了"模仿说",这是艺术创作思维理论化的表现,它反映了创作思维的巨大进步,是艺术假定性手段的运用走向自觉的表现。其后,一些作家、理论家提出"按照生活的本来面目"或以"生活本身的形式"反映生活,这种主张的艺术实践,使得原来使用了变形的艺术假定性手段的文学艺术似乎更少假定性色彩,从而使文学艺术更加接近现实生活。毫无疑问,如果文学艺术以审美、认识为其主要目的,则这种假定性手段的使用,较之神话以及后来的古典主义文学的三一律法规是一个重大的进展。使

七　艺术假定性的类型和文学的真实性形态

用了假定性手段而又使人不怎么觉得是使用假定性手段的审美反映方式，正是现实主义文学的基本特征之一。

车尔尼雪夫斯基主张以"生活本身的形式"反映生活，他在理论上对想象在创作中的作用估计不足。但是他所提出的反映原则，就是通过具有审美、评价因素的艺术形象来再现生活。他所说的生活本身的形式，是感性的，具体的，形象的形式，他所说的再现生活，是要求艺术作品写出人们所希望的和理解的那种生活，创造出具有审美的、认识的、道德因素的艺术真实，在人物感情的尖锐反应中，进行艺术的典型化。他的艺术实践也是如此，他创作的小说《怎么办？》，这是一部按照"生活本身的形式"写成的小说，但又是一部充满幻想、艺术假定性手段十分明显的小说，是一部非现实的生活型反映的小说。托尔斯泰提倡按照生活的本来面目进行写作，但是当有人问及他的《战争与和平》中的某些人物是否就是生活中的某人时，他回答说他是羞于描写生活原型的，他要求创造，他用这种艺术原则塑造了无数动人的人物形象。费定在谈及《安娜·卡列尼娜》时说："甚至卡列尼娜之死，也是充满了幻想的假定性的，那时你的现实生活在检验关于死的描写，事实上，女主人公的处境，——艺术世界是假定的世界。"[①] 这是因为，艺术不可能提供现实的原状，它审美地反映什么，表现什么，都必须采用假定的形式。"按照生活的本来面目"写作，这就是一种假定的类型，这种艺术假定性，我以为可以称为常态类型的艺术假定性，只不过这种假定性的形式和特征，常常被人忽视了。现代主义作家认为现实主义文学仅是僵死的反映的产物；有的人认为以"生活本身的形式"再现生活，那是没有前途的，这是对现实主义文学的艺术假定性的肤浅理解，是一种审美偏见。这正如我们曾经指出的那样，不过是文艺理论中的一种歪曲能动的反映论的庸俗化表现，它把通过现实主义文学的常态的假定性手段而形成的艺术真实性，与自然主义的死板的逼真一视同仁了。

一些著名作家提倡以"生活的本来面目"反映生活的式子，在艺

[①] ［苏］费定：《作家·艺术·时代》，苏联作家出版社1961年版，第387页。

术审美地反映生活的探索中是无可厚非的。而且事实上，除了某些教科书、理论文章之外，不少作家并不认为上述式子是现实主义艺术创作的唯一准则。布莱希特在谈及现实主义和形式的问题时指出："把现实主义问题仅仅归结为形式问题，把它与……形式联系起来，这意味着使它成为毫无成果的东西。现实主义写作不是形式问题，一切形式的东西，妨害我们达到社会因果关系本质的东西，必须抛开；一切帮助我们达到社会因果关系本质的形式的东西，必须采用"。他又说："不能把某一个现实主义作家的……形式，宣称为唯一的现实主义的形式，这样做是不现实的。"① 布莱希特的这些观点，丰富了现实主义的观念，使它更为符合现实主义文学创作的实际情况。现实主义并不是一个封闭性的创作原则，如前所说，它在使用以"生活本身的形式"这种常态类型的艺术假定性再现生活的同时，也仍然使用了如象征、幻想、荒诞、传说、神话等艺术概括的手段。和常态的艺术假定性手段相对应，我以为可以把象征、幻想、荒诞、传说、神话等艺术手段的使用，称为特定形式的艺术假定性。很长一个时期以来，以"生活本身的形式"反映现实这种艺术概括形式，在现实主义文学中占有绝对的优势，例如在契诃夫、易卜生、后期的高尔基、肖洛霍夫、罗曼·罗兰、德莱塞、茅盾、巴金等人的作品里，几乎完全不用这类特定的艺术假定性手段。但是近几十年来，这种情况有所变化，出现了两种类型的艺术假定性相互交叉使用的情况，从而使得现实主义文学呈现出更加绚丽的异彩。综合过去的艺术经验，我以为还可以把那些使用了特定形态的艺术假定性手段的文学作品，再分成几种类型。

第一种类型的作品虽然使用了特定的艺术假定性手段如象征、幻想、幻觉、荒诞等，但它们的比重不大，只具有某些因素的成分，它们与生活真实的描写交织一起，而且往往达到契合无间的程度，或是虽见假定的痕迹，但却含有无限深意。鲁迅的《狂人日记》意在揭露封建制度"人吃人"的祸害。但是小说的愤怒的控诉与抨击，却是通

---

① 《布莱希特论文学》，俄译本，莫斯科，文艺出版社1977年版，第154、158页。

过主人公的"狂态"的自由联想来进行的。由于是狂人,所以作品所表露的人物的思想、行动,都带有"狂"的色彩,显得"反常",近似失去理智,但由于狂人的言行这种特定形式的艺术假定性与现实生活形式是一致的,所以狂态中又自然地渗透着真正的理智,冷峻的剖析,痛切的批判,情词激切而不着痕迹。果戈理的《鼻子》不仅使用了荒诞和幻想,而且还有幻觉。柯瓦辽夫少校为了弄得一个肥缺而来到彼得堡,他到处钻营,游逛大街,以期遇到意外收获。可是一朝醒来,竟发现自己的鼻子不翼而飞。鼻子是他求官发财的象征,一旦把它丢失,飞黄腾达的希望全告落空,这可非同小可。于是四出寻找,居然发觉一位过路的五等文官就是自己的鼻子,结果闹了一场趣剧。在这里,荒诞结合主人公的幻想,达到了幻觉的地步,钻营之心使他把鼻子与五等文官等同了起来。《堂吉诃德》也属这类作品。小说主人公外出游侠,他骑着驽马,使着长枪,见到风车,以为系巨人所变,竟驱马挺枪而战,结果被风车甩得半死。堂吉诃德的举止行为,是对走向衰亡的骑士制度的一个辛辣的讽刺,读者被那种具有巨大的真实力量的画面所折服。但是实际上,作品使用了夸张这种特定的艺术假定性手段,人战风车在生活中是根本不可能有的事,但可能在艺术假定的形式中出现,自然,这种假定性已不是一般的艺术虚构的假定性。十分有意思的是谢德林的作品。这位作家对自己小说里的日常生活的描写,常常使用特定的假定性手段。例如在《现代牧歌》中,他调动了各种艺术手段,为其艺术目的服务,其中包括一群贪官污吏审讯船舸鱼的童话式的丑剧。船舸鱼不堪忍受酷吏们的任意宰割,纷纷逃亡到别的河流里去了。船舸鱼的形象实际是受到残酷剥夺的农民形象。俄国农奴改革后政治恐怖加剧,警察、暗探遍地。小说中的几个"改邪归正"的自由主义分子逃亡外地,在小城逗留时,发现豌豆色衣着的密探处处跟踪他们。最后发生了这样的情况,他们发发牢骚,眼前就会立刻出现豌豆色的幻觉,豌豆色成了无处不在的密探的象征(这部小说已译成中文,即将由上海译文出版社出版)。

第二种类型是一些作品明显地采用了某些非人力可及的幻想和魔幻

手段。幻想、魔幻和现实融合一起，这种假定性手段的采用，大大地增强了故事的奇特性，形成了一种奇妙的新现实，并往往造成现实主义与浪漫主义因素相互渗透的格局。当然在不同作品里，情况是不一样的。在《聊斋志异》里，作者通过幻想与传说同现实相互融合，使花妖狐魅一一人化，并与现实的人发生联系。婴宁、莲香、红玉，娇娜，虽然都属狐类，但无一不是具有人的灵性，各具性格的女性形象，她们向往尘世幸福而充满生活情趣。这里奇只奇在妖魅变人的特定的艺术假定性上，透过这些假定性，她们实为现实的人的写照。婴宁娇憨可爱，但在关键时刻又不无心机，她爱花，爱笑，天性自然。娇娜又是一种女性，她为孔生治病，伐皮削肉，精于医术，一副侠义心肠。后孔生因救她而被崩雷击毙，她又施术救活了孔生。狐人殊类，而灵性相通，使人读来似幻若真。《画皮》的故事虽属荒诞，但实是世态写真。在生活中，披着人皮以至美女皮的翠面锯齿鬼比比皆是。作者叹曰："愚哉世人！明明妖也，而以为美。迷哉愚人！明明忠也，而以为妄。……天道好还，但愚而迷者不悟耳，可哀也夫！"巴尔扎克小说《驴皮记》中的关于驴皮的描写，是一个神秘的因素，它上面刻有神奇的梵文，"你如果占有我，你就占有一切。但你的生命就属于我。……每当你的欲望实现一次，我就相应地缩小，恰如你在世的日子。"穷得不名一文、准备自杀的拉发埃尔不顾一切占有了驴皮，同时就获得了一切。但每当他的欲望扩张，情欲满足一次，驴皮立刻收缩，他的生命也就大大减少，他想用水压机把驴皮压延，用化学药水消灭它，用炸药炸掉它，但都无济于事。因为这是一块神秘的驴皮，是一个象征：象征人的欲望与生活存在不可调和的矛盾，人的欲望无休无止，但为此将得到惩罚，甚至被剥夺生命。这种假定性不仅是人物命运转折的契机，而且也是震动人心、启迪读者思考的人生哲理。所以驴皮最后又失去了神秘性。加西亚·马尔克斯的不少小说也大体属于这种类型。他的小说中有不少虚幻，神奇的东西。如《巨翅老人》描写从天空跌下一个老人，身上长有翅膀，伏卧在烂泥里。人们认为他是天使，是雷雨把他打落在贝拉约的家的，可贝拉约夫妇把他收养在鸡笼里。神父见他不通上帝语言，认为可能是魔鬼所使，教人不要上当，尽管如此，而围观者如堵。贝拉约妻子想出一

七　艺术假定性的类型和文学的真实性形态

个主意：参观天使者需付门票钱，结果捞到不少好处，竟很快盖起了两层楼住宅。最后天使养好了伤飞走了。故事是写给儿童看的，在这里，幻想、传奇与现实融合一体，不分真幻。《百年孤独》描写布恩地亚家族在荒漠发迹而后经七代人，最后一代人长了猪尾巴，被一阵旋风卷走，美女雷梅苔丝飞上天空等等。这些荒诞的描写与哥伦比亚移民开发、军事统治、党派争权夺利、大屠杀等有史可查的事件的揭露交织一起，典型地体现了"魔幻现实主义"的特色。不过加西亚·马尔克斯对人们用"魔幻"评价他的作品有些不以为然。他认为别人称之为"魔幻"的，在他看来却正是真实。他说与其称他为"魔幻现实主义"者，不如称他为"社会现实主义者"。他说："我相信现实生活的魔幻。……把这样一种神奇之物称为'魔幻现实主义'的，这就是现实生活，而且正是一般所说的拉丁美洲的现实生活……它是魔幻式的。"①又说："看上去是魔幻的东西，实际上是拉美现实的特征。我们每前进一步，都会遇到属于其它文明的读者来说似乎是神奇的事情，而对我们来讲则是每天的现实。"他以为不能狭隘地按唯理主义者的观点去理解现实。他所说的在别人看来是不真实的现实，要用魔幻现实主义作解释，而对作家来说，这就是现实主义。②但是加西亚·马尔克斯小说中的假定性手段是很明显的，它们作为荒诞和神奇，有时具有象征、暗喻的意义，揭示人们的落后、愚昧与原始，以及独裁统治者的残暴，党争的祸害等；有时并无象征意义，仅仅作为一种传闻，荒诞事物的描绘罢了。就是说，有的荒诞的存在是现实的，有的则是非现实的，是不可能存在的。如果认为后者也是现实的，把非现实当成了现实的组成部分，那么作者很可能是自觉地依据拉丁美洲某些民族的现实观念去反映现实的。结果他的作品成了现代小说中的一种新现象而令人瞩目。

第三种类型是一些现实主义作家在自己的作品中全面采用了变形

---

① ［哥伦比亚］加西亚·马尔克斯：《时代、创作和自己》，《外国文学动态》1982 年第 12 期。
② ［哥伦比亚］加西亚·马尔克斯：《我的作品来源于形象》，傅郁辰译，《世界电影》1984 年第 2 期。

的假定性手段，荒诞、幻想不是出现在某个情节里。这些假定性手段使人物形象发生了变形，或变为巨人，或成了小人，以至人形怪物。人物的变形，增加了故事的趣味，扩大了审美范围，这是一方面。另一方面，这种变形又确是名副其实的假定，因为在变了形的形象的背后，正是现实社会真实关系的展现和缩影。这是一。二，文学作品忌直忌露，这是通常说法。但是在艺术变形的作品里，变形形象的特征之一，却可以变曲折为直露，作者通过它们可以径直地表达自己的想法，显示他的锋芒所向。他寓意于变形的人物形象之中，对他的审美理想进行全面歌颂，对他所憎恨的现象可以进行自由而辛辣的嘲讽，使之变为极端可笑的东西。例如拉伯雷的《巨人传》，斯威夫特的《格列佛游记》，谢德林的《一个城市的历史》《童话》等，都属这类作品。所以现实主义不仅可以体现在以生活本身的形式为其艺术形式的描写里，而且也可以通过脱离日常生活的变形描写而得到表现。巨人庞大固埃、卡冈都亚完全是幻想的，传奇性的形象，他们的行动和经历，显示着人的力量的伟大和自由："做你想做的"。庞大固埃长大后，为寻找理想而走遍天涯海角，最后来到目的地，得到了神的启示：就是所谓"人要享受世界上一切美好的东西"。小说在手法上，把传说、荒诞、幻想等艺术手段熔于一炉。庞大固埃一忽儿是巨人，一忽儿和常人无异，一忽儿故事情节像发生在乌有之乡，一忽儿又像在作家故园。这自然不是艺术上的破绽，而是欧洲中世纪文艺复兴时期民间文学的影响，是文艺复兴时期进步的社会气氛中人的理想的自由表现，描写颇多变幻。《格列佛游记》中的小人、大人、慧骃都是一种独特的假定和象征。略去作者所设的假定，或者说透过作者所说的幻想、荒诞的假定性，读者分明可以见到英国以至法国现实的情状。格列佛在小人国里的所见所闻，如高跟党和低跟党之争，宫廷内部之争，宗教之争，与邻国因吃鸡蛋先打大端或小端之争，企图并吞邻国、称霸世界、勾心斗角、四处掠夺，都一如英国的政治和宫廷的党争。假仁假义，愚昧而又自作聪明，恰恰是英国统治阶级的写照。书中描写到以绳技高低选拔官员，依绳技高低而给予赏赐，恰如现实中的显要人物追名逐利，狗苟蝇营的丑态。格列佛对大人国国王宣扬英国的议会、教会、法庭、军队的功德,国王对此作了一通反驳,指出格列佛所说的大事,"只不过是一大堆阴谋、反叛、暗杀、屠戮、革命和流放。这都是贪婪、党争、伪善、无耻、残暴、愤怒、疯狂、怨恨、嫉妒、淫欲、阴险和野心所能产生的最大恶果"。至于所说的法律,规章制度,"或许还过得去,但是其中一半消失了,其余也全被腐败的政治玷污、抹杀了"。"你的同胞中大多数人都属于自然界中的爬行地面的可憎的小毒虫中最有害的一类"。在"慧骃国"里,真正的统治者是有理性的马,而作为马所雇佣的则是近于人的"耶胡",这是些野蛮、自私、好斗的东西。斯威夫特利用这种特定类型的假定性手段,对丑恶的英国现状极尽嬉笑怒骂之能事。《一个城市的历史》在运用荒诞、幻想、夸张的假定性手段方面,别具特色,它使用通过编年史的方式,描绘了愚人城的历史。这里的变形主要发生在统治阶级,贪官酷吏身上,而发生变异的部分,又往往是在市长们的头部。各任市长个个面目狰狞,外貌失去人形。有的市长的脑袋里,装有八弦琴,有的头里则装有肉馅。装有八弦琴的脑袋的市长主要能奏出两支曲子:"我要毁坏""我不容许"。这两支曲子实际上也正是他所干的全部勾当。另一位市长的"业绩"是"启蒙"工作,他企图在愚人城建立科学院,他给地理学家去信,要他把君士坦丁堡改为俄国城市,使之可为俄国名正言顺地占有,这一如历史上俄国反动统治者的侵略行径。他要居民吃食芥菜,但由于居民无此习惯,不肯种植,于是就派兵讨伐,扫荡村庄,炮轰大粪村,夷平破鞋村,踏平泥沼村。在讨伐过程中士兵不断逃亡,他就伐之以锡兵,既省却了粮食,又可照常杀伐。另一个市长见春水泛滥,就发出填河堵水的命令。他的"创造","就是在茂密的森林里,手执板斧左右挥动着,随便选个方向,勇往直前"。他的口号是:毁坏城市,铲除河道。无疑,这些艺术形象具有浓重的政论性色彩,而这里假定性手段的使用则完全成为表达作者批判、抨击的手段。作者寓意于荒诞,他说"寓意也有公民权利"。有人说他的作品是"为笑而笑"。谢德林痛苦地说:"那位有肉馅脑袋的市长并不是指有肉馅脑袋的人,而是指掌握着成千上万人的命运的市长，这甚至不是笑，而是悲惨的境遇。"① 谢德林的人物、故事看来荒诞不经，但是如果置假定性于一旁，那么在假定性之后则是赤裸裸的真实性。像为"启蒙"而战的芥菜事件，并非虚幻，实有生活的原本可循，即沙皇政府曾为强迫农民种植土豆而进行过血腥杀伐。此外，如法朗士的《企鹅岛》，使用了怪诞的手法，它象征了人类社会的历史和现状。

那么，社会主义文学又如何呢？我指的是这一范围内的写的不错的作品。从世界范围来看，社会主义现实主义文学除了以"生活本身的形式"审美地反映现实的方式之外，同样也使用荒诞，象征等变形手段以至传说、神话等。苏联的一些作家和布莱希特等人的创作，在这方面提供了不少例子。马雅可夫斯基在《开会迷》中，把一天到晚忙于开会、发指示、做报告、说空话的人锯成两截，他这一半在那里发号施令，另一半在别处作长篇发言。这里明显地使用了怪诞手段。20世纪50年代，有些人认为社会主义现实主义是否定象征、假定性的，法捷耶夫认为这种观点是错误的。他说："在诗歌中，比如在谢里文斯基的诗中，可以同上帝进行嘲讽性的对话，也可像在希克梅特的诗中，出现童话的情节，这类艺术的解决完全是容许的。从本质看，一切应当是生活的，在纷繁的形式中可以有假定的形式。"② 他认为列昂诺夫的《金马车》是象征性的作品。在旧时代，金马车意味着金钱，金钱的权力，在新社会，则象征幸福和成就。剧作创造的人物既是现实主义的形象，又是象征形象。社会主义现实主义可以使用不同的、多样的审美方式再现实生活真实。

在最近几年的苏联获奖作品中，有艾特玛托夫的小说和摩斯塔伊·卡里姆的诗剧和小说，它们分别采取了动物心理的拟人化、回忆、梦幻、隐喻、象征、传说、神话、幻想等手法。在《永别了，古利萨雷》中，草原骏马古利萨雷和训练它成材的塔纳巴伊的命运的描

---

① ［俄］谢德林：《给亚·贝平的信》，见《一个城市的历史》中译本附录，张孟恢译，人民文学出版社1959年版，第242页。
② ［苏］法捷耶夫：《30年间》，苏联作家出版社1959年第2版，第662页。

写，充满抒情、喜悦、乐观和昂扬情调，但由于他和它都受到邪恶势力的摧残和打击，因此在抒情中又充溢着伤感。大自然赋予他和它的力量不能发挥出来，却屡遭伤害，这类不幸的命运描写颇是凄婉动人。有意思的是作者把马的心理与它的主人的思想常常沟通起来，有时简直就是马在自述，然又并非拟人化的故事和童话。古利萨雷具有象征意义，象征它的主人塔纳巴伊和它一样坚毅，一样顽强，一样忍辱负重，一样历尽人世艰辛。小说写到古利萨雷被迫离开了原来的主人，骑它的有各种各样的人："有人心地善良，有的人心毒手狠；……也碰到一些蛮干的家伙，他们……拼命地抽着马，又死死地勒住缰绳，连自己都不清楚，到底想搞什么名堂，只不过是以此显示一下，他骑的是溜蹄黑马罢了。对这一切，古利萨雷已经习以为常了。它只希望不要老圈在马棚里，呆着发闷就是了。在它身上，同从前一样，只留下一种飞跑的激情，至于谁骑在它背上，对它来说，已经无所谓了"。这也不就是老实、善良、能干、有理想的塔纳巴伊的命运么！古利萨雷备受折磨，最后倒毙路旁，而勤劳、坚毅的塔纳巴伊最后竟被清除出党。小说还使用了古老的民歌的旋律，增强了抒情、忧郁的色调。艾特玛托夫的另一个中篇《白轮船》同样使用了传说等艺术手段，并与现实的描写相互渗透，揭露了生活中的阴暗。他的近作《布兰内小站》，把人的太空活动与外星人的交往，同地球上最平凡的劳动者的命运交织一起，有人认为这是一种成功的艺术描写。但在我看来这条宇宙意识的线索比较生硬，读着让人感到累赘。小说的真正动人之处，在于把现实的人的命运与他们古老的风俗、传说结合起来，使历史的过去与今天的现实在相互交叉的描写中，得到审美的再现，散发出浓郁的民族气息。插入的传说，抒情而有震慑人心和意味深长。历史上乃曼族受到柔然人的入侵，后者使用奇特的酷刑使俘虏变为失去记忆的曼库特，然后又唆使他射死前来找他回去的生身之母。传说象征今天一些人，实际上变成了只知钻营，为私利而不惜牺牲他人利益、忘记了民族传统的、丧尽天良的曼库特。不过，据艾特玛托夫最近谈到，射死母亲的曼库特的传说，并非实有其事，而出于他的虚构。在小说里，作家实际上改造了传说，虚构了传说①。摩斯塔伊·卡里姆的《遥远的童年》，使用了传统的训诫性故事、神奇的故事、童话、传说等假定性描写，使之与现实生活结合一起，创造了富于抒情、具有民间情调的、同样散发着民族气息的艺术真实。他的《普罗米修斯，不要扔掉火种！》完全是个神话悲剧。关于普罗米修斯，不少著名作家都写过。埃斯库罗斯的悲剧《被缚的普罗米修斯》，写他因盗天火给人类，触怒宙斯，受到惩罚而被钉在高加索山崖上。歌德的长诗《普罗米修斯》中的主人公，蔑视宙斯的统治，藐视诸神，他要创造和他一般不敬神的、充满人性的新人类。雪莱的《解放了的普罗米修斯》中的主人公依靠自然的力量获得了解放。卡里姆诗剧中的普罗米修斯不仅要与宙斯斗争，而且还要与人的愚昧无知作斗争。火不仅是光和热，而且还是智慧，只有使人接受了智慧之火，才能是万能的，才能是真正自由的。卡里姆的诗剧的象征意义，是极其明显的，人的心灵至今充塞着私欲与偏见，愚昧和无知，人只有获得智慧之火，才能战胜它们。

此外我们看到，布莱希特的剧作是一种充满了特定的假定性形式的艺术。他的戏剧原则同"间离"的内容，即"对象是众所周知的，但同时又把它表现为奇特的"；"演员一刻都不允许使自己完全变成剧中人物……演员自己的感情，不应该与剧中人物的感情完全一致，以免使观众的感情完全跟剧中人物的感情一致"②，使得作者不能不广泛使用特定类型的艺术的假定性手段。他甚至在一些剧作如《高加索灰阑记》中，还恢复了古戏剧中的领唱和合唱的形式，以引起"间离"效果。对于使用特定的艺术假定性手段而显示出来的文学的真实性，与变形的艺术的真实性，可否说它们就是最高品位的真实性呢？

一般说来，文学的真实性大致有几层意思。能够唤起人们健康的审美的感情的作品，都具有艺术的真实性。例如一首抒情小诗，虽然

---

① 艾特玛托夫与阿特梁谈话录：《星球上的人》，莫斯科《文学评论》1984年第8期。
② ［德］布莱希特：《戏剧小工具篇》，《外国现代剧作家论剧作》，中国社会科学出版社1982年版，第102、104页。

只传达了几丝情绪，或淡淡的几笔描绘出了一幅小小的景致，却能引起人们情绪的波动，或是让人感受到自然之美。例如有的作品在引起审美感受的基础上，能够生动地展现现实生活和历史画面，给人提供审美认识。更有一些作品通过人物形象的塑造，复杂的现实图景的交织，深入到了事物的深层，揭示了生活广阔的图景。大概只有那种给人以巨大审美享受，或是提出时代迫切问题，探及事物内在特征的作品，才是真正艺术中的"最高真实"。

评价假定性手段形成的艺术真实性大体也应如此。当然，这种艺术真实性也自有它的独特之处。首先这类作品中的假定性手段的运用，应当成为审美物而能使读者产生审美感受，应当是审美领域的扩大与开发。这里的情况自然不可能完全相同。例如，有的假定性手段，它本身的审美意义主要在于其象征意义，通过它们可以表现出一种生活哲理和人物心理而震动人心，如驴皮、画皮、失去的鼻子、风车等。而另一些假定性手段，它们本身就是审美物，是动人的故事和传说，如曼库特的故事，马与人的心理的沟通，神话的改造更是如此，它获得了新的审美意义。这是运用特定的假定性手段的起码条件。其次，这种特定的艺术假定性的真实性，总是和人的审美认识沟通的，也就是说它是可以理解的。而任何独特的艺术假定性的可理解性，在于它和现实的密切联系。无论是荒诞还是象征，无论是幻想还是传说神话，虽然都是再创造，但必须以现实生活为基础，能够使人回忆起现实生活才有意义。缺乏这种联系双方的纽带，不具这种理解的职能，假定性手段势必失去其本身的意义。艾特玛托夫在《布兰内小站》的前言中说："正如我在以前的作品中那样，这次我也依靠了奇异的故事、神话和传说，这是前人留给我们的遗产。同时我在创作实践中第一次采用了幻想的情节。凡此种种，对我来说，不是目的本身，而仅是思维的方法，是一种认识和阐述现实的方法。"① 可见，他虽然运用了传说、神话，但着意表现的却是现实本身。如前所说，小说中的有关传说的描写是动人的，它和现实是一致的，而关于苏美两

---

① ［吉］艾特玛托夫：《布兰内小站》，《作者的话》，苏《小说月报》1982年第3期。

国联合的太空探索以及外星文明的描写则逊色得多。原因正在于它不符人们熟知的现作者也自称这是没有任何现实基础的，它们是"假定的""虚构的"，目的在于使小说发展的情势尖锐化。它警告地球上的人们，在人与人之间潜藏着未来的危险，作者企图通过比喻等手段来提醒劳动者对地球命运的职责。谢德林在写《一个城市的历史》时，考虑的同样是现实问题。因此当有人把这部小说视为"历史讽刺"时，他不得不出来反驳说："历史同我毫不相干，我所考虑的只是现在。采用历史叙事形式我觉得方便，因为它能允我比较自由地对待某些生活现象。"① 再次，对这种特定的假定性手段构成的艺术真实性，还应看它能否透入事物的特征。

如果说按照生活的本来面目描写的作品，往往要选择一些典型事件的描写以揭示被描写对象的重要特征，则另一些作品采用特定类型的艺术假定性手段，也同样是为了达到这一目的。在这里，假定性手段实际上也是一种典型化手段。存在两种情况，一种情况是通过某种特定的假定性手段，如荒诞、象征，直接揭示现象的畸形状态，在艺术发展逻辑的直接描写中，不加掩饰地显示出作者的贬义，说出它类似什么，通过比喻而触及事物的精神与特征，使读者一看到这种比喻，就了解被描写对象的实质所在。这种假定性不求形似而求神似，但这是一种极度夸张的神似。布莱希特说："人们必须注意，在不同形式的反映中所获得的娱乐，几乎从来不受被反映的事物形象的相似程度所制约，不确切的、甚至明显的不真实，也很少或者根本无损于大局，只要这种不确定性在某种程度上是坚实的，而不真实性也持同样的形式。"② 这种假定性手段的成功运用，具有高度的艺术性，在艺术上别开生面。当然，这里的关键在于作家对现实的理解是否正确，如《一个城市的历史》中的八音琴脑袋，为"启蒙"而战等等。如果用得不好，艺术概括力不强，则可能变为一种虚假和做作。另一种

---

① ［俄］谢德林：《给贝平的信》，《一个城市的历史》，张孟恢译，人民文学出版社1959年版，第240页。
② ［德］布莱希特：《戏剧小工具篇》，《外国现代剧作家论剧作》，中国社会科学出版社1982年版，第89页。

七 艺术假定性的类型和文学的真实性形态

情况是，使用独特的假定性手段，目的在于衬托、补充和加强事物所展现的某个方面的特征，使其起到艺术隐喻的作用而使人发现、理解事物的含义。这种方式是曲折的，带有显影的特色的。这些假定性手段往往与现实描写交织一起，能够凸现出现实的丰富多彩。像《布兰内小站》中的传说描写，在艺术上有助于读者对现实的感受，具有高度的审美意义。由此，可理解性，与现实的密切关系，进而通过比喻，象征而透入事物本身，把握它们的特征，才能使得这种特定的艺术假定性造成高度真实性的艺术氛围。

特定类型的艺术假定性手段所形成的艺术真实性，与一般采用生活本身形式的类型的艺术假定性所形成的艺术真实性，在品位上孰高孰低，前者的真实性是否一定就高，老实说这种提法的本身是没有根据的。两种基本类型的各种假定性手段显现的艺术真实性，是很难分出高低不同来的。我们只能分辨它们的不同特色，却绝对不能对它们作高低上下的等级性判断。这是因为，按照生活本身的形式的假定性所造成的艺术真实性，固然能使人们立刻觉察到被描写的事物的特征，进入现实关系的感受之中，体验到人物的欢乐与痛苦，引起人们的审美愉悦；而运用特定类型的艺术假定性手段所造成的艺术真实性，虽使生活发生了变形，但是它只是对生活的某些方面作了夸张，同样能探及生活、事物的特征而引起人的审美乐趣，例如我们难以在《聊斋志异》中现实与虚幻结合的真实性和《红楼梦》的现实描写的真实性中分个高低，难以在《巨人传》和《哈姆莱特》所各自显现的艺术真实性之间分个上下。谢德林的《一个城市的历史》和《戈罗夫廖夫地主们》不是同样对俄国农奴制现实进行了无情的揭露的吗？不过是前者以荒诞的手段暴露现实，后者则以生活本身的形式显示了现实的荒诞。各种特定的假定性手段形成的艺术真实，是现实主义文学世界艺术多样化的表现形式，自然它们也可以是浪漫主义文学的艺术手段。以特定的假定性手段所显现的艺术真实性，我们可以把它们称之为变形的艺术真实性，这是幻想的真实性、荒诞的真实性、象征的真实性、比喻的真实性、隐喻的真实性、现实与幻想交织的真实性，等等。这多种形态的真实性，都曲折地扎根于现实的土壤，它们都是现实真实性的折光与变形，它们是艺术反映中的真实性的多种形式。所以可以说，各种变形的艺术假定性手段，大大地扩大与丰富了现实主义艺术的审美领域，形成了现实主义文学表现方式的丰富性与多样性。我们的新文学并不排斥神话，传说等题材，特定的艺术假定性手段的使用，将会大大地充实、扩大我们文学的园地。这类假定性手段的运用在我国文学中尚不多见，难道这不正是一个值得尝试的领域么！

（三）现代主义文学复杂的假定性与真实性特征

现代主义作家、理论家宣称，唯有现代主义文学才具"最高的真实"，"最高水平的真实性"。我们不应否定，现代主义文学是有其自身描写的真实的，因而显示了一定的、甚至是相当高的真实性的，它们有时给人以一种奇特的感觉。所以笼统地否认现代主义文学的真实性，并非实事求是态度，问题在于我们如何了解现代主义文学真实性的特征。

现代主义作家主张，文学创作不是去反映、再现，文学中的再现据说就是模仿、复制；主张文学创作是表现，而表现才是创造。我们知道，现代主义的重要特征之一，就是反对借用生活的原有形式，喜好采用一些特定的假定性手段，即夸张，荒诞，象征等，使被描写的对象发生变形，在这种变形的"创造"中，表现所谓"最高的真实性"。不过，现代主义文学十分复杂，事实上，其中一些流派也并没有完全采用特定的假定性手段，而往往使用常态的假定性手段，传统的假定性手段，即生活的原有形式。当然，即便如此，这种文学强调的也是所谓"创造的真实"。在这种文学中同样有象征的真实性，暗示、隐喻、夸张的真实性，等等。那么，它们和现实主义文学中的荒诞，象征，夸张的真实性区别在哪里呢？

先从他们的理论来看。首先，现代主义作家所颂扬的文学的真实性，是一种主张文学和现实生活无关，单凭主体去创造的纯主观精神的真实性，这正是和现实主义文学理论所主张的真实性的根本

七 艺术假定性的类型和文学的真实性形态

区别所在。在现代主义者看来，文学与现实是不相干的。新托马斯主义者马利坦说："要求艺术把描绘现实的目的作为基础，这意味着毁灭艺术。"① 马利坦的这一思想，可以说典型地表现了现代主义作家的创作情绪。看来，他们对现实避之犹恐不及，更不用说要求他们去描写现实了。那么他们所说的文学的真实性的基础又在哪里呢？马利坦说："精神的无意识隐藏着灵魂全部力量的共同根源，因此精神的无意识有一根本性的活动，举凡智性和想象，以及欲望、爱、情绪的力量，都共同参加这活动。"② 如果认为诗的创作根源于"精神无意识"，它没有对象，也没有目的，那么真实性的根源只好到无意识中去寻找了。超现实主义对现实同样不感兴趣，他们把人的无意识、梦幻视为创作对象，以为梦幻、幻觉中的不受理智、思想约束的人，是最为真实的。"做梦与无意识写作是心灵活动的产物"，要使这些心灵活动的产物尽量与表达心声的意愿分开，尽量减少随时准备当制动器用的责任观念。这样一来，作家就应受到不受理智控制的梦幻、幻觉、无意识状态中去找真实了。毫无疑问，梦幻、无意识现象是一种真实的存在，它们有时反映了某种真实，但是这是一种十分曲折的以至变形的反映，是被无意识歪曲了的现实生活的影子的影子，而虚幻、不真实则是它们的常态。所以要说这也有真实性，那么这是梦幻的"真实性"，一种排除了理性因素的"真实性"。荒诞派文学理论同样宣扬了一种和现实生活相脱离的"真实性"。尤奈斯库说："我坚持认为，杜撰的真实比之日常的现实更加坚实，更加丰富。"他说："好像有两种现实，有物质的、具体的、苍白无力的、空虚的、有限的现实，即舞台上的行动、说话的、平凡的人们的现实；此外，还有想象的现实，两者互不超越，互不综合。"③ 由此他认为，艺术本质是一种"想象的结构"，艺术作品的价值，在于其虚构的力量，因

---

① ［法］马利坦：《艺术和经院哲学》，见《现代美学文选》，俄译本，1957年版，第90页。
② ［法］马利坦：《艺术和诗中的创造性直觉》，见伍蠡甫主编《现代西方文论选》，上海译文出版社1983年版，第183页。
③ 参见［法］尤奈斯库《笔记和反笔记》，《法国作家论文学》，王忠祺等译，生活·读书·新知三联书店1984年版。

为它首先是虚构，是纯想象的产物。无疑，我们可以把现实分解为具体的、日常生活的现实，想象的现实，但是后者来自何处？当两者的关系被规定为不可逾越，难以综合，那么想象的现实的立足点又在哪里？是根据现实生活进行虚构呢，还是根据与现实生活无关的、与现实生活不可综合的所谓想象的现实进行虚构呢？尤奈斯库说"想象的结构"产生的真实，较之日常生活的现实更加坚实，更加丰富。但既然否定了生活现实和想象现实之间的联系，那么进行比较的基础又在哪里呢？杜撰的真实的"丰富""坚实"又来自何处？他说："日常现实是没有实在意义的，是悬吊在虚无之中的，而只有超感觉的现实才有着丰富的内容。"可见，他在创作中追求的就是一种超感觉的现实，即虚幻的现实。"对于超感觉的现实，如果没有，或者连一半也没有意识到，那么一切就都是渐趋消失的，世界就不是物质的，就不是具体化的。"[1] 也就是说，现实是依靠超感觉的现实而存在的，而不是相反。所以可以说，荒诞派作家主张的真实性，就是一种超越感觉的"真实性"。

其次，现代主义作家，理论家在无视客观现实的基础上大讲文学的真实性，这必然使他们的真实性变为一种纯主观意识的"真实性"，也即自我的真实性，自我表现的真实性。我们在前面说过，创造性的主观性是绝对不能加以忽视的，但它应与客观性结合一起，如果相互脱离，则主观就会变成带有极端封闭性色彩的自我。这个封闭性的自我是什么呢？它大概就是超现实主义的无意识的自我，或如有的"新小说派"作家宣扬的"潜现实"的自我的"真实"，"意识下深在的真实"。罗伯-格里耶在《论某些过时了的概念》一文中说："艺术并不在存在于艺术本身之前的任何一种真理中寻找支持，可以说，它除了自我之外，不表现任何东西。"他又说："作家应该创造世界，但从乌有、尘埃中创造它。"[2] 等等。尤奈斯库说："戏剧对我来说，这

---

[1] 见《法国作家论文学》，王忠祺等译，生活·读书·新知三联书店1984年版。
[2] 转引自列·安德列耶夫《〈"新小说派"四家作品选〉序言》俄译本，莫斯科外国文学出版社1983年版。

七 艺术假定性的类型和文学的真实性形态

是内心世界在舞台上的投影,在自己的梦中,在自己的不安中,在自己朦胧黑暗向希望中,正是在自己内心的矛盾中,我为本身保留了给戏剧汲取材料的权利。"① 可见,现代主义理论中所说的文学的"真实性",是一种自我表现的真实性,与现实不相"综合"的自我内心矛盾的真实性,它和要求审美地反映复杂现实的文学的真实性,是大为异趣的。

再次,现代主义者所说的最高的真实性,是一种不易沟通人们、感情、思想的"真实性"。一方面,这是由于现代主义作家主要追求形式的新奇所致,如罗伯-格里耶说:"我只有创造形式的要求。"因此他们在使用特定的假定性方面,往往带有极大的主观随意性,作品、人物使人难以感受与理解。高尔基在 19 世纪末谈到"颓废派"时说:"他们至今还在试图创造一种新的、壮丽的东西,而创造出来的却只是一些稀奇古怪的暗示和难以理解的景象。这些暗示和景象的内在涵义,恐怕连创造者本人都未必了解。"② 奇怪的是,这种遗风一直流传至今。在绘画中这种现象也是普遍存在的。当有的画家的"创新"不为人所理解而画家又认为这是"创新"的必然时,布莱希特说:"不必这样说,'艺术中有许多好东西,在当时是不被理解的'。不应由此得出结论,所有好的在当时都是不被了解的"③。另一方面,主要是现代主义作家对现实的了解较为独特。存在主义是如此,加缪认为世界是荒诞;荒诞派是如此,尤奈斯库说,"我们生活在一个彼此不能理解的世界上,在这里是一片混沌。在这混沌中,应当去寻找一种真理或者什么意义吗?那是没有必要的"④。这就太极端了。"新小说"派的一位代表人物比托尔说:"我们处在围墙倒塌的阶段,这里说的是关于最好地利用储存在一堆垃圾,尘埃中的残余……我们不了解也不能了解,我们身处何方……去向哪里。"⑤ 要是作家本人无

---

① 转引自库里柯娃《现代主义的哲学和艺术》,莫斯科,1980 年版,第 175 页。
② [苏] 高尔基:《论文学》续集,戈宝权等译,人民文学出版社 1979 年版,第 1—2 页。
③ 《布莱希特论文学》,俄译本,莫斯科文艺出版社 1977 年版,第 138 页。
④ 《法国作家论文学》,王忠祺等译,生活·读书·新知三联书店 1984 年版,第 596 页。
⑤ 转引自列·安德列耶夫《〈"新小说派"四家作品选〉序言》,俄译本,外国文学出版社 1983 年版。

力了解现实,片面地理解它的某些现象和特征,并加以无限夸大,认为自己和他人无法沟通,那么在这种理论指导下,他所创作的真实性具有哪种品格,那需要进行特殊的解读了。我不否认现实中有很多荒诞,世上的人并不全都相互了解,有时甚至在亲人中间也有隔膜。但是把世界、把现实完全当成一团混沌,一团荒诞,人注定不能相互了解,否定人的主观能动性与改造力,这本身也是一种荒诞么!

当然,如果我们局限于现代主义作家的理论宣传来了解这种文学的真实性,那还只是一个方面,它不能使我们了解它的真正的价值与缺陷。我以为必须指出下列事实,现代主义理论一般指导着现代主义文学的创作,理论大致反映了创作。像超现实主义的文学理论和超现实主义文学的关系是极为密切的。存在主义文学与理论也是互为表里,而荒诞派剧作和荒诞派的文学观念也是基本一致的。但是也要看到,在现代主义文学中,一些流派的理论和创作有时并不完全一致,如象征主义,"新小说"派等,属于这个流派的作家,有时并不完全按照他们所宣布的理论去写作的。所以另一方面,我们在探讨、了解现代主义文学的真实性时,还应对不同流派的作品进行具体的分析,看看它们以什么样的假定性手段建立起了何种艺术真实,在何种程度上反映了事物和现象的精神和特征的。

列·安德列耶夫的剧作《人的一生》和梅特林克的《青鸟》都是象征主义文学作品。象征主义剧作的特征之一,即用一系列的象征形象来表现作者的某一社会哲学、生活观念。所谓象征形象,既使具体的人物抽象化为观念的人物,又使某些抽象的观念拟人化,使其获得象征意义。象征形象往往缺乏个性,情节也不受社会历史条件制约。安德列耶夫的《人的一生》中的主角被称作"人",其他人物被叫作"妻""父亲""医生""老婆子",人的故事就是人的一生。在此剧的《序幕》中,作者写道:"他一降生便有人的形体和名字,在各方面都跟已经生活在世上的其他人一样。而且他们的残酷命运将成为他的命运,他的残酷命运也将成为所有人的命运。他情不自禁地为时间所诱惑,要确定不移地走过人生的全部梯阶,从底层到顶端,又

七　艺术假定性的类型和文学的真实性形态

从顶端到底层。限于视力，他永远不会看见他那犹豫不决的脚所踏上的下一级梯阶；限于无知，他永远不会知道，未来的一天，未来的一小时甚至一分钟会带给他什么。他在盲目无知的状态中为种种预感所苦，被希望和恐惧搅得激动不安，将要顺从地走完那铁定的循环。"① 这个人就是"幸福的少年"，"幸福的丈夫和父亲"，"病弱的老头儿"。人就要这样死去。他从黑夜里来到人间，又回到黑夜中去，在无尽的时间中流失得无影无踪，不为任何人想象、觉察、知晓。安德列耶夫认为，这种被象征化了的真实，较之现实更为真实。的确，剧作具有一定的真实性，它似乎概括了人生。但是它所写的人，不是活生生的人，而是各种象征观念，而且渗入这种象征观念的，又是某种消极的哲学思想：人诞生于世，穿过荣辱之网，最后是归于灭亡。从抽象的观点来看待人生，生老病死，人生好像就是这个样子，但是实际上，每个人的荣辱的命运迥然相异，他们的死的内容和价值也是各自不同的。所以如果要说剧作的真实性，那么这种通过象征手段而建立的艺术真实，实际上并没有反映出具体的、社会的人的真实特征来。著名的俄国评论家沃罗夫斯基在谈及《人的一生》时说："跟从前他（指安德列耶夫——作者）抛弃具体的、现实的生活细节，只留下他认为重要的东西的做法一样，现在他也是离开人的生活和环境中的一切具体的，现实的方面而进行抽象的活动。他不要活生生的人物而采用抽象的典型……他也不要完整的戏剧情节，只提出了一系列的对比和动作——偶然的、公式化的……"安德列耶夫"造就了人物的公式化，情节的公式化。因此，效果固然是人为地加强了，但这也很容易变成漫画……"② 例如，人的客人，并不具有具体的形象特征，而是用了这么些形容词："多么体面"，"多么漂亮"，"多么刚毅的面孔"，"真气派"等等。形容朋友，则是"多么尊贵的面孔"、"多么气派的步态"，"多么体面"，身上"散发着他的那种荣耀的光彩"；

---

① ［苏］安德列耶夫：《列昂尼德·安德列耶夫小说戏剧选》，鲁民译，外国文学出版社1984年版，第448页。
② ［法］沃罗夫斯基：《论文学》，人民文学出版社1981年版，第334、334页。

至于人的敌人，则是"走起路来像是挨打的狗"，"他们夹着尾巴"，有"多么卑鄙的面孔"，"多么贪婪的面孔"，"一伙胆小鬼"，等等。所有这些描写，把人物及其周围的人统统象征化了，但又是抽象化了，使人物完全成为一种假定的模式，从而失去了现实人的真实的血肉。

梅特林克的《青鸟》则另具特征。《青鸟》同样采用了观念的象征化与拟人化，现实的人和拟人化的观念融合在一起。贫穷的孩子们在梦中见到幸福的青鸟，妖婆叫他们把青鸟捉来，于是他们经过不少幻想的地方，到过死的王国，进过记忆国，看到了早已死去的爷爷，奶奶，见到光明、黑夜、幸福、母爱、欢乐、糖、水、火、牛奶，不过它们全是精灵。他们借幻术之助，穿过时间，到处寻找青鸟，但终究空手而回。可是一觉醒来，发现青鸟原来就在自己家里，但不小心，竟让青鸟飞走了。《青鸟》是儿童梦幻剧，青鸟象征幸福和希望，孩子们通过种种奇遇去寻找而未得，但它并无悲观气氛，结尾倒是表现了孩子们要到现实中去寻找青鸟的愿望。梅特林克说："我不想以《青鸟》得出悲观主义的结论。我的孩子们通过死亡、过去等王国，克服了病痛、时间、空间。当他们以这些经验武装起来并回转来时，他们看到，青鸟就在他们手里，……他们总会把它抓住的，我想就此说，人类永远向前，它总会在这些迷误中成长，吸满新鲜的液汁，阔步向前。"① 如前所说，《青鸟》采用了把观念拟人化的艺术手段和象征手法，但是由于这是一出多幕的儿童梦幻剧，这里使用的象征手法以及拟人化的假定性手段，倒使作品蒙上了一种优美的、童心的诗意，使人对幸福充满了憧憬与向往。剧作的梦幻的真实，与现实的真实相互融合，即使是成人，也可以为这种对幸福象征的追求所感动。所以这种幻想的真实性，具有高度的现实的真实性。如果我们把《青鸟》与《人的一生》这两部象征主义剧作做一比较，则前者的真实性具有较高的品格，后者的真实性却大为逊色。原因在于《人的一生》通过象征化的手段，把具体的人抽象化了，表现了作者对生活的

---

① 转引自《卢那察尔斯基文集》第4卷，莫斯科文艺出版社1964年版，第351页。

七　艺术假定性的类型和文学的真实性形态

悲观宿命思想；而《青鸟》却把抽象的观念的追求，通过梦幻，象征的假定性手段而具象化了，生活化了，它们符合儿童心理的特征，并显示了对于现实生活的积极进取精神。

卡夫卡是一位擅长运用艺术变形手段的大师，有的人把他当作存在主义文学的始作俑者，有的视他为表现主义流派的代表人物，但就其创作的实际情况来说，他是很接近于现实主义的。卡夫卡经历了第一次大战的前后时期，亲身体验过险象四伏、动荡不安的生活危机。他感到现今人们"生活在一个迷失方向的小小的星球上"，"生活在一个困惑的世界上"，"资本主义是一种关系网，……一切都是受束缚的"，他认为"现实永远是决定世界和人类的最强大的力量，所以人是无法逃避现实的。梦只是条迂回的路，人们在这条路上走到头，总要回到最直接的现实世界中去"[①]。他说他紧紧抓住他所看到的东西写作。面对这个使人迷惘的残酷的世界，卡夫卡在创作中广泛地使用了象征、荒诞、夸张等手段。辛苦奔波的推销员格里高尔一朝醒来，发现自己变成了一个爬行的甲虫，职务丢了自不必说，而且由于这种变形的丑闻，在家里引起了严重不安。他渐渐获得了动物习性，但仍又保持了人的思想意识，为此深感羞愧和痛苦，最后遭到父母、妹妹的遗弃，而被关起来饿死了事。这当然是一个荒诞不经的故事，但像格里高尔有如甲虫一般遭遇的人，遭到贬值，处境孤独，以至在亲人间引起疏远和仇恨的人，却比比皆是。卡夫卡本人就曾感到四周是一片冷漠，"我不是爱斯基摩人，可是和目前大多数人一样，我生活在一个寒气逼人的世界里"。小说中的变形的荒诞与夸张，揭示的正是严酷的现实的人的命运。《审判》和《城堡》在形式上使用的是一般的、常态的假定性手段，但卡夫卡用它们造成了一种象征的氛围，以此来显示现实的荒诞。银行襄理约·K正想迎接自己的30周岁生日，突然两个警察闯入他的住房，宣布他被捕。至于罪行是什么，却不得而知，而银行监督又宣布他仍有行动自由。K为了弄清楚自己被捕的原因，多方奔走，找朋友，请律师，借助出庭传讯的机会揭露法院，

[①] 见《读书》1983年第7期。

但均告无效,只被人告知:"一个人的定罪往往是由于某一个不相干的人说了句不相干的话。"K 感到世上无人可以证明他无罪,所以也无人可以相信。但是到底是谁要置他于死地,他始终未曾明白。最后,在一天黑夜他为两个黑衣人架走,被刺死于郊外的乱石堆中。从小说的情节来看,可以说,不仅约·K 被交付法庭审判是荒诞的,就是谁要陷害他,他的罪名是什么,也始终是个谜,而 K 最后顺从地、不作反抗地被人处死,也是荒诞的。但是这种荒诞却具有浓烈的象征意义:人们透过 K 的命运的荒诞描述,分明可以感到生活中的官僚统治机构,已变为一架庞大的、丧尽理智、极端残忍的吞噬人的生命的机器。卡夫卡感到,"今天的刽子手就是受人尊敬的官僚……他们能改变生活,把人变成死的号码,再不能有任何变化"。"现今穿得暖和的就数那些披着羊皮的狼了,他们混得不错,穿得可合适了。"现实的荒诞是象征又非象征。说是象征,荒诞显示着现实,说是非象征,荒诞又正是普通人无法生存下去的现实状态。毫无疑问,卡夫卡的作品具有高度的艺术真实性。不幸的是,卡夫卡对于现实世界,只见其荒诞一面,虽然他说过,"群众的力量就在我跟前,没有定形,显然很混乱,终将要求一种格局和纪律",但他又认为,每次革命之后,景况依旧,又将出现新的压迫人的官僚制度,人民注定不幸。"不论我们有多么痛苦,我们都只是悲剧性的喜剧演员。"① 在这点上,卡夫卡的创作无疑是与存在主义思想相呼应的,这是弥漫于 20 世纪的、西欧社会的悲观主义的曲折反映。

罗布-格里耶的小说《在迷宫里》,提供了另一种"真实"。小说写一位士兵从前线来到一个城市,想把已经牺牲的同伴的信件交给他的父亲。他在这个陌生的城市的街道上游荡徘徊,但是并未见到死者的家属,最后他自己被占领军打死了。小说的情节故意采用错乱的写法,它们不断重复,频频使用回忆、幻觉。在小说的《前言》中,作者说:"这篇故事是一个虚构,而非目击者的见证。其中描述的并非读者凭个人经验熟悉的那种现实。……不过,这里所描绘的现实是

---

① 见《读书》1983 页第 7 期。

七 艺术假定性的类型和文学的真实性形态

绝对真实的,它不想赋予其任何寓意。"① 描写的不是读者平常所了解的现实,又说这是"绝对真实的",那么如何了解作者所说的"真实"呢?罗布-格里耶常常使用"实物主义"这种假定性手段写作,即从各种视觉的角度来详尽地描写实物,这种视觉有如电影机镜头,从各个角度摄入所能触及的现象,在《在迷宫里》的这架镜头就是士兵的视觉。从纯粹的视觉出发进行描写,这无疑是真实的,但是它们结合着士兵的跳跃式的回忆和幻觉,既无前因后果,也无什么目的,到底想表现什么,却不得而知。结果现实就成了某些现象的幻觉,也即作者所说的"迷宫"了。士兵好像在探索什么,但实际上他进入了迷宫——即作者的意识,也即他的随意联想所构筑的迷宫。这里初看好像什么都是清楚的,但接着一切都若明若暗,使人无法捉摸,好像出了什么事,又好像什么也没有发生一样。这同作者的小说主张是一致的,他认为文学不反映什么,也不能认识什么。所以如果说《在迷宫里》写的是"绝对真实的"事,那就是带有某种不可知论色彩的作者的主观意识的真实,这里的真实性,是作者的任意联想的真实性,一种"迷宫"般的真实性。

世界、人、人的种种关系,都是荒诞的,认为作家的任务在于表现荒诞。在这点上,存在主义作家与荒诞派作家的观点是有着共同之处的。加缪使用了非变形的假定性手段,表现这个荒谬。《局外人》描写了莫尔索对人的冷漠,人与人无法沟通,甚至对母亲之死,他也漠然处置。这是冷漠的世界的产物,这个世界使他对任何事物失去了兴趣。而人的命运,在加缪看来,就是无休止地受苦,有如神话中的西绪福斯一般。暴君西绪福斯死后被罚在地狱把巨石推到山上,当巨石到达山顶时,就立刻滚滑下去,于是西绪福斯走下山去,又得重新再推,永无止日。加缪写了《西绪福斯神话》一文,提出人类的处境本质上是"荒诞的"。无疑,人世充满了意料不到的荒诞事件和难以忍受的苦难,但这类苦难不是命定如此,人们可以通过改革和革命改

---

① 转引自《"新小说派"四家作品选》俄译本,《〈在迷宫里〉前言》,外国文学出版社 1983 年版,第 240 页。

善自己的处境。加缪的作品通过假定性手段，象征了人的生存荒诞的永恒，这就把荒诞与苦难抽象化了，成了对人的宿命的荒谬的迷信与崇拜，虽然人的生存中的荒诞确实十分深沉。荒诞派的作品其实也使用常态的非变形的假定性手段，表现生活的荒诞。像让·日奈的《女仆》的演出，是十分动人心魄的。两个女仆逢主人外出，就轮流扮演主仆游戏，穿戴女主人的衣饰，模仿女主人的神态，尽情发泄对女主人的憎恨，表演女主人平日如何对她们鄙视、污辱、野蛮、凶狠，同时也表现了她们的心理。她们由于终日惶惶不安，严重受到伤害而发生扭曲、变态，于是在游戏时以辱骂、讥讽相互取乐，诅咒生活，发展到在给女主人准备的椴花茶中放毒，来毒死女主人以解心头之恨。但是两人进入角色，假戏真做。最后那个扮演女主人的女仆躺到女主人的床上，命另一女仆把茶端给她喝了下去。这一剧作表现生之难以忍耐，达到荒诞的极致，憎恨与绝望意识处处可见，情节之发展也扣人心弦，完全像是现实主义剧作。《秃头歌女》同样采用生活的原有形式，显示亲人之间也互不了解，而且循环往复，没有终结。有的荒诞派作品则以变形的假定性手段，表现物排挤人，人与人难以沟通，人的宿命的苦难，等等。《等待戈多》，等待的好像是希望，实际上空无所有，等待的不过是一阵无谓的骚动与忙碌，自我的慰藉与失望。《椅子》表现了人受到物的挤兑，空无所有。《犀牛》写了人的兽性化，用以象征法西斯化的危险。小镇上突然流行疫病，人都变成了犀牛，只有一个人不肯向疫病投降，但看来也朝不保夕。这些剧作以一种扭曲了的、全面荒诞的变形的艺术形式，深刻地反映了生活真实，即处于动荡不安、生存受到威胁人们的不安和惶惑、悲观和绝望的情绪，揭示了人与人之间、甚至亲人之间也如同陌路的习以为常的冷漠关系，它们力图以奇特的形式显示令人心惊的荒诞的生活。这些表现有时也确能促人思考，甚至使人感到震栗。但是荒诞派作家为了追求惊世骇俗的效果，在使用荒诞的艺术假定性手段时，往往带有随意性的特色，从而使这一艺术手段失去分寸感。用这种假定性手段来表现以悲观主义、虚无主义为基础的"超感觉的现实"，常常使群众难于理解。尤奈斯库自认为在追求平凡中的不平凡以及奇特和新鲜的东

七 艺术假定性的类型和文学的真实性形态

西。但他也明白，他的追求未能为广大群众所了解，所以他说，"有一点是可以肯定的，那就是必须写得简单些"①，这终究是一种经验谈吧。

现代主义文学创作中的真实性问题是比较复杂的。一方面，我们要看到它在这一问题上的理论的谬误；另一方面，我们又要看到，由于它受到不同思潮的影响，作家个人的特征，以及使用着不同的艺术假定性手段，从而形成了现代主义文学真实性形态的复杂性和多样性。使用了变形手段的现代主义文学，其中有些作品确有较高的艺术真实性，但与现实主义文学相比，它并未创造出什么"最高的真实"、"最高类型"的真实、"最高水平的真实性"来。

我国文学能否使用荒诞这种假定性手段来写作，这是一个很为敏感的问题。荒诞现象在我们生活中是大量存在的，"十年动乱"就是一个硕大无朋的荒诞，其中又充满了各种大大小小的荒诞。自然，在我们生活里，也存在揭露荒诞的力量。在文学中，使用荒诞手段揭露荒诞现象，在我看来，主要是个分寸感的问题。如果把荒诞的象征，抽象化为一种带有悲观色彩的哲理，则艺术效果就不能如愿。但是我们有时见到，运用荒诞手段明明写得不错的作品，却受到种种非议，如《疯狂的君子兰》就是如此。有些评论这篇小说的文章，所持的标准完全是概念化的东西，一碰到它们不喜欢的作品，就责问道，"难道我们的生活是这样的吗"？"这不是把社会主义社会写得一团漆黑吗"？但是人们可以反问，难道生活里这种事还少吗？难道社会生活不就是如此吗？现实生活中的君子兰的荒唐交易，比起小说中的描写来，不是要疯狂多少倍吗？睁眼看看这些情况，我们自会惊异竟是身处这个疯狂的荒诞之中。第二，这篇小说并没有写尽我们社会的荒诞，它没有那么大的艺术概括力。第三，小说让人们认识一种丑恶，荒诞的丑恶，它启迪人们思考这些荒诞，它们在我们生活里还多得很。我们不能对生活中的荒诞视而不见，一旦有人看到了它，写了出来，就认为这是抹黑。其实，这本身岂不就是一个荒

---

① 《法国作家论文学》，王忠琪等译，生活·读书·新知三联书店1984年版，第594页。

诞？对《疯狂的君子兰》的作者的类似的作品，恐怕也要这样看，不能笼统否定。至于这位作者的其他一些作品，在艺术倾向性上也是可以商榷的。

我记得王蒙在评论几位女作家时就她的作品发表过极为中肯的意见。因此，我们要分清使用荒诞手段写作试验中比较成功和不怎么成功的艺术经验，对它们不能一概而论而失去评价的分寸感。荒诞手段使用得好，可以丰富我们文学的手段和文学的真实性形态，发展我们极不发达的讽刺文学，进一步促进文学的多样化。

（原文作于1984年夏）

第二编
现实主义与现代主义

一　生命在于运动
——现实主义是不断的综合和创新

（一）在继承和创新的统一体中，创新是主导

现代主义者嘲笑现实主义已经过时，认为现实主义文学是一种墨守成规的文学、僵死的文学，这已成了一种时髦。罗伯-格里耶说："巴尔扎克时期……是真实性的冰冻时期——现实世界是已经完成的固定不变的，是完全可以解释的，因为是上帝在讲话。"[①] 据罗伯-格里耶说，20世纪40—50年代法国有人奉巴尔扎克的小说为现代小说学习的楷模，"新小说"则反其道而行之。于是在创新的口号下，把巴尔扎克也否定掉了，并且连现实主义也成了嘲笑的对象。这种情绪在现代主义作家那里是相当普遍的。

对于任何文学来说，想要获得发展，必须不断创新。现实主义文学所以能够绵延几千年，正在于它的不断推陈出新，不断适应时代的审美要求而时有更新，不断给文学提供新东西。19世纪20年代，当批判现实主义兴起的时候，斯汤达曾发表《拉辛与莎士比亚》两篇长文，提出当时的法国文学是走拉辛之路，还是莎士比亚之路。斯汤达在论文中，对古典主义的美学体系表示不满，在辩论的形式中予以驳斥。他责问说，那些与生活形式、生活真实不符的三一律程序，能反映当代生活吗？他认为希腊古典悲剧的作者是"浪漫主义"者，"他们的悲剧是按照当时人民的道德习惯、宗教信仰、对于人的尊严的固

---

① 见《外国文学动态》1984年第10期。

定看法创新出来的，它们当然也会给人民提供最大的愉快"。他把莎士比亚看作浪漫主义者（实际上主要为现实主义者，同时，当时也尚未出现现实主义的概念），"因为他（指莎士比亚）曾先给1590年的英国人表现了内战所带来的流血灾难，并且，为展示这种悲惨的场面，他又大量地细致地描绘了人的心灵的激荡和热情的最精细的变化"[①]。斯汤达要求创造新的文学，这种文学果然不久为英、法、俄等国家的一些作家创作出来了，这就是批判现实主义文学。现实主义文学也要求创作手段的更新。甚至像恩格斯这样的理论家，在1858年给拉萨尔的信中也说到，"古代人的性格描绘在今天已不再够用了"。19世纪末、20世纪以来，世界范围内的社会结构、生活节奏发生了重大的变化，各种社会思潮迭起，人们的感情、思想、心理、审美趣味，都发生了急剧的变化，这不能不对文学创作发生影响。现实主义创作原则在不变其主导思想的前提下，出现了多元化倾向，批判现实主义在不同国家带着各自的民族特色而不断深化，同时产生了所谓社会主义现实主义，等等。面对这一事实，我们决不能说，19世纪的文学，巴尔扎克的创作方法，写作技巧，都应成为我们不可更动的学习的典范。正是在这点上，"新小说"派是有一定道理的，但是它走向了极端，对19世纪作家及其作品持有虚无主义态度。在我们看来，事情可要复杂得多。一方面，我们不能把巴尔扎克的遗产视为文学发展的终极，不能超越的极限，要求我们处处遵循他的美学原则，另一方面，我们又应从他的遗产中吸取有益的经验，把它视为我们文学发展的传统因素，当作我们的借鉴。也许正是在这点上，表现了我们和现代主义者的分歧。

　　文学只有在不断的创新中才能获得发展。但是创新和发展有个起点的问题，这就是文学传统的继承。继承是一切事物发展的规律性现象之一。马克思说："历史不外是各个世代的依次交替。每一代都利用以前各代遗留下来的材料，资金和生产力；由于这个缘故，每一代一方面在完全改变了的条件下继续从事先辈的活动，另一方面又通过

---

① ［法］斯汤达：《拉辛与莎士比亚》，王道乾译，上海译文出版社1979年版，第27页。

完全改变了的活动来改变旧的条件。"① 从历史的经验来看，文化传统的继承有两种方式。一种方式是全面的继承，这在一定范围内是需要的，例如某种传统工艺品的制作。这种产品一旦形成民族传统的风格，并能为本民族所普遍接受，那时它的内容和形式将趋向稳定而极少变化，自然，在其发展过程中，极少变化也不是绝对的。此外还有另一种方式的继承，也即文学的继承，文学的继承主要是文学的民族传统的继承。民族传统大致包括该民族的审美心理、感情、道德伦理、审美理想，包括该民族的审美把握现实的习惯形式，对时代、历史问题探索的认识的特征；以及在长期共同生活中形成的艺术语言、群众喜闻乐见的艺术表现形式等。在文学传统的继承中，继承本身必须有所更新，当然，这种更新是相当复杂的。这种过程表现为一，文学传统是不断受到后人的选择的，为后人所需要的部分，适合时代要求的部分，会牢固地成为民族文学的特征，慢慢地形成传统的核心而被保留下来，流传下去。它们可以在发展过程中获得相对的稳定性而得到肯定，它们也可以为不同的社会集团所普遍接受，例如那些作为中国文学根本特征性的东西就是如此。而传统中那些为后世所不需要的，不断受到社会进步冲击的部分，只能在少数人中间流传。这里重要的是民族文学传统中的稳定性部分，它们在继承的过程中常常得到再现，而具有重复性的特征。"重复性是历史继承性规律的表现之一。"② 重复性的观念极为重要，没有继承的重复性，传统将被架空，继承也将不复存在。不过，文学继承中的重复，远非一般理解的简单重复所可比拟。重复性实际上表现为不是原物的重复，不是工艺品式的重复，而是表现为民族传统色彩、特征的再现，表现为新文学和过去文学的连续性之实现，因为新文学只能在原来文学的基础上获得发展。这种过程之二，在于文学并不满足于继承，继承仅是它的出发点和它的发展中的一个环节，文学继承的根本目的在于创新，继承必须和创新结合起来，才能构成文学发展的过程。文学创作必须在继承传

---

① 《马克思恩格斯全集》第4卷，人民出版社1965年版，第51页。
② 见［苏］布什明《文学科学》，莫斯科科学出版社1980年版。

统的基础上，思考新的时代的要求和生活的变迁，新的审美理想，新的群众的审美趣味，进行创新，从而显示出艺术的不可重复性来，因此重复是为了创造不可重复来。

文艺创作的不可重复性，是艺术的真正追求与目标。所谓不可重复性，就是艺术的独创性。艺术独创性的含义是相当宽泛的。首先，文学创作的产品是一种创造，而创造必须伴之以创新，作品为后人所喜爱而得以流传，主要在于它的独创精神，艺术是以独创性为其生命的。艺术的独创性表现为一种对生活的艺术的发现，作家凭借这种发现，只能描绘一次，不能重复。如果第二个人去描写它，那么他只能从自己特有的感受、认识出发，而不能进行重复劳动。其次，独创性也表现为作家创作的个性，作家在长期的艺术实践中形成了他感受生活、理解生活、审美地把握生活的特有方式，反映在他的作品中，就是创作的个性。再次，创作的独创性也表现在作家所擅长使用的艺术手段、艺术形式、语言方面，形成创作风格的独创性。创作的独创性，就是作家的新发现，带进文学的新东西，他的作品中的只属于他个人的新特点。托尔斯泰说："当我们阅读或思考一个新作家的一部艺术作品的时候，在我们心里经常产生这样一个主要问题：喂，你是何许人？你在哪一点上和我所认识的人有所不同？在如何看待我们的生活这一点上，你能对我说出些什么新鲜的东西？"[①] 可见，要求于一个作家的，全在于"新"这一点上。上述所说的各个方面的创新，无疑都和传统有关，都和前人的传统有着内在的联系。在继承中，前人的传统保留下来了，但这是经过扬弃了的传统的特征，传统被注入了新的成分，得到了更新和发展。艺术审美反映中作品思想内容的更新，艺术形式的推陈出新，艺术风格的独特性的形成，这就是传统的突破，就是传统的更新与发展。由此，对于文学发展来说，传统的继承是它的出发点，而创新则是它的基本环节，它的目标，它的主导。文学的发展就是由无数的创新环节所组成的，文学发展的历史实际上就是继承传统又不断突破传统，不断创新的历史。

---

① 《托尔斯泰论文学》，莫斯科文艺出版社1955年版，第286页。

一 生命在于运动

　　文学的发展，大致是靠具有创作个性的作家和由他们组成的流派、思潮的推动而实现的。谈起一个国家的文学，我们首先就会想到几个杰出的作家或作家群。有的人说，对于一个国家的文学，一个才华出众的作家比起一大串才具平平的作家来说要重要得多，此话不无道理。因为正是那些卓尔不群的人物，为文学提供了具有鲜明的民族特色的新形式，新内容，他们的杰作，往往是文学发展的标志和里程碑。我国古代文学要是没有屈原、李白、杜甫、曹雪芹等人，那是极为寂寞的，难以想象的。同样，法国文学要是没有乔治·桑、巴尔扎克、斯汤达、雨果，那也将会是另一种法国文学。这些作家都给自己国家的文学注入了新的血液。我们评价他们，接受他们，不是按照他们的相似和一致，而是着眼于他们的各自特征和与众不同之处。每个大作家都以自己的独特的创作个性进入文学，形成文学发展中的局部的创新，他们带入文学的新东西，必然是前人所未道，或是一种新的艺术形式，或是两者兼而有之。关汉卿的剧作，不仅揭示了以前文学中很少出现的下层社会生活画面，而且它的形式也是独创的。《水浒传》中的不少故事早在民间流传，但是施耐庵的语言创作不仅赋予故事以新内容，而且作为小说形式也是空前的。有的作家作品的体裁比较单一，有的作家则善于使用各种体裁，而且极具创新特色。如鲁迅既写中篇、短篇，也写散文诗、杂文、神话故事。又如普希金，既写短诗、长诗、童话诗、诗剧，又写诗体小说、散文小说、短篇与长篇，而且都具开创性意义。此外，作家带入文学的还有他的个人的感受特征，表现手段的特色，比如他并未创造新的艺术形式，但是他个人的艺术特征赋予了他的作品以艺术生命，等等。不过如前所说，我们这样来理解作家的创新还只是局部性的，对那些大作家来说，这还不能窥见其创新的全貌。我们还必须从流派、思潮的角度来揭示其创新的意义。

　　每个大作家都是文坛盟主，艺苑班头，他们往往得时代风气之先，有意无意地觉察到了社会生活的变动，时代进步的征兆，创作了新的作品，吸引了一大批追随他的作家，形成了一种新的审美思潮；加入同一思潮的作家，大致对现实生活具有相似的感受和认识，类似的审美倾向、创作主题、方法、风格以及思想观点等。赫拉普钦柯说："任何一种文学思潮都不是语言艺术家们的偶然的结合，它是作为被生活和文学的发展所规定的一定的统一体而产生的。""在文学发展的一定时期内，在语言艺术中形成起来的那种统一体，首先是以其对待现实的态度、对现实的美学认识，以及创作方法的一定的共同性作为其根源的。其次，引起属于特定文学思潮的作家们感觉深刻兴趣的那些生活的、创作的问题的相似之处，也是这种统一体的根源。"[①]我们在上面谈到，大作家往往是文学创新发展中的环节，那么文学思潮则是文学发展之流或链条。伟大作家作为环节，不仅和前人有着传统的继承关系，同时提供新内容、新形式，而且还为发展不时提出新方向，形成不断创新的思潮。别林斯基在总结普希金的创作经验的著作中说，这位俄国诗人"一方面不违背自己的方向的主流，永远牢固地抓住他所代言的那一部分现实，一方面又能永远说出新的东西"[②]。普希金作为19世纪俄国文学的奠基人，为19世纪俄国文学开辟了新方向，也即批判现实主义的新方向。果戈理也是这一新思潮的奠基人，他的创作大大地深化了批判现实主义。当他的《密尔格拉得》问世后，别林斯基就指出"俄国文学就采取了一种崭新的方向"。在这一思潮的发展中，普希金和果戈理的不同创新，确立了两种不同的文学流派，都有一批追随者。后来出现的陀思妥耶夫斯基、托尔斯泰，在批判现实主义思潮的发展中，都有重大的突破，并且由于其创新的成就，甚至在世界文学的范围内，都各自有一批崇拜者。正是这种创新和突破，不断充实和丰富了现实主义的发展，形成了现实主义发展的洪流。

（二）创新，在不断的综合中实现

文学的发展不仅表现为创作个性，流派、思潮的推动作用，同时

[①] ［苏］赫拉普钦柯：《作家的创作个性和文学的发展》，满涛等译，上海人民出版社1977年版，第319、320页。
[②] ［俄］别林斯基：《别林斯基论文学》，［苏］别列金娜选辑，梁真译，上海新文艺出版社1954年版，第113页。

也反映在它的创作原则的不断深化，以及它的相应的诗学特征（我是在狭义的即艺术形式特征范围内使用这一名词的）的更新。现实主义在不断的综合中创新。这里涉及两个方面，即现实主义对其他创作原则的关系和它自身的变化问题。

对于现实主义的综合，必须限制在一定的范围内才有意义。综合不是随意的凑合，从根本上说，综合不能离开现实主义创作原则的核心，即把变化着的现实和人以及人的精神生活的特征，他与周围世界的种种关系，看作是它的对象和内容，并加以真实地审美地反映，只有围绕这一原则，服务这一原则，综合才是有意义的。综合就是不断地扬弃和吸收，吸取其他创作原则的优点，时时走向创新；去掉本身的一些弱点，发展自身的优点而不断深化。在这一点上，现实主义原则最不因循守旧而博采众长，它不断通向人类精神世界的海洋，这是它的基本路线，同时又融合其他创作原则的长处，随时加深、加宽着自己的通道。例如无论是中国文学的现实主义还是西欧文学的现实主义，都从浪漫主义文学作品中吸取营养。《红楼梦》是我国批判现实主义的高峰，它的出现要比欧洲批判现实主义作品的产生早整整一个世纪。《红楼梦》的创作原则不但是对《西厢记》《金瓶梅》的继承，而且也是对《牡丹亭》的浪漫主义精神的发扬。《牡丹亭》具有个性解放的人文主义色彩，它使用了浪漫主义的幻想手段，男女主人公通过画像可以产生心灵的感应，为了获得爱情，人可以死而复生。在这一点上，个性解放的思想也许比《西厢记》更为强烈。而《红楼梦》在争取人的个性的解放，自由爱情方面，可以说与《牡丹亭》一脉相承，但在审美意义、社会意义方面则具有多姿多彩的描绘和严峻、深刻的批判倾向。

在欧洲文学中，这种现象也极为突出。浪漫主义是作为反对唯理性的古典主义的思潮而出现的，它不承认任何创作准则，但却形成了自己的美学原则，即强烈的感情的自由表现。在浪漫主义者看来，作家的创造力取决于他的主观感受的强度，而不是古典主义强调的理性，所以人物的描写，具有作者本人的强烈的主观性。这种感情色彩浓重的抒写，自有其优点，即作者往往能够与人物合一，可以深入到人物的内心世界，通过具体的感受而充分地揭示他的精神面貌。它的缺点则与优点相辅相成，即描写中的过分的主观性，而且往往形成一种主观主义。浪漫主义的另一重要特征，即它在描绘环境方面具有相当的历史深度。由于浪漫主义作品如拜伦的长诗，往往利用历史题材，常常从人类历史发展的去向去探索社会的道路，所以能够表现出强烈的历史感来。但是这种探求又往往缺乏科学态度，又使得它所描绘的理想十分抽象，历史有时被当成手段，用来演绎当代作家的思想，故事背景可以从一个国家转到另一个国家而缺乏历史具体性。但是即便如此，那种洋溢着时代历史感，浓烈的感情色彩的描写和深入人物内心的心理刻画，却是浪漫主义创作原则的优点和成就。19 世纪批判现实主义无疑吸取了这些优点而加以改造，从而丰富了自己。例如 19 世纪俄国现实主义的几个奠基人普希金、果戈理、莱蒙托夫，开始创作时都是浪漫主义者，而后都陆续走上了现实主义道路，那些原来的浪漫主义特点，得到了改造，融化进了《鲍里斯·戈都诺夫》、《当代英雄》和《死魂灵》等作品中。

　　如果从现实主义文学的体裁、题材描写方面做些比较观察，那么现实主义自身的综合和创新的轨迹是十分明显的。例如小说的产生是一个极为有趣的现象。无论中国的小说，还是外国的小说，它们的出现都较诗歌为晚。中国诗歌源于民间，但后来成为文人的专有品，变为一种"崇高的"文学体裁。汉族的诗歌，缺乏长篇史诗，但是这种形式短小的体裁极其讲究音韵和形式美，它的主流和生活现实关系十分密切。正由于它形式短小，所以适于抒怀咏唱，就单个篇什而言，它包含的容量有限。即使像《长恨歌》那样的抒情叙事诗作，内容自然比短诗丰富得多，但也只能约略地叠现出历史的画面。而根源于民间的不入流的、"低级的"小说，随着宋元话本的出现，不仅使原来的小说体裁发生了重大的变迁，而且也造成了文学的转折。只为少数人欣赏的"崇高"体裁诗歌创作，虽然仍旧存在着，发展着，但在宋以后，显然渡过了它的黄金时代，而为获得了广大读者和听众的"低级"文学体裁的小说取而代之。原因是社会经济的变化、资本主义萌芽的出现，市民阶层日益发展，人们的社会关系日益复杂起来，萌发了反抗封建制度、礼教的人文主义思想，民主主义思想。尔后广大市民阶层的审美趣味日渐形成，而要求对现实生活有新的、深入的感受。读者的审美要求创造了市场。"消费对于对象所感到的需要，是由于对象的感受所造成的。"①"低级"文学体裁的形成与发展，显示了现实主义的深化。这种深化也生动地反映在题材选择、人物描写方面。诗词主要抒发作者的感受，大至时政国是，小至个人离愁别绪，形式凝练，风韵灵空。宋元小说的出现，不仅使自己从过去的志怪、志人的题材下解脱出来，同时却引入了前所未见的、不登大雅的商人、小贩、伙计、劳动妇女、工匠等，他们都全成了主人公。特别是《三国演义》《水浒传》《金瓶梅》的出现，人物描写由过去的单线、平面而转向多线索与立体，人物不是在单一的叙述中显现，他们却通过自我行动而得以表现。《红楼梦》则融会了《西厢记》的激情，《金瓶梅》的写实传统，把理想与世俗生活结合一起，创造了众多的典型人物。同时，它又吸收了诗词、音乐的传统，创造了一个又一个的情景交融、优美、典雅、清新的意境，这正是外国小说所缺乏的。

  西欧的现实主义的发展自有其特点，但与中国的现实主义发展也有不少共同点。从体裁方面看，一开始长篇小说同样被当作不登大雅的"低级"文学体裁。但是长篇小说的日益发展却显示了这种体裁的巨大生命力。欧洲文学中出现过一些长篇史诗，如《伊里昂纪》，《罗兰之歌》等。如果这些史诗只写历史的过去与传说，那么长篇小说叙述的主要是现实生活的故事。巴赫金在《史诗和长篇小说》一文中做了不少有益的观察。他说："民族的庄严的过去是史诗的对象"，"民族的传说是史诗的源泉"，"史诗的世界是远离当代即歌手（作者和他的听众）的时代"的，史诗的世界，是民族的英雄的过去，民族历史"开始"和"顶峰"的世界，父辈和祖先的世界，"开初的人"和"最优秀的人"的世界。19世纪前的现实主义作品，也反映现实，但生活的层次比较单一，即使是一些现实主义的悲剧，生活面多半限于宫廷内幕，喜剧则往往限于下层社会生活。19世纪小说打破了这

---

① 《马克思恩格斯论艺术》第1卷，人民文学出版社1960年版，第207页。

种界限，它把生活还原为整体的生活，它使创作题材获得真正的日常生活的特征，并且表现出生活的多层次来。19 世纪前的小说写到了各种各样的人物，但没有充分地揭示他们之间的社会关系，缺乏历史主义，人物行动限于前台的表现。19 世纪现实主义由于历史主义的逐渐成熟，所以批判现实主义小说不仅表现了人物的前台活动，同时也揭示了他们之间的各种意识领域的隐蔽的关系，利害和冲突，从而在一些著名的作品中，如《死魂灵》《红与黑》《幻灭》《乡村医生》《安娜·卡列尼娜》《战争与和平》中，显示了历史运动的某种趋势。19 世纪前的某些小说，常常以大团圆为结局，并且往往具有劝世、训诫的色彩。19 世纪的现实主义小说反映的是非理想的现实，故事有如生活本身一样没有结局和终点。恩格斯在 19 世纪 40 年代初谈到西欧小说时中肯地说："近 10 年来，在小说的性质方面发生了一个彻底的革命，先前在这类著作中充当主人公的是国王和王子，现在却是穷人和受轻视的阶级了。而构成小说内容的，则是这些人的生活和命运，欢乐和痛苦。……作家当中的这个新流派——乔治·桑、欧仁·苏和查·狄更斯就属于这一派。"① 恩格斯的这一描述，当然是根据当时这些作家风靡一时的影响而言，实则他们是很不相同的，但却是生动地展现了 19 世纪后半期文学革新的特点。19 世纪现实主义的文学的各种体裁，得到了高度的发展。就以长篇小说的形式来说，也是琳琅满目，美不胜收。俄国小说家创作的小说，一人一个样子。托尔斯泰在谈到形式上独出心裁的小说时说："普希金当然不用说了，以果戈理的《死魂灵》为例，这算什么呢？既非长篇小说，也非中篇小说，是某种独创的东西。例如《猎人笔记》——这是屠格涅夫写得最好的作品，陀思妥耶夫斯基的《死屋手记》——再譬如，十分惭愧，我的《童年》，赫尔岑的《往事与随想》，《当代英雄》等等。"② 就以托尔斯泰本人的小说而言，它们也是一部不同一部，形式结构互不雷同。显示了现实主义文学体裁的丰富与多样。

---

① 《马克思恩格斯全集》第 1 卷，人民出版社 1956 年版，第 594 页。
② 《托尔斯泰论艺术和文学》第 1 卷，苏联作家出版社 1958 年版，第 300 页。

（三）人物性格描写的演变

　　文学中的人物性格描写，是现实主义文学创作的核心问题，它的不断更新，显示了现实主义艺术概括的多样化与生命力。先看一下文艺复兴时期文学中的人物描写。如果我们读一下《十日谈》，则可发现，这部小说主要是反对教会、宗教的束缚，宣传人文主义思想，讲述故事，还未出现人物性格。人物性格、典型的创作，是由莎士比亚、塞万提斯完成的。文艺复兴时期的现实主义所注意的是人如何从中世纪的影响下解放出来，人的内心要求、欲望和力量，被提到首位，表现为人为自己达到欲望而进行斗争，环境的作用开始受到注意，但还未提到后来的高度。在莎士比亚的作品中，有高尚的爱情，有使人走向堕落的邪恶的欲望，还有对人文主义理想的向往，等等。关于莎士比亚人物性格的丰富多彩的特征，普希金曾经说过，他创造的人物，不像莫里哀那样，是某种欲望和某种恶行的化身，而"是活生生的、具有多种热情的、多种恶行的人物；环境在观众面前把他们多方面的多种多样的性格发动了。莫里哀的悭吝人只是悭吝而已；莎士比亚的夏洛克却是悭吝、机灵、复仇心理、热爱子女，而且敏锐多智"①，等等，这是十分中肯的。关于哈姆雷特的复杂，疑虑不决的性格，后世争论甚多。例如托尔斯泰认为他是一个没有性格的人物，而且托尔斯泰对莎士比亚的剧作也持否定态度。这里原因比较复杂，除这位俄国作家的宗教、道德思想外，主要原因恐怕是托尔斯泰用19世纪的文学描写生活的原则去要求莎士比亚了。说哈姆雷特是个没有性格的人，自然是失之偏颇的，问题在于应该把哈姆雷特同谁比较。哈姆雷特因复仇而跌入矛盾状态，处事犹豫，行动延宕。如果我们把这一人物与莎士比亚之前的文学形象作些比较，就可看到哈姆雷特性格描写上的进步与成功之处。例如希腊文学中的英雄人物因仇杀而进行报复，只要一有机会就会付诸行动。希腊英雄作为半神半人的形象

---

① 《普希金论莎士比亚》，《文艺理论译丛》1958年第3期。

其行为皆受制于神，受制于职责观念。复仇也是一样，它们不是取决于个人的性格和特征，而仅为神和集团的对立要求而决定。但是哈姆雷特不是希腊英雄而是人，他的复仇的行为固然有职责的性质，但与他的处境和性格密切相关。他的疑虑不前，是为感到敌对的力量太强大了，是因为感到他的理想的逐渐破灭。正如歌德所说，这是"把一件大事责成一个人去做，而这个人是没有力量去做这件大事的"。

18世纪的现实主义在人物性格和环境的关系上有了新变化。它认为环境不仅是人物活动的场所，同时也是人物性形成的土壤。狄德罗等人的作品与戏剧理论，表述了这一新美学原则。他说："人物的性格要根据他们的处境来决定的。"反对在人物性格之间进行比较，而主张对性格与处境作比较，主要原因是在生活中人们表现为"不同"而不是"对立"，而处境是经常变化的，并由此而导致性格的变化。狄德罗的这一主张一面深入到了人与人的关系之中，这是他的理论上的深刻的方；另一方面又不免带有机械论的色彩。毫无疑问，这种主张是针对古典主义戏剧原则而发的。古典主义往往不重视环境的影响，而把人物性格视为善恶的体现。狄德罗为了强调处境地的作用，甚至认为"需要的不是把性格引上舞台，而是社会处境提到首位，使性格成为道具。社会处境，它的职责，财产，困难，应当成为作品的基础。我以为这一源泉较之性格卓有成效得多"[①]。这种主张实际上产生了把处境与性格对立起来的矛盾。处境和人物性格并不对立，处境可以推动人物性格的行动，而且照我们看来，人物性格可以促进处境的变化。其次，性格和性格进行对比，只要与处境结合起来，并不会导致单调，却可把矛盾引向激化。狄德罗在论述某些作品时，实际上也是这样做的，但是上述理论上的强调，促使他过分注意了性格的共同特征，而又趋向古典主义。

莱辛关于人物性格的理论较之狄德罗进了一步。他说："人物的性格哪怕是在他最微不足道的行为中也可以表现出来，所以，从诗艺

---

① [法] 狄德罗：《论戏剧艺术》，《文艺理论译丛》1959年第1期。

的观点来说，最重大的事情是那些最足以阐明人物性格的事情。"① 人物性格借行动而表现，戏剧中的任何描写，都要服从于人物性格的目的。如前所说，狄德罗强调人物性格的不同，莱辛则认为，"在社会生活的和平安静的情境中，人们的性格可能是只有不同，没有对立，可是一旦由于利益冲突而斗争的时候，不同的性格就会变成对立的性格"。他指出，真正的人物性格要有普遍性和个性的特征。喜剧性格在它显示个性的同时，应强调普遍性，因为据说喜剧性格特征到处存在，是一个普遍现象。而悲剧性格在显示其普遍性时，要强调他的个性化特征。因为悲剧性格这种现象在生活里较为稀少。

菲尔丁的小说是18世纪现实主义文学的高峰，他的文学主张显示了18世纪现实主义的发展。他提出小说要写"人性"，他说要描写人物的行为要避开他的罪恶，那是强人所难。他认为不存在十全十美的人，真正的人物性格是复杂的，他不是满身罪恶的人，也非集美德于一身的怪物，他说人不过是个人，怎么能达到那么完美呢？他说把人物定成完美的天使，或堕落的魔鬼，于读者无益。倒是那种在性格中有一定善良成分的人，也有缺点的人，才能赢得读者的好感。他的汤姆·琼斯大致就是这种人，小说固然是部成功之作，但从现实主义文学的发展来看，它还未摆脱流浪汉体小说、训诫劝善小说的影响。

19世纪现实主义文学的人物性格的描写、塑造与理解，较之文艺复兴、18世纪现实主义文学中的人物，都是一种更新。这种审美思维的更新的基础，就是历史观念的发展。17、18世纪，英国、法国发生了革命，社会发生了巨大的频繁的变动，阶级斗争十分激烈。现实社会的不断变化及其影响，促成了人们在观察、理解复杂的社会、人与人之间的相互关系时，采用了历史的演变的观点，黑格尔的《美学》，就是一部具有"宏大的历史观"的著作。19世纪的大作家自觉不自觉地都感染着历史主义的意识，对复杂的社会生活现象都有独到的理解，能够在发展、变化、相互关系中去看待人物与环境的关系。19世

---

① ［德］莱辛：《汉堡剧评》，张黎译，上海译文出版社1981年版，第9篇。

纪社会出现了各种各样的、闻所未闻的人物。现实际主义作家认为他们都是变动中的社会具体环境、条件下的产物。一些现代主义作家嘲笑巴尔扎克小说中的有关环境描写的文字,殊不知那时巴尔扎克在一些小说如《高老头》的开头,详尽地描写环境、住屋、居室陈设,正是为了写出和形成人物性格有关的物质条件,在当时是符合人们审美趣味的文学创新,嘲笑这种写法,不过是暴露了嘲笑者缺乏最起码的历史感罢了。

在人物性格和环境的关系上,巴尔扎克充分地理解到它们之间的辩证性质,这与他对生活的广泛研究分不开。他对生活采取了分析、批判态度。他说一个纠缠不休的思想支配了他,即"要从整体上描写生活,像它本身那样,描写它的一切德行,一切可尊敬的、高尚的和鲜廉寡耻的方面,写它混杂着各阶层的混乱状态,写它糊涂不堪的原则,写它新的东西和旧的矛盾。作者认为,除了描写严峻的社会病症,其他什么也没有留下和值得注意的地方,而社会病症的描写,只有同社会结合一起才有可能,因为,病人本身就是病症"[①]。这位法国作家深刻地看到社会上的人与人的关系的对立,资产阶级对工人的压榨,金钱的威力,道德的沦丧。在对人的理解上,特别是在人性问题上,他把它放到社会关系中去理解。"人性非恶也非善,人生出来只有本能的能力;与卢梭所说的相反,社会不仅没有败坏人心,反而使它趋于完善,使人变得更好;可是利欲却同时发展了他的不良倾向"。在这里,他是不同意卢梭的"自然人"的说法的。人之变好,固然与社会环境相关,而人之变坏,也是社会环境使然。

巴尔扎克把人分类的论点,进一步揭示了人性变化的根源。他说,社会把人造成无数不同的人。"社会不是按照人类开展活动的环境,把人类创造(陶冶)成无数不同的人,如同动物之有千殊万类么?……古往今来,如同有动物类别一样,也有过社会类别,而且将来还有"。"自然给动物千殊万类安设了一些界限,社会却毋需局囿于

[①] 《巴尔扎克文集》俄译本第24卷,《文学批评文选》,莫斯科《真理报》出版社1960年版,第294页。

这些界限之内。社会环境有一些自然界不许有的偶变，因为社会环境是自然加社会"。人"习惯于把他们的风俗，思想和生活都在一切为了满足自己需要而设置的东西里面表现出来"。一，这里是说，人是互不相同的，像动物一般千殊万类，但由于人处于社会关系之中，比起动物来，其区别更无界限。二，人的分类的具体表现，可以从人们的风俗、生活中看到，例如，如果说动物的习惯在任何时代都是相同的，则在社会里，"国王、银行家、艺术家、资产者、教士和穷人的习惯、语言、服装、住宅，是完全不相同的，并且随着文明程度的高下而起变化"。[①] 巴尔扎克在这里认识到人的分类主要是按照人的思想、欲望的不同来划分的，而不同地位的人，思想欲望又各不相同。因为思想、欲望受到人与人之间的关系的制约，这种关系既有物质因素，又有精神因素。人和生活，他认为就是"人物和他们思想的物质表现"。这种理解很是深刻，极有特色，当然，它还未建立在真正的科学认识基础之上。巴尔扎克根据这一认识，建立了自己的人物性格的理论。他说，他当法国社会的历史的书记，就是"编制美德和恶习的清单，搜集情欲的主要事实，刻画性格，选择社会上的主要事件，结合几个性格相同的性格的特点揉成典型人物……这样，可以写出风俗史。"莎士比亚的人物行动原则多半出自他们的天性，他们的自然欲望，环境基本上不影响人物性格的发展，因为人物性格的核心开始时就已定型。18世纪现实主义作品描写了人的行为的动因主要受到环境的影响，而环境又受到理性的推动，因此人物的性格具有静止的特征。那么巴尔扎克在不同的社会关系所形成的不同环境中找到了人物行动的真正原因，即在人与人之间的物质、精神关系中，在经济、阶级、伦理、道德关系中，找到了人物性格形成的动因。同时又指出，人物的欲望、思想并不是一种纯粹自然的东西，它们作为具有社会性的现象，在人身上找到了个性化的表现。这种文学的认识与实践，是19世纪现实主义的一个重大突破。

巴尔扎克自己说，他的《人间戏剧》这部风俗史要描写二至三千

---

① ［法］巴尔扎克：《〈人间喜剧〉前言》，《文艺理论译丛》1957年第2期。

个出色的人物，他们既是典型化的个性，又是个性化的典型。他说："'典型'指的是人物，在这个人物身上，包括着所有那些在某种程度上跟它相似的人们的最鲜明的性格特征，典型又是类的典范（又译样本）。"他认为只有这样，才能在典型人物和他的同时代人之间找到不少共同点，否则作家劳动就会彻底失败。例如，在《一桩无头公案》里，他写的德·贡德维尔的形象，就是一个对任何政府都肯低首逢迎的二流国务活动家、共和主义者的典型。巴尔扎克的关于典型的理论，无疑还未摆脱类型说的影响，如说作家要设法"把同一类的事实融成一个整体"，但又说："难道他（指作家——引者）不应该是力求达到事件的精神，而不要去照抄事件吗？所以他对事件作了综合处理。为了塑造一个人物，往往必须掌握几个相似的人物"。在另一处，他说典型化就是进行艺术的分析和综合，作家需要做的事情是，"主要是通过分析走向综合、刻画和搜集我们生活中的各种成分，提出一些重要的问题，并预示它们的解决，简言之，描绘出一个时代的主要人物以反映出这个时代的广阔面貌"。

分析和综合，就是采用模特儿的方法。艺术家的使命，就是把生命灌注到他所塑造的人体里去，把描绘变成真实。"如果他只是想去临摹一个现实的女人，那么他的作品根本就不能引起人们的兴趣。"他说人物可以虚构，但不能杜撰，任何一个人物，他不仅能够自己站立起来，可以自由地行动，而且他也是作家发自灵魂深处的感性的一个人格化的人物。这样的人物就好比是作家希望的体现。如果临摹照抄，那么作家充其量只是一名法国法院的录事，读者是无法阅读的。巴尔扎克有一段关于典型化的论述是很有意思的："一个既真实而又准确的风俗画家的义务原来是这样完成的，即他在再现自己时代的同时，他并不去触及任何个人，而应该是不要放过任何本质的东西。"[①]巴尔扎克的理论是他的艺术实践经验的概括和总结。他对现实和人有新的理解，他对人的行为，举止的动因，欲望和思想，找到了比较科

---

① ［法］巴尔扎克：《〈一桩无头公案〉初版序言》，《古典文艺理论译丛》第10册，人民文学出版社1965年版，第138页。

学的说明，人的个性不再是天然自成，或者始终都是一个样子，它们都在社会关系的变异中形成，并造成性格的丰富性。像拉斯蒂涅贯穿几本小说，性格特征随环境变化而变化。在人物的感情思想方面，写得也很丰满，而绝不简单化。这同现代主义给我们描绘的巴尔扎克完全是两回事。

斯汤达在描绘人物性格方面，实践上、理论上都有突出的贡献。他主张作家要深入人物内心世界，细致入微地描写人的精神面貌，感情思想变化的动因。1839年4月，巴尔扎克在给斯汤达的信中曾经说过："我画的是壁画，而您——雕刻意大利塑像。"① 此话十分中肯。斯汤达对人物精雕细琢，主要通过深入人物内心世界的描绘而实现。斯汤达研究过生理学著作，研究关于人的气质的理论。他说作家应该"把哲学家的眼睛和优秀医生的生理学观点"结合在一起，观察人们。而关于人的不同气质的知识，使作家可以正确地了解人的欲望，感情产生之规律。这对于斯汤达的艺术实践，影响巨大。斯汤达写过《论爱情》，探索人的感情形成的复杂过程。他认为人的行为，感情和他对幸福的追求是分不开的，追求幸福是人的本性，他希望社会生活的形式符合人的本性，使本性得到正常发展。所以他写人物性格，也观察人物对幸福的追求的动机。斯汤达的理论虽有抽象的人性一面，但今天仍可给我们以借鉴而教我们去窥测人的内心的颤动。

在批判现实主义的发展、更新中，托尔斯泰关于人物性格的理论与艺术创新的实践意义是十分突出的，而我们这方面的研究又是十分不够的。托尔斯泰青年时期就分析各种人物，他认为人并不像某些小说中写的那样，要么是好人，要么是坏人。"我们的小说，虽然写的并非像通常那样草率：坏人就是坏人，善人一定是善人，但总是极为生硬，单调乏味。须知人们完全像我一般，换言之，是杂色的人，集好坏于一起的人，他们既不是我所希望的那样的人……也非我心目中

---

① 参见［苏］奥夫相尼柯夫《美学思想史》，吴安迪译，陕西人民出版社1986年版。

的那样的坏人……"① 这是托尔斯泰正开始创作《复活》时关于人的思考。稍后，他又说："哪里有完全纯洁的真正神圣的人？我们只能就自身来做判断。我们每个人都知道，我们每个人身上有多少丑陋的东西，它们与我们最高尚的特征怎么也不可分。……如果要描写人——即使是耶稣吧——那也应对我们自己进行研究（非这样不可），在这种最好的时刻进行描写。而在最好的时刻，我们是具有人的本性的人。"② 托尔斯泰的这种观点，无疑，是具有一定程度的抽象性的，但在艺术实践中，他多半是在阶级、集团、人群的相互关系中来描写人的。人是一种复杂现象，说某个人只具有单一的品质，在生活里实在难以找到。无怪托尔斯泰说，就是写耶稣，也要从我们自身出发，必须考虑到人物关系中确实存在的复杂的人性因素。托尔斯泰认为人物性格的塑造与环境的关系极为密切。1853 年，他就针对当时某些作品说，"实在奇怪，我们隐瞒了的主要推动力之一——金钱。好像这是可耻的事"。当时一些长篇小说、传记、中篇小说，都力图绕开金钱问题。稍后，他又说，"没有一个人能够脱离物质生活方面……" 环境形成性格，推动性格的发展，因此他反对把人物性格固定化。他说："我有一些单身老文友，他们有一个共同的不良习惯；遇到一个人，他们就认为必须进一步确定他的性格，然后就把这种观点当作智能的佳果而予以保护起来。这种矫揉造作、见识浅薄的人，是不会去热爱人的，因而也不能了解人的。"托尔斯泰不喜欢陀思妥耶夫斯基的人物性格，他说他们好像是预先规定好的，这自然不符事实。但是要求人物性格的变动却是正确的。他把人比作一条河的例子的思想是很深刻的，而河的特性就是"流动性"，"流动性"则是人物性格的普遍特征。他说有一种玩具——万花筒，在一块玻璃下面，可以看到千变万化，花样百出的景象，他就想把哈吉穆拉特写成这样的人：男子汉、幻想者等；他甚至要求把对立人物固有的特征结合起来。

表现人物性格的"流动性"、易变性，对于刻画人物的心灵状态

---

① 《托尔斯泰论艺术和文学》第 1 卷，苏联作家出版社 1958 年版，第 226 页。
② 《托尔斯泰论文学》，莫斯科文艺出版社 1955 年版，第 296 页。

是个极端重要的途径。托尔斯泰说:"要是一个人最重要的是他的精神生活,那怎么能只写他的表面生活,如吃、喝、散步呢?描写表面生活,不如刻画内心生活那样意义重大。"① 所以,人的内心一直是他注意的重点。车尔尼雪夫斯基在论及他的《童年》等作品时就指出,他善于把握人物的"心灵辩证法",这个特征一直贯穿他的全部创作。甚至到了晚年,他仍在探索"极其生动地想象每一个个别人的内心生活,怎么能够写出每一个个别的我,是什么样子?而我觉得是可以的"。他指出一些作家失败的原因正在这里。我们在前面谈到托尔斯泰对莎士比亚的态度极为严峻,但对莎士比亚善于表现人物的生动的感情的本领却极为推崇。他说:"莎士比亚……擅长安排那些能够表现感情活动的场面……感情本身的活动,——它的加强,变化和许多互相矛盾的感情的汇合,在莎士比亚的某些场面里常常正确而有力地表现出来。"② 托尔斯泰自己在艺术实践中,把对人物内心的开掘、丰满的感情描写,继斯汤达之后,推到一个空前的高度。

在人物性格的塑造中,托尔斯泰要求创造出典型人物来。他认为"人物性格总是活动着的,一般人觉察不到他们的细微差别,而艺术家要善于捕捉住典型特点,并帮助我们洞察人们的性格。文艺的重大意义就在于此。……性格的变化(运动)不能妨害像在下棋时出现的瞬息万变的各种不同的棋局,在生活里也是如此。艺术家的劳动就是抓住典型。"③ 他又说,如果直接写某一个真人,那写出来绝不是典型的。他认为应该从某个人那里取来他的主要的,有代表性的特点,并且用观察到的另一些人的有代表性的特点给以补充,那时才会是典型的。但是托尔斯泰的典型论有其自己的特征,即要求典型不是色彩非常强烈的人物,而是一种平实的具有人性优缺点的人物。"如果要使读者同情人物,则就必须让他们了解他身上既有弱点,也具美德,美德是可能的,而缺点却是必然的。"在这方面,他甚至走到绝对否

---

① 《文学遗产》第 90 卷第 3 册,见马柯维茨基《在托尔斯泰身边,雅斯纳亚·波良纳笔记》,苏联科学出版社 1979 年版。
② [俄]托尔斯泰:《论莎士比亚及其戏剧》,《古典文艺理论译丛》1961 年第 2 册。
③ 《托尔斯泰论艺术和文学》第 1 卷,苏联作家出版社 1958 年版,第 243 页—244 页。

定完美的英雄人物。他说："所谓英雄，这是谎言，是杜撰出来的东西，只有平常的人，人，再没有别的什么了。"① "描写一个凶恶的、残忍的、淫荡的而又怀着忏悔、怜悯之心的强盗，较之全无缺陷的圣徒来说，对于人们的影响更为强烈与高尚。"② 这种观点的复杂之处在于，它一方面无疑受了他的宗教道德思想的影响，另一方面也是基于对人的深刻的认识。为此，他一面称颂果戈理，一面又对果戈理表示不满，认为后者对自己的人物缺乏同情、怜悯和人性，把自己笔下的人物看作丑类而加以呵斥，这自然又使他走向抽象了。托尔斯泰对人的复杂性的独到的理解，对人物性格形成中的"流动性"，易变性的认识，性格因素的复杂的组合，人物的"心灵辩证法"的表现，使典型走向日常生活化的要求，使他在人物创造中别具一格，独步一时；加上他对现实生活的那种史诗般的宏伟的概括，强烈的批判精神，历史趋向的艺术揭示，竟把批判现实主义的发展推向一个高峰。19世纪的大师们都在探索、寻求，他们提供的绝对不是"已经完成的"，"固定不变的"，而是激烈变动着的，各具艺术个性的画面。

（四）20世纪现实主义的创新特征

20世纪现实主义的发展，是以多元化为其特点的。无产阶级运动的兴起，使一部分作家转向社会主义，走向对现实的革命改造。开始在俄国，之后在苏联，创作出了一批新型的现实主义作品，其中如高尔基的《母亲》，马雅可夫斯基的《好》以及《毁灭》《恰巴耶夫》《士敏土》《铁流》《静静的顿河》等。19世纪的批判现实主义作品普遍对社会现实表示不满，以多种审美形式暴露了社会的诸多病症，各自提出了理想的设想——自然是虚幻的设想。新的现实主义作品无疑继承了批判的传统。由于创作者力图以社会主义思想为指导，在历史观方面较之19世纪的现实主义作家们更为具体了。如果说19世纪

---

① [苏]高尔基：《回忆录选》，巴金、曹葆华译，人民文学出版社1959年版，第122页。
② 《托尔斯泰论文学》，莫斯科文艺出版社1955年版，第296页。

的作家看到了社会的变动，在历史的发展中去看事物，从而各自提出了时代的重大问题，真实、具体地再现了生活，则新的现实主义者，企图从社会主义思想的角度、社会发展的趋向，找到实现社会理想的手段；他们不像批判现实主义者害怕描写群众的暴力斗争，而是尽力去表现人民的历史的自觉。那时出现的抗争的歌声，表现了不甘自己命运沉沦的激情，慷慨悲壮，至今震动人心。但是几十年过去，而最终不免虚幻，令人黯然神伤。这种充满了民主主义精神和社会主义思想的现实主义，后来被称作所谓社会主义现实主义。作为一个特殊历史时期的文学思潮，社会主义现实主义文学，后来变成一个政治化的口号，从理论到实践，问题极多，但这又是一个客观的存在，恐怕难以一笔抹杀。

高尔基的作品具有开创性的意义，那些产生于十月革命之后的一批优秀之作，再现了千百万群众创造新世界的殊死搏斗场面。这里的人物不再是19世纪文学中孤傲的失败的个人主义者，多余的人，或是受尽煎熬、个人反抗、悲观虚无、求告无门、逆来顺受的群氓。他们是创造新生活的动力，新社会的主人。这些作品在艺术形式上有继承，也有许多革新。像《毁灭》《铁流》，篇幅虽短，却具有史诗般的气魄和特征。至于《静静的顿河》史诗式的气概、手法是极其明显的，而人民命运的描写则是创新的、独创的。这里有为创立新世界的浴血奋战，也有劳动者的道路的迷误和爱情，家庭的深刻悲剧。当这种文学壮大了自己的枝干后，高尔基概括地说，作家要获得"从未来的伟大的目标的高峰来观察时代的能力。这种高瞻远瞩应当而且也必然激发出那种自豪而喜悦的热情，这种热情会使我国的文学具有新的风格，会帮助它建立新的形式，建立我们所必需的新的风向——社会主义现实主义。当然，只有以社会主义所经历的事实作基础才能创立起来"[①]。

在相当长的一个时期里，苏联文学由于独尊社会主义现实主义，而不承认其他创作原则，曾给创作实践带来严重损害，在理论上十分

[①] [苏]高尔基：《论文学》，孟昌、曹葆华、戈宝权译，人民文学出版社1978年版，第329页。

混乱，也停滞不前。虽然20世纪五六十年代不断有人提出理论上的问题，但直到60年代下半期、70年代才热烈讨论起来。事实上，社会主义现实主义可以提倡，但不可能一统天下。因为即使在所谓社会主义国家，也不可能要求所有作家都统一于同一世界观之下，作家群中的主要部分可能以先进的思想武装起来，但仍会有一部分人并不认同，他们是热心的爱国者，而且由于作家的修养不同，见闻各异，气质个性有别，手法差异而形成了不同的创作原则，特有的创作方式，这也是事实。只要无害于国家和人民，就应容许它们存在。这应是文学发展中的规律性现象。人为的禁止，理论上的故意视而不见、装聋作哑，都无济于事。所以在60年代，一些苏联学者提出了社会主义文学这个概念，以区别于社会主义现实主义，修正过去不能容忍的浪漫主义，或把浪漫主义包括在社会主义现实主义中的矛盾的理论。他们认为社会主义文学既包括社会主义现实主义文学，同时也应包括无法归入社会主义现实主义的浪漫主义、批判现实主义。同时就是社会主义现实主义，作为一个创作的原则，也不可能故步自封、又不可能是一个无边的开放的美学体系，它可以吸取其他创作原则的一些长处而走向更新。20世纪的国家不可能再闭关自守，国家与国家之间的文化交流必然会带来相互的影响。当今世界上不仅存在社会主义文学，而且也存在多种类型的批判现实主义与多种流派的现代主义。社会主义现实主义可以对批判现实主义发生作用，而批判现实主义事实上也给社会主义现实主义以影响。

　　争论了几十年的所谓社会主义现实主义作为一种文学思潮，它是由不同的流派组成的。如果我们用比较粗放的观点来分析它，不从风格，而从表现方法的角度来观察它，那么在社会主义现实主义之中，至少有高尔基、阿·托尔斯泰、肖洛霍夫式的流派；也有马雅可夫斯基、阿拉贡，布莱希特的流派。而且近几十年来，苏联文学中也不断出现新的艺术现象。由于对人的命运的关注，人道主义思想、批判思想的加强，给苏联文学增添了新的活力，加强了艺术表现的深度。不少战争题材的作品在格调上自觉地接受了西欧批判现实主义的影响。其中一些优秀作品，显示了战壕的真实，和对普通人的悲剧命运，迷惘失落感的深切同情。其中雷马克、海明威等人的影响是明显的，但是比起这些作家的哲理思考，又更为深沉和开阔。肖洛霍夫的《人的命运》问世后，曾得到雷马克和海明威的贺电。毫无疑问，《人的命运》和《老人与海》在歌颂人的坚强的不可被战胜方面，堪称是世界文学中同等力度的佳作。此外，20世纪50年代后的一些苏联小说，还接受了意大利的"新现实主义"的影响，它们一般不作取舍，摄取一组客观的镜头，加以描绘，竭力展示普通人的悲欢离合的日常生活情境，作品的冷峻而灰暗的色调，也往往动人心魄。在小说形式方面，类型繁多。就长篇小说来说，有史诗式的，有历史文献式的，有横切生活面作面面观的全景性的，有由中、短篇组成的系列长篇小说。至于中、短篇小说形式更加纷繁。有特写式的，有情节淡化的抒情小说，有戏剧性小说，有寓言小说，回忆录小说，纪实小说，无情节小说等。近几年来，一些苏联作家，明显地采用了幻觉、回忆、时序颠倒、象征等手段，使小说容量大为扩大，艺术画面大为丰富，如《鱼王》《选择》《永恒的规律》等。

艾特玛托夫、卡里姆是苏联文学中的锐意创新的少数民族作家。他们的作品散发着富有民族色调的泥土的芳香，具有浓烈的传统特色，同时却又是一些富于创新的作品。他们的小说，主调是现实主义，然而也回响着浪漫主义的音调。艾特玛托夫、卡里姆在《永别了，古里萨雷》《布兰内小站》和《漫长的童年》中，使用了大量的特定的假定性手段，如虚构的东方传说、神话、民间故事的旋律等因素，同时又引入了大跨度的回忆、宇宙幻想、时序颠倒等手段，而使得充溢着东方情调与西方色彩的表现手段得到融合，显得绚丽多彩而别具格调。在我看来，这正是苏联文学中的新现象。上面提及的作品使用的手段，一面可以充分调动联想、象征、隐喻，一面也形成了一种浪漫主义的氛围，并与现实主义画面交融一起，显示出叙事的神奇诡谲，造成一种新颖的艺术风格。我们在上面提到这些作品的另一特征，即它们的浓郁的民族气息。这些小说广泛地描绘了少数民族的生活风尚，他们的心理特征，发出瑰丽、奇异的色彩而引人瞩目。原因在于，一些边远地区的少数民族，由于开化较晚，至今仍保留着古风旧俗，和离奇古怪的传说以及素朴的生活习尚，这些现象对于有着高度文明的城市社会，已日益陌生。当这种古朴的文化与现代文明结合一起，往往会撞击出使人为之耳目一新的奇丽的火花，造成艺术的创新。现实主义与浪漫主义的结合，在苏联文学中自然并非自艾特玛托夫、卡里姆始，在他们之前，如在列昂诺夫的《俄罗斯森林》、冈察尔的《小铃铛》中已露出端倪。以艾特玛托夫、卡里姆等人为首的一批作家的创作，可以说是社会主义现实主义文学中的新流派，它虽然不够强大，但很有特色，体现着苏联社会主义现实主义的发展与更新。

在社会主义现实主义中又一重要流派是布莱希特。布莱希特是一位伟大的艺术创新者，他早期倾向于表现主义，虽然他自己不承认是表现主义者。表现主义者广泛地使用内心独白，蒙太奇等手法写作。20世纪30年代，卢卡契在宣传现实主义的同时，对表现主义进行了批判。30年代下半期，德国进步作家反对希特勒的法西斯文化政策，组成"人民阵线"，以保卫文化遗产。于是围绕现实主义与现代主义发生了一场争论。卢卡契竭力保护古典遗产，推崇巴尔扎克、托尔斯泰的创作，总结了他们的艺术经验，认为古典文化比20世纪的现代主义要深刻得多，无产阶级要继承古典文化。这本来有一定道理，但是他实际上又偏到一端，把托尔斯泰、巴尔扎克尊为新文学的师表，而对现代主义不仅持否定态度，而且把它使用的各种艺术手段也否定掉了。在这种情况下，布莱希特写了一组关于现实主义的争论性文章，提纲，但是大概为了照顾大局，他没有发表。这些文章直到他死后十余年才问世。平心而论，从这组文章看来，布莱希特关于现实主义的不少见解是值得重视的，并且是与他的艺术实践互为表里的。他为他所主张的现实主义的辩护，实际上也就是为他的艺术创新辩护。布莱希特是把艺术与政治斗争紧密地结合在一起的，正是这种反对旧制度的政治激情，促使他诉之艺术创作，并寻求一种要易于为群众理解的艺术形式。当他进入艺术实践时，他认为19世纪现实主义方式已经不够了，而且随着时代发展，人们的审美趣味也改变了，创作方式不能原封不动，停步不前。他说："如果人们不断重复，'我们的老祖母完全不是这样讲故事的'，这会使我们今天那些讲故事的人感到莫名其妙，不知所措。就算老祖母是个现实主义者吧，那么假定我们也是现实主义者，我们就必须同我们的老祖母讲得一模一样么？"他认为现实主义的写作方法应该多样，不要把描写事物的老方法认作是唯一的方法。"请不要以严正的口吻宣告，唯有一种正确描写房间的方法，请不要把蒙太奇革出教门，请不要把内心独白列入黑名单，请不要用老名称败坏青年人。不要认为艺术技巧只发展到 1900 年为止，此后就停步不前了。"① 布莱希特的这些话说得十分尖刻，但个中道理自见。他认为艺术有幽默的权利，幻想的权利，为表现方法更新而高兴的权利。卢卡契在一个时期内把一些艺术手法如蒙太奇等，不分青红皂白一概加以排斥的做法，是不利于艺术创作的。布莱希特则对它们采取了分析的态度，虽然理论上比较单薄。他以为内心独白实际是一种不容易运用的手段。而且就手段本身而论，事实上既有现实主义的内心独白，也有形式主义的内心独白，不能不作区别。内心独白在托尔斯泰、陀思妥耶夫斯基的作品中是被广泛运用的，现代主义者不过是强调了它，并使它走向单一化，所以笼统地把内心独白、蒙太奇等手法归入形式主义范围，自然是错误的。布莱希特认为，就他自己创作而论，他向现实主义者学习，也向表现主义者学习，而且向后者学到的远比向前者学到的为多。这个原因，也许是他原是这一流派中的人物，耳濡目染，轻车熟路，极为熟悉。"对我来说，表现主义不仅是一桩微妙的事情，并且仅仅是对正确道路的背离。理由是，一般说来，我不把它仅仅当作一种'现象'，和给人一张标签了事。对于那些好学不倦和务实的现实主义者来说，这里有许多东西可供学习。在凯塞尔、什台仑海姆、托勒尔、戈林那里，对现实主义者来说是不乏宝贵的东西的。坦白地说，如果提出类似的任务，那学习他们要容易得多。无庸讳言，虽然这样说是危险的：我向托尔斯泰和巴尔扎克学习要困难得多（得益小些）。"② 出现这种现象，布莱希特认为这是

---

① 《布莱希特论文学》俄译本，莫斯科文艺出版社 1977 年版，第 156 页。
② 《布莱希特论文学》俄译本，莫斯科文艺出版社 1977 年版，第 166 页。

由于任务的性质造成，但我们不能忘记，布莱希特是把创作当作斗争、教育的工具来看待的。

毫无疑问，布莱希特式的创新，带有一种大刀阔斧的狂暴作风。凡是合乎他需要的，他都拿来，为己所用，不怕舆论，凡不合他需要的，则坚决予以革除。"我们不应该从特定的、现成的作品中，归纳出现实主义，而应当采用一切手段，旧的和新的，尝试过的和未尝试过的，为艺术所产生的，和来源于其它方面的，以帮助人们革新现实。"① 但是，如前所说，他对于新和旧的关系是有所鉴别的，他认为艺术创作反映了世人的心理，但是不能总是写些精神空虚的人和资本主义的非人化，而且也应去写那种为反对非人化而斗争的人性。在这点上，他和现代主义者是泾渭分明的。例如，20世纪二三十年代，不同流派的现代主义者把描写人的潜意识作为了不起的创新。布莱希特指出："不妙在于艺术家从自己的潜意识中汲取到的常常只是迷误与谎言，他从那里汲取的是安置在那里的东西，如果只是下意识地提取出来的，则它是非常自觉地被安置在那里的。"② 潜意识理论的鼓吹者洋洋自得地说，艺术不能被"估算"，是不能在设计家的桌旁被创造出来。布莱希特认为，这是老生常谈。在人的思维中，确有不少无意识的东西，但这些人讲的不是这点，实际上，"他们愚蠢地建议们不要使用理智，而是指潜意识知识的宝库，这个宝库无疑应比他们收集起来的自觉意识更为丰富"③。

布莱希特的现实主义理论，来自他的创作实践，而他的创作实践又丰富了他的理论。他在艺术上的巨大革新，就是他的"叙事剧"与"间离效果"说。叙事剧与间离效果和传统戏剧的作用的途径，形成了鲜明的对照。传统的戏剧要求"场面体现剧情本身，把观众吸引入剧情"，"扼杀"他的主动精神，唤起他的感情。它把观众带入另一环境，使观众处于剧情的中心，要求观众产生共鸣，引起观众对结局

---

① 《布莱希特论文学》俄译本，莫斯科文艺出版社1977年版，第182页。
② 《布莱希特论文学》俄译本，莫斯科文艺出版社1977年版，第201页。
③ 《布莱希特论文学》俄译本，莫斯科文艺出版社1977年版，第201页。

的兴趣,诉诸观众的感情。而叙事剧只是叙述剧情,使观众处于旁观者地位,但促进他的主动精神,迫使观众自己做出决定,使观众看到另一环境,并与剧情对立起来,要求观众研究剧情,引起观众对发展过程的兴趣,最后诉诸观众的理智。① 在这两种戏剧原则的对照中,使平常认为文学艺术作品总要诉诸人们的感情才能发挥作用,而今布莱希特却认为通过"间离效果",使文学艺术诉诸人们的理智成为可能。其途径就是使用各种特定的假定性手段。"间离"作用,就是使演员既作为人物的体现者,又作为他的评判者,也即既做角色,又只站在角色的旁边,理智地扮演这个角色。对于观众来说,就是在剧场里,要时时想到自己在观戏,不必进入人物感情、剧情的体验。布莱希特说:"戏剧必须借助对人类共同生活的反映,激发这种既困难又有创造性的目光,戏剧必须使它的观众惊讶,而这一借助一种对于令人相赖的事物进行间离的技巧。"② 布莱希特的这一创作原则,体现在他戏剧创作里,无疑,这既丰富了社会主义现实主义,同时也丰富了社会主义现实主义文学的实践,但是这种丰富,是在给传统的社会主义现实主义戏剧以极大的冲击的情形下实现的。这种标新立异的创新,一般来自原来与现代主义流派影响有着瓜葛的作家那里,这种人一旦转向社会主义,他一面就会向社会主义现实主义靠拢,同时又带着原有的某些创作特征而发出新的光辉。这在文学中虽属稀有现象,但又屡见不鲜,如马雅可夫斯基、艾吕雅、希克梅特、阿拉贡都是。

批判现实主义作为20世纪文学的主潮之一,它的发展与形成的方向,多样纷繁。它的更新与繁荣,无不与经历了剧烈变化、动荡的20世纪现实生活相关。旧的生活,旧的制度无可挽回地走向衰亡,资产者及家庭的没落的更迭,道德、家庭关系的崩溃,人性恶的发展,善的虐杀,可以说是一批"家族"小说如高尔斯华绥的《福尔赛世家》、马丁·杜伽尔的《蒂博一家》、托马斯·曼的《布登勃洛克一

---

① 见苏联科学院编《德国近代文学史》(下),人民文学出版社1984年版,第1044页。
② [德] 布莱希特:《戏剧小工具篇》,《外国现代剧作家论剧作》,中国社会科学出版社1982年版,第103页。

家》的主题。而莫里亚克的《苔蕾丝·德斯盖鲁》中的人命案件，简直要使读者的心为之颤动。当然，也有描写强有力的、心灵高尚的人物个性的小说，如罗曼·罗兰的长篇史诗《约翰·克里斯朵夫》。它写了一个人的一生，他热爱艺术，很有贝多芬的气质；他不肯与世俗观念、等级制度妥协；他有才华，他肯奋斗，他获得了成绩和荣誉，他具有博爱的人道胸怀。但他却不断受苦，而即使在他临死时，他仍想负起爱人的使命。小说的结尾是带有象征意味的，人物的悲苦而又顽强奋斗一生的命运震惊着千千万万的读者。

两次大战给世人带来了无穷的灾难。战场的屠杀，种族迫害，血腥镇压，人们有如一群牲口，被反动势力追东逐西，迷惘，飘零，逃亡，抗争，生死无依，普遍的命运的失落感，苟安，死亡，这种典型的情绪，大概在海明威的《永别了，武器》，雷马克的《生死存亡的时代》《凯旋门》中，表现得最为淋漓尽致。不少现代主义流派的代表人物感到生活的无望，以致否定了人的常态的存在。存在主义哲学家、作家说：人永远是不幸的，因为他永远脱离不了自身，那不可重复的本质，人不可知，荒诞是世界上人的形而上的状态，人面对死亡，孤独无援，他只有在死亡面前，才能了解自己生命的每一时刻的意义，并从社会存在的偶像下解放出来；或是人作为废物存在，半截已埋入土内。这自然是一种生活形态。不过这时我们却从批判现实主义文学中听到另一种人性的呼喊，对人的信心的颂歌。海明威在谈到《老人与海》的时候说："我试图塑造一位真正的老人、一个真正的孩子、一片真正的海、一条真正的鱼和真正的鲨鱼。如果我能将他们塑造得十分出色和真实，他们将意味着许多东西。最难的事情就是将某种东西塑造得真正地真实，有时比真实更真实。"[①] 在这篇小说中，海明威写道，"可是一个人并不是生来要给打败的"，"你尽可把他消灭掉，可就是打不败他"。可以说，几乎与此同时，福克纳表述了同样的思想："我不想接受人类末日的说法……我拒绝这种说法。""人是不朽的，我相信人类不但会苟且地生存下去，他们还能蓬勃发展。"

---

① 见《海明威研究》，董衡巽编著，中国社会科学出版社1980年版，第295页。

作家的"特殊光荣就是振奋人心，提醒人们记住勇气、荣誉、希望、自豪、同情、怜悯之心和牺牲精神，这些是人类昔日的荣耀"。① 正是这种面对现实，对人的真正的关怀，充满信心的人道主义精神，民主主义精神，推动着 20 世纪批判现实主义的更新。20 世纪的批判现实主义大师们在艺术上独辟蹊径，各领风骚。20 世纪的批判现实主义，一面保持了 19 世纪现实主义原则的基本核心，同时又程度不同地吸收了 20 世纪的一些科学研究成果，如心理学，思维活动规律及其科学的影响，加深了对人本身的认识，并吸收了现代主义不同派别的某些手法，而大大地丰富了自己。我们在前面提及的一些作品大都以巨大的审美幅度，描述与概括了 20 世纪历史的变动的某些方面，即使是描写单个人物个性的史诗式的作品，实际上也力图艺术地概括社会的一个侧面。与此同时，它们比较普遍地接受了心理分析，意识流理论的影响。它们之不同于现代主义文学之处，就在于仅限于影响，同时改造了它们，使之成为服务于审美再现生活的手段，而不是像现代主义流派那样，把心理分析本身变成了目的。批判现实主义作家广泛地使用意识流手段，时序颠倒，直觉等手段，改变了时空观念，增大了审美描写的幅度，深入到了人物内心的不同层次，探及到人的欲望的底层，丰富了对人的认识。现代主义则把表现人物的手段，毫无节制地加以使用，结果挖掘出来的往往是纯主观心理的东西，失去社会倾向的意识之流。《苔蕾丝·德斯盖鲁》的底层心理的挖掘，所以使人心惊，在于通过它而深化了人，而不是深化心理本身。曾经有个时候，美国的一些评论家把海明威视为象征主义作家。确实，以《老人与海》来说，小说中的象征主义氛围十分浓重，但是从整体上说，小说仍是现实主义作品。小说完全没有使用独特的假定性手段，而只是含有深刻的象征的寓意，发掘了生活的潜在的诗的哲理。在带有象征色彩的描绘与人物的独白中，现实主义得到了丰富与深化。对社会生活、事件大幅度的审美概括，不断地深入事件的动因的各个层次，关

---

① ［美］福克纳：《在接受诺贝尔文学奖时的演说》，载《福克纳研究》，李文俊编选，中国社会科学出版社 1980 年版，第 255 页。

心人的命运，为他的艰难的处境而焦虑不安，揭示人的强有力之处和他的弱点，翻开他内心最隐蔽的欲望的泉源，成为20世纪批判现实主义的普遍特征。

哥伦比亚作家加西亚·马尔克斯的作品，显示了20世纪现实主义的绚丽多彩和它的发展的生命力。在一个时期里，人们阅读他的作品几乎成了一个热潮。我以为原因之一，在于加西亚·马尔克斯的作品为欧美、亚洲的读者，打开了一个鲜为人知的神奇、魔幻一般的奇妙世界。有人把这一流派的文学称为现代主义或后现代主义，自然可备一说。拉丁美洲的高山莽原，原始、奇特的人情风尚的描述，使习惯阅读欧美小说的读者，耳目为之一新。另一原因是，以加西亚·马尔克斯为代表的拉丁美洲文学，已趋向成熟，显示出了具有浓郁色调的拉丁美洲的艺术特征，从而使人的审美趣味骤增。这几个方面，不仅是加西亚·马尔克斯的现实主义的特点，同时也是20世纪现实主义综合、创新的生动体现。

加西亚·马尔克斯所描写的拉美现实，与欧美、亚洲等地读者了解的现实的不同之处，在于它既是真正的生活现实，又是充满了奇异的传说，虚幻故事的现实，这种现实观念与一般的现实观念稍有不同，却与陀思妥耶夫斯基的观念有着相同之处。加西亚·马尔克斯说："拉丁美洲的日常生活告诉我们，现实中充满了奇特事物，如有过沸腾的河流；有的地方大声讲话就会下倾盆大雨；在阿根廷南端，极地之风会把整个马戏团全吹上天空，等等。我们生活在一块大陆上，这里每日每时的生活中，现实都与神话羼杂"，"我相信现实生活的魔幻"。但是除了自然界的神奇现象外，还有社会政治生活中的"魔幻"。加西亚·马尔克斯在诺贝尔文学授奖仪式上的讲话，揭露了许多超乎常人意识的独裁统治者的极端的愚昧和残暴的事例。作家说，"我避免去打破那些似乎是现实的事物和似乎是虚幻事物之间的界限，因为我力图表现的世界中，并不存在这种藩篱"。这种种奇特的生活现象，大大地丰富于作家的创作思维，使他创造出了奇幻多变、富有神奇色彩的艺术真实，"我的作品的人物在表现这些虚幻的现实时是真实的"①。于是这种写作原则便被称作"魔幻现实主义"。

可以说,"魔幻现实主义"文学再次发现了新大陆,拉丁美洲的新大陆。但我们对这种现实主义的美学原则更感兴趣。这种现实主义的特殊力量,一方面在于它对待生活的现实主义态度。加西亚·马尔克斯认为,所有优秀小说都是现实生活的再现。"我的书总要基于一个目睹的形象。"就是说,他的创造源于现实的。关于这点,墨西哥评论家路易斯·莱阿尔说得是有道理的:"魔幻现实主义首先是对现实所持的一种态度……我们说过,不是去臆造用以回避现实生活的世界——幻想的世界,而是要面对现实,并深刻地反映这种现实,表现存在于人类一切事物、生活和行动之中的那种神秘。"② 这种面对现实的态度,使加西亚·马尔克斯的作品不避政治事件而具有强烈的时代感。《百年孤独》讲的不仅是奇幻,而与拉美百多年来的政治事件密切相关,它所说的孤独,不仅是布恩地亚家族的命运,而且也是整个拉丁美洲人民的命运,作家实际上说的是要人们如何摆脱这种孤独。另一方面,这种现实主义的独特之处,在于这种创作思维被赋予了拉丁美洲当地人的观察事物的审美特征。魔幻现实主义的首领之一,危地马拉作家安赫尔·阿斯图里亚斯也许说的是对的,即魔幻现实主义的艺术思维原则,是根据印第安人的信仰来描述世界的,是印第安人对待现实的一种态度。他说:"在我看来,'魔幻现实主义'是这样的:一个印第安人或混血儿,居住在偏僻的小村,叙述他如何看见一朵彩云或一块巨石变成一个人或一个巨人,或者彩云变成石块。所有这些都不外是村人常有的幻觉,无疑谁听了都觉得可笑,不能相信。然而,一旦生活在他们中间,你就会意识到这些故事的分量。在那里,人对周围事物的幻觉和印象,渐渐转化为现实……显然,魔幻现实主义同印第安人的原始意识,有着直接的关系。"③ 毫无疑问,这种意识与民间的神话意识是有区别的,但它作为一种认识事物的初级阶

---

① 《外国文学动态》1982 年第 12 期。
② 转引自《外国文学动态》1984 年第 8 期。
③ 转引自《外国文学动态》1984 年第 8 期。

段的思维，是原始的、落后的、带有迷信色彩的，它还未摆脱神话思维而带有神话思维的痕迹。这种思维不仅是认识事物的方式，同时也是一种非自觉的艺术思维的方式。一旦这种思维与当今的批判现实主义思维相结合，为现实主义作家自觉地使用这种具有非自觉性的艺术思维，其时就能爆发出巨大的审美力量来。我们看到加西亚·马尔克斯的《百年孤独》和他的一些中短篇小说，大都具有这种独特的艺术魅力。

魔幻现实主义采用了多种特定的艺术假定性手段，广泛地使用了极端夸张、幻想、传说以及改造了的圣经故事，阿拉伯的天方夜谭；同时，这一流派的作家，还广泛地接受了各种文学流派的代表人物的影响，如托尔斯泰、陀思妥耶夫斯基、卡夫卡、福克纳、海明威等。在大量的综合中，魔幻现实主义"不像超现实主义文学那样从梦幻中去寻找创作的价值；也不像神话文学或科幻作家那样，去歪曲现实或创造幻想世界……魔幻现实主义也不像现代主义（指拉丁美洲文学中的现代主义）那样，专门靠精巧风格取胜的美学运动"，它广为吸收，却独具风采，成为20世纪批判现实主义更新的一个重要一翼。

（五）我国独创的、丰富多彩的现实主义

"五四"后的我国新文学，像20世纪的中国历史一样，曲折多变。从思潮的角度来说，虽曾出现过浪漫主义、现代主义流派，但其主潮是现实主义，是世界文学中的现实主义潮流组成部分。

"五四"新文学是对旧文学的一次激烈的反叛，无情的扫荡，是一场名副其实的文学革命，是中国的一场"文艺复兴"。鲁迅说："我们目下的当务之急，是：一要生存，二要温饱，三要发展。苟有阻碍这前途者，无论是古是今，是人是鬼，是《三坟》，《五典》，百宋千元，天球河图，金人玉佛，祖传丸散，秘制膏丹，全都踏倒他。"[①] 必须除旧才能布新，这是当时的情况。在文学创作中，鲁迅正

[①] 《鲁迅论文学与艺术》上册，人民文学出版社1980年版，第161页。

是以这种大无畏的气概写出了现代中国的第一篇新小说的。20世纪30年代中期,鲁迅在总结这一时期的小说创作时写道:在《新青年》上,"发表了创作的短篇小说的,是鲁迅。从1918年5月起,《狂人日记》、《孔乙己》、《药》等,陆续地出现了,算是显示了文学革命的实绩,又因那时的认为'表现的深刻和格式的特别',颇激动了一部分青年读者的心"①。鲁迅的小说具有强烈的反封建的民主主义的内容。《狂人日记》的批判的激情,表现为对吃人的封建制度激愤、沉痛的控诉。鲁迅的小说,提供了狂人、闰土、祥林嫂、孔乙己等一批农民和下层知识分子的典型形象。他对中国"国民性"有长期的观察和了解,从而为中国文学、也给世界文学提供了一个内涵广博的阿Q的典型形象。鲁迅也是中国现代文学体裁创新的代表,他是现代文学多种形式如短篇小说、中篇小说、散文诗、杂文、神话故事的首创者。他把外国的艺术形式移植过来,使之变为中国式的东西。还在1923年,茅盾就指出了鲁迅在艺术形式方面的探索与创新。他在谈及《狂人日记》时说:"这奇文中冷隽的句子,挺峭的文调,对照着那含蓄半吐的意义,和淡淡的象征主义色彩,构成了异样的风格,使人一见就感到不可言喻的悲哀的愉快。"他又说:"在中国新文坛上,鲁迅君常常是创造'新形式'的先锋,《呐喊》里的十多篇小说几乎一篇有一篇的新形式,而这些新形式又莫不给青年作者以极大的影响,必然有多数人跟上去试验。"②茅盾说对了。鲁迅在哪方面都是创新者,他不仅移植现实主义文学,而且也拿来了流行于当时欧洲的象征主义手法,心理分析手法,并运用到自己小说里,散文诗里。他所创立的写实、暴露、讽刺文学作品成了中国现代文学的源头,开辟了现实主义的航道。20世纪20年代的"为人生"派,"乡土文学"派,正是在鲁迅创作的感召下,汇入了现实主义洪流的。

在鲁迅的创作中,综合的过程是极其明显的。这个过程的最鲜明的特征之一,就是十分强调向外国文学学习、借鉴,有时言辞激烈,

---

① 《鲁迅论文学与艺术》下册,人民文学出版社1980年版,第806页。
② 《茅盾论创作》,上海文艺出版社1982年版,第105、109页。

甚至给人有强调今人所谓的横向移植之感，这是时代使然。具有几千年的古老的文学传统，有如铁栅栏一般，不用狂暴的手段是难以突破的，而那时普遍认为，不借鉴西方先进的文艺思想，艺术手段，就不足以与旧传统相抗衡，就无法建立新文学。在这种特定的情况下，鲁迅说过一些我们在上面引述的激烈的话，是可以理解的。他主张广泛吸收他人之长处："遥想汉人多少闳放，新来的动植物，即毫不拘忌，来充装饰的花纹"；"汉唐虽然也有边患，但魄力究竟雄大，人民具有不至于为异族奴隶的自信心，或者竟毫未想到，凡取用外来事物的时候，就如将彼俘来一样，自由驱使，绝不介怀。"①鲁迅有名的"拿来主义"观点，曾被一些人解释为将外国的东西随意摄取过来。其实并不如此，文章说得清楚："我们要运用脑髓，放出眼光，自己来拿！"要"占有"，又要"挑选"。他翻译许多作品，阅读许多小说，都经过选择，"所求的作品叫喊和反抗，势必倾向了东欧，因此所看的俄国，波兰以巴尔干诸小国家的东西就特别多"。

　　但是现实主义的综合也包括继承，任何伟大作家的创作不能脱离他所属的文化传统。而传统事实上绝不是单一的，进步的、具有民主主义因素的文学传统，必然是现实主义文学的土壤。所以稍后鲁迅说："新的艺术，没有一种是无根蒂的，突然发生的，总承受着先前的遗产。""采用外国的良规，加以发挥，使我们的作品更加丰满是一条路；择取中国的遗产，融合新机，使将来的作品别开生面也是一条路。"事实上，这两条路鲁迅都走了过来，都卓有成效，在两者的综合中，都导致鲁迅式的创新。前者如他的早期作品《狂人日记》，分明受到果戈理的影响，但由于意在暴露家族制度和礼教的弊害，却比果戈理的作品忧愤深广，也不如尼采的超人式的渺茫，而小说《药》的结束，"也分明的留着安特莱夫……式的阴冷"，他的象征主义的散文诗，优美绝伦，意境高远，至今还无有一人能够超越。后者则如他自己所说的《肥皂》《离婚》等，"脱离了外国作家的影响，技巧稍为圆熟，刻画也稍加深切"。这类小说中，民族文学传统的色彩分明

---

① 《鲁迅论文学与艺术》上册，人民文学出版社1980年版，第144、145页。

可见，如"没有背景""画他的眼睛""白描"手法等。鲁迅为现代中国文学创立了崭新的文学形式。

鲁迅打破了旧文学的禁锢，建立了新文学的传统。郭沫若、茅盾、巴金、老舍、曹禺、沈从文、丁玲、艾青等人就是这一传统的继承者。不少作家由于深通外文，甚至多种外文，所以他们能够广泛地接触各种外国文学，从中吸取营养。表现在创作中，他们广泛地借鉴外国文学的"良规"，与中国现实结合起来，融合新机，加以发挥，自成一家。像巴金，他接受欧洲文学的影响极其广泛、驳杂，就国家而论，有法国、英国、俄国文学的影响；就作家而论，有批判现实主义大师，有自然主义作家，他们风格迥异，思想各别。毫无疑问，巴金早期的作品创作受到他特别推崇的左拉作品的影响的推动，但在小说里表现出来的却带有民粹主义的气息。接着他很快转向《激流三部曲》的创作，出现了创作上的飞跃。巴金创作了长篇、中篇、短篇小说、散文，它们的形式特别新奇。可以这样说，巴金作品的艺术形式在20世纪三四十年代的读者看来是最具异国情调的，或者说有点不中不西的味道，但是青年们爱读他的作品，什么原因呢？谈到形式问题，巴金说过，他并未接受中国文学传统的写法，但是他说，"据我看来，应该保留的倒是民族精神，而不是形式，现代已经不是封建时代了。我们的经济组织，政治组织，生活样式都改变了。思想的表现手法，写作的形式自然也应该改变"。看来形式的新奇吸引着青年读者，他们觉得这种形式适合于他们的生活，思想，以至欣赏的节奏，这是一个原因。但更为重要的是"民族精神"。巴金的作品正是在相当欧化的形式中，表现了我国特有的"民族精神"的，因此使人一读就能在心灵上感到融洽，结果反而使人觉得这不是欧化了的形式，却是自己民族的新的文学形式了，原有的民族的文学形式得到丰富了。这是一种神奇的结合，但却是一种具有非凡魄力的综合和创新。巴金所说的"民族精神"，在我看来其实就是"时代精神"。表现在他的小说里，这就是对当时仍然苟延残喘的封建制度的强烈憎恨，就是对残害青年的家族制度发出的激烈控诉，就是对人的青春的歌颂，就是对弱小者、牺牲者的同情和爱。他说："我写《家》的时候，我仿佛在跟一些人一同受苦，一同在魔爪下面挣扎。我陪着那些可爱的年轻生命欢笑，也陪着他们哭泣。""我要向这个垂死的制度喊出我的……（我控诉）。"他说，"我始终记住：青春是美丽的东西。而且对我来说，它永远是鼓舞的源泉。"在我看来，正是这种"时代精神"，激励着当时的无数少男少女。也许正是对青春理想的执着的追求，使巴金的文笔热情奔放，清新流丽，流泻出一种热烈无比的青春激荡的气息，并且也成了他的独特的艺术个性。作为"家族小说"《激流三部曲》，洋溢着"民族精神"，具有极大的艺术力度。它完全可以与世界文学中的"家族小说"《福尔赛世家》《布登勃洛克的一家》《蒂博一家》相媲美。它们的强大的艺术概括力量互有特色，在20世纪的世界文学中，各放异彩。

　　从20世纪40年代到50年代，显示着现实主义发展的，还有像赵树理、孙犁、柳青等一批风格独特的作家，他们的可贵之处，不仅仅在于其个人作品的独创性，而且还在于在现实主义的发展中，各形成了派别，绵延至今。此外还有如钱锺书、张爱玲这些各具创作特色的作家。

　　新时期文学应当是丰富多彩的，它不仅应当包括现实主义文学，同时也应包括浪漫主义文学以及用其他创作原则创作出来的作品。凡是有利于中华民族崛起，提供健康的审美情趣的作品，都可兼容并存。就以现实主义文学范围来说，派别各别，写法多样，无法限制。只要作品的审美趣味是健康的，我们就不能用既成观念去硬套。现实、历史生活无限绚丽斑驳，使用批判现实主义、浪漫主义、象征主义原则去写，至今具有其审美价值，而不失其力量，何况众多的作家年龄不同，经历有别，创作修养差异极大。将一种创作原则定于一尊，就会导致对其他创作流派的排斥，就像过去那样，一统就死。

　　新时期的文学的现实主义，是在横遭多年的摧残之后日渐恢复过来的。整个社会生活的转机，给文学带来了新的生命。由于新文学史的颠倒被颠倒了过来，闭关锁国的禁锢政策土崩瓦解，新时期文学的现实主义真正发扬了"五四"新文学的现实主义传统，走上了在综合中不断创新的康庄大道。新时期的文学一开始就显示了现实主义的广度与深度。沉痛的控诉，心灵的觉醒，痛定思痛的沉思，勇敢执着的探索，深沉的时代使命感，热切的更新要求，改革中的冲突与新生的阵痛，爱我中华，振兴中华的赤诚，汇成了时代的主潮，同时也成了现实主义的流向，使它敢于直面人生。从小说范围来说，先是出现了一批"问题小说"，它们通过个人的不幸遭遇，向社会提出问题，这是"十年动乱"平静下来之后人们首先考虑的。继而很快从"问题小说"转向"为人生"的小说和"乡土文学"。在个人命运、人生的坎坷道路的广阔画面上，既展现问题，又思索它们，探索着人民的欢乐与悲伤，幸福与不幸的动因，而且不再停留在"为什么"的事物的表层，却往往把笔触探向民族历史的过去，残酷的斗争，深入地揭示了现实的各个层次与历史的症结所在，从而大大地加强了文学的历史感，使它能够在历史、现实的演变中高瞻远瞩，显示出现实主义的宏伟力度。这个特征是由一批小说来体现的。如《李顺大造屋》《陈奂生进城》《布礼》《蝴蝶》《天云山传奇》《人到中年》《犯人李铜钟的故事》《灵与肉》《绿化树》《许茂和他的女儿们》《冬天里的春天》等。与此同时，一批小说，如《乔厂长上任记》《赤橙黄绿青蓝紫》《沉重的翅膀》以及《花园街五号》等，以聚向光束照向现实生活的各个角落，透视人们生活的境遇的各个角落，改革的呼声，前进的惰性与阻力，冲突和斗争的历史、现实的原因。它们在艺术上的强有力之处，在于把问题置于历史进程的轨道之中，从历史、现状揭示了更新的必然趋向，它的不可阻挡的伟力，从而显示着历史的深度，它的艰巨性来。"五四"后的"乡土文学"曾一度夭折，但是中华大地如此多娇，一旦雨露滋润，它又绿芽萌发，获得了新生，使新时期文学散发出浓烈芬芳的泥土气息。其中一类作品重在描绘乡情风习，从中显示出风土人情的美，给人以抒情、清新、健康的美感，令人赏心悦目，如《瓜棚柳巷》《蒲柳人家》《大淖记事》等。另一类小说则寓现实风云的变迁于风土人情的描绘之中，既有斑斓的地方色彩，又显示着当代生活动荡的波浪，已曲曲弯弯地推向丰饶的原野，大河上下，青山翠谷，以至小街陋巷。那种时代的气息与山野风物、桥头市声交杂一起而汇成的奇特的浓郁气息，令人心醉神往，如《芙蓉镇》《北方的河》《黑骏马》《美食家》等。此外还有像《西线轶事》《高山下的花环》和《迷人的海》那样的一批佳作。

新时期现实主义的深化，也表现了创作题材的无限开阔。题材的这样那样的限制，始于20世纪50年代，到后来，几乎是荆棘丛生，作家无处插足了。一面说作家要深入生活，但是真实的生活又不能描写，而只能山呼万岁，这真是历史的矛盾与悲剧。限制题材，实际上是限制现实主义。但是只要让文学与生活发生关系，现实主义是限制不了的。这一原则的一个重要方面是，在生活里发生过的，特别是那些引起人们心理变化、震动的琐事、大事，都会在不同的作家的笔下审美地反映或表现出来。文学不会给历史留下空白，今天现实主义文学在题材上的突破，不过是还其本来面目。现实主义再度使人发现自己。当代小说中的人物，不再热衷于口号，他们从高尚的乌托邦主义中醒来，发现自己是个普通人，需要吃饭睡觉，也要精神上的丰富，有创伤、烦恼，也有幻想、理想，他们需要激励，也需要爱情的慰藉，人性光晕的爱抚，他们知道人有时是很神圣的，有时又是一个渺小的角色，有各式各样的英雄，但更多的是杂色的人。当代小说显示了人本应具有的真诚，真实的感受，人物变得有血色起来。同时人物的心理分析也加强了，近几年来，文学创作中出现了人物内向描写的趋势，极有可能成为新时期文学创作的特征之一。但这不是弗洛伊德式的无意识的心理分析，而是与人物境遇、遭际密切相关的心理分析。

在综合外国文学的艺术经验、技巧方面，新时期文学的努力是十分明显的。文学也需要引进，扩大自己的眼界，面向世界。没有引进，就不易获得激发。问题在于如何对待引进。从目前情况来看，主要引进了西方现实主义和各种现代主义流派的作品，以及它们的各种理论，其中自然显示了它们的艺术思维方式，技巧特点。现实主义的艺术思维方式，如罗曼·罗兰说的，既注重人物外向，又注重人物内向；而现代主义的艺术思维方式，侧向主观的审美倾斜十分突出。这种向人的主观内心的深入，一面受到社会动荡的影响，一面当然和各种哲学思潮以及对人物的微观世界认识的进步不断发展有关。不安定的社会生活及危机感,两次世界大战,都给不少现实主义作家以强烈震动,给各派现代主义作家投上摆脱不开的阴影,使他们转向人的内心生活的忧虑,焦躁与不安,无望与虚幻,并使他们强烈地追求形式的突变。"十年动乱",给广大中国作家补上了一课,过去认为生活要么是一片升平,要么是处处斗争,现在看来都成了梦魇,整个生活的是非观念颠倒了,黑白混淆了,人在巨大的邪恶面前感到无能为力。唯一的一块自由地方,就是他的内心世界,一旦潜入其中,虽然也是满目疮痍,倒还发现这是一个广袤的天地。它突兀多变,善恶混杂,复杂无比。动乱给予中国人的震动,不亚于两次世界大战给予欧洲人的震动。曾经有人对20世纪20年代末30年代初在我国出现的现代主义文学的夭折不胜惋惜,以为要不是如此,中国新文学早就打入了世界市场。其实这是一种缺乏历史感的随想。当时现代主义文学所以未能站住脚跟,在于它当时不合中国国情和文化传统。民族救亡压倒一切。不是文学选择生活,而是生活选择文学。所以新感觉派的小说冒头不久,很快就被充满人民呻吟、号叫、反抗的文学压了下去,而渐趋销声匿迹。这却不是出于行政手段的干预,而纯粹是文学自身竞赛的结果。20世纪80年代,倾向内心的文学的出现,同样是生活的选择。动乱促使人们反思与内省,使得人们的思维方式复杂化和深化起来。现实有时的确可以表现为一片荒诞,人受到摧残,人是非人,他不过是零,他无法把握自己的命运。一时间卡夫卡式的"城堡"和"审判",在现实生活中比比皆是。那么,你能禁止那些进入过"城堡"、被推入"审判"、被践踏、被撕裂的人,去采用卡夫卡式的思维方式么?当然,问题在于在创作中,这种思维方式延伸到什么程度。由于我们自身有着更新的能力,能够不断清除邪恶与污秽,改造现实,所以和卡夫卡以及他所处的现实,终究同又不同。这样,对于现代主义作家的艺术思维,既有可以接受的一面,又有需要被扬弃的一面。接受现代主义作家的侧向主观的审美倾斜,对于我们今天的艺术思维来说,有其合理性的一面,但是也难以完全照搬。不管一些文章如何欢呼现代主义,把现代主义视为现代意识在艺术中的集中表现,但在这里实际上只是利用了现代意识一词的模糊性,不解决实际存在的问题。现代主义并不仅仅表现在技巧、写法方面，也表现在社会、哲学思想观念方面，关于这点，现代主义作家自己就是这么标榜的，西方文论家也是未加忽视的，我国专搞西方现代主义文学研究的研究家也指出了这一点。奇怪的是，有的文章却不顾这一事实，认为现代主义是个不需分析的概念，信手搬过就用。有的则把学习现代主义文学技巧，在艺术表达方式学得很像的作品，称作现代派作品，以为中国文学走现代主义文学的道路，才能走向世界文学。这里有许多过分的自卑和盲目，同时也涉及引进和同化的问题。照搬现代主义文学，学得很像，最多是跟在外国作家屁股后面跑，徒然给这种文学增添一些认同的作品，因为在文化素质上，模仿者是很难超越它们的代表人物的。合理的学习是借鉴现代主义文学的一些方法技巧，现代主义作家的某些艺术思维特点。我们不需要自身被融化了的引进，而引进却是为了同化，化入我国的民族文学，使民族文学发生变异、创新，增加它的光辉。我们并不主张现代主义一统天下的文学，而是需要由各民族文学组成的世界文学，散发着各种民族文化芳香的世界文学。

有一个时期，一些文章全面提倡西化，蔑视、否定传统，这种虚无主义观点自然行之不远。倒是那些脚踏实地，勇于拿来、鉴别、吸收的人，却显示出了创新的征兆，其中颇有成绩的是王蒙。王蒙使今日的小说，在相当大的程度上改变了传统的形式。王蒙说小说首先是小说，但也可以吸收诗歌、戏剧、散文、杂文、相声、政论的因素，这是很有识见的。我国的古诗吸收了民歌的特征，散文吸收了赋的特征，戏曲引入了诗词，小说则受到上述诸因素的影响。今天的小说，自然应当融入新的因素，兼收并蓄，这种综合的特征已在王蒙的小说里出现了苗头。王蒙的小说里还存在外国小说的某些技巧因素，如意识流手法，打破时空局限的时序颠倒，通过自由联想组织素材，采用放射线式的结构手法，等等。由于他不断改变写作手法，这使他的小说处于一种总是不定型的过程之中。他的小说，开始以它的形式花样翻新而使一些人困惑不解，继而使人们悟到了它的一些妙处，发现这是一位不肯墨守成规、勇于求索的人，这也是他小说的优点。王蒙真

一　生命在于运动

切地体验到生活的急促的节奏，时空观的剧变，现代人的纷繁思绪和心理的急速变化，他追踪着新的生活的轨迹，要求改变艺术的思维方式，以适应读者的审美趣味的更新，从而深感小说形式必须推陈，有所创新。他的小说形式和我们原来熟悉的不同，它就像20世纪30年代巴金的小说，有些不中不西的味道，但却是小说的一种新的特征，未必不能成为一种新的"民族精神"。因为他的人物的精神气质，人物的命运，语言，即使在写得像意识流的小说《蝴蝶》中，也像昔年巴金的作品一样，是"货真价实的国产土货"。

由于艺术手法的多样，心理分析的进一步开掘，我们看到，小说情节出现了淡化的现象。这种现象的优点是，可以使得审美形式丰富起来，审美趣味得到扩大，甚至在文学中形成一种新式的小说形式，所以自有它的审美价值。但是这一倾向也有它的弱点，即不利于人物形象的塑造。在一些文章里，王蒙认为不应把典型性格的塑造当作对小说创作的唯一要求，这虽有合理成分，但也有减弱创造典型人物的意思。塑造典型要不要成为现实主义文学的最高要求，可以讨论。文学史上传之不朽的作品极多，但其中的佼佼者，最为人们津津乐道的，却是那些塑造了概括力极强的典型人物的小说和剧作。事实上，塑造典型人物是件相当繁难的工作，而那种能够概括一个时代的典型，具有丰富内涵的主人公，在文学史上也是不多见的。典型人物是作家最宝贵的财富，而一般作家之所以捉襟见肘，正因为他缺乏这类财富。当今作家当然可以去描写他自己的情绪，抒发他的感受，形成一种反映时代情绪的凝固物，而不具人物性格，这未始不是一种审美创造的尝试。有的文章一谈起某些典型、人物淡化的作品，就急忙宣布典型化理论已经失灵。但是别说当代中国的小说，就是法国的当代小说，也并未完全按照反典型的"新小说"理论来进行创作的，受到广大读者欢迎的，无论在中国还是法国，仍然是那些努力刻画人物性格的作品。看来人物作为审美形象，比起不易捉摸的随意性太多的情绪符号，可接受性更大。而那些受到一些评论家赞不绝口的小说，实际上只是一种实验小说，流行于部分知识分子中的小说，它们的成败得失，还有待历史的检验。有的文章把典型化的原理，与有的作品所嘲弄的弄虚作假得十分真诚的新闻报道作风一视同仁,这不仅说明它不了解这一原理的实际作用和艺术实践,而且和被小说嘲弄的、多少带有一些典型化色彩的人物,站到同一水平之上,把典型化原理庸俗化了,自己未有所悟,还以为说出了一个真理。新的文学肯定会创造出更多的成功的人物形象、甚至典型人物来的。因此,这里的问题就显得很微妙,一方面既要提倡作家创作的多样化,即创作不以塑造典型人物为目的,只传达人物某种感受,某种情绪的多种文学样式,这些文学样式,包括小说在内,可以进行多方面的探索,形成小说诗化、散文化的特点;另一方面又要鼓励作家把握时代精神,着力塑造典型人物。

王蒙的经历十分丰富,感受极多,他想多方面地写出那个他经历过了的天旋地转、眼花缭乱的世界,以及这个世界在他心底里的纷繁的形态,他的心灵充满了这种种形态的旋律和节奏,这未始不是他的优点。他只感到来不及把它们描绘出来,他确乎常常不是提供画面,而是用一种抒情而不无忧郁、热烈追求、充满向往的乐曲,借它们的音响与奏鸣,探索着人的心灵的震动以至极其隐蔽的颤动。这种方式的写作,可以提供具有高度的审美价值的作品来,甚至独辟蹊径,自成派别。

但是设想一下,如果把这种描写与刻画人物的任务结合起来,是不是会出现那种既有概括社会生活的广度和深度,又有深入人物内心的纷繁形式,使交响的和声,与广阔的形象画面相融合的艺术形式呢?我想是可以的,这同样需要作家的探索。

前些时候,有的作家提出,当今文学创新的主要问题是形式问题,这一说法曾引起一些非议。但是这种观点,很可能是一种对创作干预过多的无可奈何的表现吧!一面在大力提倡作家要深入生活,反映现实生活,一面却宣布这不能写,那只能写到什么程度,或告诫人,他想写的只能留给子孙后代去写。在这种情况下,他自然只好求诸形式的创新去了,也许只有形式还是属于艺术家的吧!但实际上,有时政治气氛有时压得连文学的形式的选择也是有困难的。形式的创新看来有两种方式。一种是有的作家只追求形式的变幻,写作角度的转换，而忽视和内容的统一，内容的追求。这种方式也许可能会在形式上出现一些新意，具有一定的审美价值。但也可能走向盲目的写作。正如问及有的"新小说"派作家，是什么促使他拿笔写作？回答是，"我不知道……应该说是摆弄词字和句子的需要吧"。另一种是把形式的创新与内容结合起考虑。在艺术创作中，同样存在着内容与形式的转化问题。黑格尔说："内容非它，即形式之转化为内容，形式非它，即内容之转化为形式。"① 叶圣陶从语言的角度谈道："内容寄托在形式里头，形式怎么样就是内容怎么样。就文艺作品说，所谓形式就是语言。"② 在这种情况下，形式的探求，往往也就是内容的探求，反之亦然。那些锐意创新的作家，总在探索如何用新颖的形式来表现新的内容。这时形式的变幻，叙事角度的变化，像在前面王蒙谈及的各种艺术形式在小说中的综合，以及中西方文学中的艺术手段的结合，将会使艺术创作出现新形式，产生出具有极大的艺术爆发力的作品来。形式的突破，也可以酿成艺术的创新。有时作家的探索，也可以说是一种无休无止的对形式的痛苦的探索。

20 世纪文学中有无数文学丰碑，它们大多数是现实主义作家建立的。我国的《阿 Q 正传》《子夜》《激流三部曲》《雷雨》《四世同堂》《茶馆》、沈从文的"湘西"系列、丁玲的《太阳照在桑干河上》、艾青的诗等，已经矗立于 20 世纪世界文学之林，这是我国现实主义文学的骄傲。也许就在不远的将来，新的独创的丰碑，又将出现在我国艺苑中吧。我希望不仅有现实主义的，还有浪漫主义的，甚至是两结合、新型的象征主义的小说、诗歌、剧作的出现，当然后面几种类型的创新形式，还有待尝试。

我赞美新时期的文学，我三倍地赞美新的文学丰碑的涌现！

（原文作于 1984 年 11 月）

---

① ［德］黑格尔：《小逻辑》，贺麟译，商务印书馆 1981 年版，第 278 页。
② 《〈叶圣陶选集〉自序》，《叶圣陶选集》，人民文学出版社 1959 年版。

二 现实、激情、审美反映和民族化
——别林斯基的文学思想

别林斯基是俄国现实主义文学理论的奠基人，他对19世纪俄国文学的影响极大。他的伟大功绩，在于从理论上不断倡导文学和现实生活的接近，确立了俄国文学面向生活、把握生活、影响生活的现实主义倾向；推动了文学的民主化，注意了文学的思想性，使之服务于社会进步。探讨并阐明别林斯基关于这些问题的论述，特别是文学和现实关系等问题，对于我们当前的文学现状来说，也许是不无裨益的。

（一）关于现实的观点及其变化

什么是现实，早期的别林斯基大致是从两个方面去理解的：一是从生活的实践方面，二是从哲学思想方面。别林斯基在少年时期就接触到俄国下层人民的生活，农奴制的残酷剥削和奴役，使他从平民本能出发，憎恨现实生活。1829年，18岁的别林斯基进入莫斯科大学学习，两年之后，他由于写过反对专制农奴制的剧本，被学校当局在"健康不佳"的借口下开除了。于是这个貌不惊人、糊口乏术的穷青年，从此经历了一番生活的艰辛。19世纪30年代上半期，他与当时社会上的进步人士如斯坦凯维奇等人有过广泛的接触，讨论政治、哲学等问题；同时加上俄国解放运动的影响，使他形成了反对沙皇专制制度的民主主义思想。不过，在当时乌云密布的反动统治下，他还不能看清俄国的发展前途，他虽然胸怀大志，但又深感个人力量渺若沧

二 现实、激情、审美反映和民族化

海一粟,难于有所作为。在现实和各种社会思想的影响下,他的思想发展经历了一个曲折的过程,从 1837 年到 1840 年之间,出现了一个所谓"与现实妥协"的时期。

在这期间,不懂德文的别林斯基通过"哲学的门外汉"巴枯宁(普列汉诺夫语——引者)的介绍,了解到了外国哲学思想,特别是德国古典哲学思想,并且深受这哲学的影响。他说:"哲学是任何知识的开端与源泉",是一种"纯粹观念的科学","没有哲学,任何科学都是僵死的,不可理解的和荒谬的。"在存在和思维的关系上,别林斯基声称"现象乃是观念的果实","思想之外一切都是幻影,幻想;只有思想才是本质的、实在的"①。他对现实生活极为不满,于是提出了两种生活的说法,一种是理想的生活,一种是现实的生活。"理想的生活正是现实的生活,肯定的生活,具体的生活,而所谓现实的生活,乃是否定、幻影、渺小、空虚。"② 别林斯基颠倒了思维和存在的关系,并为理想而否定了现实,这种观点是唯心主义的;同时,他又使理想和现实分离开来,变理想为没有现实基础的幻想。特别值得注意的是,在他这时期的思想中,不容许为生活本身发展所需要的否定思想的存在。他说:"任何仇恨,即使是对于恶,都是否定的生活,而一切否定的东西则是幻影、是无。"③ 这种排斥否定思想的观点,成了别林斯基"与现实妥协"时期的思想上的致命弱点。正是由于这一原因,他对政治采取了强烈的否定态度,因为在他看来,政治活动本身就是一种否定的现象。他认为"俄国的全部希望是启蒙,而不是改革、革命和宪法",④ 而对人民则寄希望于道德的改善工作。因此他对朋友说:放下政治吧,"在我们俄国,政治是没有意思的","学习、学习再学习,让政治见鬼去吧,科学万岁"⑤!

---

① 《致特·伊凡诺夫》,《别林斯基全集》第 11 卷,苏联科学院出版社,莫斯科,1956 年版,第 146 页,以下引用的《别林斯基全集》均为此版本。
② 《致巴枯宁》,《别林斯基全集》第 11 卷,第 175 页。
③ 《别林斯基全集》第 11 卷,第 187 页。
④ 《致特·伊凡诺夫》,《别林斯基全集》第 11 卷,第 149 页。
⑤ 《别林斯基全集》第 11 卷,第 151 页。

黑格尔有一个著名的公式："凡是现实的都是合理的，凡是合理的都是现实的。"德国哲学家的这一思想是充满了辩证法的精神的，因此歌德按照黑格尔的思维方法，在《浮士德》里把这一命题变成了另一个命题：凡是现存的，都是应当灭亡的。马克思主义奠基人认为，这个公式的意思是，"凡是现存的决非无条件地也是现实的。在他（指黑格尔——引者）看来，现实的属性仅仅属于那同时是必然的东西"[1]。他们把这一观点运用于历史的考察，论证了社会发展的规律。恩格斯还指出，如果这一公式真有某些"保守的方面"，那就是"它承认认识和社会的每一个阶段对自己的时间和条件来说都有存在的理由，但也不过如此而已"[2]。而德国反动势力则一厢情愿地把这一思想看作是从哲学上为专制制度的祝福了。对于别林斯基来说又是怎样的呢？不能忘记，他是通过巴枯宁的介绍而了解黑格尔的。但是无疑，这个"哲学的门外汉"本人就不是真正了解德国哲学家的，因此，他给别林斯基所作的讲解，只能促使后者从保守的立场上去接受黑格尔的这一思想。所以从这时起，别林斯基走向了另一个极端，认为现存的一切都是"现实的""合理的"。他把黑格尔所说的"现实"，同俄国的社会实际不加区别地等同了起来。不久之前，他由于痛恨现实，宣称只有"理想的现实"才是"具体的现实"，而真正的现实不过是子虚乌有，从而为理想而牺牲了现实。如今，他认可了现实及其"合理性"，对不合理的现实也认为无可非议，为此和赫尔岑发生争执并中断了友谊。在给巴枯宁的信中，他说："我看着过去那样为我所鄙视的现实……意识到它的合理性，从中看到不能抛却任何东西，也不能对现实中的任何东西加以非难和驳斥时，这真使我欣喜莫名。"[3] 可以说，这段话典型地表现了他"与现实妥协"时期的思想。这种思想进入文学批评，必然要忽视文学对生活否定面的揭露倾向。因此，这一时期他对讽刺文学评价甚低。

---

[1] 《马克思恩格斯全集》第21卷，人民出版社1974年版，第306页。
[2] 《马克思恩格斯全集》第21卷，人民出版社1974年版，第308页。
[3] 《别林斯基全集》第11卷，第282页。

二 现实、激情、审美反映和民族化

然而，真要别林斯基坚持这种错误思想，还是不免充满了矛盾的。因为他只有把处处是黑暗、消极的现象，强行当作幻影时，他才能心安理得于一时。但是，对于疾恶如仇的别林斯基来说，这种精神状态是不能持久的，因此他深感苦闷，不倦地进行着探索。19世纪40年代初，在各种社会因素的影响下，他的关于现实的观点发生了变化，得出了比较正确的结论。我们可以从下面几个方面来说明这一情况。

第一，19世纪40年代初俄国人民不断加剧的反抗斗争，是最实在的、根本的现实，这使他那样怀有一颗炽烈的心的人无法长期忍耐下去。他不能对丑恶的现象装聋作哑，无动于衷；他不能闭目塞听，固守在所谓现实是无条件的"合理的"蜗壳里面。我们从他的书信中看到，就是在"与现实妥协"的时期，他对现实生活仍然保持着清醒的一面。1838年，他说他在庸俗不堪的现实中，尚能"分清有生命的和死亡的、腐朽的和新鲜的"①。接着又说："我不是在它（指现实——引者）一般的绝对意义上，而是在人们相互的关系中来理解现实的。"② 这种态度极为重要，它预示了他的思想有转变的可能。果然，在那篇论点虽有矛盾的《智慧的痛苦》一文中，已露出了变化的端倪，即开始认可否定的思想。他承认了某些幻影现象即生活中的消极现象的必然性，幻影性的否定面在一定条件下也是现实的组成部分，这种肯定和否定有如健康必然伴随疾病，光明伴随黑暗，是生活的两个方面。以人为例，他不仅是一种理性的现象，同时也包括了其非理性方面。这样，便"出现了生活的两个方面——真实的或者理性的现实，这是生活的肯定；以及幻影性的现实，这是生活的否定"③。既然幻影的现实并非幻影，而是生活的组成部分，那么就应正视这种现实，并与之进行斗争。别林斯基发现，他在妥协的迷雾中虚掷了光阴。现在一旦觉悟过来，真是悔恨交加，无情地谴责起自己的"与现

---

① 《别林斯基全集》第11卷，第307页。
② 《别林斯基全集》第11卷，第314页。
③ 《别林斯基选集》第2卷，满涛译，上海译文出版社1979年版，第106页。

实妥协"的思想来了。1840年年底,他在给友人鲍特金的一封信中说:"与现实妥协","乃是与卑鄙龌龊的俄国现实的一种强制性的妥协",是与官迷、财迷、贿赂、淫邪、无耻、愚昧的妥协,"在那里,一切高尚的东西,有才智的人,注定要受压受苦","在那里,普希金生活清贫,并成了卑鄙勾当的牺牲品而死亡,而格列奇们,布尔加林①们,却支配着文学,并借告密之助,生活得优哉游哉"②!他愤怒地喊道,"现实是刽子手"③!他责骂自己说:"我诅咒我对卑鄙现实的卑鄙意向。"④他声明,他"从来不是也不会成为庸俗现实的卫士"⑤。1841年秋,他的现实的观点中的唯物主义因素加强了:"任何现实的土壤就是社会。"⑥ 这样,俄国现实本身进一步激发出了别林斯基身上原有的那种对专制制度的仇恨思想、不妥协的思想。

第二,19世纪40年代初,别林斯基对社会主义的兴趣日益增加,当然,这是空想性质的社会主义思想。他肯定法国大革命,声称要像法国大革命的领导人之一·马拉那样去爱人类,要改造当今社会。他说现在该是不幸的人类个性挣脱不合理的现实,从无知人们的专横和野蛮的桎梏中解放出来的时候了。1841年9月,他宣布说他信仰社会主义:"我现在处于一个新的极端之中,这就是社会主义思想,它对于我来说,成了思想的思想,……信仰和知识的起点和终点","它吞没了历史、宗教、哲学。因此,我现在依靠它来说明我的、你的以及我生活道路上所遇到的一切人的生活"。⑦ 但是别林斯基的这种个性解放的思想,诚如普列汉诺夫所指出的:"被压迫者不是生活在一定的社会生产关系中的生产者,而是普通人,被压迫的个性。"⑧ 同时由于俄国生产关系的落后,别林斯基未能上升到科学社会主义,在其后期的思想

---

① 均系当时的保皇文人。
② 《别林斯基全集》第11卷,第577页。
③ 《别林斯基全集》第11卷,第559页。
④ 《别林斯基全集》第11卷,第556页。
⑤ 《别林斯基全集》第11卷,第516页。
⑥ 《别林斯基全集》第12卷,第66页。
⑦ 《别林斯基全集》第12卷,第66页。
⑧ [俄]普列汉诺夫:《别林斯基与合理的现实》,《普列汉诺夫哲学著作选集》第4卷,汝信、刘若冰、何匡译,生活·读书·新知三联书店1974年版,第487页。

中，阶级论的思想虽然有所表现，但仍然未超过普列汉诺夫的结论。

第三，俄国现实主义文学的发展和别林斯基自己的文艺批评实践，是推动他正视现实的一股强大的动力。在《智慧的痛苦》的那篇文章中，别林斯基对现实作过错误的解释，并对格里鲍耶陀夫的作品《智慧的痛苦》评价不高，但在给友人的信中他承认，这是一部最高尚的人道的作品，因为它是"对卑鄙的俄罗斯现实、官僚、受贿者、荒淫无耻的老爷、犯手淫的上流社会、愚昧、卖身投靠的奴颜婢膝等等行为的坚决的（同时也是第一次）抗议"[①]。而当他触及一再为之兴奋和赞赏不已的果戈理的作品时，他便指出果戈理的《塔拉斯·布尔巴》描写的是正面的、肯定的生活，表现了生活的理性，而两个伊凡吵架的故事，虽然表现了偶然的、非理性的世界，是庸俗、卑琐的现象，是幻影，但是由于这些局部的、偶然的、卑鄙的现象成了典型，获得了普遍意义，因此，这种偶然性、幻影性便转为必然性、合理性而成了现实的组成部分。这样，别林斯基开始承认反面的、否定的生活现象有权进入艺术。这种思想的变化虽然还不很彻底，但它表现了某些辩证法的因素，因此不能不说是一个进步。这几方面的影响，使别林斯基逐步走出迷误。1841年春，他以嘲讽的口吻说，要向黑格尔的"哲学帽子""致意"，即同它分道扬镳了。他以为黑格尔的学说同他所见的严酷、腐朽的现实生活，实在是格格不入的，他甚至破口大骂德国哲学家："俄国政府是好的！我们希望从中看到理性政府的理想！这有什么可说的！下流的家伙，人类的暴君！自由和理性的刽子手们的神圣同盟的一员。你看，真没想到这就是黑格尔！"[②]事实上，黑格尔是不应该获得如此重大的罪名的，这完全是别林斯基对他的误解。别林斯基应该责怪"哲学的门外汉"，因为此人并未把真正的黑格尔介绍给他。不过，别林斯基此时挣脱"与现实妥协"的束缚却是事实，他承认了否定的现象以及肯定了否定的观念，在很大程度上纠正了对现实的看法，重又向现实宣战，向并非幻影的否定的

---

① 《别林斯基全集》第11卷，第576页。
② 《别林斯基全集》第12卷，第23—24页。

生活现象、现实的组成部分宣战。但是较之过去是站在更高的水平上了，因为他的批判的武器是最富于热情的、实践性的。当他真正领悟到前一时期理论上的谬误，他就喊出了"理智和否定万岁"①！

别林斯基一旦走出迷津，在思想上就迅速成长起来，开始走上了激进的民主主义的道路。他抛弃了唯心主义，掌握了费尔巴哈的唯物主义。他向赫尔岑承认了错误，于是两人重叙旧好。在论述普希金、果戈理、莱蒙托夫等人的作品时，他倾注着自己特有的热情，并把矛头指向罪恶的现实。他与宣扬专制、正教、民族性（或国粹主义）的官方反动理论和保守的斯拉夫派，以及否定一切民族传统的西欧派，展开了不懈的斗争。他为了改革现实的革命民主主义理想而多方树敌，广大进步青年则是他的崇拜者。赫尔岑回忆说："莫斯科和彼得堡的青年每月25日起就不安地等待别林斯基的文章。大学生连跑五次咖啡馆，询问《祖国纪事》到了没有？厚厚的一册书在传来传去中就破损了。'有别林斯基文章吗？'——'有，'——于是人们狂热地共鸣着、大笑着，争论着把它吞读下去……"② 19世纪40年代中期，别林斯基的思想愈趋成熟，站到了彻底的唯物主义立场，对现实不再区分为实有和若有，真实和幻影，摆正了存在与观念的关系。他把评论俄国文学作为揭露俄国专制制度现实的重要手段。一切有利于促进俄国现实的发展的进步文学，都受到他的热情赞扬，而一切掩饰俄国现实的作品，无一不受到他的谴责。当果戈理受到保守势力包围而在思想上、创作上发生转向，久为病魔缠身的别林斯基，爆发出了多么巨大的愤怒啊！他写了一封给果戈理的信，这封信完整地表达了他的革命民主主义思想的纲领。他提出改革现实，就要"废除农奴制"，"取消体刑"，"尽可能严格地至少把那些已有的法律付诸实施"。他指出俄国的得救不是在宗教、迷信、神秘主义和禁欲主义之中，而是在"文明开化和人道的进步里面"。他要求作家帮助人民摆脱"专制政治、东正教、民族性"（或国粹主义）。这封信表现了批评家对腐

---

① 《别林斯基全集》第12卷，第27页。
② 《赫尔岑论文学》，辛夫艾译，上海文艺出版社1962年版，第75页。

朽现实的不妥协精神。

别林斯基关于现实的观点，发展到最后，成了俄国进步的社会思想的组成部分，这个过程是相当曲折的。因此他关于文学和现实关系的阐述，也是极为复杂的。

（二）主观性和激情说

在19世纪20年代末的俄国文艺批评中，出现了所谓"现实的诗"和"理想的诗"、创作的无目的性和不自觉性的说法，其中两种诗的说法完全是作为文学中的两种极端倾向提出来的。在19世纪30年代中期，别林斯基在文艺评论中承袭了这一理论并进行了改造。他说诗人"忠于生活的现实性的一切细节、颜色和浓淡色度，在全部赤裸和真实中来再现生活"，"我们要求的不是生活的理想，而是生活本身，像它原来的那样"，这样创作出来的诗，就是"现实的诗"。例如他认为塞万提斯以《堂吉诃德》击败了诗歌中的虚伪的理想主义，莎士比亚使诗和现实调和了起来，而司各脱则以历史为媒介，"完成了艺术与生活的结合"，这类作品就是"现实的诗"的代表。至于所谓"理想的诗"，他指的是诗人"根据依存于对事物的看法，对生活的内在世界、时代和民族的态度的他固有的理想，来改造生活"[①]的艺术。对于这两种诗的高低上下，他认为当理想的诗歌和感情一致，现实的诗歌和表现的生活一致的时候，两者是不分轩轾的。不过"现实的诗"是作为积极的时代精神而产生的，所以是一种"时代的诗"，"更符合我们时代的精神和需要"[②]；它又是表现人的，所以也是一种易为大家接受的诗。因此，真就两者相比较而言，别林斯基还是倾向于"现实的诗"的。然而即便如此，他认为这两种诗可以并驾齐驱，而不是肯定一个否定另一个。需要说明一点的是，这里所说的"时代精神"，就这时期别林斯基的思想状态来说，指的是启蒙和

[①] 《别林斯基选集》第1卷，满涛译，上海译文出版社1979年版，第143页。
[②] 《别林斯基选集》第1卷，满涛译，上海译文出版社1979年版，第154页。

教育，揭露农奴制社会，还不是像有的人所说的，指推翻农奴制而言。

在别林斯基关于"现实的诗"的解释中，无疑具有现实主义理论的因素。但是在"与现实妥协"时期，他却从这理论后退了一步。如前所说，"与现实妥协"的思想反映到文学理论上，表现为忽视艺术对消极生活现象的揭发与批判，不能正确地理解创作中的主客观因素。比如，他这时期大力主张创作的"客观性"，把原来"现实的诗"称为"客观的诗"，"客观的描写"。提倡创作的客观性，本是符合现实主义理论的要求的，原是无可非议的，问题在于他对"客观性"作了错误的解释，把它理解成了"恬淡"或"冷静"。从这一要求出发，他说："诗人不是评判者，而是目击者，是不偏不倚的见证人。"① 这一观点又导致他对创作"主观性"的不正确理解。就创作的实践而论，主观性有两种，一种是作品中的作家的感情思想的表现，它们与客观现实的描绘结合一起，是创作中的正常现象，也是现实主义艺术原则所要求的。另一种"主观性"是作家感情、思想直接的表现，直接的介入，这是浪漫主义文学的特征之一。别林斯基对于这两种主观性不加区分，混而为一，竭力排斥。这种偏颇的看法造成的结果是，第一，把一些作品的强烈讽刺倾向，说成是作家外加的东西，把这种作品中的主观性，与消极浪漫主义文学中的"主观性"等量齐观，如对《智慧的痛苦》就是如此。他认为这一作品中的主人公对腐朽的官僚制度的揭露与猛烈的抨击，是作家强加给作品的，是一种"外在目的"。又如此时他认为不能提出诗人为社会服务，给艺术出题目会使诗人变为"包工头"。据说席勒由于给自己出了课题，诗作显示了强烈的主观倾向，因此它们被别林斯基贬为"早产儿""畸形儿"。第二，忽视、曲解了"现实的诗"的思想倾向。如果过去他把果戈理誉为"现实的诗"的代表人，在分析中有不少独创见解和现实主义的观点，那么现在他则把作家作品中表现出来的主观性因素和思想倾向一笔勾销了。在《钦差大臣》中，他看到的是"妙不可言

---

① 《别林斯基全集》第3卷，第15页。

二 现实、激情、审美反映和民族化

的作家对自己剧作中的任何怪人都不恼怒,作家透过他们的无知和受贿的愚蠢特点,能够显示出某种善心"①。而在关于两个伊凡吵架的故事中,他说作家"是怀着极大的爱来描写这些怪人的,是怀着怜惜之情与他们分手的"②。但是事情恰恰相反,果戈理是怀着强烈的忧愤来揭露旧制度的;他对两个伊凡生活的世界,也表现了恼恨和忧郁之感。这里没有什么"恬淡",没有什么"冷静",却有着强烈的批判性的主观情绪。别林斯基的这种观点,无疑损伤了文学的思想性,减弱了文学的倾向性。

19世纪40年代初,当他意识到"与现实妥协"的思想的错误后,他的艺术观发生了明显的变化,真正转向了现实主义。表现之一,就是对"主观性"的再评价,进而致力于提高文学的思想性。在《莱蒙托夫诗集》一文中,我们可以看到,别林斯基深为诗人对现实的愤怒的主观性表现所激动,他承认了这种强烈感情的合理性,并得出结论,现在的时代是"思考的时代",因此,"反思(思考)是我们时代的诗歌的合理因素"③。这种观点不可避免地会导致对"主观性"的肯定。他认为现代的诗人,要像古代诗人那样不通过自己个性去观察生活现象,写出纯客观的诗歌,是不可能的了。因此,他现在把拜伦、歌德和席勒相提并论,并且指出诗作如果缺乏内心的主观因素,倒是一个缺点了。正是出于这一原因,现在他认为席勒的诗作虽然逊色于歌德的诗歌,但却更具人性、人道,更能引起人们的共鸣。出于同样原因,他指出了司各脱小说的客观性固然充分,而艺术家的内心主观性因素极为不足。正确地理解创作的主观性,使他改变了关于创作的无目的性和不自觉性的观点。在评述莱蒙托夫的诗歌时,他说:"诗人的创作过程同时也是一种自觉。"④ 在《艺术的观念》一文中,他说:"不自觉性不仅不能组成艺术的必然属性,而且对于艺术

---

① 《别林斯基全集》第3卷,第15页。
② 《别林斯基全集》第3卷,第16页。
③ 《别林斯基选集》第2卷,满涛译,上海译文出版社1979年版,第505页。
④ 《别林斯基选集》第2卷,满涛译,上海译文出版社1979年版,第472页。

来说是格格不入的和贬低了它的。"① 应该认为，在这里别林斯基主要就文学和社会的关系而言。由于解决了主观性在艺术创作中的地位，这时他也改变了关于讽刺艺术的观点，认为讽刺作品并不是嬉皮笑脸的机智之士无伤大雅的讥诮，"而是愤怒的雷鸣、受到社会凌辱的人所激起的风暴"。因此19世纪40年代初，他对《智慧的痛苦》和果戈理的讽刺作品作了再评价，肯定了它们的巨大的社会意义。随着主观性问题的解决，也使别林斯基认识了理想在现实主义创作中的地位。19世纪30年代中期，他认为理想只是"理想的诗"的本色，是浪漫主义创作的特点，"现实的诗"是排斥这种理想的，这是同他对"主观性"的片面了解分不开的。现在，就是在讽刺作品中，他也看出了理想的成分，即作品中的强烈的倾向性表现。在论及果戈理的小说时，他说："饱经生活忧患的人，却带着忧愁的沉思、抑郁的苦闷来看待他的描绘……他们从这些可怕的、丑恶的人物身上，看到别种端庄的面貌；这污秽的现实引导他们去从事理想现实的观照，现有的东西在他们心目中更清楚地显现为应该有的东西。"②

别林斯基研究、分析了创作主观性的不同形态，这对于维护和揭示文艺创作的倾向性，具有十分重要的意义。一种是普通诗人的主观性，由于诗人才能的狭隘，它往往只是诗人的狭隘的个性的表现。另一种主观性则是伟大诗人所具有的，也是别林斯基所要提倡的："一个具有伟大才能的人，充满着内心的、主观性的因素，这就是他富有人情的标志。……一位伟大的诗人讲到自己，讲到自己的我，也便是讲到普遍事物——讲到人类，因为他的天性包含着一切人类赖以生活的东西。"③ 不过，这种具有人类普遍意义的主观性，抽象色彩还是十分浓厚。1842年，他评论《死魂灵》时对创作的主观性作了进一步的说明："在《死魂灵》里，到处可以感触到，或者说，可以触摸得到他的主观性。在这里，我们说的不是由于局限性和片面性而把诗人

---

① 《别林斯基全集》第4卷，第596页。
② 《别林斯基选集》第1卷，满涛译，上海译文出版社1979年版，第423页。
③ 《别林斯基选集》第2卷，满涛译，上海译文出版社1979年版，第507页。

二 现实、激情、审美反映和民族化

所描写的对象的客观实际加以歪曲的主观性",这种主观性,也即他稍后所说的"否定精神","不许他(指作家——引者)以麻木的冷淡,超脱于他所描写的世界之外,却迫使他通过自己敏感而富有同情的心灵去接受外部世界的现象,再通过这一点,把敏感而富有同情的心灵灌输进这些现象中"。别林斯基指出,在果戈理的作品中,主观性不仅给作品带来了生气,而且"发展到了高度抒情的激情"[①]。我们撇开他的一些抽象的地方,可以对他所提出的主观性作如下归纳:第一,主观性是诗人内在的因素,它必然会随其个性反映到作品中去。第二,主观性并不等于片面性,并不是那种由于片面的观点而歪曲了客观实际的主观主义,它可能并应该与描写的客观性相一致。第三,真正的主观性不允许诗人对现实生活抱有漠不关心的冷淡态度,它与所谓纯客观的倾向是不兼容的,它要求作家积极地感受生活,并把这种感受渗入到被描写的对象中去,使之变为一种创作的"激情",去批判现实的邪恶,暴露生活的溃疡,这是最重要的。对主观性的正确理解,修正了他过去关于"客观性"的解释,暴露出了那种所谓"恬淡"和"冷静",是和创作的主观性格格不入的。别林斯基文艺思想上的这一重大变化,可以说是他对自己错误文艺思想的一个自我批判,其结果是以创作的主观性和客观性的结合为契机,把俄国的现实主义文艺思想的发展,向前推进了一步。

　　几乎与此同时,别林斯基提出了"激情"说。1841年他在论述莱蒙托夫的诗作时说,诗人作品中的那种暴风雨般的兴奋,那种令人颤栗的热情,就是"黑格尔在席勒的作品中称之谓激情的东西"[②]。这表明别林斯基的"激情"说来自黑格尔那儿。但是别林斯基的"激情"说,实际上是创作主观性理论的进一步发展,而并不是像朱光潜先生说的,是解决"主观性和客观性究竟如何统一"[③]的钥匙。请看事实:1841年年底,别林斯基在评述当年的俄国文学时指出,

---

[①] 《别林斯基选集》第1卷,满涛译,上海译文出版社1979年版,第445—446页。
[②] 《别林斯基选集》第2卷,满涛译,上海译文出版社1979年版,第512页。
[③] 朱光潜:《西方美学史》下卷,上海文艺出版社1984年版,第189页。

《智慧的痛苦》一剧的内容来自生活，"它的激情是出于对现实的愤慨"①。1842 年，他认为果戈理的小说《死魂灵》里的主观性，已发展到了"激情"的程度。这种"激情"不仅表现于小说的抒情插笔中，而且也充溢于对事物的描写中。同年，他在评论巴拉廷斯基诗集的一文中，又指出诗的观念或思想，就是"激情"②。在 1844 年写就的《亚历山大·普希金的作品》的第 5 篇论文中，别林斯基对"激情"作了全面发挥，进一步阐明了文学创作中的主观性和思想性的关系，提高了文学艺术的社会意义。他说："艺术不允许自己有抽象的哲学，更不用说是议论的东西；它只允许诗意的观念。而诗意的观念，并非三段论法，并非教条，也非定义。这是活生生的热情，这是激情。"他又说，诗人成功的创作，往往受到一种力量的鼓舞，"这种力量，这种热情，就是'激情'。"接着，别林斯基指出，激情不仅具有感情色彩，同时还具有道德上的含义："激情永远是观念在人的心灵中激发出来的一种热情，并且永远向往观念，因此，它是一种纯粹精神的、道德的、极其完美的热情。""每一部作品，应该是激情的果实，应该为激情所渗透。"③ 因此，他认为这部作品有思想，那部作品无思想的表述方式是不确切的，而应当说这部作品的激情是什么。激情还有一层意思，当有人责备茹柯夫斯基的诗作缺乏民族性时，别林斯基说："如果他（指批评家波列伏依——引者）理解茹柯夫斯基的诗的激情是浪漫主义——中世纪西欧生活的果实，因而也是一种与俄国民族性完全格格不入的因素，那么，他就不会因诗人的伟大功勋，而去攻击著名的诗人了。"④

我们在上面以较多的篇幅摘引了别林斯基关于"激情"的各种解释。第一，所谓激情，就是作家对生活现象的一种褒贬，它组成了作家创作的思想倾向。第二，激情是一种推动艺术创作的热情，一种冲动，因而作品也是激情所培育的果实。第三，别林斯基这时认为，艺

---

① 《别林斯基全集》第 5 卷，第 563 页。
② 《别林斯基全集》第 6 卷，第 466 页。
③ 《别林斯基全集》第 7 卷，第 312、314 页。
④ 《别林斯基全集》第 7 卷，第 315 页，（着重点是有原有的）。

二 现实、激情、审美反映和民族化

术只允许诗意的观念，而排斥抽象的观念，激情是诗意的观念在作家心中激发出来的具有道德意义的热情，它带有理性的色彩，是感情和思想评价的合一。第四，激情可以构成作品的主题思想。最后，它还被看成是文学创作的流派以及思想和形式的统一等。我们撇开最后一点不说，别林斯基关于激情的理论，完全是对创作主观性的进一步的、深入的发挥与论述，激情是作家主观意识的表现和主观情绪的反映，激情的品格愈崇高，则创作的果实也就愈有意义。我们可以这样说，别林斯基关于创作主观性的解决，促进了现实主义创作中主、客观因素的统一，但是，在主观性的理论基础上发展起来的激情说，恐怕不是去表现创作主客观的辩证统一，更不好用创作中的一般和特殊的关系例子来说明主客观的统一。①

清理了一下别林斯基关于艺术创作的看法，就可以比较客观地、历史地说明批评家是如何看待文学艺术在社会生活中的作用的。

别林斯基十分注意文学的思想性，特别在他解决了创作的主客观关系之后，他更自觉地要求文学要努力反映时代精神，批判纯艺术论。1842年，他在评述《波列查耶夫的诗作》一文中指出："要想使诗句成为诗的诗句，光有流畅和铿锵的音调是不够的，光有感情也是不够的，还需要组成一切诗的真正内容的思想。"② 他认为思想作为一定生活的反映，给予诗人以生命和灵感。因此，越是伟大的诗人，就越能表现他所处时代的思想。别林斯基不断要求文学创作反映时代精神。19世纪40年代后，他所说的"时代精神"，就是彻底暴露现存社会，鞭挞现存制度。因此，这里所说的思想，就是反映时代精神的先进思想。1842年，别林斯基在《关于批评的话》一文中，提出"分析和研究的精神是我们时代的精神"，他又说，我们时代的艺术，"是判断、分析社会，从而也就是批判"。因此，"对于我们时代来说，艺术作品如果只是为描写生活而描写生活，缺乏任何强大的，具有时代主导思想基础的主观的冲动，如果它不是痛苦的号叫和欢乐的

---

① 见朱光潜《西方美学史》下卷，上海文艺出版社1984年版，第193页。
② 《别林斯基全集》第6卷，第124页。

颂歌，如果它不是问题，也非对问题的回答，那么它不过是僵死的艺术作品"①。作为诗而不植根于当代现实，不能对现实投以一线光芒，不能解说现实，那么这种诗只能受到鄙视。对于诗人，他同样提出了严格的要求。这是因为，诗人是当代现实王国的"公民"，"社会已经不愿意把他看成是一个娱乐者的角色，而要他成为它的精神和理想生活的代言人；成为能够解答最艰深问题的预言家，成为一个先于别人在自己身上发现大家共有的病痛和忧伤、并且以诗的再现去医治这种病痛的医生"②。别林斯基在这里所说的"社会"，实际上指的是进步势力和人民群众，而其"精神和理想"，就是解放运动的理想和要求，"预言家"和"医生"，就是战士的角色。普希金、莱蒙托夫、果戈理等人就是这样的作家，他们的作品体现了别林斯基所说的"社会"的精神和理想，同时也暴露了社会的病症所在。而诗人巴拉廷斯基、马依柯夫、波列查耶夫、宾涅其克托夫的诗，或是由于缺乏思想性，或是由于思想的虚假，和时代精神格格不入，而遭到别林斯基的批评。在《1845年的流星》这篇短评里，批评家猛烈地抨击了宾涅其克托夫的诗歌。早在10年前，保守文人歇维辽夫就为宾涅其克托夫唱过颂歌，声称在宾涅其克托夫之前，俄国诗歌是缺乏思想的，连普希金的诗也不例外。别林斯基以嘲讽的口吻说，诗集《流星》中有多少诗人的名字！但是"现在我们的诗人何其多，诗也就何其贫困"！他们用言之无物的拙劣的诗折磨着人们，宾涅其克托夫就是其中之一。批评家指出，在今天"做一个诗人，需要的不是表露衷肠的琐碎的愿望，不是闲散的想象的梦幻，不是刻板的感情，不是无病呻吟的忧伤；需要的却是对于当代现实问题的强烈的同情"③。

正是在这一思想基础上，别林斯基从19世纪40年代初开始，就反对流行于俄国的纯艺术论。1842年，当他摆脱了理论上的迷误后，当他把艺术和社会进步结合起来后，他说："我们的世纪特别厌恶这

---

① 《别林斯基全集》第6卷，第271页。
② 《别林斯基全集》第6卷，第9页。
③ 《别林斯基全集》第9卷，第39—40页。

二 现实、激情、审美反映和民族化

样的艺术倾向。它坚决否定为艺术而艺术,为美而美。"① 歌德曾经写过一首诗《歌手》,写的是国王和满朝文武听到宫门外一个歌手的悠扬的歌声,于是就把歌手叫了进来,令其表演。由于歌手的优美歌声震惊了四座,国王赏赐他金链。歌手说,"我只是像鸟儿那样歌唱",谢绝了赏赐。这表现了艺术不受宫廷豪门的影响,也许是身处魏玛小朝廷中的歌德的自况吧。可是对于"我只是像鸟儿那样歌唱"那句话,无论是德国的纯艺术的拥护者,还是俄国的同行,都喜欢用它来为纯艺术论辩护。早期的别林斯基也曾欣赏过所谓歌德创作的纯客观性。现在,批评家反驳说,这完全是对伟大德国诗人的歪曲。歌德的《维特》,正是时代的呼号,"他的《普罗米修斯》散发着支配性的世纪精神","他的许多短小的抒情剧作,不是别的,正是哲学思想的表露"②。而歌德的《浮士德》,实际上是诗人同时代的德国社会生活的全面反映。批评家指出,一些作品所以为人们所珍爱,就因为诗人的幸福和痛苦,生根于社会土壤之中,他是社会的代言人;而一些作品很快为人们所遗忘,在于它们的作者"缺乏生活的观点,缺乏充满心血的信念……没有原则;因为他们为写而写,有如鸟儿为唱而唱",因为"他们对社会没有爱,没有恨,没有同情也没有敌意",③ 因为它们和时代缺乏精神上的血缘关系。别林斯基指出,对于一部作品,应该从时代,从艺术家对社会的态度上来加以考察。莎士比亚、弥尔顿、歌德等作家都受到各自时代的强烈影响,他们的作品也正是时代的产物。因此,他指出就连审美批评也达到了这种地步,如果它们不顾及写作的时代,这种纯审美批评,不过是一种空论,已为人所不齿了。

别林斯基批判了流行一时的错误文艺思想,促进了文学为俄国的社会进步服务。在其后期的文章中,批评家满怀激情地说:"夺去艺术为社会服务的权利,这是贬低它,却不是抬高它,因为这意味着夺

---

① 《别林斯基全集》第 6 卷,第 227 页。
② 《别林斯基全集》第 6 卷,第 228 页。
③ 《别林斯基全集》第 6 卷,第 279 页。

去它的最泼辣的力量，即思想，使之成为消闲享乐之物，游手好闲的懒人的玩物。"① 他认为优秀的讽刺、喜剧、小说，无疑可以促使人们猛省，使其敢于正视现实，让人们鄙视社会的陈规陋俗，影响社会的教育和道德的完善。俄国文学正是这样经历过来的，在那黑暗的反动年月，别林斯基要求文学应去"唤醒沉睡的灵魂，对已经失去生命的现实、庸俗的散文式的生活表以憎恨，和对崇高的现实怀有神圣的思念，而这种崇高现实的理想，正包含在勇敢的、充满了生命的人类价值的创造之中"②。那么这种崇高的现实理想是什么呢？批评家几乎丝毫不加任何掩饰、不用隐语暗示，直率地把《给果戈理的一封信》中的政治纲领，赋予了文学。他说对于俄国作家来说，"社会的最崇高和最神圣的利益，就是那同等地遍及于其各成员的社会本身的福祉。引向着福祉的道路，是自觉，艺术能够促进这种自觉，并不亚于科学。在这儿，艺术和科学是同样不可缺的，科学不能替代艺术，艺术也不能替代科学"③。这实际上就是要求文学去促进社会的平等和改造，指向农奴制。要求创作的巨大的激情，要求艺术具有崇高的意向，"怀着愤怒大声地反对现代风尚中的可悲现象"，公开号召为社会的进步事业服务，这种文艺批评，在19世纪的文艺理论中，不仅独树一帜，恐怕也是最具战斗性的吧！同时，这一传统的发展，也使20世纪的俄国文学走上了为政治服务的曲折道路。

（三）文学审美反映生活的真实性及其广度与深度

关于文学和生活关系问题的论述，贯穿于别林斯基文艺批评活动的始终。在这里我们要说明，他为什么要反反复复地谈论这一问题。

19世纪30年代俄国文坛上，古典主义的影响急剧衰落，最后荡然无存。这种文学流派，深受法国古典文学的影响，而曾被别林斯基

---

① 《别林斯基选集》第2卷，满涛译，上海译文出版社1979年版，第427页。
② 《别林斯基全集》第8卷，第305页。
③ 《别林斯基选集》第2卷，满涛译，上海译文出版社1979年版，第429页。

斥之为伪古典主义。属于这一文学流派的作品，只许写所谓上流社会的有教养的阶层。在《1841年的俄国文学》一文中，别林斯基指出普希金的功绩，在于他"在俄罗斯击溃了法国假古典主义的非法统治，扩大了我们诗的源泉，注意了生活中的民族因素，指出了无穷的新的形式，第一次使它与俄国生活和俄国当代接近起来"[1]。但是，这时的俄国文艺界，消极的浪漫主义影响仍然存在，比如茹柯夫斯基的浪漫主义倾向，在19世纪30年代还得到了恶性发展。它在"官方的民族性"即国粹主义的基础上，美化过去，颂扬专制主义，用宗教来调和个人与社会的矛盾，宣扬为皇上效劳的英雄史观。而在不少历史题材的作品里，则把落后的俄国生活歌颂为理想生活，宣扬忠于皇上的"爱国主义"，等等。按照这种十足的训诫主义文学的创作方法，它"容许你描写一切你所喜欢的东西，但规定必须把描写的对象修饰成这样，使人再也看不出你要描写的是什么"[2]。除此而外，19世纪30年代玛尔林斯基的浪漫主义倾向的作品，曾经发生过相当大的影响。玛尔林斯基原是十二月党人起义的参加者，事败充军西伯利亚，之后又被贬为普通列兵，派往高加索服役。他在19世纪30年代上半期，用消极的理想主义笔调，写了一些充满奇异风尚的浪漫故事，一时竟使人们激赏若狂。别林斯基指出，玛尔林斯基是以伪古典主义的敌人，浪漫主义的卫道士走上文坛的，他早期写过不少好作品，但后期写出来的故事，缺乏艺术性，它们精雕细琢，故布疑阵，追求廉价的效果。这种小说往往取材于古代生活题材，但经不起任何推敲。它们写的是俄国的传说和人物，可是它们又没有俄国人的灵魂，也就是说，作品没有真正的人物、真正的性格。他的诗歌"不是现实的诗"，因为在里面没有生活的真实，"一切都是虚假的，一切都是按照或然性的估计安排的，好像是用机器制造出来似的"[3]。但是在一个时期里，反动的浪漫主义和消极的浪漫主义文学作品，曾使一些青年作者

---

[1] 《别林斯基全集》第5卷，第558页。
[2] 《别林斯基选集》第2卷，满涛译，上海译文出版社1979年版，第404页。
[3] 《别林斯基选集》第1卷，满涛译，上海译文出版社1979年版，第153页。

竞相效尤,"有的模仿玛尔林斯基写些怪影幢幢的东西,有的用法国历史和立陶宛传说蒙哄人,扯成连篇累牍的沉闷的废话,有的专靠陈旧往古的假爱国、假民族场面这套东西过活;有的把平民百姓的秽事给我们冒充民族性……有的歪曲莎士比亚,把他的剧本改变得适合于俄国的风俗人情"①。正是在这种复杂的情况下,别林斯基花费了不少精力,写了不少文章,不懈地阐述文学和生活的关系,创建俄国现实主义的文学理论的。

无疑,消极的浪漫主义背弃了生活,而玛尔林斯基的专写奇风异俗的浪漫主义文学作品,同样是与现实生活、社会运动的发展背道而驰的。就在这时,别林斯基转向普希金、果戈理等人的研究,他从他们的作品中呼吸到了俄罗斯现实生活的芳香和泥土气息。这些作品吹来了一股不可抑制的文学与现实生活结合的时代之风。

就现实生活对文学来说,虽然早期的别林斯基尚在德国哲学的影响下徜徉,但他一开始就说,"哪里有生活,哪里就有诗"。这一观点用它来说明文艺和生活的全部意义,当然是有片面性的,但用它来说明有生活的地方才有诗,生活是文学的源泉,文学是生活的反映,却是可取的。如果我们结合上述文学运动的发展和当时的现状来看,那么它的针对性和倾向性是一目了然的。1841年,别林斯基在评论莱蒙托夫的诗集时,表述了一个著名的论点:"现实是一块纯金,但没有被清洗干净,还处在矿石和泥土之中,科学和艺术把现实这块金子清洗干净,把它熔制成典雅的形式。"② 次年,他又说:"任何艺术的内容是现实,因此,它像现实本身一样,是取之不尽,用之不竭的。"③ 接着在《1843年的俄国文学》一文中谈到浪漫主义的衰微时,指出原因在于脱离生活,伪造生活,而"现实之于艺术和文学,正如土壤之于在它怀抱里培育着的植物一样"④。别林斯基的这些观点,应该说是比较彻底,它是对现实主义文学源泉观的一个发展与总结。就

---

① 《别林斯基选集》第1卷,满涛译,上海译文出版社1979年版,第444页。
② 《别林斯基选集》第2卷,满涛译,上海译文出版社1979年版,第458页,译文有改动。
③ 《别林斯基全集》第6卷,第90页。
④ 《别林斯基选集》第2卷,满涛译,上海译文出版社1979年版,第66页。

二 现实、激情、审美反映和民族化

是历史题材的作品,在他看来也不例外。历史小说并非向壁虚构:"诗永远忠实于历史,因为历史是诗的土壤。"① 既然现实生活是文学的源泉,现实远比艺术丰富,因此只有现实才是至高无上的,一切超越现实的东西,都是虚构的幻影。一些文学作品流传千古,脍炙人口,在于它们植根于现实,反映现实和历史,一些作品虽然曾经风行一时,但是不久之后无人再去问津,在于它们歪曲现实。这证明了别林斯基提出的一个原则:"文学应该是社会生活的表现,是社会赋予它以生命,而不是相反。"②

那么文学如何审美地反映现实的呢?我们可以从下面几个方面来说明别林斯基的思想。第一,文学必须如实地再现生活。当然,关于生活以及反映生活的忠实的程度,在他前后期的文章中,内容是有所变化的,不过他要求反映生活必须忠实,却是始终如一的。他说:"我们熟视生活,突入生存,生活已经不是快乐的筵席,节日般的欢腾,而是工作,斗争,穷困和苦难的历程。"③ 他要求文学以"毫无假借的直率"来再现这种生活,把农奴制下人们的苦闷、惆怅、争斗如实地描绘出来,揭露生活的溃疡,用以震撼人们的灵魂。19世纪40年代初,俄国文学获得了重大成就,《当代英雄》和《死魂灵》相继问世。别林斯基认为普希金之前的俄国文学运动,在于谋求和生活、现实的接近,而现在文学走向成熟的直接原因,正是和生活接近的结果。其后他多次指出,俄国文学愈来愈和生活紧密地结合在一起,成为"生活的回声"。

根据文学再现现实的思想,别林斯基提出了"镜子"说的理论,即文学要像镜子那样反映生活。1834 年,他就说文学要有如凸透的玻璃反映五彩缤纷的生活。19 世纪 30 年代及 40 年代初,他多次涉及这一问题。他一面揭露那种道学家、说教家力图把文学看作从来未曾有过的理想世界,而不把它当成是反映生活的镜子。另一方面,他解

---

① 《别林斯基全集》第 5 卷,第 533 页。
② 《别林斯基选集》第 2 卷,满涛译,上海译文出版社 1979 年版,第 421 页,译文有改动。
③ 《别林斯基选集》第 1 卷,满涛译,上海译文出版社 1979 年版,第 139 页。

释说:"文学像一面镜子,反映着民族的精神和生活;文学是一种事实,从这里可以看出一个民族所负的使命,它在人类大家庭中所占有的位置,它通过它的存在所表现的人类精神的全世界性历史发展的阶段。"[1] 19世纪40年代中期,当他不再把理想看作是浪漫主义文学的专有物之后,他就把那种真实地反映了现实生活的文学,称作"理想的镜子""正确的镜子"了。但是,文学作为镜子反映生活,绝非僵死的反映,而具有能动的性质。他说:"镜子把它对面的东西反映出来,但它视而不见,同时对它来说,反映出来没有,是无所谓的。这一问题重要与否只有对于人才是存在的。"[2] 可见,真实的镜子的反映,是机械的、僵死的,而人对现实的反映是能动的,和前者是不可同日而语的。别林斯基要求于文学的,是一种能动的反映。把文学当作镜子,不少作家、理论家都谈过,但是别林斯基的"镜子"论,比较符合文学对生活的关系的原理。我们看到,马克思也有类似的观点,梅林说他"非常欣赏巴尔扎克的《人间喜剧》",认为它用"诗情画意的镜子反映了整整一个时代"。

第二,文学反映生活必须真实,这种真实性的根源表现在什么地方呢?别林斯基指出,文学的源泉既然是现实生活,那么,真实就是文学的根本条件,艺术反映的真实性就只能源于生活,而文学所以在社会的心目中具有重大的意义,就在于它"在生活和现实的真实之中再现生活和现实"[3]。一本真正的艺术作品,总是以其反映生活的真实性,正确性为其特征而震撼读者的。他说:"艺术并不虚构新的、实际上没有的现实,却是从那曾经有过、现在有、将来也会有的现实那里吸取现成的材料,现成的因素……"[4] 他说如果作品所描绘的粗野、屈辱和残忍的东西,人们可以在生活中看到,"那么就是说这些东西不是虚构的,而是从现实里撷取来的,就是说这是真实,却不是诽

---

[1]《别林斯基选集》第2卷,满涛译,上海译文出版社1979年版,第396页。
[2]《别林斯基全集》第6卷,第274页。
[3]《别林斯基全集》第10卷,第16页。
[4]《别林斯基选集》第2卷,满涛译,上海译文出版社1979年版,第458页。

二 现实、激情、审美反映和民族化

谤"①。可见，只有生活的真实，才能赋予艺术以真实，而一切不忠实于现实的东西，一切超出于现实之外的东西，都是捕风捉影和无稽之谈，只有现实才是真实。对于历史题材的作品同样如此，作家写作时有权略去某些史实，但他必须抓住最本质的东西，以创造"历史的理想的真实"。因此，批评家后来改变了早先对席勒的过火的评价，认为诗人写的唐·卡洛斯和菲力浦与历史上的人物尽管大相径庭，但他们的形象都具有艺术的真实，他们是艺术创作，而非随心所欲的杜撰。而司各脱的历史题材小说，就它们反映的特定时代和社会的真实面貌来说，"比任何历史都更加翔实可靠"。在俄国文学中，他指出了果戈理是第一个勇敢而直率地注视着现实社会和人民的作家，其作品的真实性在俄国文学中是无与伦比的。果戈理在俄国文学中击溃了与生活格格不入的两种不合时宜的倾向，"矫揉造作的、浮夸的、抢着硬纸做的宝剑的，像涂脂抹粉的演员一样的理想主义，其次是讽刺的教诲主义"②。前一种倾向指的是前面已论及的玛尔林斯基一类人的所谓理想的浪漫主义文学。这种作品公式化，概念化达到了这等地步，"你知道开端就可以知道中间和结尾，因为在这些作品中，一切都是陈腐之谈，磨坏了的弹簧"③。在这类作品中，小说的主人公"一定是个仪表非凡的美男子，弹得一手好吉他，歌唱的也不错，又能使各种武器，又富于膂力"，"如果是个坏蛋，那么他就是接近不得的，吃也要把你生吞活剥地吃下肚里去，他是这样的一个凶徒……找不出第二个来"④。这类作品，完全是向壁虚构，根本谈不上艺术的真实性，是些毫无艺术生命的东西。第二种倾向，指的是御用文人布尔加林、森柯夫斯基等人炮制出来的道德训诫作品。这类作品通常写的是多情善感的千金小姐，否则就是怀有一副侠义心肠的年轻人。这种人给被爱的对方带来满足和幸福，于是感谢之泪沾湿了恩人之手，与此同时，也骗取了浅薄读者的一掬同情之泪。这类作品粉饰现实，同样是

---

① 《别林斯基选集》第2卷，满涛译，上海译文出版社1979年版，第353页。
② 《别林斯基选集》第2卷，满涛译，上海译文出版社1979年版，第122页。
③ 《别林斯基选集》第2卷，满涛译，上海译文出版社1979年版，第201页。
④ 《别林斯基选集》第2卷，满涛译，上海译文出版社1979年版，第65、66页，译文有改动。

些虚妄之作。

那么，果戈理是怎样击溃这两种倾向的呢？他首先面对俄国社会，忠实地描绘生活，反映现实，使文学牢固地建立于生活基础之上。他深入生活，透入现实的本质；他以描绘事物的极端的真实性，给文学带来伟大的变革，闯出了新的方向，取代了粉饰性的浪漫主义和理想主义文学。19世纪40年代后期，当保守的斯拉夫派重复19世纪30年代一些保守文人的谰言，攻击果戈理在艺术中倡导"庸俗"时，别林斯基指出，实际上他们所谓的"庸俗"，正是果戈理对俄国文学的贡献。"我们认为可以更适当地称为如实地在其丰满性和真实性中描写现实的方面，果戈理比大家更进了一步而已。"① 果戈理抓住了生活里的种种丑恶的现象，汇集一起，无情地加以嘲笑和鞭挞，以辛辣无比的讽刺，代替了教诲主义。批评家说："自从《密尔格拉得》和《钦差大臣》问世以来，俄国文学就采取了一种崭新的方向"，"果戈理在散文小说方面完成了如同普希金在诗歌方面所完成的同样的变革"②。这里批评家所使用的"崭新的方向""同样的变革"，我们可以把它们看作文学面向生活真实、描绘生活真实的代名词。别林斯基认为，果戈理的《死魂灵》更是一部具有高度真实性和艺术性的作品，在其中"生动的社会思想的深刻性，和形象无边无垠的艺术性不可分割地结合于一起"③。在果戈理极度忠实于现实的描写的影响下，人们对那些荒诞不经的东西失去了兴趣，而渴望了解他们自己和周围人们的生活的变化，这使不少青年作家不由自主地屈服于果戈理的影响之下，竞相模仿；而一批老派作家则陷入了滑稽可笑的窘境，他们同样拙劣地模仿着，不过由于他们惯于炮制道德训诫小说，如今在描绘现实方面，到底暴露出了自己的庸碌无能，最后只好废然搁笔。而曾经风靡一时的玛尔林斯基的作品，在果戈理所描绘的无比真实的图景面前，真是相形见绌，声誉一落千丈；加上别林斯基的一篇

---

① 《别林斯基选集》第2卷，满涛译，上海译文出版社1979年版，第355页。
② 《别林斯基选集》第2卷，满涛译，上海译文出版社1979年版，第118页。
③ 《别林斯基选集》第2卷，满涛译，上海译文出版社1979年版，第270页。

二 现实、激情、审美反映和民族化

抨击文章，对他那些缺乏生活真实的、虚妄的作品痛加批判，几年之内，玛尔林斯基的影响几乎丧失殆尽。这两个文学流派的覆灭，标志了俄国文学向现实生活的靠拢和现实主义的胜利。

第三，文学反映生活，不仅需要真实，而且必须使作品反映出生活的广度和深度来。作家创作所显示的生活的广度，和自己时代密不可分，它是向时代、生活的面的延伸和发展，创作所反映的深度，则是向时代、生活所提出的问题的本质的不断深入，是向生活纵深的开掘。普希金的诗作，反映了整个俄罗斯的民族精神的复杂性和多样性。"他在不违背自己方向本质方面的情况下，永远牢固地抓住他所代言的那个现实，永远可以说出一些新东西。"[1] 他的诗作以俄国人民生活为其主要内容，而在其用民间文学形式写就的作品中，不仅可以让人看到俄国人民的灵魂及其精神，而且也能显示出同俄国人民对立的阶级的真实状态，从而使他的作品表现出醒目的真实，包容了俄国生活的全部深度。正是由于这一原因，批评家把伟大诗人的长诗《叶甫盖尼·奥涅金》称作是"俄国生活的百科全书"[2]。果戈理的创作的广度和深度，较之普希金的作品，又有新的扩展与新的开掘。果戈理扩大了创作的主题，展现了广阔的俄国现实生活的画面，无依无靠的下层人物因他而一一进入了俄国文学，原来文学中的那些高贵的主人公，终于在他笔下一一脱去了体面的外衣，而露出了其真实的本相。关于这点，我们在后面还要谈及。而别林斯基认为，果戈理创作的特色不仅在于深入到了社会的各个阶层，而且能够透过生活的表面，探入现象的本质之中，"能够在其全部深度和广度上看透对象，在其全部现实性的丰满和完整上把握住它"[3]。果戈理在琐屑与无聊的生活的描写中，"转动着整个生活的幅度"[4]。只有在这种场合，即在把握生活现实的丰满性和完整性的基础上，作家才能显示作品的艺术真实的广度和深度来。

---

[1] 《别林斯基全集》第 7 卷，第 376 页。
[2] 《别林斯基全集》第 7 卷，第 503 页。
[3] 《别林斯基选集》第 2 卷，满涛译，上海译文出版社 1979 年版，第 339 页。
[4] 《别林斯基选集》第 1 卷，满涛译，上海译文出版社 1979 年版，第 474 页。

揭示生活的深度和广度，固然必须建立在真实地反映生活的基础上，但是并非只要真实地描写了生活真实，就可以创造出艺术来的。创造真正的艺术作品不仅要拒绝对生活的粉饰与歪曲，而且也要与自然主义倾向划清界限。一些屈服于生活现象真实的作家也说他们描写的是生活真实，但是他们只能照相式地反映生活，不能把握生活的整个精神，他们只能给人物录像，但不能透视到人物的灵魂。因此创造艺术的真实，作家还应有把握事物现象本质的才能。别林斯基说："忠实地从自然中摹写可怕的事象（例如暗杀、死刑等），如果没有思想和艺术化的处理，就会引起厌恶，而不是喜悦。这种写法不仅偏颇，并且是错误的。"[①] 为什么呢？因为暗杀、死刑这类场面，它们本身不能给人以快感，读者所欣赏的不是死刑、暗杀本身，而是作家把握、描写它们的才能，是一种审美的感情。一个才能平平的人，他在描写生活和事件时虽然做到了穷形尽相，但这只是对生活现象上形的忠实，而永远描绘不出一幅真正的生活图画来。他的描写可能会引起读者的好奇心，但不是审美的喜悦。这种故事也许离奇曲折，富有冒险色彩，但过后就永远被忘掉了。

真实地反映生活，勇敢地面对现实，不停地深入生活的各个角落，与时代的脉搏共跳动，永远发现和开拓一些新的领域，说出一些新的东西，探向生活的深处，这就是艺术作品不朽的原因。"每个时代的诗永不凋谢，取决于该时代的深刻性和共同性。流传得最长久的是那些艺术作品，它们都是把时代最真实、最本质、最具有特征的东西，用最完满、最有力的方式表达出来的。"[②]

（四）文学反映现实的特征文学是如何审美地反映现实的？

1838年，别林斯基在评述俄罗斯故事的一篇短文中指出，诗是

[①]《别林斯基选集》第2卷，满涛译，上海译文出版社1979年版，第417页。
[②]《别林斯基全集》第7卷，第214页。

二 现实、激情、审美反映和民族化

"寓于形象的思维";接着又说,诗是"直观形式中的真理;它的创造物是具体化了的观念"①,而具体化的观念又是表现绝对观念的。在1841年的《艺术的观念》一文中,他又说:"艺术是对真理的直观的观察,或者说是寓于形象的思维。"②

别林斯基的述论点,是抓住了艺术的形象性的重要特征的,虽然我们不一定同意这样的提法。他说艺术是"寓于形象的思维"这一定义,是第一次出现于俄文中,在当时的任何一本俄文的美学和文艺理论中都找不到它,在当时俄国还无人涉及这一问题。他在这里所说的"寓于形象""直观形式","直观的观察",都是形象性的不同表达方式。别林斯基把艺术和哲学做了比较,他认为两者都是思维,具有亲密的血缘关系,但两者又迥然不同。艺术依靠"一般生活的、鬼斧神工的形象",在人们心中唤起崇高的感觉,而哲学则是凭借对于一般生活法则的认识达到这一目的。在这里,艺术的形象性的本质特征是得到了充分的肯定的。不过,别林斯基关于艺术本质的结论实际上是唯心主义的,是存在着明显的黑格尔的影响的。首先,他关于思维的解释是错误的,如前所说,他把思维和存在的关系颠倒了,因此把艺术对象归结为"绝对观念",则是这一错误观念的必然结果。其次,他的艺术是"寓于形象的思维"的结论,常常同创作过程的特征相混同,因此在论述中不免就有把思维与形象割裂开来的说法。再次,他在论述艺术本质时所使用的概念内容也常常是不很确定的,比如他在这一时期常常使用的"观念"一词,在不同文章里各有各的内容。观念先被看作是"一部作品的内容,是普遍事物;形式是这个观念的局部显现"③。这里所说的观念,实际上是指绝对观念而言。接着在《智慧的痛苦》一文里,他把诗歌视为"具体化了的观念","呈现于诗人心中的是形象,不是观念"。这里的观念指的是艺术思想。之后,

---

① 《别林斯基选集》第2卷,满涛译,上海译文出版社1979年版,第96页。
② [俄]别林斯基:《艺术的观念》,《古典文艺理论译丛》第11册,人民文学出版社1966年版,第56页。
③ 《别林斯基选集》第2卷,满涛译,上海译文出版社1979年版,第15页。

观念又被说成是"作者的意图"①，等等。

但是，当别林斯基一涉及创作过程，他的论述就比较明确。他说这时"诗人用形象来思考"②，这个论点在相当程度上概括了创作过程的本质及其特征。他指出创作过程中，观念即"作者的意图"有两种显现的方式：第一种方式是，作家在构思时，由于是用形象来思考的，因此这时他首先看到的是众多的人物，人物之间的相互关系，他的创作不是想入非非，而是生活的真实的描绘。在这种作品中，读者看到的是生动的形象，活生生的人物，而不是脱离生活的若有若无的形象。别林斯基认为，这时"观念延伸到形式里面去，从而在形式的全部完美中透露出来，温暖并照亮形式"。在这种情况下，观念是"连同形式一起产生出来的"。另一种方式是，作家创作时光有一个抽象的观念，预先就设计好某些情节和结局，然后凭空捏造一些人物，迫使他们扮演与某个抽象观念相适应的角色。这种作品名为创作，实际上只是赋予观念以外形，在观念和形式之间，并无内在联系，因此这不是艺术创作。对于这两种观念的显现方式，别林斯基无疑赞同前者，而反对后者，因为后者使创作失去了形象化的特征。一向受到他嘲笑和鞭笞的训诫小说，就是这种方式的产物，其中所谓的人物形象，全是一些木偶纸人，说教和观念的化身。应当说，这种对创作过程特点的分析，本来是很精彩的，但是由于他这时正处在思想的转折期，所以在观点上仍然会发生摇摆。在1843年的《杰尔查文作品集》一文中，他实际上又回到了早些时候表示反对的观点上去了。"诗歌的本质就在这一点上：给予无形体的观念以生动的、感性的、美丽的形象。在这种情况下，观念不过是海水的浪花，而诗意形象则是从海水的浪花中产生出来的爱与美的女神。"③ 这样说，岂不是把艺术贬成了以感性形象赋予抽象观念以外形，完全是作者的意图产生艺术形象了吗！

---

① 《别林斯基全集》第5卷，第505页。
② 《别林斯基选集》第2卷，满涛译，上海译文出版社1979年版，第96页。
③ ［俄］别林斯基：《杰尔查文作品集》第1篇论文，见《古典文艺理论译丛》第11册，人民文学出版社1966年版，第67页，译文有改动。

二　现实、激情、审美反映和民族化

艺术的本质及其形象性的阐明和艺术是生活反映的思想是分不开的。1845年以后，我们大致可以看到，在别林斯基的文章里，极少出现对现实的空洞的解释，或是把观念当作艺术对象的说法。在后一时期评论中所说的现实就是包括观念的社会生活，使别林斯基的艺术论获得了进一步的发展。在《1847年俄国文学一瞥》一文中，他又回到了文学和科学的分野问题上，对文学的本质及形象特征作了全新的说明。他说："哲学家用三段论法说话，诗人则以形象和图画说话，然而他们所说的都是同一件事。政治经济学家运用统计的材料，作用于读者或听众的理智，证明社会某一阶级的状况，由于某些原因，业已大为改善，或者大为恶化。诗人则运用生动而鲜明的现实的描绘，作用于读者的想象，在真实的画面里显示社会中某一阶级的状况，由于某些原因，业已大为改善，或者大为恶化。"[1] 别林斯基这段理论性的阐述优点很多。第一，他把艺术和科学的特征，作了区分，艺术是用形象、图画反映现实生活，它提供真实的画面，从而突出了艺术的形象性特征，更加深入地论证了"诗人是用形象来思考"的创作规律。第二，从理论上明确了艺术描写的是"现实"生活，是社会存在，而非抽象观念。第三，他指明了艺术作用于读者的方式，即依凭艺术形象作用于读者的想象。第四，他这时认识到了文艺所描绘的现实，它反映的真实画面，就是社会中的某些阶级的生活和它们状况的变化，就是阶级和阶级之间的关系。但是在这里，他在理论上制造了一个严重的错误观点，即把科学与文学的对象混同了。科学研究强调客观性，它只以客观事实为依据，在研究过程中，它把对象的感性特征都蒸发掉了，把研究者的主观性遏制住了，最后只是通过事物历史、现实的描绘，得出抽象的结论。文学的对象则是感性的，不仅要保持生活的感性，而且还要求主体的介入。别林斯基这一错误理论，后来在苏联被广泛运用，致使谬误流传，并在20世纪30年代起影响了我国的文学理论。

在"用形象来思考"的创作过程中，艺术的想象占有十分重要的

---

[1] 《别林斯基选集》第2卷，满涛译，上海译文出版社1979年版，第429页。

位置。批评家对于创作的想象，始终是给予充分地注意的。想象表现了用形象进行思考的这一基本特征。

一个很有趣的现象是，早期的别林斯基对古希腊的艺术本质所作的论述，是十分出色的。他指出古希腊人作为原始人类的代表，具有旺盛的想象力，他们用崇高的神秘力量，来解释物质世界的现象，他们的宗教，"渊于创造的幻想，神性的思想表现在迷人的艺术作品里"①。他说希腊艺术中的神不是别的，是理想的人的形象和人的神化，而进入艺术的一般野兽，则是各种自然力的表现；在不少民族的少年时期，艺术总是多少反映着宗教的观念。在他看来，希腊艺术是人类艺术发展初级阶段的高度发展的艺术，是一种艺术的典范。这样，别林斯基实际上把原始人的艺术，看作是当时人们通过想象和使用形象进行思维的产物，也就是说，形象思维实际也是前人用以认识世界事物的一种能力，是古已有之的。后来马克思在《〈政治经济学批判〉导言》一文中关于希腊神话的论述，和他这里所表达的观点极为相似。马克思指出："任何神话都是用想象和借助想象以征服自然力，支配自然力，把自然力加以形象化。"② 别林斯基还说过：人类"后一阶段的年岁高于前一阶段的年岁，但不应就此认为，前一阶段的年岁……本身就不具合理性和诗意。童年缺少理智，可这并非愚蠢。我们对穿着骠骑兵服装和骑着竹马的小孩感到好笑，但是，在这种场合，只是笑他的愉快，而不是笑他愚蠢的生活观点，同时一面笑，一面又羡慕这种愉快，感叹地回忆起自己的童年"。别林斯基以这种观点解释了古代艺术何以能给今人以艺术享受："是的，任何人类经历过的时机，无论对于人类生活或其意识，都不会消逝。只有野蛮的无知之徒，愚昧的人，才会对绝妙的诗感到格格不入，他们以为《伊里昂纪》《奥德赛纪》和希腊抒情诗人，悲剧作家对我们来说已不再存在，不能满足我们的美感了。"③ 稍后马克思关于古代希腊艺术

---

① 《别林斯基选集》第2卷，满涛译，上海译文出版社1979年版，第85页。
② 《〈政治经济学批判〉导言》，《马克思恩格斯选集》第2卷，第113页。
③ 《别林斯基全集》第5卷，第236、237页。

二 现实、激情、审美反映和民族化

魅力的论述,和我们在这里引述的别林斯基的观点,不是惊人的一致吗?

人类童年的丰富的想象产生了古希腊艺术,也创造了现代艺术。别林斯基谈道:"在诗中,想象是一种主要的动力,通过它实现独特的创作的过程。"① 如果作者不具创造性的想象,不能通过形象进行思考,那么,无论是智能,无论是感情,无论是信仰的巨大力量,无论是丰富的生活积累,都不能使他成为诗人。可见,别林斯基所说的创造性的想象,就是用形象来进行思考的一种能力。在其后期,我们看到当他谈论艺术的特征时,主要是在论述想象。在《1847年俄国文学一瞥》一文中,他全面地探讨了想象,可以从几个方面来谈:第一,别林斯基不断地谈到文学要再现生活,而再现生活"必须通过想象",只有如此,才能把生活中的各种现象串缀起来和表现出来,赋予它们以内在的联系和完整性。因此,在这点上,光有渊博的知识也是无济于事的。比如创作历史小说作者要查核大量史实,这是完全必要的,但又是不够的,因为只有历史的堆砌还不能成为小说。其时,作者要凭借想象之助,使历史材料动作起来,赋予历史史实以生活的血肉。第二,生活、历史情节,对于作品来说还不过是些砖瓦,要把砖瓦造成美丽的房子,还得通过想象进行构思。而对于拥有迅速理解生活特点和形式,善于深入生活现象和透视人们灵魂的人来说,他只需要得到生活的某些暗示,就能在想象的基础上建立起艺术的大厦来。第三,想象作为一种创作的思维活动,是创作的根本特征,"在艺术中起着最主要和最积极的作用是想象"②,但想象不是创作的唯一特征,在艺术创作中还需要推理和判断。同时,想象对于科学来说也是不可缺少的,只不过在科学中起着主导作用的是推理和判断。

形象思维的本质特点,即通过形象来反映生活。但是文学要反映生活的本质,还要通过形象的典型化才能达到。19世纪40年代初,别林斯基提出了一个十分重要的命题:诗是生活的反映,生活中又包

---

① 《别林斯基全集》第6卷,第591页。
② 《别林斯基选集》第2卷,满涛译,上海译文出版社1979年版,第418页,译文有改动。

含着诗，就本质来说，两者是一致的，但是为什么还要有诗呢？还要有艺术呢？他的回答是："在诗歌中，比在现实本身中，生活更显得是生活"，"更酷似现实"①。他以玫瑰为例，指出诗歌并不是要依样画葫芦地去描绘含苞欲放的花朵，它必须舍弃她的粗俗的实体，取其芬芳的香味，变幻无穷的色彩，做成一朵比实有的花更为华美的玫瑰花。就是说人们并不满足于生活之美，他们还要求艺术之美。但是要达到这点，光有如实地，形象地描绘生活，那还是不够的，还需要艺术的典型化。

别林斯基早期认为，艺术典型问题是创作的显著标志，它的意义有如卓有成绩的作家的纹章。其后不久，他又提出典型化是创作的基本法则，没有它就没有创作。由于别林斯基的文艺思想与西欧的文艺思想关系密切，因此他的典型论，在其初期就表现了两个基本方面，一是他的理论具有观念化、类型化的色彩，一是又重视典型的个性化特征，含有辩证法的因素。

那么，什么是典型？别林斯基说，这是"个人，同时又是许多人，一个人物，同时又是许多人物，也就是说，把一个人描写成这样，使他在自身中包括着同一观念的许多人，整类的人"②。他又说理想或典型形象，同现实现象之间的关系，"犹如类和科之间的关系一样"，它们自身潜藏着"表现某一特定观念的整类现象的一切普遍的、类的特征。因此，每一部艺术作品里的每一个人物都是无数同一类人的代表"③。从上面的引文看来，第一，典型被说成是某个观念的具体体现。这种观点在西欧戏剧里十分普遍，特别是中世纪的宗教剧中，以及后来发展起来的道德剧中，人物完全是一种概念，或是美德，或是邪恶，或是公正，或是嫉妒，它们自然影响到文艺理论。因此，把典型形象当成某个观念的化身，并非始自黑格尔。现实主义艺术作品里出现了一些著名的典型人物，如奥赛罗、堂吉诃德等，由于他们的

---

① 《别林斯基选集》第 2 卷，满涛译，上海译文出版社 1979 年版，第 456、460 页。
② 《别林斯基选集》第 2 卷，满涛译，上海译文出版社 1979 年版，第 24 页。
③ 《别林斯基选集》第 2 卷，满涛译，上海译文出版社 1979 年版，第 459 页。

二 现实、激情、审美反映和民族化

概括性极高，显示了深刻的社会意义，于是有些文艺家就把这些艺术形象看成是某种观念的化身，例如奥赛罗被说成是嫉妒的体现，阿巴公则是啬吝的化身，等等。黑格尔则反之，他把观念的形象化看成是典型。早期的别林斯基接受了上述各种思想，并把它们糅合于一起。他说，"理想是普遍的（绝对的）观念，它否定了自己的普遍性而成为个别现象，但在变成个别现象之后，又回复到普遍性上来"。因此，他认为，一种嫉妒的观念，一旦找到了形象的体现，这就是奥赛罗和苔丝德蒙娜。就是说，理想即一种典型（在这里是同义）的观念，摆脱了观念的普遍性，转而成为个别现象，化为人物形象。但是由于人物形象塑造出来后，他们具有很高的概括性，因此他们已不是某些原来已知的具体人物，所以接着就发生"观念的再否定或是普遍观念的回复"[①]。在阶级论尚未进入艺术理论之前，这种高度概括的典型很容易使人把它们当成一种观念的化身，当然这样一来，典型人物的血肉——他的社会内容就被阉割掉了，从而把抽象的观念当成了艺术创作的出发点。第二，类型化的典型论倾向在西欧布瓦洛等人甚至更早的文艺理论家的著作中也早已有之。在别林斯基的论述中，这种古典主义艺术的观点与上述的理论是相互混杂的。类型性的典型论的优点，在于看到了典型的概括意义，是一种反映生活规律的现象，其缺点仍然抽象、笼统。划定同一类型以什么为根据呢？是社会某个集团、某个阶层的一类人呢，还是具有某种同类性格特点的人？这里自然是指后者。当然，从别林斯基所举的具体例子来看，有时好像是指社会某一阶层的人，如他说的挑水人，文艺描写了一个挑水人的典型，就应写尽所有的挑水人。这种观点虽带有民主主义色彩，但往往使人认为，好像一个类型的典型，概括尽了这个类型的所有的人，变成一个类型一个典型，因此理论本身就具有概念化的倾向。在典型观念化，类型化的基础上，别林斯基提出了"普通名词"说，即是说典型人物本是一个专有名词，如奥赛罗、莪菲丽霞、奥涅金、达吉雅娜等。但是由于这些典型形象的某一方面非常突出，因此人们在生活中

[①] 《别林斯基选集》第 2 卷，满涛译，上海译文出版社 1979 年版，第 102 页，译文有改动。

看到和这些人物相类似的人，往往就用这些典型人物的名字来称呼他们，从而使原来的专有名词变成了众所周知的普通名词。在这里，我们以为别林斯基充分认识到了文艺中的典型形象的认识作用，只是他所指的人物泛了一些。其实，只有前一类概括极强的人物典型，如哈姆莱特、堂吉诃德等，才配得上授予"普通名词"的美称，这类人物作为一定社会的产物，由于其道德、品质、思想、性格的某些方面的特征得到了淋漓尽致的揭示，因此其社会意义往往超出了形象本身的意义。我们有时用这些典型人物的名字称呼在生活中见到的人物，不过是借用了这些典型人物的最鲜明的特性，标志，特别是他们性格，思想，道德原则方面的因素，而略去了典型人物的具体内容，有时是从内容到形式都相似，有时不过是形同而质异。这类典型人物，在文学史上为数不多，创造的难度也极大。属于后一类的典型人物如奥涅金、达吉雅娜等，他们的社会意义就狭窄多了，当然他们作为典型人物是极为成功的。

强调典型的个性化，是19世纪现实主义文艺理论的重大发展，这与西欧的启蒙主义者宣传人的个性解放是分不开的。别林斯基指出创造人物不仅要典型化，而且要求典型又是要有个性化。他说："必须使人物一方面是整个特殊的人物世界的表现，同时又是一个人物，完整的个性化的人物。只有在这种条件下，只有通过这些对立现象的调和，才能成为一个典型人物。"[1] 作家创造人物典型，要从人物身上突出最具本质的个人特征。在典型人物身上，这种本质特征，这种普遍性都是在个别的形式中显现出来的，没有人物的个性化，典型的特征就会无所附丽，典型就会成为概念、观念。

19世纪40年代中期以后，在典型问题上，别林斯摆脱了观念化的典型论的束缚。1846年他在论及普希金的创作时纠正了过去理论中的缺点，抛弃了观念化的典型论。例如，在说到悭吝人一类的典型时，他说作家们创作这一类型的人物时，理想是同样的，而典型却是无尽的、纷繁的，果戈理的泼留希金固然卑鄙、贪婪、令人可厌，是

---

[1] 《别林斯基全集》第3卷，第53页。

二 现实、激情、审美反映和民族化

个可笑的人物,而普希金的吝啬骑士却是个可怕的悲剧人物。但是,这两个人物形象已不是莫里哀的吝啬性的词藻的拟人化。"他们两人都为同一种卑鄙的情欲所吞没,但是他们仍然没有一点雷同的地方,因为无论哪一个人都不是用他们来体现观念的隐喻性的拟人化,而是在他们身上个性化地、各别地表现着普遍恶习的活生生的人物。"①

在别林斯基的典型化理论中,我们常常看到他提及"理想""可能性"和"完整性"等问题。在《文学一词的一般意义》一文中,他认为"社会在文学中找到了上升为理想的,引入意识的现实的生活"②。在别林斯基看来,理想和现实是可以结合的,现实本身就包含了理想,不过它不是幻想,不是装饰。"在'理想'这一词义下,我们指的不是夸张,不是谎言、不是幼稚的幻想,而是如实的现实的事实。"但是这种事实已不是按照现实照描下来的事实,而是被作家幻想所产生的光亮所照明,并"提升为创作绝品的事实"③(着重点是原有的)。这时,创作对于作家来说,就是对现实生活的理想化,并提升为绝品的诗。那么对别林斯基常说的文学要排除理想因素如何理解呢?不难看出,他所说的必须排除的任何理想因素,其实都是对浪漫主义、训诫主义的作品而说的,现实主义文学不要这种"理想"。这是不是说现实主义文学不要理想呢?绝不是这样,特别在创造典型中,理想是不可缺少的东西,但是这种理想绝非任意的幻想,而是植根于现实的一种关系。别林斯基说,在现实主义文学中,"关键是在典型,而理想也不被理解作装饰(从而是虚谎),却是作者适应其作品所想发挥的思想而把他所创造的各色典型安排在里面的一种关系"④。当一些人指责俄国的写实文学专写生活的丑恶方面时,别林斯基反驳说,就算这种文学的否定倾向真是很片面的吧,但是它的优点在于那种忠实地描写现实的习惯,可以使它的追随者,"当时间到来的时候,也能够忠实地描写正面的生活现象,不会有矫饰、夸张之

---

① 《别林斯基全集》第7卷,第561页。
② 《别林斯基全集》第5卷,第625页。
③ 《别林斯基选集》第2卷,满涛译,上海译文出版社1979年版,第66页。
④ 《别林斯基选集》第2卷,满涛译,上海译文出版社1979年版,第400页。

弊，总之，不会修辞学地把它们理想化"①。可见，在别林斯基看来，理想不能超越现实，它不过是现实关系的一种必然，而要俄国文学去写正面典型人物，其时社会生活的条件尚未成熟。他认为在当时文学的反面人物形象里，在作家的批判锋芒里，也渗透着社会理想的，否则他后来对果戈理的思想，创作发生转向，就不会表现出那么巨大的愤慨来了。

理想的实现涉及可能性，必然性、完整性等问题。别林斯基认为，可能性是遵循必然性的结果，是想象中的现实，是现实本质关系的表现。可能性存在于现实之中，严格地说是隐藏于现实之中。艺术创作在于发现现实本身的可能性，进而实现其必然性，从中显示出艺术反映的典型性来。这里一是作家要从周围现实中择取内容，不加虚饰，二，更为重要的是，作家还要"用生动的，当代的眼睛，而不是戴着朦胧的道德眼镜去看它"②。十分清楚，理想和"当代的眼睛"密切相连。在这种场合，理想或典范不是去抄袭现实，"而是用理智去预见、用想象去再现的某一现象的可能性"③，以体现其必然性，在艺术形象的刻画中显示其完整性。他以风景欣赏为例，提出了"站得远一些"的距离说，来解释典型化的特征。人们欣赏风景，先要摆脱它，把它当作客观对象，并且要完整地了解它，然后才能欣赏它。如果距离很近，就会看到一些坑坑洼洼，乱七八糟之处，这里没有起迄，没有过程，没有统一性，也没有完整性。把握风景的完整性的可能性，固然在于现实本身，但同时也在于观察它的距离和角度。人们如果站得远一些，就"看不见不匀称之处，偶然性和肮脏的斑点"，却能使人看到"十分干净、整齐、美观、完整、凝炼"，从而显示出完整性的必然性。因为一定的距离和角度，使风景"没有任何偶然和多余的东西，一切局部从属于整体，一切朝向同一个目标，一切构成美丽的、完整的、个别的存在"。④ 排除芜杂的，多余的东西，通过可

---

① 《别林斯基选集》第 2 卷，满涛译，上海译文出版社 1979 年版，第 259 页。
② 《别林斯基选集》第 2 卷，满涛译，上海译文出版社 1979 年版，第 124 页。
③ 《别林斯基选集》第 2 卷，满涛译，上海译文出版社 1979 年版，第 124 页。
④ 《别林斯基选集》第 2 卷，满涛译，上海译文出版社 1979 年版，第 458 页。

能性而展现事物的必然性,把握"原物的整个灵魂",这也就是为什么才能卓著的艺术家所画出来的风景画,比大自然中的美景更美。而艺术家笔下的肖像,比镜子中的人像更能忠实地反映出人物形象的本质,其奥秘也在这里。优秀的肖像画不仅抓住了人物外表的相似,而且也深入到人物的内在,展现了其整个的灵魂。

(五)现实主义文学的民族化和民主化之路

别林斯基常常慨叹,在普希金之前没有文学,这自然是偏激之词,但后来他对自己的说法也有所改正。不过,如果他所指的俄国文学是与现实密切结合的民族的、民主的文学的话,那也确非无的放矢。普希金之前的俄国文学,无论哪种文学流派的作品,都带有模仿西欧文学的痕迹,对此,批评家不无感慨地说过,西欧文学中的破铜烂铁一到俄国,立即身价百倍,成了时髦,视为宝贝。这种批评真是一针见血,十分中肯。当然,在19世纪初的俄国文学中,也不乏为自由而呐喊、为民主而呼号的文学作品。而民族的觉醒、社会解放运动的高涨,则要求文学成为反映俄国民族精神的文学,要求文学面向生活。树立文学的民族化,也就是为确立俄国文学的现实主义方向而努力。

19世纪20年代初,有人在评论普希金的作品时,提出了民族性问题。那时所谓的民族性,主要是指地方色彩而言。在普希金看来,民族性就是那个民族的"风俗、信念和习尚"。其后,民族性一词不胫而走,为诗人、作家所广泛应用。到了19世纪30年代,诚如别林斯基所说:"民族性则是新时代的全部意义,今天每一个文坛小丑也都争夺着民族作家的称号。"[①] 可见,当时民族意识的影响是何等强烈。

在批评家看来,每个民族的文学,都应有独创的精神,都应是本民族的民族意识的表现。因此,文学和民族的生活是密不可分地联系

---

① 《别林斯基选集》第1卷,满涛译,上海译文出版社1979年版,第103页。

着。"要使文学成为民族意识的表现，它的精神生活的表现，就必须使文学和民族的历史保持密切的联系，并有助于说明这一历史。"① 普希金开创了俄国文学的新时代，他的诗作反映着自己的时代，反映着俄罗斯民族的精神面貌。正如诗人在自己的诗中所说："这里有俄罗斯的精神，这里散发着俄罗斯的气息。"其次，民族精神不仅反映在历史，现实的描写中，而且还反映在描写的事实中。别林斯基早在19世纪30年代中期指出："如果生活描绘是真实的，那也必然是民族的。"② 果戈理的作品就是如此，无论是早期的那些描绘乌克兰五月风光的浪漫主义故事，还是稍后反映外省农村和城市生活的作品，都无不以真实性见长，而又散发出浓郁的民族气息。民族文学必须具有描绘生活的真实性，可以这样说，当时建立民族文学，也就是建立现实主义文学。古典主义、浪漫主义的作品，其实也写了俄国社会的生活，但是它们缺乏真实性，或真实性较差，以致民族性变成了虚假的东西，而这正是普希金、果戈理等作家所要克服的。在这一点上，伟大作家都有共同的品质，他们真实地把民族精神渗入自己的创作之中，即使是描绘其它民族的生活，也不例外。普希金用过外国的题材写了一些作品，比如《石客》，具有西班牙的风尚色彩，而《埃及之夜》则具有古代埃及的情调，但它们又有普希金的风格，俄国民族精神的烙印。正如果戈理所说的："真正的民族性不在于描写农妇的无袖长衣，而在于具有民族精神。诗人甚至在描绘异国时，也可能有民族性，只要他是以自己的民族气质的眼睛，以全民族的眼光去观察它，只要他的感觉和他所说的话使他的同胞们觉得，仿佛正是他们自己这么感觉和这么说似的。"《关于普希金的几句话》别林斯基多次引证这段话用以阐明民族性，不是没有道理的。再次，民族性也是文学的独创性的表现。每个民族都以自己的独特的方式生活于世，从而形成了各自特有的民族心理和审美习惯。

19世纪40年代上半期，民族性的问题一直受到文学界，思想界

---

① 《别林斯基全集》第5卷，第646页。
② 《别林斯基选集》第1卷，满涛译，上海译文出版社1979年版，第185页。

二 现实、激情、审美反映和民族化

的关注。由于当时不可能对民族的概念做了科学的理论概括,因此,民族和人民两个概念是含混不清的,民族诗人和人民诗人的界限,民族性和通俗性的界限,也是不甚分明的。1844 年,别林斯基在论述普希金时回答了这一问题,虽然这一回答并不十分科学,但有助于我们弄清楚他理论中关于民族性的含义。首先,他区别了民族和人民的范畴。在他看来,民族指的是"从最低到最高的,组成国家整体的所有阶层"。而人民,"一般指的是民众,如今国家最低的和基本的阶层"①。可见,在这里民族的范畴大于人民的范畴,人民作为下层群众,只是民族的组成部分。

其次,从这点出发,区分了民族诗人和人民诗人的界限。他反对当时有人把普希金称作民族诗人,又称作人民诗人。他的理由是:第一,人民诗人只是全体人民知道他,其它所谓上等阶层就不一定了,如白朗瑞之于法国人。民族诗人则只有"全部有教养的阶级知道他"②,例如歌德、席勒之于德国人。而俄国人民是不知道有什么诗人的。第二,民族诗人"既要在自己的创作中表现以人民群众为代表的那种基本的、难以分辨的,不可捉摸的实体力量,又要表现在全民族中最有文化的阶层的生活中发展着的那种实体力量的一定意义"③。所以他认为民族诗人是一个了不起的称呼,只有天才才能达到,才当之无愧。而人民诗人则主要是描写下层人民的生活的,在才能上较之民族诗人要略逊一筹。第三,别林斯基说过,民族是人类的组成部分,是人类个体的体现,没有个体,作为普遍的人类,将是子虚乌有。我们从他稍后的文章中看到,正是从这一观点出发,他认为只有民族诗人才能与其他国家的民族诗人相提并论。因为作为民族诗人,他同时也是世界性的诗人。诗人创作的民族性,"必须是人类观念的精神和无形世界的形式,身体、肉体、相貌和个性"④。换言之,一个民族诗人不仅对本国有伟大意义,而且他的出现也具有世界意义,而这是人

---

① 《别林斯基全集》第 7 卷,第 333 页。
② 《别林斯基全集》第 7 卷,第 332 页。
③ 《别林斯基全集》第 7 卷,第 333 页。
④ 《别林斯基全集》第 9 卷,第 440 页。

民诗人所达不到的。

再次,别林斯基澄清了当时对民族性的误解。自从普希金成为俄国的民族诗人以来,不少作家都渴望获得这一称号。那时称呼一个诗人是民族的,无异说他是伟大的,伟大被民族的一词代替了。于是人们纷纷追逐民族性,但是结果,有的人实际上把通俗性当成了民族性,以为民族性只存在于下层社会,"描写农夫农妇的粗俗的闹剧",就算是民族性的表现。而《智慧的痛苦》《当代英雄》尽管是俄国文学中的扛鼎之作,可是却算不上是民族的,因为它们写的不是下层社会。一些伪浪漫主义倾向的代表人物,一向因为自己写了农民甚至盗贼而沾沾自喜,幻想"真正的民族性只隐藏于农民的粗呢上衣下面和烟熏的茅屋里面"。别林斯基坚决反对这种观点,认为要获得民族性,在于诗人的心灵是否属于本民族,洞察"民族心理的秘密","在描绘下等、中等、上等阶层时,要忠实于现实"。同时在描绘老爷和庄稼汉时,要善于使他们各说自己的话;最后,"谁只会抓住粗俗的老百姓生活中的鲜明色调,而不能抓住文明生活中更为隐蔽的和复杂的细微差别,那么他怎么也成不了伟大的诗人,更遑论民族诗人这种辉煌的称号了"[①]。因此,他认为俄国诗人只有真实地描绘了文明阶层的生活时,才能使自己成为真正的民族诗人。如果我们看到这是批评家针对伪浪漫主义者的通俗性而说的,从而不难发现其偏激之处,那么不久之后,他就改变了这一观点,而把描写下层人物作为文学的主要任务了。从上面分析可以看到,别林斯基并未明确提出人民性的理论概念。但是直到现在,当人们在论述文学的人民性问题时,有的人几乎把别林斯基所说的民族性,都说成是人民性。这种混同、混用的现象,甚至在一些苏联的学术著作中也是不乏其例。一词多义固然是个原因,但是如果结合俄国文学作为一种民族文学的发展历史,特别是别林斯基的文艺思想的演变,是完全可以把两者区分开来的。他文章中所说的"纳洛特纳斯捷",其实指的是民族性,而非人民性。1845年,他在论及克雷洛夫的一篇文章中说:"在我们时代,民族性成了

---

① 《别林斯基全集》第7卷,第439页。

二 现实、激情、审美反映和民族化

文学的头等优点和诗人的最高功绩。"① 这与 1844 年关于民族诗人优越于人民诗人的观点是一脉相承的。

围绕着民族性的问题，不仅要批判曲解它的伪浪漫主义，而且还要与斯拉夫派、西欧派以及反动的官方理论作斗争。19 世纪 30 年代初，沙皇政府公开宣扬所谓专制、正教、民族性或国粹主义三位一体的反动理论，以对抗进步的社会思潮。这里所说的民族性，实际上就是把俄国人民的顺从，愚昧和俄国的古风旧俗，一律奉为俄国民族的固有特点。19 世纪 40 年代，俄国思想界争论过俄国发展的去向问题。以阿克萨柯夫兄弟为首的斯拉夫派，是接近于国粹主义的。他们害怕革命变革，要求维持现状。反映到文学中，要求文学描绘所谓古朴淳风，恬淡色调。斯拉夫派的保守观点别林斯基是不能接受的。他认为，保留本民族的优秀传统是必要的，但是如果提倡和维护那种有利于反动统治的落后的风尚习俗，乃至保持贵族封建特权，那是应坚决反对的。同时他与一切照搬西欧、全面否定俄国民族传统的西欧派的世界主义思潮，也是格格不入的。

别林斯基促进俄国文学民族化的斗争，是和为文学的民主化的斗争相结合在一起的。

还在 19 世纪 30 年代中期，别林斯基就痛斥过保守文人歇唯辽夫、布尔加林等人散布的诬蔑民主文学的谬论。布尔加林竭力贬低果戈理的小说的社会意义，诽谤它们"肮脏""庸俗"；而歇唯辽夫则狂热宣扬作品要为上流社会妇女，闺阁千金服务，提出文学要发展"上流社会趣味"，在文学中推广"上流气派"，给文学穿上燕尾服，听任淑女们颐指气使。《钦差大臣》上演后，愚蠢的沙皇看时虽然哈哈大笑，但散场时却说他比谁都不痛快，而他的下属则由于在舞台上看到了自己的本相而大为愤怒，纷纷攻击喜剧的作者。保守文人也是蜂拥而上，责骂果戈理歪曲现实。至于《死魂灵》的问世，则更加激起了保守文人的憎恨。布尔加林大肆攻击："在矜持拘礼的客厅里，在盛装小姐们的闺房里"，这种书是难以令人忍受的。有的人则责骂

---

① 《别林斯基全集》第 8 卷，第 565 页。

小说作者竟然使用了上流社会忌讳的字眼,例如"恶棍""贱种""流氓""下流坯"等,他们喊道,这些话就连任何一个正派的仆人也说不出口啊!这伙文人以同样方式对待普希金,声称诗人的诗仅以流畅见胜,《叶甫盖尼·奥涅金》的一些内容重要的章节,被说成是空洞无物的东西;而莱蒙托夫的诗则被诬为"拙劣异常"。他们对俄国优秀作家作品的民主倾向大肆诽谤,表现了没落阶级的情调。

别林斯基在评述1841年的俄国文学时说过:"面向生活,面向现实,构成了当代文学的好的一面:现在任何有才能的人,甚至天赋平平的人,都努力描写存在于社会、现实中的事,或经常发生的事,而不写他在梦中见到的事。"① 并说这种倾向在未来大有希望。批评家的话并未落空,果然,文学面向现实生活的结果,促进了它的进一步发展,这就是"自然派"文学的出现。"自然派"一词,是保守文人布尔加林对真实描写了下层人物的果戈理等作家的《狂人日记》《外套》等一类作品的贬语。19世纪40年代俄国文学中还未出现现实主义一词,别林斯基接受反动文人的挑战,认为把描写现实的文学流派称为"自然派"文学,那是受之无愧的,并加以广泛宣传。这样,"自然派"文学就成为俄国现实主义文学的进一步发展流行开来。

别林斯基在1845年的俄国文学评论中,提示了"自然派"文学的社会意义。他指出,新的文学流派的主要功绩,恰恰在于那引起卑鄙的嫉妒者、目光如豆的人对它滥施攻击的地方,就在于它所谓人类天性和生活的崇高理想,转向了"群众";在于作家选择了群众作为主人公,并深刻研究了他们。1847年,批评家说:"包括果戈理在内,他是最对普通老百姓加以深切注意的,可以看出,他长期地、带有同情地研究了人民,熟悉人民到无微不至的地步,无论是在风习的浓淡色度抑或生活方式和职别方面,知道一个符拉其米尔的农民怎样不同于一个特威里的农民。"② 可见,这种文学的作者,与普通人民有

---

① 《别林斯基选集》第1卷,满涛译,上海译文出版社1979年版,第425页,译文有改动。
② 《别林斯基选集》第2卷,满涛译,上海译文出版社1979年版,第368页。

二 现实、激情、审美反映和民族化

着密切的关系,对普通人民怀有极大的同情心。那么,这些普通人到底是些什么人呢?他们属于各行各业,身份五花八门,包括政府的低级官员,但绝大部分是下层人物,即平民百姓。对此,文学中的守旧派不胜愤慨,非难"自然派"专爱描写下等人、农民、看门人和马车夫。他们喊道:"文学中充斥着这么多乡下人,算是怎么回事呢?"别林斯基驳斥道:"大自然是艺术的永恒的楷模,而大自然中最伟大和最高贵的对象就是人。农民难道不是人吗?"[①] 要说农民教养不高,这只是部分事实,而且只是在"社交的教养"方面不如地主、贵族而已,而他们之中不少人,在智力、情操、性格上并不比他们的主子逊色,甚至要高出万万。

"自然派"的另一功绩,就在于它提示了群众的痛苦和他们的愿望。一些人指责"自然派"描写贫困,破坏了他们平静的心境。别林斯基驳斥说,"自然派"的作品确实告诉人们:"世上不是一切人都生活得像他(指辱骂'自然派'文学的反动文人——引者)一样美好,还有陋巷,那儿全家人衣不蔽体,瑟缩寒颤……这地面上还有许多人,生来注定得挨穷受苦,他们把最后一文钱拿去喝酒,不是为了无事可做和懒惰,而是由于对生活的绝望;由于生活的不幸遭遇,他们对于这一点也许是完全无辜的。"[②] 一些人讨厌这种描写,攻击这种作品,因为通常他们不喜欢在书中看见不懂"礼节"的下等人,怕见污秽和贫困;因为书中所描写的潮湿而阴冷的破房漏屋,与他们的堂皇的沙龙、富丽的闺阁适成对照。对于一些封建爵爷来说,连一匹马也不如的"卑劣的贱民",现在竟然在书籍中成了主角,代替了他们的位置,这岂不使他们愤愤不已!别林斯基愤怒地谴责说:为了使得这伙仁慈的逸乐之徒的心情平静起见,"诗人必须说谎,穷人必须忘掉愁苦,饥者必须忘掉饥饿"[③]。苦难的呻吟必须代以轻快的音乐,这是彻头彻尾的"贵族主义感情"!同时,这些人所以责难"自然派"

[①] 《别林斯基选集》第2卷,满涛译,上海译文出版社1979年版,第411页。
[②] 《别林斯基选集》第2卷,满涛译,上海译文出版社1979年版,第411页。
[③] 《别林斯基选集》第2卷,满涛译,上海译文出版社1979年版,第406、407页。

文学，也在于这种文学把他们平日的丑行如实地写进了文学作品。他们对自己的阴私，原来以为只有自己知道，现在他们在书中看到了自己的原形，读到了自己的腐朽与肮脏的传记，而且竟然在这种作品中被揭发得一览无余，岂不令人寒心！于是大帽子随手扣将过来，"这是自由思想的结果"！等等。

"自然派"文学遭到一些人的攻击，还在于他彻底破坏了过去创造人物的法则。别林斯基指出，受过卡拉姆静感伤主义作品熏陶的人，读到了"自然派"的作品，简直是手足无措。卡拉姆静的女主人公被纨绔子弟所引诱，但是一切描写得"端庄大方"，莫斯科近郊的贫女的举止，丝毫不让于城里的大家闺秀。原来问题在于描写农民时，作家给他们穿上了戏装，"表达跟他们的生活、身份教养不相称的感情和观念，并且用任何人都不说、尤其农民决不会说的语言来表达"。在这里，下等的俄国人不过是绅士老爷的乔装打扮。别林斯基嘲笑说，那时就连牧童、牧女的装束，也完全是以法国作品中的描写为模板的；而女主人公必然备有蓝色缎带的草帽、发粉、美人痣、撑裙的鲸骨箍、胸衣，诸如此类。而在布尔加林的《北方蜜蜂》上，充斥了这类粗制滥造，宣扬市民低级趣味的东西。如果是人物描写，出现了傻瓜，总会有聪明人来陪衬，有了坏蛋，准有贞洁的人来对照。但是他们不是人物，性格，而全是些"抽象的道德和邪恶的修辞科学的拟人化而已"。"自然派"文学一扫这类积弊，它们一如生活，如实地描绘人物；它们使人物说各自的话，它们杜绝谎言假象、虚幻的安慰和大团圆的结局，而以赤裸裸的严酷的真实，揭示了那些无依无靠、挣扎于饥饿和死亡线上的人们的悲惨命运，并使人物作为艺术形象而跃然纸上。我们以为，上述几个方面，才是人民性的真正体现。

俄国文学面向现实，它的民族化、民主化的这一转折以及在理论上的建树，可以借用19世纪40年代恩格斯评论欧洲文学变化的话来说明："近年来，在小说的性质方面发生了一个彻底的革命，先前在这类著作中充当主人公的是国王和王子，现在却是穷人和受轻视的阶级了，

二 现实、激情、审美反映和民族化

而构成小说内容的,则是这些人的生活和命运、欢乐和痛苦。"① 十分有趣的是,俄国文学的这种转折,几乎是和欧洲文学同时期完成的,而它的发展,本来要比后者晚得许多。别林斯基的不可磨灭的功绩,在于他创立了战斗的文艺批评,以进步的文艺理论武装了俄国文学,从而推动了俄国现实主义文学的成长与发展。正如他自己所说,在那黑暗势力肆虐的反动年月,在俄国,"只有在文学方面,不顾鞑靼式的审查制度,还显示出生命和进步的运动",② 与俄国人民的命运保持着密不可分的血肉联系。

别林斯基的文学批评,在俄国现实主义文学的发展中,做出了重大的贡献,它为后世提供了一个范例,使文学批评与现实生活的发展紧密结合在一起。他的文学批评是对文学创作实践的及时总结,又是站在时代高度水平之上的理论指导,推动了现实主义文学发展的主张。在别林斯基去世后不久,车尔尼雪夫斯基和杜勃罗留波夫继承了这位先驱者的传统,又在一些方面,把文学理论向前发展了一步,形成了俄国现实主义文学理论发展中的高峰,开辟了一个新的时代。

难能可贵的是,后来的不少著名的俄国作家,都肯定了别林斯基的巨大功绩,都感到他的文学理论,批评的不可抗拒的力量。这是因为,他们看到他和同时代的那些最负盛名的作家一起,艰难创业,共同开辟了俄国文学的新时期。如果要讲俄国现实主义文学的奠基人,那么讲了普希金、果戈理,还应讲到别林斯基。这是因为,这些著名的俄国作家也是他的先进的现实主义文学理论的受惠者,他们是在这一理论的旗帜下成长起来的。屠格涅夫在《回忆录》中谈到别林斯基作为"伟大批评家的主要优点",在于当时俄国文学中的"首倡权总是属于他的"。③ 别林斯基后期能够恰如其分地评价其时已经故去的作家,又能正确地确定那些尚活在世上的同时代作家在文学中的地位和

---

① 《马克思恩格斯全集》第1卷,人民出版社1956年版,第594页。
② 《别林斯基选集》第2卷,满涛译,上海译文出版社1979年版,第326页。
③ [俄]屠格涅夫:《回忆录》,蒋路译,人民文学出版社1983年版,第29页。

意义，做出为众人所接受的总结；而且"每逢新的天才，新的小说和诗歌出现的时候，任何人也没有比别林斯基更早、更好地发表过正确的评论，真正的、决定性的意见"①。他对果戈理、莱蒙托夫、陀思妥耶夫斯基、屠格涅夫、格利戈罗维奇、赫尔岑，冈察洛夫等人的评述，无不如此。托尔斯泰于19世纪50年代初就开始了文学创作活动，但他真正体会到普希金的诗作的妙处，却是在1857年读了别林斯基分析普希金的作品的论文之后，他说别林斯基的论文可真是一个"奇迹"。冈察洛夫也曾说过，对作品做出审美的分析，与作品中的形象结合成一个整体，正确无误地看出这个整体究竟说了些什么，这一点只有别林斯基能做到。

别林斯基的文学思想极为丰富，它影响久远，不仅横贯整个俄罗斯文学，而且一直深入到现代。我们以为，别林斯基的文学理论、批评思想对我们也是极为有益的。本文只是就其中某些方面做了简略的研究，至于其他方面的问题，拟另行撰文论述，这里由于篇幅关系，只好从略了。

（原文作于1978年9月，1979年9月修改）

附言：1980年本文刊于蔡仪主编的《美学论丛》第4期。1987年收入《现实主义和现代主义》（人民文学出版社）一书时，将文中的"反映"改为"审美反映"。"审美反映"是我在《论当前文艺理论中的现代主义思潮》（《文学评论》1984年第1期）一文中提出的，后在同年发表于《文学评论》第4期《文学理论中的意识形态本性论》以及发表于同年《文学评论》第6期的《文艺理论的发展与方法更新的迫切性》两文中，再次提出"审美反映"这一术语。

---

① ［俄］屠格涅夫：《回忆录》，蒋路译，人民文学出版社1983年版，第30页。

三 通向现实主义高峰之路
——托尔斯泰论真实性、客观性、主观性、真诚和分寸感的关系

在当前文艺理论问题的讨论中,现实主义是个相当突出的问题。由于我们对于这一问题长期不予重视,因此在讨论中,出现了对现实主义各种各样的解释。力图阐明文艺创作的发展规律,是讨论的总趋势,但是结论却是众说纷纭,互不相同。

有的同志认为,文学创作只需要写真实就够了,文艺反映生活按其本来面目即可;有的为了纠正过去的偏向,只强调文艺真实性的客观性,给人的印象是好像真实性与创作的主观性无关;有的人认为,提出艺术理想会导致粉饰生活,重蹈过去覆辙,因此一见理想二字就破口大骂。有的同志认为,社会主义文学只需要现实主义就可以了,而社会主义文学是否应当继承过去的现实主义的优秀传统,那是不必顾及的。有的同志提出了社会主义的批判现实主义的口号,有的同志认为,现在再提现实主义,那是一种因循守旧、抱残守缺的表现。当然,此外还有个别同志对是否存在创作方法本身就持一种怀疑态度,等等。总之思想解放冲决了一切网罗,在文艺理论问题的讨论中,人们对于任何原则,都愿意亲自去体验一下,提出自己长期被禁锢的见解,做出自己的结论,这种生动活泼的局面,是十分可喜的。

但也毋庸置疑,其中有的观点是充满了虚无主义的气味的,我认为,文艺中的创新与发展,都必须建立在批判继承的基础之上,继往才能开来。无疑,文学需要不断地标新立异,别开生面,但是文学的创新一旦脱离了优秀的传统和成功的经验,则将会发生畸形发展,这

也是无数艺术经验所证明了的。现实主义问题也是如此。正是基于这一情况和要求,我们以为提出讨论托尔斯泰的文艺思想,特别是他的现实主义文艺观,是有一定的现实意义的。

托尔斯泰以其优美绝伦的现实主义小说创作著称于世,他的艺术家的声誉,大大地超过了作为道德家、教育家、宗教家的托尔斯泰的威望。同时,当我们比较系统地接触了他的有关文学艺术的论述,我们立刻就能意识到他也是一位文艺理论家,而且是一位极有见地、自成体系的文艺理论家。在这方面,就托尔斯泰所涉及的艺术领域的广度和论述的深度来说,在19世纪俄国作家中间,似乎无人可以与之相提并论,他的不少艺术论著,包括他的专著《艺术论》在内,提供了极为丰富的研究资料。

其次,托尔斯泰的文艺思想的另一特征是,它们总是和他的文艺创作实践结合在一起的。托尔斯泰在艺术创作方面作过不懈探求,不断创新,与此同时,这一过程也是他在文艺理论方面进行独特的探索的过程。他对自己创作实践中所出现的种种问题,作了详尽的探讨和剖析,他的执着的态度,可说不亚于他的艺术作品中主人公们的内心的探求。他对上下古今的文艺现象,作了极为精彩的评述,这里既有热情的肯定,感佩的赞誉,也有激烈的谴责,大胆的否定。毫无疑问,托尔斯泰的文艺观点和他的艺术创作是交相辉映、相辅相成的。艺术创作为他提供了理论思想材料,由此而形成的种种见解,又推动了他的创作,把它们引向现实主义高峰。当然,我们也要看到他的文艺思想中的迷误和偏颇之处。当托尔斯泰努力去给自己的文艺理论建立一种学说时,那时宗教道德的艺术观就毕露无遗,他的不少独创的见解常常因此而成为牺牲。到了晚年,由于世界观、艺术观的变化,他对自己的绝大部分作品抱了否定态度,而把它们归入"坏艺术"之列。在其垂暮之年,他甚至忘记了在《安娜·卡列尼娜》中写了些什么[①],因为此时他对这类故事已经兴味索然。

---

① 参阅马科维茨基《雅斯纳雅·波良纳笔记》,《在托尔斯泰身边》第3卷,莫斯科科学出版社1979年版,第426页。

三 通向现实主义高峰之路

这样，研究他的文艺观点，只能就他的关于文学艺术的各种言论、创作实践为基础，从中引导出它们的主导倾向来，就必须以他的书信、日记、作品，文艺论文以及有关他的回忆录为依据，而不局限于他的专著，如《艺术论》。本文准备就下述问题作些探讨，托尔斯泰对"现实主义"的理解，现实主义的基本方面，如艺术和生活的关系，真实性和客观性，历史真实和艺术真实，真实性，主观性和真诚，真实性和分寸感等。

（一）托尔斯泰对"现实主义"的理解

19 世纪下半期，"现实主义"一词还只为少数俄国作家所理解，而在大多数人那里，这个创作原则，则常常与自然主义混用。尽管托尔斯泰知识渊博，对艺术创作有独到的见解，但是他多次提及的"现实主义"的内容往往是不同的。1875 年初，《安娜·卡列尼娜》部分章节刊登于《俄罗斯导报》。当出版人卡特科夫写信给作家要他修改第 2 部第 11 章伏隆斯基与安娜相遇的场景时，托尔斯泰回信说："最后一章我不能作任何更动。鲜明的现实主义，如您所说，乃是我唯一的手段，因为我既不能使用激情，也不能发一通议论。这也是小说赖以立足的一章。如果它是虚妄的，那么整部小说也就成为虚妄之作了。"① 第 2 部第 11 章是写伏隆斯基和安娜有了关系之后的各自感受，这是两人相遇之后的必然结果，没有这个情节，或是加以改写，就不能生发出后面的故事和结局来。如果这一理解没有偏离原意，那么托尔斯泰在这里所说的"现实主义"，实际上是指艺术创作的真实性而言，即是说小说故事的描写，必须遵循情节发展中的基本冲突。如果削弱了这一环节，砍去了这一链条，那么小说后来的发展就会失去依据，整部小说也就站不住脚了。

接着我们在《安娜·卡列尼娜》的第五部第九章中，又见到"现实主义"一词，这是伏隆斯基的老同学高列尼歇夫在评论画家米哈伊

---

① 《托尔斯泰论艺术和文学》第 1 卷，苏联作家出版社 1958 年版，第 223 页。

洛夫时提及的。自命不凡、因循守旧的高列尼歇夫对画家的画妄加评论，他用嘲讽的口吻说米哈伊洛夫"用彻头彻尾的新派的现实主义把基督画成了一个犹太人"。"现实主义"一词在高列尼歇夫嘴里和背叛宗教、古典艺术的意思不相上下。但从行文的前后来看，从对画家的同情来看，小说作者是赞同米哈伊洛夫的现实主义绘画原则的，关于这点，我们在后面还要论及。在小说第7卷第10章中，列文、安娜和画家伏尔古耶夫交谈时，再次涉及"现实主义"，伏尔古耶夫非难一位法国画家把现实主义发展到了粗俗不堪的地步。从当时法国文艺中出现的新倾向来看，这种"粗俗不堪的"现实主义，无疑是指自然主义而言。

  此后，到《艺术论》问世为止，托尔斯泰在论著、谈话中，不断谈及过现实主义。例如作家的大儿子谢·托尔斯泰在回忆录中谈及，托尔斯泰对左拉的作品很有兴味，"不过他认为左拉是个刻意做作的现实主义者"，左拉的"描写过分详尽和琐屑"[①]。十分明显，这里所说的"刻意做作的现实主义"，指的是自然主义倾向。1889年，托尔斯泰在《论艺术》一文中说到，有一种理论认为，只要写得真诚，写得真实，不管内容如何，形式是否完美，如果艺术家喜欢它并发现了它，那么作品就是艺术作品，"这种理论称做现实主义理论"[②]。这种理论虽然也主张真实，真诚，实际上是自然主义，托尔斯泰把它称为"虚伪的理论"是有一定道理的。1894年，符·拉祖尔斯基在日记中记到同托尔斯泰在一起，朗读波兰作家显克维支的《波兰涅茨基家族》一书时的情况。当念到一个地方，托尔斯泰要求停下来，指出后面的一些章节已经没有意思了，原来人物性格此时已经完成，而作家却总是在想方设法组织情节，延长篇幅。托尔斯泰说："女主人公牙痛，我往下看这会引起什么，结果是什么也没有发生，男主人公碰伤了脚，结果下面也是什么也没有发生。这就是作者提出的现实主义特

---

  ① ［俄］谢·托尔斯泰：《往事随笔》，吴钧燮译，《俄国作家批评家论列夫·托尔斯泰》，中国社会科学出版社1982年版，第279页。
  ② 《托尔斯泰论艺术和文学》第1卷，苏联作家出版社1958年版，第91页。

征。"① 应该指出，托尔斯泰所提及的这种描写，属于情节处理不当，我们以为不能把它说成是"现实主义特征"。在《艺术论》一书中，托尔斯泰对于"现实主义"提出的结论同样是不正确的，他认为一些描写地域性生活的作品，由于它们传达的感情特殊，所以能懂的人不多，不能称作世界性的艺术。"因此，在新派文学中，我们不可能举出一些完全合乎世界性艺术的要求的作品，即使原来有的一些作品，也大都受到所谓现实主义的损害，现实主义这个名词不如改称为艺术中的地方色彩倒比较恰当些。"② 在这里，托尔斯泰提出的一些作品如果戈理、莫泊桑的作品，明显是属于新派文学即现实主义文学，但是由于它们不合托尔斯泰的宗教艺术观点，便把它们贬为地方色彩的文学，这显然是不妥当的。次年托尔斯泰在与彼·谢尔格英科谈到契诃夫时，又涉及了现实主义。他说契诃夫的"现实主义的那种不同凡响的技巧极为发展，他拥有的一切，都真实到了幻想的地步……"③ 毫无疑问，托尔斯泰在这里使用的"现实主义"，主要是指描写真实的手法而言。从上面几个地方看来，在托尔斯泰那里，现实主义有时被看作是真实性，有时被看作是地方色彩和自然主义，这是没有可以奇怪的，现实主义的概念本身，实际上只是在马克思主义的文艺理论中才得到较为深入的阐述。那么，我们如何来认识托尔斯泰的现实主义理论呢？

现实主义是一种创作原则的理论体系，它的核心问题在于探讨文艺和生活的关系和真实地反映生活所引起的种种问题。从19世纪50年代初《童年》问世开始，托尔斯泰实际上就把现实主义奉为自己创作的准则，同时通过作品、日记、书信，不断研究这一原则，阐发这一原则。1885年6月，他在《5月的塞瓦斯托波尔》末尾写道："这个故事里的英雄，是我全心全意热爱的。我要把他的美尽量完善地描写出来，因为不论过去，现在和将来他永远都是美的。这英雄不是别

---

① 《托尔斯泰论文学和艺术》第1卷，苏联作家出版社1958年版，第281页。
② 见托尔斯泰《艺术论》，丰陈宝译，人民文学出版社1958年版，第165页。
③ ［俄］果里金维依泽尔：《在托尔斯泰身边》，莫斯科文艺出版社1959年版，第68页。

的而是真实。"我们以为这段话虽然不能穷尽现实主义的丰富含义，但也是十分出色地表达了托尔斯泰的现实主义创作原则的基本出发点。在这里，托尔斯泰说到他在故事里描写的是真实，即生活的真实，是他写作的对象，而这现实生活的真实又是他所热爱的，这是一。第二，他认为美存在于生活中，生活永远是美的，美是生活真实所固有的，一个作家的责任在于表现生活之美。第三，作家应当怀着真诚的感情，尽量完美地把生活真实之美表现出来。我们知道，1855年，也正是车尔尼雪夫斯基的《艺术对现实的审美关系》一书出版的一年，如果把他们两人的文艺思想比较一下，则不难发现，两者在主导倾向方面相互呼应，表现出惊人的一致。托尔斯泰的这一基本观点，虽然其后经过演变，充实，但是这条现实主义的主线，却在其艺术创作中贯彻始终的。因此我们把托尔斯泰的上述观点作为他的现实主义思想的一个简要的概括，大体也是可以的。

（二）"任何艺术潮流都不能脱离社会生活"

当托尔斯泰离开了他所描写的《童年》的庄园环境，前往高加索时，这无疑是向生活的一个突进。不久之后，他又到了塞瓦斯托波尔，战争生活使他大开眼界，继而欧游归来，由于生活的种种影响，他对现实发恨起来："……在俄国真是丑恶，丑恶，丑恶！"他向姑母诉苦，一连几天之内，就发生了几起使他恼恨不堪的事：一个老太太用棍子在街上当众打她的婢女，一个官吏痛打偶尔碰到他身上的有病的老头，而他自己作为一个贵族，也难免不受侮辱，如此等等。他说："幸而还有解救之途——这就是精神的世界，艺术的、诗的、爱的世界。这里没有县警察局长，没有管事，谁也不会来打扰我，我独坐一室，风在呼啸，泥泞，寒冷，面我用笨拙的手指难听地弹着贝多芬……或者自己虚构人物、女人，和他们一起生活。"如果上述遁世思想真的成了托尔斯泰的人生哲学，那么俄国文学早就不是今天这个样子了。生活的冲突，时时逼迫着托尔斯泰去思索，探求。几个月后，他又向姑母写信，叙述他的思想变化。他原来以为钻到他所经营的小天地里，就可安然自得，找到宁静，但是这样做不过是一种聊以自慰的自我陶醉，实际上是"办不到"的。"要正直地生活，就必须突破，发生迷误，挣扎、犯错、开始和放弃、再开始再放弃，还要永远地斗争和牺牲。而安详的态度——则是精神上的卑鄙行为。"① 托尔斯泰的一生，正是这种不断探索生活真理的一生，是以独特的方式搏击生活的一生。他总是牢牢地抓住现实问题寻根究底地进行研究，他认为"生活是一切的基础"。19 世纪 80 年代初，他在给费特写的信中说道："关于自然神，关于天上的造物主，关于叔本华的意志、斯宾诺莎的主体论、黑格尔的绝对精神，统统是主观的随想和毫无根据的东西。"② 他指出生活包括人与人的种种关系，是永恒的运动，无穷无尽的变化。1891 年，他在给卢宾·舒罗夫斯基的信中说："正如您所正确指出的那样，有最重要的东西——生活，但是，我们的生活，现在，过去和将来与另一些人的生活相互联系着，生活，它愈显得是生活，则与其它人的公共生活的联系就愈紧密。"③ 托尔斯泰所说的联系，实际上就是人与人之间的关系。在这种场合，他的思想中清醒认识的清流不断地喷涌着。当然，我们也要看到，托尔斯泰的这种观点又是不彻底的，有时他又把物质世界当作它的表象，站到了叔本华的立场上。在我们看来，主要是宗教思想把他害了。

既然"生活是一切的基础"，那么，生活也应成为艺术的基地。艺术必须反映生活，把握现实。在托尔斯泰看来："任何艺术潮流都不能脱离社会生活。"他在日记中把高加索称为"学校"，既是生活的学校，又是艺术的学校。在《童年》第二版的文稿中，他给诗下了个定义，"诗的感情是关于生活并伴随着生活的形象和感情的自觉的回忆"④。说得明白些，那就是诗是生活的形象的反映。托尔斯泰提出，作家要成为"生活的艺术家"，要热爱生活真理。他在给罗曼·

---

① 转引自贝奇柯夫《托尔斯泰评传》，吴钧燮译，人民文学出版社 1962 年版，第 75 页。
② 《托尔斯泰与俄国作家通信集》第 2 卷，莫斯科文艺出版社 1978 年版，第 104 页。
③ 《托尔斯泰论艺术和文学》第 1 卷，苏联作家出版社 1958 年版，第 97 页。
④ 《托尔斯泰论艺术和文学》第 1 卷，苏联作家出版社 1958 年版，第 78 页。

罗兰的信里写道:"要把自己当成小孩或笛卡尔那样,并对自己说,我什么也不知道,什么也不相信,我只想一点,认识我赖以生存的生活真理。"① 作家应该本着这种态度,去了解生活,把握生活。在《战争与和平》结束后不久,他说作家"要有生活全部的详尽细节的知识,要有艺术——艺术才能,要有爱。此外,在最伟大的艺术里,还要写的许许多多,才能使我们彻底了解一个人"②。《复活》的创作过程充分说明了感受认识生活真理之艰苦和把握生活全部的详尽细节知识之必要。1887年托尔斯泰听到朋友柯尼讲述的故事后,大约酝酿了两年时间,到1889年才开始动手写作。次年6月,他说小说必须从开庭开始,以显示法律的虚伪,然而小说写得很不顺手。1895年,他似乎明白了小说写不好的原因,他说开头写坏了,很做作,而应当从农民生活开始,即从玛丝洛娃写起。其后写作仍然时辍时续,原因之一,他对自己所描写的人物环境很不熟悉,例如监狱生活。于是1897年托尔斯泰访问了一所监狱的狱吏维诺格拉多夫,详细地询问了被囚禁的犯人的生活情况;之后,并把狱吏请到家里,让他看小说校样,以便纠正监狱生活描写中的失实之处。1899年4月,托尔斯泰又去解犯羁押所,观察身带镣铐的囚犯生活,并在犯人起解时,同他们一起步行到车站。同年夏初,托尔斯泰又去图拉监狱了解犯人亲属探监、会面情况,等等。

《复活》的写作前后有11年之久,他长期处于构思、修改之中,难道能够说这仅仅是由于上述对人物的活动环境不够了解的缘故吗?拿托尔斯泰对列宾所说的话来说,这是艺术构思的路子问题。他说:"我和您(指列宾)都了解,不顺利,就是路子不对头,如果路子对了,就顺手了。"③ 而路子问题的关键在于对生活的深刻而独特的感受与理解。19世纪80年代当托尔斯泰读完一位女作家赛维尔娜娅的剧本时曾经说过,她"关于人民和语言的知识十分出色,深入到生活本

---

① 《托尔斯泰论艺术和文学》第1卷,苏联作家出版社1958年版,第225页。
② 《古典文艺理论译丛》第1期,人民文学出版社1961年版。
③ [俄]马科维茨基:《雅斯纳雅·波良纳笔记》,《在托尔斯泰身边》第3卷,莫斯科科学出版社1979年版,第281页。

三　通向现实主义高峰之路

身"①。1890年，托尔斯在与女作家维赛里特斯卡娅谈话时说道："才华不是为了华丽的外表，不是为了娱乐，必须像看到井里一样，看到生活的深处。不具备这点就不要写作。"② 他在谈到农民作家谢苗诺夫时，称后者是一位"卓越的人，在理智和感情方面都是如此。他的中篇十分出色，反映了人民生活的真实"③。写作必须"深入生活本身"，"看到生活的深处"，反映"人民生活的真实"，这就是问题的关键所在，同时也是创作《复活》的艰苦之处。19世纪80年代初开始，托尔斯泰对世界的具体感受发生了一个激变，新的对世界的具体认识，要求作家从新的角度来观察和理解生活现实，这自然是一件颇费思量的事。不过托尔斯泰不愧是一位巨人，经过十多年的反复思考，推敲，他完成了从宗法农民的立场，把握了生活整体，创作出了一部"概括面巨大的长篇小说"。《复活》和《安娜·卡列尼娜》的写作角度，题材人物的选择以及作品的倾向，都有明显的不同之处。《安娜·卡列尼娜》是通过列文和安娜的绵密的感受，来反映他们各自渴望的真正爱情，潜心改革，在生活的对立关系中寻找和谐，探求出路，并通过他们的种种关系，暴露了官僚机构，上流社会的虚伪，醉生梦死，整个社会在资本主义的冲击下的动荡和悲剧的结局。《复活》的主人公，则从他的内心自我剖析到行动，确认自己对普通百姓有罪，确认统治阶级是有罪的阶级，凡是主人公经过的地方如法庭、衙门、教会、监狱，总之，统治阶级赖以生活的基地，都毫无保留地暴露了它们的卑鄙，无耻，暴露了那里的虚伪、黑暗，撕下了一切假面具，从而显示了宗法农民的世界观的强有力的一面，表现了托尔斯泰的清醒的现实主义基本特色。这也是深入生活本身，像看到井里一样看到生活深处，反映人民生活真实的艺术体现吧。

在同青年作家的谈话中，我们看到托尔斯泰对于生活的始终不渝的忠诚态度，并且要求艺术绝对不能脱离生活。1890年，一位叫日尔

---

① 《托尔斯泰论艺术和文学》第2卷，苏联作家出版社1958年版，第439页。
② 《托尔斯泰论艺术和文学》第2卷，苏联作家出版社1958年版，第471页。
③ 《托尔斯泰论艺术和文学》第2卷，苏联作家出版社1958年版，第461页。

凯维奇的青年作家谈到费特的诗给他的感受,能把人从当代现实的黑暗状态引开时,托尔斯泰愤怒了,他打断日尔凯维奇的话;指出"这就是坏事","任何东西都不应当使人脱离生活。他应当生活,认识生活"。几年之后,托尔斯泰在日记里谈到费特的诗作和当时的一些小说时,十分不满。他说它们有如"强盗、寄生虫们的胡作非为,和生活丝毫没有共同之处,长篇、中篇小说都描写淫荡不堪的恋爱,诗作同然,或者沉湎于无聊之中。音乐也一样。而生活,整个生活却为了吃、住、劳动、信仰,人们之间的关系问题而沸腾着"。① 托尔斯泰要求文艺正视生活,去反映沸腾的生活,正是这种高度的理论自觉,使他在自己的创作中反映了人民生活的海洋,成为俄国革命的一面镜子。

(三) 真实性和客观性

马科维茨基在他的《雅斯纳雅·波良纳笔记》中谈到,一次,托尔斯泰在阅读到中国的哲学著作的英译本时说:"真实是客观的概念,真实性是主观的概念。"② 对于托尔斯泰的这一观点,我们想做些修正。真实是一种客观存在,文艺反映生活真实,通过审美主体的感悟、把握而达到,因而用以衡量反映生活真实的广度、深度的真实性,既具有客观真实的一面,又必须和主观性结合。关于这点,我们在下面还要谈及。

托尔斯泰说他热爱真实,并把这作为创作的出发点。我们知道,当涅克拉索夫读完《童年》的手稿后,立即给他写了信,指出:"无论如何,作者的倾向,内容的质朴和真实性,组成了这部作品的不可忽视的优点。"③托尔斯泰接此信后,大受鼓舞,在日记中说:"……出版人的信真使我受宠若惊。"当《伐林》出版后,涅克拉索夫又给

---

① 《俄国作家论创作》第3卷,苏联作家出版社1953年版,第514页。
② [俄] 马科维茨基:《雅斯纳雅·波良纳笔记》,《在托尔斯泰身边》第3卷,莫斯科科学出版社1979年版,第382页。
③ 《托尔斯泰与俄国作家通信集》第1卷,文化艺术出版社1989年版,第51页。

作者写信，对他小说的倾向予以鼓励，并指出，"这正是现在俄国社会所需要的，真实——真实；自果戈理死后，它在俄国文学中残留得如此稀少"①。而在此之前不久，托尔斯泰在给巴纳耶夫的信中说道，"……他（指作者自己）希望在文学里永远忠手一个倾向和观点"②。联系作家当时的思想和创作，我们以为这个倾向就是现实主义倾向，这个观点就是坚持文学的真实性。托尔斯泰在评价作家的时候，也是把有无真实性作为衡量他们作品的主要标准的。他说："真正有才华的标志，是真实性和分寸感。"③ 例如莫罗佐夫是他最喜欢的雅斯纳雅·波良纳小学的学生之一，此人后来写的作品极受托尔斯泰的赞赏。托尔斯泰认为他所写的农民生活小说的优点，在于真诚和真实性。1909年他为莫罗佐夫的小说《为了一句话》写了序，认为小说以其真实性而高出于当时不少作家的作品。

要求文艺正确地把握生活，真实地反映生活，并使被创造出来的艺术真实不失生活真实的正确性，以达到艺术反映的客观性，这是现实主义的基本要求之一。但是事实上，被反映出来的新的真实，在不同作家那里是很不一样的，即使让作家们描写同一事物，也会有高低上下之分。那么这个被创造出来的真实有无一定的标准可循？我们用什么方法来检验这种艺术真实的客观真理性呢？1894年，托尔斯泰在莫泊桑作品集的俄译本序文中写道："艺术家只是由于这点他才是艺术家，他不是按照他的希望去了解事物，而是按照事物的本来面目去了解事物。"④ 托尔斯泰的这一观点，触及了艺术真实性的本质，作家必须按照事物的本来面目去认识生活真实，创造艺术真实，其时艺术的真实性就获得了客观真理的特征，客观性成为真实性的必然体现，两者相互依存，互为因果。托尔斯泰指出了契诃夫按照生活本来面目写作的本领，他说："他（指契诃夫）从生活中撷取他所看到的东西，不管他所看到东西的内容如何，一旦他撷取到了某种东西，他

---

① 《托尔斯泰与俄国作家通信集》第1卷，文化艺术出版社1989年版，第73页。
② 《文艺理论译丛》第1期，人民文学出版社1957年版。
③ 《托尔斯泰论艺术和文学》第2卷，苏联作家出版社1958年版，第454页。
④ 《托尔斯泰论文学·艺术》，同时代人出版社、莫斯科1978年版，第172页。

就会奇妙地、形象地和到最后一笔把它清楚地描绘出来。"①

按照事物的本来面目写作的原则，在托尔斯泰那里不是一个抽象的概念，而具有十分生动，丰富的内容。比如这个原则提出，艺术反映只能以生活为依据，这是针对那时所谓"文学的文学"的现象而说的。托尔斯泰在《童年》的文稿中曾经激烈地反对过一种主张。他说："法国人有一种用图画来表达自己印象的奇特的嗜好。描写一个漂亮的脸蛋，于是写道：'它好像某个圣像'；或是描写大自然，于是写道：'它使我们回忆起了某张图画'，描写人群，于是写道：它使我们想起了芭蕾舞和歌剧中的某个场景。甚至自己的感情他们也用图画来表达。漂亮的脸蛋、大自然、活动的人群永远优于一切可能有的塑像、布景、图画和装饰。"② 托尔斯泰的这段话十分出色，他坚持了艺术反映首先要观照生活。只有生活才是艺术的出发点，生活远比艺术丰富。艺术真实只能来自生活真实，艺术的真实性只能来自对生活的真实的反映，模仿不能创作出真正的艺术，把塑像、图画当作生活真实，就会使艺术源泉枯竭，并使艺术反映的对象失去客观性，甚至倒真会使艺术创作变为柏拉图所说的"影子的影子"了。正是本着这一原则，托尔斯泰竭力反对所谓"文学的文学"这种现象。什么是"文学的文学"呢？即一些作家不是把生活本身当作文学的源泉，而是把过去的文学作品当成创作灵感的源泉。托尔斯泰指出，这种本末倒置的现象，不仅流行于那时的文学创作中，而且也存在于诗歌和绘画艺术中，甚至还出现在政治生活中。

十分有趣的是，在《安娜·卡列尼娜》中，托尔斯泰把一位侨居意大利的俄国画家米哈伊洛夫，与颇具才能、但不学无术的伏隆斯基作了一番比较，更为形象地说明了必须按照生活的本来面目创造艺术的真正含义。伏隆斯基与安娜来到意大利的一个小城暂住下来，出于无聊，他开始为安娜画像，见到的人都说不错，包括安娜本人在内，不久之后他们请来米哈伊洛夫为安娜画像。这新的画像，不只是以它

---

① 《俄国作家论创作》第3卷，苏联作家出版社1953年版，第487页。
② 《托尔斯泰论文学》，莫斯科文艺出版社1955年版，第6—7页。

的逼真，而且也是以它那特有的美，使伏隆斯基和其他人大为惊异。伏隆斯基想道，米哈伊洛夫是怎么发现安娜的那种特有的美的呢？"人要发现她的最可爱的灵魂的表情，就得了解她而且爱她，像我爱她一样。"但不无讽刺意味的是，伏隆斯基本人也只是由于米哈伊洛夫的这幅画像，才发现了安娜的最可爱的灵魂表现的，而且画像的表情是那样的真切，就好像他们早就熟悉，早就知道似的。意识到了这点，伏隆斯基认为自己再画下去就是多余的了。问题在哪里呢？恰恰在于上述所说的那个原则。米哈伊洛夫为安娜画像，取材于安娜本人，他在安娜等人去访问他时，就以艺术家所特有的艺术敏感，把她身上最动人的"柔情的光辉"，她的外貌和精神特征，一下子捕捉住了，并把它们摄取到了自己的头脑之中。他的信念是，从生活汲取灵感，画"从来没有人画过的"。因此，采自生活真实，才赋予了安娜的肖像以真实性。米哈伊洛夫知道自己的画并不比拉斐尔所有的画都好，但他知道他自己的画来自生活本身，一如生活本身，是前人从未画过的。因此，即使他画耶稣受难这种古老的主题，也是别出心裁，与众不同，致使伏隆斯基的朋友责备画家不把基督画成神人，却画成了人神。但这恰恰是米哈伊洛夫绘画的价值所在。伏隆斯基和米哈伊洛夫相反，他绘画不过是逢场作戏，以绘画为消遣固然是他作画的失败原因，但更重要的是他绘画不是按照生活的本来面目出发，未能把握生活本来面目的精神与特征，而是从绘画到绘画，即托尔斯泰在《童年》文稿中所批判的那个原则。他画画只是以名画为蓝本，画着以中世纪生活为题材的画。就是说，他只能临摹，囿于模式，而不是创作。"……他不是直接从生活本身，而是间接地从体现在艺术中的生活得到灵感。所以他的灵感来得非常之快，非常容易，而他画出来的东西同样快，同样容易地达到了和他所摹仿的流派极其相似的境地。"因此，伏隆斯基画出来的安娜肖像，不具女主人公的"本来面目"的灵魂特征，也即缺乏真实性，以致使米哈伊洛夫感到这犹如蜡制的玩偶，使人好气、好笑、可怜、可恼。伏隆斯基爱安娜，却根本没有抓住也不了解安娜的"本来面目"，这真是安娜的不幸了。

在文艺理论中，不久前就文艺反映生活表现不表现生活本质的问题发生了争论。其实按照事物的本来面目，抓住其精神特征，这就是本质的表现。本质的表现就是概括了事物特征的真实性的表现，就是艺术真实的客观性的表现。一个事物的本质固然是相对固定，比较集中的，但其本质特征却是多方面的。艺术创作固然要力图达到事物的本质面，但是并非任何艺术作品都能达到事物的本质乃至本质特征。长期以来在文艺中有一股"左"的思潮，把事物的本质和本质的丰富多彩的形式及其多方面的特征等同起来，到"四人帮"时期形成了"写本质论"，把人物模式化，按庸俗理论图解人物。现在要肃清这种谬论的影响，当然是完全正确的，但是由此否定文艺作品反映事物、生活而不能认识生活本质，却是偏激的。托尔斯泰说："只有艺术反对匀称——圆形，只有它能够表现本质。"[①] 自然这种说法同样不无偏颇之处，事实上，其他科学都是能够探测到事物的本质的，但指出艺术能够表现事物本质面却是正确的。我们在上面谈到《安娜·卡列尼娜》中的画家米哈伊洛夫把握住了安娜内在的灵魂特征——"柔情的光辉"，这就是安娜本质面的一个方面和最具客观性、特征性的东西，伏隆斯基恰恰没有看到这点。如果反对艺术表现事物的本质面，这无异于不会区别米哈伊洛夫和伏隆斯基的画一样，并以为作画只需达到伏隆斯基的程度就够了，这无异于对被描写对象的客观性的否定。当然，"柔情的光辉"不能把安娜的其他方面的特征揭示无余。小说写到女主人公由于爱情的幻灭而失去生活的支持，陷于绝望而卧轨自杀。评论家斯特拉霍夫对此深感惋惜。但是托尔斯泰不是依据人们的主观感情，而是凭借生活的客观逻辑写作，悲剧的结局是安娜性格的必然，是其命运的本质面。就这点来说，这又是安娜其人的一个本质特征，在这方面，托尔斯泰似乎比后人更了解生活和人物的本来面目及其多方面的特征。

从生活的本来面目出发，托尔斯泰竭力反对艺术中的不真实现象，用他的话来说即谎言。他说，假如艺术是谎言，那他是不喜欢漂亮的谎言的。他讲过一个笑话，说的是一位国王得了一种不体面的病

[①] 见《古典文学理论译丛》第 1 册，人民文学出版社 1961 年版。

三 通向现实主义高峰之路

症,而羞于把这种疾病叫出来,医生用拉丁语来称呼它,于是国王认为这不体面的病就变成体面的了。这自然纯粹是自我欺骗。托尔斯泰认为事物和事物、现象和现象之间,存在着相互的关系,如果这种联系受到歪曲,则事物和现象的客观特征就会受到损害而失去其本来面目,形成谎言与欺骗。所以艺术家必须抓住这种联系。还在创作《安娜·卡列尼娜》的时候,他在给斯特拉霍夫的信中,表述了存在于事物、现象以至观念、思想之间相互联系的观点。他说:"在我所写的全部作品,差不多是全部作品中,指导我的是:为了表现,必须将彼此联系的思想联结起来。但是,每一个用词句表现出来的思想,如果单独地从它所在的联系中抽取出来,那就失掉了它的意义,而且就大为失色了。"① 而虚假的谎言,恰恰在于破坏事物之间、现象之间的相互联系,掩盖它们的本来面目,就像前面说到的国王的自我安慰一样。托尔斯泰说:"在生活中,谎言是卑鄙龌龊的,但它不能毁灭生活,只能以卑鄙龌龊掩盖生活,然而生活真实依然存在,因为总有人怀有某种希望,也有他们自己的悲伤或欢乐。但在艺术中,谎言会消灭各种现象之间的任何联系,会使一切有如粉末般地解体。"② 值得注意的是,这段话是针对斯特拉霍夫谈及屠格涅夫的《处女地》时说的。大家知道,托尔斯泰对屠格涅夫的作品除《猎人笔记》外,其他的都不很欣赏,其原因恐怕主要在于托尔斯泰从自己的伦理道德观念出发,不喜欢屠格涅夫小说的内容及其倾向。但是也不能不注意他的意见中的某些合理因素,例如,他说屠格涅夫作品中的女主人公总是说着"我爱你",眼睫毛是长长的,这类描写不断重复,就会流于平庸、单调。并说《父与子》中的巴扎洛夫对女人的爱情描写也属多余的笔墨,这是按照当时每部长篇小说都得描写爱情这种公式写作的结果。不能说描写爱情就不好,但屠格涅夫小说中的男女爱情描写,确是存在一种共同的、单一的东西。因此,当托尔斯泰给斯特拉霍夫回信时,他说他没有读过《处女地》,"但根据我听到的一切来判断,

---

① 见《文艺理论译丛》第 1 期,人民文学出版社 1957 年版。
② 《托尔斯泰论艺术和文学》第 1 卷,苏联作家出版社 1958 年版,第 223 页。

我确确实实惋惜这一洁净优美的水源被那样的废物堵塞了。如果他干脆详详细细地回忆他的每一天，把它描写出来，大家也会赞扬的"①。托尔斯泰对于自己的作品，同样容不得半点做作。他的《复活》，原来准备让良心受到谴责的聂赫留道夫和玛丝洛娃结婚告终，但是当写作接近尾声，他改变了主意。他觉得如果真的让他们结了婚，那必然会违背小说所揭示的人与人之间对立关系的总趋势，会大大地减弱小说的谴责倾向与锋芒。他写信给比留科夫说："我自己也未曾料到，在其中（指在《复活》中）就审讯，判刑的罪恶、荒唐行为，竟说了许许多多。"② 因此，一天早晨他对夫人说，"知道吗，他（指聂赫留道夫）未和她（指玛丝洛娃）结婚，我今天可以全部了结，即最后解决，这多么好！"他夫人回答："自然是这样：不能结婚。我早就对你说过这点，如果结婚了，那就作假了。"③ 我们看到，他们两人都具有极强的艺术敏感，都善于避开艺术中的虚假现象，而突出了艺术真实的客观性。现在《复活》中的两个主人公的结局，虽然纯属虚构，但它合乎故事情势的发展，合乎生活逻辑，合乎生活本质的真实，从而更其深刻地显示了生活真实之严峻。

按照生活的本来面目反映生活，细节描写的真实性是一个不容忽视的因素。托尔斯泰认为，作为真正艺术作品的基础，细节描写必须绝对正确。他在《艺术论》中说道："只有当艺术家找到了构成艺术作品的无限小的因素时，他才可能感染别人，而且感染的程度也要看在何种程度上找到这些因素而定。"④ 这种构成艺术作品无限小的因素，对于文学作品来说，可以是一字一句，也可以是一个艺术细节，它们的最根本任务，在于显示被描写对象的现实性，或是真实性。在托尔斯泰晚年，一位来访者同作家谈到他十分欣赏纯粹的艺术性的描写。例如，《复活》中描写到一位太太掏出钱包的情景。托尔斯泰回答说，如果他在小说中注意到了这种细节，那说明他在生活里往往是

---

① 见《文艺理论译丛》第 1 期，人民文学出版社 1957 年版。
② 《托尔斯泰论艺术和文学》第 2 卷，苏联作家出版社 1958 年版，第 512 页。
③ 《托尔斯泰论艺术和文学》第 1 卷，苏联作家出版社 1958 年版，第 511 页。
④ ［俄］托尔斯泰：《托尔斯泰艺术论》，丰陈宝译，人民文学出版社 1958 年版，第 124 页。

忽略这类琐事的。而书中的这个细节引起了他的注意和兴趣，这说明了小说情节的背景是严肃的，它引起了强烈的印象。"这种细节只是为了使人感到真实，说明被描绘的事物发生于现实中，而非在梦里。"① 托尔斯泰对于其他作家对待细节的严肃态度也是极为赞赏的。例如有一位西班牙作家，他的一些"古怪的"失常行为引起了他保姆的忧虑。据她说他常常夜不成眠，唉声叹气，有时大声说几句话；月夜常去田野，在大树下一站就是半天。一天夜里，见他走到井边，提上一桶水来，就往地上倒去，如此反复多次。据说又一个晚上，他跳窗而出，从井里吸上水，又把水倒向井里，保姆以为他疯了。原来此人正在写诗，他为了亲眼看看，在月光下水如何在地上流动而发出闪闪光华。托尔斯泰把这个故事几次讲给客人听，并且赞叹地说："这才是真正的作家！要了解你所写的东西，要对它们看得清清楚楚，明察秋毫。"② 反之他对一些著名作家作品中的细节描写错误，极为不满。例如，他说在乌斯宾斯基的一部作品中，出现了作者同内兄、夫弟一起走的细节，这显然是不可能的。即使是科罗连柯这样的作家，有时也有失误，例如在一个作品里，正值复活节晨祷之时，还照着一片明亮的月光。而事实上，复活节是遇不上满月的望日的。又如有人向托尔斯泰推荐俄国作家彼契尔斯基的作品，托尔斯泰阅读后大为失望，认为书时有一种"虚假的腔调"，作者不熟悉农民生活，却爱玩弄一些民间俗语里的土字眼。书中说"俄国人不爱惜树木。他放倒一株多年的老橡树，把它削成一根车辕"。彼契尔斯基用了"放倒"两字，托尔斯泰认为这是乱用土语，并且认为老百姓是从来不会大材小用，为了做一根车辕，而砍倒一棵老橡树的。③ 言过其实，乱用土语，使细节失真。托尔斯泰说，如果这些错误的细节是在作心理描写时发生的，那就更为可怕了。

按照生活本来面目进行写作，和看见什么就写什么的自然主义是

---

① ［俄］马科维茨基：《雅斯纳雅·波良纳笔记》，《在托尔斯泰身边》第 3 卷，莫斯科科学出版社 1979 年版，第 423 页。
② 《托尔斯泰论艺术和文学》第 1 卷，苏联作家出版社 1958 年版，第 280 页。
③ ［俄］谢·托尔斯泰：《往事随笔》，吴钧燮译，《俄国作家批评家论列夫·托尔斯泰》，中国社会科学出版社 1982 年版，第 93 页。

大相径庭的。虽然两者都要求描写真实，要求文学的真实性，艺术描写的客观性，但是内容是截然不同的。按照生活本来面目描写生活真实，是写生活之真，现实本质之真，互有联系的事物之真，其时真实性是事物本来面目的表现，而客观性乃是事物本质面之表现。自然主义描写事物的真实，迹近照相之真，是一种缺少内在联系的事物和现象的罗列，其时真实性表现为事物的表面之真，而客观性仅表现为事物之存在。托尔斯泰是反对自然主义的，我们在前面已经提及，他对左拉的作品很有兴趣，但认为左拉对事物和人物的描写过于详尽和琐屑。在谈左拉的《土地》时，他曾说："在左拉的书里，描写吃一只鹅要花20页，这实在太长。"① 托尔斯泰反对艺术什么都可以写，他说有的人认为，在艺术中一切都是允许的，它有着绝对的自由，这显然是一种误解，他认为这是"当今的颓废主义者"的观点，有的人说，模仿自然，要持奴隶般的顺从态度，托尔斯泰认为这同样是荒谬的。他在同一位青年作家谈及这种自然主义时带着嘲讽的口吻说："如果看见一个庄稼汉走着，就描写庄稼汉，如果看见一头猪躺着，就描写一头猪……但是，这能算是艺术吗？人类心智的真正伟大而不朽的作品的那种鼓舞人心的思想在哪里？……这种对自然的描摹是多么轻而易举！这样习惯了那就请便吧！"② 可见，在托尔斯泰看来，有什么就描写什么这种自然主义表面上写得逼真，但缺乏思想，与艺术目的相悖，而且这类东西，他认为是轻而易举的事。有的青年作家不善写作，他往往正确地描写了他所看到的东西，但却是艺术所不需要的。托尔斯泰指出，造成这种原因，在于这些作者写作时还缺乏内心的需要，他们自己还不了解被描写事物的意义，因此作品也不能告诉读者什么。1909年5月，据托尔斯泰的秘书古谢夫记述，一天晚上，阅读库普林的新作、描写妓女生活的《亚玛街》，托尔斯泰夫人竭力反对，但朗读仍然进行了。读着、读着，小说描写中的不少

---

① ［俄］谢·托尔斯泰：《往事随笔》，吴钧燮译，《俄国作家批评家论列夫·托尔斯泰》，中国社会科学出版社1982年版，第93页。
② ［俄］托尔斯泰娅等：《同时代人回忆托尔斯泰》第1卷，冯连驷等译，上海译文出版社1984年版，第476—477页。

赤裸裸的场面，竟使古谢夫不敢抬头观看托尔斯泰的反应，托尔斯泰开头一言不发，但当念到实在难以忍受的地方时，他轻声对古谢夫说："看来索菲亚·安德烈耶夫娜是对的……这太龌龊了。"朗读就此中止。之后，托尔斯泰还在日记中记述了这一印象。托尔斯泰曾经赞扬过列·安德烈耶夫，但后来安德烈耶夫作品中的颓废情调、自然主义倾向甚为突出。托尔斯泰曾把他的作品《饥饿王》与农民作家谢苗诺夫的短篇《马卡尔卡的生活片断》作了比较，认为在反映工人的悲惨生活方面，后者简朴、自然，较之前者堆满恐怖和故意加强印象的描写，更为真实，更具生活真理的客观性，所以效果也更为强烈。

（四）历史真实和艺术真实

历史题材作品中的最根本问题，是用什么观点处理历史真实和创造艺术真实的问题。在《战争与和平》的前几部的写作中，托尔斯泰预料到有人会提出这类问题，因此他于1868年就写了一篇论文《关于〈战争与和平〉的几句话》，此外写了几篇跋文的草稿。

那篇论文谈到可能有的读者会问，为什么作者不把俄国人民的光荣赋予莫斯科的城防总司令拉斯托卜卿呢？为什么作家不凭借自己的才能描写英雄呢，如拉斯托卜卿、拿破仑？而后，托尔斯泰的一位亲戚沃尔康斯卡娅公爵夫人写信问作者道，书中的安德烈·包尔康斯基是不是作者本人，等等。

托尔斯泰在文章中说："艺术是有规律的。"[①] 历史题材作品中的主要事件甚至部分细节，不能杜撰而应根据史实。他说："我将在'历史'的封面上写上这样的题辞：'我无所讳言。'"[②] 在《战争与和平》中，老百姓见到沙皇无意掉了一块碎饼干，纷纷抢夺，于是皇上索性撒了一盒饼干。维雅赛姆斯基公爵曾对这一细节提出批评，认为

[①] 见《文艺理论译丛》第1期，人民文学出版社1957年版。
[②] 见《古典文艺理论译丛》第1期，人民文学出版社1961年版。

托尔斯泰对皇上亚历山大的描写有失公正，但它并非杜撰，而是引自《法国人1812年进入莫斯科的见证人的回忆录》一书。托尔斯泰指出，他所描写的历史事件和历史人物，"不是以幻想为基础，而是以确凿的历史资料为依据，历史学家据此可以对它们进行分类，而艺术家用另一种方式去理解，想象历史人物和事件，但应像历史学家一样以历史材料为指导。在我的小说里到处谈说和活动着的历史人物，并非出自杜撰，而是引自材料，这些材料在我工作的时候组成了我的整个图书室……"① 托尔斯泰对小说中所描述的历史事件，都有过深入细致的研究，而且有些历史事件的描写，还作了实地的考察。例如1867年9月底，他在给夫人的信中说："我刚从波罗金诺来。我十分满意，十分满意这次外出……甚至我不顾缺乏睡眠、吃得不好而能经受下来感到满意。只要上帝给我健康和安静，我就可以描绘出迄今还未有过的关于波罗金诺战役的图画！"② 小说关于这次战役的军队部署等描写，大体是按照史实的。

但是我们看到，在关于这一战役的艺术描绘中，托尔斯泰又提出了一系列与历史学家不同的看法，它们涉及对整个战役的意义和评价。托尔斯泰的观点是什么呢？其中最根本的是关于战争的人民性质问题。作家在研究资料过程中，受到过波罗金诺战役的亲身参加者、后来的十二月党人费·格林卡的《一个俄国军官的信件》的影响。格林卡在这本书里首次提出了"人民战争"的概念。同时，十二月党人伊·亚库希金和捷尼斯·达维多夫的历史著作都谈到1812年战争的特点即变战争为人民战争的游击战的特点。③ 托尔斯泰正是站在这种观点上来写《战争与和平》的。因此他说："我开始写一部关于过去历史的书。在描写时，我发现这段历史的真相不仅没有人知道，而且人民所知道的和所记载的完全与史实相反。我不禁感到必须证明我所说的和说出我写作时所根据的观点。"④ 就这点来说，托尔斯泰的小说

---

① 《托尔斯泰论文学》，莫斯科文艺出版社1955年版，第121页。
② 《托尔斯泰论艺术和文学》第1卷，苏联作家出版社1958年版，第383页。
③ 见贝奇柯夫《托尔斯泰评传》，吴钧燮译，人民文学出版社1962年版，第158—159页。
④ 见《文艺理论译丛》第1期，人民文学出版社1957年版。

比某些历史学家的历史书更来得真实些。波罗金诺一战，俄国人死伤过半，不得不作战略后退，但俄国士兵却英勇作战，从此精神大振；法国人虽然长驱直入，进占莫斯科，但士气丧失殆尽。会战结果促成了拿破仑的溃败，而不少史学家却对这次战役意义作了相反的错误解释。

  人民战争的概念和人民在历史事件中起决定性作用的思想是联系着的，托尔斯泰后来说到，在《战争与和平》中，他喜爱的是"人民的主题"，但他的历史观却是宿命论的历史观，认为人民的行为受到天命的支配。不过托尔斯泰决心在小说中突出人民群众，为此，他甚至过于偏激，否定了个人、英雄在历史上的作用。在《战争与和平》中他写道："古人留给我们一些史诗的典范，在这些史诗中，历史的全部兴趣都集中在英雄人物身上，因而我们还不习惯下述思想，那就是在我们的人民的时代，这种历史是没有意义的。"在这种思想指导下，那个被各种历史学家奉为英雄人物的拿破仑，怎么可能成为他小说中的英雄人物呢！对于拉斯托卜卿同样如此，托尔斯泰根据史料把这个城防总司令写成一个极端低能、残暴而又爱慕虚荣的人。此人时而忙于迁出政府机关，时而又把破烂武器发给醉汉；时而攫取莫斯科人的私人马车，时而用一百多辆大车运走气球；时而把莫斯科大火的荣誉归于自己，时而又推卸责任，死不认账，他辱骂离开莫斯科的人们，但他并未认真组织抵御，到时自己悄悄溜之大吉。他骂人群是可怕的、是可憎的，而且随意处死无辜的人，等等。这种种行为与托尔斯泰关于人民、人民战争的思想格格不入，那么他怎么能把这位司令当成英雄呢？他说："我努力写人民的历史啊！"小说发表后，拉斯托卜卿的儿子曾就托尔斯泰的这种描写进行辩解，以保护其父的"荣誉"，说小说歪曲了其父形象。但是有趣的是，托尔斯泰凭着他的艺术敏感，竟是出奇正确地勾勒出了拉斯托卜卿的思想面貌。据后人在俄国的档案材料中找到有托尔斯泰写作时未曾看到过的资料，证明拉斯托卜卿的确是个假爱国者，他随时准备抛弃俄国国籍而求得英国国籍。他在给俄国驻英大使的一封信中讲道："请劳驾设法使我得到一件表示英国对我的尊崇的东西,比如佩剑,题字的花瓶,公民权等等。"① 由此历史题材的作品的艺术真实应和生活真实一致。那种认为"似乎艺术是一片金箔,你想贴什么,就可以把它贴上"② 的观点,是完全违背艺术规律的。

艺术真实符合历史真实,只是说明主要事件与历史真实的一致而并不要求事事如此,艺术真实不能排斥虚构。因此把安德烈·包尔康斯基看作是作家本人的写照、回忆录那是一种误解。托尔斯泰说,如果他的整部作品就在于描摹肖像,让人去打听,让人去追想,那他是羞于出版的。但是,沃尔康斯卡娅提出的问题也不是毫无根据的,在安德烈身上,的确又有托尔斯泰本人的某些精神探求的气质,可见艺术作品中的形象与生活中的人物,往往是一种同中有异、异中有同的关系。

在《战争与和平》写成之后,托尔斯泰对历史题材的兴趣似乎兴犹未尽,因此,仍然在不断翻读历史材料。他在日记中写道:"读索洛维耶夫的史著。这部史著记载的全是彼得大帝以前的俄国丑事:残暴,掠夺,拷打,粗野,愚蠢和十足无能";"不是政府创造历史"等。1872年年底,他夫人写道:"列沃奇卡③成天在读彼得大帝时代的历史书籍。记下各种各样的人物性格,特征,人民和贵族的生活习惯……"④ 同时记述他自己心里所想到的一切有关人物典型,情节变化,情景之类的东西。19世纪90年代托尔斯泰做过同样的努力,然而即便付出了如此辛勤的劳动,他托尔斯泰的名字列夫的爱称仍然未能酝酿成熟,再写出一部像《战争与和平》那样的历史小说来。

恪守历史真实,也是写作《哈吉穆拉特》的原则。在这部小说的创作过程中,可以具体看到历史真实同日常生活真实的结合过程。1896年,托尔斯泰由于看到一棵被犁伤而仍傲然挺立于田野的牛蒡

---

① 转引自贝奇柯夫《托尔斯泰评传》,吴钧燮译,人民文学出版社1962年版,第201页。
② 见《文艺理论译丛》第1期,人民文学出版社1957年版。
③ 托尔斯泰的名字列夫的爱称。
④ 《托尔斯泰论艺术和文学》第1卷,苏联作家出版社1958年版,第400页。

花的形象，而激发了他写作《哈吉穆拉特》的灵感。一年以后，他说已准备好了材料，但未找到一个基调。不久后又说他好像清楚了，但之后又说信心不足，没有找到表现的形式，然后又阅读了关于高加索生活和自然方面的材料，总之，有关高加索的书籍他都搜罗无遗。在结束《复活》《活尸》等作品的写作后，托尔斯泰继续拣起《哈吉穆拉特》的写作工作，并向在高加索一带作过战的人了解情况，直至1902年，他还向哈吉穆拉特住过的地方的房主人柯尔冈诺夫写信，要了解哈吉穆拉特住的是单屋呢，还是住在他父亲的房里，房子的结构如何，哈吉穆拉特穿的衣服与一般山地居民穿着有何不同，逃亡的时候他同他的亲兵带不带枪？柯尔冈诺夫告诉了托尔斯泰许多细节。但是托尔斯泰仍不满足，又向柯尔冈诺夫的母亲写信，除了请她告诉他哈吉穆拉特的外表特征，对他们一家的态度和周围的情况外，还要她回答下列问题：哈吉穆拉特说不说俄语，哪怕几句？他出奔时骑了谁的马？马的毛色是什么样的？他拐脚明显不明显？住房有无园子？他做伊斯兰教的仪式严格不严格等。一个中篇小说，前后写了七八年，我们以为这和作者尚未完全把握人物及其生活真实情况有关。这里艺术的规律在发生着作用，托尔斯泰是这样来叙述它们的："……当我写作历史题材的作品时，我喜欢在最小的细节方面忠实于现实。"[①] "……我只喜欢写那些为我所理解得很透彻的东西，换言之，即那些得心应手的东西"，"我需要日常生活的细节……"[②] 没有这些细节的真实知识，即使基调早已定好，也曾使托尔斯泰费尽思量徘徊，犹豫了很长的时间呢！

（五）真实性、主观性和真诚

托尔斯泰认为真实性是主观的。我们以为这个观点说明了艺术真实性的一个方面。艺术的真实性，说的是作品反映生活，是否符合生

---

① 《托尔斯泰论艺术和文学》第1卷，苏联作家出版社1958年版，第541页。
② 《托尔斯泰论艺术和文学》第1卷，苏联作家出版社1958年版，第542页。

活客观实际的一种评价，由于真实性以生活真实为前提，所以具有客观性。另一方面，艺术终究是作家的一种创造，而不是照相，何况就是照相也有镜头选择的问题。作品在反映生活上，程度有深有浅，水平有高有低，因此真实性和客观性又是不一样的，所以艺术表现的真实性又具有主观性，或是说真实性不能脱离主观性。如果作家把握客观现实，反映生活真实，做出了正确的艺术判断，其时真实性的客观性与主观性就融洽一致；如果他不能正确认识生活，判断不符实际，其时艺术表现缺乏真实性，也就是说主观性与客观性不能统一，或者说主观性歪曲了客观性。因此那种认为艺术的真实性与创作的主观性无关的说法，是不符合创作实际的。

　　应该说明一下，我们在这里所说的主观性，限于作家本人的生活态度，而还不是指作品的倾向性，虽然主观性不可能与作家的倾向性无关。1853年，托尔斯泰就谈道："阅读作品时，特别是一部纯文学作品，读者感到兴趣的是表现于作品中的作者的个性特征，但常有这么一些作品，作者不是在其中故弄玄虚，就是三番五次地改变自己的观点。实际上，读者最喜欢的是这类作品：作者在作品中力图隐蔽自己所持的观点，但与此同时，凡显露其个人特征之处，无一不与作者观点完全吻合。在一部作品中如果作者经常改变观点，以致完全看不出作者的观点，那么这样的作品是平庸乏味的。"[①] 其后，托尔斯泰又说道："不仅在艺术著作中，而且在哲学科学著作中，他（指作者）如何努力要做到客观——就说康德，斯宾诺莎吧，——我们见到的，只是作者的智能、性格。"[②] 这两段话，内容十分丰富，也极为重要。首先，作家在反映生活方面，要做到客观，但随你怎么客观，作品不能不表现出作者的个性特征，他的主观性。其次，作家的主观性，他的观点，一般说来隐而不露，但总会采取各种方式表露于外。其三，主观性在优秀作品中是始终如一的，而在蹩脚的作品中则变幻无定。托尔斯泰竭力维护作者的个人特征在作品中的表现、甚至在人物身上

[①] 《俄国作家论创作》第3卷，苏联作家出版社1955年版，第439页。
[②] 见《文艺理论译丛》第1期，人民文学出版社1957年版。

的表现，他认为这是创作中的规律性现象。因此他不同意斯特拉霍夫对陀思妥耶夫斯基的责备："……您说，陀思妥耶夫斯基在他的人物身上描写了自己，他认为所有的人都是这样的，那又怎样呢？就是在这些特殊人物身上，不仅我们，他的同胞，就是外国人也会认出自己，自己的灵魂，结果就是这样。"① 但是托尔斯泰指出，这样要求艺术，与作者在作品中亲自出马完全是两码事，他认为，在小说艺术中，以作者的名义来进行描写是不足取的，艺术描写要通过人物自身来反映，这样才是上乘的。不过他自己就没有完全做到，例如在《复活》中，不少说教性的东西与人物的思想感情是没有必然的关联的。

根据上述要求，托尔斯泰反对作家在艺术创作中的冷漠态度。1862年5月，他读完屠格涅夫的《父与子》后的感受就是冷漠。他说小说非常吸引他，但不如预期的那样喜欢。他的责难是小说作者态度冷淡，"……没有一页是屏息着心灵的跳动一挥而就，因而也就没有一页能攫住人的心灵"。在这里，我们感兴趣的只是托尔斯泰对于艺术的理解，而不是他对《父与子》的不公允的评价。3年过后，他又读了屠格涅夫的新作《够了》。他写信给费特说："我不喜欢《够了》。个人——主观的东西，只有在它洋溢着生活气息和热情时，才是美好的，而这里的主观性，却充满了死气沉沉的悲哀。"② 那么，在《够了》这部小说中，屠格涅夫的冷漠寡情表现在什么地方呢？原来作家在小说中宣扬了美、艺术高于自然、人类、法律和人民性，等等，而且声称艺术比自然强大，此外小说的确还流露出了悲观主义和厌世情绪。18年后，即在屠格涅夫去世之后，托尔斯泰重读这篇小说时又说"妙极了"，什么原因呢？看来不是小说的悲观情绪使然，倒很可能是注意到了小说里所描述的弥罗岛的维纳斯塑像比起1789年的法国大革命原则更不容怀疑之故。不过不论什么情况，托尔斯泰要求作者在作品中要有明确的态度。他在1894年谈到，"在任何艺术中，作者对生活所持的态度，以及在作品中反映作者生活态度的各种

---

① 见《文艺理论译丛》第1期，人民文学出版社1957年版。
② 《托尔斯泰论艺术和文学》第2卷，苏联作家出版社1958年版，第89页。

描写，对于读者来说至为重要，最有价值、极有说服力"，"艺术作品的完整性不在于构思统一……而在于作者本人的明确和坚定的态度，这种态度贯穿于整个作品"①。

文艺创作中的真诚，这是托尔斯泰对创作中的主观性的一种发挥，真诚是作者明确和坚定的主观态度的升华。托尔斯泰在好几个地方谈到艺术创作的三个基本条件，说的大同小异。我们以为他在1889年《论艺术》的后一个文稿中说的最为典型。他说："艺术作品孰优孰劣，在于艺术家说了什么，怎么说的和艺术家说时是否真诚。"接着他提出了艺术三要素：一是内容是否重要，对生活有无新的开掘。二是要写得优美，掌握技巧。三是"艺术家为了能够真诚地说出他要说的东西他必须热爱自己的创作对象。要做到这点，就不要去说你对之无动于衷的东西，或觉得可以不说的东西，而只说那些你觉得非说不行的东西和你热爱的东西"。托尔斯泰认为，在上述三个条件中，"最后一个是主要的，没有这一条件——即对你所写的对象不热爱，至少对它缺乏真诚的、执着的态度，那么就不可能产生艺术作品"②。

托尔斯泰为什么要把真诚作为艺术创作最基本的条件，提出缺乏真诚就没有艺术呢？原来这同他对艺术的本质理解有关。他认为艺术的本质在于通过作者的感情来感染读者。要是作者对被描写的东西无动于衷，冷淡，寡情，那么读者又怎么会被作品所感染呢？作品没有感染力，又怎么算是艺术呢？从这里可以看到，真诚的最根本表现即作家本人对被描写的对象生动的感受和爱。托尔斯泰认为，这种爱足以使作家去努力探索有价值的东西，使作品内容充实，这种感情又会促使作家不辞辛劳地去探索最完美的形式。同时，作家的真诚的爱并不是抽象的爱，而是一种对人民的爱。托尔斯泰在《那么我们究竟应该怎么办？》（1882—1886）中指出，艺术家应该同人民群众站在一起，和他们同呼吸共命运。他说："思想家和艺术家并不总是像我们

---

① ［俄］托尔斯泰娅等：《同时代人回忆托尔斯泰》第2卷，冯连驵等译，上海译文出版社1984年版，第43页。
② 《托尔斯泰论艺术和文学》第1卷，苏联作家出版社1958年版，第274页。

习惯想象的那样安详地端坐在奥林匹斯山巅。思想家和艺术家应该同人们一起受苦受难，以便找到解救和得到慰藉。此外，他之所以痛苦，还由于他总是时时感到不安和忧虑：他处理问题和提出的意见，能够使人们获益，解除他们的烦忧，给他们以安慰，可是他没有用应有的方式去那样说、那样写。他根本不能解决问题和说出什么名堂，而明天，也许为时已晚——他死了。所以痛苦和自我牺牲永远是思想家和艺术家命中注定的事。"① 托尔斯泰把和人民共命运看作是艺术家的光荣使命。唯其如此，艺术家才能真诚地去感受，并赋予描写的对象以真切的爱。

正是由于这一原因，托尔斯泰对于画家列宾表示过不满。他在为俄译本《莫泊桑作品集》所作的序文中，写到列宾曾把一幅描绘宗教游行的画给他看。托尔斯泰说，画得很出色，可是却看不出画家对自己作品究竟抱有什么态度。于是问列宾，这些仪式是好的呢，是否是人们需要的呢？还是人们并不需要的呢？托尔斯泰描述道，画家对提问者的天真无知表现出某种宽容的神色说，他自己不知道、也无须知道，他的本分是描绘生活。可是托尔斯泰仍不放他过去，又问他至少爱它吧。画家回答：不敢说。那么是恨这些仪式的了？列宾回答说："既不是这样，又不是那样。"托尔斯泰的结论是："这位描绘生活、却不理解它的意义，既不热爱也不憎恨它的各种现象的有高度文化的现代艺术家，带着对我的愚蠢表示怜悯的微笑这样回答。"而当时列宾已经画过《拉纤夫》《伊凡雷帝》这样的名画，但在托尔斯泰看来，他还不清楚自己应该画些什么，这是一种反常现象。托尔斯泰谈完列宾之后，笔锋一转，写道："可惜的是，莫泊桑的想法也跟他一样。"应该指出，托尔斯泰对莫泊桑的评价甚高，认为这位法国作家具有创作的真诚，但是某些作品缺乏爱人民的道德因素。在这里，托尔斯泰曾把道德因素与真实合二为一，而实际上，道德因素应当是真诚的内容。托尔斯泰认为，莫泊桑受到当时风行于法国的文艺理论的影响。这种理论认为，作家无须区别作品有无好坏之分，可以全然不

---

① 《托尔斯泰论艺术和文学》第 1 卷，苏联作家出版社 1958 年版，第 85 页。

顾道德问题；作家只需描写真正有过的东西，或者漂亮的东西，他喜欢的东西，至于写出来的东西是否合乎道德，好坏如何，这不是他的责任。托尔斯泰认为，所以在莫泊桑的某些作品中，善恶爱憎不甚分明，并在一些作品中用了详尽的细节来描绘女人如何引诱男人，男人如何勾引女人；或者相反，以冷漠、鄙视的态度，把农村的劳动人民写成了愚蠢的、可笑的动物一般的人。托尔斯泰说，以这种态度来描写劳动人民是错误的，法国人民也不可能这样愚昧无知，言词之间颇有不平之意。托尔斯泰对于莫泊桑的评价由于其宗法农民的世界观而具有一定的思想高度，击中了莫泊桑创作中的一些弊端，但也不无偏激之处，例如他把《俊友》干脆称作"肮脏的书"，认为作者有时站到主人公的一边去了。也是从这一立场出发，他对屠格涅夫翻译的福楼拜的一个短篇《尤里昂·米洛斯捷维》表示不满。这个故事情节本是十分动人的，它讲的是尤里昂和一个麻风病人躺在床上，以自己的身体暖和后者。这个麻风病人就是耶稣的化身，他正在带尤里昂去天国。托尔斯泰认为小说的技巧十分高明，但读者读后反应冷淡，原因是作者本人就不想做甚至不愿做主人公所做的事，所以读者阅读它时也产生不出这种感情，念着这种奇迹般的故事，却不能体验到任何激动。

　　出于同样原因，托尔斯泰对俄国的农民作家谢苗诺夫和德国作家波棱茨的作品大为推崇。在近代作家中，托尔斯泰认为唯有他们的作品是符合他提出的艺术的三个条件的。他认为谢苗诺夫最主要的优点是真诚，此外他的作品的内容很有意义，他涉及当时俄国最重要的阶级——农民的生活，并怀有基督真理的理想，而这是衡量人们行为的准则。谢苗诺夫有一个短篇，使托尔斯泰读后大为感动。小说讲的是一个农村青年，经同乡马车夫的说情，到车夫的主人大商人家去当看门人的帮手，而原先的帮手是个老头。商人应马车夫的情面解雇了老人，要了那个小伙子。小伙子夜晚来到商人家里，听到老人在诉怨，说主人无缘无故地把他辞退了，不过是让他让出位置给青年人。青年人听后良心甚为不安，怜悯之心油然而生，这个混饭吃的位置虽然于他十分需要，结果他谢辞了。在这里，毫无疑问是怜悯和爱的道德主

三 通向现实主义高峰之路

题思想使托尔斯泰感兴趣。波棱茨的长篇小说《农民》也使托尔斯泰十分推崇。托尔斯泰说小说写了占德国、欧洲人口绝大多数的农民，作品充满了对人民的爱，技巧高超。《农民》中有个情节使托尔斯泰深为激动。丈夫喝醉了酒，清晨才回家敲门，妻子见是丈夫敲门，十分不满，故意迟迟不开。之后，她不让丈夫去上房，怕吵醒孩子，于是两人扭打起来。丈夫抓住妻子头发，要她拿出钱来，并想掐死她。当看到她头上血流如注，他才松了手，上床睡了。妻子清醒过来后从地上爬了起来，擦着血，跑到哭叫的孩子们那里去。然后寻找丈夫，见他的头垂在床头，血迹斑斑，就跑过去把他的头扶好，然后整理衣裳，取下一小绺被揪下的头发。波棱茨的这段描写，生动地体现了托尔斯泰主义中夫妇伦理观念的具体内容，因此得到了托尔斯泰的好评，指出它充满了妻子对丈夫的忠诚、爱和责任感，作品是真诚的产物，它浸透了作者的感情。同时，托尔斯泰也指出，小说促使人们思考：为什么不少体力、灵魂都强有力的人们，要被抛弃、逆来顺受、陷于愚昧无知呢？这又是他的强有力的方面。

把真诚作为艺术创作的根本条件，这是一个很有见地的观点。如果作家对于人物和事物缺乏真挚的感情，缺乏慎重的态度，那么创作就会变成一种僵死的东西。所以托尔斯泰认为作家对生活要有倾心的爱，艺术本身是作家的爱的果实。创作没有真诚是不行的，但把主观性仅仅升华为真诚也还是不够的。比如，我们在前面谈到库普林的《亚玛街》这篇小说，托尔斯泰因书中的鲜廉寡耻的描写而不忍卒读。为什么？难道是作家缺乏真诚吗？恰恰相反，作者是充满真诚的，他在小说的《献辞》中写道："我知道，这部中篇小说不少人会把它看作荒唐的、猥亵的书，但我全心全意把它呈献给母亲们和青年！"可见，小说的创作不是没有真诚，用真诚还不能完全说明问题。这里的分歧在于托尔斯泰不喜欢这种真诚，又如托尔斯泰这样具有巨大的艺术敏感的人，竟在莎士比亚的作品中嗅不出一点真诚的味道来，作家责备莎士比亚："一眼就可以看出他不相信自己所说的，不相信这不是他所需要的，他杜撰所描写的那些事件，他冷漠地对待自己的人物，他只是为了场景才选定他们，因此，让他们做的和说的只是那些能够打动他的观众的东西,我们也因此既不相信事件和行为,也不相信他的人物的不幸。"① 难道在莎士比亚的作品中真的映照不出作者的一点"真诚"的影子吗?不,这里不在于莎士比亚有无真诚,而在于托尔斯泰不喜欢他的真诚。托尔斯泰看不上莎士比亚的作品,有艺术上的原因,例如19世纪末在塑造人物,创作方法等方面已与过去不同,但更为重要的是道德、思想观点方面的分歧。莎士比亚只相信现实的人,喜欢他们的天性,他对宗教、基督的爱不感兴趣。托尔斯泰在这些方面和莎士比亚大为异趣,因此他把作者的作品说成是虚假,臆造。可见,问题还应深入一步。

那么,作家的创作真诚是被什么决定的呢?我们在上面实际上已触及这一问题,这就是作家的道德观念,以及和道德观念紧密联系着的理想。托尔斯泰说"没有理想无以为生",即是说生活应受一种高尚的理想指导,因而他反对以个人私利为理想的人生观。托尔斯泰在写一个故事《人们何以为生》,费特见到这个题目后竟是脱口而出,"自然是靠钱财了"。果里金维依泽尔以为他是在开玩笑,托尔斯泰说:"不,这是他的信念……费特的一生是想发财致富。"② 托尔斯泰对费特的这种理想是十分鄙夷的。对于托尔斯泰来说,真正的社会理想是消灭剥削。他认为"只要消灭了互相的斗争,奢华的现象,财富的不合理分配,总的来说,只要消灭了虚假和有害的生活秩序,建立起人类的理性生活,那么无论这种和那种贫困和不幸的现象都是容易消除的"③。他在后期曾提到理想犹如一盏路灯,给黑暗中的人们照亮道路。当然,我们不能不看到他的社会理想中的俄国小农社会的乌托邦思想和宗教观念。表现在艺术方面,托尔斯泰认为"任何一部作品的目的应当是教益——道德";而且后来他把美学和伦理学联系在一起,提出"美学是伦理学的反映",作家如果是个道德高尚的人,那么他的作品也将是符合道德原则的作品。因此,他把艺术视为表现善

---

① 见《古典文艺理论译丛》第2期,人民文学出版社1961年版。
② [俄]果里金维依泽尔:《在托尔斯泰身边》,莫斯科文艺出版社1959年版,第63页。
③ [俄]托尔斯泰:《艺术论》,丰陈宝译,人民文学出版社1958年版,第198页。

恶、分辨好坏的手段之一，而真诚就在作者锲而不舍的道德理想的探求中产生。

（六）真实性和分寸感

在托尔斯泰的书信、日记，论文中，我们还常常遇到他谈论艺术的分寸感问题。他最早谈论分寸感大概是 1862 年的《谁向谁学习写作……》一文。其时，托尔斯泰十分欣赏他开办的小学中的几个很有才华的农民的孩子，特别是有个叫费季卡的，他认为在其纯正、幼稚的气质中，存在着艺术的分寸感，而这种分寸感也只有为数不多的艺术家经过辛勤劳动才能获得。同时在这篇文章中，他把分寸感归结为艺术的一个主要特征。1787 年，他在给斯塔索夫的信中谈到，才华的主要标志是真实性和分寸感。1907 年，据马科维茨基记述，托尔斯泰曾经谈及什么是艺术中的最主要的东西？真实？真诚？谁知道呢？托尔斯泰自问自答："艺术中最主要的是分寸感。"这段话对我们很有启发。我们在前面谈到了艺术反映生活的真实性的客观性一面，同时在反映生活过程中艺术家的主观性表现和创作真诚。但是如何使两者结合起来呢？分寸感正是使两者结合的契机，那就是，真实在被主观把握中要充分显示其客观性，主观在艺术反映中把握客观真实时又应显示出作者最大的真诚，衡量主观客观有机的、和谐的结合的标尺就是分寸感。而如何把握这种分寸感，这既涉及作家思想上的因素，也关乎作家艺术技巧方面的问题。

托尔斯泰晚年提及了高尔基、库普林、安德烈耶夫等人的作品都缺乏分寸感。从他所谈的具体内容来说，看来主要是指作家思想方面的原因在作品中引起的问题。托尔斯泰对高尔基本人是十分欣赏的，也喜欢他的作品，但后来托尔斯泰的态度有所变化。1909 年他多次读了高尔基的作品后，十分反感，指出高尔基的作品缺乏主要的东西——分寸感。现在我们除了知道他这时读过高尔基的《底层》外，无法断定他还读了些什么，不过据说这些作品给他的印象是作者完全自由不羁，人物心理描写失真、常把自己的思想感情强加给人物。但是我们以为，这与其说是高尔基的作品缺乏分寸感，倒不如说是由于世界观的不同而引起的，其时托尔斯泰已把高尔基当作一个"有害的作家"来看待，毫无根据地把他和尼采相提并论了。在这之前，托尔斯泰已对高尔基的某些作品表示过不满，认为其中臆想成分颇多。他提出故事可以虚构，而捏造人物心理却是不许可的。他同契诃夫谈及高尔基时说："无论什么东西都可以虚构，唯独心理活动不能杜撰，可是在高尔基作品里恰好碰到了心理活动的杜撰，他描写了他没有感觉到的东西。"[①] 托尔斯泰认为，"海——在笑着"，这种比喻不贴切，因为它把人物内心活动与自然实物描写相混了。自然，这种说法是偏颇的。当《生活》杂志的出版人波赛谈到这种手法正是民歌的基调，托尔斯泰却仍然坚持己见，这大概与托尔斯泰不喜欢浪漫色调有关。

对于安德烈耶夫的《黑暗》，托尔斯泰开头听人介绍，十分喜欢它的思想，但当自己亲自一读，就感到十分失望。小说写的是一个革命青年逛妓院，与妓女喝酒取乐，同时向她宣传革命思想——牺牲，光明，真理，等等。妓女说："我既经为恶人，你怎么还有为善人的权利呢？"青年从此领悟过去的活动都是虚伪，于是投入了黑暗的怀抱，举杯为黑暗庆贺。"倘使我们的火焰不能照明一切的黑暗，则我们便只有消灭我们的热情而走到黑暗中去。倘使天国并不是为一切人的天国，则那样的天国我也是不需要的……"托尔斯泰对小说的反应是："大家都夸他，可他天晓得写了什么？完全没有分寸感。"十分明显，小说的颓废色彩是明显的，除此之外，托尔斯泰恐怕主要是从宗教道德的观点抨击安德烈耶夫的《黑暗》的。他说库普林的作品缺乏分寸感，从他对《亚玛街》的态度来看，也主要是从道德原则出发的。由此分寸感也是作家从一定的道德理想对现实的艺术把握。

从上面的例子来看，我们不能认为托尔斯泰的各种评价都是正确的，但是从这些论述中可以得出一个基本思想，托尔斯泰的所谓分寸感首先是一种思想、道德的评价，甚至是一种带有宗教色彩的原则。不过，如果我们排除其中的消极面，那么进步的思想立场、高尚的道

[①] 《契诃夫论文学》，汝龙译，人民文学出版社1958年版，第274页。

德观念、健康的审美趣味，都应当成为作家把握生活真实，进而充分显示其客观性的出发点。对人民怀有深切的同情，描写惊心动魄的真实而不是热衷于肮脏的耸人听闻的现象，揭露黑暗而不是欣赏丑恶和和使人陷于绝望，看来这就是思想上的分寸感的体现吧。

1886年托尔斯泰与作家尼·伊凡诺夫谈话时，提出了一个十分有趣的"稍微"的观点。当时他们在读伊凡诺夫的一个短篇小说的手稿，当念到在春日化雪的泥泞小路上，停着一群白嘴鸦，它们的长长的鼻子在阳光中闪亮时，托尔斯泰说："在这些细节之中，在这些'稍微'之中，可以看到每个作者的命运；没有这点，没有'稍微'，那意味着就会失去一切，也不会有作品。"① 这里，引起托尔斯泰兴趣的是一群白嘴鸦停在泥泞的道路上，这是春天解冻时的田野特征；白嘴鸦的长长的鼻子在阳光中闪亮，这又抓住了白嘴鸭的特征。这些细节描写的真实性，一下就把读者带入了预定的情景。托尔斯泰的这段话，说明作家观察入微，细节描写逼真，一如生活本身，把握住了艺术描写中的真正的分寸，虽然只是"稍微"，却使这个短篇获得了艺术的生命。这个"稍微"的理论，托尔斯泰后来在《艺术论》中发挥得更为详尽。他说，著名俄国画家勃留洛夫给一个学生修改作业，他只在几个地方稍微点了几笔，这幅死板的拙劣的画，立刻变得生气盎然。一个学生看了说："瞧，只不过稍微点了几笔，一切都改变了。"勃留洛夫说："艺术就是从这'稍微'两个字开始的地方开始的。"② 托尔斯泰认为这句话说得好极了，它说出了艺术创作的重要特征，各种艺术无不如此。我们以为，完全可以把这个"稍微"当作分寸感来理解。比如，就绘画艺术而论，如果某个地方"稍微"明亮一点，或是"稍微"黯淡一点，"稍微"高一点，或是"稍微"低一点，偏左一点或偏右一点，就会使作品变成拙劣的东西，或是高妙的杰作。这里所说的某个地方明亮一点，黯淡一点，高一点，低一点，

---

① ［俄］托尔斯泰娅等：《同时代人回忆托尔斯泰》第1卷，冯连驸等译，上海译文出版社1984年版，第347页。

② ［俄］托尔斯泰：《艺术论》，丰陈宝译，人民文学出版社1958年版，第123页。

事关全局，这一处画好了，整个画就获得了灵魂，这一处几笔点坏了，则尽管其他地方光华灿烂，但也是没有生命的东西。在戏剧艺术中，如果音调"稍微"高一点，或是减弱一点，就会使演出变得乏味，或是使观众深为感动。所以各种艺术的成败，从技巧的角度来说，关键都在那么"一点点"上面，都在于那些"无限小的因素"，主观和客观的自然融洽和有机结合，这是构成艺术整体的最主要之点。

1909年初，托尔斯泰同女歌唱家弗拉索福娃谈及俄国诗人阿历克赛·托尔斯泰的诗作时，表述了同样的思想。他说，读普希金的诗，你感觉不到这是诗，不管他的诗句有严格的韵脚和格律，人们只感到它们不能不这样说；而读阿·托尔斯泰的诗，就感到它的内容可用上千种方式来表达，它们缺乏艺术的完美。艺术创作"好像存在无穷无尽的小点点，全部工作在于在何种程度上能够接近它们。有才华的人感到他在哪种程度上接近了这些小点点，而才华平平的人却以为自己处在中心地位……"① 这些"小点点"，我以为和"稍微"是一个意思。托尔斯泰认为要把握这些"小点点"，使用外在的方式是办不到的，"这些因素只有当一个人沉湎于感情中才能找到"②。当感情找到了这些"小点点"，当真诚与"最小的因素"融而为一，其时艺术家也就找到梦寐以求的分寸感了。

在论述莎士比亚的长篇论文里，托尔斯泰提出了"幻想"的理论。这里需要说明的是，这"幻想"不同于一般意义上的幻想，而是通过艺术分寸感达到的艺术完美境界，所以可以把它看作是把握了艺术分寸感的果实。同时，托尔斯泰在分寸感与幻想中间确立了某些联系，分析这些联系，了解这些联系，我们可以进一步探知分寸感的具体内容。

托尔斯泰认为，艺术作品特别是戏剧，要使读者或观众在心中引

---

① ［俄］托尔斯泰娅等：《同时代人回忆托尔斯泰》第2卷，冯连驸等译，上海译文出版社1984年版，第332页。
② ［俄］托尔斯泰：《艺术论》，丰陈宝译，人民文学出版社1958年版，第124—125页。

起一种"幻想",使他们能够感受和体验到作品中的人物所感受和体验的心情。幻想就是使读者、观众置身于作品所描述、表现的此情此景的艺术效果。要达到这一境界,首先是作品情势的自然性,要真实地把握场面、场景,使开头自然而动人。人与周围世界的斗争,应当合乎事件的自然进程;他们不能臆造、杜撰。其次,托尔斯泰认为,应当知道该让自己的人物做什么和说什么,又要知道不该让他们说什么做什么。他说:"让登场人物说的话,不论如何娓娓动听和含义深刻,只要它们是赘余的,不合乎环境和性格的,那就会破坏了戏剧作品的主要条件——幻想……"[1] 同时人物说话不要让人一览无余,把话说完,要留有余地,让读者或观众自己去把它说完,有时这样会加强他的幻想。再次,艺术的分寸感表现于作家要确信自己所说的东西,以严肃的态度对待他自己所说,在艺术描写中不事夸张(即感情,用语的夸张)。如果在这方面"缺乏分寸感,就会使艺术生产者暴露出来,由此而会消灭我不是反映而是创造出来的幻想"[2]。也就是说,缺乏分寸感的表现,会使作者跳出来代替人物说话,这自然会导致艺术境界的消失。正是由于这一原因,托尔斯泰认为荷马所描写的事件,即使不合我们的心意,但他确信自己所说的,"因此他任何时候没有夸张,分寸感任何时候也没有离开过他"。他说,"全篇《伊里昂纪》,特别是《奥德修纪》那么自然,那么使我们感到亲切,就像我们亲身在天神与英雄之间生活过而且正生活着似的……"[3]。根据同样的理由,托尔斯泰非难莎士比亚缺乏艺术分寸感,认为他由于极度夸张而不能引人进入幻想。这种指责当然不符实际,不符现实主义的历史演变。但是如果排除托尔斯泰指责的具体对象,以此来要求文学艺术,却实在是极有见地的现实主义创作思想。

在上面,我们对托尔斯泰关于艺术和生活的关系作了一些论述,我们看到托尔斯泰随时根据自己和别人的创作经验,不断地从理论上

---

[1] 见《古典文艺理论译丛》第2册,人民文学出版社1961年版。
[2] 《托尔斯泰论文学》,莫斯科文艺出版社1955年版,第598页。
[3] 见《古典文艺理论译丛》第2册,人民文学出版社1961年版。

进行探索，做出概括，并有所创新。无疑，这些探索和创新，推动着他创作上迈向现实主义的高峰。关于我们在前面曾经提出的托尔斯泰的现实主义的基本观念，本文由于论述范围的限制，实际上只是探索了它的某些方面，至于其他部分，那是需要另文论述的。

（原文作于1980年10月，1981年4月改定）

四　现实主义和现代主义的几个问题

20世纪70年代末，研究外国文学的同志纷纷撰文，指出了对西方现代主义文学重新评价的必要性；同时，出版界也不断地把一些现代主义文学作品介绍了过来。我以为这是清算过去"左"的文艺倾向的一个积极成果，但是也随之出现了一些分歧。不少同志对现代主义文学持分析、批判态度，即要求介绍这类文学作品时，对它们的性质、思想倾向要有所阐明，指出其形式上的某些特征时，要有选择地借鉴其成功的艺术技巧。持这类态度的同志，着眼点各有侧重，当然意见也不尽一致。另一些同志写文章、出文集，提出我们的文学较之现代主义文学已大大落后。他们对现代主义文学肯定极多，对于这种文学的理论、艺术主张也很欣赏。与此同时，有的研究我国当代文学的同志，根据自己的观察与了解，著文提出，在近几年的新诗中崛起了新的美学原则。不少同志曾就此文提出异议。之后，这两个方面的讨论互有交叉，最后在一些根本性的问题上合二为一了。例如在《外国文学研究》上刊出了《现代化与现代派》一文，文章一面描绘了西方现代主义文学的"美妙"前景，另一方面又嘲笑了现实主义，认为现实主义早已过时，社会主义文学非走现代主义文学的道路不可。接着有的青年作家认为，当今西方物质文明昌盛，文学也极发达，我国何妨也来个现代派？这几年的艺术理论中，照搬、移植西方艺术主张的文章也并不少见。1983年初，《当代文艺思潮》发表了《崛起的诗群》一文，进一步发挥了《现代化与现代派》等文章的基本思想。本文就上述文章提出的几个主要问题，谈谈自己的看法。

（一）现代主义文学与欧洲哲学、社会思潮

在我国，提倡现代主义文学，还是提倡社会主义文学？这是一些争论文章中提出来的一个问题。

在关于现代主义文学成因的讨论中，有的同志认为，政治因素谈的太多，"经济唯物主义不发达"，以为现代主义文学的出现，与资本主义的物质生产的迅猛发展密切相关，"西方现代派作为西方物质生产的反映，不管你如何骂它，看来并没有阻碍了西方经济的发展，确乎倒是相当地适应了它的"。涉及我国文学的发展时，有人预言："我们将实现社会主义四个现代化，并且到时候将出现我们现代派思想感情的文学艺术。"《崛起的诗群》一文说："现代（实指现代主义——引者）艺术的出现，是现代生产方式和生活方式的必然结果"，"现代倾向要发展成为我国诗歌的主流"，它将同"在中国兴起的其它门类中的现代萌芽一起，归入东方和世界现代艺术的潮流"。在上面的摘录里，我们看到这些文章都认为艺术不能墨守成规，都要求有所创新，正是在这一点上面，我们和它们的作者的看法是共同的。可是当它们把现代化看成是现代主义艺术产生的必然，认为只要搞现代化，搞四化，那么文艺潮流的发展非现代主义莫属，现代主义文艺是当今文艺发展的大势所趋，这就值得讨论了。

"现代主义"和"现代派"一样，用以称呼当今西方不断更迭的文艺流派、思潮、作品，其实都是不确切的。第一，在西方文字里，"现代主义"和"现代的"是一个字根，而凡是当代创作出来的作品都可以称作现代文学。现代主义文学只是其中一部分，它把自己标榜为现代主义，给人的印象是它似乎是最具现代性的。第二，这种好像是最具现代性的作品，其实并不都具时代精神，或现代精神。第三，以现代主义为标榜的各个流派的文学，对体现了当代精神和发展方向的社会主义文学，都抱有敌视态度。什么文学都可以容纳，唯独不能容纳社会主义现实主义文学。在我国，也存在这种现象，有的同志因社会主义文学的兴起而叹息，有的同志对反映当前生活的社会主义文

四 现实主义和现代主义的几个问题

艺不屑一顾,嘲弄社会主义现实主义(或革命现实主义),把这类文学视为落后的,不入流的文学,这可能与这种文学的政治化倾向有关。因此,我们只能约定俗成地使用"现代主义"这个概念,即在现代主义作家、理论家使用的范围内来使用它,把现代主义看成是一种有着特定的创作原则、文学作品的思潮。

现代主义文学发轫于第一次世界大战前,盛行于两次大战之后,它反映了西欧社会漫长而曲折的精神危机。19世纪末,随着资产阶级对巴黎公社的疯狂镇压,资产阶级的革命性丧失殆尽,而工人阶级的兴起,也使资本主义的乐观主义一扫而空,社会动荡,不安加剧。威廉·李卜克内西当时写道:"当代社会飞速地接近崩溃,一种盲目的、模糊不清的恐怖笼罩着它,它有如一群水牛,逃离草原大火,在失去理性的恐怖之中闭眼逃窜,飞奔向前,不管面临一片深渊。"[①] 在文学中,出现了一种相当普遍的颓废没落情绪,即"世纪末"情绪,这类作品标榜宇宙之神秘,人生的不可知,无穷尽的悲哀,歌颂死亡与坟场。它的作者多半是一些有才华的诗人,并喜好使用象征手段写作。20世纪初,卢那察尔斯基在《对话》一文中曾借一位对话者之口,展现了颓废诗人的情绪:"巨大的影子愈加走近来……把照着我家的屋顶的我的生命的星熄灭了。时候到来了。一切都被乳白色的、雾气一般的云翳覆盖着。于是突然……非常愉快,不可言喻地愉快……我愉快地死去,在陶醉的温柔中死去……多么美妙呵!"卢那察尔斯基借另一人之口指出,颓废诗人"否定生活,因为他们本能地感到生活在否定着他们的缘故。他们爱坟场,喜欢以花装饰坟墓,因为历史是在静静地把他推送到他们的阶级的坟墓而去,因为坟场已在等待着他们"。[②] 这就是风靡西欧、俄国的象征主义文学的主调。20世纪初,资本主义危机加剧,特别是掠夺性的帝国主义战争,在西欧引起了剧烈的社会动乱。无穷的灾祸使人失去安全感,无所适从,缺

[①] 转引自阿尼西莫夫《古典文学遗产和当代性》,莫斯科,1960年版,第6页。
[②] [苏]卢那察尔斯基:《艺术之社会的基础》,冯雪峰译,水沫书店1929年版,第140、152页。

少同情,一切都处在异己力量的恐怖之中,一切都变幻莫测,人只得求之于自己,唯有自我可以信赖。19世纪40年代,格律恩在转述歌德的话时说:"如果我们在世界上找到一个地方,能够安安静静地生活和占有自己的财产,能够有足以供养我们的土地,能够有栖身之所,难道那里不就是我们的祖国吗?"① 可惜,这种牧歌般的"祖国"祈求而不可得,代替它的却是艾略特式的"荒原"。其后是席卷资本主义世界的经济危机,法西斯上台,西班牙内战,第二次世界大战。加缪在领取诺贝尔奖奖金的仪式上说的一段话,描述了这种背景:"那些出生于第一次世界大战开始之际而当希特勒进行夺权及举行首次革命审判时已达20岁的人们,要在面对西班牙内战,二次世界大战,集中营的暴政,一个到处是酷刑与牢狱的欧洲等去完成他们的学业,而到今天当他们的儿女成长,作品成熟之际,又须面临核子武器战争的毁灭威胁了。"② 现代主义文学相当真实地反映了资本主义危机时期灾乱年月中的人们内心的不安和失望情绪,他们的不满,无可奈何的抗议,以至不明真相的诅咒。

现代主义各个流派的又一重要特点,即公开以各种流行一时的哲学思潮为标榜,把其中关于世界和人的思想贯彻于作品之中,这在19世纪文学中是不多见的。大概最为现代主义者所津津乐道的是叔本华的意志哲学,克尔凯郭尔以及后来的萨特的存在主义,柏格森的非理性的直觉主义,弗洛伊德的精神分析了。叔本华把世界视为意志与表象,而非真实存在。他认为人的意志支配一切,而意志则是"一种盲目的不可遏止的冲动"。在这种意志的支配下,人生不仅是梦,而且十分痛苦,因为意志即欲望,而欲壑难填,一个欲望满足了,另一个欲望又随之出现,所谓"个人承受的容量是全依其本性而言;他的痛苦绝不会少于也不会大于此一容量"。至于人生的快乐与幸福是十分短暂的,它们不过是痛苦的暂时休止。在叔本华看来,人之痛苦不仅

---

① 转引自《马克思恩格斯全集》第4卷,人民文学出版社1965年版,第269页。
② 《加缪领受诺贝尔文学奖讲话》,见卡(加)缪、萨特《从存在主义观点论文学》,第77—78页。

四 现实主义和现代主义的几个问题

由于意志，而且还在于人生就是斗争，弱肉强食，"人便是吃人的狼"。所以人的"意志现象愈完全，痛苦也就愈显著"①，而天才人物便要承受最大的痛苦。何以解忧？叔本华认为，人们可以利用宗教、艺术、哲学来净化意志，最后达到人的意志的灭绝，"涅槃"的境界。原来人生如梦，四大皆空。克尔凯郭尔同样把生活视为一种找不到出路的绝望状态。人注定要在世界上孤独受苦："他在广阔的世界上，孤独无援，他没有高枕而卧的现在，也无值得怀念的过去，因为有如没有可以寄予希望的未来一样，他的未来也未曾降临，因为他的未来已经过去。现在在他面前只有那广阔的世界——即并不和睦相处的这个你……而这个你……称做不理解。"② 这简直是孤独无援的人的"散文诗"了，人有时真是孤独无援，失望伴随着绝望。弗洛伊德从精神分析的角度描绘了人的组成，他把人的无意识的自然本能、性冲动、生的本能、死的本能、侵犯性的本能看作是决定人的心理、精神过程的根本因素，他特别强调性本能的主导作用，认为性本能是人们的社会实践，人与人之间发生斗争的动因，从而忽视了人的社会本质。这种种非理性主义的哲学思想，帮助人们从人的非理性的存在，认识了人的复杂性，同时又以猜测解释了社会现状，曲解了人，也迎合了部分人的社会心理，结果发生了不可忽视的文学影响。

现代主义文学的各个流派，几乎都要从这类哲学中去汲取自己的诗情，寻找精神上的支持。超现实主义混杂了各种哲学思想，诗人勃勒东宣称，"超现实主义就是纯粹的心理无意识化"，它宣传"无意识写作"，写幻觉与梦幻；它宣传一种"补偿论"：在"新的现实世界中，最最不正义的事情也是正常的，这时他的批判的理智消失了，矛盾排除了，这一美妙的领域就是超现实主义"。这是一种"在不受理性的任何控制，又没有任何美学或道德的成见时思想的自由活动"③。存在主义对现代主义文艺思潮影响极大。对于萨特来说，他把

---

① 《叔本华论文集》，百花文艺出版社1987年版，第199、201、202页。
② 见克尔凯郭尔《非此即彼》，光明日报出版社1997年版。
③ [法] 勃勒东：《什么是超现实主义？》，见伍蠡甫主编《西方现代文论选》，上海译文出版社1983年版，第169页。

人视为绝对独立的个性，人的存在是不可知的，孤独是不可避免的，"他人是我的地狱"，而且他还竭力把这类观念，在作品中加以演绎。对于"荒诞派"戏剧来说，存在主义也是它的灵魂。尤奈斯库说："当今没有一个社会能够消除人类的忧伤，没有一个政治制度能够把我们从生活的重负、死亡的恐惧、我们的绝对渴望中解救出来，正是人类生存的条件本身，决定了社会的条件，而不是相反。"[①] 这就是说，生活是荒诞的，人更是荒诞，他的不幸与生俱来，世界上充满了最坏的不幸，但首先是生之不幸！1982年，他在回答一家杂志的问题时说："使我恼火的不是如何活下去，而是如何不活下去。"这种对生活感到无望的忧思，是何等深沉，何等痛苦！

如果我们在这种背景上来理解现代主义文学，那么把这种文学说成是西方物质生活高度发达的反映，并把它看作是我国文学发展的方向，就很不妥当了。在西方，科学、技术、物质生活水平固然较高，但是它的精神生产如现代主义文学就是物质生产的高度发展的反映吗？与科技发展处于同等水平了吗？在有的同志看来正是如此，而且把这种相适应的决定因素叫作"经济唯物主义"。这种形似赞成唯物主义的观点，实际上不是科学的唯物主义。马克思主义认为，"经济条件归根到底制约着历史发展"，这可以用以说明为什么现代主义文学不能产生于18、19世纪，而只能出现于20世纪即资本主义发展的后期。但是，经济本身是个复杂现象，它绝不能单单归结为生产力；除生产力之外，我们还要看到制约着生产力的生产关系，生产关系的总和，构成社会的经济结构，即基础。上层建筑和与之相适应的社会意识形态，正是耸立在基础之上的。研究意识形态，只讲生产力的影响，排斥生产关系以及由此而构成的社会形态、制度的作用，就会得出物质生产直接决定文学发展的结论，就说不清楚文学的性质，弄不明白有时一个国家经济并不发达，而文学的进展却很惊人；也无法阐明，何以在科技发达、物质水平也高的西欧，现代主义文学却宣传悲

---

① 参见［法］尤奈斯库《笔记和反笔记》，《法国作家论文学》，王忠祺等译，生活·读书·新知三联书店1984年版。

四 现实主义和现代主义的几个问题

观、失望、虚无的思想。这些成分反映了生产力、科技的哪些特征？事实上，作为上层建筑的文学的发展，固然要以经济的发展为条件，但它同其他上层建筑一起，"又都互相作用，并对经济基础发生影响。并不是只有经济状况才是原因，才是积极的，而其余一切都不过是消极的结果"①。何况文学又是一种远离经济基础的审美意识形态。因此解释文学现象，还应考虑该社会的生产关系的性质以及社会状况、政治、哲学、宗教思想的影响。现代主义文学恰恰是以资本主义生产关系为基础的畸形社会的产物，它与这个制度包括它的思想体系基本上是相适应的。如果把经济因素绝对化，并把它理解为单一的生产力或物质水平，则会走向荒谬，会把文学看成是生产力发展的直接反映，排除文学的思想因素、社会作用，从而使文学非意识形态化。正如恩格斯所说的"如果不把唯物主义方法当作研究历史的指南，而把它当作现成的公式，按照它来剪裁各种历史事实，那么它就会转变为自己的对立物"②，也即把唯物主义庸俗化，把马克思主义当作简单不过的标签。

其次，把西方现代主义文学简单地说成是西方物质生产的反映，之所以不妥当，还因为在这类作品中固然反映出了物质生活的高度水平，但是文学艺术从来不是以描写物质生产的发展程度为对象的。文学艺术审美反映社会生活，人的思想感情，他的种种感受以及心理状态的变化，描写人与人之间关系的变化以及他们的种种命运；就是现代主义文学创作，也并不以反映物质生产为己任。所以把经济因素绝对化，就会导致对文学对象的不确切的判断。

反对把科技进步、高度的物质生产必然要求出现相应的现代主义文学的观点，不意味着我们不承认科技发展对文艺的影响。科技的日新月异的进展，给人们的生活带来了巨大的变化，时空观念改变了，生活节奏加快了，这无疑影响着作者、读者的审美趣味。现代主义小说家无疑见到了这点。20世纪30年代，甚至像巴比塞这样的作家，

---

① 《马克思恩格斯全集》第4卷，人民出版社1965年版，第506页。
② 《马克思恩格斯全集》第4卷，人民出版社1965年版，第472页。

也在《左拉》一书中说,传统的、流行的长篇小说手法、形式已经陈旧,因为时代的精神已经渗透到人们生活的风尚习俗中来:出现了直线感,喜好简化、综合和高速度发展的风尚,准确、迅速而解决问题的愿望,某种竞技般的"美国式"急躁,崇尚实效等现象。①

  这大致反映了当时部分人的审美心理的变化。但是什么叫作"陈旧",看法是不一样的。因为创作小说使用的手法、技巧,与工艺品、物质生产所使用的不断变化着的新技术是不同的,在物质生产的领域,新技术、新工艺一旦出现,在可能条件下旧技术、旧工艺会立即被废除。小说创作就不是如此,何况原有小说的传统写法,也是不断吸收新的因素而变化着的。至于在今天的我国,科技的发展,紧张的工作,确实加快了生活的节奏,这些因素影响人们心理,要求文艺的样式,表现手段有所创新,这自然也在情理之中。问题是文学应该走什么道路才能适应这一变化。

  有的文章说:西方文明在继续发展中,"我们可以相信,西方现代派文艺也将做出有利于人类进步的信心百倍的理想主义的作品,描绘出未来的新世界的新姿"。这种结论,看来不过是物质生产先进必然产生先进文学的理论的直接演绎。西方现代主义文学的前景是否如此美妙,是颇值得商榷的。让我们来看看颇有代表性的荒诞派作家尤奈斯库的情况吧。尤奈斯库曾以《秃头歌女》《椅子》《犀牛》等剧作而蜚声西欧文坛。1959 年,先锋派代表人物于赫尔辛基召开国际先锋派戏剧讨论会,尤奈斯库曾在会上作了长篇演说。那时他的"反叛"精神真是横空出世,震古烁今:"我倾向于用'反对'和'决裂'这样的词来给先锋派下定义","先锋派,就是自由"②。但是 20 年后,尤奈斯库竟是一反过去不可一世的姿态。1978 年,他谈道:"我感到写作愈来愈困难了","我已写了一辈子,现在已经到了极限了。表面上,我应有尽有,事实上,我已经没有什么目标了。我总

---

  ① [法]巴比塞:《左拉》,见《法国作家论文学》,王忠祺等译,生活·读书·新知三联书店 1984 年版,第 18 页。
  ② [法]尤奈斯库:《论先锋派》,见《法国作家论文学》,王忠祺等译,生活·读书·新知三联书店 1984 年版,第 568、579 页。

是……沉浸在我的苦恼之中","不管怎么说,处在我意识或者无意识的深处的,是空虚"。尤奈斯库思想上的危机其实并非此时始,现在不过是他的人即荒诞的思想自我体验而已。1982年,他有两次讲话值得一提。他说很久以来,他"对人们已经没有期待了,甚至也不想得到他们的理解"①。当谈及现代主义文学时,他说它"事实上没有表现出什么精神价值"。这是故作惊人之言,还是过谦之词? 可以分析;但是他讲出了一个十分重要的情况:"通过新小说或者叫作客体小说,(现代主义)文学已经走向了它的反面。这是一条死胡同。现在看来,人们正在回到更为传统、尽管有点过时的形式(指现实主义——引者)中去,以便从这条死胡同里走出来。"他说戏剧也不例外,"我确实曾是反戏剧的剧作家之一。我的路已经走到了尽头,现在不太清楚应该怎样走下去",② 尤奈斯库的声调苍凉而哀伤,他面对现代主义文学中的"新小说""荒诞派"戏剧的不景气的境地而黯然神伤! 我们自然不能说现代主义文学从此是一蹶不振了,看来它还会曲折地发展下去。但是尤奈斯库的几次谈话,确又透露了"荒诞派"文学难以为继的消息。那么能否说,他的1982年的两次谈话,可以看作是"荒诞派"戏剧的一个终结呢?这种结论是否为时过早呢?同样重要的是,尤奈斯库就"新小说"和"荒诞派"戏剧实际上也就现代主义文学所作的评价,能否给那些热烈相信西方现代主义作家必定会信心百倍地描绘出未来新世界新姿的同志提供一些新的感性材料呢?自然,这里也要避免绝对化。

(二) 现实主义与现代主义创作原则的比较

现代主义各个流派兴起的时候,总要通过它的代表人物来历数现实主义罪状,对现实主义进行一番讨伐,但到后来总是无果而终。

---

① [法]尤奈斯库:《答〈新观察家〉杂志社问》,见《法国作家论文学》,王忠祺等译,生活·读书·新知三联书店1984年版,第596页。
② [法]尤奈斯库:《答〈读书〉杂志问》,《法国作家论文学》,王忠祺等译,生活·读书·新知三联书店1984年版,第593页。

1908年，俄国象征主义诗人别雷依在《象征主义与俄罗斯艺术》一文中说："既然艺术家触及的仅是他本人的主观内在经验，那么他就不能在艺术中做个现实主义者，描绘出现实的正确的真实的图景。"1924年，美国表现主义戏剧家奥尼尔打起自己旗号的时候，同样认为现实主义已陈旧不堪："自然主义或现实主义是我们父辈认识自我所作的一种果敢的努力……我们对平庸的表面现象实在容忍得太久了。我们已经羞于在锁眼里窥视……却看不见他们中间有什么坦率的灵魂。"[①] 奥尼尔把现实主义与自然主义一视同仁，进行抨击，但在自己创作中又不得不求之于现实主义的方法。同年，勃勒东在《超现实主义宣言》中谈及现实主义时说："它使我极为厌恶，因为它是由于贫乏、简陋、仇恨和浅薄的自我满足而创作出来的。"英国女作家伍尔芙、后来的法国女作家纳塔丽·萨罗特和尤奈斯库都抨击过现实主义，把它说得一无是处。1963年，英国艺术理论家斯宾德在《现代主义的斗争》一书中，对现实主义和现代主义作了比较，认为优点属于后者：如果现实主义者是"时代的探索者"，他的对象是生活中的重大问题，则现代主义者是"地震仪"。至于我国现代主义的拥护者在抨击现实主义时，也是众说纷纭。有的说，"西方现代派文艺和批判现实主义差不多同时产生，都是资本主义发展到一定程度而后产生意识形态的反映"；据说20世纪开始，"现代派就渐渐取代了现实主义，几乎占领了西方文学艺术的整个领域"。有的同志提出，按黑格尔对人类艺术分期观点来看待今天的艺术，那么在象征主义、古典主义，浪漫主义之后，人类艺术目前早已进入第四个时期："现代主义时期"。有的同志说，现代主义文学"既是现代派作家对现实主义艺术的否定，也是现实主义艺术对自己的否定"。还有研究现代主义的同志认为：现实主义为什么反不得？"四人帮"只是歪曲现实，是政治性的，在创作上不是反现实主义的，等等。我们只是摘录了一些有独特性的论点，可以看到，人们反对现实主义已有近百年的历史了。如果说在前一节里，一些同志提出现实主义已经不合生活潮流，现代

[①] ［美］奥尼尔：《斯特林堡与我们的戏剧》，《外国文学》1980年第1期。

四 现实主义和现代主义的几个问题

主义文学是高度发展的物质生产的必然要求，那么现在就需要转移到他们所主张的文学的创作原则问题上来了。现实主义真的必然要为现代主义取而代之吗？

应当首先说明，我认为反对现实主义不是什么"罪过"，因此不存在反得反不得的问题，你要反它，这是理论的自由。其次，粉碎"四人帮"后，在文学创作中提倡现实主义，准确地说是提倡革命现实主义，这是文学发展的必然。因为文艺经过一场浩劫之后，大家都痛感到唯有现实主义原则才能振兴创作。事实证明这是绝对正确的，因为瞒和骗的文艺为人们所深恶痛绝。如果有的同志认为瞒和骗的文艺也是现实主义的，是提倡现实主义的结果，那我们在文艺理论常识上只好从头开始了。正因为如此，那些被现代主义拥护者所歪曲了的地方，我就觉得更需要予以辩明。

有的同志说，诗歌就其本质而论，与现实主义是格格不入的，所以按照黑格尔的艺术史分类，文学史上根本就没有现实主义的位置，我们就从这里谈起，这里可商榷的问题实在不少。第一，黑格尔关于艺术的分类说，是从他的"绝对理念"演化出来的，虽然具有发展的辩证色彩，但并不符合艺术发展的真实情况；况且照黑格尔的说法，艺术发展到浪漫主义阶段就完成了，它只能转而发展为他的哲学阶段了，何来第四个阶段？第二，黑格尔死于19世纪30年代初，其后七八十年内，英、法、俄等国家的现实主义文学，转向批判现实主义，出现了现实主义文学高度繁荣的局面。如果黑格尔无缘看到这种现象，那么20世纪80年代的人怎么能充耳不闻，视而不见，不根据史实材料就提出耸人听闻的结论呢？第三，把一部文学史简化为古典主义、浪漫主义、现实主义、自然主义、最后自然是现代主义思潮的更迭，这是不科学的，不符文学史实。在文学发展中，有时的确产生过文学流派的更迭嬗变现象，如古典主义，在西欧经历了一二百年之后，就销声匿迹，而为浪漫主义所替代了。但是在这时期内，现实主义文学继续发展着。浪漫主义作为一个时期的文学主潮，为期不长，文学又转向批判现实主义，但是浪漫主义文学仍然时断时续地发展着。纵观文学的历史发展，现实主义和浪漫主义作为创作原则和文学

第二编 现实主义与现代主义

主导潮流，实际上是贯通古今的，而且从全局来说，浪漫主义作品时时发出璀璨之光，但现实主义文学常常占有优势。这在西方和我国文学中都是如此。第四，把诗歌的本质说成与现实主义格格不入，如果是指现代主义诗歌，那自当别论，如果说的是我国诗歌的情况，那就奇谈怪论了。这里只需要提一下为什么古人把杜甫诗称作诗史就够了。在抒情诗中，心理因素很强，但同样存在现实主义的问题。诗人所描绘的人物内心感受，往往因事而发，与状物写景融化一起而凝为意境，可以运用浪漫主义的写法，也可有写实的手法。"五四"以来，有开一代诗风的充满浪漫主义激情的诗篇，也有在动荡年月躲于一隅的现代主义诗歌，但汇成奔腾流泻千里的时代之声，却是音调激越、带血含泪的现实主义诗歌。因此说在诗歌创作中，似乎从来不存在现实主义原则的说法，并不符合实际情况，实在使人难以同意。第五，至于说现代主义和批判现实主义是同时产生的，这种说法不知根据哪国文学史史实。司汤达是法国批判现实主义的创始人之一，他涉猎过历史、艺术、研究过人的感情、心理，所以在小说创作中十分注意人物心理的描写。这种方法成了司汤达的创作原则的一个特征，要说他是"心理小说"的开拓者也未始不可，但使司汤达一变而为现代主义的开山祖，则就说不通了，因为这样做实际上取消了现实主义和现代主义之间明显的界限。在近几年的关于现代主义的文章中，看来有一种误解，即一个作家只要使用了意识流、幻觉等手法，就可以被封为现代主义作家，或现代主义的拥护者。无怪像陀思妥耶夫斯基早就被一些现代主义作家奉为自己的宗师，而托尔斯泰、果戈理、甚至鲁迅也被归入现代主义支持者的行列之中。出现这种现象，主要是一些论者把创作原则与艺术手法混同起来了。自然，有的作家原属现代主义流派，后来转到了现实主义的道路上，如玛雅可夫斯基、阿拉贡等人，但像司汤达这样的现实主义者，和现代主义有什么关系呢？照这种理论类推，拉伯雷、谢德林都用夸张、荒诞的手法写过作品，那么它们岂不都成了"荒诞派"作家了？第六，19世纪末20世纪初，一批现实主义大师去世了，但是否现代主义就一统天下了呢？这时期固然出现了一批颇有名声的现代主义作家，但是我们总不能把高尔斯华

四 现实主义和现代主义的几个问题

绥、萧伯纳、哈谢克、稍后的雷马克、海明威、托马斯·曼、布莱希特、德莱塞、杰克·伦敦、辛克莱·路易斯、巴比塞、罗曼·罗兰、法朗士、杜亚美、莫里亚克、马丁·杜加尔等人，都排斥在现实主义之外吧！那么说现代主义取代了批判现实主义的论据何在呢？要不要用文学史资料进行论证呢？最后，说到现代主义的兴起是现实主义艺术的自我否定，这种说法也很离奇，因为现实主义从来没作过自我否定。19世纪70年代，福楼拜曾说他是"憎恨众口一致地叫做现实主义的东西"，但是他的写作原则却是现实主义，看来他把现实主义与自然主义混同了。美国作家福克纳说过他反对现实主义，但他阐明的写作原则恰恰是现实主义，自然也有人视他为现代主义作家的。在西欧，现实主义一直存在着，以致陷入危机状态的现代主义作家今天也要向它靠拢。至于在苏联，在我国，现实主义不但未作过自我否定，而且发展成了一种新型的现实主义，不仅有以高尔基、玛雅可夫斯基、阿·托尔斯泰、肖洛霍夫、法捷耶夫、绥拉菲摩维奇为代表的社会主义现实主义，也有以鲁迅、郭沫若、茅盾、巴金、老舍、曹禺、沈从文、丁玲、赵树理等人为代表的进步的现实主义。由此，从文学本身的发展来否定现实主义，大概只有有意不顾文学史实才能办到，但这样做出的结论怎么能令人信服呢！

有人嘲弄、取消现实主义的那些做法，我不同意，这并不是说我只主张一种创作原则。我主张创作原则上的多样化。我以为不能像一些人把社会主义现实主义说成是唯一的创作方法，何况这一主义的支持者，从来就没有说清楚这里的社会主义是怎么回事。事实上，其他创作原则也可能使文学园地长出奇花异草。现实主义原则早已为文学史证明是个卓有成效的原则，它所建立的审美纪念碑多于其他流派的艺术品。

现代主义的拥护者说，现实主义只能表面地、肤浅地复制生活，罗列一些现象，不能深入人的心灵深处，不能创造更高的真实，缺乏主观创造性等。但是如果就现实主义和现代主义原则作些比较，孰高孰低，则结论自然分明。一般说来，现实主义作家就其哲学观来说，并不都是唯物主义者，但有一个共同点，即他们都面向生活、注视生活。现实主义作家不仅描绘生活现象,而且力图透入事物的深层,寻根究底地探求生活中的问题的奥秘,不仅描写人和事,同时也像地震仪一样,记录着人的内心生活的震动,揭示心灵深处的隐秘。现代主义作家说,现实主义的"按照生活的本来面目"的创作,就是复制生活,就是剥夺作家的创造性,这颇能迷惑一些青年。其实,在现实主义的反映中,"按照生活的本来面目"写作,不是现实主义的唯一方式,现实主义创作还可以使用使生活变形的方式如荒诞、夸张等假定性手段,它们同样可以真实地反映生活。现实主义作家提出按照生活的本来面目写作,从来不是现代主义作家所作的漫画式的歪曲那样,要人们依样画葫芦,进行僵死的模仿。因为第一,现实主义艺术不可能提供原物;第二,作家创作必然要把对象摄入自己心里,化为他所把握的心理现实,进行改造,而后使之艺术地再现。这种创造物既是现实生活的审美反映,又是新的现实。它似现实,因为它来自现实,它不是原来的现实,因为它是包含了作家种种主观因素在内的新的创造。托尔斯泰说要按照生活的本来面目写作,是指那种不以生活为依据,而以其他文学作品为创作源泉的写作而说的。他在《安娜·卡列尼娜》中写到一位画家为安娜画像,画家不仅抓住了女主人公的外形特征,而且一下就把握住了她的精神面貌,使画出来的人物达到以形写神。那么这就是不具主观、没有创造的模仿吗?当然,我们有的文章在解释"按照生活的本来面目"反映生活时,言词有点偏颇,要求有什么就写什么,这就不是现实主义而是自然主义的要求了。

　　一些现代主义者吸收了西方哲学中的消极部分,把它作为自己的指导思想,接受了反理性的直觉主义,把艺术创作看作是反理性的直觉的产物,对理智极尽嘲笑之能事;否定创作中的思维的逻辑性,过分热衷于潜意识的"开掘",把创作看成是:好像一只吊桶,投入潜意识的深井,桶里装满了什么不得而知,作者的任务就是把桶里的东西显影出来,就成了艺术品。这种艺术品据说可以避开现实,起到暂时忘记生活重负的作用。现代主义者通过上述哲学观点,把混乱看成是一种无法认识、难以摆脱的宿命力量,再以混乱的观点,反映这种混乱。高尔基在谈及帕斯捷尔纳克早期的诗作时说:"我往往觉得,

四 现实主义和现代主义的几个问题

在您的诗中，印象和形象的联系过于细微，几乎是捉摸不到的。幻想就意味着使形式、形象陷入混乱状态。我偶尔有这种悲哀的感觉：世界的混乱状态战胜了您的创作力量，并且正是仅仅作为混乱状态不和谐地反映在您的创作中。"① 以混乱反映混乱，混乱将更加混乱，也是一种艺术方式。德国诗人贝歇尔说："可以做一个混乱不堪的现实主义者，而仍是现实主义者。这是一个错误，好像可以从混乱的观点来描写混乱，我自己常常陷入这种错误。"②

现实主义文学探索、研究人及其命运。文艺复兴时期的文学描写了现实的人的理想。启蒙时期文学提出通过美育使人获得全面发展，这种理想是向上的，但道路是虚幻的。19 世纪批判现实主义文学揭示了资本主义制度下普通人的悲惨命运，写出了为人的美好理想而献身的空想社会主义人物，一批怀才不遇、反抗上流社会、受苦死亡的青年人，以及揭露了形形色色的钻营投机、巧取豪夺的飞黄腾达的人物和失败者。现实主义文学一般比较同情人民，有"为人生"而写作的鲜明倾向，它们的作者希望自己的作品能为广大人民所理解，所以他们使用的艺术手段和形式也为人民群众所喜闻乐见。黑格尔说过："艺术作品之所以创作出来，不是为着一些渊博的学者，而是为一般听众……艺术不是为一小撮有文化修养的关在一个小圈子里的学者，而是为全国的人民大众。"③ 歌德在谈及法国诗人贝朗瑞时说："他的诗歌每年都要给几百万人带来欢乐。就连对工人阶级来说，他的诗歌也是唱起来非常顺口的，而同时又超出寻常的水平，这就使人民大众经常接触到这类爽朗欢畅的精神，自己耳濡目染，在思想方面也势必比以前更美好、更高尚了。这还不够吗？对一个诗人，还能比这更好的颂扬吗？"④ 说得多好啊！19 世纪初的美学家和诗人已达到了这种认识，而当时广大人民群众尚处在无权的地位，这不能不说是他们身上的深厚的人道主义精神的表现吧！我们的文学吸收了这些积极因

---

① ［苏］高尔基：《文学书简》下卷，人民文学出版社 1962 年版，第 125 页。
② ［德］贝歇尔：《保卫诗歌》，俄译本，1959 年版，第 327 页。
③ ［德］黑格尔：《美学》第 1 卷，朱光潜译，商务印书馆 1979 年版，第 346—347 页。
④ 《歌德谈话录》，［德］爱克曼辑录，朱光潜译，人民文学出版社 1978 年版，第 211 页。

素，要求面向人民，艺术必须深深地扎根于广大劳动群众中间，它必须为群众了解和爱好。我们的文学既要反对把新人写成身围灵光的人物，也要反对只写充满卑琐、庸俗或寻求本能刺激的人物；既要反对那种粉饰现实掩盖矛盾的一片升平的令人讨厌的作品，也要反对那些按照概念杜撰，把变化、发展的生活写成漆黑一团，宣传悲观、虚无的作品。作家不是生活的旁观者，而是它的积极的参加者，他按着他对新的生活的理解，在艺术再现的过程中，融入他的感情和思想，个性特征和心理气质，表现人们心灵深处的变化与颤动，创造"新的现实"。

在一些现代主义作品中，人被抽象化了，人物往往成了现代主义者所崇拜的哲学观念的化身。人是荒诞，人是生之绝望的体现；人不是走向精神的新的建设和更新，而是日渐变为一种变态的、破烂不堪的东西，狼奔豕突的野兽。人被分解为心理因素、无意识、本能冲动，从而也被阉割了其社会本质，人失去了自身的完整。基于这种对人的认识，于是小说的任务被宣布为不是去写人物，不是去写典型，而提出了反人物、反典型的理论。一些现代主义作品宣传人与人之间是无法沟通的，因此艺术也只能为少数人所接受，在反对艺术的民主化这点上，它与颓废主义艺术之间有着不少联系。21世纪初，俄国象征主义诗人埃利斯曾经说过，"艺术就其本质而言，是少数人的，并且只为少数人服务。由此产生了艺术家与世隔绝的伟大优点和实用意义上的绝对无用"；"最高认识的自由创作，它的形式必然永远是贵族式的和个人主义的"[①]。这种贵族主义和个人主义的自我标榜，倒是真实地触及了现代主义的本质面。贝克特说，艺术是孤独的颂歌。西班牙哲学家、艺术的非人道化的提倡者奥特加·伊·加塞特说："艺术不仅是属于少数人的，而且是用以帮助上流社会了解自己和愚昧无知的群众，是前者用以对付后者的工具。"现代主义不仅宣传个人主义、贵族主义、蔑视人民的思想，而且还要故作高深，声称"艺术作品只

---

① 转引自赫拉普钦柯《作家的创作个性和文学的发展》，满涛等译，上海人民出版社1977年版，第221页。

为少数人理解，它的花瓣绽开得愈慢，也就凋谢得愈慢"，要是不懂这类秘密，让人一目了然，那么它就会很快干瘪下来，留下枯茎黄叶了。这实在是一种幼稚可笑的传世之术，要是作品本身不具感人之处，那它永远只能是孤芳自赏。但是上述思想在我们这里也有。它们把各种主张全都予以嘲讽，声称只有现代主义诗作在现代中国才是一种超现实、超生活的现象，不仅超过最多数的农民，而且超越了相当多的知识界。

  现实主义创作原则是不断发展的，在所有原则中，大概它是最不因循守旧、墨守成规的了，它不作茧自缚，而博采众长，所以能纵贯几千年。欧洲的古典主义由于把自己标准化了，程序化了，因此只维持了一二百年，当然也还有其他重要原因。19世纪批判现实主义在启蒙时期的现实主义的基础上前进了一步，它吸收古典主义原则中的理性因素、社会责任感、浪漫主义原则中的心理描写经验，感伤主义中的感情描写的细腻处理，成为极具创造性的创作原则。20世纪的现实主义较之19世纪的现实主义又有不同，在社会生活的广阔反映中，人的心理因素显得更为突出。现实主义是不断创新，综合的艺术原则。例如近几年来的我国文学的一些作品在形式结构、表现手法上都有别于"文化大革命"前的作品，无论从内容、形式方面都有所丰富，从而也表现了现实主义原则本身的发展。现代主义各个流派都标榜"创新"。应当承认，现代主义对艺术表现的手法有所丰富，我们也可以有鉴别地接受。但是为什么近百年来，现代主义流派竟如走马灯般一个接一个地更迭呢？而且近几十年来，这种更迭显然放慢了速度？不断要求在形式上有所更新，固然是原因之一，另一方面，在于现代主义某个流派一经宣告成立，它的美学原则也就成为一种像古典主义那样的框框，只能如此这般进行创作，用这种美学原则写出来的作品愈多，规范化倾向就愈为严重。有时好像出现了一种形式的创新，但是由于不符大多数人的审美习惯，而往往会使这种创新变为一闪而过的"新奇"，难以继续下去。"新小说"一派中的比托尔，用第二人称"你"来称呼主人公，为了要让读者直接参与故事，发挥读者的创造性，写法上颇有新意。但是缺乏主人公类似生活经验的读者，阅读他的《变化》是十分别扭的，使得读者不断要从"你"中退出来，难以一起创造。在这种情况下，读者只好做个"低劣的"读者了。又如罗布-格里耶的《橡皮》的描写方法，是故意嘲弄现实主义小说的写法而采用的，小说不是人物支配情势的发展，而是描写物、环境来表现人；为了不使读者受到作者思想的影响，小说排除了情节的连贯性，但是从整体看，手法上的某些新意与作者的故弄玄虚是结合在一起的。"荒诞派"的剧作，有的震撼人心，有的往往是用荒诞的形象去图解某个观念，规范化倾向十分明显，而且有时使用的荒诞手法，已超越了艺术的假定性的限度，使大多数人难以理解。这也就是为什么这些流派经历了五年、六年，或十来年，最长一二十年，就不得不自行偃旗息鼓，如"新小说"派；或宣告难以为继，如荒诞派；而超现实主义虽然时间较长，但似乎它的著名理论，胜过了它的创作。当然，也不能把问题绝对化，这些派别可能经过改造而新生，也未可逆料。

（三）创作的诗情在哪里？

这好像是一个不成问题的问题，今天尖锐地出现在我们面前。最初，我们听到有的同志说，"不再有新大陆的发现，今天，我们的新大陆就在我们自身"。接着，一些青年诗人宣告"不屑于作时代精神的号筒，也不屑于表现自我世界以外的丰功伟绩"，他们回避写人民的英勇斗争和忘我的劳动，而倾心于表现"内心的秘密"。任何一种感情都是新的……感情有多少，美就有多少。再往下去，就是要"向人的内心世界进军"，"高速幻想"，"潜意识的冲动"，提出无意识是创作的广阔领域；而有的同志结合无意识理论，则干脆把弗洛伊德的创作的性本能冲动论改为自然本能冲动说，当作被我们怠慢了的宝贵成就移植过来，以启蒙我国读者。这是一种激烈的艺术反叛，也是深刻的艺术意识的偏颇。社会动乱使一些人失去自我，在一些青年人身上留下极为深刻的伤痕。现实曾使他们不可理解，但是现在完全有条件可以而且也应该理解它，而不能用极端虚无主义的态度对待它，激愤地喊出"我不相信"。既然不愿正视现实，于是就转向"自我"和自我的内心；而专注于"自我"，那自然要去发掘"自我"的内容了。于是直觉、潜意识冲动、心理无意识也就成为人们所津津乐道的话题，并把它们当成创作的源泉，艺术的对象也就完全被主观化了。

在这方面，了解一下西方现代主义作家关于现实的审美观，是颇能启发我们深入这一问题的实质的。

以意识流手法见长的伍尔芙在嘲笑现实主义时，她的见解很是值得推敲。她说生活现象是不断变化的，你在这一时候抓住了这一现象，但当你描绘它的时候，它就发生变化而跑掉了。为了抓住这种流动的现象，她提出"要向内心看看，生活似乎远非'如此'"。她认为生活宛如来自四面八方的、纷纷坠落的、随时变换地方的细尘，"生活并不是一连串左右对称的马车车灯，生活是一圈光晕，一个始终包括着我们意识的半透明层。"在此基础上，她提出文学的任务在于描写人的"心理隐曲"①。伍尔芙的观点有一定道理，当她说生活不过是一圈光晕，可望而不可即，以为人们抓不住流动着的生活，唯有它的变幻与流动映入人的内心引起的印象与感受才是真实的，这就把文学的对象绝对主观化了。其实，人的内心生活的真实、心理真实，不过是人的主观对生活真实的反映，如果主观的心理真实是一种真实，那么怎么能排除心理真实的本源的真实性呢？同时，你描绘了人的内心感受，而感受的本源又向前发展了，那么你所描写的心理感受难道就永远抓住了生活的流动了吗？其实伍尔芙感兴趣的是"非现实"，正如她的小说《岁月》中的一个人物所说的："……这样有趣，这样安稳，这样空幻——这逝去的80年代，对她来说，在虚幻中是这般美妙。"② 生活有如虚无缥缈的若有若无的现象。《海浪》写得很是别致，其中人物是通过各自在人生的不同阶段的意识流如印象、回忆、幻想、联想连缀而成，他们好像不是生活在社会里，他们虽是童年朋友，但互不了解，也不了解自己；他们短暂的生存，有如海浪一

---

① ［英］伍尔芙：《现代小说》，《外国文艺》1981年第3期。
② 转引自尚季耶娃《20世纪英国长篇小说》，莫斯科1965年版，第106页。

般，乍看是个完整体，顷刻之间被击成水珠，归于无形。这些人物性格特征并不突出，因为他们不过是作家的自我的外射和模态；在描写手法上确有新颖之处，但是小说既然解体了人，那么抓住了现实的"更高的真实"没有呢？

纳塔丽·萨罗特的现实观也是很独特的。她说："我认为对于作家来说，'现实'一词具有两种意义，对于作家有两种现实，有看得见的现实，他和他周围的人们生活于其中……正是这种现实，恰恰不能成为长篇小说的实体。存在某种看不见的、每个作家所向往的、沉浸于其中的现实，它与可见的现实完全不同。"那么这不同到底在哪里呢？这是一种"他独自一个人感觉的现实，那里无一人能够跟他一起进入……这种对世界理解的方式是潜在于下意识里的"①。对于萨罗特来说，文学反映的"现实"存在于下意识里，那里有个"潜世界"，小说的任务就是要去描写"无意识这个尚未开拓的广阔领域"，也即"心理现实"。但是这种无意识、由"潜对话"组成的"潜世界"到底是什么？归根到底，是作家的"自我"，"作家所需要的就是彻底忠实地写自己"②。关于超现实主义的理论，我们在前面已经触及。这种理论的提倡者同样把文学的对象规定为纯心理现象，它们不受任何道德的规范、理智的约束，这是一种模模糊糊的无意识心理状态与缥缈的梦幻。勃勒东在《超现实主义宣言》中说："梦和现实可以组成绝对真实——超现实。"这种主张使它的信奉者不是对现实感兴趣，而是把梦幻、幻觉、潜意识当作自己追逐的对象，在不受理智控制的幻觉、梦境中去寻找诗情。当他们达不到这种境界时，他们竟是口吞鸦片，注射药物，以便使自己沉入幻觉中去，获取诗的灵感。他们曾经搞过"下意识创作"，即"用一种似乎不及思索的速度写作"③，或集体的无意识写作，把每人偶尔浮现于脑际的字汇聚拢到一起，于是便出现了"精美的尸体喝新的酒"这类荒诞不经的东西。这

---

① 见苏联《文学报》1963年第11期。
② [法] 纳塔丽·萨罗特：《怀疑的时代》，见《法国作家论文学》，王忠祺等译，生活·读书·新知三联书店1984年版。
③ 见《萨特研究》，中国社会科学出版社1981年版，第519页。

四 现实主义和现代主义的几个问题

就是超现实主义者的自我的创造。在这里，我们还可以看一下尤奈斯库的现实观和他的"自我"的内容。尤奈斯库说："我们每一个人一定会在偶然之间感到世界的实体有如梦境……感到我们似乎能够透过每一件东西看到一片纯粹由光和色构成的无限宇宙，此时此刻，生命的全部，世界的全部历史都变得毫无价值，毫无意义，而且变得不可能存在了。"他说当人们不能超出这个与世隔绝的第一步时，人就产生了一种痛苦万状的消逝感。然而人的痛苦又会蓦地转为解脱，找到自由。在这个幻想世界里，"一切人类的行为都表明荒谬，一切历史都表明绝对无用，一切现实……解体了，崩溃了"。① 他说"文学是一种欺骗"，他之所以写作，为的是可以使自己"隐蔽到自我深处"；但是梦也能使他得到慰藉。"现在我不愿谈其它的人，我甚至也不谈我自己，我只谈我的梦……我竭力以一种客观而合理的方式描写我的梦。"② 梦、虚幻、荒诞、崩溃，这就是尤奈斯库的"自我"，也是他的现实观。他把世界视为荒诞，把人视为荒诞，最后也不得不把自己当作荒诞而怀疑自己存在的价值。他想在文学和梦幻中寻一个避难之处，但是当他认识到这又是一种荒诞的时候，矛盾依旧。那么他再从哪里去获得精神上的支持呢？这就是贬低，否定现实，只承认"自我"的悲剧。

现代主义各个流派关于现实的观点不尽相同，但是总的倾向是对现实的贬低和否定，而代之以自我、梦幻、幻觉。自然，后面这些因素，是人的认识的丰富，同时我们也要指出，这是资本主义制度造成的社会动乱和破坏使人产生惶惑、失望、灾祸感、幻灭感、虚无主义、个人主义的社会心理，掺和了各种哲学思想在文艺中的反映。现代主义作家大都在为自己寻找如何避开现实生活，潜入自己内心进行辩护和宣传，并把发掘无意识、潜意识这些极为主观的心理内容，当作文学创作的唯一任务。由此，那种陷入人的主观心理以至生理本能

---

① ［法］尤奈斯库：《出发点》，《外国现代戏剧家论剧作》，中国社会科学出版社1982年版，第168—169页。
② ［法］尤奈斯库：《答〈新观察家〉杂志社问》，见《法国作家论文学》，王忠祺等译，生活·读书·新知三联书店1984年版，第599页。

的描写，成了现代主义文学的一个根本特征。歌德说过一句话："一切倒退和死亡的时代都是主观的，与此相反，一切前进上升的时代都有一种客观的倾向。"① 这前半句话并不正确又相当正确的，因为感觉到被生活抛弃而无力认识生活的作家，留下的视野唯有主观，他既然不能去面对生活真实，自然也不能去展示生活的真实与前景，他只能投入主观心理，以至从生理本能去寻找解脱，去歌颂宇宙的大悲哀、生之荒诞、虚无与悲剧。这也是20世纪现代主义各个文学流派的心爱的主题。在20世纪的大部分的现代主义文学中，我们再也看不到现实主义文学中的富有生活色彩的各种社会生活的画面，各地的风貌人情，人与人之间的复杂的现实关系，各种形式的冲突，善与恶的斗争，对崇高思想的赞扬，高尚感情的歌唱，对各种卑鄙情欲的揭露，等等；我们只能看到或是人的某种情绪的自由流动，缺乏生活内容的无尽的回忆与联想，在自我的蜗壳中回味小小的悲欢，或是在那里抒发人是不幸，人是痛苦，梦幻一般的虚无，云雾一般的飘忽，好像处处都是同一种悲哀，人人都是同一种感受。这样的作品，自然也是需要的，但以为只有它们才是上品，则会使文学的审美、娱乐、认识意义大大减弱。

如果我们把今天的一些文学思想和外国现代主义作家的主张作些比较，则它们并无新意可言，那种"可以说世界有两个——实际存在的和精神感受的世界"，"尊重现实，更尊重心灵"，等等，都不过是萨罗特等人的观点的重述。至于"追求生活溶解在心灵中的秘密"，"向内心进军"，写"内心秘密"，等等，都是"自我""自我世界"的表现的各种形式。它们要求创作者紧缩于自我的蜗壳，据说那里可以找到"个人的悲欢"，丰富的"潜意识的冲动"，本能的反应，等等。所有这些，其实早为西方的前驱们讲滥了的。比如一块蓝手绢，从晒台上落下来，同样也是意义重大的，给普通的玻璃器皿以绚丽的光彩，从内心平静的波浪中，觅求层次复杂的蔚蓝色的精神世界。但

---

① 《歌德谈话录》，［德］爱克曼辑录，朱光潜译，人民文学出版社1978年版，第97页。

四 现实主义和现代主义的几个问题

是真要使玻璃器皿获得"绚丽的光彩",还要有生活的阳光,否则何来光彩?阿波利奈尔说过一句话:"对诗人来说,一块失落的手帕,可以成为他举起宇宙的杠杆。"① 不过,这恐怕不是任何人的手帕,在我看来,它大概必须是苔丝德蒙娜的致命的手帕。要是缺乏这种生活的光照,即使是诗人的手帕也是发不出什么光彩来的。要求诗人、作家对宇宙万物具有特殊的细腻的感受,完全正确;但使人不安的是,你赋予了无情之物以生命,并且只是津津有味地、细致入微地描写自我的卑琐情趣、梦幻般的灵感、虚幻的失望情绪,亲人间的野兽般的无情与自私,而对同胞身上丰富、高尚、复杂的感情为什么那么寡情呢?可见,个人自我的生活容量实在有限,诗人一旦对他自身以外的丰富世界不屑一顾,他必然只会表现他的卑琐情趣,以为这就是人的普遍心理特征。一些在思想上、技巧上效法现代主义文学学得很像的作品,给人的印象就是如此。

那么创作的诗情到底在哪里?创作的诗情为作家的感受所激发,但它只能来自现实。现代主义者嘲笑现实主义者关于现实的观念已经陈旧不堪,那么现实到底是什么?现实首先是一种客观存在,既是社会的存在,人与人之间的现实关系,又是自然的存在。其次,现实不仅是物质现象,而且也包含了对存在的反映,人的精神世界,心理深层,以及它们之间的相互作用。再次,现实是一种不断变化,发展的现象,是社会的宏观世界和人的微观世界,精神世界。现实主义利用了科技,社会科学的新的成果,改善了对现实的审美反映。现代主义者说现实主义者只会写表面现实、人物肖像,不写人物丰富的印象,细微的感受,微妙的情绪,等等。现实主义作家当然写了大量生活现象,但是有成就的作家从来不在自己的作品里堆积现象,而是透过事物的描写,力图表现人生的哲理、世事兴衰的规律,他不仅抒写人物的感情、心理,而且总要透过生动的描绘,揭示出人物为什么有这样而不是那样的心理活动。在描述人的精神世界方面,现实主义作家并

---

① [法]阿波利奈尔:《新思想和诗人们》,《法国作家论文学》,王忠祺等译,生活·读书·新知三联书店1984年版,第54页。

不比现代主义作家缺少敏感和对人的心理活动的细微认识，他们只是按照现实主义原则，有选择地去揭示人的心理状态，而避去了现代主义者在人物心理描写方面的自然主义倾向。他们也懂得联想，只是执着地使他们人物的心理表现，都有所附丽，而不使它们成为一种游离状态的随意挥写的蹩脚东西。巴尔扎克说过，如果一部作品堆砌许多外部事件，这只说明作者才具平庸，有才华的作家主要是描述产生这些外部事件的动因，以及人物内心的隐秘。可见现实主义者早就触及了现代主义者所提出的心理问题，只是着眼点与他们不同而已。

以现实为基础的审美反映的对象，是极为宽广的，但其主要方面是人们的相互关系，感情、心理、思想，欲望以及它们的冲突和变化。要求作家热爱变化和发展的现实，了解人民群众的生活，这是最基本的要求。这是对社会生活的深入，对宏观世界的深入，对客观世界的深入。同时，与这种深入相辅相成，还有另一种深入，这就是对微观世界的深入，人的主观世界的深入，内心世界的深入，心理、感情、思想意识层的深入，以及作者的自我感受、自我分析的深入。把这两个深入结合起来，也即把对客观世界的了解和对主观世界的各个层次的把握有机地统一起来，作者才能比较全面地理解现实的真正内容及其无限的丰富性和复杂性。只强调心理现象，片面地理解心理现象，错误地解释心理现象，使它的发生与变化和人的社会生活完全脱离开来，使之失去社会内容，只崇尚心理现象变异的形态，从而在描绘中贬低乃至否定社会生活，使作品成为所谓心理无意识的产物，这是现代主义者的通病。只强调社会生活，以为了解了不少客观现象就有了一切，忽视人的心理现象，不了解主观心理的复杂性，也不能把握作者自己的心理、感受、感情的特征，那就可能使人物描写简单化。

人实际上是一个极为复杂的事物，他显示于公众之前的，仅是他的一个方面，或某些方面，人们所见到听到的，仅是他言行的一部分，而大部分则是人们所听不到看不到的，但却是他没有说出来的，在他心里活动着的。例如爱情，人们一般可以从男女双方亲近的行为中得知，但这两人自己知道，他们为了某件小事刚刚吵了一场，甚至

四 现实主义和现代主义的几个问题

双方脑子里还浮现过极为恼恨的念头；而当情势一变，言归于好自不必说，而且可以立时化恨为爱，或是怨恨情绪虽已消失，但留下了印痕，成为往后发展中的一种有影响的因素。这种没有说出来的不同倾向的感受和心理反应，在一个人身上往往会随时出现，但又迅速消逝，或储入记忆，成为人的精神生活的组成部分。这种心理状态极富变化，在人与人之间的关系中普遍存在，而且在这点上，各类人物都是不分轩轾的。因为他们都需要工作、创造，满足自己的种种欲望，有时甚至是不可思议的欲望。现代主义者看到了人及其精神生活的复杂性，力图表现这类复杂性，但他们片面强调这类心理特点，以致使其与社会生活脱离开来，把大量低级的心理意识即接近于生理本能的东西引进文学。文学中的庸俗社会学又把人简单化了，它不仅把人的种种社会关系单一化，而且也把人的感情，心理单一化。心理、感情、思想方面比较单一的人是存在的，而具有复杂、矛盾、变化、捉摸无定的心理的人是大量的。文学作品可以描写事件的客观过程，但同时也要向读者提供事件中的不同的决定性人物与事件参与者的不同的思想，感情、欲望、关系的冲突和斗争的历程，它们的公开的和隐蔽的，堂堂正正的和见不得人的心理画面，既要开拓生活的宏观世界，深入生活的广阔天地，又要深入人的心灵的微观世界，解剖人的精神世界，使两者有机地结合在一起。我们说要深入人的心理，这与一些人提倡光把无意识视为未开发的领域是毫无共同之处的。因为无论弗洛伊德主义也好，直觉主义也好，都只能使文学走向心理自然主义，形成对人的本能的偏爱和详尽的解剖。这不是扩大文学的源头，而是离开了创作的活水清流。潜意识、无意识、直觉、幻觉等现象，进入文学创作的描写是应该的，但是人的社会生活是以意识为主导的。罗曼·罗兰说："我们的创作应该深深地扎根于当代现实的肥沃土壤之中，并且从我们的时代精神中，从它的激情和战斗中，从它的意向中，吸取营养。"但是在他看来，这仅是问题的一面，同时作家还要"深入到生活的内部去，要探及人类的各种强烈的欲望的最底层"；他又说，"艺术的领域在两极之间。只有既向这个极点，又向那个极点往来自如的人，才是伟大的作家"①。

　　20世纪的现实主义的纪念碑式的人物正是站立在真实的现实这块基石上的。高尔斯华绥不仅捧出了大跨度的史诗式的《福尔赛世家》，而且在创作思想上也很明确："对于我来说，当生活从艺术家的热情击发出火花来时，文学也就开始了，不过不是那种从警察报告和报纸论文中击发出来的火花，完全不是，而是带着不同的色彩和芳香、深度与真知的一场巨大的、沸腾的、喧哗的行动。"②我们在前面说过，当第一次大战以及战后，现代主义作家陷于迷惘，从现实进入纯心理、无意识、梦幻描写的时候，还有像巴比塞、雷马克、海明威、茨威格等一批现实主义者。他们的政治、哲学观点不尽相同，但都以独特的方式探索着现实。我们从《火线》《西线无战事》《永别了，武器》中得知，现实固然使一些人跌入迷惘，坠入五里雾中，但它是严峻的存在，那里有血有肉，有欢乐与悲伤，有正义和强暴，也有希望与叹息，而不是一片虚幻的阴影。就是这一时期的卡夫卡的作品，其扣人心弦之处，主要还在于对现实的有意义的新的发现，小人物在资本主义的重压之下，难以得到公正的生活待遇，而不得不受苦、死亡。美国作家福克纳作为有创新的小说家，不能不把真实的现实生活化为他创作的基地与出发点。他说："打从写《沙多里斯》开始，我发现我家乡的那块邮票般小小的地方倒也值得一写，只怕我一辈子也写不完……这块地虽然打开的是别人的财源，我至少可以创造一个自己的天地吧。"③福克纳通过这块基地，创造了著名的、构思宏伟的"约克纳帕塌法"系列小说，真实地、绚丽多彩地反映了近百年来美国南方社会的动荡。辛克莱·路易斯在接受诺贝尔文学奖奖金时说，稍稍先于他的德莱塞似乎比他更有资格获得这项荣誉。他说，德莱塞"把美国文学从维多利亚式和豪威尔斯式的怯懦与装腔作势下解放出

---

　　①　[法]罗曼·罗兰：《论作家在现代社会中的使命》，《法国作家论文学》，王忠祺等译，生活·读书·新知三联书店1984年版，第42—43页。
　　②　[英]高尔斯华绥：《文学与生活》，可参考《英国作家论文学》，生活·读书·新知三联书店1985年版，第400页。
　　③　《福克纳评论集》，李文俊编选，中国社会科学出版社1980年版，第274页。

四　现实主义和现代主义的几个问题

来,并把它引上了真诚、勇敢和热情地描写生活的道路。我怀疑要是没有德莱塞筚路蓝缕、以启山林的艰辛,我们当中有谁敢于按照生活的本来面目描写生活,描写生活的全部的美与全部恐怖,难道有谁愿意胡里胡涂地去冒坐牢的危险"[①]!路易斯所颂扬的,正是德莱塞为美国文学开拓现实主义的功绩。对于现实主义作家来说,他只能驰骋在现实生活的疆域里,生根于沃土之中,那时才能结出丰硕的成果来。陀思妥耶夫斯基在他著名的小说《卡拉马佐夫兄弟》的扉页,引用了《约翰福音》中一句话,倒是很富有哲理意味的,我们在这里不必去探究它和小说的关系,却可用来说明作家和现实之间的联系。这句话是:"一粒麦子不落在地里死了,仍旧是一粒,若是死了,就结出许多子粒来。"后半句话无疑是说麦子落在地里,才能结出无数子粒,如果把落在地里转变为与现实结果,那么现实就像是长出麦子的大地一样,不就是作家据以创作的土壤吗?

20世纪20年代中期,在法国文学中出现了超现实主义运动,它的美学原则,我们在前面已作过介绍。20世纪30年代一些原来热衷于超现实主义美学思想的诗人,纷纷离开了原来的立场,而转向现实了。像其中著名的诗人特斯诺斯、尤尼克等人,后来在抵抗运动中一一走上战场,先后献出了自己的生命。1942年,特斯诺斯在他的诗集中说,他要努力写出真正的诗来,而这种诗的真实性,在20世纪20年代正是被自己和他的朋友所嘲弄和否定的。他说,那时他们写诗,就是用毕生精力,在潜意识中酝酿一首长诗。在集中营里,尤尼克走出了"超现实",体验到真正的现实是严酷而又美好的,他以为那种不能越出诗人个人感受的小天地,从而也不能成为共同斗争回声的诗歌,与现实生活相去甚远。至于20世纪20年代超现实主义运动的倡导者之一的阿拉贡,他同样很快脱离了这一流派。20世纪30年代,他在一篇文章中对法国作家说:"每当你们脱离现实,你们所脱离的首先是法国。我也曾患过脱离现实的病症";"当你们把纸扎的风筝上

[①] [美]辛克莱·路易斯:《美国人对文学的恐惧》,《美国作家论文学》,俄译本,苏联进步出版社1974年版。

升云霄之际，现实正迫不及待地在你们门口等着你们呢！"① 这种富有哲理意味的经验谈，对于那些任意贬低和否定现实，抹煞现实的丰富性和复杂性，力图钻进脱离现实的自我内心深处，并竭力潜入无意识、潜意识中去汲取创作的灵感的人，不是大可深思一番吗？

现实是文学艺术描写的对象的基础，是现实主义文学描写的出发点。这是一棵长青的大树，唯有它才是文学创作广阔无垠的疆域；唯有它，才是充满绚丽、灿烂阳光而又交织着斑驳的阴影的实体。而那个脱离生活的"自我"，仅仅是生活中的无本之木的影子而已。在风和日丽的日子里，光的斜照也许可以使这种阴影无限伸长，而显得摇曳多姿，但一旦进入生活的风风雨雨之中，那摇曳的阴影，也就不复存在了。

现代主义文艺现象是相当复杂的，我以为既不要盲目崇拜，也不能盲目排斥。我们的方法应当是具体分析。那就是要把现代主义文学和一定的社会、哲学、文艺思潮联系起来加以考察。目前有的文章竭力排斥文学中的社会性因素，把现代主义完全当成一种与社会哲学思潮毫无关系的纯文学现象，这当然不能增加我们认识的科学性。把现代主义文学与社会、哲学思潮联系起来考察，又不应把这种文学看成是某种观念的演绎，这种倾向虽然在一些现代主义文学流派中也是明显的。不同的现代主义流派的作家都有宣言、理论，我们既要把他们的理论与作品联系起来考察，又应加以区别，因为对于有的流派作家创作来说，实际上理论归理论，创作归创作，联系并不紧密。要把不同流派的作家甚至同一流派的作家加以区别。最后还应对作品进行具体分析，它们良莠不齐，也不宜一概而论。

（原文作于 1983 年 2 月，1984 年 11 月二次修改）

---

① ［法］阿拉贡：《社会主义现实主义和法国现实主义》，《法国作家论文学》，王忠祺等译，生活·读书·新知三联书店 1984 年版，第 212、211 页。

五　引进与同化

　　现代主义文学是一种引进。关于现代主义文学，争论并未结束，而且很可能是个纷争不已的问题。我认为，对于这种文学现象持有不同的看法，完全是正常现象。

　　现代主义文学不是洪水猛兽，也不是各种艺术手段的荟萃；至于把它完全等同于颓废艺术，那也只是极少数人的意见。这种文学确有不少创新之处，有时使人有眼花缭乱之感；同时也表现了西方20世纪的世纪病，被资本主义扭曲了的人的苦闷，愤世嫉俗，反叛意识，嘲弄一切，悲观虚无。无可奈何的抗议，伴随着不明真相的诅咒，情词激切之处，有时还真动人心魄。

　　我以为现代主义文学不仅指各派的作品，而且也包括各派的理论思想。因此研究这一现象，要作多层次的分析。文学现象不是纯而又纯的东西，要把现代主义各派文学与一定的社会、哲学思潮联系起来理解。现代主义的各派理论和主张中，某些成分是合理的，如要求文学不断更新，创造新形式，有不少好的见解；但是我认为它们又是最易受到反驳的。主要是那种标新立异的理论，总是建立在虚无主义的绝对否定基础上的，它们目空一切，很有点"空白论"的味道；它们把文学对象绝对主体化，或是绝对物化，搞"实物主义"。

　　引进必然要产生影响，这是文学发展中的自然现象。前几年一些作家试用意识流手法写作小说，有的论者就把它们视为现代主义文学，惊得作家连忙出来声明。我认为这是双方都把某些艺术手段与现代主义文学等量齐观了。有的文章把某篇模仿现代主义文学模仿得很像的作品宣告为新文学的起点，也恐怕是言过其实了。其实，与其称这类小说为文学更新的起点，倒不如说从此我们有了"实验文学""实验小说"，而我们新时期的小说早就在更新了。

文学看来有两种更新，一种是，引进为了更新，把引进的加以同化，使之成为新的机体的组成部分，使原来的文学得到丰富与发展。另一种更新，是被他人同化了的引进，可能某个时候也是需要的。但这种更新看上去是某个外国人的作品的中式翻版，希望这种引进不要像上海一家厂家引进日本磨制豆腐的新式机器，结果使豆腐变成了一泡豆汤。前一种更新才是真正的更新。

文学的更新不仅要显示现代意识，还要表现时代精神、民族精神，光有现代意识是不够的。魔幻现实主义的创建人之一加西亚·马尔克斯宁愿人们把他的魔幻现实主义称作社会现实主义。他从欧美文学中引进了不少新因素，但他使它们拉美化了，使它们成了服务于他的社会、政治小说的手段，强化了拉美的时代精神和哥伦比亚民族精神。这里的引进被同化了，为我所用了，从而显示了民族文化的伟力。

"实验小说"的写作，看起来形式新颖，但它的缺点是曲高和寡，只能在少数较高层次的知识分子中间流传，例如《尤利西斯》，在欧洲主要是教授们阅读、研究的小说。读懂它需要给读者做大量的注。罗布-格里耶的"新小说"，其阅读对象也主要是知识分子。这位作者一次因收到一位读懂了他的小说的工人的信而大为高兴；而一些法国作家认为，这类小说所以走红一时，据说主要是一些到外国去教书的法国教授们搞起来的。当然，文学是多层次的，也应满足这类层次读者的高雅趣味，他们会有余暇去咀嚼大段大段没有标点、打上虚线的文字。不过据说以"新新小说"为号召的索莱尔，已不再使用这种手段，主要是读者不肯买账。现在我国也出现了"实验小说"，我以为有兴趣的作者不妨尝试，也许从中能产生出好作品来。但我又觉得，跟在别人屁股后面跑，难以独辟蹊径，最多产生一些三四流的作品。文学进入世界潮流，让外国人看得懂固然是一个重要方面，重要的是要拿出真正能够震慑人心的、富有民族特色的东西来。所以，我倒希望多多提倡把引进的东西予以同化，融进新的机制，创造具有时代精神、发散民族文化芳香的新文学。

说到借鉴现代主义文学,我认为这不仅仅是个技巧问题。它的艺术思维方式的某些方面也是可以考虑的。艺术思维方式,作为对现实世界的审美把握,包含着对现实的理解。现代主义作家对现实整体性的审美把握,和我们对于现实的审美把握并不截然对立,而可以有分寸、有限制地加以同化和借鉴。我国作家的艺术思维和读者的欣赏需求,较之20年前发生了很大的变化。是生活有条件地选择了现代主义文学,不是现代主义文学选择生活。半个世纪前,当我国人民处于异族压迫之下,当时的号声是还我河山,雪洗国耻,那么当时冒出来的新感觉派小说的生命,注定是不会久长的。当20世纪50年代我国人民处于相对稳定和封闭的状态下,现代主义文学与我国读者的生活风尚、思想格调相去甚远。但是"十年动乱"给广大人民补了一课,我说过他们心灵受到的冲击,不亚于两次大战给欧洲人民留下的心灵创伤。"十年动乱"无须修饰,无须夸大,它本身就是个荒诞。有人说"十年动乱"早已过去,怎么还要写它?可是苏联的卫国战争只进行了5年,在文学中却已写了40年了,势头似仍未减弱。同时我们现实生活中就没有荒诞么?在这种前提下,我以为我们可以有条件地接受现代主义艺术思维的某些方式,加以改造,创立和发展我们新文学的派别。这不是模仿,不是为人同化而后引进的派别,而是对引进加以同化,体现时代精神、民族精神的新的文学派别。现在一些人争着在介绍现代主义,但从现状看来,不是他们在介绍现代主义,而是被现代主义介绍了。

排除开极端化了的现代主义文学理论,现代主义文学中是有不少好作品的。去年我曾在巴黎观看了一些荒诞剧。日奈的《女仆》是出震动人心的剧作。如果说它荒诞,主要在于它表现了现实生活之荒诞。两个女仆服侍女主人,备受压抑侮辱。因此每当女主人出门,她俩就扮演主仆自娱,发泄那种被社会遗弃的人的心中的积郁与愤恨,以至发展到在给女主人喝的椴花茶中下毒,企图毒死女主人。但是两人假戏真做,扮演女主人的女仆执拗地保持女主人的身份,竟从容地喝下了毒茶。《女仆》的格调,是屈辱的心灵愤懑的绝望的勃发,它显示了生活的非理性之深,沉重地叩击着观众的心,其手法与现实主义戏剧十分相似。《秃头歌女》等剧作也颇引人深思。又如卡夫卡的《审判》和《城堡》,所以能震动我们心扉,在于我们也曾经历了卡夫卡式的"审判",遭受过许多劫难,却终于幸运地穿过了卡夫卡式的"城堡",正是在这点上我们要感谢生活。这也可以用于现代文学中东西方艺术思维的同与不同的区别上。如果只承认同,我们就会被别人同化,做做移植和搬家工作;如果只见不同,我们又会拒人于千里之外,故步自封。目前,在我国文学中,荒诞格调的作品屡有所见,但多半是一些作家偶尔为之,尚未出现专写这类作品的有代表性的作家,形成新的文学流派。至于其他文学流派,如象征主义、表现主义,也是这种格局,只是出现了一些带有这种色彩的作品,却尚未形成势力。它们目前只是文学主导力量的现实主义的丰富与补充。

随着宽松的文化环境的出现,引进的扩大,同化的强化,现实主义文学会继续得到不断发展与深化,而其他新的文学流派则会获得土壤与生机。不同文学流派竞艳的局面,只要没有非文学的外力的干扰,是会很快出现的。

(原文作于1986年7月7日)

六 文学的诗情
——现代主义文学的现实性

我国有没有产生现代主义文学的土壤？这一问题已不仅仅是个理论问题，而更多的是一个现实问题。

在我国，我们曾经力图凭借得天独厚的自然条件，塑造一个理性的上帝；用同一种语言，共建一座巴比伦的通天塔，好飞速地爬进天堂，与西方社会的进程隔绝开来。但是东方制度的思维模式和宗法式的权力的强化，导致了一场中国人的大浩劫。塔倒之后，这场灾变中的人们的心灵，久久为之麻木，继而开始了精神的痉挛、心灵的裂变，深感上帝死去之后生之荒诞、心之迷惘、善恶不分的灾变后的无尽痛苦。"文化大革命"原本要建造一条新的万里长城，划清汉界，谁知它以十倍的疯狂，从相反的方向，填平楚河，拆除了"柏林墙"，使得有了相同心灵历程的东西方，从一些方面很快沟通起来。

新时期文学正是在这一现实和西学再次东渐的背景下发展起来的。上帝死了，这种深刻的现实感，无依无靠的飘零感，人被践踏的屈辱感，无情争斗的残忍感，互不理解的孤独感、不信任感，在无数人心中萌芽滋生。在知识分子中间，这种种感受虽然一致，但处理方式却大不一样。广大中青年作家都被抛弃过，都被迫在盐水、碱水、福尔马林溶液里浸泡过，但是对于不少中年作家来说，当"十年动乱"之后，又得到一块小小的安身立命之地，那简直是他们的天堂了，因此虽然经历过上帝之死的第一次（有的已是第二次）精神危机，但暂时的安定生活，又使他们心中升临一个新的上帝，希望新的理性获得胜利，这真是"虽九死其犹未悔"！所以他们不喜欢焦躁、狂悖、疯疯癫癫、哭哭笑笑，也不大描写它们，甚至见到这样的描写，还觉得有点好笑；所以他们的叙事风格相对来说比较平稳，外国的现代主义文学经验，多半被他们看成一种技巧、手法而加以借鉴。我们看到，那种倾向传统，不断开掘、有所创新、流派众多的现实主义文学，已经拥有了一批艺术价值很高的作品。

但是上帝死了，对一些年轻作家来说，就不是这样了。在他们心里，上帝死了就是死了，无可留恋，也无足珍惜。他们的亲身遭遇，现实的经历，很难使他们恢复平静。他们求诸反常的语言，不是习见的手段。在他们的小说里、诗歌中，读者看到了人的不易沟通，狂悖与焦躁，孤独与失望，预言与荒诞，死的探索，此外还有读者无法读懂的东西。这些作品，好像有点迷惘的追求，却又对什么都嘲弄，全无所谓，它们使人们体验到孤独不仅仅是个人的，虽然不能说是全体，但却是广泛的。它们写到在神圣的信念塌陷之后的不安，玩世不恭，对一切都看穿了的态度，使人体验到了生活的失常，这些方面确也写得生动。作品的主题选择、意会的表现、心态的描写以及遣词造句、标点符号的使用，的确显示了现代主义文学的特色。它们表现出来的审美意识，与外国现代主义的审美意识，如存在主义的审美意识十分相似，其中有的作品则类似于超现实主义、象征主义、荒诞派、黑色幽默，等等。这些作品，不少是仿制品，少数写得相当精致。当然，它们写的都是中国的事，中国的人，但是它们的基调与色彩，都是现代主义的。

有的同志认为，由于中西文化的落差，物质水平的高低，文化心理的有别，传统哲学观念的迥异，决定了我国不大可能存在严格意义上的现代主义文学。我想这些条件的提出，确有它们的道理，从它们本身的内涵、作用来说，确实具有消解现代主义特征和性质的作用，但似乎不宜把它们绝对化。例如在不同物质生活水平的国家里、制度里，都存在着现实主义文学，现代主义也是如此，虽然这种文学特殊一些，但并非绝对的例外。20世纪20年代末，我国物质水平与西方国家的生活水平，相差极为悬殊，但这不妨碍一些人士引进现代主义，随之出现了现代主义诗歌和小说。只是由于不合当时国情，难以立足，而很快销声匿迹。有的人说，作家不要去写后工业社会出现的人的种种感情，如孤蚀感。的确，如果照搬由于物质的丰富和精神空虚的矛盾而形成的孤独感，那无疑是东施效颦了。不过也要看到，在哪个社会里人都有被抛弃的机会，特别在当代世界，当人意识到上帝已经死去，当自己的命运不断遭到愚弄，这种心态就具有了普遍意义。至于说到哲学思潮、文化传统，中国人虽自有一套独特的观念，而且根深蒂固，在此基础上形成了自己的深厚的民族文化精神，并被反映到文学中去。一些作家在这方面修养有素，底子深厚，同时能融化外来影响，为己所用，但这不妨碍另一些处于民族生活、民族文化传统表层的作家，可以为各种外来的社会、哲学思潮所浸润和消融。

改革的深入，各种制度的改造，使得现实生活发生急遽的变化。商品经济、竞争的机制，正在逐步发挥作用，调动了亿万人的积极性和创造力。人们看到，在短期内，大厦耸立，进口轿车如长龙疾驰，乡镇企业发达兴旺，一些地区富得流油，展销会、产销会到处都是，等等。但是另一方面，也带来了人们过去不熟悉的情况。商品经济、竞争机制促进了社会轴心的重建，全社会开始围绕金钱这一新的轴心旋转，从而重新调整着人与人的关系，使整个社会的价值取向有了改观。有冒险精神、大无畏的进取精神和有门路的人，在这一轨道上得心应手，大展宏图；而意识守旧的人，将会被不断甩出常轨。知识无用论再度兴起，它必然使广大知识分子陷入尴尬境地。教授生活清苦，大批中、小学教师改换门庭，纷纷从事小本经营。在城市和乡村，一片叮叮伐木之声，人们痛感那伐木者再也不会醒来。人的愚昧无知的心态，已使文化知识第二次大贬值。

新的道德观念也在重建。血性的侠义行为、古道热肠，在民间随处可见，但是，冷漠和互不理解也极为普遍。"天下攘攘，皆为利往"，还有为了钱而胡作非为的。金权交易，已成为社会生活中的一种普遍的价值观。

价值观念的巨变，快速的节奏，万花筒式的瞬息万变，显示着社会发展的活力。这一方面会带来巨大的繁荣，可以使国家赶上世界潮流。另一方面，也要使人付出代价，踩着血污，伴着叹息。这一切都是大势所趋，这一切使得在那些被损害者的心里，那个乌托邦式的上帝已第二次死去，而且是永远地死去了。

在这种生活大变动的背景上，人的意识将或快或慢地发生变化。过去的大一统观念长期地制约着人，并且使他自觉地听命于一，现在现实生活的统一性，只成了哲学的范畴，现实本身现出了其原形，多元化的原形。单一的环消失了，一体化的思想解体了。这使那些处于生活的低谷的人，不能立时适应，于是惶惑与疑虑也随之而来。价值失落感使他内心失去平衡。他认识到，他今后将以"自我"的形态存在，并在这个世上游荡和拼搏，因为他只剩下了他的个体自身，因为只有他自己，才能面对自己，照管好自己。他最好的东西已不可能得到，因为他已降生；而那些好的东西也离他很远，因为这与生活的本质相悖。他注定要在自己的生存状态中踯躅，寻找他失去的价值。有时他明知无望，却又不得不付出悲壮的努力。于是在这类人的生活中，将出现下列心态：生活的焦虑感，不稳定性，不确定性，彷徨意识，边缘意识，生存意识，心灵裂变，自我价值的寻找。最后，归根到底，将在他的面前出现一个巨大的问号："我是谁？"以及紧张的探求。

当前的文学会出现几种走向。一种是那些气度宏大的作家，在失去对现实的一体感觉之后，仍旧保持着他们顽强、庄重的自持力，深化自己的艺术感受，内心不安地思考着人的命运，按照原来的格调与节奏写作。第二类作家是，他们的心灵已严重失去平衡，紧张的探索，往往会达到折磨人的程度，他们会广泛地吸收与借鉴现代主义文学的手段，并把自己描写的重点转向人的心灵的探索、人的命运、价值的追求。他们与第一类作家大致会保持现实主义文学创作的势头。第三类作家的心理已发生强烈的变异，他们的贬值的际遇，使他们内心十分痛苦，从而使他们深入到人的生存的踯躅意识、焦虑状态、边缘意识里去探索人的自我的价值与意义，"我是谁"将化为相当普遍的艺术意识。常规的艺术手法，无法框架住他们的对世界的具体感受，所以他们一般会求诸非常态的艺术假定性手段，以变态的强烈色彩，营造和涂抹他们特有的形象系统，以显示被扭曲了的人性。近10年来，在我国这种文学已积累了一些经验，今后随着生活的进展，这类写作方法会越来越多，形成中国现代主义文学思潮。当然，还会有人去把玩文学，还会有建立在作家和企业家互利基础上的广告文学等等。但是，第二、第三种方式将会占有主导地位。因为在这多元化的社会土壤上，对于有良心的作家来说，当他们的分裂、破碎的心理需要得到平衡时，他们种下了对人的价值、命运的审美探索的种子，期望绽开发出人性光辉的花朵，看来这是对他们的唯一的补偿了。

现代主义文学创作近来似乎有点不景气，一些人认为可能是限制过多。其实，首先是作家的对生活的有无独特的具体感受、有无独创的新意、真正的宏放的历史深度、炽热的人性光华？写出来了，能不能使读者读得下去，并使他们的心为之颤抖？至于在手法摆弄方面，不是总能不断地花样翻新的，因为文学创作毕竟不是卖冰糖葫芦，困惑与间歇的沉静也许更是一种常态，也许正是跳跃的准备吧。在新时期文学的第二阶段，现实主义文学将会继续深化、发展、创新，现代主义文学也是如此。到那时，西方现代主义文学中的种种奇观，可能会被吸收，化为血肉，不再是矫揉造作的模仿与移植，而达到一个新的高度和境界。

（原文作于1987年，原名《现实的诗情，文学的诗情》
刊于《文汇报》1988年10月19日）

七　民族文化精神与文学发展
——当代文学与现代主义

当中国当代文学开始复苏，打开大门，面向世界的时候，那丰富多彩、目迷五色的外国文学，主要是欧美文学，包括现代主义文学在内，在门口已伫候多时了。

当一些人士颂扬现代主义文学的高超，贬斥原有的创作原则，嘲笑由此而创作出来的作品简陋无比，几乎成了僵死的再现，我们知道，这也正是西欧各种现代主义流派崛起时所发表的宣言的精神。果然，随之而来的是现代主义文学思潮的渗入。

一些德高望重、功成名就的老作家，有的早年还受过现代主义文学的洗礼，今天对现代主义不屑一顾，或默不作声，或说了一些激烈的话，坚持原有的艺术思维的方式。在颇见成就的中年作家群中，有的标举"乡土文学"，自成一格，有的在现代主义文学的"引诱"下，不断采用现代主义文学中的某些形式，变换着自己的手法，一会儿荒诞，一会儿意识流，创作卓有成效；有时甚至对索莱尔早已弃置不用的无标点写作方式，也要亲自品尝一下，把文字语言弄得莫名其妙，但从当今的批评界，照例会得到美好的赞颂。至于在刚刚步入文学的青年人中，有的倡导文化寻根，佳作迭出，显出多样格调；也有按照现代主义原则写作的，一篇作品出来，颂扬者蜂拥而上。大概诗歌界的派别最为热闹的了，有严肃的探索，显得诗声琴韵，意象流荡，多有开拓。更有诸多标榜，如"撒娇派""莫名其妙派""病房意识派""太极诗"派、"非非主义"以及"虚无主义"派，它们以为一发宣言，就领到了几天"风骚"。

七 民族文化精神与文学发展

有的人对萌生于 20 年代末 30 年代初的中国现代主义诗歌，新感觉派小说的早逝，甚为惋惜，以为要是这类作品发展到现在，中国文学早就走向世界了。也有人认为，今天中国文学走向世界，就应使外国人感兴趣，得到他们的青睐，就要写得大胆，要写中国人不习惯而为外国人习惯的东西。

看来可以讨论的问题是广泛的。中国当代文学大体是一种什么格局？它与现代主义文学的关系，自然是一个重要的议题。

现代主义进入过中国文学，对此我以为无须怀旧，也不必遗憾。文学都是时代的产物。我仍然要说，不是文学选择生活，而是生活选择文学。20 年代末 30 年代初，现代主义诗歌曾经在中国诗坛上鸣响过一阵，新感觉派的小说也曾使人感到与众不同。在创作方面，据我所知，它们未曾受到人为的压力，但是很快就销声匿迹。究其原因，并非作者们的突然转向，实乃受到时代选择文学的规律的支配。当时代充满着为民族生存而抗争的金戈铁马之声，现代主义小说、诗歌却在诉说着个人的孤独与迷惘，惆怅与忧愁。这些浊世的哀音，自然也是时代的真实的回声，但在民族的生死关头，它们毕竟是一种缺乏光华的心灵的折射，引不起人们的审美趣味。有识之士无暇顾及它们，老百姓则无力读懂它们，理解它们。作品一旦失去了读者，作者自然只好沉默下来。当然现在看来，这些作品的角度和趣味给人的感受已大大不同于前了。

可是在今天，现代主义不仅影响着中国当代文学，而且进入了中国文学，这已是事实。出现这一情况，难道同样不是生活的选择么？如果 20 世纪 50—70 年代的中国的读者，由于其历史环境的独特性，人为的封闭性，而不了解五花八门、琳琅满目的文学的西欧，那么这几十年历史运动中的曲折和灾难，特别是"文化大革命"，给广大中国读者补上了一课。我在《现实主义与现代主义》一书中谈到，过去以为现实生活是一片歌舞升平，或者处处都是斗争。但在全国陷入疯狂的"文革"年代，这一切都成了梦魇。是非颠倒，人性沦丧，现实突然变成了一个硕大无朋的荒诞，人变为非人。他受尽摧残，他不过是一个零，在巨大的邪恶面前，他无力把握自己的命运。一时间，卡夫卡式的"城堡"与"审判",在现实生活中可说遍地皆是。这灾祸的年月所给予中国人民的心灵的震动与创痛,实在不亚于两次大战给予欧洲人民的精神打击。那么当人们重新回到现实,面向理智,引起文学的反思不就是很自然的么?在这种条件下,生活能阻挡那些曾被推进卡夫卡式的"城堡"与"审判"的人,灵魂被践踏和被撕裂的人,去采用卡夫卡式的艺术思维方式么?与此同时,当西欧各种哲学思潮,特别是存在主义哲学,空前普及,当你看到有的文化素养并不很高,抱着一厚本《存在与虚无》离开书摊而沾沾自喜的时候,你会感觉到,这不仅仅是时髦,却可看出这类思潮是何等深入人心,人们需要了解这类学说。而在四五年前,我就在中国台湾同行的著作里,就看到了对20世纪60—70年代存在主义在中国台湾、日本读者中风靡的情景的描述的。

　　正是在这种情况下,中国读者发觉,他们与第二次世界大战后的西欧人的心理、情绪是多么相近,西欧的现代主义作品不再是不可理解的怪物,以至这种文学的身价越来越高。在一些人眼里,我国新时期的文学和这种文学相比,也竟是等而下之了。于是存在的荒诞,人的不可沟通,失望与绝望,贬值与异化,焦躁与狂悖,一反常情的变态与玩世不恭,都纷纷进入了文学,扩大了文学描写的领域。有的小说表现了上述某些情绪,它们极具现代主义特色,我在这里解说的现代主义,并非在贬义上的使用。它们描写人与人之间的冷漠、无望、不理解,好像有迷惘的追求,却又对什么都嘲弄,都无所谓。它们使人体验到孤独不仅是个人的,虽然不能说是全体,但却是广泛的。它们写到在神圣的信念塌陷之后人的焦躁、玩世不恭,对一切都看穿了的态度,这些地方写得确也生动,它们使人体验到了生活的失常。看来,这类作品必然是要在中国的土地上出现的。

　　但是,我们再进一步观察,这些作品似曾相识,问题也正在这里。它们在精神、思想上和西欧的一些现代主义流派的作品十分相似。一些人大加推崇,以为这就是新时期新文学的真正开端;而另一些人认为,这类作品,能够成为中国当代文学的开路先锋么?

　　这里的问题是,中国当代文学有没有可能发展成为现代主义的文学？在讨论这一问题之前，分析一下什么是现代主义，还是必要的。因为在文学评论中，现代主义一词至今没有明确的含义。有的文章认为，现代主义是资产阶级精神危机的产物，有的文章认为，它是科技发展、现代化在文学上的必然表现，有的作家则常在技巧、手法的意义上使用现代主义。所以你说现代主义要不得，我说好得很，谁也碍不着谁。大家各说各的，都说现代主义，但含义各不相同。从近百年来的文学发展来看，是否可以肯定，首先，现代主义是20世纪极有影响的文艺思潮之一，但并非一统天下的文艺思潮，并非只有它才是最新的、最有成效的文艺思潮。同时，我们可否理解得宽一些，不把它限定在某一时期。

其次，需要实事求是地肯定，现代主义文艺思潮，是和近百年来欧洲的社会、哲学以及科学思想的发展密切相关。战争的极大破坏，人与人关系的淡漠，疏远与异化，给人们造成极大的伤痛。生命哲学、弗洛伊德主义、存在主义以及其他当代哲学思潮，摧毁了18、19世纪的理性主义的信念，它在某些方面加深了人对自身的认识，与此同时，它又给人展现了非理性的人生迷惘的图景。它们冶炼成了现代主义文学的灵魂，这在卡夫卡、加缪、萨特、尤奈斯库、贝克特等人的作品里，表现得最为明显。现实的动荡不安，理性主义的破灭，使欧洲知识界失去了精神的支持，显得无所依附，在思想上成了飘零的浮萍，那种"身世浮沉雨打萍"的精神悲剧意识，具有极大的代表性。《城堡》《审判》《局外人》《恶心》《间隔》《女仆》《秃头歌女》《等待戈多》等一批有才华的小说和剧作的审美意义和社会意义，以及它们在艺术上的独创性是公认的。它们愤世嫉俗，在揭示人的尴尬处境、存在的荒诞、人性的泯灭方面，笔锋犀利，振聋发聩。它们所描写的人的巨大压抑和痛苦，显示了生活的非理性之深，使人为之震栗。

但是我对于它们之中一些作品的象征的整体性不敢苟同，我更不赞成有的作家所宣扬的人们对于面临的灾祸是束手无策的。如果人类生活总体上真是如此，人就没有信心再生活下去了。20世纪70年代末，尤奈斯库在写作上陷入了危机。他说，"不管怎么说，处在我意或者无意识的深处的,是空虚",他"对人们已经没有期待了,甚至也不想得到他们的理解"①。一些人可能因绝望而寻短见,但人类是不会自杀的,它会起来干预和改造自己的环境。福克纳在接受诺贝尔文学奖时说:"人是不朽的",诗人和作家的职责,他们的特殊的光荣,就是振奋人心,提醒人们记住勇气、荣誉、希望、自豪、同情、怜悯之心和牺牲精神,这些是人类昔日的荣耀。② 我推崇福克纳的思想,也就是文学的人道主义思想。

再次,现代主义文学派别众多,艺术手法多样。20世纪的文学创作手段,由于意识流、象征、荒诞、变形、隐喻、神话等广泛的应用而大为丰富,并且促使语言形式、叙述方式、结构安排、故事发展等方面,都发生了变化,这是应予肯定的。但是,又不能认为,运用了荒诞、象征、意识流等手段,就应被归入现代主义文学。可惜,这种混用现象,在一些作家、评论家的文章中,十分普遍。

如果根据上述设想来说明中国当代文学与现代主义的关系,那么我想说的是:在当代中国文学中,是必然要出现现代主义文学的,虽然开头是一种移植。这里有生活的土壤,也有思想的基地。当文学面向世界的时候,自然会有人比较广泛地接受西欧的各种哲学思潮,结合着自己的感受,在作品中描述宇宙的大悲哀,人生的无序,生之荒诞,等等,这也确是创作中的一个重要方面。同时自然也会有人认为这些作品是先锋文学,这也都是正常现象。但是从总体上说,中国当代文学在整体上恐怕难以成为现代主义文学的。

先从表层加以观察。今天在中国文坛上很有活力的中坚人物,大致有陆文夫、高晓声、谌容、王蒙、刘绍棠、古华、从维熙、邓友梅、李国文、张承志、周克芹、莫应丰、叶蔚林、刘心武、苏叔阳、张洁、张一弓、冯骥才、蒋子龙、鲁彦周、浩然、张贤亮、路遥、李存葆等,年轻一些的有贾平凹、柯云路、邓刚、何士光、张炜、韩少

---

① [法]尤奈斯库:《答〈新观察家〉杂志问》,见《法国作家论文学》,王忠祺等译,生活·读书·新知三联书店1984年版,第596页。
② 《福克纳评论集》,李文俊编选,中国社会科学出版社1980年版,第255页。

功、郑义、莫言、王安忆、张辛欣、张抗抗等。在这些作家中间,尽管有些人在自己的一些作品中有时采用了现代主义式的某些手法、叙述角度、变换话语的习惯,但很难说哪些人的作品是属于现代主义的。当然,这一情况也可能会发生变化。这里原因极端复杂,比如上面提及的一些年纪稍大的作家,都是经历了卡夫卡式的"城堡"和"审判"的,但他们没有写出卡夫卡式的作品,何故?当他们写出大墙内外令人战栗的情景时,是不是存在主义的思潮的冲击还不够强大?并非如此。主要是由于作家们的种种条件,包括对历史认识的自觉,未把自己与社会生活极端地对立起来。但更为重要的,可能是中国作家的特有的艺术思维方式在起作用。这是一种东方式的艺术思维。它为中国特有的文化精神与文学传统所准备了的。

民族文化精神准备着作家的文化心理、创作潜能的选择。几千年来,中国文化由于中国的政治制度、自然条件,形成一种以"求善"为目的道德型文化,和以"求治"为目的的政治型文化。[①] 这种"伦理—政治型"文化,以"修身为本"的道德学说作为维系社会、民族、国家的精神支持,由地域的多元性,政治的"大一统",形成了以入世为主导的儒家文化精神,并与出世为主导的道家、佛家思想互补,形成一种独特的民族文化精神。这种民族文化精神与政治、道德、伦理、宗教、社会风习、典章制度,广泛地结合在一起,并从各个方面吸取它的精神与原则。这种民族文化精神源远流长,早已凝聚为利弊兼有的民族心理的历史积淀——东方文化精神。说它利弊兼有,一方面是指它具有维系中华民族生存、发展、团结、进步的优秀传统的强大凝聚力,现实的高度智性的哲学理性,指它胸怀宏放,能够广泛吸收他人文化精华,为我所用,更新自己,不断创新,使我中华民族自强不息,而独立于世界民族之林。另一方面,东方亚洲制度虽然已被摧毁,但其残余的文化形态,仍然在现实生活中肆意横行,产生着破坏性影响,而且从上至下,无孔不入。因循守旧,衰老惰

[①] 冯天瑜:《中国古代文化的类型》,载《中国文化与中国哲学》,深圳大学国学研究所编,东方出版社1986年版,第24页。

性，保守落后的封建性的集体无意识心态，制造着绝对的权力与绝对的堕落，阻碍着这种文化的进步与发展。这是一种极为复杂的、独立的世界性文化现象。自然，它的民主主义精神，它的崇高的哲理智性，它的不断更新自己的内驱力，它的兼收并蓄的宽宏精神，作为带有自己特有的色彩的传统因素，还会长期存在下去。因此，当中国社会与西方社会因"文化大革命"和两次世界大战在精神上发生感应时，人们很快就能发现，这不过是一种历史精神的交叉接近，而不是契合，不是合流，双方打了个照面，随后若即若离，在不断交叉平行中各奔前程。

民族文化精神是一种相当稳定而又不断变化、丰富的精神现象，是创作者的心理的深层结构。这种深层的心理结构越具深厚的民族文化精神特征，它对现实的审美穿透力就越大，并进而形成独创的强大文化背景与审美发现。

同时在文学传统上，与以伦理和政治为主导的文化精神相应，则形成了为人生而创作的文学精神，并且作为文学的主导传统而支配着几千年的中国文学。在历史上的中国文学主张中，我们不大听到过"纯艺术""纯文学"，或者"为文学而文学"的标榜。中国文学与政治、伦理十分接近，现在一些人对此甚为反感。毫无疑问，应该清除文学与政治关系上的庸俗化理解，而应把政治当作社会文化的组成因素，当作文学的文化背景之一，在更广阔的含义上去理解政治。不管对政治如何反感，我们总不能说，文采华美的屈原诗作，就不是文学了，他那为国为民的忧思，就一钱不值了，他那充满了无限深沉的感情的篇章，就不是千古绝唱了！刘鹗在《老残游记自序》中，把哭泣归结为人之灵性的表现，并又把它分为有力类与无力类。有力类中有以哭泣为哭泣者，有不以哭泣为哭泣者。他说："《离骚》为屈大夫之哭泣，《庄子》为蒙叟之哭泣，《史记》为太史公之哭泣，草堂诗集为杜工部之哭泣，李后主以词哭，八大山人以画哭，王实甫寄哭泣于《西厢》，曹雪芹寄哭泣于《红楼梦》。"这里所说的哭泣，就是身世情，家国情，其情愈深，则哭泣愈痛。这种"为人生"的文学，到了"五四"以后就渐渐形成了文学的自觉，影响着一代又一代人。因

七 民族文化精神与文学发展

此,有着独特文化精神、文学传统的中国,不大可能像没有文化边界的西欧小国,一旦遇上外面袭来的思潮,就会出现洪水泛滥而被淹没的情景。

在我们这里,外国思潮可能也会来势迅猛,冲击、荡涤着民族文化中的陈年污垢,而促使走向更新。对于那些经历了迷惘的生活,民族文化心理较浅、入世未深的人,这时可能与西欧流行的哲学、西欧的文化心态心心相印。自觉不自觉地接受这些思潮,立刻在创作上找到了自己的表现形式,而形诸笔墨,移植现代主义乃至后现代主义文学精神。但是这类作品在它的框架里,很难成为第一流的文学作品的。因为要达到相当的高度,就需要各种积累,特别是文化和心理的积累以及文学精神的熏陶。一般说来,模仿者是很难达到这些文学派别的代表人物的高度的。而大多数民族文化心理积淀较深的人,一面广泛地接受外来学说的影响,一面情愿通过原有的、但被大大更新、丰富了的艺术思维,来观察过去的"城堡"和"审判",现实的重负和各种形态的荒诞。

那么,现代主义和中国当代文学是截然对立的么?不,我完全没有这个意思。中国当代文学要想获得长足进步,为世界所称颂,条件是复杂的。这中间有外因,也有内因。例如,我们对外开放,也对外国文学开放。但是反过来,外国对我们的文学开放得如何?自然,这类问题本文无意细谈,重要的是内因问题。因此可以再深入一步,我以为组成内因的基本方面,应是中国当代文学在民族文化精神的广阔背景上进一步的民族化和现代化。两者的关系,在我看来,前者是文学本体特征,后者则是灵魂。没有前者,文学将失去自身面目,没有后者,文学将失去动力,停滞不前。

世界各国文学有着共同的特性,比如,它们都写到人类共同感情、人性,对世界的共同感受、欲求,甚至在艺术形式上也有着惊人的相似之处,这是不言而喻的。但是,每个国家的文学进入世界文学的大家庭,都带着特有的民族特色,散发着特有的民族文化的芳香加入进去的。托尔斯泰在谈及作家应以自己的独创性进入文学时说:"当我们阅读或思考一个新作家的一部艺术作品的时候,在我们心里经常产生这样一个主要问题：'喂，你是何许人？你在哪一点上和我所认识的人有所不同？在如何看待我们的生活这一点上，你能对我说出些什么新鲜的东西'？"① 如果把这里的新作家的新东西，换成国别文学，不是也适用的么？一个国家的文学，能够站立起来，主要凭借它所张扬的独特的文学观念，它所显示的民族精神，它所描绘的特有的民族风尚和个性，它所使用的特有的民族语言、形式和技巧，等等。这种种因素，是一个民族在千百年的历史长河中逐渐形成的艺术上的民族文化精神的凝聚物，是跻身于世界文学之林的凭证。没有这种民族文化精神的凝聚物，文学将无以自立。因此我们说，民族性实际上就是一个国家的文学的本体特征。

文学的民族性特征，形成文学的传统。文学传统一旦形成，就成为一种极为稳固的因素，而不断受到后人选择：它的核心部分被保留下来，流传下去，成为文学创作的广泛的参照系数，而被继承下来，这是一方面。另一方面，传统稳固下来，又会成为一种排它的惰力，显示出它的保守方面。因此文学本体要获得生命与发展，就不应把民族性视为一成不变的东西，而应看作是一个过程，即民族化过程，民族化的进展，就是不断地现代化的更新过程，使文学传统不断适应时代的审美需要，从而不断变更自己的观念，充实与完美自己的语言、形式、技巧，形成创新。由此，对于文学的发展来说，传统和继承是它的出发点，而更新、创造则是它的目标和主导。文学的发展就是由无数创新的环节构成的，是文学本体特征民族性的不断演变过程；文学发展的历史，实际上就是继承传统又不断突破传统，不断创新的历史。没有突破和创新，文学也就失去了生命。

中国当代文学的突破和创新，不在于对传统和继承采取虚无主义态度。继承不是静态的、简单的重复，而是动态的、历史的过程，创造新的不可重复的东西，也即不断通过现代化来更新传统。因此，在标榜创新上，现代主义的艺术的要求是合理的。但是在理论上盲目地排斥传统和继承，以为创新就必定要和过去的文学切断联系，就显得

---

① 《托尔斯泰论文学》，莫斯科文艺出版社1955年版，第288页。

七 民族文化精神与文学发展

虚妄与幼稚了。而实际上，他们的创作往往是与他们的口号脱节的。

现代化的内容是多方面的，我们在这里不拟对它进行全面探讨。在近期文学评论中，现代意识问题谈得很多。但由于现代意识一词的词意的不确定性，模糊性，所以大体各自按着个人的理解在进行解释。在我看来，现代意识应是一种搏动着时代精神的宏放、宽容的开放性意识，一种富有民主、进取精神的历史观，能够不断摄取人类文化中一切有价值的东西、用以丰富自己、更新自己的创造性意识。现代意识的自身功能，是一种极为活跃的动力。民族文化精神虽然稳定，但是它必须不断完善、更新。更新才有出路，才能前进。现代意识与民族文化精神的撞击，肯定与批判，选择与扬弃，不断丰富与改变着民族文化精神的内容与观念。汉、唐时代的人们的文化心态就是这种意识的历史形态的鲜明表现。对此鲁迅曾作过描述："遥想汉人多少闳放，新来的动植物，即毫不拘忌，来充装饰的花纹"，"汉唐虽然也有边患，但魄力究竟雄大，人民具有不至于为异族奴隶的自信心，或者竟毫无想到，凡取用外来事物的时候，就如将被俘来一样，自由驱使，绝不介怀"。① 有人把现代意识、现代化与现代主义等同起来，以为文学的现代化就是现代主义，这种观点显然是不妥当的。现代主义的出现，固然与现代化有着一定联系，不过这完全是两个范畴，把文学现代主义化当作文学现代化，就很庸俗了。20世纪，现代主义文艺思潮席卷了不少国家，但要看到，这个世纪并不仅是现代主义发展的时代，同时也是各种现实主义流派迅速发展的时代。20世纪的现实主义在其历史过程中获得了不少新经验。各个流派和19世纪的现实主义流派已不可同日而语。关于这点，我在拙著《现实主义和现代主义》中大致勾勒了一个轮廓。

中国当代文学面向世界，同时也就是面向世界的各种社会、文学思潮。在这短短10年间，可以说中国当代文学穿越了整个20世纪，时间在这里浓缩了。我们在上面提及的各种外国的文学思潮，往往是同各种社会思潮一齐冲向我们的。欧洲的批判现实主义，社会主义现

---

① 《鲁迅论文学与艺术》上册，人民文学出版社1980年版，第144、145页。

实主义，拉美的魔幻现实主义，现代主义文学中的意识流，超现实主义，表现主义，垮掉的一代，黑色幽默，存在主义文学，荒诞派文学，新小说，新新小说，劈头盖脸地压了过来。现代主义文学中的这些流派，在西欧大多已结束了它们的运动，已成为历史陈迹，或暂时已偃旗息鼓，或准备东山再起。但是由于我国长期怠慢了它们的缘故，所以一旦被介绍过来，就使人们感到十分新奇；加之发生了对西欧社会思潮的认同，同时结合我国现实生活的现状，于是就有了中国的现代主义文学，以及带有现代主义的某些特色而又非现代主义的新的文学形式。

首先是一些具有存在主义特色的作品，如《无主题变奏》《你别无选择》等，在诗歌中，这类作品更多。这一类作品所表现出来的审美意识，与外国现代主义文学的审美意识，如存在主义文学的审美意识十分相似。除此而外，有类似于超现实主义的《我是谁》；有类似于象征主义的《泥沼中的头颅》；有类似于荒诞文学的《疯狂的君子兰》《减去十岁》《车站》等，有意识流式的小说《春之声》《海的梦》《杂色》等。当然，这里所划的界线并不那么严格、确切。这类作品和西欧现代主义文学作品并不合拍，它们只是"类似于"现代主义文学。它们的作者采用了现代主义的艺术思维方式，侧向主观的审美倾斜，使现实的迷惘感、神秘感、荒诞感，得到了强化。但像那些荒诞式的作品、意识流作品，虽然采用了这些流派的艺术思维方式，而结果却与现代主义文学并不一致。主要是这些作者的审美意识的观照，并未把世界和人极端荒诞化，他们的艺术描写总是具体的，虽然也带有某种抽象色彩，却不是总体象征的特征。就是说，世界的迷惘，现实的荒诞，并未成为总体象征的迷惘、荒诞世界的表现，从而成为存在主义哲学消极面的牺牲品。在这里，作者的审美意识与作品的审美价值具有两重性。即它们既有现实风习、心理的具体刻画，又具有突破了原有文学传统的丰富的象征性。这样看来，即使是现代主义的艺术思维方式，有可以被我们接受、为我们所借鉴的一面，更不用说它的众多的艺术手法了。

一些人说，中国当代文学没有主潮，这是一种说法。不少作品似

七　民族文化精神与文学发展

乎各领了"几天"风骚，这固然使它们的作者感到惬意，但是作品并不是刊载出来就完了，它要存在，它要成为历史的存在，文学的存在，这样才能获得生命。上面提及的某些现代主义作品，以及在文体、手法上现代主义特色十分明显的作品，大体上是一种实验性文学。这种作品的优点是，在语言、形式上勇于探索，构思新奇，叙述角度多样，同时人物性格、故事情节被淡化，而代之以韵味、气氛、情绪，哲理性也有所加强。这自然是艺术走向丰富的道路之一。另一方面，其中一些作品的缺点也很明显。如使文字无节制地"变异""奇异化"。力图通过语言的奇异化收到新的效果，但实际上语言诘屈聱牙，或半文不白，读者读不懂，仅为少数人玩赏，或为圈子里的人所称道，成为圈子文学。对于这类作品，应当给予实事求是的评价，作为文学创作的新的尝试，很可能从它们中间出现一些好作品，给文学带入新的东西。但是没有必要一出现这类作品，评论就把它奉为未来的方向，最高层次的价值非它莫属。其实，现代主义文学中一些流派的作品，即使在西欧，读者也并不是很多的，如"新小说""荒诞派"作品，风靡一阵之后，就不为读者所注意了，主要是弄不清楚作品的艺术表达，读不懂它们。我所接触到的一些法国学者，几乎都持下列看法：读不懂它们，现在只有研究的价值了。[①] 读者读不懂，对这类作品提出非议，是有道理的。广义来说，这涉及作品能否成为文学的问题，即能否进入流通，成为历史的存在。创作不仅仅提供一个文本，文本还不是文学本身。存在这样的情况，作品出来后，不被人们所理解，而被束之高阁，如卡夫卡的作品，在新的历史、社会条件下，人们理解它们了，于是进入了文学。但并非都是如此。布莱希特认为，艺术创新并不一定注定不能被人理解。他说："不必这样说，'艺术中有许多好东西，在当时是不被了解的'。不应由此得出结论，所有好的在当时都是不被了解的。"[②] 但是另一方面，艺术创作中的实

[①] 1985年春，我在巴黎进行学术访问，曾与茨维坦·托多罗夫、巴黎第三大学马克斯·米尔奈教授等谈及"新小说"。他们都持这种意见。
[②] 《布莱希特论文学》，俄译本，莫斯科文艺出版社1977年版，第138页。

验是完全有权利存在的。艺术总以创新为其目的,没有创新,就没有前进,就没有生命,就不能满足群众进一步的需要。现在主要是一些作品,读者对它们难以感受和理解,反应冷淡,却被少数评论家捧得极高。

另一类作品就比较不同,它们获得了各种层次的读者。这些作品如《芙蓉镇》《冬天里的春天》《人到中年》《李顺大造屋》《小巷人物志》《蒲柳人家》《烟壶》《北方的河》《活动变人形》《沉重的翅膀》《钟鼓楼》《新星》《神鞭》《北京人》《古船》《老井》《商州初录》《苍生》《透明的红萝卜》等。它们的特点也是它们的优点,即强烈的民族性,东方民族的文化心理意识比较突出,如高晓声、陆文夫、古华、刘绍棠、贾平凹、浩然、郑义的人物。而王蒙、李国文、谌容、张承志、冯骥才等人又较广泛地采用了多种非传统的艺术手段,如意识流、心理结构、荒诞等,与民族的文化心态描绘较好地结合起来,丰富了当代文学的艺术特征。其中广泛地运用上述艺术假定性手段的作品如《蝴蝶》《杂色》《金牧场》《减去十岁》《小鲍庄》等,都有着自己的独创之处和力度,它们形成了一种新的叙述风格。但像《金牧场》这样的力作,福克纳文体结构的痕迹似乎太明显了。而一些实验性强的存在主义、象征主义倾向的小说,民族特色就显得淡薄,它们的流通受到相当大的限制。

在中国台湾文学中,20世纪60—70年代现代主义文学也曾流行过一时。西化的文体,机械的移植,缺少民族特性,它们在国际现代主义文学的潮流中品位并不高,它们读者不多,而今天不得不让位于迅速突起的"乡土文学",将根伸入民族生活的土壤。

至今风靡于世的拉美的魔幻现实主义文学,也许是值得研究的文学,它以民族生活为自己的土壤。它有自己的审美观照现实生活的独特角度,它是强烈的政治性的文学,同时它吸取了现代主义文学的大量特征,而又不以现代主义文学特征取胜。可以说,"魔幻现实主义"文学再次发现了新大陆——拉丁美洲的新大陆。加西亚·马尔克斯说,所有优秀小说,都是现实生活的再现。"我的书总要基于一个目睹的形象"。关于这点,墨西哥评论家路易斯·莱阿尔说:"魔幻现实

七 民族文化精神与文学发展

主义首先是对现实所持的一种态度……不是去臆造用以回避现实生活的世界——幻想的世界，而是要面对现实，并深刻地反映这种现实，表现存在于人类一切事物、生活和行动之中的那种神秘。"[①] 这种现实主义被赋予了拉丁美洲当地人的观察事物的审美意识特征，也即按照印第安人的信仰、眼光来描绘这个世界。这是一种带有神话思维色彩的艺术思维，它一旦与现实主义的艺术思维结合一起，就能爆发出强大的审美力量来。与此同时，加西亚·马尔克斯又广泛地吸取了陀思妥耶夫斯基、托尔斯泰、卡夫卡、福克纳、海明威等人的艺术经验。他的创作可以让人看到，它是如何消化现代主义艺术的成果，化为自己独创的艺术的血肉的。

我国当代文学的进一步发展，不是在原有传统面前踏步，也不在现代主义文学的盲目移植之处，而是在一个新的地方，新的高度：不脱离传统而又有突破、创新的地方；吸取当代多种艺术创作原则、方法的长处，包括现代主义的丰富的艺术经验在内，融制新机的地方，这将是散发着中华民族泥土的芳香、艺术上博采众长、无限丰富的中国当代文学。

（原文作于 1988 年）

[①] 转引自《外国文学动态》，1984 年第 8 期。

第三编
复调小说与小说艺术

一 "复调小说"：理论与问题
——在1983年第一次中美双边比较文学研讨会上的报告

米·巴赫金是位享有世界声誉的苏联文艺理论家。他研究哲学、心理学、语言学、诗学等问题，在长篇小说理论方面独树一帜，在欧洲小说发展渊源与民间文化的相互关系的探索方面，卓有贡献。他提出的"复调小说"理论，虽然争议不少，但由于其理论的独创精神和影响创作的实践意义，引起了苏联及外国的许多文学理论家、批评家和作家的广泛兴趣。巴赫金的复调小说理论，是在他的1929年出版的《陀思妥耶夫斯基的创作问题》一书中提出的。在此之前，他就曾与友人沃罗申诺夫合作，或用友人麦特维耶夫的姓名，出版过《弗洛伊德主义评述》（1927年）、《文艺学中的形式方法》（1928年）、《马克思主义和语言哲学》（1929年）。由于在这期间参加了友人自发组织的学术团体活动，讲述康德思想，于1929年被关进北方集中营，后又改为南方流放。到了20世纪30年代下半期，友朋已死亡过半，巴赫金自己也因骨髓炎而截去一足。第二次世界大战前，巴赫金执教于中学，并在高尔基世界文学研究所讲过文学理论。战后，他提交的学位论文《现实主义历史中的拉伯雷》，由于其观点独特而长期发生争论，最后终于被授予副博士学位。其后，巴赫金长期执教于摩尔多瓦大学。20世纪50年代中期，巴赫金的复调小说理论在苏联文学理论界引起异议。1963年，《陀它思妥耶夫斯基的创作问题》经过修改，更名为《陀思妥耶夫斯基诗学问题》（下面简称《诗学》）再版，进一步引起了苏联文艺界的讨论与争论。1965年，他的《拉伯雷的创作和中世纪与文艺复兴时期的民间文化》问世。这两本著作使巴赫金在国内外学术界名声大震,并很快被译成多种外国语言出版。苏联《文学问题》杂志时有介绍。20世纪70年代,巴赫金的一些写于20—40年代的论文得到了发表的机会。在庆祝他的75岁寿辰时,摩尔多瓦大学和爱沙尼亚的塔尔图大学学报都分别介绍了他的学术活动。1972年,《诗学》三版发行。1975年,巴赫金去世,享年80岁,但未能见到出版于同年的《文学和美学问题》一书。1979年,又出版了他的文集《话语创作美学》,同时《诗学》第四版出版,此版印数为10万册。从理论著作的印数来说,它在苏联出版界可说是首屈一指的了。

巴赫金的小说理论可接受性相当广泛,它开拓了不少新领域。西欧一些国家的学术界已几度召开过有关巴赫金的国际学术讨论会,研究他的论述很多,当然论者是各取所需。至于巴赫金所创立的一些学术术语,如"复调""多声部性""对话""未完成性""狂欢",现已为不少理论家、作家所广泛使用,可见其影响之大。

(一)"复调小说"理论

巴赫金的文学语言美学和长篇小说理论,在当代叙述理论中独树一帜而颇有影响;同时对于小说创作来说,它也是一种很有实践意义的理论。

海明威曾经说过,他不仅向画家学习,而且也向音乐家学习。"我觉得我个人向作曲家学习的东西和从和声学及对位法学到的东西是很明显的。"① 苏联作家阿纳尼耶夫发表了长篇巨著《没有战争的年代》(已出3卷),后有人说,他的小说采用了"复调"结构。"对位""复调",原是音乐中的现象,如今在外国谈论小说时常常谈及它们。不过在文艺理论中、作家研究中,巴赫金早就注意到了这些现象,并对它们作过详细的论述,成为一种很有特色的小说

---

① 见《海明威研究》,董衡巽编著,中国社会科学出版社1980年版,第64页。

一 "复调小说"：理论与问题

理论。

巴赫金的叙述理论中确有不少独到的见解，其中自然也不乏争论之处。20世纪50年代中期，他的"复调小说"理论，在苏联学术界引起过异议①，这是正常现象；60年代中期，苏联学术界讨论巴赫金的著作时，有的文章对巴赫金评价极高，有的文章论及巴赫金的理论时态度极为严峻。② 本文仅就巴赫金提出的"复调小说"理论，进行一些评述，并就"复调小说"涉及的某些理论问题，提出一些个人的看法。

巴赫金的"复调"小说理论主要是通过陀思妥耶夫斯基的小说分析而形成的。在关于陀思妥耶夫斯基的论著中，苏联老一辈的研究家如什克洛夫斯基、格罗斯曼、吉尔波金等人，已经提出了"复调""多声部"现象，并有所阐发。巴赫金可以说总其大成，并形成了相当完整的"复调小说"理论。

什么是"复调""复调小说"？在弄清楚它们之前，先要谈一下巴赫金提出的"对话"理论，因为"对话"是被作为"复调"的理论基础提出来的。巴赫金认为，生活本身是一种对话性现象，人们之间的相互关系有如对话一般。他说："两个声音才是生活的基础，生存的基础。"③ 人们生活，意味着参与交往和对话，他们在交往中，各自独立，彼此提问、回答，进行思想交流。巴赫金认为，这种对话关系，"几乎是一种无所不包的现象，它渗入人的所有话语和人的生活的所有关系之中，凡是一切有意义和有价值的方面，它都要渗入"；如果这种对白结束了，那就一切都完了。对于巴赫金所说的"对话"，我们不能从一般意义上去理解，"对话"实际上是巴赫金对社会生活的一种理解，它强调人的独立性，人与人的平等，人与人之间的关系就像对话的关系，虽然在存在等级、阶级的社会里不可能做到这点，

---

① 见《俄国文学史》第9卷第2册，苏联科学院出版社1956年版，第104页。
② 见《当代现实主义问题和现代主义》文集中的布尔索夫的文章，莫斯科科学出版社1965年版。
③ ［苏］巴赫金：《陀思妥耶夫斯基诗学问题》，白春仁、顾亚铃译，生活·读书·新知三联书店1988年版，第294页。

但作为社会理想，这一理论自有其独特之处。巴赫金在分析陀思妥耶夫斯基小说时，发现他的创作是一种"全面对话的小说"①。这首先表现在小说主人公身上。陀思妥耶夫斯基小说中的"主人公在思想上自成权威并具有独立性，他被看作为一个自身有充分完整的思想观念的创造者"，他们在小说里，都各自为自己的观点辩护。其次，是主人公和作者的关系。主人公在小说里，"不是被看作为陀思妥耶夫斯基完成艺术观察的客体"，"不是作者言论的客体"，"主人公的言论，完全不局限于通常表示性格特征的和实际情节的含义"。小说人物对自己和对世界的议论，作家的议论有同等价值，在这些议论、辩护中，作者的观点远非占主导地位，所以他们绝非作家的传声筒。"陀思妥耶夫斯基就像歌德的普罗米修斯，创造的不是默不作声的奴隶（如宙斯所创造的），而是自由的人们，他们能够和自己的创造者处于平等的地位，不同意他的意见，甚至起而反抗他。"② 再次，上述关系的改变，导致小说性质的深刻变化。巴赫金认为，过去的小说都是由作者统领全局，虽然其中不同人物相互交织，但不过是一种"同音齐唱"，是一种"独白小说"。至于陀思妥耶夫斯基的小说，再不能纳入这种框架，它们是"复调小说"。

巴赫金的"复调"理论的独到之处，在于通过它来分析陀思妥耶夫斯基的作品，确实能够引导人们深入到这位俄国作家的艺术世界中去，发现与了解他的别具一格的艺术特征。在通常的小说里，一般要告诉读者主人公是什么人，他们的意识和现实的关系比较容易确定。陀思妥耶夫斯基的主人公则要复杂得多，他们都热衷于自我分析，观念成分极强，"自我意识"则是"主人公结构中的主要艺术成分"。陀思妥耶夫斯基在创作时关心的，不是体现为具有一定的、切实的社会典型和个性的现象，或者说作家并不强调这个人物是什么人，"他所感兴趣的，是体现为对世界、对自我的一种特殊看法的主人公，体

---

① ［苏］巴赫金：《陀思妥耶夫斯基诗学问题》，白春仁、顾亚铃译，生活·读书·新知三联书店1988年版，第28页。
② ［苏］巴赫金：《陀思妥耶夫斯基诗学问题》，白春仁、顾亚铃译，生活·读书·新知三联书店1988年版，第29页。

现为人对自我和周围现实关系的思索和评价立场的主人公"。① 就是说，在他的小说里，是主人公自己在探索现实和自我，主人公的思想意识成了作家艺术探索和描写的主要对象。巴赫金把这点看作是陀思妥耶夫斯基创作中的一个发现②，即在人们之间、相互关系的事件布局上，作家描写了那种不脱离开个人而自身发展着的思想。主人公既然不是作者言论的客体，那就应表现他自己特有的言论、观点来。例如《地下室手记》中的地下人，我们在读小说时，几乎见不着他，只听到他对自己的各种意识进行病态的、紧张急促的、嘈嘈切切的陈诉，要说出他是一种什么样的人物性格，是颇为困难的。对于这个人物，我以为可以从两个方面来说。第一，这个人物确是一种复杂意识的综合体。此人有过希望，有过追求，后来完全沉浸在自我主义之中，委琐、庸俗、卑劣、处处计算别人，除了一己之私利，其他似乎一切与己无关。这个人物身上所表现出来的复杂、矛盾的意识特征，远较其性格特征丰富得多，也有意义得多。同时，这个人物由于其精神品质低劣，历来遭到否定，而且有的人还把他与作家本人相提并论，认为地下人的思想就是作家的思想表现，这自然不免主观武断。第二，但是，陀思妥耶夫斯基实际上又是把这人作为一个"人物"来看待的，他在《地下室手记》的题解中写道："我想比平常更为清楚地介绍一个不久前产生的人物。他是活着的一代的代表中的一个。"③ 可见，我们绝对不能把小说中的主人公与作者本人等量齐观，而应把他看作是当时俄国社会上的一种客观现象。在写于这一小说之前的《冬天记的夏天印象》里，陀思妥耶夫斯基曾记述了他在国外旅行时的观感。他看到人与人之间奉行的是一种"独善其身的原则，在自己的我里面加强自我保护，自我关心、自我决定的原则……"赫拉普钦柯认为，这一论述，是与陀思妥耶夫斯基对地下人的思想面貌的描述相呼应的。④ 我以

---

① [苏]巴赫金：《陀思妥耶夫斯基诗学问题》，白春仁、顾亚铃译，生活·读书·新知三联书店1988年版，第82页。
② [苏]巴赫金：《话语创作美学》，莫斯科艺术出版社1979年版，第309页。
③ 见《世界文学》1982年第4期。
④ 见[苏]赫拉普钦柯《作家的创作个性和文学的发展》，满涛等译，上海人民出版社1977年版，第449页。

为这点正好是与巴赫金的论点互为补充的。

在"复调小说"中,"对话"的特征不仅表现在关于主人公的观念上,而且也表现在作品和人物的结构上。这里涉及作家的语言问题。关于陀思妥耶夫斯基的论著,历来对他的语言艺术评价不高,这大约开始于托尔斯泰,并受其影响。托尔斯泰好几次谈起陀思妥耶夫斯基小说中的人物语言时,很不客气,说它缺乏个性化的特点,人物往往"使用作者的语言来说话,用不自然的,做作的语言说话,来说出作者本人的思想"。巴赫金则从陀思妥耶夫斯基的小说语言的整体结构方面,发现了新的特征,这就是它的强烈的"对话性","复调"的基本特征。巴赫金把陀思妥耶夫斯基之前的小说都称为"独白小说",以为只有陀思妥耶夫斯基才创造了真正的"对话小说"。独白与对话相比较,他认为优点属于后者,原因在于:独白小说有时虽然人物众多,但人物意识从属于作者,人物与作者不是处于同等地位,所以独白小说中只存在作者的一个声音,在行文中,不同的人物的声音表现为"同音齐唱"。在这类小说里"另一人完全是意识的客体,而非另一个意识";"独白完成和压倒别人的回答,不等待别人回答,为此也不承认它的决定性力量";"独白企图成为最终结语,它掩盖了描绘的世界和人们"。巴赫金认为,在陀思妥耶夫斯基的小说里,"只有能被理解为同时呈现的一切,只有能被理解为同时发生的一切,只有这一切,才能进入陀思妥耶夫斯基的世界"。因此巴赫金认为小说要描绘发展着的生活本身。生活的本身发展,不取决于作者,而有其自身的逻辑。应该认为,这种把现实中的人们之间的真实关系,转化为对文学形式、人物结构的思考,并由此而形成小说的对话理论,是一种相当深刻的观点。它的精粹之处在于:如果要使人物更加深入、真实地反映现实,就必须设法使被描绘的现实和人物,保持更大的客观性。为此,又必须通过加强人物的主观性、人物的复杂意识、多种关系的进一步相互渗透,亦即减弱作者的主观性的表露来达到。巴赫金提出的"大型对话"和"微型对话",正是陀思妥耶夫斯基实现上述艺术任务采用的基本方法。

"大型对话"涉及小说结构、人物关系结构。巴赫金认为,小说结构的各个成分之间都存在着对话关系，这种结构法称为"对位法"。关于"对位法"，格罗斯曼在《艺术家陀思妥耶夫斯基》一文中作过论述。文章引用陀思妥耶夫斯基所喜爱的俄国著名作曲家格林卡说的一句话："生活中的一切都是对位，也就是对立现象。"陀思妥耶夫斯基十分欣赏这一思想。表现在小说结构上，对位就是用"不同的声音各自不同地唱着同一个题目"，这也就是"多声部"现象。例如《地下室手记》这部小说由三章组成，初看起来，章与章之间的联系似乎不够严密，作品的笔调不一。陀思妥耶夫斯基在给他哥哥的信里谈及这点时写道："你知道音乐中的'中间部分'是怎么回事吗？这里也正是这样。第一章表面看来全是废话，但突然在后两章里这些废话却以出人意料的悲剧转折结束了。"① 也就是说，小说是有意运用不同的调子来写的，它通过音乐中的"中间部分"的过渡办法，完成了从一个调子向另一个调子的转变，不过唱的是一个题目，这是一种情况。另一种情况是"复调"在结构上表现为情节发展的平行性。陀思妥耶夫斯基在谈及《白痴》的时候写道："总的来说，故事和情节……应该选定并在整部小说中整齐地平行进行。"② 在《罪与罚》中，拉斯柯尔尼科夫犯罪后的情节线索发展，也是一种平行结构。小说结构中的这种"复调""对位"法，后来被发展为多主题结构，即一部小说中有几条情节线索，它们各自独立，相互交织，或曲折交叉，在组成巨幅社会生活图景时又有密切联系。同时在小说末尾，由于这种结构在起作用，往往表现为意犹未尽，故事似乎没有结束。《卡拉马佐夫兄弟》的结尾就给人这种感觉。

在人物关系的结构上，"复调""对位"或"多声部"，表现为人物的对立式的组合，这种现象在陀思妥耶夫斯基的小说中相当普遍。例如在《罪与罚》里，与拉斯柯尔尼科夫对位的，不仅有侦察科长波尔菲里，而且还有他心爱的索尼雅。在《白痴》里，与梅思金公爵处于对位的，不仅有豪富子弟罗果静，还有他一见倾心的娜司泰谢·菲

---

① 《陀思妥耶夫斯基书信选》，冯增文、徐振亚译，人民文学出版社1986年版，第126页。
② 转引自《陀思妥耶夫斯基的创作》论文集，莫斯科科学出版社1959年版，第324、344页。

里帕夫娜,这是一个组合;而在另一个组合里,梅思金不仅与娜司泰谢对位,而且还插入了热恋他的阿格拉雅。这类人物关系的"复调"结构特征,比较容易理解,这里不拟多加评论。

颇具特色的是巴赫金提出的"微型对话",这主要表现于人物结构之中,他的心理结构之中。这种对话的类型不少,这里仅就其中两种主要的形式做些分析。一种是这种"微型对话"在形式上表现为人物的独白,但这是一种包含了对话的独白,即在一个人的内心独白中,先后同自己、同别人交叉对话;还有一种是对话中的对话,即主人公对话中含有前后、暗中相互呼应和内心感应式的尾白。这几种"微型对话"与"大型对话"在作品中互为协调而交相辉映。陀思妥耶夫斯基在认识人方面,喜欢倾听心声。一,他善于在一切地方,"在被认识和理解的人类生活的一切表现中倾听出对话关系来,在意识开始的地方,对他说来也就开始了对话"。二,作家善于把"一个人身上的每个矛盾变为两个人"。三,作家对特定瞬间的理解力,达到了异常敏锐的地步,他"能够在别人只见千篇一律的地方看见许许多多,各式各样的东西。在旁人看见一种思想的地方,他会找得到、探摸到两重思想、双重人格……善于在每一个声音里听出两种争辩的声音,善于在每一个表情里看到沮丧和立时变为另一种相反的表情和预兆;在同一个手势里,他同时捉摸到信心和犹豫不决……"巴赫金对陀思妥耶夫斯基及其主人公的心理特征的描绘和把握,理解得极为透彻,分析鞭辟入里,他的这些极富卓识的观察,不失为艺术理论上的真知灼见。

先看独白性的对话。《地下室手记》实际上由主人公的独白组成。小说一开始,主人公好像需要同情,但马上是一个反向转变,自行暴露自己的恶行和劣点;他预感到别人对自己的自白会做出反诘,于是又来一个自我申辩。在他的语调里,有不安和紧张,有看不见但听得到的别人的反应和感觉得到的别人的议论和影响。因此,他的独白又是一种带有论辩色彩但不见论辩对象的对别人反应的反应。在《罪与罚》的开头,拉斯柯尔尼科夫收到母亲来信,信中诉说家境艰难,她妹妹杜尼雅为了设法资助他继续求学,不得不忍气吞声,受人侮辱,并准备嫁与为富不仁的律师卢仁为妻。这一切,使这位在京城过着清贫生活、愤世嫉俗、很有一些平民傲气的拉斯柯尔尼科夫,在精神上痛苦不堪。这时他的内心独白,便自由地转为内心的对话和辩论。当他想到与母亲、妹妹的关系时,心里在说:"这里的中心人物不是别人,就是罗季昂·罗曼诺维奇·拉斯柯尔尼科夫。他不是么,他可以得到幸福,可以继续上大学……可是母亲呢?这关系到罗佳,她的宝贝,长子罗佳的一生!"接下去,独白里引进了一个为了一家生计而不得卖笑街头的索尼雅。他一面把自己母亲、妹妹同索尼雅的遭遇相比,同时在内心与亲人对起话来:"你们可充分地估量过这种牺牲,这种牺牲吗?杜涅奇卡,你们跟卢仁先生一起生活的命运决不会比索尼奇卡的命运好些?……你们到底想使我成为怎样的人呢?杜涅奇卡,我不要你们的牺牲!我不要,妈妈!""不让这门婚事成功,你有什么办法呢?你去阻止吗?你有什么权利?"在主人公的内心独白里,我们听到,他一会儿把自己当成第三者,一会儿又与母亲对话起来,并且马上又转为第三者,把母亲语调中的亲昵色彩摄取过来;一会儿与母亲、妹妹同时对话,一会儿又与妹妹单独对话,然后自身分裂为二,相互对话。对话中的我,时而是主体,时而是客体。这种颇为别致、复杂的独白性对话,会使敏感的读者走入人物的内心,产生一种撕心的痛楚和颤抖的感觉。

对话中的对话更为复杂,它的基本原则是:到处是"公开的对话中的尾白与主人公内心对话的尾白的交织、和音或间歇"。所谓尾白,一般指剧中的一个角色在一个地方说出的最后一语,另一个角色在另一个地方凭以接着说,此处含有转意,扩大了它的应用范围;同时尾白也可以作对答、反诘理解。

第一,这里有一个主人公当面回答另一个主人公隐蔽于内心的、不出声的尾白的对话。例如娜司塔谢在决定自己命运的那天晚上,有好几人向她求婚,包括梅思金在内。当她心痛欲裂地诉说自己被凌辱的身世时,公爵对她说:"您没有一点过错……我要尊敬您一辈子……"这一评语正好是女主人公在长期的屈辱生活中所梦寐以求的:"难道我不想嫁给你这样的人么?你猜得对,我老早就梦想着了。

当我孤孤单单地在乡下，在托慈基家，住了5年的时候，就一直在那里思索，在那里做梦，老想嫁一个像你这样善良、诚实、带点傻气的人，他一定会跑来对我说：'您没有错，娜司塔谢·费里帕夫娜，我崇拜您！'我有时竟想到发狂的地步。"对女主人公长久埋藏于内心的尾白的呼应与公开的回答，是一种感应式的心灵接火，它引起了她的感情的融融火焰，从而使她的心灵剧痛直露于外。

第二，这是一种表面虚饰的而又充满暗示的对话，突然转为揭示事物本质的对话，像波尔菲里与拉斯柯尔尼科夫的三次会见时的对话就是。两个主人公的对话，开始带有一种不着边际的虚饰色调，但双方又都心里有数。因此，那种似乎莫名其妙、随便说出来的一句话，往往是一方有意，充满暗示，一方无意，可以随时收回，作为偶尔失言，而在读者听来却带有叩击心灵的重感。波尔菲里通过对拉斯柯尔尼科夫的理论文章的了解，隐蔽思想的探察，病理现象的窥测，从心理分析入手，确认对方就是凶手。而拉斯柯尔尼科夫犯案后，人格早已分裂为二。一个要装得若无其事，犯法有理，犯罪不是为了钱财；一个则躲在这种反抗意识的帷幕后面，但为良心、道德观折磨得痛不欲生。波尔菲里同他谈话，就是要迫使他说出隐藏于内心的、又是他最不愿意说出的话来。第三次会面时，两人似乎仍在谈论"第三者"。波尔菲里说："我心里想现在这个人是会来的，他自己会来的，不久就会来的，既然他犯了罪，那他一定会来投案的。别人不会来，可是这个人是会来的。"波尔菲里的话，句句针对拉斯柯尔尼科夫关于犯罪问题的论文中那种闪烁其词的思想、犯罪后的一反常态和侥幸心理所引起的内心尾白而作出的反应。果然，这"第三者"听后，再也无法镇静，开始哆嗦，因为自己的隐情，已为对方所彻底洞察，对于自己内心活动中不断出现的尾白，对方已作出回答，于是上气不接下气地问："那么……是谁……杀的呢？"主人公的这一发问，立刻使自己失去了"第三者"的身份而变为对话人。这一发问，正是他长期隐于内心的尾白的迫不得已而又是无意识的外露，是他的最后防线，是他的背水一战，是他想听而又最害怕听到回答的提问，多么矛盾而又痛苦啊！可是这也正好是波尔菲里的期望与最后的等待。所以当听到这一发问,"波尔菲里·彼得罗维奇,甚至急忙闪开,往椅背上一靠,仿佛冷不防这一着,被问得愕然了。'怎么是谁杀的?'……他说,仿佛不相信自己耳朵似的。'罗奇昂·罗曼内奇,是您杀的!就是您杀的……'他用近乎悄声而又十分确定的语调补了一句",并劝对方去投案自首。对于这时的拉斯柯尔尼科夫来说,防线顷刻崩溃,帷幕砰然坠落。原来那种富有暗示、虚饰的对话发生急转直下的变化,变得单刀直入,使人猝不及防,其紧张、动人之处,真让人有透不过气来的感觉。曾经发生了虚脱、好些日子总是神不守舍的主人公,此时形神逐渐合二而一。在陀思妥耶夫斯基的小说里,这类扣人心弦的"微型对话"极多,而且各具特色。例如《卡拉马佐夫兄弟》中伊凡·卡拉马佐夫和阿历克赛·卡拉马佐夫兄弟关于父亲之死的谈话,伊凡和斯麦尔佳科夫的谈话,都有这种特色。这些不同类型的"微型对话",包括用得相当广泛的主人公的"自白"在内,能够深刻地显示出人的复杂性,意识的多层次性。过去我们一般都把它们称之为心理分析,这自然也是对的,但是如果用各类"微型对话"来称呼它们,我以为更为贴妥些。这些匠心独运的、善于创造极富艺术感染力的艺术气氛的对话,汇成了陀思妥耶夫斯基小说中的奇观。

　　巴赫金认为,陀思妥耶夫斯基小说中的对话,具有"未完成性"的特点。生活在本质上是对话性的,人与人之间存在着一种对话关系,而生活是无限的,因之对话也带有未完成的特色,并显示出多种声音和意义。这种未完成性表现在小说故事发展上,似乎没有一个结束;表现在结构上,即如前面所提及的是一种多线索、多主题各自发展而互有交叉的特征;表现在人物身上,即主人公们在对话中,永不给对方下一个最终的、完成了的评语,人与人之间不是一种封闭性的关系。"主人公的语言和关于主人公的语言,是为他对自身和别人的非封闭性的对话关系决定的。"所以在陀思妥耶夫斯基的小说里,人物相互之间不作"背后的"评语,即使互有什么看法,也只存在于对话之中。

（二）"复调"的界限，作用问题

在巴赫金的"复调小说"理论中，我以为"复调"的界限、作用问题，还是值得进一步探讨的。

第一，巴赫金认为由于"复调"现象而形成"复调小说"，而"复调小说是全面对话性的"，并把它与"独白小说"对立起来，这种做法恐怕有点绝对化了。欧洲的小说，如果从16、17世纪的流浪汉体小说谈起，主要是用独白形式写的。《小癞子》这样的作品可说是全面独白型的，其中即使有对话，也是通过主人公的所见所闻说出来的，故事多半带有"奇遇""传奇"的色彩。18世纪启蒙时期的小说要复杂得多，虽然像《吉尔·布拉斯》《汤姆·琼斯》一类小说仍然受到流浪汉体小说的影响，但同时日记体、书信体小说开始流行起来。这后一类小说渐渐摆脱了冒险、奇遇的情节，而专注于主人公的感情的抒发与解剖，如《少年维特之烦恼》《新爱洛绮丝》《忏悔录》以及《感伤的旅行》等。小说中的对话的主、客体，作者设置的痕迹十分明显，而能听出某些复调音响的作品，如《拉摩的侄儿》，简直是空谷足音。19世纪小说广泛采用第三人称写作；出现了对话和独白的综合，史诗和抒情的融合，以及叙述、日记、书信与戏剧因素，叙写与心理的自我剖析融为一体的情况。狄更斯、巴尔扎克、屠格涅夫的小说，通过作家从中串缀与统一，建立了小说艺术的完整体。陀思妥耶夫斯基的创新，就在于用"复调"丰富了19世纪的小说艺术，用一种极为接近于生活形式的的独特的心理分析，加强了人物的主观内向性和小说形式的开放性，即减弱了由作家安排的有头有尾的故事形式的封闭性。但是，这并没有使那个在不断综合中逐渐形成的统一体发生瓦解。因为综合体一旦完成，只要它仍然作为叙述的原则，就不可能成为新的巴别塔而倾倒于一旦，却只能使小说形式更形复杂和多样。如果我们观察一下陀思妥耶夫斯基本人的创作，那么他的复调小说仍然包含了独白在内，两者浑然一体。如《地下室手记》，其中固然充满了"多声部"现象，但整个故事的发展仍在独白的形式中进行，而不好说它是全面对话性的小说。有的小说如《卡拉马佐夫兄弟》，在结构上固然具有开放性的特点，对话性极强，但就整体而论，它并不排斥独白因素，即叙述因素。

如果我们深入一层，则会发现，所谓"复调"现象，除了在结构上的表现外，主要存在于小说中的少数主人公身上。再进一步观察，这种现象又主要发生在一些内心极度紧张、带有一定病态、命运乖戾的主人公身上。例如拉斯柯尔尼科夫形象结构中所表现的"多声部"特点，是与他在犯罪之后并未成为拿破仑，却忍受不住从道德方面袭来的阵阵打击，依然做了"发抖的畜生"分不开的；他意识到了犯罪无异于自己的毁灭，从而和人的关系疏远了，和亲人的关系也显得遥远了。所谓"复调"，那种在主人公内心独白中出现的对话、辩论，正是他内心极度痛苦、动摇、意识中充满了对立和调和、整个精神失去平衡时的产物。通过它们倒是曲折地反映了当代社会五光十色的现象和历史意识的沉积。像拉祖米兴（也许巴赫金不把他当作"主人公"）的言行，就不具这类特色，而与一般小说中的人物写法无异。陀思妥耶夫斯基写《罪与罚》时，开始曾打算用第一人称写，用自白的形式写，再插进日记等等。后来放弃了这一计划，他觉得使用第一人称来写，对于传达主人公的感受来说，固然会带有更强烈的主观色彩，更能使作者把握主人公的内心活动的辩证法，但这样一来，就可能使作者难以客观地去描绘其他的人物性格[①]。因此加强人物的主观性以达到更大的客观性不是任何方式都能奏效的。当然也应指出，陀思妥耶夫斯基所采用的叙述，是有别于屠格涅夫、巴尔扎克的，后者一般先要详尽地描绘环境、时间、行动，并对主人公们评头品足一番，静观的笔触很多。在陀思妥耶夫斯基那里，这类描写自然也是小说叙述的组成部分，但不是主要成分，其中人物、景物尽可能在动中展现，在主人公的目光和情绪的流动中，作投射与抒写，其时有如摄影机的镜头，随着主人公的思维轨迹，远近左右，任意移动，作带有强烈主观色彩的特写式的扫描。对于人物分析，也尽

[①] 见弗里特林捷尔《陀思妥耶夫斯基的现实主义》，莫斯科科学出版社1964年版，第169页。

量由主人公自己完成，少由作者代劳，而有时甚至就是跳跃式的速记描述。所有这些艺术手段，实际上都加强了人物的主观性特征。但从他们的相互的关系来说，以及写他们的精神危机、转变，等等，照例是以独白叙述为中介的，所以小说依然是独白和对白的综合。

第二，陀思妥耶夫斯基在笔记中说起他奉行的原则时写道："通过彻底的现实主义在人身上发现人…人们称我为心理学家，这不正确，我只是最高意义上的现实主义者，也就是说，我描绘的是人的全部内心深处。"巴赫金认为，这段话可以从三个方面去理解。（1）"他是运用'彻底的现实主义'来解决他的新的任务，即'描绘人的全部内心深处'的"。（2）为了解决这一新任务，"独白式的现实主义……是不够用的，而要求采取特殊的方式，'在人身上发现人'，即'最高意义上的现实主义'"。（3）陀思妥耶夫斯基绝对否认他是"心理学家"。① 我们在这里主要讨论一、二两点。联系巴赫金著作的前后文来看，这里的中心意思就是强调"复调"，正是"复调"才能窥见人的内心深处，成为"最高意义上的现实主义"；他大概认为，这种现实主义就是"对话式的现实主义"。巴赫金的这一解释，自然不失是一种独到的见解，不过我觉得其中不无偏颇之处，即褒"复调"而贬独白。他认为陀思妥耶夫斯基只是通过"复调"才能达到在人身上发现人，那么我们先了解一下陀思妥耶夫斯基关于人的看法，然后再观察从人身上发现人，是否只有"复调"这一途径。

陀思妥耶夫斯基认为，人既是社会的人，也是生物的人，"人属于社会，但说属于，并非全部"。他又说，"任何一个人是复杂的，像海一样深沉"②；在人身上本原地存在着善与恶，在文明社会里，人身上的个人主义是很难去掉的。在陀思妥耶夫斯基看来，人具有过渡性的特征，"……人只是发展着的人，因此，他不是完成了的人，而是

---

① ［苏］巴赫金：《陀思妥耶夫斯基诗学问题》，白春仁、顾亚铃译，生活·读书·新知三联书店1988年版，第99页。本文写于1985年末。
② 《文学遗产》第83卷，莫斯科科学出版社1971年版，第422页。

过渡性的人"。① 人是不断变化发展的,也是不易捉摸的,在他的变化中,还不乏突发性,非理性因素,非逻辑因素,因此作家不能平面地、肤浅地看待人,而要透入人的内心,了解他的感受及其种种形式。又是本原的、天生的,又是不断发展的,这里岂不矛盾么?如何实现这里所说的过渡、转变呢?据说可以通过对一种体现了普遍的善和爱的理想的追求来达到,这种理想就是应当广泛布施于人世的基督的爱。陀思妥耶夫斯基关于人的理解,有其强有力的一面,即充分顾及人的复杂性,他的种种现实的欲望,而不把他简单化,并指出了他的转变,他的"过渡的"特性;另一方面也有它的弱点,即夸大了人的生理、甚至病理因素在社会生活中的作用,并带有宗教道德理想的抽象性。表现在创作里,陀思妥耶夫斯基要求写出人的复杂性,要求表现出他的"过渡性"转变性。"不道德的人在生活的循环中寻找正常的、自然的感情时,突然变为好人。"② 他要求艺术家在研究人的面孔时,要揣测面部表现出来的主要思想,虽然在他描绘的瞬间脸上完全没有什么表现。"照片可以看到人的原貌,然而很可能的是,拿破仑在另一分钟里像个蠢人,而俾斯麦倒不失是个温和的人。"③ 至于在他的小说里,他的具有理想影子的人物,大不过是梅思金、阿历克赛·卡拉马佐夫这样的人。前者善良,有爱的胸怀,但充满病态,很少有实际生活的能力;而后者大大被理想化了,成了至善至美。不过正是基于上述复杂任务,陀思妥耶夫斯基在人身上发现人,并未局限于使用"复调",而是通过多种艺术途径来完成的。他往往是在人的思想、命运的转折时刻来写人物的内心深处的,如对《白痴》《罪与罚》的主人公们的描写。在主人公的意识的回旋与逆转时刻的变化中,他还用速记的方式来表现人物心理的急剧变化,用直觉、梦幻、错觉的手段,来表达主人公的内心紊乱,以显示意识经受重大打击后的种种裂痕。拉斯柯尔尼科夫犯案后,神志混乱:"看他们眼色,我

---

① 《文学遗产》第83卷,莫斯科科学出版社1971年版,第417页。
② 《文学遗产》第83卷,莫斯科科学出版社1971年版,第173页。
③ 《文学遗产》第83卷,莫斯科科学出版社1971年版,第447页。

就知道,他们全都知道!但愿能跑下楼梯!要是那儿有人,有警察守着呢!这是什么,是茶吗?啤酒还没有喝完,还剩下半瓶,冷的!"这类跳跃的意识,似乎近于语无伦次,但与现实生活中的人的慌乱心理在意识中的非理性、无逻辑反映,简直是惟妙惟肖,毫无二致。陀思妥耶夫斯基写这个人物时,多次使用了"无意识地""无意间""无意中""错觉""完全意料不到""直觉地""最令人痛苦的是,这与其说是知觉,倒不如说是意识或者意念,一种直觉,他一生中所有最痛苦的感觉",等等。这类描绘,大大地开掘了人物心灵的深度,它们往往达到惊心动魄的地步,但这并非"复调"描写。又如对一些次要人物,作者也并未忘记在他们身上发现人,但明显地不是求之"复调",而只是力图写出人的复杂性。比如地主斯维德里加依洛夫,品德恶劣,"冷酷"而又"狂热";他随意侮辱人,又严酷待己。当这个酒色之徒得不到为之狂热追求的爱情时,竟出人意料地悄悄结束了自己的生命。像《白痴》中的莱白及夫,在巨富面前一副油滑、谄媚丑态,但有时发起议论来,倒也并不浮泛,虽然不免有些酸意,在于这类官场底层的老油子,所见者多,所知者深。

陀思妥耶夫斯基对莎士比亚、塞万提斯、屠格涅夫、冈察洛夫等人的心理描写都是十分赞赏的,他本人似乎没有认为唯有自己的心理描写方式才能透入人的灵魂深处。在《温顺的女性》开头的《作者告白》中,陀思妥耶夫斯基曾提到雨果的一篇小说《一个死囚的日记》,他对这篇小说通过幻想而做的心理分析大为称颂。小说描写一个死囚用几十张纸片记述了临刑前一天的各种心理活动。但是小说同样不是使用"复调"手段来刻画人物内心的。而且,如果我们把陀思妥耶夫斯基和托尔斯泰作比较,那么应当承认,托尔斯泰在人身上探索人所使用的心理描写,同陀思妥耶夫斯基的心理描写,可说两美具,二难并,各有千秋。托尔斯泰有一个关于人的著名论点,即"流动性",与陀思妥耶夫斯基关于人的"过渡性"的看法,有异曲同工之妙。他说:"在作品中明确地显示人的流动性。他(指人物——引者)始终是他,一会儿是个坏蛋,一会儿是个天使,一会儿是聪明人,一会儿是个白痴,一会儿是个大力士,一会儿是个草包,这样来

一 "复调小说"：理论与问题

写作品该有多好！"① 他在小说《复活》里表述过同样的思想。自然，这样来写人物是相当困难的。托尔斯泰的艺术世界是众所周知的，他的关于自己主人公们的心理描绘的不少段落，优美绝伦，脍炙人口。托尔斯泰与陀思妥耶夫斯基在人身上发现人，并都达到了"最高意义上的现实主义"②，不过一人假手于"流动性"、心灵辩证法，一人贯彻了"过渡性"、对人的心理无情解剖，两人殊途同归，却又各擅胜场。我们这样说，并不是想贬低"复调"的意义，"复调"不失为陀思妥耶夫斯基的最主要的艺术方法，同时也是巴赫金在理论上的贡献。

最后一个问题，在作者和主人公的关系中，主人公的独立性到底能达到什么程度？巴赫金指出，主人公的议论有"特殊的独立性"，"它和作者的议论处于同等地位，并以独特的方式与作者的议论以及其他主人公们有同样完整价值的声音相结合"。卢那察尔斯基在《论陀思妥耶夫斯基的"复调"》一文中深为赞同，这一思想，他说："陀思妥耶夫斯基如果不是在小说完成之时，那么大概在小说最初构思和逐步开展时是这样：事先未必就有明确的结构方案，在此，我们多半是真的和一种结合、交织着绝对自由的个性的复调现象打交道了。"③ 这是他在1929年写的评论。巴赫金在1963年版的《陀思妥耶夫斯基诗学诸问题》的一个注脚中，引用了这段话，对"绝对自由的个性"这一提法并未提出异议；而在该书第二章中，他虽然提出"在复调的构思之下，主人公及其声音的相对自由和独立性"问题，不过，从他的前后的论述来看，这并未改变他关于"复调"特征的基本看法。

巴赫金关于主人公的思想意识的独立性以及与作者的关系的论述，是有它的合理性的一面的。要是主人公不具相对的独立性，不具客观的自身价值，这个人物就难以独立存在。如果作家不顾及这些方

---

① 《托尔斯泰论文学》，莫斯科文艺出版社1955年版，第486页。
② 罗森勃柳姆在其《陀思妥耶夫斯基的创作日记》（莫斯科科学出版社1981年）一书中提出，把"个人和社会的悲剧设为人民的甚至是世界性的悲剧（照陀思妥耶夫斯基看来就是最高意义上的现实主义）"，这一见解值得重视。引语见该书第169页。
③ 《卢那察尔斯基文集》第1卷，莫斯科文艺出版社1963年版，第159页。

面，企图以自己的思想强加于人物，使之成为自己的传声筒，或不了解人物就虚构故事，那都会遭到人物的反抗，也即艺术逻辑的反抗。陀思妥耶夫斯基的主人公，较之一般小说中的主人公，能够更加自由地、淋漓尽致地表述自己各式各样的观念。但是他们是否真的就是普罗米修斯所创造的"自由的人们"呢？看来分歧在这里。我以为不能把主人公的独立性夸大到与作者对峙、不受作者限制、约束的地步。事实上，一，不管主人公的思想自由、独立到什么程度，它们是逃不脱作者的干预的。如《罪与罚》中的主人公，他犯罪后的反抗意识是不断变化的，先是他觉得自己有理，继而觉得自己已自绝于人，在心中反复与自己和别人辩论，最后在索尼雅的受苦赎罪的爱的思想的影响下，他那排空巨浪般的澎湃心潮渐次平息了。这当然表现了主人公的性格发展的逻辑特征，可又何尝不是作者本人的意图的体现呢，而陀思妥耶夫斯基正是用这种观点来期待社会的更新的。二，如果主人公因自己的客观性即自己的主观意识具有较大的客观价值，而可以独立于作者之外，那么，这将置作家的主观积极性于何地呢？作家的作用岂不就无异于一面僵死的镜子呢！关于这点，陀思妥耶夫斯基本人是绝不同意的。他说：创作"不是照相式的正确……而是一种更大、更广、更深刻的别的东西。正确性和真实性是需要的，起码是必须的，但光有这些就太少了"。而且，更为重要的是，他也不赞成把作家降低到一般主人公的水平："真正的艺术家无论如何不能与被他描绘的人物处于同一水平……要是作家对主人公的自满和幼稚的傲气给以少许嘲讽的意思，那对于读者来说，他就更为亲切了"[①] 可见，过分强调主人公的独立性是与作家本意相悖的。在我看来，主人公大概只能是宙斯和普罗米修斯共同创造的混合体，即他是独立的，有自身价值的，但又是受到制约的，是作家艺术感知的结果；他有自身的、独立的客观的生活逻辑，但也无力摆脱作者的种种影响。同时在对主人公的行为、行动的把握中，作者不能不是一个全知全能的人，尽管现代一些作家对此表示异议，例如罗布－格里耶责备现实主义作家总是扮演这种

---

① 《俄国作家论创作》第3卷，苏联作家出版社1955年版，第136、148—149页。

角色。有时作家惊异于自己的创作，说在创作时他被人物推着走一般。但是终究是他创造了人物，终究是他所了解的生活逻辑在起作用，其中包括艺术直觉的作用。当陀思妥耶夫斯基在写《罪与罚》时，他在笔记中写道：作者是"无所不知的和不错怪别人的人"。可见，他本人对上述现象的认识是十分明确的。巴赫金在自己早期的《审美活动中的作者和主人公》一文中，曾经肯定地写道："作者不仅看到、知道一切，即每个个别的人物和所有的人物看到的一切，而且还要更多，同时他还看到，知道某种他完全难以了解的东西。"① 只是在后来过分强调"复调"理论的独特性，他才显得有些顾此失彼。

  关于陀思妥耶夫斯基的创作，诠释极多，历来众说纷纭，而巴赫金在分析这位俄国作家时做出的理论上的建树所运用的方法，是值得我们注意的。我们在前面说到，他的出发点着重在对作品的"艺术形式的独特性"的考察。他指出一般研究者往往不注意这点，而"只在它的内容中，即在各个主题、思想和从小说中抽出，并从它们的生活含义的角度进行估价的单个形象中，去寻找这种独特性。但是这样一来，就不可避免地会使内容本身减色，因为其中失去了最重要的东西，即陀思妥耶夫斯基发现的新东西"。他又说："被正确理解的艺术形式并不表达现成的和已经找到的内容，而总是首先让人们去寻找和发现内容。"看来，这就是巴赫金的方法论。他的这一思想，从一定意义上说是很有现实性的。当然，研究文学艺术，不光是个阐明"艺术形式的独特性"的诗学问题，我们可以看到，巴赫金从诗学的角度对陀思妥耶夫斯基所作的研究，并未揭示出这位俄国作家创作的全部意义，诗学方法自有它的局限性。不过成功的诗学研究毕竟能够深刻地揭示出作家创作的艺术特征，因此，我以为这种研究应当成为对文学艺术进行综合研究的组成部分。

（原文作于 1983 年 5 月）

---

① ［苏］巴赫金：《话语创作美学》，莫斯科艺术出版社 1979 年版，第 14 页。

二　"复调小说"：主人公与作者

巴赫金小说理论的可接受性相当广泛，它开拓了一些新的研究领域。苏联学术界对他的著作的评价虽然不一，但都承认他的巨大贡献。如今他的理论观点被不少国家，包括苏联的理论家、作家广泛引用。据笔者所知，1983年前，欧美文艺理论界论述巴赫金的论文就有120篇之多，此外还有些小册子。现在，不少国家研究巴赫金学术思想的学者很多，我国也正在译介他的著作。看来历史有着很大的盲目性，但又是最公正的。大概这正是它固有的双重特征吧。

（一）再谈"复调小说"涵义

在文学评论中，"复调小说""复调结构"等说法应用相当广泛，论者往往把多线索、多结构、立体交叉、不少人物同时对话，都说成"复调"。但是追溯"复调"本义，多线索、多结构未必构成"复调"，而不少人同时对话，也未必与"复调"相关。例如，照巴赫金的说法，托尔斯泰的短篇小说《三死》，写了马车夫、地主婆和一棵树的死，这是一种多结构的叙事方式，但不是"复调"小说。巴赫金甚至认为，像《安娜·卡列尼娜》这样的复式结构小说，虽然充满人物之间思想交流的对话，但也不是"复调小说"。[①] 那么，"复调小说"有些什么特征呢？

"复调小说"是一种"多声部"小说，"全面对话"小说。所谓

---

① 有的苏联文艺理论家对此持不同意见，见上文。

二 "复调小说"：主人公与作者

多声部，不是说小说里有各种人物的对话声音，不是"同音齐唱"；所谓全面对话，不是各种人物的热闹对话，而自有其特殊含义。巴赫金在谈及陀思妥耶夫斯基的小说时说："许多种独立的和不相混合的声音和意识，各种有完整价值的声音的真正复调确实是陀思妥耶夫斯基小说的基本特点。不是许多性格和命运在统一的客观世界中根据作家的统一意识在他的作品中展开，而正是许多价值相等的意识和它们各自的世界在这里不相混合地结合在某个统一的事件中。陀思妥耶夫斯基的主要的主人公们在作家的创作构思中确实不仅是作家所议论的客体，而且是直抒己见的主体。""主人公的言论完全不局限于通常表示性格特征和实际情节的含义，而且也并非作者本人思想立场的表现。""主人公的意识是作为他人的、非作者自己的意识来表现的……不是作者意识的单纯客体。""主人公在思想上自成权威并具有独立性，他被看作为一个创立了自己充分完整思想观念的主体，而不被看作为陀思妥耶夫斯基完成艺术视觉的客体。"[①]

上面几段引述大体表现了下面几个思想。一，复调小说中的主人公不仅是作家描写的对象，不仅是客体；他不是作者思想观念的表现者，而是表现自己观念的主体。二，复调小说没有作者的统一意识，不是根据这种统一意识展开情节、人物命运、人物性格，而是展现有相同价值的各种意识的世界。三，复调小说由不相混合的独立意识，各具完整价值的声音组成。总括起来说，复调小说强调主人公不仅是客体，而且也是主体；强调主人公主体意识的独立性，它们都有自身的独立价值；主张主人公与作者地位平等，主人公的自我意识与作家的意识有同等价值；强调主人公与作者的对话关系。复调小说是一种突出主人公主体意识、主人公可以自由表达有独立价值的意识的对话小说。主人公的自我意识要求平等对话，对话则表现各种意识的独立。

---

① ［苏］巴赫金：《陀思妥耶夫斯基诗学问题》，白春仁、顾亚铃译，生活·读书·新知三联书店1988年版，第99页。本文写于1986年岁尾，1987年初发表。后收入1993年出版的《文学理论流派与民族文化精神》一书时，这段引文改用了1988年《诗学问题》的中译文。

巴赫金在《关于陀思妥耶夫斯基一书的修改》一文中说，这位俄国作家有三大发现。一，创造了人物形象的全新结构，他人（即主人公）的意识，不为作家的框架所限，与作者处于对话关系之中，作者创造了独立于他之外的人，并处于平等地位上，作者不能用自己的结论来完成他，因为作者发现的是一个独立的、与众不同的个性。二，作者创造了与个性不可分离的思想观念，思想成了艺术描写的对象；这种思想不是通过哲学、科学的观点得到揭示，而是借人们对于生活事件的观点得以体现的。三，对话性，这是一种具有同等意义的、平等意识之间的相互关系的特殊形式。① 从这三方面来看，我以为强调的仍是这些问题：主人公的自我意识的独立性，主人公与主人公、主人公与作者之间平等的对话关系。可以说，这是理解"复调小说"的关键之点。

巴赫金通过观察陀思妥耶夫斯基小说得出的结论，看来是有相当的代表性的。从他对"复调"理论所作的概述来看，不少俄国学者都已不同程度地发现了陀思妥耶夫斯基小说中这一独特的现象。因此，巴赫金所提供的艺术感觉、分析的经验，大体上是可靠的。但是巴赫金的这种理论，和一般传统的小说理论甚至文艺学中的一些观念却大相径庭。那么，这种理论在哪些方面是一反传统理论的呢？应当给予什么样的评价呢？

（二）主人公自我意识的确立

巴赫金认为，陀思妥耶夫斯基创作中的主人公是些独立的人，如拉斯柯尔尼科夫、"地下人"、梅思金、伊凡·卡拉马佐夫等，都是有思想的人，他把他们称为"思想家"，大概是指有思想、有独立意识、爱思考的人。他认为如果过去的小说创造的主人公是一些依附于作者的人，是宙斯创造的奴隶，那么陀思妥耶夫斯基笔下的主人公则是普罗米修斯创造的自由人，是有血有肉的、不受他人摆布的独立的人。

---

① 见［苏］巴赫金《话语创作美学》，莫斯科艺术出版社1979年版，第308—303页。

二 "复调小说":主人公与作者

这种自由、独立的主人公,一,不是作家观察世界的客体,"对陀思妥耶夫斯基来说,重要的不是主人公是怎样出现于世界,而首先是世界对他来说是什么,和他自身对自己来说是什么。"作者指出,这是认识陀思妥耶夫斯基的主人公非常重要的原则性特点。陀思妥耶夫斯基需要的不是作为一般现实现象的主人公,即一种具有明晰的、真实的社会典型特征的主人公,而是作为对世界和对本人的一种特殊观点的主人公,作为人对自身和周围世界能够采取一定思想、评价立场的主人公。二,那么这种主人公的自身有些什么内容呢?巴赫金指出,这种主人公形象所构成的因素,不是现实的特征,即不是主人公本身和他的日常生活的特征。构成主人公形象的因素,是这些特征对他本身的意义、对其自我意识的意义。通常小说中组成主人公的"他是谁"等种种因素,在这里变成了主人公自身反射的客体,即自我意识的对象。巴赫金说,自我意识的职能成为作家视觉和描写的对象,与通常的小说不同之处,在于整个现实是他自我意识的成分,现实能"进入人物的视野之中,进入他自我意识的坩锅"[①]。例如,《穷人》一开始就写了主人公的自我意识,它与果戈理写的穷官吏有所不同。果戈理《外套》写了主人公的悲剧命运,这是作者在那里展现。陀思妥耶夫斯基的"穷人"就不同,不同之处在于穷人他自己在陈述自己的命运和屈辱的处境,显示自己的自我思考、自尊和反抗意识。他评价别人,又进行自我分析。这样,果戈理主人公的客观特征,都成了陀思妥耶夫斯基主人公的自我意识的对象和内容。所以读者看到的不仅是他是谁,而主要是世界对主人公是什么,是他的自我意识。用鲁迅的话来说,就是陀思妥耶夫斯基写人物,无须写他外貌,而写语气、声音,通过它们显示人物的思想和感情,面目和身体。[②] 巴赫金把陀思妥耶夫斯基的主人公的思想看作是一种独立意识,是创立自己思想观念的主体,是自己言论的主体,而不是作者言论的客体。"我

[①] 见《陀思妥耶夫斯基诗学问题》,苏联作家出版社 1963 年版,第 55 页,下面行文只于引文后注明页码。

[②] 见鲁迅《集外集·〈穷人〉》小引。

们见到的不是他是谁,而是他如何意识自己。我们的艺术视觉不是处于主人公的现实之前,而是处于为他意识到的现实的纯粹职能之前。"(第56页)三,由于主人公自我意识的充分发挥,于是自我意识本身便成了描写主人公的主要艺术成分和分析的对象,并使周围世界融入了他的自我意识,成为主人公视野的组成部分,结果,必然也把作者引入他的视野,过去由作家来完成的,现在则由主人公来完成。巴赫金认为,"陀思妥耶夫斯基有如完成了小规模的哥白尼式的转折,他把作家做出的明确的裁决,变为主人公的自我意识的成分"。(第56页)

这样,就在小说创作里出现了一种令人瞩目的变化:原来的客体向主体转化,客体意识转向主体意识,而原来作家的主体意识却转向客体意识。这种双向对流,使小说艺术视觉发生了重大的转折。与一般小说相比,在作者的意图、小说的对象与目的方面,都有明显的不同。这种不同具体表现为,陀思妥耶夫斯基感兴趣的不是故事、人物、性格、典型,而是主人公的自我意识。"陀思妥耶夫斯基并不在客观形象上下功夫,他寻找的不是作为客观的人物的语言(性格和典型的语言)",而是另一种语言,"它们表现的不是他的性格(或者说他的典型性),也不是他在特定的生活环境中的立场,而是他在世界上有决定性涵义的(思想的)观点,是他对世界的看法","他确立的不是个性,不是典型,不是性格。一般说来,不是主人公的客观形象,而只是主人公关于自身和自己对世界的议论"(第62页)。既然自我意识成了主人公的结构的主要成分,那么,"对于主人公的自我意识,不能用社会性格学的观点去进行解释"(第58页)。在过去的小说里,作家构思中的一切都是明确的,是被决定了的,主人公是封闭的,他的思想界限是清楚的,他只能在作家意识的认识范围内活动,他不可能改变自己,改变自己的典型性。作者的立场在这里有决定意义。巴赫金认为陀思妥耶夫斯基则不然,他把一切变为主人公的自我意识,并使之动作起来。主人公经常想到的是别人将怎样看待他,是怎样想他的。《穷人》《地下人》《罪与罚》中的主人公,都是这类人物。陀思妥耶夫斯基把自我意识当作构成主人公的主要艺术成

二 "复调小说":主人公与作者

分,其意图在于建立人的完整的新观点,即写出他的个性,透入人的灵魂,找到"人身上的人"。

巴赫金的这些观点,一,说明了陀思妥耶夫斯基的小说并非以描写性格、典型为目的,而主要是描写意识(陀思妥耶夫斯基本人在不少地方谈到典型问题,这是需作研究的)。而意识照巴赫金的解释,不仅是指主人公的自我意识,同时也指他的个性。在陀思妥耶夫斯基那里,"意识的概念扩大了,本质上意识与个性相同"。[①] "陀思妥耶夫斯基把任何思想都理解为并表现为个性的观点"。可见,巴赫金所说的意识,有时也可作个性解。二,说明了情节、故事描写的一种弱化趋向。应该说,陀思妥耶夫斯基常常利用欧洲冒险小说中的凶杀做关节,使情节紧张化。他的小说不易复述,要讲也难以连贯,但同时却存在一种更为诱人的紧张性,即各种意识的冲突和争论。这种意识冲突的分量,大大压过了冒险故事情节的运用。不过也应看到,自我意识、不同意识冲突的紧张性,实际上与情节结构安排有关,不能完全否定。三,这样就出现了环境的作用问题。照巴赫金的说法,如果作家不以人物性格、典型化为念,则环境的作用自然就减弱了。

巴赫金关于陀思妥耶夫斯基创作中的主人公、自我意识的论述,自有其独特之处,自然也有争论,我们后面再谈。同时他也力图阐明这类现象产生的原因。他认为这涉及陀思妥耶夫斯基本人对周围世界的理解。巴赫金以为,这位俄国作家作品中的世界的是深刻的、多元化的,即在他的小说里,不存在一个辩证的统一精神,而只存在各种意识,它们并不融合于某一统一体之中,但又不失自己的个性而结合在一起。巴赫金认为,那种由作者贯彻的统一精神,与陀思妥耶夫斯基是格格不入的。在他的小说里,只存在各种个性,各种意识的对立状态,所以一些小说的故事往往没有开头,没有发展,也没有结果。如果一定要找一个合乎陀思妥耶夫斯基世界观精神的形象,那就是"教堂"。巴赫金的这个奇怪的比喻是什么意思呢?就是多元化。在教

[①] [苏]巴赫金:《话语创作美学》,莫斯科艺术出版社 1979 年版,第 317 页。

堂里，有圣洁端庄者，也有罪孽深重的人，有死不改悔之徒，也有灵魂得救的人，这些人可以在这里共处一堂。教堂被认为是那些不相融合的灵魂可以沟通的一个场所，有如但丁笔下的世界一般。总之，这是一个多元化的世界。

在这个多元的世界中，一切同时并存，相互作用。进入陀思妥耶夫斯基世界的，只有被理解为同时呈现的一切，同时发生联系的一切，只有这一切，才能进入永恒，因为"照陀思妥耶夫斯基看来，在永恒中一切都是同一时间的，一切都是同时共存的"。因此他的主人公一般不作回忆，一切都作为现时的东西被体验，如他常常描写"难以赎取的罪恶、犯罪、不可饶恕的侮辱"等，只有这些事实才能进入他的小说的框架，"因为它们符合时间一致的原则。因此，在陀思妥耶夫斯基的小说里，没有原因，没有事物的缘起，没有从过去、从环境影响或从教养方面去求得解释。主人公们的每个行为，全都属于现时，这样就不会是事先就被规定了的。作者只是把它作为不受约束的东西来思考和描述的"。巴赫金的这段话的某些方面，有些抽象色彩，如谈及环境影响等处，都把问题绝对化了，但又反映和点明了陀思妥耶夫斯基世界观中的某些抽象方面，而关于他作品中的共时性的论述，却是相当真实、精彩的。陀思妥耶夫斯基喜欢把杂然纷呈的形形色色的矛盾，置于同一平面上进行描写。多元化和同时并存的思想，使陀思妥耶夫斯基对世界的观察和思考主要集中在空间而不是在时间上。正如巴赫金说的："他总是力图把理解到的思想材料和现实材料用戏剧对比的形式，组织在同一时间里，使之分散地展现。"巴赫金提出了一个有趣的对比，他说像歌德这样的艺术家，总是把同时共存的各个矛盾理解为统一发展的各个阶段，在每一个现时的现象里，让人瞥见过去的痕迹，当代的顶点，未来的趋势。因此，对他来说，没有什么东西会散居在同一平面上。所以他建立的结构，倾向于纵向顺序。这种艺术视觉，在我看来，就充满了历史感。陀思妥耶夫斯基就不是如此，他总是尽量把各个阶段放在同一范畴里，同一层面上，而不作纵向顺序的理解和排列。他把世界的种种有关方面、内容，看作是同时并存的现象，并在同一横剖面上推测它们的相互关系。一切同时并存于空间，而不存在于时间之中。毫无疑问，一方面，这是作家缺乏现实、历史发展的抽象观点的结果，但另一方面，这在艺术思维、艺术创作中是完全可行的，所以它正是一种具有创新意义的艺术视觉。陀思妥耶夫斯基由于其强大的艺术天才而显示了极大的艺术表现力。我以为，可以把这种横向的艺术描写称作共时艺术，它揭示了小说艺术时空关系上的新变化、新动向，而传统的语言艺术、小说艺术是纵向发展的历时艺术。共时艺术表现的新的方法，使用得成功，会形成一种强有力的紧张的艺术气氛，使用不当，则很可能在艺术上漏洞百出。即使是前一种描写得很成功的情况，有时对于那些习惯于把现实、把艺术描写作纵向理解的读者来说，也往往不易被接受，这也是可以理解的。《卡拉马佐夫兄弟》中的审判场景是如此，《白痴》第一部的描写也是这样，它在十多个小时之内聚拢着那么多人的矛盾和冲突，最后就在一个画面上爆发出来。我们深究一下人物间的意识的矛盾和冲突的积聚，好像觉得这种描写失去了历史和时间，好像故事情节的进展经不起推敲，但从共时艺术的角度来看，这不能不说是一种新的、极其高超的艺术手段。

巴赫金认为，正是在这个基础上，陀思妥耶夫斯基确立了主人公的自我意识的。

（三）实现自我意识的艺术形式
——对话：主人公的一些重要特征

作家在人物观点上的重大变化和艺术视觉的转折使巴赫金发现，陀思妥耶夫斯基的小说是全面对话性的。

世界既然是多元的，各种现象同时并存，互为作用，那么相互之间的关系应是什么样的性质呢？巴赫金认为，陀思妥耶夫斯基把对话看作是真正的、人的生活关系，只有对话才是小说的追求。"一个声音什么也结束不了，什么也解决不了，两个声音才是生活的基础，生存的基础。"人们生活，意味着相互交往、进行对话和思想交流，人的一生都参与对话，人与人的这种关系，应当渗入生活的一切有价值的方面。如果没有这种对话关系,那一切就毫无意义。"人真实地存在于'我'和'他人'的形式中。"① "个人的真正的生活,只有对话渗入其中,只有它自身进行回答和自由地揭示自己时,才是可以理解的。"(第69页)在俄国资本主义社会里,人被物化的现象在19世纪后期达到顶点,它通过一切暴力形式到处出现。陀思妥耶夫斯基看到这种现象,他"描写阶级社会中的人的痛苦,他的被侮辱,不被承认,人被剥夺了承认、姓名,被赶入压抑的孤独之中"②。但是陀思妥耶夫斯基认为,人的孤独不过是一种虚幻,他以为人的存在就是为了别人,通过别人肯定自己;人的存在是一种极其深刻的交往,他体察自己内心,同时也透视他人内心,也用别人的目光来看待自己。"我不能没有别人,不能成为没有别人的自我,我应在他身上找到自我,在我身上发现别人,我的名字得之于他人,它为别人而存在,不可能存在一种对自我的爱情。"③巴赫金说,这不仅是陀思妥耶夫斯基的哲学观点,也是感受、认识人的生活的艺术视觉。在这一点上,我以为一方面是这位俄国作家对生活的独特的理解,他从一个方面,即从生活的对话的本质方面,接近了对生活本质的认识,可以说,这是一种富有人道主义精神的理解。另一方面,我以为这也正是巴赫金本人观点的表现,他对现实生活怀有某种忧虑,从他本人和他的朋友的遭遇来说,这种忧虑不是没有根据的。生活是无限多样的,人与人是平等的,他们需要对话,生活的本质就是对话,虽然在实际生活里并不总能如此。

然而,资本主义社会中大量被压抑的人、被剥夺的人的存在,毕竟是一种现实,他们的整个精神世界已被扭曲。陀思妥耶夫斯基恰恰从被扭曲的意识的形式中,发现了它的矛盾的两重性,而且广泛反映于他的创作之中。他倾向于把主人公的自我意识置于横剖面上,这种做法的缺点是使他"对于现实的很多方面视而不见,听而不闻",而

---

① [苏]巴赫金:《话语创作美学》,莫斯科艺术出版社1979年版,第319页。
② [苏]巴赫金:《话语创作美学》,莫斯科艺术出版社1979年版,第329页。
③ [苏]巴赫金:《话语创作美学》,莫斯科艺术出版社1979年版,第312页。

二 "复调小说":主人公与作者

其强有力的方面,则"使他对于特定瞬间的横剖面的理解力,达到异乎寻常的敏锐程度。他能在别人看来是千篇一律的地方,看见许多各式各样的东西,在旁人看见一个思想的地方,他可以从中挖掘出另一种相反品格的存在。一切原本显得简单明了的东西,在他的世界里却显得极为复杂。他善于在每个声音里,听出两种争辩的声音,善于在每一个表情里,看到沮丧和立时变为另一种相反表情的预兆。在每一个手势里,他同时琢磨到信心和不自信,但这些矛盾的双重性,并不是辩证的,也不是按时间的程序,不按纵向序列运动,而是平行对立,或是协调而不相融合,或是矛盾得不到出路,并使之在同一平面上展现"。"陀思妥耶夫斯基的观察力封闭在这一五光十色的,多样展开的瞬间里,并使这一瞬间里的横剖面上多种多样的事物,各行其是而穷形尽相"。我以为这是巴赫金对陀思妥耶夫斯基主人公的主体意识矛盾两重性及其在创作中的艺术体现的最精彩的描绘。巴赫金抓住了这位作家的"瞬间"的艺术特征,瞬间的意识的矛盾、冲突和斗争,瞬间的双重意识,瞬间发生的争辩,瞬间的表情的转换,瞬间的心理爆发,全在瞬间的横剖面上集中展现。"穷人"杰符什金不时地显示着他的善良、顺从,对别人加之于他的蔑视、嘲笑予以反抗;他的未曾泯灭的自尊、反抗意识与他的同情、宽厚、感伤情调不时交织,读来令人为之心碎。陀思妥耶夫斯基在给哥哥的信中写道:"有人(别林斯基等人)认为我身上有一种清新独特的气息,它表现在我运用分析,而不是综合,也就是说,我向纵深发展,通过对原子的分析抓住整体。"[①] 这个"我运用分析"的自我评价,我觉得概括得出奇地确切。他对细小的现象进行分析,给以分解,发现它的对立,揭示它的正面与反面,洞察它的静与动,把握它的顺势与逆转;同一心态中有自尊与自卑,同一情绪中有惶恐与自慰,而狂笑与心的号哭同时显现,然后再还其整体。我觉得陀思妥耶夫斯基笔下的人,是一些外表完整而内心实已破碎的人,是破碎的完整体。因此当作家对他进行艺术的再现时,他尽量先把它分解为碎片,然后逐一叩击碎片的不

[①] 《陀思妥耶夫斯基书信选》,冯增文、徐振亚译,人民文学出版社 1986 年版,第 29 页。

同侧面，使其发出多音调的回声，再将它们逐渐粘合为原状。

生活的对话特性，自我意识的双重性，必然导致自我意识的对话性。就是说，主人公的这种自我意识的每时每刻，都紧张地面向自己，面向别人，即第三者。没有这种面向，自我意识就不能存在，就没有主人公本身。因此，他只有面向他人，只有同他人对话，才能揭示他人，才能把握他人内心，才能理解他人。只有在主人公的相互关系中，只有主人公面对面时，才能揭示"人身上的人。"这样，对话不仅是手段，而且也成了艺术目的，人物行动的本身。

陀思妥耶夫斯基的对话性，来自对生活对话性的理解和艺术的移植。因此这种对话有别于一般小说和戏剧中的对话，它具有一定的哲理意义，它是反映了人与人之间的平等精神的对话。主人公的不同的自我意识，相互作用，互为影响，纵横交织，但不相融合，不相合并，不相消融。这里的对话，就是那些有自由和独立感的个性，把对方视作与自己一样独立的个性，各自让对方充分表达自己的意见，用各种音调各自不同地唱着同一个题目，形成多声部状态的对话，所以，这种对话也是一种创作的精神和作者主观精神状态的表现。

主人公自我意识的确立，它的实现方式，给主人公带来了几个明显的特征，即开放性、反对背后议论、未完成性。

所谓"开放性"，主要就对话与独白比较而言。巴赫金认为，对话是作者和主人公之间的一种开放性关系；而独白，虽然也是作者和主人公的关系，但却是一种封闭性关系。巴赫金以为"独白小说"和"对话小说"相比，优点属于后者，原因在于前者人物虽然众多，但人物意识属于作家，人物不能与作者处于同等地位，所以在独白小说中，只存在作者一个声音，而其中不同物的声音表现为"同音齐唱"。"独白对别人的回答置若罔闻，它不等待别人的回答，为此也不承认别人的回答是决定性的力量。独白可以在没有另一方的情况下应付过去，在某种程度上，它使全部现实生活物化了。"在独白的构思中，主人公是封闭的，他的思想受到限制，他在他那种被规定的样子中感受、思考，他不能不是他那个样子，因为他不能超越、破坏作者的独白式的思考，因为他是在作者固有观点的基础上建立起来的。巴赫金

二 "复调小说":主人公与作者

认为这是"独白主义",独白主义就是"在对待真理的态度中,否定意识的同类价值,神没有人可以应付过去,而人没有人就不行了"。陀思妥耶夫斯基不用这种办法,他求助主人公的自我意识,使之成为构成主人公形象的主要成分。他们的意识活动不受限制,他们的感受是自己的感受,他们的行动不是预先被规定好的,而是主人公们自然的相互关系。被自我意识推动的人物会向哪里发展,会成为什么样的人物,他们自己并不十分清楚。

开放性反对"背后议论",背后议论是巴赫金的专门用语,指说背后的话,做背后的评价。在主人公背后指指点点,就是把他看成是某种附属品,使他的言行完全受制于对方。对方背着他,不同他对话,或是居高临下地做出结论,使他在别人的结论中得到完成。巴赫金说,陀思妥耶夫斯基不用这种写法,"第三者的背后议论,在原则上主人公是听不到的,不了解的,主人公不可能把它们变为自我意识的因素,不可能回答它们"。① 主人公听不到的那种背后议论使人物化,贬低人的个性,它们即使是真理,那也是不公正的。人身上总有某种东西,只有他自己才能移在自我意识与语言中揭示它,而不屈服于那表面化的背后定论,真理只有在对话中才是可以理解的。在陀思妥耶夫斯基的作品中,主人公们总想打破别人对他们所作的评论的框架,例如娜司塔西娅总在和别人的背后议论进行斗争。又如,当《白痴》中的伊鲍里特自杀,引起了梅思金的评议,说他自杀不过是为了想使阿格拉娅读他的忏悔录,阿格拉娅听后对此十分不满,认为这种背后议论缺乏理解和同情。她说:"在您一方面,我认为这一切都很糟糕,因为这样观察一个人的心灵,并像裁判伊鲍里特似的来裁判他,是很鲁莽的。您没有温良的性格,单凭一个真理,所以并不公平。"在《卡拉马佐夫兄弟》等小说中,这类反对背后议论的描写很多,它们显示了作家的主人公的一个重要特征。

"未完成性"不仅是陀思妥耶夫斯基小说对话的特征,而且也成了小说主人公的特征。意识的对话性,人类生活的对话性,未完成的

---

① [苏]巴赫金:《话语创作美学》,莫斯科艺术出版社1979年版,第322页。

对话,"是人类真正生活在语言形式中表现出来的唯一类似形式。每一个思想与每一种生活,汇合于未完成的对话中"。主人公对于作者来说,"不是'他'也不是'我',而是一个有完全价值的'你',即另一个异己的有充分权利的'我'"。陀思妥耶夫斯基的主人公们,生动地感到内心的未完成性,他们反对背后议论,反对在别人意志的支配下完成自己。陀思妥耶夫斯基在确定自己现实主义特征时所说的话,是很有意思的。他说他"通过彻底的现实主义发现人身上的人……人们称我为心理学家,这不正确,我只是最高意义上的现实主义者,也就是说,我描绘的是人内心的全部奥秘"。陀思妥耶夫斯基为什么不愿人称他为心理学家?照巴赫金的说法,当时的心理学,无论在科学、文学中,都表现为机械的心理学,用主观揣测来确定人、完成人。这种心理分析物化了人的心灵,而抛弃的被分析者的主体意识、未完成性、不确定性、可变更性这些因素和特征,恰恰是陀思妥耶夫斯基描写的对象。他"总是在最终决定的边缘上,在人的心灵尚未完成——难以决断的危机时刻,来描写人物的"。所以作家对于流行一时、极为肤浅的刑事心理学不屑一顾,而使用了启发式的心理分析和对话。例如《罪与罚》中侦察科长与拉斯柯尔尼科夫的三次对话就是,它们一次比一次诱人、深入。谈话并不作出结论,但又逼使拉斯柯尔尼科夫心理全面崩溃。不用对话式的渗透去理解对方的心灵,是陀思妥耶夫斯基所不取的,在他的主要人物的描写中,大体都是如此。

(四)主人公与作者的相互关系

巴赫金关于主人公的论述,自然会引出一些问题。例如,如果主人公是一个独立的和作家处于平等地位的个性,那么作家在创作中处于什么地位?他的主体意识又表现在哪里?如果主人公自成权威,只见其独立性,未完成性,那么如何实现作者的创作审美理想?问题还可以提出一些。

应当承认,巴赫金关于主人公的理论,确有其独到之处。他发

二 "复调小说":主人公与作者

现,陀思妥耶夫斯基小说中主人公与作者的关系,和以往小说有所不同。作者艺术视觉发生的变化,引起了创作中的叙述角度的变异和艺术思维方式的更新。

在陀思妥耶夫斯基的小说中,主人公们都被卷入生活的旋涡,甚至跌入罪恶的渊薮。紧张的追求、探索,折磨着他们的心身。他们在挣扎中宣传自己的见解,叙述自己的矛盾与不安,竭力显示自己的意识、受苦、彷徨、惶恐、绝望、犯罪、赎罪、道德和宗教的探索……即使是那些被带入静静的回流的人物,也在争做自己的主人,好让人们听到他们内心的呼号。陀思妥耶夫斯基的主人公的自我意识的强化,使过去作者叙述的客观现象转入了主人公的视野,使原来作者的叙述成为主人公的叙述与对话的内容,作者叙述语言的重心大为降低,并发生转移。这些变化把过去小说中的客体转化为有独立意识的主体,把作为创作主体的作者意识变成了客体。巴赫金认为,正是复调小说,才发现了主人公的自身价值,赋予他真正的自由与独立。否则,小说中的人物不过是一个僵死的客体。我以为在最后一点上,情况比巴赫金说的要复杂得多。

可以说,"复调小说"在描写人物方面是相当深刻的,它体现了生活的一种原色,这是小说艺术一个方面的进展。艺术视觉的变化固然是一种革新,但是在我看来,它仍然属于常态类型的艺术假定性[①]的运用,它的出现丰富了艺术表现手段,但未改变艺术创造的本质。例如,主人公的确进入了与作家的对话关系,他的主体意识得到了加强,他的确获得了主体特征。但是也要看到,实际上,这种对话关系仍然处在非对话的把握之中,主人公的自我意识仍然处在创作主体的制约之中,而作为主人公即使可以获得主体性的特征,但他注定摆脱不了客体性的困扰。因为归根结底,主人公总是作者这一主体的创造物,总是受制于作者本人的意图的。

小说艺术的视觉面可以是多种类的。从作家本人的目光出发,扫描人物、现象,就可能出现几种情况。一种情况是作者作为主人公之

---

① 可见拙作《艺术假定性的类型和文学真实性的形态》,《文艺理论研究》1985 年第 4 期。

一叙述故事；一种情况是作者并非主人公，但有时会站出来说话，抒发己见，这种插笔只要融入整体艺术构思，往往可以获得极大成功；一种情况是作者隐而不露，但处处感到他的意图和精神。当然作者与叙述者的关系应另作探讨。陀思妥耶夫斯基在谈到创作中的作者时说，镜子般的反映是消极的、机械的，"真正的艺术家不可能是这样的，在绘画中也罢，在短篇小说中也罢，在音乐作品中也罢，必然会见到他（指作者——引者）自己；他是不由自主地被反映出来的，甚至违背自己的意志，带着自己的观点、自己的个性、自己的发展水平而显露出来"①。

那么，人物是否由此失去了主体意识、自由和独立性了呢？没有。从人物和作者的关系来说，真正的艺术作品，不管作者怎样站出来直抒胸臆，或隐而不露，都得遵守艺术逻辑，以表现生活逻辑。作者把人物写活了，人物就自成独立的艺术世界，按其自身逻辑自然发展。有时作家写不下去，从一方面来讲，好像是人物背离了他，不听从他的指挥；但从另一方面来看，也可以说，这是由于作家对人物的发展出现了认识上的阻塞。当他踌躇不前，停下笔来，清理了人物原来的线索，重新估价了人物与人物、人物与环境的相互作用，摸准了人物性格逻辑发展的特征，就会使阻塞变为通途，使艺术逻辑得以顺利发展。所以可以说，巴赫金讲的主人公的独立性问题，他的主体性，并不是"复阅小说"艺术的专有品，而是一种普遍的规律性现象。巴赫金讲的独白小说中的客体，并不是纯粹、单纯的客体，它也是一种主体。只有那些傀儡人物，那些在艺术上站不起来的人物，那些成为作家传声筒式的人物，那些失去了自身艺术逻辑的人物，才是真正的僵死的客体。而那些光彩照人的艺术性格，从来都既是客体，又是主体。他是客体，说的是他是作家感知、认识、描写的对象，是作家艺术构思的创造物，他的一切都是作家的赋予。他是主体，说的是一旦人物成了真正的艺术形象，他自身就有了生命，成了主体。他脱离了创造者，创造者这时不能不尊重他，在这一意义上，他和作者

---

① 《俄国作家论创作》第 3 卷，苏联作家出版社 1955 年版，第 138 页。

二 "复调小说":主人公与作者

是平等的。因此,在创造过程中,从创造与被创造的关系来说,作家就是宙斯,一旦进入艺术创造逻辑,作家就是普罗米修斯。从总体把握看,主人公的自由完全是相对的;从艺术逻辑看,主人公的确是自由的、独立于作家个性的。创作中的主人公与作家的关系,是否可以这样来表达:伟大作家之所以伟大,在于他始终具有把握人物性格发展的能力。他有时表现出来的无能为力是暂时的,艺术逻辑中的阻塞现象可以被他对现实生活的洞察力所克服。那些小作家就不是如此。他们的自信建立于对现实的浅薄的理解之上;他们的博学往往是一种炫耀,他们无所发现,对读者也无可奉告;他们的主动是一种矫揉造作,一种挑逗。所以他们不能把握自己人物性格发展的逻辑,在人物面前,他们好像颐指气使,实则一筹莫展,无所适从,人物形象始终站立不起来。

巴赫金提出的复调小说作者的积极性是一种最高级的积极性问题,我以为必然同样会引起争论的。一方面,他承认作者的作用,以为复调小说毫不表现作者的意识,那是荒谬的,"创作者的意识时时处处存在于小说中",因而注意到了主人公独立性中的"相对性"。他说:"在这里,我们要预见到一个可能出现的误会:让人觉得,主人公的独立性,可能会与他整体作为文艺作品的因素相矛盾。由此,他自始至终为作家所创造。事实上,不存在这样的矛盾,因为我们是在艺术构思的范围内来确定主人公的自由的。"他认为任何创造都为对象和结构所决定,创作不是臆想,不允许有任意性。他把主人公的自由看作是作者的"构思成分"的观点,是值得肯定的。但是另一方面,他又认为只有"复调小说"中的作者的"积极性是最高级的"。相比之下,"独白小说"就不是如此,他以陀思妥耶夫斯基和托尔斯泰的创作为例,说明两者的差异,那种抑"独白"而褒"复调"的意思可谓溢于言表。那么,这种作者的最高级的积极性的具体表现是什么呢?巴赫金说:"作者是完全积极的,但他的积极性带有特殊的对话性质。"他认为一种是对待死的事物、没有声音的材料,可以怎么想就怎么塑造的积极性,而另一种积极性存在于对待他人的有生命的,有充分价值的意识的关系之中。后一种积极性是一种提问、诱发、回答、同意或提出驳论的对话的积极性。这种积极性不使主人公的意识变为客体，不对人作背后议论，肯定人的未完成性。如果作者不采用对话，则主人公就会自我封闭。这样来区别作者积极性的高低上下，显然是绝对化了。事实上，艺术视觉的转变，建立了作者积极性的新的形式，增加了人物的主动性、独立性，但是它并不与"独白小说"作者的积极性相对立。巴赫金不认为托尔斯泰的那种具有复式结构的小说如《安娜·卡列尼娜》是对话小说，因为作者与人物并不处于对话的同一层面上。但是也要看到，托尔斯泰的积极性并未使人物成为单纯的客体，无声的材料，可以被任意摆布的傀儡。其实，作家的积极性总是建立在人物的积极性之上的，要是人物失去了独立性和他的自身的价值，作家的积极性就不过是沙漠里的海市蜃楼，一种徒劳的发动。托尔斯泰丰富的、生动的人物群体的魅力，正是作者强大的积极性魅力的表现。在这点上，他与陀思妥耶夫斯基在创作中表现出来的积极性何分轩轾？因此，巴赫金把托尔斯泰看成是一位"通晓一切和全知全能的"[①]作者，并对此表示有点不以为然，似乎作者因此而物化了对象，未能使外在世界的模式代之以交互方式，未能让主人公显示自己的真理，我以为这就陷入偏颇了。他看错了对象，他把三四流作家的作品与伟大作家的作品等量齐观了。毫无疑问，托尔斯泰谬误极多，但在其作品里，他确是一位全知全能的、同时带有许多谬误的上帝。陀思妥耶夫斯基难道就不是如此吗？尽管他改变了艺术视觉，但这种变化同样出于一位全知全能的上帝的安排，只是方式有所不同。至于巴赫金说，后世作家"必须摆脱独白性的技巧，以适应陀思妥耶夫斯基发现的新的艺术世界，并要在他所创立的那个不可比拟的、更为复杂的世界的艺术模式中驾驭自己"[②]，那实际上说要与托尔斯泰的传统决裂，这就更难使人同意了。

---

① [苏]巴赫金：《陀思妥耶夫斯基诗学问题》，白春仁、顾亚铃译，生活·读书·新知三联书店1988年版，第105页、113页。这是后来改用的。

② [苏]巴赫金：《陀思妥耶夫斯基诗学问题》，白春仁、顾亚铃译，生活·读书·新知三联书店1988年版，第365页，译文有改动。

二 "复调小说"：主人公与作者

（五）复调的双向发展

陀思妥耶夫斯基的创作，在 20 世纪文学发展中的作用是巨大的。不同思潮、流派、倾向的作家，都感受到了他的不同影响。在欧美，既有托马斯·曼、罗曼·罗兰、德莱塞这样的巨擘，同时有卡夫卡、纪德、加缪这样的名家，在苏联，则有高尔基、费定、列昂诺夫、普拉尔诺夫、舒克申等人。一些现代的西欧哲学、文学、宗教派别，几乎都把他奉为鼻祖、思想家，先是自然主义者和象征主义的先驱，继而是尼采主义者，东正教哲学家，再后是存在主义者，等等。

陀思妥耶夫斯基的创作，确实是个复杂现象。他就像一个丰富的艺术、思想的内存，不同倾向的作家可以按照自己的需要，从中汲取自己感兴趣的部分。但是由此，他的不少方面，特别是他创作中的消极、谬误方面，往往被那些为我所用者夸大了，歪曲地发展了。我以为他的创作的魅力，在于他在自己的作品中表现的那种瞬息万变、人欲横流、犯罪赎罪、宗教忏悔、郁郁寡欢的令人惶惶不安的生活气氛，那种内心斗争的冲突意识，那种找到一个能够安身立命之地的普通愿望。这种种现象，在 20 世纪西欧社会生活中比比皆是。经济危机、世界大战、革命动荡、普遍竞争，使人内心处于极度紧张状态。没有什么是永恒神圣的，没有什么是牢不可破的。昨天的敌人，成了今天的至爱亲朋；今天的山盟海誓，预示着明天的激烈争夺。这种普遍的危机感，使西欧读者在陀思妥耶夫斯基的作品里获得了生动的感受，同时，陀思妥耶夫斯基还提供了表达上述情绪的艺术形式。人物的主体意识及其独立价值，它的矛盾性的强化，它的对话性的本质形式，它的幻觉、梦幻般的时时变化，难以捉摸的未完成性，它的要死要活的紧张和往往是意料不到的迅速转折，都成了描写的对象，并使对象主观化了。而折磨人的、让人痛苦不堪的社会生活，都不再在平静的叙述笔调下再现，而通过主人公的矛盾意识、意识流被折射出来，通过共时艺术的描写而被集中起来。在我看来，这正是艺术思维发展的一个极为重要的方面。巴赫金抓住了陀思妥耶夫斯基艺术视觉的这一特征，预感到了它在20世纪文学发展中的重要性。

　　巴赫金在概括复调艺术特征时，并非出于凭空联想，他力图找出其社会根源。"陀思妥耶夫斯基时代的客观的复杂矛盾和多声部现象，平民知识分子和社会上流离失所者的地位，个人经历和内心体验对客观存在的多结构式的深刻参与，最后是在相互作用和同时并存中观察世界的才能——所有这一切构成了陀思妥耶夫斯基的复调小说借以成长的土壤。"关于这点，卢纳察尔斯基也有过深刻的分析。他指出了资本主义社会的分裂和作者内在意识的裂变，是出现复调的基础；并且认为，复调艺术会随着资本主义的灭亡而消失。但是涉及复调艺术的消失，卢纳察尔斯基的论点是缺乏根据的。看来，他主要从社会学并且是从狭隘意义上的社会学来看待这一问题的。事实上，复调艺术是艺术思维把握世界的新方式。它确实和资本主义社会中人的意识分裂有关，但它又是人对世界认识深化的结果，是人的一种内心的需要，审美的需要。只要人与人之间仍然存在着对话关系，只要存在着多种审美趣味，这种艺术思维的表现方式就会存在下去，并且具有持久的生命力。

　　在当前世界的小说艺术中，我们看到了复调的双向发展。一方面，它在现代主义的一些流派中应用得得心应手，颇有创新特色，极为成功，但在理论上使之变形，走向极端；另一方面，它也在20世纪现实主义的不同流派中发扬光大。

　　巴赫金的"复调小说"理论独具一格，极有特色。只要正确地理解创作中的作者和主人公的关系等问题，我想，它会对文学理论研究人员和从事写作的人，产生极大的吸引力的。

（原文作于1986年岁末）

三 "复调小说":误解与"误差"

黄梅的文章《也论巴赫金》(载《外国文学评论》1989年第1期),就拙作《复调小说:作者与主人公》与宋大图的文章(均载《外国文学评论》1987年第1期)提出,在关于巴赫金的研究中,我们把焦点集中在"巴赫金有关陀思妥耶夫斯基研究的论文"上。她认为这种单一性造成了巴赫金研究中的种种"误差"。"误差"之一是过于强调了所谓复调小说与独白小说的差异。"误差"之二是,拙文谈了"主人公""主体意识",而"耐人寻味的"是巴赫金在20世纪30年代的一些文章中,就几乎不用这些术语了。"误差"之三是,"尚未见到有人试图用复调的研究方法来对待巴赫金的理论本身"。

接着我阅读了刊有黄梅文章的那期《外国文学评论》的"编后记"。"编后记"说:"黄梅通过研读英美材料,则发现了一些人对巴赫金的理解有着某种误差。对于这些见解,尽管你可以摇头或首肯,但他们对某些新旧理论定势的质疑显示了追求真理的学术气度。"看来,黄梅和编辑部都肯定了我的"误差",也即误解了。

读罢黄梅的文章,首先觉得我可能给读者造成了一个印象:即把巴赫金的研究局限在"复调小说"上,而巴赫金的理论是多方面的。我在这里稍作几句交代,可能会使读者对我的第一个"误差"有所了解。

1983年,我写过一篇论文《"复调小说"及其理论问题》,这是对巴赫金的《陀思妥耶夫斯基诗学问题》所提出的复调小说理论所作的一篇评论文字。其后我觉得还可就这位苏联学者提出的其他的一些理论问题，做些介绍与评论，于是在 1985 年又写了《复调小说：作者与主人公》，副标题为《巴赫金的叙述理论之一》。1986 年，我将这一文稿交编辑部。编者看了我稿子的副标题，认为在创刊号上就来个"之一"，不甚合适，建议删去。"之一"的意思十分明显，说此文只谈了巴赫金的叙述理论的一个方面。

读罢黄梅文章的第二个想法是，我可以明确地认为，她到她的文章到刊出为止，未曾读过巴赫金的《诗学》全书（一、二版），也未读过巴赫金关于此书所作的修改说明文章。她只是读了美国学者迈克尔·霍奎斯特编选并参与翻译的巴赫金的一本论文选，此书选了巴赫金《文学与美学问题》一书中的 4 篇论文，并以"对话式的想象"[①]给以命名。因此感到她对一些问题不大清楚，使我对她提出的种种"误差"的诘难感到为难，原不希望用书面形式进行答辩，倒很想以"私了"的方式了结争议。但由于一些原因，最后还是写了这篇争论文章。

（一）要避免的误解之一

黄梅提出我的第一个"误差"是认为我"过于强调'复调小说'与'独白小说'的差异"，理由之一是，霍奎斯特谈道："《诗学》第二版补充了新的内容，此时他（指巴赫金——转引者）已不再把陀氏小说看作是小说中的前无先例的事件，而把它视为该体裁一向潜在的本质的最纯粹的体现。"理由之二是，巴赫金"确曾强调过托尔斯泰与陀思妥耶夫斯基的区别，但后来对此观点作了相当彻底的修正。在《史诗与小说》一文中他抛开了'独白小说'与'复调小说'的提

[①] 1988 年 8 月，第一次中关双边比较文学讨论会在京举行，我向会议提交了一篇关于巴赫金复调小说理论的论文。会议期间，美国研究巴赫金的学者迈克尔·霍奎斯特把他编选并参与翻译的巴赫金论文选的英译本《对话式的想象》，托美方代表欧阳桢教授赠给了我。1985 年夏，霍奎斯特夫妇在京作短期逗留，邀我相会，相谈甚欢，这对于我们双方来说，都可算是以文会友。同时得知他出版了《巴赫金传》，后见此书中译，材料丰富，附有许多鲜为人知的珍贵照片，在不少有关巴赫金的论述中可算是一本力作了。

三 "复调小说":误解与"误差"

法,而将小说作为一个整体与史诗加以对比",等等。

巴赫金的理论是很丰富的,各个时期的侧重点也不一样。托多罗夫在《批评的批评》中的《人与人际关系》一文中,把巴赫金的活动期分为四个阶段(四种语言):现象学、社会学、语言、历史文学,最后阶段是企图对上述几个方面作一番综合。① 不必完全同意这种划分,但它倒是说明了巴赫金在不同时期的研究对象、重点不同的情况。当霍奎斯特说,20 世纪 60 年代初,巴赫金对《诗学》作了补充,其时已不把陀氏小说看作前无先例的事件,而把它视为这一体裁潜在的历史发展的结果时,他指的是《诗学》中大大补充了第 4 章,即"陀氏作品的体裁特点和情节布局特点"。此章在《陀思妥耶夫斯基创作问题》(初版)一书(可不是研究论文)中叫作《陀思妥耶夫斯基作品中惊险情节的功能》,仅有 9 页篇幅。第 2 版则扩充到 100 多页。这章主要为陀氏复调小说体裁探渊溯源,指出这种小说体裁与欧洲小说发展史上的一些体裁传统联系着,而不是毫无根底、突然发生的。所以这一情况并不是像黄梅理解的那样,似乎巴赫金已对复调小说观念置之于不顾了。

其次,是不是我过于强调"复调小说"与"独白小说"的差异,巴赫金后来比较彻底地修正了陀氏与托翁的区别,这就要阅读 1963 年的《诗学》或它以后的版本了。1961 年下半年到 1962 年上半年,巴赫金修改了关于陀氏的专著(1929 年)。如果对照前后两个版本,则可发现,修订本对初版中提出的一系列基本观念作了强化、补充与进一步的发挥。初版中有一序言,主要谈论研究方法问题,在这里读者可以听到巴赫金对狭隘的社会学、形式主义方法的不满的声音。在修订本的《作者的话》中,巴赫金则开门见山地宣布了陀氏在艺术形式方面的巨大创新:"据我们看来,他创造了一种全新的艺术思维类型,我们权且把它称为复调型。"(中译本第 24 页,下引同,只标注页码)

---

① [法]托多罗夫:《批评的批评》,王东亮、王晨阳译,生活·读书·新知三联书店 1988 年版,第 86 页。

在《诗学》第 1 章里，巴赫金增加了卢那察尔斯基、基尔波京、什克洛夫斯基、格罗斯曼等人有关陀氏艺术创新的概述。此外有两点值得注意，一是巴赫金把巴尔扎克拉了进来与陀氏作对比，说巴尔扎克"也可以有复调的某些因素，但仅是一些因素而已"。"巴尔扎克无力改变自己主人公的客体性质和自己艺术世界的独白型的完整性。"（第 68 页）二是作者在这章中提出复调小说结构乃是一种"大型对话"的思想。"小说内部和外部的各部分和各成分之间的一切关系，对他（指陀氏——引者）来说都带有对话性质，整个小说他是当一个'大型对话'来结构的。在这个'大型对话'中，听得到结构上反映出来的主人公对话，它们给'大型对话'增添了鲜明浓重的色调。"

修订本第 2 章《陀氏创作中的主人公和作者对主人公的立场》，较之初版第 2 章，篇幅几乎增加了一倍。这些增补，进一步完善了"作者与主人公"的理论，关于这点，下文再谈。二是关于陀氏现实主义观念的辨析（我曾论及过）。三是恰恰与黄梅说的相反，巴赫金正好在新版中引进了托尔斯泰的例子，来与陀氏作进一步比较。巴赫金说："复调小说的作者的新立场，可以通过具体的对比加以说明，即把它与某一具体作品中鲜明表现出来的独白立场进行比较。"（第 11 页）果然，他以托翁的小说《三死》为例，与陀氏小说进行对比。一，他说托翁故事里描写了三个获得完全意义的生命、总结了的生命，所以它们相互封闭，没有内在联系。二，作者的语言和意识，"从不面向主人公，不询问主人公，也不等待主人公的回答"，"他不是和他们交谈，而是谈论他们"；"其中一切，都是在作者的包罗万象、全知全能的视野中观察的，描绘出来的。"（第 113 页）"对主人公采取对话立场，这同托尔斯泰是格格不入的。"（第 112 页）三，由于作者与主人公的关系不是对话关系，所以在结构上也非"大型对话"。托尔斯泰的"所有这些主人公自己的视野、自己的真理、自己的探求和争论，都被置于长篇小说的牢固的、独白型的整体之中，这个整体使所有主人公都得到完成与定论。托尔斯泰的长篇小说，从来与陀思妥耶夫斯基作品不同，不是'大型对话'"（第 114 页）。

复调小说是巴赫金的小说理论的一个重要方面。巴赫金确实抓住

三 "复调小说":误解与"误差"

了陀氏小说艺术中的重要特色。即一种不同于侧重客体描写的艺术特色。尽管我们不一定都同意他的观点,但他20世纪60年代初把复调小说与独白小说,把陀氏与托翁作了进一步的对照性的评述,却是事实。黄梅说20世纪60年代巴赫金比较彻底地修正了把陀氏与托翁加以区别的做法,不知根据什么?

写到这里,我想提出黄梅关于"复调"一词的理解、翻译使用也是有误的。她的文章中有几处提到"复调"。一处是她在摘录巴赫金的《史诗与小说》一文时写道:"世界断然地、不可逆转地复调化了。"① 另一处是在提及《长篇小说话语》时,她摘译时写道:"他(指巴赫金)谈及几种构建小说'复调'的方式,'人物使用的语言'只是其中之一。"如果不看英译文与原文,读者可能真的以为黄梅真的是在谈论"复调"。但是一查英译本,就发现黄梅把第一处的英译本中的 polyglot 译成了"复调",这是误解词义了。原文为 многоязычие,英译成 polyglot,中译应为"多种语言""多语""多语现象"。原文句子应译作"新的文化意识与文学创作意识,存在于积极的多语世界中。世界一劳永逸地变成了多语世界,再无反顾"②。英语"复调"是 polyphony,而非 polyglot。另一处黄梅所说的"复调",就其上下文来看,英译是 heteroglossia,原文为 разноречие,中译应译为"杂语"。原文句子为"小说引进和组织杂语的另一种形式,也是一切小说无一例外的全都采用的形式,便是主人公的话语"(俄文本第128页,英译本第315页),而不是谈什么"构建小说'复调'的方式"。巴赫金的这两篇文章《史诗和小说》《长篇小说话语》,并不在谈复调问题,它们在提及的这些章节中讨论了小说话语问题,指出"杂语""多语现象"在小说的形成、发展中所起的作用。如果把它们都当作"复调"理解,实在是望文生义了。同时如果阅读过《诗学》一书,我想就不至于把英文的 polyphony 与 polyglot、heteroglossia

---

① 巴赫金的有关长篇小说的4篇论文,由霍奎斯特与埃默松译成英文,并经霍奎斯特编辑,取名《对话的想象》,于1981年由美国德克萨斯大学出版社出版,这里引自该书第12、315页。

② [苏]巴赫金:《文学与美学问题》,莫斯科文艺出版社1975年版,第455页。

看成一个词了。

黄梅从解构主义观点去了解巴赫金的小说理论，说"在这个意义上，'复调小说'与其说是一种文学创作理论，不如说是一种读书方法。巴赫金本人也将《史诗与小说》一文的副标题定为'小说研究方法论刍议理论'"。我想把复调小说理论理解为一种读书方法，也不失是一种见解。提出陀氏小说是一种复调小说，这本是对小说的一种新的认识，按照这种理解，人们去阅读陀氏小说时，无疑更能领悟到小说语言结构中各种声音的微妙之处。但这与创作理论并不矛盾，因为创作总是建立在阅读的基础上的。但是黄梅至此笔锋突然一转，提出了巴赫金本人也将《史诗与小说》一文的方法论定为"小说研究方法论刍议"，就不大好理解了。从这里的提法上看不出上下文之间的联系，小说研究方法论可不是读书方法；缺乏联系，而又要把两者并提，可能是对《史诗与小说》一文的副标题的意思还并不十分清楚。照我理解，这里所说的小说研究方法论，是指这位苏联学者在研究小说时提出的一系列的诗学原则，对长篇小说的新的理解的途径，而不是与复调小说进行比较。黄梅的行文太"潇洒"了。

（二）要避免的误解之二

关于"主人公"的位置问题，黄梅文章说：钱文着重地复述了巴赫金关于主人公的独立地位的观点，"然而耐人寻味的是，在1934—1935年成文的《小说的言语》[①]中，巴赫金几乎没有运用'主人公'、'主体意识'一类词汇"。"这时巴赫金明确地认识到本文所反映的作者，只是'设定作者'（假设作者），是一种再创造，一种艺术手法的运用，因而基本上不存在人物向作者争'独立'、求'平等'之类的问题"，并评论了巴赫金提出的"语言形象"。

在这里，我想要是弄清楚出版于1929年的《陀思妥耶夫斯基创作问题》与《小说的言语》一文的关系，黄梅提出的"断裂"可能

[①] 现译作《长篇小说的话语》，作者注。

三 "复调小说":误解与"误差"

就明白了。前一书讨论的是复调小说各方面的理论范畴,而后一长文,则是探讨小说修辞问题,文章一开始就提出要"克服文学言语研究中的抽象的'形式主义'同抽象的'思想派'的脱节"①。这篇长文旨在通过话语的演变、丰富与运用,探讨长篇小说又一方面的诗学原则,注意力与侧重点全然不在于"主人公"。就是说,巴赫金从后来他称之为"超(元)语言学"的角度,研究了小说的话语。那么,怎么能因为所论任务、对象不同,而用这种"断裂"来否定"主人公"问题的存在呢?其实,如果真要抠字眼,那么在这一长篇大论中,可以找出很多"主人公"来,但这样做并不说明什么问题。同样,1937—1938年写成的《小说的时间形式和时空体形式》,由于探索的方面不同,也不能用来证明从此巴赫金就不提"主人公",改变了对"主人公"的看法。

作者与主人公的关系,是巴赫金文艺思想中的一个中心问题。1920—1924年,他的未完成的长文《审美活动中的作者与主人公》提出的两者的关系,大体是一种制约的关系,长文探讨了主人公的空间形式,他的时间整体、意义整体特征,指出了形式主义批评忽视主人公,而移情论则丢掉了作者。在后来论述陀氏的一书中,他作了新的探索,引进了对话、复调思想,改变了以前的看法。现在的中译本第2章,有不少篇幅(从第95页最后一行到第104页中间,从第106页中间到第119页本书结束),都是在20世纪60年代初增写进去的,它们都是在论证作者与主人公的对话关系。在增补中,巴赫金强调"作者对主人公所取的新的艺术立场,是认真实现了的和彻底贯彻了的一种对话立场,这一立场确认主人公的独立性、内在的自由、未完成性和未论定性"(第103页)。他认为主人公是有充分价值的言论的载体,所以主人公不只是作者语言讲述的对象,他提出自我意识是塑造主人公的艺术上的主导因素,自我意识将被客体化,观念成了艺术描绘的对象,并把这点视为陀氏艺术的发现之一。在新版第1章开头第4段中,巴赫金加入了这么一句话:"陀氏恰似歌德的普罗米修斯,

---

① [苏] 巴赫金:《文学与美学问题》,莫斯科文艺出版社1975年版,第72页。

他创造出来的不是无声的奴隶（如宙斯的创造），而是自由的人，这自由的人能够同自己的创造者并肩而立，能够不同意创造者的意见，甚至能反抗他的意见。"（第28—29页）这种理论描述，不正好显示了在20世纪60年代的巴赫金那里，主人公还在向作者争自由、求平等的么？我在自己的论文中，对这种由此演化而来的作者与主人公的关系，做了一定的限制性的论述。事实上，作者对主人公来说，他既是宙斯，也是普罗米修斯。但复调小说中的主人公，较之另一种类型小说的主人公，确实增加了人格、思想的自由度。由此，提出"说话人""说话人的话语""话语形象""自我意识"以及后来的"思想形象"等等，这并不表示它们相互取代，而是表示它们相互补充和丰富。

（三）有一种值得探讨的"误差"

黄梅提出的第三个"误差"是很有意思的。她说就她所知，尚无人用复调方法对待巴赫金的理论本身，也难怪我们"把巴赫金的著作当作某种理论独白加以阐述或论证"。但是，什么是复调方法，怎样才算使用了复调方法，就语焉不详了。在我看来，如果真有复调方法，那就是对话方法，就是认为人与人的本质关系是一种对话关系，平等而相互依存的关系，意识到生活的对话性本质。这种对话关系可以平行，但必定是相互交流的。它是平行的，是指各个自有价值的个人思想，是一种独立的存在；它必定是交流的，是指它们相互交往、比较，以至发生冲突，通过这种对话交流，各自显示并确立自己价值的品格，去掉谬误，寻找并融合更为合理、更有价值的成分。如果取消价值取向和判断，那么实际上也就取消了对话，多声部倒好像是多声部了，各自的意见也都表达了，但只是表明它们不过是一种自在的存在状态，却没有说明各种存在的价值何在。

反映到文艺批评中，首先是承认各种意见都是一种独立的存在，在交流、比较、交锋中，或找出对方的合理成分，进行评价；或发现对方的谬误，给以判断。每种有一定的内容的观点、意见、批评，其

三 "复调小说":误解与"误差"

实都是一种价值判断。一些人说,他们不作评价,只作描述,只谈印象,不作判断。但是他们所作的描述,所说的印象,都是受到他们种种文化素养液的浸泡,才得以显示出来的,这本身就具有取向的特点,显示出一种判断性来。因此在我看来,绝对的无取向的、不作价值判断的、不具一定结论的、完全是一种自在状态的批评和理论是难以存在的。

批评不仅包含着对人类审美感受、方式的探索,同时也包含通过多种审美方式对各种意义、真理的探索。托多罗夫指出,在批评方面,"巴赫金预示了(不是说实践)一种新形式。这种新形式可以称之为对话批评"。后来他又在《对话批评》一文中作了发挥。他说:"我们不会把我们的探索仅停留在作品的意义上,我们也要探索作品的真理;我们不只关心'他说了什么?'也关心'他说的对吗?'"他又说:"为了进行对话,应该把真理当作一种前景,一个调节原则。教条批评获得了批评家的独白;内在批评(以及相对主义批评)达到了作家的独白;不过是多种内在分析算术相加的纯多元论批评使几种声音并存,但都缺乏听众:好几个主体在同时表达,却没有人注意到他们之间的分歧所在。如果我们共同探索真理的原则,就已经在实践对话批评了。"[①] 作为结构主义理论家,托多罗夫无疑在《批评的批评》中发生了变化。他似乎破坏了原来的结构主义原则,终于从遮蔽价值判断的原则,走向公开性的价值取向。这比我们现在的那些时髦批评家要真诚得多。他提出的一个现象是值得我们思考的,即"纯多元论批评",各种批评声音存在着,但是没有对话,没有一起探索真理,结果是缺乏听众。但在评论到巴赫金的具体理论问题时,托多罗夫的论述中似乎还有另一种取向。他不赞成巴赫金提出的关于作者与主人公的思想。他说作者与主人公平等的观点,是巴赫金强加给陀氏的,与作家本人意愿相悖,而且这种平等观点,在原则上无法成立。巴赫金认为作者是对话的参与者,又说是"组织者"。托多罗夫指出,

---

[①] [法]托多罗夫:《批评的批评》,王东亮、王晨阳译,生活·读书·新知三联书店 1988年版,第86页。

这个"组织者"就否定了作者是对话参与者的绝对性,所以他反对主人公能与作者分庭抗礼、平起平坐的说法。但是,如果他离开了自己文章的标题"人与人际关系",不能承认主人公对作者还存在着相对的独立性,那么对话批评本身就可能成为一种失重的理论了。

至于我自己,倒是认为对话思想是个独特的思想,所以在有条件的情况下肯定这种思想,在赞成的地方和不同意的地方,力图说出一些道理来,一般不作印象主义式的、独白式的评点。努力理解对方,但也不怕说出自己的价值判断,甚至是错误的判断。我想这就是对话立场了。对话需要说出自己的意见,并准备听取对方的反应。并不是对所有事物能够立时给以判断,但也不是所有事物不能给以判断,否则我们就处在绝对的相对主义中了。

(四)还有一种必要的"误差"

黄梅文章的第3部分最后几段,我认为是最有价值的部分,只是她止于随笔式的点滴感想式的抒发,未能展开。这里涉及怎样对待外国文学理论的问题。

都说要奉行拿来主义,但在不同的人那里,拿来主义是不一样的。一种情况是一些人认为,外国文学理论什么都好,大力宣传,一律给以新发现、新学科的桂冠,有什么赞扬什么,哪怕自己并不在行,我们在这里不作讨论。另一种情况是,一是把外国文学理论中有价值的著作,有计划地翻译介绍过来。你说我评论中有误差,那么请读原著或译本。二是评论介绍,力图做到客观、正确。以上两种方式,可以说是主要的工作,它们都参与了我国当代文学的进程。三是在此基础上,还可以设法使外国文学理论中有价值的成分,不仅参与我国文学进程,而且发挥更加积极、直接的作用,对文学理论建设起到良好的影响。

这三种情况,实际上都有误差存在。翻译有个质量问题。特别是有些术语,虽经多次推敲,也难以找到最佳表述,所以常有变动。评论写作中会有误差,例如对某一文学问题译介与事实有出入,对某一

三 "复调小说":误解与"误差"

理论不甚了了,却拉开架势大发宏论,导致误解。当然,对于同一问题不同学者观点不一,理解不同,评价上出现差别,我以为是应该容许的,否则论者之间就没有对话的可能了。

但是,设法使各种有着不同价值的理论紧密地参与我国的文学进程,在评论中出现的"误差"却是必要的。当然,首先要对这种理论有比较深入、正确的了解与把握,因此,这里所说的"误差"就不能了解为一种误解。任何一种有价值的理论,都是在它所处的特定范围内的文学传统与反传统(不是虚无主义者的反传统)、社会与文学思潮的基础上形成的。所以适用于美国、法国的,未必就可直接搬到我国运用,何况即使在产生它的故土,也往往是充满争论的。一种文学理论一旦被引入另一国家的文学进程,就必然要给以鉴别,科学地判断它的得失,确定它的价值取向。有鉴别,就有真伪的辨析与判断;有分析,就有偏颇与创新的识别;有取舍,就有侧重与扬弃;有创新,就要有不同程度的改造,就要有必要的"误差"。一种理论只有经过一定的转化,以适应新的文学潮流的需要,才能更加切近和干预新的文学潮流。在这种情况下,文学理论研究才有可能成为独立的科学探索,而显得卓有成效。对外国文学理论抱着不屑一顾的态度尚未发现,但相反的例子极多。如果在理论研究中,唯外国学者的马首是瞻,这种心理就未免太脆弱了。

一种文学理论如果要有所发展,一是要不断提出新问题。如果把体系当成框框,对其他有价值的东西都持排斥态度,那它就会作茧自缚,失去活力。二是要不断采纳有价值的东西,充实自己,在自己既定方向的前提下,做出必要的偏离与"误差",形成创新。例如容格的分析心理学说从弗洛伊德精神分析学说发展而来,自成学派,表现在文学理论上,两者同源而取向不同,分道扬镳而自成体系。布拉格结构主义是偏离俄国形式主义的结果,而接受理论则是在改造俄国形式主义、阐释学、文学社会学的基础上形成的。黄梅说,法国的解构主义传到美国,改变了原样,成了美国式的解构主义。又如我国"五四"时期的新文学中的现实主义、自然主义理论,都源于外国,一旦进入我国新文学过程,就都获得了新的理论色彩。

至于对巴赫金的论述研究，不同国家的学者切入的角度都不相同。苏联的塔尔图结构主义学派从符号学、语言学的角度加以研究，其中如维·伊凡诺夫就写有这方面的长文。法国学者克里斯蒂娃、托多罗夫着重于对诗学、对话的探讨。美国学者霍奎斯特把巴赫金的几篇小说言语、修辞、时空问题的研究，称作"对话的想象"，认为巴赫金将来可能作为语言哲学家被人记住，而在目前引起人们广泛兴趣的则是他的历史诗学与小说理论。也有别的学者探讨巴赫金提出的狂欢式文化与拉伯雷创作问题，等等。实际上，除了少数全面研究巴赫金的学者外，绝大部分人论及巴赫金都是各取所需，照自己兴趣办事。如果认为我一时偏于复调的研究而有失单一，那么我岂不有权要求维·伊凡诺夫去探讨巴赫金的别的问题？况且我也不准备埋身于一人，作皓首穷经式的研究。

说实在，正是国内文学理论界提出的问题，使我对巴赫金产生了兴趣。《作者与主人公》一文及另一些文章，正是前几年关于文学主体性的讨论促使我写成的。我采用了避免直接卷入的形式，但巴赫金提出的暗中论辩体的运用却是不少的。我这样做，为的是好让自己少招来一些麻烦。

（五）余论

张杰在《外国文学评论》（1989年第4期）上发表了《复调小论的作者与对话关系》一文。

这篇论文不同意我对复调小说的评介，并就复调小说内涵提出了自己的看法；指出巴赫金研究陀氏，却撇开了陀氏创作所表现的思想内容，而只看重其艺术功能，其结果，导致主人公独立于作家主观意识，形成双方平等对话的"不一定正确的结论"。论文认为，复调小说不同于独白小说，在于前者更加强化了作者的主观性；主人公的各种声音和对话关系，都直接或间接体现著作者的主观意识；这种小说反面声音强大；复调实际上是作者通过主人公与读者的对话，等等。

张杰论文的主要观点，其实是针对巴赫金的理论本身而发的。巴

三 "复调小说"：误解与"误差"

赫金在《诗学》初版的序文中就说，人们通常用狭隘的思想观点作为出发点来研究陀氏；在2版的《作者的话》中，他又说，过去"有关陀氏的论著，主要是研究他的作品思想方面的问题。由于这种思想性的问题很是尖锐，这就掩盖了他的艺术视觉中那些较为深藏而又稳定的结构因素"（第24—25页）。在第1章的末尾，巴赫金说："论及他的评论著作和文学史著作，大多数至今仍然忽视他的艺术形式的独特性，却到他的内容里去寻找这种特点。这内容便是主题、思想观点、某些人物形象……只根据它蕴含的生活内容来进行评价。"在这本书的《结语》部分，巴赫金又说，有"一种强大的倾向，要把陀氏独白化"，即去寻找作者的独白型思想，等等。

根据巴赫金的上述观点，第一，他声明他研究陀氏不是从作家的思想的角度出发的，因为这样方式的研究成果已有很多；他不涉及陀氏引入作品的思想内容，但研究其艺术功能。第二，他从对话思想出发，研究了形象结构的多结构形式——复调，各种话语的形成与形式，创作的艺术形式的独特性。这种诗学研究的方法，深入到别的方法不易到达的地方，揭示了陀氏创作中的新东西。自然，诗学研究并不能解决创作中的所有问题，这点巴赫金也是声明过的。

如果把张杰的观点与巴赫金的观点作一比较，那么我们可以看到，第一，张杰的出发点实际上是巴赫金一开头就声明要避开的从作品思想出发的那种方法。自然，从思想内容出发也是一种研究角度。第二，张杰的研究也是一种传记型的研究，即把作品主人公的各种思想表现，都看作是作者各种思想的折射，以为它们都可以在作者思想中找到归宿，所以他认为的"复调"，就是作者的各种矛盾思想的外化。我以为存在这种因素，但不尽然。陀氏思想确是很矛盾的，一些方面也渗入到人物身上去了，但能否说他作品中的各种主人公的思想都是他自己的思想？一些主人公身上反映着作者的思想，对此作绝对否定，是不符实际的；同样，把各种主人公思想视为作者思想，也是不合理的。弗洛伊德在论及《卡拉马佐夫兄弟》时，认为人物特征就是作者特征，认为陀氏把自己的各种特征赋予了卡拉马佐夫父子，五人合起来就是陀氏，这未免武断得不着边际了。第三，至于说复调小

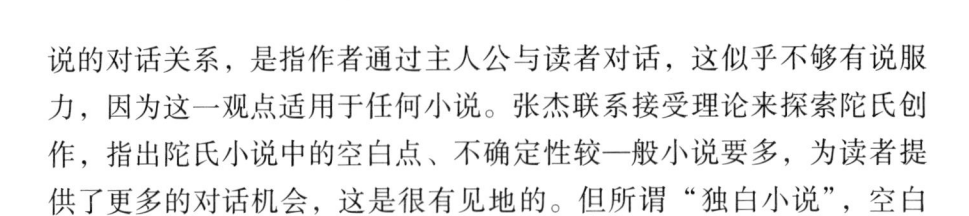

说的对话关系，是指作者通过主人公与读者对话，这似乎不够有说服力，因为这一观点适用于任何小说。张杰联系接受理论来探索陀氏创作，指出陀氏小说中的空白点、不确定性较一般小说要多，为读者提供了更多的对话机会，这是很有见地的。但所谓"独白小说"，空白点也不少，这类小说中的优秀之作，哪里是一览无余的？

  从上面的简单比较来看，我以为张杰可能是忽视了巴赫金的一个基本点：即人与人的关系是一种对话关系。他未把这点看作是巴赫金艺术哲学的出发点，因而他所说的复调小说，已不具巴赫金提出的复调小说的内涵了。

（原文作于 1989 年秋，
原刊于《外国文学评论》1989 年第 4 期）

四　小说：自由的形式

　　20世纪50年代以来，欧洲国家的一些小说家、理论家，曾聚会于爱丁堡、斯特拉斯堡、巴黎、维也纳、布拉格、列宁格勒等城市，就长篇小说的前景展开讨论。有些文学杂志，发出调查表格，请作家就小说艺术的未来命运发表意见。频繁的会见，公开的商讨，看来是小说的处境引起了人们的不安。果然，在这些讨论中，出现了两种对立的看法：一种意见认为，长篇小说已走完了自己的路程，进入了危机，走进了死胡同；另一种意见正好相反，认为长篇小说的创作，蕴藏着巨大的生命力。

　　有关长篇小说出现危机的说法，出发点不尽相同。一些现代派作家认为，危机发生于现实主义小说创作，如"新小说"派作家一再声称，现实主义创作已经陈旧不堪。另一些人如法国文学史家布阿德福尔，提出了另一种危机论，他认为危机来自"新小说"，把球一脚踢了回去。

　　在20世纪长篇小说的发展中，的确极多波折。社会的多次巨变，各种社会、科学学说的兴起，生活节奏的加快，引起了社会意识的剧变，促进了审美意识的变异，出现了许多不同于传统小说的作品，现代主义各个派别的小说很快流行起来。同时，由于科技的飞速进步，影视、声像艺术的急速发展，使得传统小说的读者大为减少。所有这些现象，自然使现实主义小说面临强大的挑战。

　　但是没过多久，现代主义作家在留下了一批极富创作个性的、范式性的作品之后，似乎踌躇不前，为后现代主义小说所替代。同时在欧洲，现代主义者所说的现实主义，则已改变了自己的形貌，出现了"心理现实主义"、莫利亚克、肖洛霍夫、布莱希特式的多种现实主义。之后在拉丁美洲,出现了"魔幻现实主义""结构现实主义"。

当现代主义的某些流派的实验没有进展,感到难以为继的时候,当现实主义小说更新了自己的形式,当读者的趣味转向现实主义小说和纪实文学的时候,可以说现代主义小说确是遇上了危机。但同时也不必这样认真。因为从艺术探索的角度来说,现代主义小说并未山穷水尽,它的潜力还大得很。通过不同的艺术形式的更迭,多种小说艺术方向的变幻,使我们了解到,20世纪小说派别虽然众多,但大体上是两大思潮:现实主义与现代主义。它们各自的发展,使人们认识到它们各有自己的优势。现实主义作为一种艺术思维方式,能够不断地进行自我调节与不断更新。它的这种自我调节的功能,使它能以自己的原则为主,广泛地吸取其他类型的艺术思维的长处,采用多种方式,贴近生活,显示生活的多种原色。由于这种艺术思维方式具有较大的普适性和应变力,使它能够产生多种流派,顶住巨大的冲击。一些人常常把它与自然主义等量齐观,加以歪曲与嘲弄,使它往往处于被告地位,但却无法替代它,消灭它。

至于现代主义的审美地把握世界的方法的形成,自有它的社会、哲学思想的基础,这是历史的客观进程中艺术意识的另一种方式的反映。当人们体验到上帝已经死去,社会被分裂为个体、碎片,不少作家深刻地感受到了普遍的心态的失重、惶惑、疑虑、孤独、不确定性、边缘意识、自我失落的社会心理气氛,其心境的悲苦是可想而知的。现代主义作家描写了人的生存的痛苦状态,人的异化,寻找自我与悲剧式的挣扎。他们在艺术上采用了多种变形手段,极大地丰富了艺术的表现功能,扩大了小说描写的范围,创造了多种艺术形式。现实主义小说和现代主义小说,成了西欧文学中两个相互激荡的小说潮流。

看来它们难以相互替代,也暂时看不出融为一体的契机。它们各自都在探索新的形式,自然是有内容性的形式,而那种纯形式,都使它们很快变为一堆没有生命的东西。即使就是影视、声像艺术也难以

四 小说:自由的形式

取代小说这种语言艺术,难以企及小说形式的独特性。

这种独特性首先表现为小说的自由的形式。一二百年来,小说大概是艺术门类中最为发展的形式了。它的形式的变化具有很大的自由度。托尔斯泰在《艺术论》的草稿中写道:"长篇小说是自由的形式,人的内心与外在所感受到的一切,在这种形式中都可找到表现的地方与自由。"小说最能自由地调整自己的幅度与容量,审美地观照现实。它最能自由地表现作家的各种主体激情,体现多种审美意向,更新自己的形式。它最能自由地进入人的精神世界,形成各种对话方式,使其他艺术甚至影视艺术中的不确定性,变得清晰起来。因此,小说拥有最广泛的读者,小说家是与读者对话最多的人,小说家往往是文坛盟主。

其次,小说艺术又是一种正在成长中的艺术形式。四十多年前,巴赫金在《史诗与长篇小说》一文中谈到,"长篇小说是惟一的、正在形成中的和还未成熟的体裁"。他认为,其他文学体裁已臻完善,部分体裁已经僵化,唯独小说这一体裁尚属青春年少,一枝独秀,处于形成、发展时期。这一观点初看起来似乎随意性很强,因为现代意义上的长篇小说,至少已有好几百年的历史。但是从长篇小说日新月异与不断花样翻新的变化来说,我以为这一观点的科学性是无可怀疑的,而且它也适用于其他小说形式。几十年来,小说的体裁、叙事方式、视角、语言的不断更新,使其形式变得日益繁多,让人目不暇接。从作者与主人公的关系来说,有独白小说与全面对话的复调小说;从体裁角度看,除了过去的社会、历史小说、推理小说、冒险小说,又出现了随笔小说、纪事小说、神话小说、戏剧小说、电影小说、电视小说;从审美情趣的角度说,除了过去的哲理、伦理、幻想、讽刺、幽默等小说,出现了抒情、政论、风情、寓意、荒诞、黑色幽默等小说;从思潮的角度看,除了过去的批判现实主义、浪漫主义、自然主义、表现主义、象征主义、超现实主义小说,如今还有存在主义、"新小说""心理现实主义""结构现实主义""魔幻现实主义"小说;还可以从篇幅大小的角度去划分,等等。

第三,小说艺术形式在不断地进行着横向的拓展。现在我们可以这样说，许多艺术形式正深深地渗入到小说艺术之中，使小说艺术不断生成新形式。我们也可以这样说，不少艺术的形式被小说化了，小说艺术以其青春的活力，闯入这些形式，吸收这些形式，改造这些形式，冶铸新的小说艺术品种。有诗体小说，有戏剧小说，有散文化的小说，有绘画式的小说，有富有音乐韵味的小说等。

当然，小说就是小说，它的特征、因素可能不断有所变化。现在关于小说的原有的情节、结构的"淡化"谈得很多。但是作为小说，它的基本审美规范的淡化，总有一个度，一旦超越了这个度，我们就没有理由把散文、随笔、随感、速写乃至杂文，都叫作小说。同时我们还可以这样说，小说艺术并不害怕与非艺术门类的联姻，如心理、社会、哲学、伦理道德等意识。这里的界限仅仅在于谁消融谁。小说只害怕那些怨天尤人、怕这怕那的凡夫俗子，却从不害怕大手笔在各个领域的遨游与对它们的把握。

新时期的文学中，小说艺术是最生气勃勃的了。我国社会的巨变、灾祸，给予了作家无比丰富的感受。改革的深入、商品经济、竞争机制普遍进入生活，同样将从各个方面给人们的传统观念以巨大的冲击。西学的再次东进，特别是现代主义文学的引入，大开人们眼界，对我国诗歌、小说的影响极大。同时，小说创作中的清规戒律不断被破除，使小说家的心态自由得多了。这一切，都使小说家加强了创作的主体性，获得了个性；使小说的审美意识得到强化，使真正的艺术探索成为可能。

粗略说来，我们在小说中看到，有对现实的审美把握方式的多种探索。最显著的表现是，不同创作原则的使用，突破了过去小说创作中现实主义一元化倾向，这是小说变革中的最基本之点。此外，有小说结构、体裁、语言、修辞的探索；有民族文化精神、民俗风尚的探索；有人的心理、深层意识的探索，它们形成了小说艺术从未有过的多元化格局。出现了一些堪称现实主义小说艺术的精品，但就其创作原则来说，已不是过去的现实主义，而是吸收了各种新的流派手法的现实主义，是深化、创新、发展了的现实主义。

与此同时，非现实主义的象征主义、超现实主义、荒诞派等小说

四 小说：自由的形式

也相继出现。它们在艺术力度、深度、气魄、精致度方面，显然还不如前者。但是在我看来，它们在下一阶段可能会有较大发展，因为生活为它们提供了现实的条件。随着社会的发展，大统一的"工具论"之类思想的解体，个人、个性问题会突出起来，生存意识、自我的失落与寻找、边缘意识、西绪福斯现象，将会有所加强。大势所趋，这是什么也阻挡不了的。所以对于我国小说来说，并不存在危机，在广大作家面前，将是一派创造的喜悦。

未来小说无疑会更多地侧向人的主观内心，即内向化，深入到"人类各种情欲的最底层。因为，不管在什么社会制度下，它们都永远是隐秘的生活本质"。表现在小说里，这既是一种创作倾向，也是一种艺术手段，甚至使所有各个方面，透过主观的心理棱镜而折射出来。但是小说不限于这一方面，它还面对着广阔的社会生活。"艺术的领域在两极之间。只有既向这个极点，又向那个极点往来自如的作家，才是伟大的作家"（罗曼·罗兰）。当然也会出现困惑，创新的阵痛。同时，实验是必要的，因为只有它才会带来创新，但也会继续有那种趣味过分狭隘的实验。

近10年来，也是文学理论、批评空前发展的10年。出版了一批有较高学术价值的专著、论文；其中也包括小说理论，如《现代小说美学》《小说结构美学》，可以说它们都是一些耐读的著作。

南京师范大学中文系汪靖洋教授主编了《当代小说理论与技巧》一书。这是一部按照编者对小说的新的理解，列成系统，摘录了我国学者（少量外国学者）有关小说理论、创作论述的汇编。在阅读之后，我首先感到，我国的小说理论与批评，正飞快地走向自身，走向有个性的研究了。在我看来，它相当系统、真实地反映了新时期小说的创新、多元化走向和小说观念的更新。例如，对小说的特性与功能变化的新的阐述；再现与表现的新认识；体裁的多样构成，形态的多种探索；情节、结构、人物观念的改变；多种叙述角度、语言变革的探讨；象征、怪诞、节奏、时空的多样处理，等等，都已一改旧说，显示了小说研究的新认识、新观念、新水平。其次，在我们的小说批评中，也存在着那种一片颂扬的广告批评和圈子批评。收入本书的论述，出于众多的论者之手，虽然是片断摘录，但它们都是严肃的理论探索，都可算是一得之见；即使是介绍，也力求有所评论，没有哗众取宠、华而不实的把玩文字，显示了编者的较高的理论鉴别力和认真态度。当然，有的部分的摘编，似可选得更加精炼一些。

《当代小说理论与技巧》是对 10 年小说艺术特征的集体探索，同时也是小说理论、批评自身的检阅和总结。我想，广大作家与小说研究者对它所提供的大量艺术信息，都是会发生强烈的兴趣的。

（原文作于 1988 年 8 月 20 日）

附言：这是为《当代小说理论与技巧》一书写的序，该书由江苏教育出版社 1989 年出版。

五　长篇小说的命运

　　"小说死了!""小说死了吗?"自20世纪现代派小说、新小说兴起后,这类问题,每隔一段时间就要出现一次。

　　我不知道卡洛斯·富恩特斯的《小说死了吗?》这篇文章写于何时,看来并不很远。他说他在20世纪50年代刚刚开始写小说的时候,就听到"小说已经死了"这句不吉利的话。要是他当时相信了这句话,那会怎样呢?我们还会读到他的《最明净的地区》以及他的其他小说吗?要是他的同行听信了这句不负责任的话,那还会有拉丁美洲文学新大陆的发现吗?还会有加西亚·马尔克斯、巴尔加斯·略萨、卡彭铁尔、费尔南多·德尔·帕索、阿斯图里亚斯等人所创造的拉美文学的辉煌吗?"小说死了!"是现实主义小说死了吗?是托尔斯泰、陀思妥耶夫斯基死了吗?是司汤达、巴尔扎克死了吗?是托马斯·曼、肖洛霍夫死了吗?是泰戈尔、茅盾、老舍死了吗?

　　"小说死了!"是卡夫卡、弗吉尼亚·伍尔芙死了吗?是普鲁斯特、福克纳死了吗?如果小说死了,何以他们的作品仍在一版再版,读者一代又一代地在阅读呢?

　　"小说死了!"这一论断面对着小说生存的多重因素的检验。一是它的作者。不少作者虽然时时处在小说死了的舆论的威胁中,但是他们心犹不甘。一种是探索新路,创造新的小说形式。一种是你喊你的,我写我的。他们本能地感到,小说的天地广阔着呢!托尔斯泰说,小说是自由的形式。巴赫金说,小说是最年轻的体裁,尚未定型,形式将会不断出新,所以最难捉摸。他们表达的上述意思,或已一百来年，或已过了六十余年，这些思想却是历久弥新呢！难道这一百多年来的小说创作的探索，不正是这样的一个过程么！

　　一些人说小说死了，实际上是针对小说流派的更迭现象而说的。现实主义小说长期独霸文坛，经历了无数辉煌。要挤对它自然首先得力于时代的风气，而在理论上确实也要有勇气，要有精到、严密的论点。但在那些讨伐现实主义文学的檄文里，在说出一些新思想的同时，也夹杂着不少浮夸、虚假的不实之词。打倒什么？是文学作品吗？是这个小说流派吗？是这个小说思潮吗？是这个小说流派的写作方法吗？好像都是。可是在那种振振有词而不加辨析的含混中，实际上还秘而不宣地包括了这一小说流派的创作原则与精神。也许不是有意为之，因为一些文章作者根本就没有这种认识，但却在理论上制造了一定的混乱。据我的看法，思潮、流派、写作方法同创作原则与精神有联系而又是不同的，两者不能混同，否则我们怎么解释，当现代主义文学声名鹊起，而现实主义文学不仅没有枯萎，而且，比前者拥有更多的读者呢？文学中的创作原则、创作精神一经形成，它们就获得了相对的独立性。它们是文学的组成部分，但不是具体的文学现象，它们存在的形式不同于文学作品的形式，不同于流派、不同于思潮。流派、思潮作为一种文学现象消失了，被别的文学现象更替了，但是作为一种文学创作的原则、精神，作为人类审美把握世界的方式却被保留下来了。因为这里没有什么东西可以更迭。

　　审美思维形态与科学思维形态是不同的两种思维。后者在于求知，更新知识，推动科学的发展。新的思想观念一经形成，在理论、实践上获得科学的论证，那时旧的思想观念、结论可能就会土崩瓦解，失去了使用价值与独立性，于是形成了科学中的更替现象。文学的创作原则与精神要复杂得多。它们奉行的是积累的原则。它们在创作中一经形成，便会作为人类审美地把握世界的独立思维方式而保留下来。在历史发展过程中，新的审美思维方式的出现，不是推倒原有的审美思维方式重来，而是补充、充实前者，共同、平行、共存或前后存在。有时，新的小说思潮来势迅猛，好像把原有的小说形式压了下去，但一旦审美趣味有变，原有的小说形式的写作仍然会大行其道。一百多年来小说创作的方式变幻莫测，可是小说何死之有？

近百年来科技的迅速发展，极大地改变了世界的面貌，也改变了人们的思维方式。真的，就信息而论，小说能说的，现在都由计算机、多种信息媒介说了，而且，将来人们很可能通过计算机来阅读小说，等等。小说在某一方面固然向人们传达某种信息，但是，小说仅是传达信息的工具吗？要是它的作用真是如此，那小说活该死亡了，因为在传达信息方面，它怎么能与电脑、宣传媒介相比呢！同时在电视、电影行业如此普及的今天，小说的原有领土，被兼并侵吞了，被蚕食分割了。可是，不管这一处境多么严峻，小说还是在被人创作。什么原因呢？原来小说是一种语言的艺术，是一种想象的艺术，是一种通过想象、幻想创造新的现实的艺术，是一种创造人们赖以生存的精神家园的艺术，别的行当不能替代，或只能部分地替代，这就是读者需要小说，小说不会死亡的原因了。

小说作为语言的艺术，对于作家来说，大概是施展语言魅力最为得心应手的场地了。它可以显示个性，表现风格，深入人物细微的心理深处，构成大型对话、微型对话，制造复调音响。这些方面，影视艺术固然可以视听取胜，但在描述方面就不如小说那样，可以表现得更为细腻、深邃。小说作为"自由的形式"，不仅在于它能够表现生活的多样，而且也在于自身的表现形式的丰富与多种可能；同时也在于语言能指的无限可能。语言无疑具有巨大的创造力。西方分析哲学即语言哲学的兴起与此不无关系。但是，在小说中，对于语言能指的可能性的把握，应该是有个度的，一旦失去了这个分寸感，就使小说变为纯粹的游戏了。不错，由此写出来的小说是一种形式的创新，但它往往只能成为文本而留在书架之上，不能进入交往而成为文学。

在卡洛斯·富恩特斯的文章里，存在一些西方理论家惯于表述的观点，如现实主义似乎和"幻想"格格不入。实际上，他把庸俗的现实主义观点和那些大作家对现实主义的论说一视同仁了，在这方面他也未能免俗，也许他接触到的就是那种蹩脚的理论。不过，他的关于小说能给我们创造一个新现实的思想，却是很有意思的，他说，小说"要给世界补充某种东西。它创造世界的语言补充物"。艺术品"一方面，它是对现实的表达。但是，与此同时又是不可分割地构成现实，既不在作品之前，又不在作品之侧，而是在作品本身"。一次，我在钱锺书先生家里，谈话谈到最后，谈起了现实生活。他说，我们除了一个现实世界，还有另一个现实世界，我们实际上都生活在两种现实里面。他说完，我们都会心地笑了起来。可不，这另一个世界，岂不就是文学的世界，一个想象的世界，一个与我们的衣食住行没有冲突的世界；它绝对不是向"公仆"市长写信得不到回答的世界，不用征得我的同意可代我选择的世界，但却是我们的精神可以寄寓、得到慰藉的世界，或是得到欢愉、受到震惊，或是引起思考、激起焦虑不安的世界。不管怎么说，它拓展了我们的精神，开辟、延伸了我们的心灵领地。科学和艺术都是创造，前者向微观和宏观的宇宙开掘，后者显示人的精神，凭人的想象和幻想，开发和创造精神世界，小说在这一领域功莫大焉！李政道博士说："科学和艺术是不可分割的，就像一个硬币的两面。它们共同的基础是人类的创造力，它们追求的目标都是真理的普遍性。"

20世纪的历史充满了纷争，灾祸不断，当人们稍稍安排好了物质生活，却发现了自己精神的巨大缺失，感觉到了精神家园的荒芜。一些小说描绘了人被无尽的灾祸所追逐，显示了他们精神的苦恼、探索、破碎、裂变、挣扎、绝望，使他们感到世界和自身的荒诞。卡洛斯·富恩特斯说，"小说不是向世界显示或者表明什么，而是补充什么"。但是，显示与表明，和补充并不矛盾。没有显示与表明如何去进行补充？要表明的不是什么具体的政见、哲学纲领，而是现实的图景，或者幻想的画面。20世纪的优秀小说，正在于它们的显示与表明，充实了人的精神家园。20世纪的一些哲学派别，同样在探索人的精神家园，但那是形而上的精神家园，只有少数几个人懂得。而小说所描绘的精神家园要具体、诱人得多了。它通过人们感同身受的描绘，使人们进入了自己的精神家园的探索与共建。当人面临什么末日的说法时，我总偏爱威廉·福克纳的话。他说："人是不朽的。……人有灵魂，有能够怜悯、牺牲的耐劳的精神。诗人与作家的职责就在于写出这些东西。他的特殊的光荣就是振奋人心，提醒人们记住勇气、荣誉、希望、自豪、同情、怜悯之心和牺牲精神,这些是人类昔日的荣耀。"

同时,20世纪也有一些名气很大的小说,它们更多的是倾向于技巧的探索,人的心理的单纯的拓展。在现代派的一些小说里和后来后现代主义的一些小说里,审美的含义显然发生了变化,变得多样,同时又单薄,像瘦女人那样干瘪而不讨人喜欢。托马斯·曼一次谈道:"普鲁斯特能写出《罪与罚》这样一部古往今来最伟大的侦探小说中的'拉斯柯尔尼科夫'来吗?要写出这样一部小说,他缺乏的不是知识,而是良心。"把这两位作家做这样比较自然有失公平,但是他确是抓住了20世纪一部分小说的特征。这些小说以表现语言的能指的无限可能性为荣,以致最后在语言能指的迷乱中不知所云,呈现一片破碎、拼凑、剪贴、平面、无深度,并自认为这是创造。这里是否用得上托马斯·曼说的那句话了呢!

当小说显得无事可说,叙事变得无事可叙,剩下的仅是叙事的策略手段时;当叙事拒绝"是什么?""为什么?"而一味在"怎么为"中自得其乐时,看来小说的危机就到了。它疏远读者、拒绝读者,漠视人的精神家园的拓展与建设。其时,那位写小说的人,即作者,也只好是自己产品的唯一读者了。

暂时看不到小说死亡的征兆。巴赫金说,小说要写的是正在创造的和将被创造的世界,而我们的世界正在延伸、发展着。小说是一个民族想象力的表现,想象力旺盛的、发达的民族,一定会创造出卓越的小说来,因为它是这个民族审美地感知、体验存身于这个世界的组成部分,是这个民族精神家园的组成部分。

小说是会长久发展下去的。代替"小说死了吗?"这句不吉利的提问,将是小说的危机与生机并存!

(原文作于1996年秋)

六 神话、反讽与民族文化精神
——文学中的高晓声文体

（一）当代神话与泪洒江南如雨

高晓声在去年夏天推出了他自己的第一部长篇小说《青天在上》，由于出版社、杂志社未为他召开座谈会，所以至今未见有评论家的追踪研究。不过当《青天在上》出现在我们面前时，它已不是江南农村的桑树、桃树、柳树、河边的油楝树，而是一棵根深叶茂、干高枝壮、临风摇曳、婆娑多姿的乌桕树。它是当代长篇小说艺术中的一件精品。

小说取名《青天在上》，这颇使我思索了一阵。当我读完小说跌入沉思，那孤寂而又普遍的悲愤之情就充溢了我的内心，使我不禁在心底也呼喊出："青天在上！"

其实，青天只存在于冥冥之中，当世人跌入非现实，他也就进入了神话。所谓当代神话，就是万能的人，一下被推入了新的迷信，被剥夺了原有的生命力，相信了一种不可抗拒的非理性的狂暴神力，拜倒在它面前，任它自由驱使。这是人本性的失落的痛苦，一种生存的痛苦。高晓声创造了当代神话，一个是"右派"生存痛苦的神话，一个是人被赶入天堂的神话。第一个神话是人被推入地狱，受尽煎熬，第二个神话是把人赶入天堂，谁知他们在跃入乌托邦的天堂时，却纷纷倒毙于天路之上。

人来到世上，是为了生存、自由、欢乐和创造。人与人的关系应是一种对话关系。然而一个大一统的思想王国的发明与建立，立刻改

六 神话、反讽与民族文化精神

变了人的处境。这时人的"自由就像一个皮球，滚到哪里算哪里"。他们的个性、思想一文不值，主要是专制思想代替了亿万人的思索，于是人就落入了无理可讲的专横之中。陈文清成为"右派"分子，为"舆论一律"的大一统的建立，作了祭献。处处是荒诞、反理性与权力意志的哲学。在一场没有敌人、但假想与不拿枪的敌人进行英勇无比的殊死斗争中，陈文清莫名其妙地成了敌人，恐惧的群众众口一词地说他是敌人，他也稀里糊涂地承认自己是敌人。在这种王国的建立中，我知道莫名其妙的种类实在繁多。有个山村小学里的"右派"，是按摊派下去的任务，像选举模范工作者那样选出来的。选举人心悦诚服地选出了积极工作的老师做"右派"，被选者还着实谦虚了一番，真诚地说自己做右派的条件还不够，离党的要求差得很远，要继续努力，不辜负党的培养，云云。及至工资降级，逢年过节被驱入五类分子队伍，聆听民兵连长训话，才明白当"右派"是怎么回事。但悲剧已当喜剧演出，重新改排为时已晚！陈文清就陷入了这种悲剧，跌入这种精神、人格受尽侮辱的荒诞。他被打成右派，是因为他在党报上写文章"反党""反社会主义"，但老百姓看了报上报道，以为这不过是官场"捐轧"，这是荒诞！陈文清充军故乡，遵照吩咐要定期向老乡交待罪行，老乡几次听了觉得这不过是些不着边际的空话。次数讲多了反而引起怀疑，一个亲属认为，干部会贪污、强奸女人的坏人有的是，但从未把他们视为敌人，可见陈文清的罪行比他们还大。另一个亲属就认为陈文清"要同共产党争天下"，抢坐龙廷，那还了得。两种逻辑相去何啻十万八千里，这是双重的荒诞。在这个大一统的王国里，丈夫把妻子在枕头边讲的话抖了出来，使妻子成了右派，就像"换破烂的挑着担子来了，叮当敲下拇指大一块烂饴糖，就把她换走了"；而有的人用一张八分的邮票就把朋友卖了，这是荒诞。倒是老乡对"右派"帽子看得很轻，乡情族谊，使陈文清感到人间尚有温暖。他同周珠平想遁入与世无争的桃源，但是听训话，沉重的劳动，"捐献""投资"的烦扰，大跃进，把他们的美梦打得粉碎。人格的屈辱与精神的牢狱，使人体验到了生存是多么痛苦。

但是大一统之后的"大跃进",使我们看到了把几亿人赶入天堂的更大荒诞。这是乌托邦共产主义的荒诞。人在这一荒诞中,体验到生固然艰难,但死也并不容易。

我要在这里把高晓声的《青天在上》与苏联著名作家扎米亚金的反乌托邦小说《我们》做个简单的比较。扎米亚金针对无产阶级文化派消灭个性、提倡"我们"、反对文化传统,在大一统的思想净土上建立社会主义,结合对工业社会机械化的统治的考察,于1921年写出了一部反乌托邦小说《我们》。这部小说直到1988年才允许在苏联刊物上发表出来,但在外国已流传六十多年了。《我们》用科幻小说的形式,描写了公元3000年地球上经过了200年大战,终于建立了一个"统一王国",统治这个王国的是受万民爱戴的"救世主"。在这个王国里,万民已无思想,也无个性,因为有"救世主"替他们思想,为他们谋幸福。万民因思想划一,只用号码替代,所以也无姓名。他们生活一律化,都穿着灰蓝色制服,散步时四人一排,一起举步,吃饭时按音乐节拍同时按数嚼咽,工作、就寝,行动自然一致。他们住的是玻璃房子,个人行为一目了然。个人的性生活还是有的,但每次都得去化验荷尔蒙激素的指标高低,再进行合理分配、组合。道路也是玻璃制成,两旁装有美观的窃听器,以记录街谈巷议。号码一有思想、幻梦,立刻用机器进行洗脑。在这个王国里,选举领导人,仪式还未举行,结果早已出来,都是事先指定的。最后,有的号码"野性"未泯,起来造反,但以失败告终,被捕者被置于玻璃气罩中,抽掉空气窒息而死。古典乌托邦主义的著作,给我们描绘了未来的无限美妙的生活图景。但是这部小说却预示乌托邦社会的大一统王国一旦实现,将会给人带来巨大灾难。思想被禁锢,人性遭扼杀,人的生命被无情摧残,"救世主"不过是一个凶残的宙斯。

如果我们承认,在一个时期里,我们曾经做过无思想的、一律穿着灰蓝色制服的号码,被压抑了人性与个性,那么就得承认,《我们》确是一部天才的警世预言小说。小说使用了奇特的艺术技巧,如荒诞、幻想、梦幻、象征等手段,艺术上大大胜过于另一部反乌托邦小说《1984》。

六 神话、反讽与民族文化精神

但是高晓声的小说自有特点,如果《我们》写的是预言的荒诞的神话,而且可怜的现实,竟不幸而被言中了,那么《青天在上》揭示了现实的荒诞,创造了现实的神话。

反右的神话为"大一统"的形成准备了条件,于是在普遍和谐、一致、团结的净土上,出现了"大跃进"的壮举,使整个中国大陆进入了当代神话时代。农民被"教育"过来了;对上级意图心领神会的王国国说:实行共产主义就是"吃白斩鸡";"跃,就是跳,跃进,就是要跳着前进,我们现在要……大跳"。于是整个国家大跳起来了;于是"只要想得到,就能办得到;不怕办不到,就怕想不到"!这种极端乌托邦式的空想,就被喻为农民从未有过的"意气风发",这是荒诞!几年超英,几年超美,一些人以为自己掌握了魔法,吹口气就能变出个天堂来,这是荒诞!人都向往天堂生活,于是一些人奉命拆灶台,办食堂,敞开肚子吃,有的人居然吃得撑死了,可见食堂化后普遍富有之一般;而随后大批大批的人又纷纷倒毙于破屋、路旁,这是荒诞!大炼钢铁把农民的锅、斧、锯、凿统统当作原料去炼钢,以放出钢铁卫星,结果使工具变成堆堆废铁,这是荒诞!楠木大厅原可住人,或作他用,但竟被隔成小间,拦成猪圈,最后拆了当木料东填西补,这是荒诞!村旁原有河道,为了天堂化、田园化,好让首长在飞机上看下来田野里的泥路、河道,整齐划一,于是一声令下,喝令河水改道,挖了东边土,填了西边河,逢树砍树,遇屋拆屋,这是荒诞!我还知道,有的乡里发挥敢想敢干的精神和"科学种田"的思想,为创造白薯比糖还甜的记录,竟把大袋(麻袋)大袋的白糖当作肥料壅田,这是在这个神话式的年代,可说无奇不有,天天都有"新事物",一切都颠颠倒倒,处处笼罩着愚昧、非理性、权力意志的阴影,它们给人们留下了大片饥荒、饿毙的惨景。农民乌托邦式的共产主义,使现实变成了真正的神话。它是《我们》的现实化的表现。当时竟未有一人的智力,能高出于农民乌托邦主义的,除了那些预感到会来临灾祸、之后备尝饥饿之苦、没有主义标榜的农民。

在这里,我想提出高晓声的《青天在上》的第一个艺术特征,即对世界具体感受的厚实感和入世的人道精神,这也是作者的艺术特征。高晓声对 20 世纪 50—60 年代的江南农村的变迁了如指掌，他在创作中一直抓住了它，描绘那里的风尚人情，沧桑变幻；剖析着与他长期相处的各式农民的内心世界，他们的欢乐与悲伤，心的创痛与颤动；他们的生活的变形与神话化，扭曲与复原。这种对农村生活的真切了解，使高晓声获得了一种深层的农村文化心理基因，在他的对世界的具体感受中，显示出一种特有的艺术感觉的厚实感，传达到读者那里，化成了一种审美感受的可信性。

这种对世界具体感受的厚实感，在艺术描写中表现为能以一种深邃的、充满睿智的目光来透视农村的变迁，并使他的艺术形象获得高度的质感。像李顺大、陈奂生这样的人物，都带有那种特有的江南泥土的芳香而独树一帜。《青天在上》扩大了他原有的小说的视野，深化了他过去的片断的艺术感受，使他的艺术的厚实感获得了新的品格，这就是对农村生活的那种交叉纵横的复式感受，对人的命运的纵深探索，从而形成了他那种大幅度的、审美把握现实生活的直接性和透视力，和拥抱那个曾经是无比伤痛的现实的人道精神，凸现出一个完整的艺术世界，自然也是神话的世界。所谓直接性，就是作家的一种磅礴的主观、直觉能力，一种大幅度洞察生活的才干，一种凭感受、情绪、感觉对现实关系的全面渗透与把握，一种在感情倾向上是自觉的，在理性倾向上往往是不自觉的艺术直觉（见拙著《现实主义和现代主义》，第 118 页）。这种接性表现为高晓声只凭自己的感觉、感受而面向生活，所以他对人物和人物关系的审美把握具有极强的个性特征、穿透力和分寸感。《青天在上》里的耀中、耀明、云清、祥金，各具个性特色，显示了农民的浑厚而机敏、质朴而富有智能、忍让而又幽默的特点。他们在被限制的框架里生活，逆来顺受，固然缺乏进取、独立精神，但在求取正常的生存中，各自保持了特有的机智、尊严与人格。像王国国这样的乡干部，最易被简单化，因为生活本身已把他们培养成了脸谱式的人物。但《青天在上》并未把他当作坏人看待。这种人到处都有，手里都有大权，他们之中不少人愚昧无知，但成分好，觉悟高，成了执政干部；他们没有能力，但能毫不走样地传达上级指示，忠诚可靠；他们不懂得人，但一抓人就灵，因为能搞阶级斗争。在不少人物细节描写上,我们可以窥见作家的艺术感受渗透之深。

毫无疑问,高晓声对陈文清与周珠平两人倾注了他深厚的同情。陈文清从未想到自己竟会去和共产党争天下,但被加上了这个罪名,于是他被打开了头,打断了手脚,被撕去了做人的脸皮,这个"右派"确是被按在地上"打"出来的!高晓声显示了人的生存的无限屈辱。在口号、批判声中,陈文清承认自己有罪,当平静下来又觉得实在无辜;他在"大好形势"中觉得自己"右倾"了,但一进入"五类分子"队伍,又觉得受到莫大侮辱。他活也不是,死也不能,再没有比这种人的生死两难的处境更痛苦的了!但是在这个寡情绝义的世界上,有一位聪明美丽的弱女子周珠平倾心于陈文清。在陈文清成了右派之后,周珠平不改初衷,这已不同寻常了,这是勇敢的女性。同时她还跟随陈文清"下乡",一起流放,并与之结合,这真有点像出身贵族的十二月党人的妻子,跟随丈夫充军西伯利亚苦役地的气概,这是伟大的女性。病弱身躯的爱情,变成了一种献身的爱。对陈文清来说,他的那种过去多少有点同情的爱,现在成了真正的爱情,因为自己的优越条件都已丧失,在某种意义上双方平等了,两人都在爱情中找到了人性的唯一慰藉,因为生活只给他们留下一小块爱情的地域了。高晓声这位善写农民心理的作家,这次把陈、周两人的爱情,写得如此传神、细腻、高尚、美丽,并使周珠平带有一些林妹妹的神韵。可惜,严酷的现实不容美的存在,"风刀霜剑严相逼",陈文清唯一的生活希望,美丽、智能而羸弱的周珠子,竟在大饥饿中香消玉殒。

我知道,当高晓声在回忆那生存的痛苦、美的破碎与失落的年月,在描绘那愁云低垂、荒坟白纸的艺术世界时,他会再次泪洒江南如雨的。

(二)激情、声调(反讽)与结构

在高晓声过去的创作里,读者可以见到他对自己创作的基调是有着他特有的把握方式的,并且已形成了他独特的审美心理定势,这就是他拥有的审美趣味、感受的力度、想象的方式、个人气质、观察才能、创作素养、艺术经验以及其他因素的综合体。这些因素不断地积累着,流动着,发酵着,组成了创作主体的一种动态的审美心理结构,或称做格局。它平时呈分散零乱状态,又不断得到充实与调整;有时潜伏着,有时处于一触即发状态。格局既经形成,就会要求创作主体按照它预构的模式,通过创作实践而获得满足。在高晓声身上,这种审美心理定势不断积淀着、变化着。当他的感受、想象与认识结合而沸腾起来,即已形成非把难忘的"饥饿"加以艺术地体现的心境,从而形成了一种创作的激情,这时作家原有的审美心理定势作为创作深层的内驱力,将会有意无意地指导着创作主体选择一种叙述的基调和方式,使激情付诸实践。

有两种选择方式,一种是作家原有的审美心理定势比较活跃,显得趣味广泛而不断吸收外来影响,这使创作主体能够选择多种创作基调和多种创作方式,形成多种创作风格,特别在小说叙述、结构方面,不断花样翻新。但也可能由于主体的创作力并不强大,不能凝聚成多种风格特征。另一种选择,是由于作家的审美心理定势、结构比较稳定,主体激情的强烈刺激,使他沿着原有的道路,驾轻就熟,选择类似的创作方式、叙述结构,从而大大地深化了新的创作的基调,进一步发展了原有的创作风格。

从《青天在上》的基调、结构来看。高晓声的选择属于后者。他的审美心理定势比较稳定,这一特征使他不是更多地改变叙事方式,去追求结构的新奇,而是大大发展、深化了原有的艺术特征。高晓声原有的艺术特征是什么呢?这就是在《李顺大造屋》《陈奂生上城》等短篇中表现出来的幽默、调侃与反讽。在《青天在上》里,则形成了一种处处都是反讽与幽默,并与清丽的抒情描写相结合的特征,当然前者更占主导地位。它们同时组成了高晓声创作的第二个艺术特征而贯穿于《青天在上》。

反讽或称嘲讽,说得直白一点,就是正话反听。在一般文学作品里,反讽只是一种修辞手段,然而在高晓声作品中,反讽不仅仅是修

六 神话、反讽与民族文化精神

辞手段,却成了一种全面的叙述文体。可以这样说,高晓声的一个重大贡献,就是给新时期文学提供了一种反讽的叙述文体,我们可以不作夸张地把它称作叙事艺术中的高晓声文体。可以认为,在叙事方式中,高晓声可能会有不断的新的尝试,例如像《鱼钓》《钱包》等作品所显示给我们的,但是把《青天在上》与其他作品联系起来看,反讽与幽默将成为高晓声叙事艺术中的主导成分。

为什么要有反讽?对于高晓声来说,主要在于现实本身有时就是一种失去理性的荒诞。他的个人的痛苦经历,他的长期被抛弃、践踏、嘲弄的命运与处境,他在生活底层的所见所闻,也许使他比其他人更早发现生活之荒诞不经。然而,按其地位他不能申诉相反的意见,于是他产生了一种无可奈何的态度。这种态度往一个方向发展,就是沉默,或是彻底的妥协;往另一方向发展,就是不平的吐露,就是心底里的不屈服与抗争,就是要反驳,一种特殊的反驳,即嘲讽。或嘲讽事物,以表现对失常生活的评价;或自我嘲讽,"用自我的美的方式发发牢骚",一种调侃,高晓声采取的是后者,这是一。同时高晓声生活在底层,在农民中间,而农民生活中的大事,是吃饱肚子,所有反对他们吃饱肚子的事,或那些威胁他们吃饱肚子的事,他们固然反抗不了,他们大部分人是随大流的"跟跟派","上当受骗派",然而那些机敏、富有智慧和见识的农民,则会显出他们心底里的抗争与反驳,一种嘲讽态度。高晓声混迹其间,印象极深,积累颇多。一旦生活发生变化,可以对过去重新加以审视,于是那些丰富的生活积淀,全都转化成了他的艺术感受。他清醒、冷峻、风趣,他探索着自己的艺术基调。当别的作家动人地描写痛苦岁月里他们的心的创痛、爱的波折、信念的忠诚、人的毁灭和悲剧,高晓声却兴致勃勃地一下就采用幽默的形式,描写农村底层人物几十年来的滑稽遭遇与命运的播弄,揭示生活之荒诞。《青天在上》通过反讽的全面运用,大幅度地、总体性地、极其深刻地揭示了人性的变形,以及权力意志哲学肆虐下人的灾祸,以显示生活的非理性之深。生活的非理性,可以采用夸张、变形、象征、荒诞的形式表现,但高晓声采用了常态形式的假定性原则,即按照生活的本来面目的形式显示生活本身,让生

· 421 ·

活自身在反讽、幽默调侃中显示自身的荒诞，以这种形式激发读者的类似感受。高晓声利用了对过去事物的客观描述和隐藏于其后的潜台词即当代的审美目光、评价之间的反差，达到强烈的反讽效果。

叙事人的描述是大量的，有两种情况，一种是通过不动声色的叙事人的客观描述形成的反讽情势。"'书还是要读的'，王国国挺有见解地说，'不过也不能看得太多，公社徐书记说，反右的时候，毛主席就说过，书看多了，就变成书呆子了。做书呆子总不行，要靠实践，实践出真知。我们这些人，就是实践出来的'。珠珠虽然幼稚，一听也知道这套理论的来源。而由这样的人说出来，显得分外了不起。可见群众学哲学，用哲学相当普及，心中十二分地赞叹。"这里完全是一种客观的描述、正面的叙述，但从今天的审美评价着眼，皮里阳秋中分明透露出相反的音调。一种是叙事人利用语境，在叙事中顺水推舟，稍稍插上几个妙趣横生而又为读者不加注意的字眼，立时可以显现出反讽的情调。例如"文清虽说要接受群众监督，但群众又不拿国家的监督费，常把这类光荣的政治任务看成多管闲事，文清也不勉强他们，只好自觉改造了"。可以说这类反讽俯拾即是。

另一种反讽是由人物独白、思索造成的，而且人物的态度愈是真诚，愈是真实，反讽的意味也愈强烈。人物说的都是肯定的正常的话，想的也确是当时真诚的想法，但今天读的人却听到了相反的东西，以为主人公是在"说死话"，即一本正经的不露声色的正话反说。例如耀中"怀疑文清在外面出的毛病，决不光是说空话，弄笔头，恐怕还货真价实地干了坏事。否则的话，怎么会失了血性，像鼻涕一样烂了呢？况且要不是干出了坏事，共产党也不会这样处分他呀！干部里边，贪污的、强迫命令打伤了人的、勾引、胡搞人家老婆的，奸了人家黄花闺女的，都不曾看成敌人，一脚踢开。文清干的坏事，分明比这些更严重……"这里的反讽含义复杂，极为辛辣，真诚的对比出自主人公的真实的认识，这是一种常规的普遍的社会心理。但是它多么尖锐地暴露了生活中的不分是非、颠倒黑白、不辨好歹、混淆善恶的反常状态。自然，反讽的对象不是主人公本人，而是隐在主人公身后的另一个"主人公"，一种社会现象。

六 神话、反讽与民族文化精神

反讽作为《青天在上》的基调是通过叙事的常态形式表现出来的，而未采用变态，这大体也就决定了小说的结构形式是一种写实性的叙事结构式的叙事结构。这里没有人物、情节的淡化，而可能使那些新式评论家不屑一顾。的确，高晓声的小说在情节结构上没有带来新东西，要是转述这部故事，那么只需几句话就可交代过去。但是敏感的读者可能会发觉，《青天在上》与其说是一部情节小说，不如说是一部细节小说。因为这里实际上没有多少情节。对于主人公来说。他们事实上已处在事件之外，他们已不在事件中心，事件已与他们无缘，事件在小说里起着作用，但仅是一个背景了，在这一意义上这部小说的情节是淡化了。我所以说这部小说是细节小说，在于高晓声写的，全是些琐事，实在是些琐琐碎碎的事，但是琐事被描写得如此动人，如此吸引人，我不得不说这是一种高超的叙事艺术。高晓声的细节艺术，已不是巴尔扎克式的细节描写，但也不是今天那种自以为高明、实际上是令人不堪卒读的、耍嘴皮子的细节展览。高晓声的细节艺术是饱含着人物感情的、显示着他们评价的、富有生活情趣和象征意味的细节艺术，是优美的水乡自然风物动人描绘的细节艺术。它们通过吃、喝、住、串门、借贷、坐黄昏、讲老空、说山海经、关门议论等细微、琐碎之事折射出社会的风貌，人物内心的隐秘和隐痛，组成了一幅人的生存痛苦的长轴。小说末尾有一个细节，即写到周珠平临终前断断续续的谵语："我要拆布！"这是神来之笔。人死之前，常有一些令人不明不白的语言，这也十分常见。这是童年的生命意识与遥远过去的回忆与反照。歌德有诗云："幸福与不幸，都织成了歌唱。"可是我们的主人公生到世上，就开始织布，而不是歌唱。他们用一根根的希望与痛苦、幸福与不幸的线，织成自己的生命之布。但是就是这样的布，也为严酷的现实所不容，它把周珠平和陈文清织成的生活之布，一线一线地拆散了，使他们的生活解体了。"拆布"，是生活的悲剧的记录！

至于说到《青天在上》中的江南水乡景物描写的细节，如河上晨雾、归舟夕照、捉鱼挖鳝、河边芦苇、水草翠鸟，把它们写得如此诱人，即使在天灾人祸的年月，犹显出秀丽、妩媚的风韵，我以为高晓声是第一人。

（三）呢喃乡音、双声语与文学语言创造

高晓声小说的语言，注意的人似乎不多。我曾考虑过，苏南作家写作小说，要使用什么样的语言，才能为读者所喜闻乐见？苏南语言属吴语系统，苏州、无锡、常州虽然毗邻相接，但在二百华里范围内，居民所说语言极不相同。例如苏州语言语调细软，软得几乎没有骨头一般，所谓吴侬软话即是。常州语言粗硬、火爆、短急。在无锡，旧有"情愿听苏州人吵架，也不愿听常州人讲话"之说，讲的是常州人说话的语调就像吵架，似乎火气十足；而苏州人吵架，没有那种剑拔弩张的架势，就像一般说话。无锡人说话的语调则又自成系统，外地人听无锡土话，懵里懵懂；旧时无锡城南城北虽仅有几里之遥，居民语调也已软硬不同了。解放初期有些苏南人写的作品，用了大量方言，本地人懂得，但其他地方的人就莫名其妙，小家子气，无法使自己的作品打开流行全国的局面。可见吴语系统的作家在使用语言时的难度之大。

高晓声投入新时期的文学创作，就在探索着他的文学语言的创造。一方面，最近几十年来的普通话的提倡，使方言地区的居民相当普遍地懂得了通用语言，这是作家创作的一个有利条件；另一方面，高晓声在一般通用语言的基础上，提炼着江南农民（居民）的语言，创造了一种具有江南浓郁的地方色彩的、独特的、幽默生动的、又被普遍接受的文学语言。可以这样说，在《青天在上》里，高晓声淋漓尽致地表现了自己的语言艺术的才能。他所创造的文学语言，具有高度的审美价值，成为新时期文学中最具个性的文学语言，这是高晓声小说创作的第三个艺术特征。

首先是，高晓声对江南居民特别是农民的语言太熟悉了，他把一大批江南农民使用的常见用语，汇入了通用的普通话，丰富了文学语言，使它们获得了文学的生命。我先挑出一些人物对话用语的例子。如老地主顾连荣第一次给陈文清带信，叫他去开"五类分子"会议，

六　神话、反讽与民族文化精神

见面第一句就是"你就是陈耀先陈先生家的老大吧？"这"陈先生家的老大吧"一语，用得恰到好处，读来让人叫绝。"老大"一语，老人见小辈时可以说，显得亲切、不见外，而平辈和其他人只有在背后议论时才说。又如文清去看望病重的叔叔耀明，问他舒服不舒服，病人回答说："困困就好了。"这既是常用的语言，表示不用担忧、自我安慰的语言，也是无力就医无可奈何的语言，既可被普遍接受，又具有地方特色。此外高晓声引入了一大批苏南地方语言，如"不碍的"，"用不着的"，它们在江南水乡应用极广，表示让座时的客气话，道歉，不用客气，不必在意等意思；还有如"漾在清水里"，"剥了脸皮"，"焐暖"身子，"伛头伛脑"，"窝头窝脑"，"狗脸亲家公"，"拖鼻涕朋友"，"强出头"，"水谱蛋"，"死蟹"（没有办法了），"菜干头肉"，"冤大头"，"鲫掐头"，"阴死鬼"，"投煞青鱼"，"牵丝攀藤"，"卸肩胛"（撂挑子），"打嗝顿"，"偎灶猫"，"好肉出在骨头上"，"浜梢"，"要说是道，不是道道，说不是道，也是道道"。有的属于俗语，如"蹲在河里等潮来"，"船到桥头自然直"，"横撑船一作梗"，"新箍马桶三日香"，"捉了老乌（鸦）在树上做窝"，"眼睛一眨，老鸡婆要变鸭"，等等。这些地方语言与俗语，通俗易懂，具有使用上的广泛性特点，它们形象、幽默，富于智性，被高晓声写入作品，就成了具有生命的文学语言了。

《青天在上》语言艺术的第二个特征，是双声语的广泛使用。巴赫金讲到"讽拟体"（即反讽）中，"作者要赋予这个他人语言一种意向，并且同那人原来的意向完全相反。隐匿在他人语言中的第二个声音，在里面同原来的主人相抵牾，发生冲突，并且迫使他人语言服务于完全相反的目的"[①]。这里讲的是反讽的双声语问题。在我看来，所谓双声语，一是小说文本的声音，二是读者在阅读中听到的另一个声音。小说文本的语言是正常的叙述的声音，阅读中听出来的则是对前者的含义的嘲弄、蔑视与否定。也就是，双声语具有两种功能：叙

---

① [苏]巴赫金：《陀思妥耶夫斯基诗学问题》，白春仁、顾亚铃译，生活·读书·新知三联书店1988年版，第266页。

述的功能与反讽的功能,使用双声语是为了表现相反的意思。这样,叙述的文本不仅仅是包括了一个一般意义上的隐在的读者,同时也包括了一个挑剔的、对立意义上的读者在内。因此,正是双声语形成了小说反讽的语言基础。

在《青天在上》里,双声语是通过主人公与作者的语言来达到的,所以色调的强弱不一,分析、评价的效果在程度上也并不相同。先说主人公的双声语,它们主要是通过主人公或真诚或怀疑的态度而表现出来的。由于主人公作为"罪人"而被管制,所以他的语言主要是忏悔的语言,他忏悔得愈真诚,他的认识按正常流行的要求愈加深,他语言后面的另一个声音,就愈显示出他所受骗之大,就愈显示出虚假的理论对人性扭曲之深。在这里,这双声语的第二个声音表面上是指向主人公的,但是实际上它却是指向主人公后面的一个阴影,我们可以称它为迷信也好,或是乌托邦也好。

但是更有特色的是作者叙述中的双声语。需要指出的是,作者的语言相当频繁地插入了他的叙述语言。这里有两种情况,一是作者以叙述人的身份,平静地、如实地描写那时认为是正常的事物、人物的语言。由于今天审美感觉、认识的变异本已构成反差,形成了反讽的情势。二是作者又顺势插入几个侧重语气的词,评价性的词,或放进一个比喻,使叙述语成为带刺的语言,从而大大加强了反讽效果。在《青天在上》中,这种双声语随处都是,它们充满幽默,富有寓意,极为形象,使叙述充溢着一种审美感受、评价的活力,激发读者的健康的艺术感觉,使之透入生活荒诞,并使阅读成为一种审美享受。"搞社会主义建设,好比在铸造一只很大很大的锅,能叫全中国人民都在这口锅里吃得饱饱的。假如这只锅铸成了,用来烧吃的,那该比天宁寺的锅子更香。""比天宁寺的锅子更香",比喻中既有幽默,又有揶揄这大锅饭后来确是香了几十年。陈文清"晚上回去写思想汇报,每天来上班的时候交给王国国。思想汇报分两点,一点是自己坦白,另一点是揭发别人。王国国的表达方法,同通行的一模一样;全是赤裸裸地剥光了衣服来的,不像资产阶级老要用到遮羞布"。"剥光衣服"是"赤膊上阵"的通俗化,同"资产阶级遮羞布"一起,都是过去政治斗争中的通用语,这里的运用使它们变成了反意,无数过来人读来,定会发笑,想不到这些通用语竟获得了新意。

《青天在上》的语言艺术第三个特征,使用了叙述的夸张和反话,它们的总的特点是不同于双声语,在叙述中表现得直白与明确。夸张的适度使用,形成了一种纯粹的幽默。例如祥金儿子小鱼偷了父亲的瓦匠工具,去交铁大炼钢铁,祥金发现后,追问小鱼把它们弄到哪里去了而打他屁股:"'你说呢!你说呢!'小鱼到了这种时候,仍旧威武不屈,一面像鲶鱼似的扭着腰把子想滑脱,一面杀猪似的大声叫喊,高度夸张经受的痛苦,却没有一句实在的口供。"又如大办食堂,人都变成了天吃星,吃得昏天黑地,连鸡种都吃光了,"吃得那些习惯在床上听金鸡报晓的老人们神经衰弱,夜夜担心老天不再亮起来"。这些夸张,总的特点是充满风趣,都会使人发出会心的笑,但有的读来,会使人满嘴都是苦涩味,而且再也不能回味过来。又如陈文清可以参加社员大会,比地主顾荣根高了一等,小说写道,这"就像豆腐店里浇百页,顾荣根在最低一层,陈文清还在他上一层呢。……他们同样是落水狗,一只赤手空拳,另一只爪上还捞着一根稻草,使他光明。所以凡开会,一定要去,以自别于其他四类"。这类幽默,不仅苦涩,而且还获得了显示心理状态的功能。如前所说,双声语中包括有作者评价的双声语,而评价的量的增加,往往形成了作者叙述的直白的表意,于是使得反讽的特征逐渐隐去,使得阅读的声音或隐在的读者与叙事人的不平的声音相接近、一致,形成嘲讽,以直接来揭示事物的荒诞。如大办食堂,家家户户的家具全被搬走公用,老乡家里一副败落景象。周珠平来到耀明家,"堂屋里四壁萧空,这儿原来也只有两张条凳一张矮凳和一张旧桌子,珠珠难得来,来时耀明就在这儿见她。如今家什都搬到食堂去了,客来只能坐地。珠珠倒觉得这房子变宽大变清爽了。毛主席的相片依然供在正对大门的壁幔上,同过去一样端庄慈祥,雍容大度,全不在乎这里有什么和没有什么,比之摆饰得很好的堂屋,蹲在这里倒更有'今日得宽余'的感觉"。应当说明,某些反讽和讽刺的界限,有时不甚分明,这也是事实。

《青天在上》的语言艺术还有另一特点,即反讽、幽默、讽刺与抒情的结合。抒情主要偏重于风情描写，前面已论及，它们的语言是那样清丽，它们描绘的江南小景，有时就像水墨画，有时就像水彩画，令人悠然神往，会勾引起江南游子的无尽乡思。但是高晓声笔下的农村风情画。如今早已成为一种回忆了，它们被现代工业的发展涂成乌墨一片而令人黯然神伤！

（四）故事、传说与民族文化精神

阅读高晓声的小说，读者可以很快分辨出他的艺术个性和风格，他的特有的叙述语调和语言结构，正如我们前面所说的那样。同时，还分明可以感到他的小说的深厚的民族文化精神的特征。

现在有些叫好的我国当代小说，如果给其中的人物换上外国人的名字，读者就可以把它们当作平平的外国小说来读；而在某些评论家那里，它们简直是好得不得了呢！这自然也好，说明不同民族界限日益减弱，不同民族的心理沟通了，外国人也可以现解中国人了，中国文学似乎走向世界了！但是……

但是，文学著作不是科学著作，也不是奥运会竞技，那里对速度、高度的要求的标准，是统一的，一体化的，更不能说落后国家的水准永远是落后的。当今为某些中国青年作家所膜拜的卡夫卡、海明威、加西亚·马尔克斯、艾特玛托夫，要是他们都用海明威的电报体写作，都像海明威那样叙说故事，写硬汉性格，诉说人生之迷惘，那么读者只需有一个海明威就够了，何必还要阅读其他人呢？不同民族的人性、永恒的生死主题固然是共同的，但是中国人的痛苦与美国人的痛苦是一样的么？哥伦比亚人的悲剧与苏联人的悲剧是同一性质的么？文学失去了民族特性，能取得挤入世界文学之林的许可证么？那些消遣性的产品，的确易为各国消费者读懂，市场也广阔，但真正的价值就未必会胜过纯文学（泛义）的。越是民族的就越是世界的这种提法，是针对文学缺乏自己的民族特性、地方色彩而说的，也是有识之士看到了一些人一味模仿外国人的作品而说的，这有什么可指责的呢？用所谓越是民族的就越是落后的论点进行反驳，实际上这是反驳

六 神话、反讽与民族文化精神

者完全丧失民族文化的自信心的表现,显示了自身的浅薄。同时,这如果不是在理论上故意错位,那就是在文学创作上主张科学主义了。沈从文如果不写一个独特的中国人眼中的湘西风情,读者会欣赏他?外国人会为他叫好?没有中国的民族文化精神的表现,世界会承认他?在这方面,我以为高晓声的小说,是散发出了浓郁的民族文化精神的芳香的。

所谓民族文化精神,说的是一个民族所张扬的独特的文化观念以及它所体现的民族精神特征,在文学中表现为作家的一种民族特有的审美视角,他所描绘的民族风情和个性,他所使用的本民族喜闻乐见的语言和形式。这是一个民族在长期的审美实践中形成的文化精神的凝聚物,并逐渐积淀为文学传统。在文学的民族传统里,既有比较稳固的因素,浸润着后世的创造,也有保守、排他的东西,而不断被扬弃;同时在现代意识的光照下,又不断吸收着新东西,给以充实与完善。在我看来,所谓现代意识,这是一种搏动着时代精神的宏放的开放性意识,一种富有民主、进取精神的历史观,能够不断摄取人类文化中一切有价值的东西,用以丰富自己、更新自己的创造性意识。现代精神与民族文化精神的融合,肯定与批判、选择与扬弃,不断丰富与改变着民族文化精神的内容与观念。所以民族文化精神并不是凝固不变、守旧落后的东西。

高晓声的小说创作意图,表现了我国文学中的一种入世的观念,虽然长期以来出世的观念与入世的文学观念相互补充,但入世的观念则是我国文学创作中的体现了民族文化精神的一个主导因素。高晓声是有所为而写作的,虽然,前几年有所为的文学观念不断遭到讽刺、否定,但是我们根据事实来说话,在有所为的观念指导下,佳作迭出,而无所为的文学观念只不过推出了一些无所谓的东西。如果没有一种崇高的意向,如果没有激情,如果以为艺术的虚构就是为了达到艺术的虚妄,如果不想给人审美享受,如果不想诗意地使我们体验些什么,那么请你别浪费精神了。《青天在上》中的无数细节,是非常痛苦的,回忆它们是一种痛苦,耐心地把它们描绘出来是三倍的痛苦!高晓声寄情于《青天在上》,寄哭泣于《青天在上》。这种家国情是多么深沉。小说写到一个楠木大厅,每次写到它时都在发生变化,它是我们文化的象征,但是大跃进把它毁了,这也象征着文化的毁坏。打"右派"是一种文化专制主义的表面化,是专制文化自恋的表现,而对于这种历史的自恋,农民竟把它消解掉了。乡情族谊是自然经济、小生产制度的产物,但有时竟胜于种种时髦口号,竟闪耀着人性的光辉。没有欺骗,没有愚忠,没有心理战的残忍,没有非理性主义的疯狂与荒诞。而在大饥荒的年头,不少人还伸出手来支持陈文清、周珠平,甚至为他们献出生命。

同时,使人感到兴趣的,《青天在上》还显示着民族文化精神的另一面。这就是由于作者引进了不少故事、传说、寓言的叙事对话方面而造成的一种民族文化精神的氛围。读者也许还记得《李顺大造屋》中,李顺大挑起糖担,出去换收破烂时唱的"稀奇歌"。这支歌我在小时候也曾和小伙伴们唱着玩儿过,不过歌词只有几句,如"稀奇稀奇真稀奇,老公公困在摇篮里,大船翻在阴沟里,瘌痢头戴西瓜皮"。歌意说些意思相反的古怪事,大概原是嘲讽世间的怪事的,小孩唱唱玩玩。但当被高晓声添了许多古怪而真实的对比,用来映照那荒诞、疯狂的岁月,就使我怦然心动了:"老鼠咬破猫肚皮,狮子常受跳蚤气,狗派黄鼠狼去看鸡,长人作了短人梯,穿袍的邪神一胎泥,火赤练(赤练蛇)过冬钻在菩萨肚皮里,闻着香气装神气⋯⋯"高晓声赋予了这首被他加工过的儿歌以动人心魄的艺术生命。它滑稽、幽默、充满睿智而寓有深意。特别是李顺大一次出去换破烂,路遇已经进入劳改队的"走资派"——老区委书记刘清,两人一见竟是悲喜交集,刘清央求李顺大再唱一遍稀奇歌,歌声竟然"悲惨、沉重、愤怒"起来,"两人都流下了眼泪",因为现实本身竟成了"稀奇歌"。原来稀奇歌并不稀奇,它只是画出了生活的本来面目,道出了人的生存的颠颠倒倒的处境。

我注意到,在《青天在上》的对话中,高晓声引用了十多个故事、传说。这些故事、传说、寓言,有的是今人编的政治讽刺,有的是旧时的故事、"旧话",有的是流传民间的传说。它们都是被用来做比喻、表意的补充的。我想它们都是作家创作时有意为之,又是随手

六 神话、反讽与民族文化精神

拈来的,因为他对这种文化的表达方式太熟悉了,听得太多了。

在这些故事、传说、寓言中,一类是用以揭示主人公的自身处境的,如陈文清与许源各自讲的故事、政治讽刺等,都是自己处境的概括。例如,敌人改悔了,是可以信任的;而自己人认了错,随你怎么表示忠诚,也是不可信赖的。一种流行的逻辑是:杜勒斯能背出毛泽东的著作,也还是反动到底的。所以一些人愚忠到如此地步,另一些也可以无情无义到如此地步。第二种故事、传说的讲述,起着一种灾难的预示作用。如说到南京的大铜钟的铸造时,沸腾的铜水凝不起来,铜匠的三个女儿接连跳了下去,才浇铸成了大铜钟。这原是民间传说,江南城乡老人都熟悉它。耀中讲起这个故事时,是与大办食堂吃大锅饭联系起来的,他以警告的口吻说:"喜欢大的东西,你当容易造,要死人的呢!"这当然是一种迷信。过去建造大东西,举行宗教仪式,传说有杀生祭礼之举。这里的故事,则点染出了一种灾祸来临的神秘气氛。果然,为了铸造一口大锅,不知打破了多少小锅,死了无其数人。又如农村办食堂吃大锅饭,利用一个传说作反衬。这个传说讲的是一个大庙煮大锅粥,小和尚跌进去给煮糊了,大家明知此事,但觉得好吃。叙述人意在告诫人们当心跌人大锅,让别人把自己吃了,等等。第三类故事是用其反意。如原来传说是挖地寻银,结果使懒儿子种好了田,发了财。现在则是无理智地把地深挖,但田都由此变得生荒了。第四类故事是揶揄、调侃、自嘲式的,如经过一场灾变之后,家家户户已穷得叮当响,小偷进屋也只能偷些砖头瓦片了;或是说无肉吃也好,故事里说吃肉不仅会变成秃子,弄得不好,还要死人的,等等。

这些插入人物对话的故事、传说、寓言,在江南农村都是广为人知的,平时也只是作为传闻、"老话"、"闲话"说说而已。但是,它们被高晓声引入人物之口,就使自己的作用发生了变化。首先是除第一类外,其他大体上都表现了农民对生活的特有的理解,表现了他们特有的视角,特有的心态,智慧和风趣,从而传说与现实生活一体化了。高晓声从农民的视角,艺术地描绘了这种具有传说色彩的现实生活图景。其次,高晓声通过这些故事、传闻,艺术地表达了农民对生活的认识与评价,以及他们的文化风貌。他们缺乏教育,但通过祖辈的积累的心智的帮助和丰富的生活经验,却能相当清楚地把握住生活的动向,说出自己的预感。高晓声以短小生动的旧有的艺术形式,插入人物对话,揭示了农民的幽默感,深化了反讽,增强了作品的艺术表现力。再次,这些传说、故事的叙述,无疑给作品带来了一定的神秘气氛,但这自然有别于迷信。某些神秘气氛的传达,形成并深化了艺术意境,增加了回味的力量。当然,最后作家所引用的故事、传说,以及作家赋予主人公的文化视角与目光,都体现了民族文化精神的特性。高晓声从现代意识的高度,使旧有的故事、传说获得了新意。

高晓声的《青天在上》的叙事方式,是当今小说艺术的叙事模式之一,一种深化了的现实主义叙事模式。我不知道这里使用"现实主义"一词,高晓声会不会见怪?我只知道,前一阵,说"现实主义"已经成了一种忌讳。不过,我既爱读杰出的现实主义名家的作品,也爱读优秀的某些现代主义名家的作品。我只是不喜欢被大吹大擂捧出来的东西,不喜欢那模仿得魂不附体的东西,不喜欢分不清是洋人写的还是中国人写的东西,不喜欢昨天说现实主义回归、今天又说现实主义概念都已死亡、不知相信他哪天说的东西。分析高晓声的《青天在上》,我只是想说明,新时期文学中的现实主义具有无限的潜力,它在不断发展着,创新着。《青天在上》就是新时期现实主义发展、深化、创新的一个范例。

我在一篇论文中谈到,那些真正不朽的作品,虽然往往触发于偶然,但无一不是反复构思、长期酝酿、耗尽移山心力、伴随着阵痛与和着血泪产生出来的。高晓声的《青天在上》正是这种牵引着人心的艺术良心的产物。

附记:本文于1989年在《文学评论》刊出过,编者认为文章太长,于是我只得将最后关于民族文化精神的一部分留下,后来在别的杂志上刊出。随后就收到高晓声寄我《我的小说同民间文学的关系》一文。该文原是他在1988年美国密西根大学的一次演讲,发表于

1989年第1期《苏州大学学报》上。我十分高兴地阅读了该文，它提供的丰富材料说明，我对他的创作特征的描述，大致是符合实际的。特别是作品频繁使用故事、传说的做法，使作品透露出强烈的民族文化气息，与我的观察也不谋而合，可惜当时未能发表出来。

高晓声说，他在短篇小说、长篇小说里都使用了民歌、儿歌、民间故事以及民间故事中的常用语，"这种影响深入到小说的骨髓，我的语言结构和叙述方法"。他的《钱包》《飞磨》《鱼钓》《买卖》《收田财》等，都取材于民间故事。这些故事，有的是传说，有的还真有其事，随手拈来，进行艺术加工，就成为内涵丰富的小说，出色地揭示种种世态与农民的心理。其中如《鱼钓》，依据提是一个真实的故事。原是人捉鱼，因贪小利、自作聪明，结果反被鱼钓走，害了自己性命。这种事情近于奇闻，形式极为罕见，但作为一种现象是普遍的，在一种神秘的氛围中，透露了相当深刻的内涵。"民间故事往往很动人，往往很出奇，往往能发人的智能，使人变得聪明。它使得我能够赋予它新的形象和内涵。"

高晓声说在《青天在上》里大量使用了民间故事，这点我在前面已经谈及。他说："它成为我这部长篇小说的一根重要支柱。如果把它抽掉，就会失去光泽，五星饭店就会降成三星级"。"这样做就使我的小说具有民族风格，并显得根深蒂固的重要原因。"

作家的这些自述，是有益于我们对文学的民族文化精神的了解的。

（原文作于1989年夏，补记于1989年冬）

七 "怪诞现实主义"
——《果戈理全集》中译本9卷集序

俄罗斯民族是个善于思索的民族，思索个人、人民、民族、国家的命运。一些著名的俄罗斯作家，在他们的创作中可说是深刻地反映了这种精神特征，显得思想深沉，追求执着。但在他们的创作与他们的思想探索之间，又往往存在着一种不尽一致的地方。他们创作了不少无与伦比的艺术精品，而在思想的探索中，却弥漫着一种悲剧性的氛围。在历史的要求与人文精神之间，现实设置了无数难以超越的障碍，即使是一代宗师，也难免在自己的探索中，表现出那种特有的深刻迷误和令人同情的悲剧色彩，从而使无数读者为之扼腕。例如陀思妥耶夫斯基、托尔斯泰就是这种不倦探索的艺术家，而果戈理大概算得上是他们的先行者了。

果戈理从19世纪30年代初创作《狄康卡近郊夜话》开始，到19世纪40年代初达到辉煌顶点的《死魂灵》的出现，不过十来年光景。一个人在这短暂的时间里，奉献出了那么多的艺术珍品，表现出了那么强大的艺术伟力，称得上是幸福的了。但是，看看作家在发表《死魂灵》后的10年中所作的艺术的、社会宗教的思想的探索，简直是一种无尽的精神折磨与苦役，他感觉不到艺术成功的欢乐。真的，在俄罗斯，没有哪一位作家像果戈理那样，每出版一部作品就要引起非议与争论，受到不同阵营的夹击，这种情况在后10年内尤甚。在这后10年里，果戈理在艺术上继续不断地追求完美，在社会、宗教思想方面力图提升自己，以求进入一个新的境界。但是10年辛苦不寻常，艺术上的种种努力，竟是付诸东流，《死魂灵》的第2部几次写作，都以焚稿的悲剧告终，代替艺术的成果，则是一部规劝人、训诫人的《与友人书简选》。于是重又引起的一场极端对立的争论，重重地叩击着作家迷茫的、疲惫不堪的心灵，致使他陷入极度的精神痛苦之中。漂泊不定、常常寄居友人家里的果戈理，又是力排众议，又是多方表白。最后在自己营造的宗教自赎的氛围中，耗尽精力，生命有如流星般地陨落了。果戈理自称，《与友人书简选》是他自己最好的著作。现在也有人说：这是果戈理的最好的一本书，"没有它，果戈理的文艺创作似乎有如没有完成的大教堂"一般。此书是否如此好法，还可争论。但从作家方面来说，通过此书所提供的解释，进行重新评价，无疑更能体现出这位作家的整体性风貌。

（一）果戈理的创作与俄国新文学的产生

尼古拉·瓦西里耶维奇·果戈理于1809年3月20日（俄历）出生于波尔塔瓦省（乌克兰）米尔戈罗德县的索罗奇镇，复姓果戈理－扬诺夫斯基。祖父自称自己祖先是波兰贵族，他进过基辅神学院，后在军队服务，退休时是个见习少校。果戈理父亲为瓦西里·阿法纳西耶维奇·果戈理－扬诺夫斯基，他的田庄就以他的名字命名，称作瓦西里耶夫卡。母亲玛丽娅·伊万诺夫娜，是个安逸的女性，与丈夫感情甚好。果戈理是在庄园里长大的，母亲常给他讲些宗教报应故事，从老祖母那里则常听到古老的哥萨克歌谣，常常跟随父母去教堂祈祷、诵经。庄园的四周是平川、山坡，春夏果木苍郁，绿树成荫。果戈理儿时教育不算很好，心头时有一种莫名的寂寞、忧郁感，有时还会出现幻觉。这种感觉后来形成了一种忧郁偏执的病态，在往后的生活中不时发作，甚至愈演愈烈。

果戈理父亲除了管理自己田庄，还帮助远房阔亲、朝里的一个权势人物特罗辛斯基料理田庄事务。他还会写写剧本，常去特罗辛斯基家演出。其时，果戈理除观看演出外，最大的乐趣就是躲在特罗辛斯基家的书房里阅读书刊。

1818年8月，果戈理与弟弟伊万进入波尔塔瓦的一所县立小学学习，次年弟弟病死，他也病了一场，愈感孤独。1821年秋，经过特罗辛斯基的斡旋，果戈理进了涅仁高等学堂学习。达官显贵的子女常常讥笑他相貌古怪，举止粗俗。1825年，果戈理父亲去世，他痛感失去依靠，更显得落落寡合，愈有身单影只之感。不过大约由于儿时在家里的耳濡目染，果戈理在学校里能够编写剧本，参加导演、演出，演技颇佳，而受到同学赏识。

1812年，俄国战胜了拿破仑的侵略，军官们从西欧带回来的不仅是震天的欢呼，而且还有要求废除封建农奴制、促使国家现代化的自由思想。19世纪20年代的俄国，要求自由、解放的氛围不断形成。普希金高歌自由，他的诗作被人反复吟唱。十二月党人组织社团，举行起义，反抗暴政；但因起义条件并不成熟，遭到严厉镇压而归于失败，不过其主张与献身精神却广为传布。自由思想自然也进入了涅仁学堂，老师对自由思想的宣扬被当作政治案件而压了下去，但果戈理却由此深受自由思想的影响。

1828年，果戈理读完高等学堂课程，按其成绩可得一张12等官职的任命证书，但由于他与学校的自由思想案有些牵连而只得了一纸14等官职的资格证书。于是是年冬天，凑了一笔盘缠之后，在风雪弥漫中来到了他久已向往的彼得堡。

果戈理在后来撰写的《作者自白》中说到，他到彼得堡去，只是抱了一个为国供职的念头，至于具体想干什么，并不清楚。他写道："我不能明确地说，作家的生涯就是我的生涯。在那些年代，我只知道当我思考我的未来时，从未有过将来当个作家的念头，虽然我总认为，我会成为一个名人，活动的广阔前景在等待着我，我定会为公众的事业做些什么。我甚至想，我会得到赏识，国家的公务会使我达到这一切。这种供职的热情在我青年时代是非常强烈的。"[①] 可是在彼得堡待了一段时间后，果戈理情绪大变，京城的生活对于一个毫无权势

---

① 《果戈理全集》俄文版第8卷，苏联科学院出版社1952年版，第348页。全集出版于1937—1952年（果戈理逝世百年），共14卷，出版的年份不同，下面引文只注明《全集》卷序、年份、页码。

七　"怪诞现实主义"

的小青年来说，真是举步维艰。他写信给家里说："令人不堪忍受的苦恼和各种各样的痛苦，在我胸中沸腾。啊！多么可怕的境遇啊！我觉得就是注定要进地狱的罪人，也不至于这样备受折磨。"① 1829年他自费出版的田园诗小册子，一出来就受到嘲弄，于是一气之下从书市全部收回，付之一炬。1830年，他从一个政府机构转到封地局当文书，但是收入菲薄，难以糊口。这时他突然想起可以利用乌克兰的民间传说与故事来写作，要母亲赶紧将她所熟知的材料寄给他。1831年5月，他通过朋友结识了普希金，不久，《狄康卡近郊夜话》第1部出版，次年《夜话》第2部问世。

《夜话》是一组描写乌克兰民间普通人的浪漫青春的故事，其中最为优美的是《索罗奇集市》《五月之夜》《圣诞节前夜》等，它们都是描写青年相恋，机灵勇敢，战胜邪恶，获得幸福。《可怕的复仇》描写忠勇的哥萨克，即使在死后，他的游魂仍在寻找叛徒复仇。由于《夜话》大都是民间故事，所以充满了这种体裁所特有的浪漫气息，色彩浓郁、热烈，甚至带有一些神秘色彩，成为浪漫青春的颂歌。其中乌克兰的景物描写令人陶醉。《夜话》收有一篇名为《伊万·费多罗维奇·什蓬卡和他的姨妈》的小说，它与前面的几篇在风格上迥然相异。如果说前面的几篇是民间传说，现实与幻想交织一起，则这篇小说却是十足地面对现实的了。这是一幅农村地主日常生活的素描。什蓬卡"好学勤奋""品行端正"，经过学校、军营的"训练"，却成了一个毫无生活能力的人。38岁了，姨妈给他说亲，他竟不知所措，想起结婚，觉得此事实在不可思议。他的姨妈则是气壮如牛的女强人，精明强悍，生财有道。两相对照，十分滑稽。这篇小说的写实风格，显示出了果戈理往后创作的主调。

果戈理因《夜话》一举成名而跻身文坛，除了认识了普希金，还结识了著名诗人茹科夫斯基、德米特里耶夫、寓言作家克雷洛夫等人，声誉日隆。这时他的生活大为改善，在书信中一反过去那种唉声叹气的调子，出现了吹嘘自己、似乎与官场名流久有交往的那种不无

---

① 《全集》第10卷，1940年版，第147—148页。

得意的声调。不久,又与历史学家、作家波戈津相识,通过波戈津又结交了阿克萨科夫兄弟、历史小说家扎果斯金、名演员谢普金等人,这些人后来与果戈理终身保持了友谊。从1831年开始,果戈理在一所女子中学任历史课教师。1834年经普希金与茹科夫斯基的张罗,居然成了圣彼得堡大学讲授中世纪史的副教授。不久,他又活动去当基辅大学的历史教授,未果而终。在这几年中,他回故乡两次,又熟悉了农村生活。此时,果戈理的创作正在发生变化,所以思想上十分苦恼。他写道:"1833年对我来说是多么可怕!老天爷,它充满了多少危机!在那些具有破坏力的变革之后,我会不会有一个良好复苏呢?我动手写了多少篇,也烧毁了多少篇!你能了解一个不满于自己的人所怀有的那种痛苦的感情吗?"[①] 1834年情况大为改善,写作十分顺利。1835年春,果戈理的《小品集》与《米尔戈罗德》几乎同时出版。这《米尔戈罗德》中有篇风格独特的中篇小说《塔拉斯·布利巴》。说它风格独特,主要是指这是一篇充满浪漫激情的英雄史诗性小说,与另外几篇小说音调完全不同。它描写17世纪乌克兰人民英勇反抗波兰人入侵的事迹,人物虽系虚构,但由于历史真实与艺术真实的高度结合,写得十分感人。哥萨克热爱自由,天性豪放,好寻欢作乐,近于放荡不羁。他们与敌人抗争,又忠勇无比。塔拉斯说:"没有什么东西比伙伴精神更神圣的了!父亲爱自己的孩子,母亲爱自己的孩子,孩子爱自己父亲和母亲。兄弟们,野兽也爱自己的孩子,我们的伙伴精神却不同于这一点!只有人才能够在精神上而不是在血统上亲人般地联系在一起。"当他的二儿子为美色所诱,降了敌人,他震怒异常,在战斗中设法把二儿子引到自己身旁,喝令他下马,对他说:"站住,不许动,我养了你,我也要打死你!"他果然亲自惩杀了自己的叛徒儿子。最后他在战斗中被抓住,钉在树上活活烧死,在熊熊火光中,还大声叫喊,给撤退中的伙伴以指点。作者怀着高昂的激情说道:"世界上难道能够找到这么一种烈火、痛苦和力量,能够使俄罗斯的力量折服吗?"与这篇小说形成对照的是《旧

[①] 《全集》第10卷,1940年版,第277页。

七 "怪诞现实主义"

式地主》和《伊万·伊万诺维奇和伊万·尼基福罗维奇吵架的故事》。前者描写了乌克兰农村一对地主夫妇在安安静静、甜情蜜意、吃吃喝喝中度过一生的故事,单调、无聊、灰色,主旨则是对庸俗的揭示。后一篇写的是被誉为米尔戈罗德的"光荣"、一对亲如兄弟的好友,一次因一句带有嘲弄性的话而翻脸,继之大动干戈,相互辱骂,最后告到法院,多方调解无效,官司一直打了十多年,仍未了结。小说揭示了地主生活的空虚、愚蠢,精神的卑琐无聊,主旨仍是暴露庸俗。

《小品集》中收有《涅瓦大街》《鼻子》《肖像》《狂人日记》及一些论文,这些小说和后来写的《外套》,组成了著名的彼得堡故事。《马车》一篇与《米尔戈罗德》相呼应,仍然写了农村地主生活琐事,显示了果戈理善于以空虚、无所事事的琐碎笑谈,构成喜剧的能力。其他多篇则转变了生活的视角,故事进入了京都大街、穷舍陋巷、官僚衙门。题材的转换,使人物变了。他们是艺术家、各类军官、妓女、小铺老板、穷酸的小官员、大人物,等等。《涅瓦大街》是一幅描绘彼得堡的风情画,它的叙事是一种复式结构。两个并无多少关联的艺术家皮斯卡廖夫与中尉皮罗果夫,在夜色降临、华灯初上、大街开始颤动的时刻,都在大街上猎取美色。画家发现一个美女,这是他梦寐以求的美的理想,于是尾随而去,结果发现是个妓女。画家想挽救美,让她自食其力,改邪从良,结果反被耻笑。他感到挽救无望,在美的理想的破灭中结束了自己的生命。而那个中尉,却把德国工匠的老婆错当成妓女,上门调戏,被女人丈夫打了一顿。他发誓要报仇,但在小店里吃了几块点心,看了一回马路小报,把受辱一事忘个干净,想着赶明儿从新再来。真的,这大街可是彼得堡的缩影,"一切都是欺骗,一切都是幻影,一切都和表面看到的样子不同!"《肖像》的前半部,讲的是在金钱的引诱下,艺术堕落的故事,今天读来仍动人心魄。至于在另几篇小说如《外套》中,读者可以听到穷小官吏的心的哀号,被要人、官僚剥夺了最后一线生活希望而走上死亡。这个官吏死后变为厉鬼,在寒冷的夜里,专剥那些要人们的大衣,进行报复。自然,这不过是作者的一种艺术手法罢了,我在后面还要谈到。这社会一面是小人物的孤苦无依、含恨死亡，一面则是追名逐利、升官发财的钻营家的乐园。《鼻子》使用幻觉、荒诞的手法，使少校柯瓦廖夫在希图升迁、到处钻营、梦幻破灭中，演出了一出喜剧，其厚颜无耻的生存适应性，与小人物生存的艰难辛酸，恰成鲜明的对照。

1833 年，果戈理对戏剧创作发生了兴趣。他的剧作的初衷是讽刺与嘲笑，但由于初作触及敏感问题，所以不久就搁了笔。1835 年 10 月，他请求普希金给他一个喜剧情节："请给我一个随便什么样的情节吧，不管是好笑的还是不好笑的，但要纯粹的俄罗斯式的奇闻。为写喜剧我的手都感到颤动起来了。如果不写的话，那真会虚度了光阴，而且还难以预料，我将如何来应付我的处境。……给我一个情节吧，我可以立即写出一个五幕剧来，我发誓，它将会使人笑痛肚皮的。"① 普希金接信后，真的给他讲了个自己在外省曾被一些官员当成钦差大臣的故事。这个荒诞的故事，大大激发了果戈理的创作热情。同年 12 月 6 日，果戈理在给波戈津的信里说到，他已写好《钦差大臣》，"笑吧，现在让我们尽情地笑吧。喜剧万岁！我终于决心要把一个喜剧搬上舞台了……"② 果戈理认为，时下风行的所谓"喜剧"，不过是些逗人笑乐、故弄玄虚的闹剧，不过是些"摇镗鼓"，供人一笑而已，它们并非真正的艺术。他把喜剧视为社会生活的反映。他说："如果喜剧应当成为我们社会生活的图画和镜子，则它应当全面地、正确地反映生活。"③ 他认为喜剧是一种事业，喜剧要求的是讽刺与嘲笑，嘲笑社会的丑恶。在他后来写的《作者自白》中，他说："我决定在《钦差大臣》中，将我其时所知道的……俄罗斯的一切丑恶，集成一堆……来集中地嘲笑它一次。"④

《钦差大臣》中出现的官僚，一个个无不是贪赃枉法、巧取豪夺、狡猾奸诈、专横残暴之辈，然而他们竟然会栽在一个彼得堡来的、落

---

① 《全集》第 10 卷，1940 年版，第 375 页。
② 《全集》第 10 卷，1940 年版，第 379 页。
③ 《全集》第 5 卷，1949 年版，第 160 页。
④ 《全集》第 8 卷，1952 年版，第 440 页。

七 "怪诞现实主义"

魄于旅途的纨绔子弟手里,也真是奇闻了。一方身无分文,欠了旅店房费,被停了伙食,在耍赖取闹,同时又怕警方将自己扣押起来,不得脱身,在虚张声势中又露出怯懦来。一方平日作恶多端、草菅人命、贪污受贿、横行乡里,听说钦差大臣要来,难免做贼心虚,见到赫列斯塔柯夫一副京派青年打扮,出言不逊、有恃无恐的气派,便觉得这个京城来的无赖小子,很像钦差大臣的样子,在他面前显出了自己的诚惶诚恐。一个撒泼耍赖,一个多方巴结,各自心怀鬼胎,疑惧参半,不同心思的、相互恐惧的心理,便形成了尖锐的喜剧冲突,推演出了一场十分滑稽、讽刺辛辣的出色喜剧。赫列斯塔柯夫被当作贵客接到市长官邸,受到殷勤招待。于是这个在彼得堡被称作最空虚的渺小人物,凭其游戏人生的本能,漫无边际的胡吹,竟使官僚们一个个肃然起敬,而对他的真情实话,却当成了大人物的风趣、诙谐了。赫列斯塔柯夫心满意足地玩了两天,吹了两天,和市里官僚们打得火热,几乎成了知己;同时还逢场作戏地演了出求婚戏,使市长大喜过望,腰杆子顿时硬了起来。赫列斯塔柯夫要启程了,经济上自然有一番"求助",在官僚们乐于自愿大力地"帮忙"之后,便扬长而去。

《钦差大臣》的公演,是通过诗人茹科夫斯基向沙皇尼古拉一世说情后才获准的。1836年4月19日,喜剧在彼得堡正式上演,剧院坐满了王公贵族,将军大臣,珠光宝气,星徽闪闪,连沙皇本人也来了;还有文化界的名流,如普希金、从不看戏的克雷洛夫、茹科夫斯基等。演员都是被挑选出来的名演员,不过他们演惯了逗笑的闹剧,所以对《钦差大臣》也这么处理了。喜剧按闹剧的路子演出,满院是开怀的畅笑,沙皇在笑,王公贵族在笑,笑得前仰后合;普希金也在大笑。果戈理却从戏院里溜了出来。他感到喜剧的演出被歪曲了。他认为没有一个人能理解这部戏。随后《钦差大臣》与那些闹剧排在一起,几乎天天上演。但是,喜剧很快招致非议,到4月底,这种舆论几乎沸腾了起来。果戈理在一封信中写道:"剧本引起了巨大的、轰动一时的印象。所有的人都反对我,年迈德高的官员大叫大喊,说我是不知神圣为何物的人,说我竟敢如此妄加议论供职于政府的人员。警察反对我,商人反对我,文学家们也反对我。我现在明白:做一个喜剧作家意味着什么!只要你说出一点点真理,立刻就不是一个人而是各阶层都会起来反对你。"① 不少人攻击果戈理缺德,喜剧不写高尚人物,没有一个正派人物。别林斯基当时在《杂谈报》上著文说:"奇怪,为什么谁也没有注意到人们要求而在剧中没有找到的那个高尚的人物呢?这个人物在剧中有,那就是净化灵魂的笑。"② 后来果戈理写道:"我深为遗憾,谁也没有在我剧作中发现一位正派人物。是的,有一位正派人物、高尚的人物,他贯穿于全剧。这正派的、高尚的人物就是笑。"他又说:"这种笑,较之常人所想的要意味深长得多、深刻得多;这种笑并不是由于某种刺激所引起的笑,也非人们寻欢作乐的笑,而是来自人的清澈本性的笑,它使对象深化,并能抓住那种易于溜掉的东西,使之清晰地凸现出来。"③ 笑不是从轻浮俏皮、插科打诨的表现中获得,而是通过对丑恶的嘲弄,有如电流一击,在突然照亮了的清醒的智慧中自然迸发,这是一种感动的笑。不过要用这种笑的品格来启蒙上流社会观众,这岂非对牛弹琴?

不久之后,普希金约他同办杂志。但两人对一些文学现象的认识不尽一致。果戈理对不少作家的评论,似乎表现出了目空一切的味道,而且态度固执,对此,普希金颇有微词,所以两人在合作过程中并不愉快。而果戈理对普希金的生活方式、作风看不习惯,说他尽在舞会上打发时间,而自己则一心创作,远离社交,更不会接近女性。1836 年 6 月初,果戈理竟是不辞而别,乘船出国去了。直到 6 月底在给茹科夫斯基的信中谈起,他这次出国,要在国外待上几年;表示十分难过,未及与朋友们道别。在谈及普希金时,他说:"我甚至没有来得及与普希金告别,也不能同他告别,不过,这是他的不是。"④ 这和 19 世纪 30 年代初对诗人的崇拜相比,调子变了不少。1837 年 1 月下旬,普希金在决斗中身受重伤,两日后死去。消息传到果戈理那里,令他十分悲痛。他在给友人的信里写道:"……我无法表达自己

---

① 《全集》第 11 卷,1952 年版,第 38 页。
② 见《果戈理评论集》,袁晚禾、陈殿兴编选,复旦大学出版社 1993 年版,第 229 页。
③ 《全集》第 5 卷,1949 年版,第 169 页。
④ 《全集》第 11 卷,1952 年版,第 50 页。

七 "怪诞现实主义"

的悲伤。我的生命,我的崇高的欢乐,同他一起逝去了。我生命中最幸福的时刻就是创作的时刻,当我创作的时候,我总觉得普希金在我眼前。对于一切流言蜚语,我都毫不在乎,我唾弃那些打着公众旗号的愚蠢的人们。我珍贵的是他的那些永恒的和不容置疑的话。没有他的忠告,我什么也不会干,也写不出什么来。如果我写出了好作品,这一切都应归功于他。就是我现在的劳作,也是他的创作。他接受了我的誓言,即我要写下去,要是他的形象不在我的眼前出现,我是一行也写不下去的。我常常用这种思想来安慰自己:他将会如何满意。我常猜想他会喜欢哪些章节,这对于我来说是最高的和头等的奖赏了。"① 看来诗人的逝世对他打击很大,他似乎承认了不久前的失误。

果戈理在创作什么呢?什么曾是普希金的期待呢?《死魂灵》。

此书早在1835年就开始写作了。在要求普希金给他一个喜剧情节的那封信里就说道:"我已动手写《死魂灵》,故事会拉得很长,将是一部卷帙浩繁的长篇小说,而且它也许会使人发笑。……我打算在这部小说里,即使从一个侧面也好,一定要把整个俄罗斯反映出来。"他后来在《作者自白》里说到,《死魂灵》的情节,也是普希金给他的。"普希金使我严肃地对待工作。他早就劝我从事大型作品的创作……有一次……他对我说:'你在揣摩人的时候,多么有才能,突如其来的寥寥几笔,就能把人物刻画得栩栩如生,神情毕肖。有这样的才华不去写大部作品,简直是罪过'……他把自己的情节让给了我……这就是《死魂灵》的情节。"在国内时,果戈理曾将已写好的头几章念给普希金听过,普希金听完后,脸色阴沉,满怀忧郁地说:"老天爷,我们的俄罗斯是多么令人忧伤啊!"

果戈理在国外完成《死魂灵》,写作时间前后长达7年之久,反复修改,倾注了全部心力。1841年10月,果戈理终于回国,张罗小说的出版工作。但是此时俄国的社会思想日趋分裂,表现在俄国的去向问题上,意见极端对立,形成了西欧派与斯拉夫派。果戈理一回到俄国,就成了两派争取的对象。为了小说的出版,他夹在两派中间,

---

① 《全集》第11卷,1952年版,第91页。

同时还受到审查机构的种种刁难,精神上很是苦恼。最后,于 1842 年 5 月,《死魂灵》终于冲破重重阻难问世了。不过果戈理并未因此而得到心灵上的慰藉,朋友间的失和使他失去了内心的宁静。然后他又去国外,去创作《死魂灵》的第 2 第 3 部来。

19 世纪三四十年代,是俄国社会、经济发生重大变动的时代。资本主义的因素急剧增长,农奴制的经济严重衰颓,农村一副败落景象。俄国往何处去? 无疑,果戈理以自己的敏锐的观察力觉察到了这种变动。他说:"过去人们或多或少地同意把现代称为过渡时代,而现在,人们比过去任何时候更感觉到:世界正处在旅途中,而不是停靠在码头上。"在《死魂灵》里,果戈理进一步深入到了正在酝酿变动中的俄国地主、官僚的日常生活之中。唯利是图的乞乞科夫来到 N 城,交结了当地的官员、社会名流、四乡的地主们,然后拜访这些地主,向他们收购已经死去的、但尚未销去户口的农奴,即死魂灵。买到死魂灵后,他就去城里办理法定手续,然后把死人名单当作活着的农奴,高价抵押给人,从中获利发财。不久,这罪恶的勾当为人拆穿,于是城里顿时掀起轩然大波,谣传四起,市里检察官竟至受惊而死。《死魂灵》第 1 部以乞乞科夫匆忙离开 N 城为结束。

《死魂灵》以巨幅的生动画面,揭示了俄国现实的生活的真实情境。它描写鄙俗、寄生,那些自称为生活主人、智慧化身的地主、官僚,无不都是些贪得无厌、狗苟蝇营、精神贫困、道德堕落的寄生虫。他们孜孜为利、掠夺成性、无所事事、毁灭社会财富,使田园一片荒芜。赫尔岑在谈及这部小说里的人物时说:"果戈理终于迫使他们走出别墅,走出地主的家园,于是他们就不带假面具、毫无掩饰地走过我们的面前。他们是醉鬼与饕餮鬼,他们是权力谄媚的奴隶,是毫无怜恤地虐待奴隶的暴君,他们吃喝人民的生命和鲜血,已经这样自然、平静,好像婴儿吮吸母亲的乳汁。《死魂灵》震动了整个俄国。"[①]《死魂灵》创造了地主形象的画廊与新兴的资产者的形象。作家在回忆普希金时说:"普希金感到《死魂灵》的情节对我来说,其

---

① 《赫尔岑论文学》,辛夫艾译,上海文艺出版社 1962 年版,第 72 页。

七 "怪诞现实主义"

好处就在于我可以完全自由地同主角一起，跑遍整个俄国，并且描绘出众多不同的、各具特色的性格来。"[1] 这里有热情可爱、温文尔雅、游手好闲、自称为祖国日夜操劳的马尼洛夫；有吝啬顽固、积聚钱财、机灵尖刻、小本务实的女地主科罗博奇卡；有好吹牛皮、生性坦白、嗜酒好赌、横蛮无赖的诺兹德廖夫；有动作莽撞、生性狡狯、怀疑一切、计算精明的梭巴凯维奇；有贪婪聚敛、爱财如命、家道殷实、打扮一如乞丐的"人类的废物"，使布匹、呢绒变为飞灰的普柳什金。当然还有重要人物乞乞科夫。此人工于算计，圆滑世故，威逼利诱，无所不能。他意识到世上只有金钱可以支配一切，才能买到一切，享受一切。于是为了达到这一目的，不惜践踏社会准则，赶在户口调查之前，打起死人的主意，收购死魂灵。资本的积累是充满了血腥的。

《死魂灵》是果戈理走向自己创作的新高峰。它出版后，很快被抢购一空，据同时代人回忆说许多人要轮次预约，才能读到它。《死魂灵》的出现，对俄国文学的发展产生了巨大的影响。别林斯基当时写道："《死魂灵》高于俄国文学中过去和现在所有的一切作品，因为在这部作品中生动的社会思想的深刻性，同形象的无限艺术性密不可分地结合在一起。"在另一地方，他又说，"这是一部内容如此深刻、创作构思和形式的艺术完美上如此伟大的作品，就可以填充 10 年间出版物的空虚，在优秀的文学作品的行列中成为独一无二的东西"[2]。从这些评论里，我们可以见到俄国新文学潮流之形成。

（二）怪诞现实主义

《死魂灵》出版后的整整 10 年，果戈理一直在进行创作探索，但是在小说创作上陷入了深刻的危机，竟未能写出《死魂灵》的 2、3 部来。关于这点我们在后面再说。这里先就他的小说、喜剧的艺术特

---

[1] 《全集》第 8 卷，1952 年版，第 440 页。
[2] 《别林斯基选集》第 3 卷，满涛译，时代出版社 1953 年版，第 121 页。

征做些分析。

　　果戈理早期，是以写作浪漫主义的小说进入文坛的。但是他的浪漫主义小说一开始就与众不同。19世纪初，俄国文学中浪漫主义小说相当流行。作为文学流派的探索是有成绩的，但是外来气息甚浓，"作品不是创造，而是制造的……里面没有现实的真实，从而也就没有俄国生活的真实。它们的民族性，就在于填嵌俄国人名……伪造俄国语言，滥用成语与俗谚等等……小说中的俄国人说话和行动都像德国骑士……"① 果戈理的《狄康卡近郊夜话》主要是乌克兰的民间传说与民间故事，它们是对青春爱情或忠勇战士的颂歌，它们有如一股股清新的空气，注入了俄国文坛，并给他的创作带来一系列的特色。普希金读后就写道："刚刚读完《夜话》。它使我感到惊喜。这才是真正的快活呢，真挚，自然，没有矫饰，没有拘束。有些地方是多么富有诗意，多么富有感情啊！这一切在我国文学中是那么不寻常，以致我直到现在还没有从陶醉中清醒过来。"那么，这些不寻常之处是什么呢？这就是小俄罗斯式的、能歌善舞的民族生活的描写，充满乌克兰泥土芳香的自然风光的新鲜画面，朴实而狡黠的欢乐，还有它那特有的幻想方式、幽默风格，即普希金说的："它使从冯维辛的时代以来一直没再笑过的我们，发出笑了。"② 这些特征后来实际上都进入了他的新的创作，成为果戈理创作的特有的艺术标志。

　　在《夜话》中有篇风格独特的作品，即《伊万·费多罗维奇·什蓬卡和他的姨妈》。这篇小说实际上并非传说，而是一篇完全面向农村地主的现实生活的真实描写，它预示着果戈理小说创作即将发生的重大转向。果然，两年后几乎同时出版的两本作品集《米尔戈罗德》与《小品集》，在收入的多篇小说中，除《塔拉斯·布利巴》外，其他作品都是沿了《什蓬卡和他的姨妈》的路子写的，这路子就是现实主义的方向。19世纪20年代，俄国文学中的中长篇小说获得急剧发展，它们使作家一夜成名，发财致富。什么原因？原因在于时代精

---

① 《别林斯基选集》第1卷，满涛译，时代出版社1953年版，第163页。
② 见《果戈理评论集》，袁晚禾、陈殿兴编选，复旦大学出版社1993年版，第14页。

七 "怪诞现实主义"

神,读者阅读需要。在小说创作方面,有中篇小说的首倡者马尔林斯基,有奥陀耶夫斯基、波戈津、巴甫洛夫、波列沃依等人,他们在这方面都做出了自己的贡献,但作品往往未能脱尽外来的影响,教诲味太浓,思想太占优势,激动作家的东西不能得到生动的表达,有真实性,但真实得往往"好像是从自然抄袭下来的",所以只有局部真实而不具整体真实,等等。小说需求的高涨,读者趣味的变化,使大诗人普希金也卷了进去。19世纪30年代上半期,普希金创作了《别尔金小说集》《杜勃罗夫斯基》《黑桃皇后》等脍炙人口的作品。而果戈理的《米尔戈罗德》《小品集》中的小说作品一出来,评论界就看到了一种不同凡响的文学现象的出现。普希金把《涅瓦大街》誉为"最完美的作品","大家都贪婪地读完了《旧式地主》,这是一部诙谐、动人的田园诗,它使你含着忧伤和感动的泪笑了"①。别林斯基为果戈理的小说专门撰文,提出了"现实的诗歌"的主张,指出艺术与生活的密切的关系在当代已获发展。"一般说来,新作品的显著特点在于毫无假借的直率,生活表现得赤裸裸到令人害羞的程度,把全部可怕的丑恶和全部庄严的美一起揭示出来……不管好还是坏,我们不想装饰它,因为我们认为,在诗情的描写中,不管怎样都是同样美丽的,因此也就是真实的,而在有真实的地方,也就有诗。"②

别林斯基十分推崇果戈理能在外表的素朴和琐屑之中,挖掘出深刻和震撼灵魂的东西来。两个地主吃吃喝喝几十年,然后悄然死去,这描写居然使读者感兴趣,什么原因呢?原因就在于在这种动物性的、丑陋的生活的画面的描绘中,显示了卑污与庸俗,显示了令人感到哀伤的东西、值得嘲弄的东西,并且使人在无可奈何的讽嘲的微笑中,现出闪光欲滴的泪花来,在这种生活的真实的描绘中显现了诗意。在两个伊凡的吵架、难以了结的诉讼中,读者为两个地主的愚蠢、卑俗笑得流泪,为他们的无聊而感到愤慨,同时又可怜他们,怀着诗意的惆怅与他们分手。别林斯基说:这时期的果戈理的小说,

---

① 见《果戈理评论集》,袁晚禾、陈殿兴编选,复旦大学出版社1993年版,第29页。
② 《别林斯基选集》第1卷,满涛译,时代出版社1953年版,第154页。

"都是些以愚蠢开始,接着是愚蠢,最后以眼泪收场,可以称之为生活的可笑喜剧。他的全部中篇小说都是这样:开始可笑,后来悲伤!我们的生活也是这样:开始可笑,后来悲伤!这里有着多少诗,多少哲学,多少真实"①!生活的真实,构思的朴素,表现在对生活既不阿谀,也不诽谤,把其中一切美的、人性的东西展露出来,同时也不隐蔽它的丑恶。在这些方面的阐述中,别林斯基指出了果戈理创作的特点,在于"构思的朴素、民族性、十足的生活真实、独创性和总是被那深刻的悲哀和忧郁之感所压倒的喜剧性的兴奋"②。这些特点,正是俄国文学中的新东西,它们使俄国小说走向成熟。这些因素,也正是上面提到的作家们所欠缺的。果戈理与普希金,成了俄国现实主义新方向的奠基人。别林斯基敏锐地看到,果戈理小说是一种新的潮流的表现,当普希金还在世的时候,他就公开地说:批评的任务之一,便是判定一个艺术家在其同辈中的高下程度。果戈理前程远大,因为他"拥有强大而崇高的、非凡的才能。至少目前,他是文坛的盟主,诗人的魁首;他站在普希金所遗下的位置上面"③。这一评价在当时来说,是相当大胆的,但又是无可辩驳的。自然,对于果戈理的上述作品,也是有人持不同意见的,如他的朋友舍维廖夫认为:不管外省地主生活描写有多么逼真,但总觉像幅漫画,不合我们的习俗,我们社会不可能有这种人(指两个吵架的伊万),所以不过是"作者幻想的笑话"。显然,舍维廖夫未能把握俄国文学发展的趋向,对其中出现的新现象,仍按旧的审美趣味来品尝,何能说到点子上?

其后,果戈理以《钦差大臣》《死魂灵》及一些中篇小说,进一步深入现实,突入俄国的官僚、地主生活,进入俄国下层人物的命运中去。但是,不少人并不理解果戈理的意义。类似舍维廖夫对旧式地主所作的评论,作家波列沃依认为《钦差大臣》不过是一出"闹剧",他的怪论是,"它之所以受人喜爱,正是因为其中没有戏,没有

---

① 《别林斯基选集》第 1 卷,满涛译,时代出版社 1953 年版,第 183 页。
② 《别林斯基选集》第 1 卷,满涛译,时代出版社 1953 年版,第 176 页。
③ 《别林斯基选集》第 1 卷,满涛译,时代出版社 1953 年版,第 205—207 页。

七 "怪诞现实主义"

目标,没有开端,没有结局,没有性格明确的人物。它的语言是不正确的,人物是怪诞可笑的,性格是中国皮影戏式的,事件是荒诞不经的……"至于说《死魂灵》,他认为这不过是喜剧的"仿制品","老调重弹","又是一个骗子跑到滑头和混蛋居住的城市里,欺骗他们,蒙混他们,为了害怕追究,就悄悄地溜走了",不过是一种"粗俗的漫画"。他责备小说充满了许多"肮脏的细节"的描写,仆人身上的"一股臭味",小说人物无一好人,用词粗鲁不堪,在俄国哪里都找不到这种城市;甚至连大自然本身都被写得死寂、忧郁、悲伤,所以读者读了几页就要把书丢开;指责小说不过是"撒谎与臆造""胡说八道"①,并劝作者要学学俄语,等等。这些对果戈理的否定性的攻讦,是很有代表性的。这些观点主要反映了旧式的贵族式习气,他们或倾心于古典主义,或沉湎于浪漫情趣,见到现实主义的描写,简直不敢相信,文学作品可以这样写作,画出的图景如此"粗俗",故事如此荒诞不经。他们甚至可笑地来比附现实,而人物满嘴方言、俗语,居然不按语法说话,等等。指责是全面性的:从有无这种生活,故事的艺术结构,人物、性格、语言,一直到细节,等等。评论者简直一丝一毫地觉察不到俄国文学正在发生转向的变化,他所指责的种种方面,正是一个新的创作原则,即现实主义借以构成的主要方面,所以自然要对新的审美原则、审美趣味百般挑剔、大力否定了。

但是,为果戈理创作进行辩护的人大有人在,并且属于不同的思想流派。康·阿克萨科夫把《死魂灵》视为当代的《伊利亚特》,这当然是推崇得过头了,并不得体,这样说,倒是把这部小说与当代现实分离了开来。一位名叫索罗金的不知名的论者,在1842年的《圣彼得堡导报》上连接几期发表文章,其观点几乎完全是针对上面波列沃依的论点,并作了逐一的反驳。此文一开始就肯定说,《死魂灵》"这部优秀作品有很高的价值",乞乞科夫已像阿巴贡、福斯塔夫一样,成了一个"普通名词"。这位论者对于书中主人公的性格形成、

---

① 见《果戈理评论集》,袁晚禾、陈殿兴编选,复旦大学出版社1993年版,第67、69、71、72、79页。

发展、它的特征，把握得相当正确，并且认为果戈理善于从最普通的事物中，发现崇高的东西，指出在其文体中蕴含着丰富的幽默，在抒情中洋溢着诗意的激情。

自然，在为果戈理辩护这点上，别林斯基是最为不遗余力的，他把果戈理视为这一新流派的首领，他是通过果戈理的创作的发展，来提出并形成他的现实主义的原则与理论的。他多次肯定果戈理的艺术创作与现实、理想之间的关系，指出果戈理的作品接近现实、描绘反映现实，揭露、解剖现实到了琐屑之处，并赋予这些琐屑之处以普遍意义，即前面讲的哲学意义，并在这琐屑与无聊上面，"转动着整个生活的幅度"。批评家写道："如实的现实的事实，不是从现实摹写下来的事实，而是通过诗人的幻想而产生、被一般的意义的光芒所照亮、提升为创作绝品的事实。"① 一幅伟大画家的画像，可以比一帧照片更像其人，原因在于艺术家可以将隐藏于人的内在的、构成这人的隐秘的一切东西表现出来。这可完全不像一些现代庸人所强加给这位理论家的，认为反映现实、反映的真实性，就是僵死地模仿现实。别林斯基还就文学创作转向"群众"的描写、文学的民族性、世界性、时代精神、创作的激情与主观性、独创性、直接性、倾向性、典型性问题，作了理论上的阐发。指出果戈理的创作，更新了旧有的诗学传统，建立了一个新的创作原则，并在文学创作上形成一个强有力的流派，即现实主义的派别。于是，"一切写作长篇小说和中篇小说的新作家们，不管有才能的和没有才能的，都不由自主地屈服于果戈理的影响之下。老派的长篇小说家和中篇小说家陷入最窘迫、最可笑的状态中：一方面辱骂果戈理，轻蔑地谈到他的作品，同时却不由自主地承袭了他的调子，拙劣地摹仿着他的姿态。马尔林斯基（十二月党人，著名小说家，作品中的异域、浪漫情调极浓，离现实较远，程式化严重——引者）的声誉在几年之内被摧毁殆尽，一切其余的长篇小说家们……突然都暴露出了以前无从设想的庸碌无能，终至废然

---

① 《别林斯基选集》第2卷，满涛译，时代出版社1953年版，第66页。

七 "怪诞现实主义"

搁笔。"①

果戈理的小说与喜剧,和普希金的诗作、散文一起,确立了俄国文学的现实主义,并且出现了俄国文学中的"果戈理时期"。过去认为,这种文学中的现实主义就是批判现实主义,这一看法源于车尔尼雪夫斯基在《俄国文学果戈理时期概观》中"批判的倾向"的提法。这一界定从文学的社会性特征来说是完全可以的。但是也可从别的角度来讨论果戈理的现实主义创作特色,这就是后来米·巴赫金提出的"怪诞现实主义"的观点。照这位理论家的观点,果戈理的创作是与民间笑文化广泛联系着的。《夜话》就是如此。其中一些故事中的自由欢乐的节日气氛,决定了这些故事的人物形象与音调。"节日,与之相联的信仰,它的自由与欢乐的特殊气氛,把生活引出通常的轨道,使不可能的成为可能。"② 于是就出现了魔鬼、阴曹地府等,其中吃喝、性生活、取闹斗殴、失去威严,"是纯粹的民间节日的笑"。在《米尔戈罗德》与《塔拉斯·布利巴》中,就出现了怪诞现实主义成分,这又与乌克兰的宗教学校的学生的休息日玩乐传统与民间节日的作乐相联一起。布利巴式的狂欢作乐,与刚从神学校回家的儿子摔跤,蛮勇,作战时的奋不顾身,为找烟斗而被敌人所抓,蔑视死亡,豪放,刚勇而透出妩媚,与小说的浪漫情调相交织。此外小说中还有民间节日的空想因素。彼得堡故事集中的好些小说,荒诞因素与现实因素是结合一起的。怪诞而具有神秘的色彩,如一位画家在买来的一幅肖像中得到金币,从此画风大变,最后适应时俗,在钱财、名声的追逐中毁了自己;而这篇小说的后半部分,怪诞因素与宗教因素结合到一起去了,一位画家为一个放高利贷者画像,这像落到谁的手里,此人就产生魔鬼般的破坏欲望,给人带来不幸。画家明白,这是他画的肖像中灌注进了高利贷者的精神,留下了祸害。为了赎罪,他就削发出家,遁迹荒山,离群索居,企图通过宗教道德的修炼,净化自己

---

① 《别林斯基选集》第2卷,满涛译,时代出版社1953年版,第121页。
② [苏]巴赫金:《拉伯雷与果戈理》,《文学与美学问题》,莫斯科文艺出版社1975年版,第484—495页。

灵魂，后来他专画圣像，向人传布宗教博爱。这部分小说，并不成功，成了宗教的说教了。《外套》中的怪诞因素同样带有神秘性，如失去外套、人物死后化为鬼魂，专剥要人外套等，作为象征手段极具现实性，所以相当成功。至于《鼻子》中的怪诞，是与幻想、幻觉交织一起的艺术夸张。主人公专门来京都求官，但不知怎么一下失去了鼻子失去鼻子，忽然见到自己的鼻子成了一位五等文官，不禁喜出望外，要求归位，遭到婉拒，自然造成了突出的喜剧效果。在这里，夸张的怪诞，完全是象征性的，纯粹是一种艺术手段。小说的价值，就在其象征及象征背后所隐藏的涵义。至于《钦差大臣》《死魂灵》，题材本身就罩上了怪诞特色，幻想手段在这些作品里并不明显，这里起作用的主要是情节怪诞性因素，而且是日常生活性的怪诞性因素，人物刻画中那种细致的描绘，常与略带漫画式的粗线条的勾勒融合在一起，使人觉得这就是生活本身，而非生活中的特殊画面。怪诞因素与现实的结合，形成了俄国文学中的怪诞现实主义。

果戈理的怪诞现实主义，还有其他独特的艺术特征，如笑，而与笑相联的有戏谑、幽默、嘲讽、讽刺等，在其作品中，各个阶段互有不同。《狄康卡近郊夜话》的阅读，会使读者不断发出微笑，这是主人公的戏谑、语言的幽默、嘲讽音调引起的笑，这是一种轻松欢愉的笑，是一种幽默、嘲讽的笑。这种笑在其后来的小说中有了变化。《旧式地主》引起笑，是一种"含泪的笑"，在这种笑中，明显带有些许温情。对只知吃喝的地主，在古风旧俗中静静地度过一生，在生活的小小漪涟中担惊受怕而死的老夫老妻，虽有嘲讽之意，但在慨叹中又会显出几分无可奈何的同情。而在两个伊凡的吵架中，那嘲讽的笔调就有些辛辣的意味了。在这里，笑就因主角们的无聊、愚蠢而变成一种冷笑，带有不满的以至是愤懑的笑。所以小说在最后要喊出："这世上可真是沉闷啊，诸君！"在彼得堡故事中，果戈理的笑显然又发生了变化。对两个地主夫妇温情的生活引起的那种笑声已听不到了，在这里，延伸了对两个伊凡的嘲讽的笑，笑的容量加大了，它的内涵加深了，社会性更其强烈了。这种笑，转移到了皮罗果夫中尉身上，转到了"鼻子"上面。巴赫金认为这里存在"广场式的民间草台滑稽形式的直接影响"。鼻子的那种怪诞的形象与风格，和在当时颇为流行的斯泰因作品的影响有关；同时也有民间草台戏中那种非逻辑的、故意讲的胡语的因素。鲜廉寡耻、不择手段钻营而与现实发生尖锐冲突引起的滑稽，由此而产生的笑声，是一种揭露性的辛辣的笑。这种笑在《钦差大臣》中发挥到了极致。在这里，简直是从头到尾引起了哈哈大笑，原因不在于与现实发生矛盾，而是矛盾发生在同类人物之间。不同的"心怀鬼胎"，衍化出相同的"惊恐"，真戏的冲突倒做起了假戏，但是假戏其外，在假戏的外壳下，演出的是十足的真戏，双方认真得真是那么回事。在《死魂灵》里，笑实际上只在人物，即那些真正的死魂灵的描写中才是存在的。这里的笑是人物性格描绘的幽默引起来的。在这种笑的后面，往往隐隐显出对国家命运痛苦的沉思。巴赫金认为，在《死魂灵》中官员们关于乞乞科夫的传谣、乞乞科夫收购死魂灵时与地主们的谈话中，也存在上面谈到的民间笑文化的影响。死魂灵的世界，实际就是欢乐的地狱的世界，死亡的世界。狂欢式的地狱中的人物名字，往往是一些隐喻式的骂人话语，他们是狂欢式的地狱中的废物。果戈理对世界的感受，本质上是狂欢化的，是怪诞的现实主义风格的表现。巴赫金认为，果戈理的笑，即作家自称为"高尚的笑"，是以民间笑文化为基础的，但它至今未为人们所理解。"这种笑与讽刺家的笑，是不能相容的。"巴赫金的独特的观点，丰富了对果戈理创作的理解，对于理解果戈理是有益的。

（三）思想、宗教探索与焚稿悲剧

《死魂灵》第 1 卷出版后，果戈理并未得到休息，而是风尘仆仆，于 1842 年 6 月又去外国，最后在意大利落脚下来，开始他的《死魂灵》的第 2、3 部的创作。这次，果戈理是带着人们的许多对《死魂灵》的"批评"出国的，他觉得自己又像犯了什么过失似的。正面的评论他似乎没有听进去，而那些反面的批评印象却很深。他觉得人们不了解他的创作计划，急着要看到理想人物，看到美德，看到高尚，太着急了。这一切都会有的，只是要在小说的后几部中才能出现。他的女友、曾是宫廷女官的斯米尔诺娃对他说："我不知为什么替您害怕，留神哟，可别埋没您的天才，即上帝并非毫无用意地赐给您的那种真正的天才。不要只留给我们第一批不成熟的果实，或者说那种愤世嫉俗的（！）智慧所玩弄的讽刺把戏"；在另一封信里，她又说："您的罪孽已受到了惩罚：人们在不体面地咒骂您，您自己也感到您用笔写了多少肮脏的东西。"①

斯米尔诺娃的"劝说"，抑制了果戈理创作的精神状态：天才，是上帝赐予的天才，《钦差大臣》《死魂灵》的讽刺不过是愤世嫉俗，玩玩智慧的把戏，肮脏不堪，结果造了孽，四处挨骂。创作第2、第3部，要使《死魂灵》从无情的嘲讽，一变而为一首首的颂歌，这就是他的使命与自新之路了。这时果戈理生活仍然拮据，他通过朋友寻找机会，向皇上提提他的小说《塔拉斯·布利巴》与《旧式地主》，那里倒不无温情的东西，这是皇上所喜欢的，也许能够从他那里申请到一笔费用，等等。他原本把自己的写作看作是为国家服务的。在《肖像》中他写道，君主必须善待诗人画家，"学者、诗人和所有的艺术家都是王冠上的珍珠与钻石；伟大君主的治世被他们点缀着而更添无限的光辉"。果然，这一愿望实现了，皇上的一笔赏赐得到了，小说创作才得以继续下去。小说的一些新的章节，据谢·阿克萨科夫讲，第1章大大好于第2章；斯米尔诺娃也曾听过小说的一些章节的朗诵，觉得"幽默达到了高度的艺术性"，一些动人心魄的场面，曾使她激动得透不过气来。1847年初，果戈理终于回国，出版了新著。俄国读者等了5年，但等到的不是《死魂灵》的第2、3部，却是一本《与友人书简选》。果戈理委托朋友要送给沙皇家庭成员每人一本，如遇检察官阻碍发行，就设法呈皇上一册。

《与友人书简选》的问世，使舆论大哗。除了过去对果戈理创作持否定态度的几个文人以外，几乎较有名望的不同观点的作家、评论家都提出了强烈的批评。未几，果戈理于1847年5月至7月间，又

---

① 见《果戈理评论集》，袁晚禾、陈殿兴编选，复旦大学出版社1993年版，第242页。

七 "怪诞现实主义"

写了《作者自白》(1855年出版),大体与《书简选》前后呼应。如果我们单凭果戈理的小说、喜剧创作来看,我们极不可能了解作者在思想上竟是那么一位矛盾复杂、痛苦不堪、执着追求以致心力交瘁的人。那么,在出版《书简选》之前,果戈理到底发生了些什么呢?早在《死魂灵》第2版的序文中,果戈理就已开始在反省自己的著作。他请求读者帮他忙,遇到书中有何错误,就给他指出。说他在第1部中只是写了一些有缺点的人、有弱点的人。"优秀人物和性格将在其他卷里出现。本书在许多方面的描写是不正确的,不是按照像在俄罗斯大地上实际发生的那个样子来写的,因为我不可能都了解到……同时,由于我个人的疏忽、不够成熟,就出现了许多错误和疏漏。每一页上的这类错误,都请给我改正。"[1] 此时,他不断与友人讨论宗教问题。1842到1843年间,他读了大量宗教方面的书籍,研究神父们的著作,如《宗教典籍考》《耶稣演义》,圣徒传等,而一部《福音书》,则是随身必带之物。他"深信上帝对人的爱是无边无涯的,渺无止境的,永恒的"。"假如我整个的人都变成为爱该有多好啊!他在内心里恐惧上帝发怒",认为"'耶稣',这是一个神秘而可怕的字眼"[2]。他自以为独受上帝钟爱,被赋予了创造的力量,于是不断祈祷上帝赐他健康。每当从事什么,他先要祈祷一番,在上帝面前表示诚意。而这些宗教思想,实则在少时就已形成了,现在不过显得更为深入、执着就是了。他在欧洲多年,而对于其时欧洲社会发生的重大变化,他多半是视而不见的。

《书简选》虽系书信组成,实则都是他的各种思想的汇集,其中不乏长篇大论。上述所说的宗教、神秘思想,否定自己创作的思想,在《书简选》里得到了进一步的发展。不过,它们给我们提供了不少材料,对于作者在经历了好些年的探索之后,为什么未能写出小说来,如何陷入思想矛盾,他的政治、宗教信仰、社会观、文学观又如何,都有很好的说明,这对于我们把握作家的思想脉络是很有帮

---

[1] 《全集》第6卷,1951年版,第587页。
[2] 转引自佐洛图斯基《果戈理传》,刘伦振译,天津人民出版社1982年版,第457页。

助的。

《书简选》表明，这是一位陷入深刻的重重思想矛盾的人写的思想自白。他生活窘困，体弱多病，忧郁症不时发作。在《书简选》一开始，他就宣称自己重病缠身，死亡将近。于是事先立下遗嘱，告诉世人在他死后不要为他而哭泣，不要为他树碑立传，建立一块心碑即可。他要写出《诀别的故事》，这将是他写得最好的故事。现在的新著《书简选》是本有益于人们的书，可以用它弥补他过去所写的全部无益的东西。也就是说，他过去写的《钦差大臣》《死魂灵》全给他自己否定了。其他文章则谈到，现今的官僚所以贪污、受贿，主要是他们的妻子奢侈、挥霍所致。他劝导地主不要殴打农奴，抽他们的嘴巴是最不高明的，要打则要打到他们的痛处，即要当众辱骂他们，这是农奴们最害怕的。他规劝地方长官要奉公清廉，到时何愁人们不听他的话呢，连皇上都会听他的！他预感到世界并不安宁，法国发生的一些政治事件，使他震惊。他给一位伯爵夫人的信，用了"俄罗斯的恐惧与绝境"的标题发表，陈说世界大乱，要逃离俄罗斯已是幻想，现今已无处可逃。欧洲是一片混乱，而"俄罗斯还一片光明，还有得救之路"。要得到拯救，首先要"拯救自己的灵魂，不是避开国家，而要在国家的心的搏动中拯救自己……不能像在旧的俄罗斯那样服务，而要为耶稣主宰的另一个天国服务……要为耶稣担负起职责，应按照耶稣的盼咐那样去完成它……只有这种途径现在才能使我们每个人得救"。到那时，"再过十多年，您会看到，欧洲来到俄国购买的不再是大麻和油脂，而是购买智慧了，因为其时欧洲市场上再无智慧可以出卖"。① 在两篇关于教会与神职人员的书信里，提出要保卫教会，就要了解教会，"我们的教会应在我们心中神圣化，而不是表现在口头上。我们应该成为我们的教会，和我们应该说明它的真理。他们说，我们的教会没有生命，他们这是扯谎，因为我们的教会就是生命。"又说，神父为了自己需要时间，他需要自我完善。"为了人世接受教育不是进入人世，而应远离人世，在深深的内心的自省中，应为

---

① 《全集》第8卷，1952年版，第344、345页。

七 "怪诞现实主义"

那里存在着全部和对一切人的法则。"① 《书简选》中的关于"争论"的一篇文章,无疑是很重要的,他表明了作者对当时营垒已经分明的西欧派与斯拉夫派的态度。他认为无论是西欧派还是斯拉夫派、老派、新派,他们说的不过是一个问题的两面。"自然,真理更多地在斯拉夫派与东方派一面,因为他们总是看到整个房子的正面,因而总是抓住了主要的,而非局部的东西。但在欧洲派与西欧派方面也有真理,因为他们就是他们眼前的一堵墙,可以说得非常详细和清楚,可他们的错误在于,只见到墙端的檐饰,而未见到建筑的顶层,即它的头部、圆顶和最高处的一切。"② 在两个思想派别之间,果戈理无疑偏向斯拉夫派一边。《书简选》还有多篇谈如何帮助穷人;教导要人人都读茹科夫斯基翻译的《奥德赛》;自己如何善写箴言;说要热爱俄罗斯;说将来回一朗诵会替代戏剧演出,等等。

《书简选》中有几篇是关于文学的论述,如诗人的抒情成分,当时抒情诗人的对象,俄罗斯诗歌的本质与特征等。但这里,使我们最感兴趣的是关于《死魂灵》的几封信。他讲到,过去对他作品持否定态度的布尔加林、波列沃依等人的批评,是有很多真理的。作家只有一个老师,就是读者自己。这几封信,实际上显示了作者内心的矛盾,一方面他对自己过去的写作原则作了委婉的辩护,另一方面,他的笔调立刻一转,进行自我否定,特别是作者进行自贬,把自己说得一无是处。一面他说普希金如何欣赏他善于刻画庸俗人的庸俗的才能,一面又说他的主人公一个更比一个庸俗,这就把人们吓坏了。其实"我的主人公完全不是坏人,我只要给他们之中的任何人加上一笔优美的特点,读者就会与他们所有的人讲和的"。一面说,他要狠狠地嘲笑一切丑恶,一面却又说,他嘲笑的是自己。"没有一个我的读者知道,他在笑我的主人公时就是在笑我。"同时他像个痛哭流涕扯着头发辱骂自己卑鄙的人:"在我身上没有哪一种太严重的缺点,比我的其他缺点更为明显;同样,也没有某种鲜明的美德,赋予我以鲜

---

① 《全集》第 8 卷,1952 年版,第 245 页。
② 《全集》第 8 卷,1952 年版,第 262 页。

明的外表。可是，我身上却集中了一切可能有的卑劣的习性，它们每种都有一些，它们是如此之多，以致我至今尚未遇到一个同样有这么多卑劣习性的人。"① 接着，这个可怜的果戈理，在分析到那些渺小的人的特征时，把他父母、读者都扯进去了。"那里，除了我自己个人的外，还有我双亲的特点，还有你的。"他像一个赎罪的人，一定要把描写"优秀的人"的"任务"放到后几卷去。他写了又写，小心谨慎，但是总不得其法。"写出了几个表现我们出身名门的具有高尚品格的优秀人物，可是一点也没有用。"关于《死魂灵》的第 4 封信就是谈焚稿一事的。作者说，要烧掉 5 年的劳作并非易事，"但是为了复活，首先必须死亡。"他说，出现在《死魂灵》第 2 卷中的人物性格依旧，还是原来的那个样子，这只会带来害处。就是说他的写作必须改弦更张，原来方向必须改变。1846 年，他把《死魂灵》第 2 卷的稿子烧了。"如果你表现不出一代人的真正卑鄙龌龊的全部深度，那时，你就不能把社会以及整个一代人引向美；如果你不能了如指掌地为任何人指出通向崇高和美的途径时，那时就不应该去侈谈崇高和美。而第二种情况在《死魂灵》的第 2 部里的发展是极为微弱的，但它却又应该成为第 2 部里最主导的东西，所以就把第 2 部焚毁了。""我的事业是精神和生命的坚实。因此，我的行为的形象应该是坚实的，我也应坚实地创作。我没有必要匆匆忙忙，让别人去赶好了。那时需要焚烧，我就焚烧了，需要如此我就这么做，因为没有祈祷，我就做不了任何事。"②

看来，这就是果戈理焚稿的部分原因了。这里既有自我贬抑，以至由自责到咒骂自己，也有转向虚假的思想后发现创作的虚假；有一心想创造崇高和美的压力，也有因正直的艺术良心而不得不烧毁多年经营的伪劣产品的痛苦。《书简选》的宗教倾向，甚至受到像阿克萨科夫这样的人的批评。至于被称为欧洲派的别林斯基一读到果戈理的书，就震怒异常，把果戈理的行为称作叛变。别林斯基早在 19 世纪

---

① 《全集》第 8 卷，1952 年版，第 293 页。
② 《全集》第 8 卷，1952 年版，第 298—299 页。

七 "怪诞现实主义"

30年代就把果戈理奉为"文坛盟主",把他看作是俄国文学的希望和理想,人的觉醒和呼号。可他原来崇拜的偶像,现今却拿出了一本和其过去创作倾向决然对立的书,一本宣扬巩固现行制度思想的书,并且此书作者声称,他来到人世间,是为了执行上帝的旨意,而"不是为了在文学范围内建立一个时代"云云。为此别林斯基十分愤怒地致书果戈理。果戈理见信后,更为苦恼。加上其他方面的批评,于是我们在其稍后的《作者自白》和后来的一些书信里,更能见到他焚书悲剧的更为深层的原因,尽管作者的观点不乏前后矛盾之处。

在一些信里,果戈理实际上对别林斯基的观点进行了反驳。果戈理在信稿中说,他最近遇到许多优秀的人物,他们都迷了路。一些人要用改造、变革的手段来改正世界,另一些人想用艺术来教育社会。"但是,既非混乱状态,也非发热的头脑,都无法走向社会的福祉……社会是自己组成的,社会由个体组成。每一个体要完成自己的职责。""您说,我好像为我们的政府唱了赞歌。我从未如此。我们进行服务,组成了政府。"至于说到可以拯救俄国的欧洲文明,果戈理认为,"这个词儿太没边际、太没界限了",欧洲的思想家都在发问,他们的文明在哪里呢。至于谁可代表人民,倾听着人民的心声,果戈理讽刺地说,"至少我的全部作品,按其前后一致的信念,显示了对俄罗斯本性的理解……甚至在您的批评中都涉及它们","可您能拿出什么作品,可以证明您对人类的本性和俄国人民的认识呢!"[①] 在这里,果戈理不仅维护了自己作品的意义,而且是在进行人身攻击了。稍后即在1847年8月10日给别林斯基的信里,果戈理部分地承认了自己的错误:"也许您的话部分是对的……我完全不了解俄国,自我离开它之后,它发生了很大变化,我几乎需要重新认识它现在所有的一切。""我感到,我们之中任何一人都不了解今天的时代","即将来临的世纪是理智意识的世纪,它会考虑各个方面的情况,冷静地权衡一切,否则就不可能认清理智的中庸之道。"果戈理认为:"我和您都做得过分了。至少我已意识到这点,可您是否意识到了呢?……我

---

① 《全集》第13卷,1952年版,第441页。

太专注于自我,而您则太不着边际了。"① 他提出为了健康,"暂时把当代问题放一放"。很明显,果戈理希望调和、和解。他把这一思想赋予了艺术,并当作了艺术的使命。一方面,他仍坚持艺术要描绘、反映现实的生活,另一方面他要用艺术进行调和。这就造成了他后期无尽的忧郁、痛苦和悲剧的深层原因。

　　果戈理在《作者自白》中一再回忆普希金对他的帮助与激赏,使他走上了创作《死魂灵》的道路。他声称,他创作的对象只有一个,即生活。"我在生活的现实中、而不是在想象的幻想中跟踪生活","我从未通过想象(指臆想——本文作者注)创作出什么东西来,我没有这种气质。我只取材于现实生活以及我所熟悉的材料,那时才能创造出好东西。当人物的外表、细枝末节已使我一览无余,那时我才能猜透他。我从来不用简单性的模仿来画肖像,我创作肖像,但我的创作是思考的结果,而非想象的产物。我思考得愈久,我的创作就愈逼真。"② 看来,果戈理在这里似乎又否定了对他过去创作的否定。在1848年初给茹科夫斯基的信中,他说:"艺术不能带有教训。我的事就是用生动的形象说话,而不是去发议论。我应该把生活表现出来,而不是去解说生活。"③ 不过他总是处在他所意料不到的矛盾中间。他明明讲到,他写《钦差大臣》是为了将他知道的俄罗斯的一切丑恶,集在一起加以嘲笑,所以被人称为讽刺家。但是他又说他"从未想过,我得去当一个讽刺作家,并去嘲笑自己的读者"。他创作中篇小说时,目的明确,在给茹科夫斯基的信中却说,他创作时毫无目的,只是使自己娱乐一番,以缓解自己的疾病和忧郁症。这种调和的音调早在《肖像》的第2部的富于神秘主义的描写中就已存在,"崇高的艺术创作正是为了抚慰与调和一切人而降临到世间来的。它不可能在人的心里散布仇恨,却永远像响亮的祷告似的企望着上帝。"后来这种调和的音调愈来愈强烈,它与社会、政治、宗教、神秘主义交融一

---

① 《全集》第13卷,1952年版,第260—261页。
② 《全集》第8卷,1952年版,第441页。
③ 《全集》第14卷,1952年版,第36页。

七 "怪诞现实主义"

起,浑不可分。

在上面提到的给别林斯基的信里,他说:"文学家为他人而存在。他应为艺术服务,艺术给世界灵魂带来最高的调和的真理,而非怨仇,是对人的爱,而非残忍与仇恨。"① 在1847年初给茹科夫斯基的信里,他又重申了上述思想:"在艺术中隐藏着创造的种子,而非破坏的种子。真正的艺术创造,具有某种抚慰人与调和的东西。在阅读的时候,灵魂充满了和谐一致,而在阅读后则是一种满足:什么都不想,什么都不企求,不会在内心升起反对兄弟的愤怒活动,而倒是在心中汩汩流出对兄弟的普遍宽恕的满足。"②

但是,这样的阅读恐怕只是阅读中的一小部分现象,在绝大多数场合这是一种幻想,例如,人们阅读果戈理的作品能够做到这点吗?那是很难说的,因为他自己就是怀着愤怒去嘲弄丑恶的。他说艺术要描写人们的美德与丑恶,目的却是为了"在人的灵魂中恢复和谐与秩序,而不是愤怒与分裂"。但是他接着讲到,这和谐与秩序,不仅是个人的,而且还是社会的呢。他写道:"艺术完成自己的使命,并带给社会以秩序与和谐。"③ 但是这样的艺术使命,使果戈理自己处于两难的处境。他宣称艺术要忠实于生活,用形象来说话,他的创作的对象是生活本身。可是真要创作又要按照自己调和的使命办事,即要创造"优秀人物",以便确立社会的和谐与秩序,这岂不难煞自己了吗!

果戈理一再焚烧手稿,看来有两种情况。一种是他在写作中,人物活起来了,其精彩之处,甚至使斯米尔诺娃情不自禁地大为称赞;可是再写下去,又将是"卑下""肮脏"的场面。很明显,这是按照《死魂灵》第1部的方向写的,这类东西,自然已不容于他的供养人和他的"好友"们,又会受到斯米尔诺娃们的训斥;同时,他自己也认为,这样写出来的东西,定会"流毒"社会,自然要焚烧,而且自己已做声明,要改过自新。另一类是按新的"调和"的要求写的。在

---

① 《全集》第13卷,1952年版,第444页。
② 《全集》第14卷,1952年版,第37、38页。
③ 《全集》第14卷,1952年版,第38页。

《死魂灵》的第 1 部里,那不无神秘主义色彩的三套马车,好像是在云端疾驰,那清亮而激越的铃铛声响,曾激动过多少读者!那时别林斯基独具慧眼,指出这抒情插笔中的具有神秘色彩的铃声,并非吉兆,弄得不好,它会给俄国文学带来重大损失,使它失去一位伟大的作家。果然,现在,果戈理的那三套马车,已经落定尘埃,它不是在那神秘远方的天际,而是要就地疾驰起来。可作为御手的果戈理,看到的是病马破车,但是定下的"艺术使命"却要把它当作令人钦羡的快马轻车来写。"优秀人物"行动起来了,可他们又死样活气,形同槁木,扶之不起,如之奈何?这又如何向要求艺术给社会以"秩序与和谐"的皇上、朋友交账?如何使自己成为王冠上的明珠与钻石?为了要求真实的艺术,他分明见到难以实现的秩序与和谐;为了社会的和谐与秩序,这类写作的虚假显而易见。他斟酌再三,自思这种写作有违他从事艺术的初衷,他不可能创作出活生生的形象来。他真是苦不堪言。这是内心、灵魂中的一场难以平息的战斗!但是艺术的良知,终究战胜了他的生活调和哲学,他不得不一再焚稿。这样的焚烧,还能留下什么来呢!对于这位体弱多病的作家来说,这种行动真是悲剧性的壮举,不过这也正是作家的伟大之处,因为他最终还是选择了艺术的生命,维护了艺术的生命。

自然,人们仍在等着他的新作,他也不敢稍息。他仍想自新,他想通过耶路撒冷得救,但是朝圣寻找宗教真理,也无补于事。他的种种希望和努力,已完全是一种徒劳的挣扎,一种"苟延残喘",因为他使自己处于这种进退两难的绝境了,他确实已无所作为了。他自知来日无多,身体急剧衰弱,感到生命已近尽头,即将逝去。在多日绝粒之后,一天晚上彻夜祷告,又焚烧了手稿,恸哭不止。在最后的遗言中,他说:"你们要成为复活的灵魂,而不是死魂灵。除了耶稣基督指出的大门,没有别的大门。"①

早晨,果戈理终于魂断泪尽,与世长辞,时为 1852 年 2 月 21 日,

---

① [俄] 叶夫多基莫夫:《俄罗斯思想中的基督》,杨德友译,学林出版社 1999 年版,第 70 页。

七　"怪诞现实主义"

俄国文学史合上了它的不朽的悲剧的一页。

果戈理的创作，开创了俄国文学中的一个新时期。他是一位思想探索型的作家，他在自己的小说、政论中，提出了激动着当时公众的俄国往何处去等大问题。他的艺术风格独步一时，不少俄国作家深受他的影响，并有不少论说。其中托尔斯泰的评论是很有代表性的。他说，当果戈理"听任自己的才能充分施展的时候，就写出了卓越绝伦的文学作品……然而，一旦他想用道德、宗教作为主题来写艺术作品，或者给已经写好的作品增添一些与其格格不入的道德、宗教的道理时，就出现了既可怕又可厌的胡言乱语……"[①] 托尔斯泰说得十分真切，因为他自己也是这种类型的艺术家。果戈理去世后，不少作家、同时代人写有回忆录，从不同方面描述了果戈理的生活、创作情况。1952年，是果戈理的百年忌日，当时苏联曾出版了《同时代人回忆中的果戈理》一书。100多年来，对果戈理的研究，可说持续不断。果戈理逝世后不久就有关于他的研究著作出现。

19世纪末20世纪初，当俄国文学发生急剧变化时，一些新的文学流派的人物从新的角度评价了果戈理。如柯罗连科的《幽默大师的悲剧》一文，写得很有分量，评说公允，很是实在。作为象征派诗人的勃留索夫写有《燃烧成灰的人》一文，突出了果戈理的夸张的一面，认为作家从其生活到创作都是如此。果戈理生活的一面可能有此情况，这对了解他的个性来说很有价值，但就创作来说，认为夸张得太过分，这就失之片面了。因为果戈理创作中的夸张是正常的艺术手段，我们不能把艺术夸张视为做作，这完全是两回事。这可能和象征派的文艺观点相关。如果从巴赫金的怪诞现实主义的角度来理解，则很容易切入问题。此外，如象征主义、宗教神秘主义作家梅列日科夫斯基、心理学派奥夫相尼科-库利科夫斯基不少人都撰写了有关果戈理的专著，都值得研读，它们丰富了我们对伟大作家的理解。同时稍后有形式主义学派艾亨鲍姆的《果戈理的〈外套〉是如何创作的》，有马克思主义者卢纳察尔斯基的多篇论文。1928年出版的彼列韦尔

[①] 见《果戈理评论集》，袁晚禾、陈殿兴编选，复旦大学出版社1993年版，第253页。

泽夫的《果戈理的创作》（第 4 版），角度独特，但被认为是庸俗社会学的"典型"。彼列韦尔泽夫认为果戈理出身地主，熟知地主心理，所以才能写出地主阶级的文学作品来。20 世纪 30 年代，作家魏列萨耶夫写了《果戈理是怎样写作的》一书，颇受欢迎，译成多种文字，鲁迅先生曾一再提到过。魏列萨耶夫还编选出版了《生活中的果戈理》一书，此书材料丰富，传记性强。

果戈理的作品集编有多种，1938—1952 年，苏联科学院出版社断断续续出版了 14 卷的《果戈理全集》，各种作品包括不同异文，可说搜罗无遗。1953 年，波斯彼洛夫出版了《果戈理的创作》，此书叙述简洁，理论性强，颇获好评。1954、1955 年，相继出版了赫拉普钦柯与斯捷潘诺夫的《果戈理的创作》与《果戈理传》，都是大型著作，强调现实主义创作方法。1978 年尤里·曼的《果戈理的诗学》一书，根据巴赫金的民间文化的笑、狂欢化理论，在对果戈理作品的艺术特征分析方面，颇具新意。而 1979 年的扎拉图斯基的《果戈理传》，不仅材料丰富，最重要的特点是描述了作家的生活、创作的真实面貌，它对我们了解果戈理很有帮助，而有好些生活方面的情节，过去的不少著作都是避而不谈的。作为传记，它使我们看到了作家的全貌。此外，果戈理在一些大型文学史、小说史、批评史中，都占有重要的位置。

（四）果戈理和中国

果戈理的作品开始介绍到我国来，是 20 世纪 20 年代初的事。他的杰出的艺术创作，在我国不仅拥有广大的读者，而且和进步的西欧现实主义作家的作品一起，对我国当时的知识界以及我国新文学的形成与发展，产生过一定的影响。

1920 年 7 月，《俄罗斯名家小说》第 1 集出版，收了耿匡（耿济之）译的果戈理的《马车》，这大概是果戈理的作品在我国的最早译文。同年，瞿秋白译的《仆御室》在《曙光》杂志上刊出。1921 年《俄国戏曲集》中又收入了贺启明译的《巡按》。

七 "怪诞现实主义"

在此以后,《京报副刊》上刊出了李秉之译的《结婚》。1926 年,出版了《外套》的译本,译者是韦素园。1934 年,鲁迅译出《鼻子》,刊于《译文》杂志。同年,还出版了两本果戈理小说集:一是《郭果尔短篇小说》,收有《死灵》(即《死魂灵》的第 2 章——作者)、《狂人日记》《画像》《马车》,译者是肖华清,鲁迅曾对该书的译文质量感到不满。[①] 二是《俄罗斯名著二集》,收的全是果戈理的作品,计有《维依》《鼻子》《二田主争吵的故事》《结婚》和《赌家》,译者是李秉之。这年底,孟十还译出《五月的夜》。鲁迅在给孟十还的信中,谈及他读了德文版的果戈理全集(应为选集——作者)之后,发觉自己的《鼻子》的译文有一些误译处,并邀请孟十还一起来翻译、出版果戈理的 6 卷本选集,即《狄康卡近乡夜话》、《密尔格拉得》、短篇小说及小品集、戏剧集、《死魂灵》。其中《死魂灵》拟分两卷出版,第 1 卷是小说的第 1 部,第 2 卷是小说的第 2 部残稿,附上魏列萨耶夫的《果戈理怎样写作的》一书。1935 年初,鲁迅和孟十还曾谈及果戈理的《密尔格拉得》和戏剧集有韩侍桁的译本;《泰赖·波尔巴》(即《塔拉斯·布利巴》)有顾民元等人的译本,并再次提出出版果戈理的 6 卷集。可惜,由于鲁迅过早地去世,这一愿望未能实现。鲁迅先生翻译的《死魂灵》第 1 部,也于这年收入《世界文库》,分册出版。次年,鲁迅又译出《死魂灵》第 2 部残稿,刊于《译文》杂志;《死魂灵》的单行本同时印行。1937 年,孟十还译的《密尔格拉得》出版。1941 年,耿济之译《巡按使》,与《结婚》《赌徒》《仆室》一起结集出版,取名为《巡按使及其他》。1950 年,《钦差大臣》又出了新的译本,译者芳信。其后几年,还出了果戈理的早期小说《圣诞节前夜》等译本。1957 年,满涛译出《狄康卡近乡夜话》《彼得堡故事》。至此,果戈理的小说和剧作,包括少数论文如《关于普希金的几句话》,基本上都译成了中文,成为中国人民的精神财富。20 世纪 80 年代改革开放以来,《死魂灵》出现了好几种译本。如今出版全集,大大超过了鲁迅先生的愿望。读者

[①] 参见《鲁迅书信集》下卷,人民文学出版社 1976 年版,第 768 页。

可以看到伟大作家的全貌,其中收入的《与友人书简选》等,会极大地加深我们对果戈理的认识。

在新中国成立前的黑暗年月里,我国所以不断出现果戈理作品的译本,是有着深刻的社会原因的。人们看到,我国社会的现实生活和果戈理作品中所暴露的俄国社会十分相似,我国的反动统治者——军阀、国民党官僚,和俄国作家笔下的贪官污吏的形象,在本质上是一致的。阅读果戈理的作品,可以使人们进一步认清现实生活中的反动统治者的真实面目,这就是果戈理作品的巨大认识意义。很长时期,我们是一直偏重文学的认识作用来译介外国文学作品的。

果戈理的戏剧对我国的戏剧发展也产生过积极的影响。据茅盾回忆,在20世纪20年代初期,上海神州女校就曾排演过《钦差大臣》,当时译作《巡按》,这是中国舞台上首次出现果戈理的戏剧。[①] 20世纪30年代,国民党媚外求和,对内则实行血腥镇压,左翼戏剧组织同其他进步的文艺组织一起,遭到反动派的严重摧残。在这种恐怖的、窒息的气氛中,左翼戏剧工作者并未被吓倒,他们从欧洲的戏剧中,去寻找可供上演的戏剧,巧妙地揭露现实,继续进行曲折而艰苦的斗争。其中被找到的剧作之一,就是果戈理的《钦差大臣》。1935年,上海戏剧界曾以"上海业余剧人协会"的名义公演。舞台上出现的人物虽是外国人,故事虽然发生在外国的县城里,但观众心里明白,这也是对我国现实生活中的反动统治的愤怒揭露和强烈抗议。《钦差大臣》的演出,"帮助了中国人民特别是青年知识分子认识了中国的官僚政治,认识了自己当前的敌人"[②]。值得一提的是,这一喜剧的公演,还推动了上海的戏剧运动。原来当时我国的话剧虽然已经发展起来,但观众多半为知识阶层,剧团由于经济问题,专业化的甚少。《钦差大臣》则以其切中时弊的深刻的思想内容,群众喜闻乐见的艺术形式,扩大了话剧观众的范围;而且由于演出的上座率高,因

---

① 参见茅盾《复杂而紧张的生活、学习与斗争》(上),《新文学史料》第4辑,人民文学出版社1979年版,第10页。

② 陈白尘:《〈巡按〉在中国》,《人民日报》1952年3月4日。

而促进了业余戏剧团体的职业化。① 著名电影导演史东山,并把《钦差大臣》改编为电影,更名为《狂欢之夜》,其中演员均为舞台演出中的原班人马。电影中的人物和背景都改为是中国的,并作了一番"中国语言化"的工作。影片上映以后,很受观众欢迎,在全国各地放映有三四年之久。1936 年,《钦差大臣》在南京上演;1938 年,又在成都上演。1941 年皖南事变后,成都、重庆、桂林等地的舞台上,都曾相继演出《钦差大臣》,用以揭露国民党反动派的腐朽和黑暗。1945 年,著名剧作家陈白尘创作的讽刺喜剧《升官图》,明显受到了《钦差大臣》的影响。《升官图》对反动派进行了无情的嘲笑与鞭笞,在广大群众中间,特别是在当时的国民党统治区,发生过重大的影响。陈白尘同志说:"果戈理的作品,是我所酷爱的,他的《钦差大臣》,1935 年在上海演出,给了我巨大影响。这影响表现在我许多喜剧,特别是在《升官图》那个剧本里。"②

鲁迅喜爱俄罗斯文学,而在俄罗斯作家中,对鲁迅影响最大的,当首推果戈理。早在 1907 年的《摩罗诗力说》一文里,鲁迅就注意到了这位俄国作家。他写道:"19 世纪前叶,果有鄂戈理(N. Gogol)者起,以不可见之泪痕悲色,振其邦人……"③ 从当时鲁迅的思想发展来看,我们可以说他是从爱国主义的立场、从唤起中国人民民族自觉的立场出发,去研究和介绍果戈理的作品的。鲁迅后来在《我怎么做起小说来》一文中说到在国外读书时期,"因为所求的作品是叫喊和反抗,势必至于倾向了东欧,因此所看的俄国,波兰以及巴尔干诸小国作家的东西就特别多。也曾热心的搜求印度、埃及的作品,但是得不到。记得当时最爱看的作者,是俄国的果戈理……"④

果戈理的作品不仅对鲁迅的思想有所启迪,而且对鲁迅的创作也有深远影响,这在《狂人日记》中表现得最为明显。这篇作品的心理描写,讽刺手法,以至作品形式,都留有果戈理的痕迹。但诚如鲁迅

---

① 参见陈白尘《〈巡按〉在中国》,《人民日报》1952 年 3 月 4 日。
② 转引自曹靖华《果戈理百年忌》,《人民日报》1952 年 3 月 3 日。
③ 《摩罗诗力说》,《鲁迅全集》第 1 卷,人民文学出版社 1956 年版,第 196 页。
④ 《我怎么做起小说来》,《鲁迅全集》第 4 卷,人民文学出版社 1957 年版,第 392 页。

所说："依傍和模仿，决不能产生真艺术。"① 鲁迅的《狂人日记》，一方面既可看作是"中国文学有机地吸取外国近代文学的开始"（冯雪峰《鲁迅和果戈理》，《人民日报》1952 年 3 月 4 日），同时另一方面也是中国革命文学的发端。鲁迅自己谈到过他的《狂人日记》和果戈理的《狂人日记》的关系。他取法于果戈理，但又不同于果戈理；他有意识地吸收外来的影响，但又把它融化为自己的血肉，有所创新。他写道："1834 年顷，俄国的果戈理（N. Gogol）就已经写了《狂人日记》；……但后起的《狂人日记》（指鲁迅自己的——引者）意在暴露家族制度和礼教的弊害，却比果戈理的忧愤深广。"② 如果把这两篇《狂人日记》作一比较，则不难看到，果戈理的作品的主题思想是揭露封建等级制度的不平等，"小人物"的悲剧命运；而鲁迅的作品则在于揭露中国封建社会制度和礼教的吃人的本质。俄国作家在作品中同情社会下层的"小人物"，显示了深厚的民主主义精神；而中国作家的作品揭示了封建制度的残暴，表现了彻底的革命民主主义思想。果戈理暴露旧制度、描写小人物的悲惨遭遇时，其忧愤夹杂着幽默、辛辣的讽刺和含泪的笑，而鲁迅的忧愤则充满了震撼人心的控诉和呐喊，所以就显得深广得多。

鲁迅对果戈理及其创作有着深刻的理解，作过精辟的分析。他在与友人的书信中谈道，"果戈理虽然古了，他的文才可真不错"③，对这位俄国作家充满了钦佩之情。他不同意耿济之对果戈理的评价。耿济之认为，果戈理一生是在"恭维官场"；鲁迅则以为事实并非如此，果戈理"决非革命家，那是的确的，不过一想到那时代，就知道并不足奇，而且那时的检查制度又多么严厉，不能说什么"；他说果戈理不讥刺大官，一者固然在于那时禁令严，二者"人们都有一种迷信，以为高位者一定道德学问也好。我记得我幼小时候，社会上还大抵相

---

① 《记苏联版画展览会》，《鲁迅全集》第 6 卷，人民文学出版社 1958 年版，第 391 页。
② 《〈中国新文学大系〉小说二集序》，《鲁迅全集》第 6 卷，人民文学出版社 1958 年版，第 189—190 页。
③ 《鲁迅书信集》下卷，人民文学出版社 1976 年版，第 673 页。

七 "怪诞现实主义"

信进士翰林状元宰相一定是好人,其实也并不是因为去谄媚"[1]。鲁迅的这种说法,大体是实事求是的,可备一说。鲁迅对《死魂灵》极为欣赏,他所翻译的《死魂灵》,就译文的风格而论,酷似原著,保持了原著的艺术特色。

不过他并不满意自己的译文,确实,译文中存在一些译得不确切的地方,这恐怕与转译不无关系。他说在这本小说的翻译中,"有些形容词之类,我还安排不好,只好略去,不过比两种日本译本却较好,错误也较少。瞿若不死,译这种书是极相宜的,即此一端,即足判杀人者为罪大恶极"[2]。这里所说的"瞿",是指瞿秋白。鲁迅和瞿秋白的情谊,于此也可见一斑。鲁迅对《死魂灵》的现实主义创作原则也曾作过高度的评价。他写道:"那创作出来的脚色,可真是生动极了,直到现在,纵使时代不同,国度不同,也还使我们像是遇见了有些熟识的人物。讽刺的本领,在这里不及谈,单说那独特之处,尤其是在用平常事,平常话,深刻地显出当时地主的无聊生活。"[3] 在谈及《死魂灵》第 2 部残稿时,鲁迅指出:"描写出来的人物,积极者偏远逊于没落者","他描写没落人物,依然栩栩如生,一到创造他之所谓好人,就没有生气。"[4] 他说果戈理写将军丑角贝德理锡且夫,笔力不减第 1 部,但当他要把乌理尼加写成一个高尚人物时,形象就苍白无力。这是非常有见地的评论。

1952 年,是果戈理逝世 100 周年纪念。茅盾著文写道:"从《死魂灵》和《巡按使》(即《钦差大臣》)活生生的形象,中国读者会联想到自己国家内昨天存在着的或今天也还存在着的那些不劳而获、惟利是图、荒淫无耻、卑鄙险诈的剥削者和寄生者、地主和官僚、以及乞乞科夫式的……进行冒险欺诈的资产阶级人物,而给以更深的憎恨。"[5] 这是广大中国读者共同的体会。果戈理的作品,就是在今天,

---

[1] 《鲁迅书信集》下卷,人民文学出版社 1976 年版,第 899 页。
[2] 《鲁迅书信集》下卷,人民文学出版社 1976 年版,第 867 页。
[3] 《几乎无事的悲剧》,《鲁迅全集》第 6 卷,人民文学出版社 1958 年版,第 292 页。
[4] [俄]果戈里:《死魂灵》,鲁迅译,人民文学出版社 1977 年版,第 384—385 页。
[5] 茅盾:《果戈理在中国》,《文艺报》1952 年第 4 期。

也仍能帮助我们的年轻读者,了解过去,认识过去社会在我们新社会中遗留下的、远未被彻底清除掉的影响,如官僚习气、荒淫腐化、投机钻营、行贿受贿等恶习,从而促使我们进行更有力的斗争。

果戈理的作品是人类文化宝库中的瑰宝,它将永远为进步人类所珍爱。果戈理的作品,给人以巨大的审美享受,给人以智慧;他的高超艺术技巧,也可供我们学习和借鉴。

附记:本文最后部分《果戈理与中国》,纯系资料,录自作者《果戈理及其讽刺艺术》(1980年)一书,只在少数地方作了改动,特此说明。本文为中译本《果戈理全集》序文,安徽文艺出版社1999年版。

八 瞬间、共时艺术中的现实、梦幻与荒诞*

——陀思妥耶夫斯基其人其书

（一）"我只要一张口，到处便会议论纷纷"

在享有世界声誉的作家中，有哪一位作家如陀思妥耶夫斯基的命运那样大起大落、诡谲奇幻？

青年时期，因革命倾向被判处死刑，捆绑法场。在断头台前，刽子手在他头上折断钢剑，神甫让他吻十字架，然后给他换上白色殓衣，在行刑官验明正身、宣布死刑、喊出"瞄准"声后，却是半分多钟的死寂。在这凝冻的瞬间里，也许在陀思妥耶夫斯基的脑海中，掠过了自己的短暂的一生，也许是一片死寂的空白。在这种恐怖的死亡等待中，当局使者却突然骑马奔来，宣告沙皇的赦免，改服苦役。这种突如其来的转折，要使人忍受多大的心理打击，以致会造成思想的裂变！陀思妥耶夫斯基随后经历了10年苦役、兵役，在牢狱的长长的孤独中，进行了自我批判。之后，他的信念发生了根本性的转变。在后来的创作里，他与自己信奉过的空想社会主义不断辩论，把它当作虚无主义痛加批判；他坚守"根基主义"，嘲弄西欧主义，主张改良而恐惧革命。

19世纪80年代中期，陀思妥耶夫斯基的作品同托尔斯泰的作品一起，被译成西欧不少国家文字，广为流传，但是陀思妥耶夫斯基的

---

* 本文为《陀思妥耶夫斯基精选集》序言，山东文艺出版社1998年版。

作品却不断引起争论。第二次世界大战后的欧洲,尽管文学中新的流派纷起,然而人们阅读陀思妥耶夫斯基作品的热情不仅依旧,而且大为增长,甚至有的国家的教会,还把作家的某些作品当作了福音书印刷,免费散发。许多著名作家,大都把陀思妥耶夫斯基的著作视为自己必读之书,而像鲁迅、托马斯·曼、安德烈·纪德、加缪等人,不仅阅读,而且撰有见解独到的论文。一位苏联学者巴赫金,通过对陀思妥耶夫斯基作品的研究,提出了复调小说理论与对话主义,并把这些理论上升到哲学高度;20世纪60年代以后,在世界学术界博得了广泛的承认,声誉日隆,成为现今巴赫金学的组成部分。陀思妥耶夫斯基的著作,真的成了一座艺术的宝库,但是这是一座充满了矛盾的艺术宝库。如果说,陀思妥耶夫斯基的小说,从某种角度来看,确如巴赫金所说的是一种复调小说,那么我们看到,在小说作者的创作个性、思想中,同样是充满了那种复杂的"复调"特征的。在这一意义上,也许可以说,陀思妥耶夫斯基是一位具有复调型个性的作家了!

　　陀思妥耶夫斯基晚年回忆说,他的少年、青年时期,是在郁郁寡欢的环境中度过的,但也受到过良好的教育。他10岁时就在莫斯科观看过著名演员莫恰洛夫演出的席勒的《强盗》,在他精神上产生了良好的影响。12岁时在乡间度假,读完了司各特的全部作品,发展了他的想象力和感受力。他母亲一生劳累,且患有肺病,35岁时就生育了8个子女(有的未能成活),在他16岁时就去世了。他父亲原为军医,后来买了田地,成了庄园主,他为人暴戾、凶狠,一次在田间被农奴袭击致死。那时,17岁的陀思妥耶夫斯基闻讯后就昏厥了过去。以后他常发此病,被确诊为癫痫病,即羊痫风,从此一生深受其苦。19世纪50年代中期,他在给友人的信中说到他在40年代末就长期发病:"我连续病了两年,是一种奇怪的精神病。我处于一种忧郁状态。甚至有时候神志不清。我太容易冲动,病态地敏感,可以曲解最一般的事物……这种病对我的命运产生了极其不利的影响。"[①]

　　青年陀思妥耶夫斯基在高等军事工程学校学习期间,就开始文学

[①] 《陀思妥耶夫斯基书信选》,冯增文、徐振亚译,人民文学出版社1986年版,第82页。

创作。"正像某些伟大的艺术家如鲁本斯、巴尔扎克、瓦格纳一样,他也很想发财致富,以便过一种优越舒适的创作生活。"① 同时,他也像其他军官一样,寻欢作乐,纵酒狂欢。有时参与赌博,把家里寄他的钱一下输个精光,以致三餐无着,向人赊购食物。可一旦有钱在手,又神气活现地进出豪华饭馆,挥霍无度。他生性内向,善作自我分析,但从不讳言自己的短处甚至劣迹;他平时愁眉苦脸,闷闷不乐,但遇事容易激动;他沉默寡言,但脸部表情不断在变,难以捉摸。女作家巴纳耶娃曾写到陀思妥耶夫斯基初次到她家给她留下的印象:"一眼可以看出,陀思妥耶夫斯基是一个极端神经质的敏感的青年。他身材瘦小,满头金发,面带病容;他那双不大的灰眼睛,不知为什么总是不安地从一个对象转到另一个对象上面,两片苍白的嘴唇神经质地抽搐着。"② 他爱与人论辩,那时精神亢奋,感情丰富,言词激昂,思如潮涌,以致他的微弱的声音像在叫喊一般,不能自制。作家后来在给人的信里说:"最不幸的是:我的性格卑劣,十分狂热,我在任何场合和一切方面总是爱走极端,一辈子都漫无节制。"③ 这种性格特征,可以说在他的小说中的人物身上,得到了淋漓尽致的表现。

1844年,陀思妥耶夫斯基把巴尔扎克的《欧也妮·葛朗台》译成俄文出版。这对于他的创作来说无异是一次实习。次年,他的处女作中篇小说《穷人》完稿,给朋友、特写作家格里戈罗维奇看了,后者大为惊奇,又把稿子送到诗人涅克拉索夫那里。涅克拉索夫对格里戈罗维奇说,小说稿读了10页就可知道好坏。结果两人轮番朗读,念了一夜。当读到动人之处,格里戈罗维奇竟是哽咽不止,涅克拉索夫则泪流满面。两人来到批评家别林斯基那里,连说出了个新的果戈理。别林斯基用教训的口吻说,果戈理可不像树林里的蘑菇,一茬又一茬地容易长出来的。可是一读稿子,竟是放不下手,一口气把它读

---

① [苏] 格罗斯曼:《陀思妥耶夫斯基传》,王健夫译,外国文学出版社1987年版,第60页。
② [俄] 巴纳耶娃:《回忆录》,见《回忆陀思妥耶夫斯基》,人民文学出版社1987年版,第68页。
③ 《陀思妥耶夫斯基书信选》,冯增文、徐振亚译,人民文学出版社1986年版,第23页。

完了，认定《穷人》的作者是位天才。于是又是会见，又是品评，又是颂扬，一时真使陀思妥耶夫斯基感激涕零。随后陀思妥耶夫斯基经常出入别林斯基的家，交谈问题。1846年小说刊出后，陀思妥耶夫斯基一举成名。他在给哥哥的信中不无得意地说："至于《穷人》，现在半个彼得堡都议论开了"；"到处是难以置信的尊敬……大家都视我为奇才。我只要一张口，到处便会议论纷纷。"①

　　小说写的是彼得堡底层两个穷人的爱情故事。一位是中年的穷官员，一个官府的抄写员；一位是已卖身给富商、无依无靠的正当妙龄的弱女子。两人对窗而居，但不好会面，就用书信方式倾诉衷肠。他们心灵纯洁，互爱互敬，打工缝补，节衣缩食，相互接济，相濡以沫，可是家徒四壁，过着百般受辱的生活。书信体的形式，浪漫主义作家常用，故事奇特，情节哀艳，笔调流畅。可是《穷人》的书信体形式，虽然显示了缠绵悱恻、多情善感的特点，但它揭示了另一种抒情的色调，它是喁喁情话中充满家务琐事、家计艰难叙事的抒情，它是阴暗灰色、不见阳光、安于破房陋室叙写中的自嘲的抒情，它是不胜重压、无计可施，又得相互安慰、充满隐痛的抒情。在女主人公被富商带走之后，男主人公写的最后一封信里，里面有多少生之屈辱与无望的呼喊，读者分明可以听到底层穷人那爱的失落的呻吟和心底的伤痛与哀嚎。一对纯情、善感、善良的小人物，受到资本势力的驱赶，连剩下的最后一点凄清的希望，都变成了破灭的哀婉了，他们无法生存下去啊！小说中关于穷人邻居生计无着、小孩从不出门嬉戏、举家断炊、夜里传出啜泣的那种素描式的叙述，写得好像漫不经心，可是读来却会使人心痛欲裂！小说继承了果戈理开始的那种描绘下层穷人的自然派传统，但确实给俄国文学带来了新东西。大城市贫民窟的风习，开始成了真正的现实主义的艺术画面。

　　同年，陀思妥耶夫斯基又发表了另一中篇《同貌人》（或译《孪生兄弟》《双重人格》）。这部小说写的是又一个穷官吏的故事，但是作家一改《穷人》的文风，在这篇小说中，抒情笔调不见了踪影，活

---

① 《陀思妥耶夫斯基书信选》，冯增文、徐振亚译，人民文学出版社1986年版，第25页。

八 瞬间、共时艺术中的现实、梦幻与荒诞

生生的底层生活与对官僚等级的严酷的描写,与幻想乃至精神分裂奇妙地结合在一起了。九等文官戈利亚德金是某个衙门里的副股长,积了几百卢布,沾沾自喜。在众人眼里,其实他不过是"一条小虫""一块破抹布"而已。他一无所长,循规蹈矩,现在想向自己的上司、五等文官的独生女求婚,这自然是异想天开。不过真能时来运转,说不定攀龙附凤成功,一夜就可青云直上呢。在等级、金钱、权力合一的社会里,一个底层的小官员出现这种幻想,自在情理之中。小说妙在写了主人公的幻觉的出现:长官小姐过生日,举行豪华宴会与舞会,戈利亚德金竟自认为是被五等文官邀请的贵宾,不请自去。结果不仅被一再挡驾,而且当众出丑,人格受辱,被逐出官府,于是慌不择路,落荒而走。这时面前突然出现了一个同貌人,此人与他形影相随,之后与他同吃同住同办公同商量。小说如果到此为止,自可赢得读者好感。但在描写中,这个同貌人小戈利亚德金的思想、举止、行为,完全是与大戈利亚德金相反的。后者与他策划的密谋,他居然暗中向同事告发;吃饭时他占尽便宜;他当着大戈利亚德金的面向人溜须拍马,阿谀奉承,到处钻营。他有如一把出鞘的剑,锋芒毕露,处处得手。大戈利亚德金被人指控有自由思想,他发觉四周都是敌人,感到收买、告密以至占卜、巫术都用上了,这是精神病中迫害狂的特征反映。其实,那个卑劣的家伙小戈利亚德金,不过是戈利亚德金内心反抗中出现的幻影。戈利亚德金所看到的、发觉的、感到的,并引起的冲突,都是在他脑子里、幻想中展开的。这种对精神分裂的艺术描写,具有巨大的社会意义,看来只有像小戈利亚德金那样八面玲珑的人,才能在金钱、权力肆虐的社会里应付裕如,春风得意。这种手法,无疑给俄国文学创作带来了新意。别林斯基赞赏地说:"小说中那亢奋激越的情调以及作者在表现大胆而丰富的思想时所使用的卓越技巧,委实令人叹服。"[①] 作家自己也说:"这是具有社会意义的最伟大的典型,我第一次发现了他。"

陀思妥耶夫斯基在创作上获得成绩后,颇为得意。巴纳耶娃描写

[①] [苏]格罗斯曼:《陀思妥耶夫斯基传》,王健夫译,外国文学出版社1987年版,第95页。

说:"陀思妥耶夫斯基时常在晚上到我们家来。他不再羞羞答答,甚至还显出一种挑衅的神气,跟每个人展开争论,他分明是性情固执才反驳别人的……他控制不住自己,过于明显地流露了作家的自尊心和对自己写作才能的自负态度……表示自己才能比他们(指其他作家——引者)高超得多的傲慢口吻,却偏偏给了别人一个把柄。"①于是人们议论他,挑逗他,特别是屠格涅夫,常常故意引他激动起来。他则急躁地、发狂似的加以反驳,有时说出一些自己也不明白的、荒唐的话来,给屠格涅夫抓住后取笑一番。一次,陀思妥耶夫斯基出席一位贵夫人家里的晚会,在一位小姐面前正好发病,晕了过去。朋友们不知就里,公开写诗讽刺他;别林斯基则劝屠格涅夫不要逗他,说他有病,但对他的自负也不以为然。这样,被刺伤了自尊心的陀思妥耶夫斯基,就开始躲避众人,与他人的关系恶化起来,与别林斯基也因文艺、社会观点的分歧而中断交情,他害怕别林斯基改造社会所主张的激进手段。他的朋友、医生亚诺夫斯基回忆说:"(人们)一开始是崇拜,几乎把《穷人》的作者吹捧为旷世奇才,后来又断然否定他的文学才华——这种突然的转变,只会使陀思妥耶夫斯基这样一个十分敏感和自尊心很强的人完全绝望。"② 1846 年,他在给他哥哥的信里写道:"我和涅克拉索夫为首的《现代人》彻底闹翻了。……这是一些卑鄙的好妒忌的人。至于别林斯基,那么他也是一个软弱的人,甚至在文学见解方面也举棋不定。我只是和他保持着原来的良好关系。"③ 自然,这一评价也许不无过激之处。

但是,陀思妥耶夫斯基是不甘寂寞的人。他很快参加了彼得拉舍夫斯基为首的一个宣传团体的活动。他说他参加这一团体,是由于在那里"能够遇见不少好人,这些好人在其他熟人那里是遇不到的"。④陀思妥耶夫斯基在小组里接受了傅立叶的空想社会主义思想,他希望

---

① 《回忆陀思妥耶夫斯基》,人民文学出版社 1987 年版,第 68 页。
② [苏]格罗斯曼:《陀思妥耶夫斯基传》,王健夫译,外国文学出版社 1987 年版,第 107 页。
③ 《陀思妥耶夫斯基书信选》,冯增文、徐振亚译,人民文学出版社 1986 年版,第 35 页。
④ 《回忆陀思妥耶夫斯基》,人民文学出版社 1987 年版,第 100 页。

俄国出现一个据说古欧洲曾有过的所谓"黄金时代",那里人人平等,人人劳动、富裕、幸福,最重要的是没有暴力,没有共和政体。他常与友人在一家法兰西饭店共进午餐,爱致辞一番,喝几口香槟酒,说:"当你看见贫苦的无产者坐在优雅的房间里,吃着美味佳肴,喝着真正的美酒,怎么能不叫人打心眼里高兴呢!"① 他那时把靠日薪生活的人称作"无产者"。宣传团体中的文学方面的小组,受到激进人物斯彼什涅夫的影响。到后来陀思妥耶夫斯基也同意了要办秘密印刷所,以扩大宣传的影响,并进行了一些密谋活动,采取了反政府的立场。1849年初,他在宣传团体里朗读了《别林斯基给果戈理的一封信》。之后,就发生了我们文章开头所写的那一幕情景,陀思妥耶夫斯基成了"第一号犯人",而受到审判,并被判处死刑。

(二)苦役犯与《死堡手记》

《别林斯基给果戈理的一封信》对沙皇专制制度,对这一制度的精神支柱,进行了猛烈的抨击与批判,并号召人民起来推翻沙皇政权,建立民主的人民政权。这是公开造反的宣言,传布、宣传这一宣言,自然要遭到当局的无情镇压。陀思妥耶夫斯基在刑场受到赦免之后,被立即发配到西伯利亚的鄂木斯克要塞,成了那里的苦役犯。他在临行之前给哥哥写的信里说:"我不忧伤,也不泄气。生活终究是生活,生活存在于我们自身之中,而不在于外界。"可是说不忧伤,也只是一种安慰与掩饰。就在这封信里,他对自己的遭遇无限伤痛。他说:"那样的一颗脑袋,即进行创造,以艺术的崇高生命为生活内容,理解并习惯于精神的最高要求的那样的一颗脑袋,已经从我的肩膀上砍下来了。"② 他是在圣诞节那天出发去苦役地的,一路和见到的城里每所房子告别。当经过他哥哥和他朋友的住房时,内心感到异常痛苦,沉重忧郁,惶恐不安,怅然若失。在荒凉的、茫无边际的西伯

---

① 《回忆陀思妥耶夫斯基》,人民文学出版社1987年版,第90页。
② 《陀思妥耶夫斯基书信选》,冯增义、徐振亚译,人民文学出版社1986年版,第45页。

利亚，一路风雪迷漫，彻骨寒冷。前面等待的是生死未卜的命运，后面则是不胜伤感的往事。来到羁押所，几位自愿跟随被判流放来西伯利亚的十二月党人的妻子，竟接待了陀思妥耶夫斯基等这些"国事犯"，她们送的福音书，成了陀思妥耶夫斯基一生的随身之物。这些贵族出身的女人，有着崇高的道义感，她们"有多么美好的心灵，经受了25年的痛苦和自我牺牲的考验"，而且还要继续下去。这些心灵高尚的妇女的命运，使陀思妥耶夫斯基不胜唏嘘，同时也使他从她们那里获得了不少力量。正是苦役和从她们那里获得的福音书，使人犯罪而走向苦难、忍受苦难与在苦难中认罪、赎罪以及基督的爱的社会、宗教、伦理的探求，成了后来陀思妥耶夫斯基创作的基调。

来到鄂木斯克苦役地，陀思妥耶夫斯基像其他苦役犯一样，被剃光了半边头，一下就进入了人间地狱。凶悍的仇视贵族出身的苦役犯，杀人当儿戏的凶犯，卑鄙凶残、喜欢寻衅的管理犯人的少校，强盗，都聚在他的周围。沉重的劳动，肮脏、拥挤不堪的牢房，恶劣的伙食，使他不断病倒。"在这4年里，除了最黑暗和丑恶的现实，我看不到也不可能看到一点光明。……我忍受了寒冷、饥饿、疾病、力不胜任的工作以及同牢的暴徒对我的仇恨，他们因为我是一个贵族和军官而对我进行报复。"[①] 同时他进行反省，认为只是由于自己的幻想的迷误，才被判了罪。他改变了原来的信仰。但是，他不忘观察人。他在4年之后给哥哥的信里说："在狱中4年，我终于在强盗中间看到了人。你信吗：存在着深沉的、坚强的、美好的人，在粗糙的外壳下面挖掘金子是多么愉快。不是一个、两个，而是几个人，有一些人不能不令人肃然起敬，另一些人实在非常之好。"[②] 当牢狱之灾结束之后，陀思妥耶夫斯基写了一些中篇，发表了长篇小说《被欺凌与被侮辱的》之后，很快便推出了《死堡手记》这部小说。

《死堡手记》虽称长篇，但并无情节上的结构，实为一部由20来个相互联系而又相对独立的短篇特写组成的中篇小说。它描写了帝俄

[①] 《陀思妥耶夫斯基书信选》，冯增文、徐振亚译，人民文学出版社1986年版，第85页。
[②] 《陀思妥耶夫斯基书信选》，冯增文、徐振亚译，人民文学出版社1986年版，第58页。

苦役流放地的牢狱中的各种黑暗现象。这里有各式各样的犯人。发配来到这里,有的是冤假错案;有的是为生计所迫,铤而走险;有的反抗政府;有的反抗暴虐,为了保护人的尊严,为了保护妻女不受恶人侮辱而杀人。他们受到严刑拷打,受尽各种非人待遇、精神和肉体的摧残,他们受冻挨饿,满身恶臭。他们来自民间,他们乐观,向往自由,渴望解放,等待着离开牢狱的那一天。这些人,在圣诞节演出时,表现了令人惊叹的演出才华。他们有的入狱时体壮年轻,出狱时双鬓已白,衰弱不堪。其中也有真正的强盗杀人犯。《死堡手记》是对帝俄暴政下暗无天日的苦役地的犯人非人生活的首次曝光,这种地狱一般的地方和囚犯的苦役,从未为外人所知,也未为人们注意。在最后一章《出狱》里,作者写道:"有多少青春被白白地埋葬在这堵狱墙之下了,有多少伟大的力量被白白地毁灭在这里了啊!应该把一切实话都说出来:这些人都是些不平凡的人,他们也许是我国人民中最有才华、最强有力的人。然而,他们那强大的力量却白白地被毁灭掉了。这是谁的过错呢?这究竟是谁之罪?"陀思妥耶夫斯基对这些普通人十分同情,在艺术的描写中,他赞赏他们的纯朴和基督精神。因此后来托尔斯泰多次提到过这部小说。他在谈到俄国文学形式方面的独创性时,就几次提到过《死堡手记》[①];他向自己的子女推荐俄国小说时也提到要读《死堡手记》;1880年9月,他在病中给批评家斯特拉霍夫写的信中说:"近日身感不适,在读《死堡手记》。我爱不释手,反复阅读,我以为在全部新文学中,包括普希金的作品在内,没有比此书更好的了。不是它的外表,而是它的观点令人惊叹——真挚、自然和符合基督精神。这是一本十分有益的书。我整日感到满足,很久没有感到这样的满足了。如果您见到陀思妥耶夫斯基,请转告他,我喜爱他。"[②] 俄国的自由派、民主派都欢迎这本书。屠格涅夫和赫尔岑都把此书中的某些描写,与但丁长诗中的地狱的描写相提并论。赫尔岑就小说写道:"这个时代(指60年代初)还给我

---

① 《托尔斯泰论艺术与文学》第2卷,苏联作家出版社1958年版,第300、386页。
② 《托尔斯泰论艺术与文学》第1卷,苏联作家出版社1958年版,第101页。

们留下了一部了不起的书，一部惊心动魄的伟大作品，这部作品将永远赫然屹立在尼古拉黑暗王国的出口处，就像但丁题在地狱入口处的著名诗句一样惹人注目，就连作者本人大概也未曾预料到他讲述的故事是如此使人震惊；作者用他那戴着镣铐的手描绘了自己狱友们的形象，他以西伯利亚监狱生活为背景，为我们绘制出一幅幅令人胆战心惊的图画。"①《死堡手记》也曾使沙皇读后感动得为之掉泪。

不久之后，陀思妥耶夫斯基于 1864 年初，又刊出一部使人震惊的中篇小说《地下室手记》。这篇形式独特的小说，通篇是心理独白式的对话。19 世纪 60 年代初，车尔尼雪夫斯基曾出版过长篇小说《怎么办》，宣传空想社会主义的世界观、道德观、恋爱观、著名的"合理的利己主义"原则，崇尚理性，塑造了所谓未来的新人形象。其中不乏浓重的空想成分，但进步意义是无疑的。陀思妥耶夫斯基小说使人震惊之处，在于它通过一个"备受屈辱，饱经忧患"，在地下室生活了几十年的所谓地下室人，对上述思想进行了嘲弄和反驳，露骨地张扬非理性、非道德的个人中心主义，认为理性的善良的设计永远实现不了，一切卑鄙的行径、无限的欲望都合理合法，属于正常。可以说，作者把自己十多年来对曾先是信奉，继而为之大吃苦头，最后被抛弃的信仰的愤懑，全部发泄了出来。但是地下室人又不就是陀思妥耶夫斯基。作者自己说这个故事自然是虚构的，但人物很有代表性。"我想比平常更为清楚地向大家介绍一个不久以前产生的人物。他是还活着的一代的代表中的一个。"② 后来作家自己谈到，这个典型形象是他发现的。"我首先表现了一个代表大多数的真正的人和首先揭示了他的畸形和悲剧性的方面"；"悲剧性的内容是痛苦，自我惩罚，意识到美好的东西又不可能得到它……不幸的人们显然相信，人人都是如此，因此也不值得自我改造了！"③ 地下室人的形象是一种思想的形象。同时，陀思妥耶夫斯基通过地下室人的双重人格的描绘，

---

① 转引自《死屋手记·译后记》，曾宪溥、王健夫译，人民文学出版社 1981 年版，第 383 页。
② [俄] 陀思妥耶夫斯基：《地下室手记》，《世界文学》1982 年第 4 期。
③ 《陀思妥耶夫斯基论艺术》，冯增义、徐振亚译，漓江出版社 1988 年版，第 373、374 页。

在文学中首次大规模地揭示了人的丰富的下意识活动的情景。

（三）嗜赌如命与没命地写作

19世纪60年代初到70年代初10年间，陀思妥耶夫斯基多次出国旅行，自称主要目的"是为了健康，休息，恢复精力"，但有时也是为了躲避好像永远也还不清的债务。在这期间，他经历了爱情上的波折，与女友苏斯洛娃关系破裂。不久，患病多年的妻子和哥哥亡故，料理丧事之后是一身债务，而且还要挑起哥哥一家的生活负担。可笑的是他还想通过赌博赢钱，来解决债务和物质生活的贫困与匮乏。结果他染上了赌博的恶习，达到了嗜赌如命的地步。他自己的书信和他后来的夫人斯尼特金娜的回忆录，多次写到了他陷入狂赌的困境。赢钱，接着是输钱，输得身无分文，向家属求急，典当自己的大衣和女友的戒指，为房东中断膳食而愤怒，说"已经3天没有吃午饭了"，跪在妻子面前痛哭流涕，表示悔改，接着又拿了最后几文钱溜进赌场，进行又一次的"最后的"拼搏，等等，结果债台愈筑愈高。他妻子后来写道："我最不忍心看见的是费奥多尔·米哈伊洛维奇自己所遭受到的痛苦：他从轮盘赌赌场回来……脸色苍白，疲惫不堪，勉强支撑着身子，向我要钱……把钱拿走后，过了半小时更加垂头丧气地回来要钱，这样一直延续到把我们所有的钱输光为止。等到再也没有地方可以弄钱……费奥多尔郁闷、苦恼到了极点，以致号啕大哭起来。他跪在我的面前求我原谅他的所作所为给我带来的痛苦与磨难。简直完全绝望了。"[①] 直到1871年4月最后一次在国外赌博，向妻子又一次发出"最后一次救救我吧"的呼救，得到妻子寄来的一些钱，才算真的改邪归正。"在我心上了却了一件大事，折磨达10年之久的、可恶的幻想消失了"[②]，也即赌博赢钱的幻想消失了。读到文学

---

① ［俄］安·格·陀思妥耶夫斯卡娅：《陀思妥耶夫斯基夫人回忆录》，马占芳等译，北京出版社1988年版，第162页。
② 《陀思妥耶夫斯基书信选》，冯增文、徐振亚译，人民文学出版社1986年版，第275页。

大师的这些文字，真是使人觉得可笑亦复可叹！

但是这一方面，还是与作家的写作、还债、想方设法躲避债务拘留所的威胁、赶写小说奇妙地结合在一起的。赌钱实际上是不断输钱。那么还债只有靠写作赚钱，舍此他别无所长。于是他拼命写作，一部接一部地写，甚至是几部同时并进，自称"像苦役犯"一样地写。同时不断预支稿酬，计算收入，总觉入不敷出。一次他说，要"在4个月内写出30印张（一印张大约有15000汉字——引者），同时写两部小说，一部在上午写，另一部在晚上写，并如期交稿"。他常慨叹，"我是不能被列入生活安逸的人之列的"，"在我们的文学家之中，无论是以前的还是现在的，没有一个文学家在我经常进行创作的那种条件下从事创作，屠格涅夫一想到这种情况恐怕会吓死的。"[①] 他的著名的中篇小说《赌徒》的创作，常被传为趣事美谈。1866年末，他将交出《罪与罚》的最后部分，可他与另一出版商订了合同，在10月前他必须那人提供一部不少于12印张的新小说，否则要付一笔违约金。如果到11月底仍然交不出来，按合同，出版商可在今后9年内不受任何约束，出版陀思妥耶夫斯基写的所有作品而不付酬金。离交稿时间只有一个月了，一般说来，一个月之内是很难写出十七八万字的小说的。与别人合作，又不愿意，于是作家一下又陷入困境。幸好友人建议请速记员来帮忙，由作家口授，以节省时间。走投无路的陀思妥耶夫斯基别无其他办法，只好一试。结果竟在26天内完成了中篇小说《赌徒》，未曾受罚。原来，在《赌徒》一书里，作家把他自己在赌博中的种种遭遇、曲折的心理变化全都写了进去，所以口授起来得心应手，竟是一气呵成。故事动人心魄，艺术上也十分成功。陀思妥耶夫斯基在还债、写作中疲于奔命。他有时说，由于常常告贷无门，生活极度贫困，所以"只得匆忙从事，为金钱写作，结果必然写坏"。但是他一旦写作起来，却是认真无比的。"我从来也没有为了金钱而虚构情节，为了自己承担的义务而赶时间完成作品。我只是在我头脑中有了确实想写、而且我认为是需要写的主题之后才承担

---

① 《陀思妥耶夫斯基书信选》，冯增文、徐振亚译，人民文学出版社1986年版，第155页。

义务和出卖作品。"① 所以他有时写起来是一泻千里，有时是踯躅不前，一改再改，多次焚稿，不少小说的写作都是如此。写作《罪与罚》时，曾把三四个月来写的稿子全部焚毁，重起炉灶；《白痴》就曾八易其稿，《群魔》有十多次改变写作计划。

　　陀思妥耶夫斯基与屠格涅夫的友情和友情的破裂是耐人寻味的。19世纪40年代下半期他们曾是好友。19世纪60年代中期，他在国外碰到了屠格涅夫，赌博输钱后曾向后者借过钱。其时屠格涅夫是个十足的西欧派，并要定居德国。一次，陀思妥耶夫斯基登门拜访屠格涅夫。见面后，两人谈到了俄国评论界对《烟》的批评。屠格涅夫继续宣扬西欧式的"文明"，认为强调俄国精神与独特性都是卑鄙、愚蠢的行为，而陀思妥耶夫斯基是个典型的所谓根基主义者，听后，他不动声色地劝屠格涅夫应在巴黎订购一架望远镜。屠格涅夫问什么意思，陀思妥耶夫斯基用充满嘲笑意味的口吻说，用望远镜看俄国能够看得更清楚些。这自然使屠格涅夫大为恼火。随后陀思妥耶夫斯基又批评德国人，这更激怒了自认为是德国人的屠格涅夫。两人都认为对方侮辱了自己。随后屠格涅夫在陀思妥耶夫斯基睡觉时送去名片，以示断交。后来陀思妥耶夫斯基在写给朋友的信中，骂屠格涅夫为"俄国叛徒"，直到1880年末纪念普希金的隆重集会上才言归于好。在陀思妥耶夫斯基的性格中，两种对立的东西寓于一体。暴怒、反抗往往不过是谦卑的继续。安德烈·纪德设想了这样一个场面：陀思妥耶夫斯基因在自己小说里写了主人公的卑鄙行为而感内疚，他把屠格涅夫作为自己忏悔的对象，于是他一进屠格涅夫书房就大谈自己的故事。屠格涅夫听得目瞪口呆，认为他疯了，故而默不作声，而陀思妥耶夫斯基却等待屠格涅夫的坦诚相待的谅解。但这没有发生，然后陀思妥耶夫斯基又说："屠格涅夫先生，我深深地蔑视自己。"屠格涅夫居然仍是一声不吭。这时陀思妥耶夫斯基火了，谦卑立时转为它的反面："然而我更蔑视您。这便是我要向您说的一切。"② 忏悔的谦卑得到了

---

　　① 《陀思妥耶夫斯基书信选》，冯增文、徐振亚译，人民文学出版社1986年版，第238—239页。
　　② ［法］安德烈·纪德：《关于陀思妥耶夫斯基的几次谈话》，见《陀思妥耶夫斯基的上帝》，社会科学文献出版社1994年版，第108页。

补偿。这大体是符合陀思妥耶夫斯基的个性特征的。

（四）传世之作《罪与罚》与《卡拉马佐夫兄弟》

小说《罪与罚》的发表，使陀思妥耶夫斯基名声大振。作家想写作一部忏悔录式的长篇已非一日，忏悔什么呢？什么是作家所说的罪与罚呢？原来这是一个凶犯的忏悔。穷大学生拉斯科尔尼科夫，是个品行端正、有教养的年轻人。他受到一种理论影响：人不是做拿破仑式的强者，就是做受人欺凌的弱者，强者为了达到自己的目的，可以不择手段，"为所欲为"。于是他为了改善自己的处境，杀死了贪婪的放高利贷的老太婆，要用这个于社会无用的死者的钱，使他自己与他母亲、妹妹生活幸福，学成后履行自己"对人类的人道主义的义务"，以抵消罪行。但是行凶后陷入热病的主人公，终日如昏迷一般，在罪与罚之间彷徨、徘徊，痛苦不堪，无法自拔。他受不住精神的煎熬，在内心经历着与自己的理论、道德、良心的斗争，形成了一种极其复杂、反复纠缠、变化无常、难以捉摸的心理冲突。感情的折磨使他痛不欲生，他感到一下跌入了孤独，远离了人们，无法再与人们交往，包括自己的母亲和妹妹。"上帝的真理和人间的准则取得了胜利，结果他不得不去自首。他不得不这样做，哪怕是死在牢房里，因为他这样又能和人们交往；……罪犯决定以承受痛苦来赎自己的罪。"作者说，他的小说还暗示一种思想："即法律所规定的对犯罪的惩罚，对于犯人的威慑作用要比立法者所设想的轻得多，部分原因是本人在道义上要求惩罚。"[①] 当主人公站在人道、基督之爱这一力量之前而垂下高傲的头颅时，他就按着索尼雅的吩咐，走向十字路口，"跪在广场中央，在地上磕头，怀着快乐和幸福的心情，吻了这片肮脏的土地。他站了起来，又跪下磕头。"因为索尼雅说，他不仅对人们犯了罪，而且对它们——土地也犯了罪。宽容一切、忍耐痛苦、拥抱苦难、甘愿受苦赎罪的索尼雅有如爱的天使，跟随他一起来到苦役地，他向她

[①] 《陀思妥耶夫斯基书信选》，冯增文、徐振亚译，人民文学出版社1986年版，第143页。

要了她的《新约全书》,就是那本她曾经念拉撒路复活一章给他听的那本书。于是他平息了反抗的意识,转向乐于去接受苦难,认罪赎罪,"难道她的信仰不成了我的信仰吗?"在基督爱的宁静中而走向新岸。

书中的一些主要人物,仿佛都具二重人格,或是相反的性格特征,它们"相互混杂、相互纠结到一个旋涡中去。故事叙述的因素——伦理道德的、心理的以及外部的——正是在旋涡中分而后合,离而复聚。在他笔下,我们见不到任何的线条上的简化和净化。他喜欢复杂性,他保护复杂性。他在环境中制造真实"[①] 这样便形成了陀思妥耶夫斯基的那种无与伦比的、惊心动魄的心理分析,成为世界文学中最具天才力量的艺术描写。

在小说里,陀思妥耶夫斯基一改俄国小说中的描写对象,独具一格地描绘了资本统治下的俄国大城市的面貌:总是灰暗阴沉的天空、肮脏发臭的街道、泥泞的小巷、破败的木房、荒芜的庭院、嘈杂的小酒馆,等等。至于人物,则有极度贫困的小官吏、沦落风尘的妓女、看门人、泥瓦工、大学生、放高利贷者、暴发户、富商、地主、酒鬼、侦查人员、密探、花柳病患者、刁钻的房东、医生、营养不良的儿童、弃婴、马路上的死人、面无表情的投河的女人、肺痨病患者,等等。这些人在大街小院里演出了凶杀、酗酒、放高利贷、卖淫、被奸淫、被骗、被马车轧死街头、自杀、利诱、侦查、心理斗智、梦游病患、伦理宗教思考、自首、忏悔、走向苦役地、希图自新等一幕幕戏剧。小说描述犯罪的原因,"可以为所欲为"固然是思想根源之一,但是犯罪的真正根源在于经济。十分明显的是小说一开头,就提出了拉斯科尔尼科夫的神秘的"念头"。接着就是马尔梅拉多夫向拉斯科尔尼科夫自我介绍后马上提出:"您有工作吗?"同时一下就切入金钱问题,"贫穷不是罪过……可是一贫如洗,先生,一贫如洗就是罪过了。""在赤贫的境遇里,我头一个就该侮辱我自己。""一个人到了无路可走的地步,又能怎样呢?"同情为经济学所不许,可是"无路

---

① 见《陀思妥耶夫斯基的上帝》,社会科学文献出版社1994年版,第123页。

可走"啊！但是"如果再没人可找，如果已经到了穷途末路"，那又应怎样呢？"任何人都得有条路可走吧。怎么样也得往下走的情况总是有的！"于是，这个"念头"实际上就成了"无路可走"的继续，使主人公去铤而走险了。

批评家斯特拉霍夫当时谈到《罪与罚》时说："（小说）第一次为我们描写了一个不幸的虚无主义者，一个饱尝了人间苦难的虚无主义者……这种虚无主义发展到了极点，它再也无法向前发展了……表现生活和理论在一个人内心中进行搏斗……表现生活最终获得了胜利——这就是小说的宗旨。"① 陀思妥耶夫斯基对此论的评语是"深得我心"！

其后十多年间，陀思妥耶夫斯基推出了多部长篇小说，如《白痴》《群魔》《少年》和史诗《卡拉马佐夫兄弟》，声誉达到了顶点，小说中充满了作者的宗教、伦理的探求。在《白痴》中，作家想塑造一位"绝对美好的人物"②。但是在世界上，只有基督堪称绝对美好的人物，这样的美将拯救人与社会，所以极难创作，而陀思妥耶夫斯基在小说中，正是把梅思金公爵当作这样的理想来塑造的。这人诚实，宽容，不爱钱财，希望所有人幸福，怀着拯救世人的爱，所以在上流社会被当作了"白痴"。情人被充满了情欲的富商罗果静、这个魔鬼般的人物夺了、杀了，但是凶手又懊悔了。于是梅思金像爱的使者那样，看到凶手的灵魂净化了，两人在死者面前相互安慰。陀思妥耶夫斯基说，他正是为了这一思想即具有基督之爱的人，才写作这部长篇小说的。如果陀思妥耶夫斯基在以往的小说里，还未能创作出一个怀有基督之爱的"正面人物"，甚至果戈理在第2部《死魂灵》中怀着深刻的宗教情绪试图创造正面人物而导致失败，那么在《白痴》里，梅思金公爵一出场就是以拯救世界的美的化身而出现的。从作家的宗教观念的角度来说，梅思金是充满了基督的爱的光辉的，但从现

---

① ［苏］格罗斯曼：《陀思妥耶夫斯基传》，王健夫译，外国文学出版社1987年版，第449页。
② 《陀思妥耶夫斯基书信选》，冯增文、徐振亚译，人民文学出版社1986年版，第191页。

八　瞬间、共时艺术中的现实、梦幻与荒诞

实生活的生动性来说，人物的神性光辉却是苍白的。

陀思妥耶夫斯基从经历苦役之后转到了"根基主义"的立场上，并且不遗余力地同西欧派人士进行辩论。他认为西欧派人士是些没有自己上帝、失去和自己土地联系的人。在《群魔》这部小说中，陀思妥耶夫斯基把俄国革命运动的领导者、无政府主义者、自由民主主义者、西欧派人物，收罗在一起，用讽刺漫画的笔法，把他们写成一群没有自己上帝和自己土地没有联系的人，包括屠格涅夫在内，所以招致了许多进步人士的非议。而书中的一位主人公，虽然行为卑鄙，干尽坏事，但是他能忏悔，而致自杀，成了人物中亮点，符合了作家的观点。屠格涅夫把这部小说看作是陀思妥耶夫斯基在政治上的告密行为。确实，这部小说显示了作者政治上的保皇倾向。发表于 1875 年的《少年》，风格基调未变，但与《群魔》的倾向不同。在资本主义深入到生活的各个角落的俄国，金钱可以收买一切的思想深入人心。少年作为地主韦尔西洛夫的私生子，受尽欺凌，认为将来唯有金钱才能改变自己的命运。但他与"世袭贵族家庭里的典型迥然不同"，对生活进行了探索，在接触到革命者以及在与各种人的来往中，观念有所变化，慢慢成长起来。地主韦尔西洛夫则是个十分矛盾的人物，小说结尾处对他的叙写是十分真实的。他幻想社会福祉，但害怕革命；他是名门之后，贵族后裔，但又是巴黎公社社员；他是诗人，爱俄国，但又完全否定它；他没有宗教信仰，可又甘愿为一种模糊不清的东西做出牺牲。俄国评论家指出，这个人物，作者实际上影射了赫尔岑，有一定道理。这部小说的独特之处，还在于作者在其中舍弃了以往小说情节的逻辑和因果联系，"代之以一些离奇古怪的情节和浮光掠影的、能引起读者好奇心的插曲……这种风格是高度律动的，狂热的，虚无缥缈的，像涡流一样急剧变动的"。用作家自己的话说是"梦幻一般或云雾遮掩着的"，"以相应的杂乱无章的手法去描写遍布全俄国的杂乱无章"①。所以小说叙写常常大起大落，乖戾莫测，预示

---

① ［苏］格罗斯曼：《陀思妥耶夫斯基传》，王健夫译，外国文学出版社 1987 年版，第 664、663 页。

着19世纪末现代派艺术的出现。

　　长篇史诗《卡拉马佐夫兄弟》是部在艺术、思想、结构、风格、人物等方面最为复杂的小说，同时也是表现作者在宗教、伦理、哲学、政治观念方面最为复杂的小说。小说写了一个"偶合家庭"成员在社会、财产、伦理、道德、宗教、信仰等方面展开的一场"混战"。所谓"偶合家庭"，就是在农奴制改革和资本势力弥漫的情势下，原有的道德、伦理观念纷纷解体，宗法式的家庭四分五裂，家庭成员虽有一定血缘联系，但是同床异梦，利益相殊。所谓混战，就是贪财好色的父子乱伦，他们争抢同一女人，争夺财产，相互妒恨，以致闹到要求决斗；有的厌恶淫逸，不信宗教，宣称"可以为所欲为"；有的为了发泄长期受辱的愤恨，弑父谋财……最后无辜者被判大刑，酿成冤案，但在道德上幡然悔悟，甘服苦役，以求忏悔自新，从一个浪子而走向新人；而犯罪理论、虚无主义的宣扬者发了疯；信奉上帝者离开了修道院，还俗人世。小说情节曲折，变换迅速，同时又紧密相连。对话中时时话中有话，直透心底，咄咄逼人，惊心动魄。《卡拉马佐夫兄弟》进一步表述了陀思妥耶夫斯基的社会、宗教观念，对神权的、自由与爱的乌托邦的向往，认为革命的社会主义会导致对自由的否定，而变为奴隶制与极权；自由、个性是人的天性，但走向极端就产生恶，恶是应予消灭的，但作为人的精神体验，又使人的精神获得丰富。所以在陀思妥耶夫斯基看来，人与社会只能通过对自由与苦难的追求，实现和谐，并走向善，进入建立在大地之上的基督的爱的王国。这就是"根基主义"者的俄罗斯，这就是为什么俄罗斯民族是一个具有神性的最优秀的民族，并且成了历史发展终极的民族！

　　在陀思妥耶夫斯基的创作中，长篇小说占主导地位，中短篇小说也不少，本选本只选了《温顺的女性》一篇。这部小说的特点是它的情节发展的不可预测性和偶然性的利用，从而创造了一种幻想的艺术真实。温顺的女性年少时孤苦无依，两个姑母待她十分刻薄。她嫁给一位高尚的高利贷者——典当老板。此人虽然待她不薄，但平日只知积敛钱财。当她获知他当军官时不敢与人决斗而被逐出团队时，在心里就开始鄙视他，感到自己深深受辱，于是伺机开始了反抗。一次，她用手枪想打死丈夫，而丈夫觉得自己已失去她的爱情，便坦然对待死亡，这使她的反抗一下变成了对自己的嘲弄，精神立刻崩溃。她输了，丈夫的劝慰全然无用。她对前途绝望了，在精神上婚姻解除了，于是手抱圣像跳楼而死。作家在小说开头"作者的话"中讲到小说的真实时说："我说的这篇小说中的幻想成分，指的就是这种假设（即有一个速记员把一切都记下来，经我把记录加工成文）。在文学艺术中，与此多少有些相类似的情形出现过不止一次。"他举例说，雨果就曾在《一个死囚的末日》中使用了这种手法。"他虽然没有引出一个速记员，但他作的假设却更加离奇和不可思议。他假设一个被判了死刑的人，在他临刑前的最后一天，甚至是最后一小时，简直可以说是在最后一分钟，他竟然还能够（而且有时间）写他的手记。但是，倘若维克多·雨果不作这样假设的幻想，那么世上就不会有这样一部杰作了，而且是他所有著作中最最真实和最最符合实际的作品。"[①]

（五）复调特征及作家的艺术观

陀思妥耶夫斯基的小说一部接一部地出版后，俄国和西欧作家、评论家评说不断。不少评论者都感到他的小说、人物与众不同。1916年，俄国学者维亚切斯拉夫·伊万诺夫在他的论著中就提到，陀思妥耶夫斯基在小说中，所持的视角不是确立他人之"我"为客体，而是把人物当作另一个主体，即确立他人意识作为平等的主体而非客体。有意思的是1921、1922年间，法国作家安德烈·纪德在几次关于这位俄国作家的报告中，说到陀思妥耶夫斯基小说中的人物的易变性，即人物的一种感情、思想可以立刻让位于另一种相反的感情与思想。他的人物的"感情、思想、爱欲从不表现为纯的状态"，他允许人物矛盾感情的共处，所以"他的人物毫不顾及性格的一致性，他们乐于向一切矛盾、向一切其天性能容忍的否定面让步"；自知自己的决心

[①] ［俄］陀思妥耶夫斯基：《中短篇小说选》下，《温顺的女性·作者的话》，曹中德译，人民文学出版社1982年版，第598—599页。

维持不了一分钟，会立刻表现出相反的东西。他把读者留在一种不确定之中。于是安德烈·纪德得出结论：陀思妥耶夫斯基的人物"都是复调情种"①。这个观点十分精彩。1924 年，德国人考斯在其关于陀思妥耶夫斯基的论著中，指出了小说中的多声部现象。1929 年，巴赫金的《陀思妥耶夫斯基的创作问题》一书出版，全面论述陀思妥耶夫斯基小说是一种不同以往小说的多声部、复调小说，此说受到卢纳察尔斯基的赞扬。1963 年该书经过补充修订，更名为《陀思妥耶夫斯基诗学问题》再版，立刻引起争论，但从此"复调"一说不胫而走。

  巴赫金一反从主题、思想、观点、人物形象研究小说的方法，而从作家的"艺术视角""艺术形式的独特性"出发，引出了"复调"理论及其一系列观点，改变了对陀思妥耶夫斯基小说的研究方法，并使小说理论研究的面貌为之一新。巴赫金认为，陀思妥耶夫斯基之前的小说基本上是独白小说，即这种小说是由全知全能的作者在统帅一切；小说的结构、情节、发展线索、人物、性格、特征、结果，都听命于作者的安排，小说里只有作者的一种声音，只是作者在独白。复调小说则不同，这是一种多声部的小说，一种全面对话的小说。在这里，人物、结构虽出于作者的构思，但主人公对于作者来说，不是一种从属的关系，而是相互独立的、平等的关系；主人公不是一个被描写的客体，不是"他"，而是在意识上与作者的意识有同等价值、与作者进行对话的"你"。通常小说中形成主人公"他是谁"的种种客体因素的描写，在这里都变成了主人公的自我意识，不是他在世界上是什么，而是世界在主人公心目中是什么。复调小说中没有统一的作者意识，而是有着众多的、各自独立的、不相融合的声音和意识组成的对话的复调。巴赫金研究了小说中的双声语问题，发现陀思妥耶夫斯基的人物语言本身就是一种对话的语言。这一发现使他深入人物裂变的心理深处，展现了小说人物的令人惊奇的种种微型对话。而在小说结构上，陀思妥耶夫斯基创造了一种哥特式教堂建筑对称结构式的

---

① 《关于陀思妥耶夫斯基的几次谈话》，见《陀思妥耶夫斯基的上帝》，社会科学文献出版社 1994 年版，第 125、131 页。

八 瞬间、共时艺术中的现实、梦幻与荒诞

形式，利用"危机时刻"、对称线索，使小说进展处于一种极度紧张状态，在结构上形成所谓大型对话，并使小说人物、故事发展处于一种未完成状态。

我们从这一理论来观察一下陀思妥耶夫斯基的小说，确实，他的大部分小说都具有这类特点。我们所选入本书的《穷人》，主人公与果戈理的《外套》中的穷官吏是同属一个类型的，但是在精神上差别很大。差别表现在《外套》中的小官吏，完全服从于作者的意图，作者真实地描写了他的穷困、屈辱处境，令人同情。而《穷人》中的小官吏，则已意识到他与他人是平等的。他反对《外套》中的那种描写，反对别人议论他们、可怜他们。他要自己来表达意见，要求对话。表现在行动上，他时时留意别人对他的议论，眼色，即他人话语。他在自己的内心、在书信里对它们随时做出反应，给予回答，形成察言观色的、暗中争辩的对话。在《同貌人》中，都是主人公戈利亚德金在与自己对话。"对话能使主人公用自己的声音来代替他人的声音。"当主人公需要自我肯定，这里就出现了两个声音，一个是主人公自己的，即"自己眼中的我"，另一个是"他人眼中的我"，即"反映在别人声音上的我"。还有第三个声音，就是那个不承认他的人的声音。这三种声音纠缠在一起，但它们全是由主人公的"声音和意识分解而成的"的微型对话。①

这种微型对话在长篇小说的人物内心对话、人物对话中到处可见。《罪与罚》开头，拉斯科尔尼科夫穷极潦倒，在接到母亲来信后的复杂感情，全表现在他的长篇内心独白实为多重对话里。在他的独白里，出现了他与他母亲、妹妹的对话，有各个你，甚至连自己有时也成了对话的你。这一对话立场，"确认主人公的独立性、内在的自由、未完成性和未定论性。对作者来说，主人公不是'他'，也不是'我'，而是不折不扣的'你'，也就是他人另一个货真价实的'我'

---

① [苏] 巴赫金：《陀思妥耶夫斯基诗学问题》，白春仁、顾亚铃译，生活·读书·新知三联书店1988年版，第297页。

(自在之你)"①。又如拉斯科尔尼科夫和侦查人员波尔菲里的三次对话,好像不着边际,偶尔失言,实则充满暗示,直击心灵。尤其是第三次对话,暗示、机锋、虚饰,突然变成单刀直入,使人猝不及防,其紧张动人之处,真让人有透不过气来之感。最后导致拉斯科尔尼科夫的心灵全面崩溃,走向自首。这就是所谓陀思妥耶夫斯基人物对自己灵魂的拷问,并达到真正残酷的程度。在《卡拉马佐夫兄弟》等小说中也是如此。于是俄国的一位批评家米哈依洛夫斯基便称陀思妥耶夫斯基为"残酷的天才"。读者在阅读时,可以注意一下人物对话、独白中的特点,它们的确与众不同,其独特之处会使人惊喜于它们的无与伦比的精微奥妙。

我们在前面谈到陀思妥耶夫斯基创作思想中的"复调性",指的是他的艺术观中的矛盾性。就其理论观点来说,陀思妥耶夫斯基维护的是一种纯艺术观。他竭力反对功利主义的艺术观:"功利主义者们要求艺术具有直接的、立竿见影的、非间接的效益,适应并服务于形势,如果目前社会正在解决某个问题,那么艺术不能为自己提出除了解决这一问题之外的任何目的。"而纯艺术论者认为:"艺术本身就是目的,就其本质来说它应该表白自己","艺术的功利问题根本不可能存在。创作——任何一种艺术的基础——是人的本性的一种完整的固有特性,即使仅仅因为它是人性必不可少的属性,它就可以拥有存在和发展的权利。"②纯艺术者主张,艺术是自由的,功利主义者事先就赋予艺术以一定的目的,就破坏了艺术自身,侵犯了艺术的自由。陀思妥耶夫斯基晚年回忆青年时与人的争辩说:"除纯艺术倾向外,文学不需要任何倾向性,它更不需要某种方法去揭露……罪恶的根源。这是因为倘若把倾向性强加在作家身上,那就会妨害他的自由……从而使艺术性荡然无存。"③当谈到美时,他说:"艺术对于人来说如同

---

① [苏]巴赫金:《陀思妥耶夫斯基诗学问题》,白春仁、顾亚铃译,生活·读书·新知三联书店1988年版,第103页。
② 《陀思妥耶夫斯基论艺术》,冯增义、徐振亚译,漓江出版社1988年版,第15、11页。
③ [苏]格罗斯曼:《陀思妥耶夫斯基传》,王健夫译,外国文学出版社1987年版,第151页。

八 瞬间、共时艺术中的现实、梦幻与荒诞

吃喝那样是一种需要，人对于美以及体现美的创作的需要是不可缺少的。""人对美的渴望、探索和感受是不附带任何条件的，而仅仅因为这是美。人们崇拜美，而不问它有什么好处，用它可以买什么东西。"艺术作品中的美所以能成为偶像，在于人与现实发生矛盾、发生不协调的斗争时，也就是人最有活力的时候，"人对美的需要发展到最大限度……那时候他身上会出现对于和谐及宁静的最自然的愿望，而美就包含着和谐与宁静。……美就是和谐，是平静的保障，美体现了人和人类的理想"[①]。在这种艺术主张中，我们分明可以见到德国美学家如康德、席勒的影响。以极端的功利目的要求艺术，自然会使艺术创作适得其反，但是要绝对反掉艺术的功利性，也实在是一种徒劳。就在这篇文章里，作家在谈到艺术的现实考虑时，马上就说："重要的是艺术始终高度忠于现实……艺术不仅永远忠于现实，而且不可能不忠于当代的现实，否则它就不是真正的艺术。真正的艺术的标志就在于它总是现代的，十分有益的。"[②] 他还说道："艺术永远是为当代服务的，和有实际功效的，从来没有过别的艺术。"[③] 这样作家又明确无误地申述了艺术的功利性、目的性。这也许可以说是不同的艺术观在一个人身上的对话吧。这里的问题在于摆正艺术的目的与非目的、功利与非功利的关系，以任何一方来否定另一方，都会陷入矛盾或自相矛盾。当作家谈到艺术与现实的关系时，纯艺术思想就被他的清醒的艺术观所替代了。

陀思妥耶夫斯基创作时，十分强调要研究现实生活。他说，一个讲究艺术性的作家，"他对于所描写的现实（历史的或现状的）应该了解得非常精确。依我看，我们国内精于此道的只有一个人——列夫·托尔斯泰伯爵"。陀思妥耶夫斯基曾出国多年，时间一久，他就感到因手头缺乏必要的创作素材，甚至连创作的可能性都要丧失了。我们知道，他是经常利用新闻材料、法庭审判材料作为他的创作素材的。1872年2月他给朋友写信说，他这次在外国待了4年，发现自己

---

① 《陀思妥耶夫斯基论艺术》，冯增义、徐振亚译，漓江出版社1988年版，第29、30页。
② 《陀思妥耶夫斯基论艺术》，冯增义、徐振亚译，漓江出版社1988年版，第38页。
③ ［苏］格罗斯曼：《陀思妥耶夫斯基传》，王健夫译，外国文学出版社1987年版，第289页。

可怕地落后于俄国的生活,虽然阅读报纸,与人交谈,但感到不少事物已难以理解,所以要亲自回国看看,认为这次出国是个很大的失策。他说他对现实有自己独特的看法,"被大多数人称之为几乎是荒诞的和特殊的事物,对于我来说,有时构成了现实的本质"①。他说:"人们总是说,现实乏味,单调;为了消遣,人们便要求助于艺术,想象,读长篇小说。对于我来说,恰好相反;有什么能比现实更荒诞更意外的呢?有什么能比现实更难以置信的呢?小说家永远也想不出现实向我们提供的成千件具有最平凡形式的那些不可能的事。"② 他说,"要按现实的本来面目描写现实",这样的现实根本不可能有,"因此要给予观念的更多的余地并不要害怕理想的东西"。他认为,事物的平凡性和对它的陈腐看法,不能算是现实主义,甚至正好是相反。"我对现实和现实主义的理解,与我们的现实主义作家和批评家完全不同。我的理想主义比他们的现实主义更为现实。……理想主义曾经预测到的事实,已经得到了证实。"③ 确实,他的现实主义不仅包含了现实因素,而且也包含了理想、荒诞、幻想的成分。陀思妥耶夫斯基开始写作的时候说:"人是一个谜,需要解开它。……我在研究这个谜,因为我想成为一个人……"④ 后来他在笔记中讲道:"以完全的现实主义在人身上发现人","人们称我为心理学家:不对,我只是最高意义上的现实主义者,即刻画人的心灵深处的全部隐秘。"⑤ 这种现实主义的特征,就是他小说中表现出来的心理对话的复调,就是在体裁上使极端对立的事物相互结合。同时他充分利用偶然性因素,使不同人物同时汇聚,在平面上展开冲突,形成一种发生于瞬间的共时艺术。陀思妥耶夫斯基笔下的人物是破碎的完整体,当作家描绘他们时,尽量先把他们击成碎片,然后叩击碎片的不同侧面,使其在共时中发出多音调的回声,再将它们黏合为原状,从而形成作品特有的

---

① 《陀思妥耶夫斯基论艺术》,冯增义、徐振亚译,漓江出版社1988年版,第329页。
② 《陀思妥耶夫斯基论艺术》,冯增义、徐振亚译,漓江出版社1988年版,第190页。
③ 《陀思妥耶夫斯基论艺术》,冯增义、徐振亚译,漓江出版社1988年版,第327页。
④ 《陀思妥耶夫斯基书信选》,冯增文、徐振亚译,人民文学出版社1986年版,第9页。
⑤ 《陀思妥耶夫斯基书信选》,冯增文、徐振亚译,人民文学出版社1986年版,第390页。

复调艺术感染力。

　　陀思妥耶夫斯基的创作魅力，在于他展现了那种人欲横流、犯罪赎罪、受苦死亡、道德探索、宗教忏悔、郁郁寡欢的生活，传达了那种瞬息万变、惶惶不安的社会气氛，那种内心斗争的冲突意识，那种能找到一个安身立命之地的普遍愿望。这种现象在20世纪显得更为突出。经济危机、世界大战、革命动荡、普遍竞争，使人内心处于极度紧张状态。这种普遍幻灭感，使欧洲读者在陀思妥耶夫斯基作品中获得了生动的感受。同时作家还提供了一种表达上述情绪的独特的艺术形式。人物主体意识的强化，他们的独立意识的加强，以及他们的对话的多种形式，幻觉、梦幻的时时转换，难以捉摸的对话，结局的未完成性，要死要活的紧张氛围和往往是意料不到的迅速转折，都成了作家的描写对象，并使它们蒙上浓重的主观色彩。那折磨人的社会生活，不是再在平静的叙事笔调下再现，而是通过主人公的矛盾意识、意识流被折射出来，通过在同一平面的共时艺术的层面上被集中起来。在我看来，这正是人类艺术思维发展中的一个极为重要的方面。陀思妥耶夫斯基的这一独特的艺术视角，预示了它在20世纪的艺术中的极端重要性。

　　复调艺术是艺术思维把握世界的一种新的方式，它和资本主义社会中人的意识裂变有关，但它又是人对世界艺术描写深化的结果，并成了人的一种审美的需要。只要人的审美趣味趋向多样化的发展，人与人之间存在着对话的关系，这种艺术思维的表现方式就将存在下去，而具有持久的生命力。

　　本书编选，由于篇幅有限，也为了使读者读来流畅起见，编选者对《同貌人》《死堡手记》与《罪与罚》，略作了少量删节；未被选入的其他长篇小说，在本文中只作了简要的评述，未能展开，这是要请读者留意的。最后的一小段利用了我评述复调小说的文字，特此说明。

　　说明：本文为作者所编《陀思妥耶夫斯基精选集》序文，山东文艺出版社1998年版。

（原文作于1997年6月）